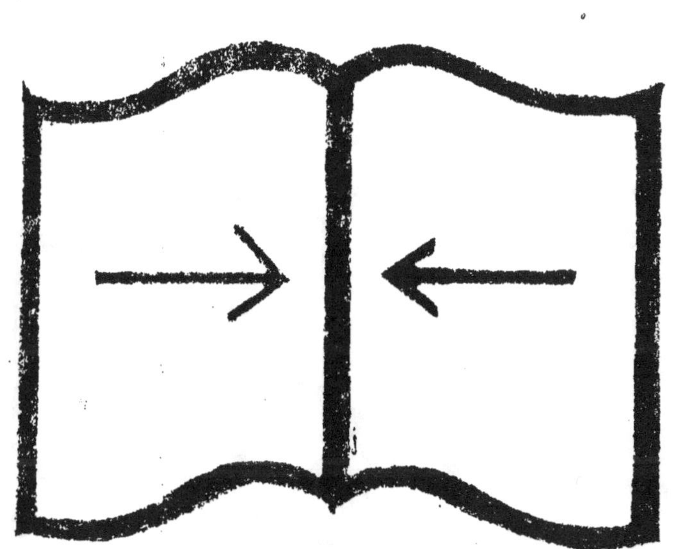

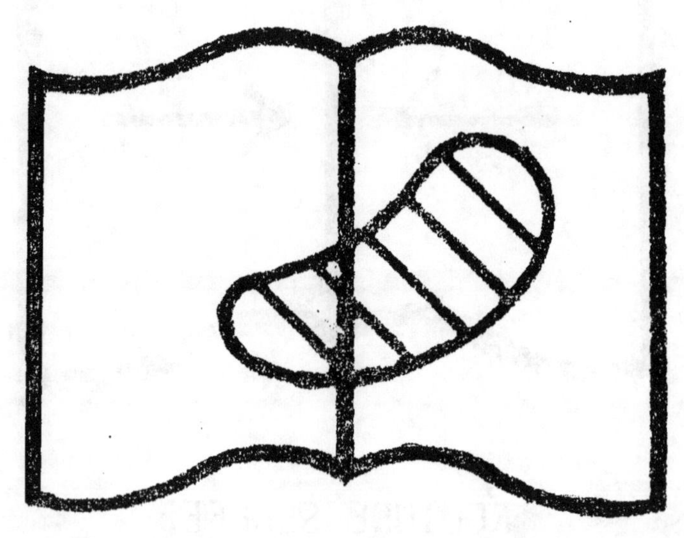

POT POURRI,

OU IMPROMPTU PARODIÉ,

A l'occasion des Victoires remportées par les Armées Coalisées, & de la reddition de Landrecie, le 30 Avril 1794.

Air de la Carmagnole.

Danfez la Carmagnole
Pauvres Français,
Pauvres Français,
Danfez la Carmagnole
Aux Inftrumens
Allemands.

Oui FRANÇOIS deux avoit promis, *bis.*
De mâter ces Français maudits, *bis.*
L'on prélude au combat,
Il vient, il voit, il bat. (*)
Danfez la Carmagnole, &c.

Air de ça ira.

Ah! oui ça va, oui ça va, oui ça va,
Guerriers étrangers, vengez la France;
Ah! oui ça va, oui ça va, oui ça va,
Et de mieux en mieux tout ça ira, *bis.*
Voyez-moi donc ces fanfarrons,
Sauter, danfer à reculons,
Chantant la palinodie
Sur le ton du *Libera.*
Ah! oui ça va &c.

Air de la Carmagnole.

De l'Invincible Piche-gru, *bis.*
C'eft donc là le premier début? *bis.*
Déjà la Nation
Crie à la trahifon.
Danfez la Carmagnole, &c.

Air de Malbrouck.

Oui ce foudre de guerre
Mironton, ton, ton, mirontaine,
Oui ce foudre de guerre
Lui-même eft foudroyé,
Il eft déconcerté,
Ses Bataillons forcés,
Au bruit de fon tonnerre,
Mironton, ton, ton, mirontaine,
Au bruit de fon tonnerre
FRANÇOIS les a chaffés. *bis.*

Air de la Carmagnole.

Eh quoi! battu fur tous les points, *bis.*
Et vingt mille foldats de moins, *bis.*
Hélas! tout eft perdu,
Landrecie eft rendu.
Danfez la Carmagnole, &c.

Air de ça ira.

Oui Landrecie a fuccombé,
En héros NASSAU s'eft montré,
Malgré tes vaines bravades,
Son nom vient d'être vengé.
Ah! oui ça va, &c.

(*) *Veni, vidi, vici.* On peut dire de FRANÇOIS II. ce qu'écrivoit en trois mots à fes amis un Conquérant célèbre.

Air de la Carmagnole.

Sache, & bientôt tu l'apprendras, *bis.*
Que les Hollandais font foldats, *bis.*
Aujourd'hui faits au feu,
Comme ils te craignent peu!
Danfez la Carmagnole, *bis.*

Air de Malbrouck.

Garre à la guillotine,
Mironton, ton, ton, mirontaine,
Garre à la guillotine
Infenfé Piche-gru,
Sur ta nuque tout dru,
Le glaive eft fufpendu,
Pour te guérir du Spline, (*)
Mironton, ton, ton, mirontaine,
Pour te guérir du Spline
Rien de mieux n'a paru. *bis.*

Air de la Carmagnole.

En dépit de l'Égalité, *bis.*
Et de l'affreufe Liberté, *bis.*
Comme nos potentats,
Bravons ces fcélérats.
Danfez la Carmagnole, &c.

Air de ça ira.

Envain Cambrai veut réfifter,
Les Anglois fauront les forcer,
YORCK en Prince intrépide
Sous FRANÇOIS va tout braver.
Ah! oui ça va, oui ça va, &c.

Air de Malbrouck.

Paris eft aux allarmes,
Mironton, ton, ton, mirontaine,
Paris eft aux allarmes,
Robefpierre aux abois, *bis.*
Frémit contre nos Rois,
Par-tout il crie aux armes,
Mironton, ton, ton mirontaine,
Par-tout il crie aux armes,
On n'entend plus fa voix, *bis.*
Au bruit de nos exploits,
Paris eft aux allarmes,
Mironton, ton, ton, mirontaine,
Paris eft aux allarmes,
Paris eft aux abois, *bis.*

Ah! oui ça va, oui ça va, oui ça va,
Guerriers étrangers, vengez la France,
Ah! oui ça va, oui ça va, oui ça va,
Et de mieux en mieux tout ça ira. *bis.*

(*) Efpece de maladie & de chagrin interne occafionné par une caufe quelconque.

FIN.

LE RETOUR DES VIVANDIÈRES DE TOUTES LES ARMÉES.

Air : R'lan tam plan.

Par la sacrenom, ma commere,
Ya du déchet dans not' métier ;
V'là la paix qui vient de se faire,
R'tournons chacun's dans not' quartier ;
L'on a plus besoin d'Vivandières
Remportons tout not' bataclan ;
r'li, r'lan,
Suivons ces braves militaires
Et r'lan tam plan, tambour battant.
J'allons rentrer dans nos casernes,
Pour nourir plus commodément
Ces jolis enfans de gibernes
Que j'avons fabriqués dans l'camp,
Ils n'auront pas peur de la guerre,
Quand le canon alloit ronflant,
r'li, r'lan,
Ça n'nous empêchoit pas d'les faire
Et r'lan tam plan, etc.
Adieu, Grenadiers volontaires,
Dragons, Hussards et Fantassins,
[illegible] enrichir les Vivandières,
Vous ne faites plus de butin ;
[illegible] vendrons plus de rogome,
V'nez boire avec nous le restant
r'li, r'lan,
Dans not' gosier, tout comme un homme,
J'e[illegible]ons ça tambour battant.
Gr[illegible] à nous autres blanchisseuses,
L'on [illegible] b[illegible]n propre l'soldat,
Dam[illegible] [illegible]ons point paresseuses
Pour me[illegible] leur linge en bon état ;
J'faisions la lessive à ma tante,
Quand c'étoit sec c'étoit ben blanc,
r'li, r'lan,
L'on vous r'changeoit ça sous la tante ;
Et r'lan tam plan, tambour battant.
Avant de s'donner un coup d'peigne,
Nos hommes buvoient l'riquiquit,
N'y en a pas un' d'nous qui s'plaigne
D'avoir été dup' du crédit
Les morts nous faisoient banqueroute,
Mais l'ennemi le plus souvent
r'li, r'lan,
Nous payoit ça par sa deroute
Et r'lan tam plan, tambour battant.

Par Duverny, (aveugle)

Déposée à la Bibliothèque Nationale.

DIALOGUE

Entre BASTIEN, *Fort de la Halle,*
Et SIMON, Charbonnier,
A l'occasion de la paix.
Par le Citoyen T.

Déposée à la Bibliothèque Nationale.

Air : S'il a qu'épinoé Bergopsoom.

BASTIEN.

Entends-tu, compere Simon, bis.
comm' v'là que l'on tire l'canon,
c'tannonce est qu'en cette journée
la paix est enfin proclamée.
Simon. A c'te nouvelle, ami Bastien,
allons boire le brandevin,
il faut, qu' pour aller voir c'te fête ;
sans perdre de temps, qu' je m'apprête.
B. On dit qu'on n'peut rien voir d'si beau,
et qu'ça f'ra l'plus joli tableau
d'voir [illegible] sauveur d'la patrie
en tête d'la cérémonie.
S. Sans lui, l'Français étoit perdu
qu'à temps d'Egypte il est r'venu,
à Saint-Cloud, dam' c'est qu'l'on sait comme
s'est conduit c'parfait honnête homme.
B. On peut assurer qu'ce héros
sut porter un r'mède à nos maux,
à Marengo, en Italie,
on le vit exposer sa vie.
S. S'il falloit nombrer ses vertus,
ma foi, nous n'en finirions plus,
il est au-d'ssus de tout éloge ;
partons, midi sonne à l'horloge.
B. Simon, allons, suivons c'concours,
j'entends les clairons et tambours,
je sens qu'mon âme est enivrée
de voir c'te joyeuse mêlée.
S. Les Officiers, les Généraux
avec les soldats sembl'nt égaux ;
que ma joie est inexprimable,
voyant ce coup-d'œil admirable.
B. Que d' filles avec leurs amants
passer d' gracieux moments ;
guerriers, puisque la paix est faite,
qu' chacun d' vous r'joigne sa brunette.
S. Prions l'Etre Majestueux
d' conserver les jours précieux
d' not' Premier Consul, Bonaparte ;
dont par-tout l'grand renom éclate.

A Paris, chez Alexandre Daniel, Imp.
rue André-des-Arcs, Nos. 110 et [illegible].

RETOUR DE FANCHON, LA BLANCHISSEUSE

Rapportant de l'argent de chez ses Pratiques, ou l'Enthousiasme de *JÉROME* et de *FANCHON*, *son Epouse*, à l'occasion de la Paix.

LIBERTÉ. ÉGALITÉ. LOI.

Air de la Walse.

JÉROME, partons
Droit aux Porcherons;
J'ons d' l'argent frais, J'nous en servirons;
Mon linge est rendu, v'là c' qui m'étoit dû;
Faut manger tout d' peur qu' ça n' soit perdu,
Tant qui m' rest' ra mon battoir et ma hotte
Et du crédit pour avoir du savon,
J' veux m' divertir et faire la ribotte;
L' fruitier du coin m' fournira du charbon,
R' pass'ra qui voudra les bonnets,
On n'annonc' pas toujours la paix:
Jérôme, partons, etc.

J'ons fait boucan cheux c' vieux prêteux-
sus-gage;
Que, dans l' quarquier, on nomme rapinot;
Y m' devoit pus d'six mois d'son blanchissage,
Faute d'argent, j' remportois le ballot;
Quand y vit qu' tout' d' bon j' m'en allois;
Y m' r'appelle, et m' fonce un jaunet:
Jérôme, partons, etc.

J'ons la parol' de not' grande commere;
All' m'a promis en soiffant un poisson;
J'ons rendu l' linge à c'te grosse orangere,
Ça n' boit qu' du vin, j' n'ons lampé qu' not'
litron;
Mangeant chacune un hareng pec;
j' crois qu' c'est ça qui m' rend l' gosier si sec.
jérôme, partons, etc.

J'ons averti Bernard, son camarade,
Cadet-Branch' d'or et le p'tit Augustin;
Qui m' fit tant rir' le jour de la Décade
Que j' lâchis d' l'eau dans mon jupon d' satin.
Pour manger gaîment quelques sous,
C' n'est pas seul's tout' comm' des hiboux
jérôme, partons etc.

J'aurons sur-tout nos quatre Blanchisseuses,
Dont les gosiers font r' tenir le bateau;
On n'en voit peu qui soient aussi farceuses,
En fait d' chansons ça sait tout l' pu nouveau;
All's ont déjà chacun' deux cahiers
Tous remplis des chansons d' la paix: jérôm.

J' n'en démords pas il faut avant que j' rentre,
Boire autant d' coups comm' j'avons de héros
A chaque repas, j' nous f'rons des bosses au
ventre,
Faudra manger les plus friands morceaux;
A-compte vuidons ce p'tit broc-là,
Car y m' tard' ben d'arriver là:
jérôme, partons, etc.

Si j' nous soulons faut ben qu'on nous pardonne,
j'ons tant d'santés à porter à la fois.
A Bonapart', quand j'en boirions un' tonne,
C' n'est pas un' gout' pour chacun d'ses exploits;
Attendant ces braves guerriers;
Arrosons toujours leurs lauriers:
jérôme, partons, etc.

Par Duvérny, (Aveugle).

Déposée à la Bibliothèque Nationale.

LES ADIEUX
D'UN DRAGON FRANÇAIS
A sa Maîtresse en Autriche.

Par Duverny, (Aveugle).

Déposée à la Bibliothèque Nationale.

Air: Primidi pour la Décade.

LE DRAGON.

ADIEU donc belle Allemande,
Je te quitte avec regret,
De partir on me commande,
D'obéir je suis tout prêt;
Par ton empereur, ma chère,
La paix signée en ce jour,
En mettant fin à la guerre,
A mis fin à mon amour.

L'Autrichienne.

Pour toi l'être un p'tit volage,
Donner à moi grand souci,
Si toi l'être un peu plus sage
Toi devoir rester ici;
Avec un p'tit femm' qui t'aime,
Toi passer des jours heureux,
Mais ça t'est égal tout d'même,
T'as beau voir pleurer mes yeux.

Le Dragon.

On dit qu'un Houllan t'attache,
Tu pourras, s'il n'est pas mort,
Baiser sa grande moustache,
Ainsi tu t'afflige à tort;
si les amours d'Allemagne
Ne doivent finir jamais,
Aimer plus d'une campagne
C'est trop long pour un Français.

L'Autrichienne.

Beau Dragon, toi m'abandonne;
Tu prends ton course à Paris,
Pour moi plus trouver personne
En mariag' dans l' pays;
Toi me laisse un' grosse enflure
D'un p'tit Français Autrichien,
Qui raccourcit mon ceinture,
Et toi compte ça pour rien.

Le Dragon.

Un enfant c'est bagatelle,
C'est un malheur à demi,
Pour ton empereur, ma belle,
C'est le traiter en ami;
J'ai tué dans cette guerre,
Quantité de ses soldats,
Et notre poupon, ma chère,
Repeuplera ses états.

L'Autrichienne.

Reprends ta montre jolie,
Cette croix, cet anneau d'or,
Et même ôte-moi la vie;
Si toi me la laisse encor,
J'irai jusqu'au bout du monde;
Pour te suivre, beau Dragon,
Si je rencontre ta blonde,
Moi lui peigner son chignon.

Le Dragon.

Je t'ai donné, ma mignonne,
La montre, l'anneau, la croix,
De nouveau je te les donne,
Jusqu'à l'enfant c'est pour toi;
Je te les offre, ma chère,
Accepte-les pour jamais,
Appaise un peu ta colère
Il faut nous quitter en paix. FIN.

A Paris, chez *Alexandre Daniel*, Imprim. rue André-des-Arts, No. 110. et 111.

LA NAISSANCE DE MARS,

OU

LE ROI DE ROME.

Air : *Du Jardinier-Fleuriste.*

O France ! asyle de la gloire,
Tu l'es aussi du vrai bonheur ;
D'un Roi naissant vois la splendeur
Sur les lauriers de la Victoire.
L'héritier de tant de vertus
Du genre humain sera l'idole ;
C'est Mars à-la-fois et Titus,
Que le Ciel rend (ter) au Capitole.

Cet auguste espoir de la France
Naît avec l'aimable printems,
Doux symbole des sentimens
Dont nous goûterons l'influence ;
Les roses naissent sous ses pas ;
Son étoile nous les destine ;
Il fera ses premiers ébats
D'en arracher (ter) la moindre épine.

Et vous, favoris de Bellone,
Suspendez un instant vos coups !
Apprenez qu'au milieu de nous,
Vient de naître l'appui du trône.
Que l'airain tonne cette fois,
Mais non pour allumer la guerre ;
Car la naissance des grands Rois,
Charma toujours (ter) toute la terre.

Salut, Souveraine chérie,
De qui provient notre bonheur ;
De Vienne retrouvez l'ardeur
Dans votre nouvelle patrie.
Voyez un peuple caressant
Vous témoigner son respect tendre,
Et si le cœur n'a qu'un accent,
Le Français sait (ter) toujours le prendre.

Vive à jamais, redit la France,
Vive Napoléon-le-Grand !
Son nom seul est le sûr garant
Du bonheur et de l'abondance.
Ah ! qu'il partage ce beau jour
Avec un peuple qui l'adore :
C'est notre père, et son amour
Nous en promet (ter) d'autres encore.

Air : *Du Pas de Charge.*

Qu'on est heureux d'être Français,
Parmi nous tout prospère,
Pourrait-on manquer de succès,
Sous les lois d'un bon père !
Notre Empereur est doublement
Le père de la France ;
Car il nous donne un bel enfant
Qu'on chérissait d'avance.

Cet enfant-Roi du pr...
Arrivé au Capitole
Cela ne nous étonne pas,
Il est à bonne école.
Vertus, valeur *et cætera*,
Formeront son partage ;
Car de son auguste Papa,
Il deviendra l'image.

Daignez agréer notre amour,
Illustre Impératrice,
Il ne nous a fallu qu'un jour
Pour vous rendre justice.
La Majesté de vos ayeux
Dans vos traits est empreinte
Et la bonté dans vos beaux yeux
Si tendrement est peinte.

Le plus joli des nourrissons
Tranquillise l'Europe ;
Le Français dans mille chansons
A fait son horoscope.
Précoce, il prendra son élan
Aussi haut que son père ;
Sans négliger de sa Maman
Le charmant art de plaire.

Amis, n'oublions pas d'aller
Au spectacle, à la danse.
Ne faisons jamais répéter
Si joyeuse ordonnance.
Si les gens de certains pays,
Ont de brusques caprices,
Dansons et chantons, mes amis,
En brûlant leurs épices.

IMPROMPTU

Pour l'heureux accouchement de Marie-Louise.

Air : *Savez-vous mamzell' Manon.*

(*Au premier coup de canon.*)
L'épous' de Napoléon,
Grace au Ciel est accouchée.....
(*Au vingt-deuxième coup de canon.*)
Commencer par un garçon ;
V'là c'qui s'appelle un' bonn' idée ;
C'est un fier Luron qu'ça f'ra,
Pour peu qu'y tienne d'son papa. (bis.)

Le dieu Mars et puis l'mois de Mars,
A c'sujet s'sont pris d'dispute ;
Mais l'dieu Mars est un aut' gars
Que l'mois qui dans peu f'ra culbute :
Y lui dit : N'te mêle pas d'ça,
Car c'est moi qui suis l'grand papa. (bis.)

L'mois d'Mars disait : C'est mon fieu ;
Puisqu'il arrive en carême ;
L'aut' lui répond d'un ton d'Dieu :
T'as bon air avec ta min' blême,
A r'clamer c'p'upon z'ici.
Te v'là léfon plus qu'à demi. (bis.)

D'après un propos si clair,
Et qui sort de pareil' bouche,
N'aurions-nous pas mauvais air
A vouloir douter de la souche ?
Moi, tout fermement je crois
Que l'Dieu l'a fait et non pas l'mois. (bis.)

A Marie-Louise.

Bel' Marie, j'vous saluons,
Vous qu'êtes pleine de grâce !...
Que de nombreux rejetons
De Héros peuplent votre race !
J'vous payons c'tribut d'honneur,
Comme Epous' de notre sauveur. (bis.)

Par C***, Fils.

DETAIL

De tout ce qui s'est passé hier au Palais Impérial des Tuileries, pour la naissance du Roi de Rome.

(Extrait du Moniteur du 22 Mars 1811).

Aujourd'hui 20 Mars, à neuf heures vingt minutes du matin, l'espoir de la France a été rempli; Sa majesté l'Impératrice est heureusement accouchée d'un prince; le roi de Rome et son auguste mère sont en parfaite santé.

Le 19, entre huit et neuf heures du soir, Sa majesté ressentit les premières douleurs.

Les princes et princesses de la famille, les princes grands-dignitaires, les ministres, les grands-officiers de la couronne, les grands officiers de l'Empire et les dames et officiers de la maison, avertis par la dame d'honneur, se sont rendus au palais des Tuileries.

Depuis neuf heures jusqu'à six heures du matin, les douleurs se sont succédées avec des intervalles.

A six heures, elles se sont rallenties, mais à huit elles ont repris avec plus de vivacité, sans interruption, et se sont terminées par la plus heureuse délivrance.

L'Empereur, qui pendant tout le travail, n'a pas cessé de prodiguer à l'Impératrice les soins les plus touchans, a montré à cet heureux instant la plus vive satisfaction; et sachant avec quelle impatience le peuple français attendait le moment où il pourrait partager sa joie, S. M. a donné l'ordre de faire tirer les salves de cent un coup de canon, qui devaient annoncer à la France ce grand événement.

Dès que l'enfant a été présenté à Sa Majesté l'Empereur, la gouvernante l'a présenté à S. A. S. Mgr le prince archi-chancelier de l'Empire, qui avait assisté à l'accouchement.

S. A. S. s'est rendu immédiatement dans le salon de l'Impératrice, où elle a fait dresser par S. Exc. M. le comte Regnaud de Saint-Jean-d'Angely, secrétaire de l'état de la famille impériale, le procès-verbal de la naissance et l'acte civil, qui a été signé, comme témoin, par S. A. I. Mgr le grand-duc de Wurtzbourg et S. A. I. le prince Eugène, vice-roi d'Italie.

Ces formalités étant remplies, S. M. l'Empereur s'est rendu dans le salon, et a apposé sa signature sur les registres, qui ont été signés aussi par S. A. I. Madame mère, S. M. la reine d'Espagne, S. M. la Reine Hortense, S. A. I. Madame la princesse Pauline, S. A. I. Mgr. le prince Borghèse, et S. A. I. Mgr. le prince vice-roi d'Italie.

Au même instant, le roi de Rome, suivi par le colonel-général de la garde de service, et précédé par les officiers de son service, a été porté par madame la comtesse de Montesquiou, gouvernante des enfans de France, dans son appartement.

L'Empereur a reçu ensuite les félicitations des princes, princes grands dignitaires, des ministres, des grands-officiers de la couronne et des grands-officiers de l'Empire.

S. M. a envoyé à l'instant le premier page au Sénat, et le second au Corps municipal, pour les informer de la naissance du roi de Rome.

Les pages ont été aussi envoyés au Sénat d'Italie et aux corps municipaux de Milan et de Rome, pour leur porter cette nouvelle.

S. Exc. M. le comte de Segur, grand-maître des cérémonies, a envoyé chez les ambassadeurs, M. le baron du Hamel, maître des cérémonies, et chez les ministres étrangers, M. d'Argainaratz, aide des cérémonies, pour leur annoncer cet événement.

S. Exc. M. le duc de Cadore, ministre des relations extérieures, a dépêché de suite des courriers extraordinaires aux ambassadeurs et ministres de l'Empereur dans les cours étrangères, pour leur faire part de l'accouchement de l'Impératrice.

Les lettres aux princes et princesses, parens de l'Empereur et de l'Impératrice, ont été écrites de la main de l'Empereur, et portées par des officiers de la maison.

S. Exc. M. le comte de Montalivet, ministre de l'intérieur, a envoyé des courriers dans les départemens pour les informer de la naissance du roi de Rome; LL. EExc. MM. le duc de Feltre et le comte Décrès, ministres de la guerre et de la marine, ont envoyé des ordres dans les villes de guerre et dans les ports pour que les mêmes salves d'artillerie soient tirées et que les flottes soient pavoisées.

S. A. S. Mgr. le prince de Neuchâtel et de Wagram, major-général de l'armée, a envoyé dans tous les pays et places occupés par les armées françaises, l'ordre de tirer les mêmes salves qu'à Paris.

Toute la nuit qui a précédé l'heureuse délivrance de l'Impératrice, les églises de Paris étaient remplies d'une foule immense de peuple qui élevait ses vœux au ciel pour le bonheur de leurs Majestés.

Dès que les salves se firent entendre, on vit de toutes parts les habitans de Paris se mettre à leurs fenêtres, descendre à leurs portes, remplir les rues et compter les coups de canon avec une vive sollicitude, il se communiquaient leurs émotions, et ont laissé enfin éclater une joie unanime, lorsqu'ils ont vu que toutes leurs espérances étaient remplies, et qu'ils avaient un gage de la perpétuité de leur bonheur.

Hier, 20 mars, à neuf heures du soir, le roi de Rome a été ondoyé dans la chapelle des Tuileries.

S. M. l'Empereur, accompagné des princes, princesses et grands dignitaires, précédé et suivi des deux témoins, des grands-officiers, des ministres, des grands-aigles de la Légion d'honneur, des officiers de service, des pages portant des flambeaux, et des hérauts d'armes, s'est rendu à la chapelle, où il avait été préparé pour lui, au milieu de la nef, un fauteuil surmonté d'un dais avec un prie-dieu. Le Roi de Rome, précédé de ses officiers, était porté par sa gouvernante. M. le maréchal duc de Conégliano portait la queue de son manteau.

Les tribunes de la chapelle étaient occupées par les personnes de la cour.

S. M. a été reçue à la porte de la nef par S. Em. le cardinal grand-aumônier, qui lui a présenté l'eau-bénite.

Il avait été placé entre l'autel et la balustrade, sur un tapis de velours blanc, un socle de granit surmonté d'un magnifique vase de vermeil, formant les fonts baptismaux.

Les deux témoins étaient S. A. I. et R. l'archiduc grand-duc de Wurtzbourg, oncle de Sa Majesté l'Impératrice, et Son Altesse Impériale le prince Eugène, vice-roi d'Italie.

A la droite de l'autel étaient les cardinaux, et à gauche les évêques en camail et en rochet.

Tout le monde étant placé, S. Eminence le cardinal grand-aumônier a entonné le Veni Creator, *qui a été exécuté par la musique de la chapelle.*

Après le *Veni Creator*, Son Eminence s'est approchée des fonds baptismaux, vers lesquels l'Empereur, averti par son excellence le grand-maître des cérémonies, s'est avancé avec l'enfant et les témoins et sa Majesté a présenté l'Enfant à l'ondoiement.

Cette cérémonie a été suivie du *Te Deum* chanté par la musique de la chapelle.

Pendant le *Te Deum*, le roi de Rome, porté par sa gouvernante, et accompagné de ses officiers de service, d'un aide-de-camp de l'Empereur, de quatre chambellans, de deux écuyers et d'un maître des cérémonies, précédé par quatre pages, a été reporté dans son appartement.

Leurs excellences M. le comte de Lacépède, grand chancelier de la Légion d'honneur, et M. le comte de Marescalchi, grand-chancelier de l'ordre de la Couronne-de-Fer, après avoir pris les ordres de l'Empereur, ont porté au roi le grand-cordon de ces ordres.

Il a été tiré pendant la cérémonie un très-beau feu d'artifice, et les plus brillantes illuminations ont fait éclater, dans la ville entière, les témoignages de l'allégresse publique.

Bulletin du 21 mars, 9 heures du soir.

L'état de sa majesté l'Impératrice est toujours satisfaisant.

Signés, Corvisart, Ant. Dubois, Bourdois et Ivan.

Bulletin du jeudi soir, 9 heures.

Sa Majesté le roi de Rome a pris avec avidité et plusieurs fois dans la journée le sein de sa nourrice. Sa santé ne laisse rien à desirer.

Signé, Bourdois et Auviti.

De l'Imprimerie de L. P. SETIER fils, Cloître St.-Benoît, n. 2[illegible]

EXPRESSION DE L'AMOUR MATERNEL,

ROMANCE à S. A. R. Madame la Duchesse DE BERRI.

ROMANCE à S. A. R. Madame la Duchesse DE BERRI.

AIR *de Caroline.*

PRÉSENT du Dieu qui protége la France !
O mon Enfant, si je verse des pleurs,
Tu les taris, grâce à la Providence
Qui t'envoya pour calmer mes douleurs.
Seule, avec toi, si je pleure ton Père,
En t'embrassant je bénis mon destin.
Recueille ici les larmes de ta Mère ;
Car c'est toi seul qui peux y mettre fin.

Vois ce portrait, c'est celui de ton Père,
Que j'ai fait mettre au pied de ton Berceau ;
Chaque matin, en ouvrant ta paupière,
Contemple, hélas ! ce précieux Tableau !
Grave en ton cœur cette insensible image,
Saisis les traits de Charles qui n'est plus ;
Pour adoucir mon pénible veuvage,
Tâche, mon Fils, d'atteindre à ses Vertus.

Charles m'aimait, moi je n'aimais que Charles;
Gage chéri de nos tendres Amours,
Du haut du Ciel, il semble qu'il me parle,
Et qu'il me dit de veiller sur tes jours.
De tes destins, de m'occuper sans cesse,
Il me commande enfin de te chérir.
J'obéirai : sa gloire et ma tendresse
Sont deux motifs pour me faire obéir.

Déjà, mon Fils, tu console ta Mère,
Et de mon sort tu calmes la rigueur ;
Digne héritier des vertus de ton père,
Viens prendre aussi sa place dans mon cœur ;
Pour mon repos, s'il faut que je l'oublie,
Mon cœur est loin de former de tels vœux.
Non, non, plutôt je veux, toute ma vie,
Penser à lui pour t'aimer encore mieux.

Je te verrai façonner par l'étude,
Devenir grand par mes soins, sous mes yeux,
Vaillant guerrier, clément par habitude,
Comme jadis furent tes bons aïeux.
En te donnant pour modèle Henri-Quatre
Qui, des Français, pardonna les erreurs,
On t'apprendra, joint à l'art de combattre,
L'art précieux de régner sur les cœurs.

Par DUVERNY, aveugle.
Propriété de l'Editeur, HUGOULIN.

RONDE BORDELAISE.

AIR *de mon cher Dumolet.*

Au doux son de nos chalumeaux,
Dansons en rond, charmante bordelaise,
Au doux son de nos chalumaux,
Dansons en chantant le duc de Bordeaux,
Prince ; depuis ton heureuse naissance,
La gaîté pénètre dans tous les cœurs,
Et pour te prouver sa reconnaissance,
La France veut te couronner de fleurs.
Au doux son, etc.

Ton baptême va nous offrir encore
Le plaisir de te prouver notre amour,
Et ce moment devient pour nous l'aurore
Que nous offre les charmes d'un beau jour.
Au doux son, etc.

Sous les yeux de ta mère vertueuse,
Ta gouvernante sera la douceur,
La Fidélité sera ta berceuse
Et ton gardien un chevalier d'honneur,
Au doux son, etc.

Tu seras l'ami chéri de la France,
Tu seras le protecteur des Français,
Et par ta justice, et par ta clémence
Tu les combleras toujours de bienfaits.
Au doux son, etc.

Par HUGOULIN.

LE FRANÇAIS CONTENT,

Ronde à danser.

AIR *du Bois de Romainville.*

J'AI vu l' poupon, j'ai vu l' poupon,
L'Espérance d' la France ;
Il a sur le front c' t'air noble et bon,
Qui dit qu' c'est un Bourbon ;
On y a donné l' Baptême,
C' Prince-là s'ra bon chrétien.
Sa maman, pour qu'on l'aime,
Le fera s'él'ver dans l' bien ;
J'ai vu, etc.

Quoique bien jeune encore,
Ce prince au tein vermeil
Du bonheur est l'aurore,
Annonçant l' bon soleil.
J'ai vu, etc.

Pour qu'il vive sur terre
Dans la prospérité,
Les uns font leur prière
L' s'autres boiv' à sa santé,
J'ai vu, etc.

Dans ces jours d'allégresse,
Pour remercier l' Seigneur,
Boire, entendre une messe,
Tout gît dans le fond du cœur.
J'ai vu, etc.

Ce p'tit fils d'Henri-Quatre,
Comm' lui s'ra valeureux ;
S'il peut n' jamais combattre,
Ma foi ça n'en fras qu' mieux.
J'ai vu, etc.

Par DUVERNY, aveuglé.
Propriété de l'Editeur, HUGOULIN.

Reprends ton éclat, belle France,
Ne doute plus de tes succès ;
Reçois dans ton sein l'Espérance
Que te donne un prince Français ;
Sous les yeux de sa tendre mère,
Comme elle il sera vertueux
Et posséderas de son père
Le cœur sensible et généreux.

Prince chéri, c'est ta naissance
Qui comble nos vœux, nos désirs,
C'est pour toi que dans notre France
On voit les jeux et les plaisirs ;
Dans nos cœurs, ta mère chérie,
Semble dire par ses bienfaits,
Qu'aimer son prince et sa patrie,
C'est le devoir de bons Français.

Fidèle à l'honneur et la gloire,
Si tu règne sur les français,
Laisse reposer la Victoire
Goûte les douceurs de la paix ;
Mais pourtant s'il fallait combattre
Par tes hauts-faits montre toi grand,
Qu'on dise comme d'Henri-Quatre,
Il est généreux et vaillant.

Par HUGOULIN.

De l'Imprimerie de V[illegible] RENAUDIERE, Marché-Neuf, nº. 48.

LA FAMEUSE ET SEULE VERITABLE

COMPLAINTE DES CARLISTES,

FAITE EN QUINZE COUPLETS, ACCOMPAGNÉS DE NOTES SAVANTES ET EXPLICATIVES,

PAR FRÈRE IGNACE, IGNORANTIN.

A PARIS, CHEZ TOUS LES LIBRAIRES DE LA FRANCE ET DE L'ÉTRANGER.

Se vend trois sols à tout le monde.

(Prix 5 francs le demi-cent, à la Librairie centrale, Galerie-Neuve du Palais-Royal.)

N. B. L'auteur ne pouvant appliquer sa paraphe ou sa griffe, vu le débit nombreux et rapide, déclare aux yeux de la loi, qu'il poursuivra partout les contrefaiseurs, avec rigueur.

Sur le même air des autres fameuses complaintes.

O vous tous, congréganistes,
Pieux et loyaux sujets,
Braves Chouans et Verdets,
Fidèles Henriquinquistes,
En entendant nos tourmens
Voyez nos gémissemens.

Charles Dix qui sur son trône
Était l'amour des Français,
Qu'il mitrailla sans succès
Pour l'honneur de sa couronne,
Est dans l'exil aujourd'hui,
Où qu'il prend beaucoup d'ennui.

Épouvantable aventure!
Hors de France lentement
Les bourreaux bien poliment
L'ont conduit dans sa voiture,
Comme un féroce animal,
Ne lui faisant aucun mal.

La Duchesse d'Angoulême,
La Duchesse de Berry,
Le Dauphin et Cinq Henri (1)
Sont sains et saufs tout de même.
Barbare protection
De la révolution!

Ces bons princes légitimes,
Qui tiraient sans ramasser (2)
N'ont plus de quoi tant chasser:
De leur sort qu'ils sont victimes!
Ils remplissent leurs instans
Hélas! à tuer le temps.

Encor l'on les contrarie,
L'on leur donne du souci.
Ciel! faut-il être endurci!
Comme ils ont l'âme tarie
Ces farouches créanciers
Qui leur lâchent les huissiers (3)!

Du moins, aimant par nature
Tous les plaisirs innocens,
Ils retournent en tous sens
Des crêpes dans la friture (4).
Eh quoi! du beurre fondu
Pour tant de sang répandu!

Pauvres exilés! la Chambre,
Afin de vous mieux punir,
Ne voulant pas vous bannir
Sur la motion d'un membre,
Vous a proclamés dehors
Si vous n'êtes les plus forts.

Alors donc voilà la peine
Dont des sujets exaltés,
Dans leurs cerveaux révoltés,
Vous frappent avec tant d'haine!
Si vous alliez débarquer,
Ils vous feraient rembarquer.

Les méchans! en récompense,
Ils soignent les revenus
Des biens qu'ils ont retenus
Pour fournir votre dépense.
Un tel procédé d'état
Est toujours fort délicat.

Ne perdons pas l'espérance;
Avec nos braves lurons,
Nos bons et mauvais larrons,
Attaquons le Coq de France.
Le Coq sera mis dedans
Quand la poule aura des dents.

On trouve encor le Carliste,
Quoiqu'il soit fort peu nombreux.
Parmi les plus valeureux,
Nous comptons un bandagiste,
Deux sacristains, trois bedeaux,
Sont pour le Duc de Bordeaux.

Pour commencer la campagne,
Dix mille Dominicains
Et vingt mille Franciscains
Vont nous arriver d'Espagne,
Avec Monsieur de Bourmont,
Qui vaut bien Monsieur Marmont.

Les Rois jouant un beau rôle,
Vaincront nos fataux destins;
Si les peuples trop mutins
Ne leur font la fausse épaule,
Et du jour au lendemain
Ne leur petent dans la main.

Que chacun se presse en foule
Parmi tous les lieux bénis,
Pour supplier saint Denis
De remplir la Sainte-Ampoule (5),
Et garder dans un bocal
Le cordon ombilical (6).

---

(1) Les hommes expérimentés dans la versification voient, comme de raison, que ceci est pour la rime; car *Henri-Cinq*, cela ne rimerait à rien.

(2) C'est une justice qu'il faut rendre à Charles X, qu'il était fin chasseur. Quel coup d'œil qu'il avait cet homme là!

(3) Comment il y a-t-il des hommes assez osés pour réclamer leur dû d'un prince légitime! Ces Anglais-là sont de bien mauvais Français, tout de même!

(4) C'est un fait historique qui a été constaté sur les journaux d'Edimbourg en Angleterre.

(5) La Sainte-Ampoule est une fiole pleine d'huile qu'une colombe apporta, soi-disant, à saint Remi, pour sacrer les Rois de France et de Navarre. C'est un article de foi, qu'elle n'est jamais vide, malgré qu'on ait tant sacré de fois avec; mais c'est un fait qu'elle est vide au jour d'aujourd'hui.

(6) Pour ne point entrer dans des détails anacomiques, nous nous bornerons à mentionner que le cordon ombilical est une pièce importante que les princesses en travail font viser par des témoins conséquens. C'est, comme qui dirait, un certificat de légitimité. Il y a quelque part dix ans que les citoyens difficultueux et mal pensans ont attaqué la validité d'un pareil, et qui fit grand escandale.

FINISSE CORAUNA TAUPUCE.

IMPRIMERIE DE AUG. AUFFRAY, PASSAGE DU CAIRE, N. 54.

L'APOTHEOSE DE L'EMPEREUR NAPOLÉON.

NAPOLÉON AUX FRANÇAIS. — LE MANTEAU DE NAPOLÉON. — NAPOLÉON-LE-GRAND. — LES CAMPAGNES DE NAPOLÉON.

Le plus grand capitaine du monde, Napoléon, à l'île Sainte-Hélène chargé des fers que vingt nations avaient rivés, expire loin de cette France si chère à son cœur. Un rocher reçut les restes inanimés de celui qui porta la gloire française en Égypte, en Italie, en Allemagne, dans le monde enfin. — Que l'histoire redise ses victoires, que la sculpture, la gravure retracent ses hauts-faits, car les générations futures croiront fabuleuse la vie d'un héros si grand, et l'amour qu'avaient pour lui ceux qu'il nommait ses enfans. La France allait être livrée à l'anarchie, lorsque, sorti d'un rang obscur, il lui donna la gloire et le bonheur. Plus tard, il est vrai, sa main de fer s'appesantit sur elle, mais, par ses soins, elle était florissante... Et si le despotisme pouvait être souffert, il ne le serait que d'un génie aussi grand. — Nous reproduisons ici fort imparfaitement une des gravures de l'un de nos premiers talens... Mais nous avons la certitude qu'elle sera placée sous le chaume, où si souvent le héros porta des consolations.

NAPOLÉON AUX FRANÇAIS.

Où sont-ils, ces jours d'allégresse,
Ces jours où le peuple français
M'applaudissait avec ivresse,
Émerveillé de mes succès?
Nul ne m'égalait en génie,
Seul contre tous j'avais raison :
Tout est changé... la calomnie
Sur moi distille son poison.

Autrefois la France attendrie
Me nommait son libérateur :
Quoi ! le sauveur de la patrie
N'est-il plus qu'un usurpateur?
Français, de votre monarchie
Ai-je donc usurpé les droits?
Quand je détrônai l'anarchie,
Vous ne songiez plus à vos rois.

O France ! une paix honorable
Allait te rendre le bonheur,
Si, par un complot exécrable,
On n'eût compromis ton honneur.
De la mer les orgueilleux maîtres
Tremblaient aux rives d'Albion :
Ce n'est qu'en soudoyant les traîtres
Qu'ils ont vaincu Napoléon.

Songe qu'au premier point du globe,
Quinze ans tu t'assis avec moi;
Et ces lauriers qu'on me dérobe,
Je les avais conquis pour toi !
Malgré la malveillance insigne
Qui s'applique à tout contester,
Si le trône était au plus digne,
J'avais des droits pour y monter.

LE MANTEAU DE NAPOLÉON.

AIR : *Du vieux Drapeau.*

Un général proscrit de sa patrie,
Les yeux en pleurs, contemplait son manteau;
Il lui parlait, telle était sa folie;
Il le croyait un ami tout nouveau.
Toi, disait-il, qui partageas ma gloire,
Dans les combats toi qui suivis mes pas,
Je te promets ta place dans l'histoire.
Mon vieux manteau ne m'abandonne pas.

Combien de fois, dans ces grandes journées,
Tu me couvris sur l'affût d'un canon;
Un court sommeil reposait mes pensées,
J'étais tranquille à l'abri du poison.
Je ne craignais ni la haine ni l'envie,
Environné de mes nombreux soldats,
En m'échauffant tu me rendais la vie, Mon, etc.

S'il a des trous, on peut par intervalles
En reconnaître... ils sont de Waterloo;
J'y trouve encor la trace de vingt balles
Que j'ai reçues aux champs de Marengo.
Ah ! si jamais l'on dit dans mon histoire
Que je fuyais au milieu des combats,
Tu serviras de témoin à ma gloire, Mon vieux, etc.

Dans mon exil s'il faut que je périsse,
Éloigné de mes nombreux amis,
Je compte encor sur un plus grand service;
Sans ton aveu je me le suis promis.
Enveloppant et mon corps et ma bière,
Me conduisant aux portes du trépas,
A tous les yeux sois mon drap mortuaire. Mon, etc.

NAPOLÉON-LE-GRAND. AIR : *Des 3 couleurs.*

Sur des débris en fondant sa puissance,
Napoléon, cet illustre guerrier,
Comme un héros a gouverné la France;
Des étrangers il la fit respecter.
L'épée en main, affrontant la mitraille,
Il terrassa le Russe et le Prussien;
Plus de cent fois sur le champ de bataille
Il a vaincu (*bis*) l'empereur autrichien.

De nos cités bannissant sa mémoire,
On avait cru pendant plus de quinze ans
Que son beau nom, effacé de l'histoire,
Ne vivrait plus, oublié par le temps.
De la grandeur de son vaste génie
Nous recueillons aujourd'hui les bienfaits;
Nous rendre heureux, enrichir la patrie,
C'était le but (*bis*) de l'empire français.

Il fut trahi, l'inconstante Bellone
L'abandonnait au moment des dangers;
Il perdit tout, son fils et sa couronne,
Et des Français on flétrit les lauriers.
Sur le rocher de l'île Sainte-Hélène
L'on exila Napoléon-le-Grand;
Il succomba sous le poids de sa chaîne;
Ainsi finit (*bis*) ce fameux conquérant.

Vous ses soldats, compagnons de sa gloire,
Avec orgueil terminant ses travaux;
On vous verrait, marchant à la victoire,
Voler encore à des périls nouveaux,
Le sabre en main, pour soutenir la France,
Guerriers fameux, devenez des héros;
Napoléon a perdu l'existence,
Mais nous avons (*bis*) ses glorieux drapeaux.

LES CAMPAGNES DE NAPOLÉON.

Je vais chanter le héros de la France;
Je vais chanter ce fameux conquérant,
Je vais chanter ce héros, sa vaillance,
Qui s'illustra par ses nobles talens.
Il sut guider nos braves en Sibérie.
Vingt ans de gloire couronna sa valeur.
Pour illustrer notre belle patrie,
Son souvenir est gravé dans nos cœurs. 3 *fois.*

Il commença ses courses en Italie;
On vit briller son courage à Milan,
Dans le Piémont, ainsi qu'en Romanie,
Mars lui donna le nom de conquérant.
Ce preux guerrier fit éclater sa gloire
Dans le passage du Mont Saint-Bernard;
Tous ces hauts-faits sont gravés dans l'histoire,
Partout il sut rivaliser César.

Au pont d'Arcole, à Eylau, à Wagram,
Il partagea la gloire de nos héros.
A Austerlitz on vit briller ses armes,
Il commanda le feu de Marengo.
Ayant vaincu la Prusse et l'Allemagne,
Et parcouru la Bohême et la Hongrie,
Bientôt l'honneur l'appela pour l'Espagne.
Quitta Berlin pour aller à Madrid.

Il commença cette belle campagne.
Sur l'Espagnol il gagna du pays.
Il arriva à Cadix en Espagne,
A Vittoria, Sarragosse et Madrid.
Mille succès couronnèrent sa vaillance.
L'ambition le changea tout-à-coup;
Il résolut de revenir en France
Se reposer pour aller à Moscou.

Nos preux guerriers arrivent en Russie.
Déjà l'hiver prépare son courroux.
L'excès du froid, des neiges la furie
Les obligea de quitter ce Moscou.
Sur la Pologne on battit en retraite.
Fut où l'on vit ce fier Poniatowski,
Ce Polonais que tout Français regrette,
Il se noya dans le fleuve à Leipsick.

Notre empereur quitta l'Heste et l'Elbe.
Par ses sujets il fut bientôt trahi;
De Fontainebleau on l'envoie à l'île d'Elbe;
Six mois après il revint à Paris,
Et contre lui s'élevèrent les puissances,
De la discorde on vit tous les agens;
Notre héros voulut faire résistance,
Il fut trahi à l'affreux Mont-Saint-Jean.

Bientôt on vit sur le bord de la Seine
Des ennemis flotter les étendards;
On déporta à l'île Sainte-Hélène
Ce grand guerrier rival de César.
Il n'eut pour tout que deux amis sincères,
Fut Montholon et le comte Bertrand.
L'ayant suivi jusqu'aux lieux solitaires,
Ils furent témoins de ses derniers momens.

Notre héros, en quittant sa patrie,
Dit en pleurant : « Adieu, braves guerriers,
» Adieu mon fils, mon épouse chérie,
» Adieu la France, adieu tous mes lauriers,
» Adieu soldats, vrais soutiens de la gloire.
» Tout présageait un si bel avenir.
» Nous nous verrons au temple de Mémoire;
» De nos hauts-faits gardons le souvenir. »

Au sein des mers, sur un rocher sauvage,
Il habite ce funeste séjour;
Après six ans d'un pénible esclavage,
La faux du temps vint terminer ses jours.
Notre monarque à son heure dernière,
En expirant dans cet exil affreux,
Versa des pleurs, et ferma la paupière,
En embrassant ses amis généreux.

Se vend chez Ad. RION, rue Dauphine, 24, au rez-de-chaussée dans la cour, à PARIS.

Imprimerie de SELLIGUE.

SON PAVILLON, PENDANT VINGT ANS D'ALARMES,
FLOTTA VINGT FOIS CHEZ VINGT PEUPLES DIVERS:

QUEL BON FRANÇAIS PEUT REFUSER DES LARMES
A CE GUERRIER QU'ADMIRE L'UNIVERS?

NAPOLÉON-LE-GRAND.

HISTOIRE DE NAPOLÉON.

AIR : *Un vieux pêcheur sur les bords de l'Isère.*

Un grenadier, vieux débris de la Loire,
Un soir, tandis qu'on veilloit au hameau,
Les yeux en pleurs, pensant à Waterloo,
Songeait aux fils de la victoire,
Et du vieux drapeau,
Du petit chapeau,
A ses enfans comptait l'histoire:
Chantons du héros
Les nobles travaux;
Pendant vingt ans, sous les feux du canon,
L'univers entier a retenti du nom
Du vainqueur des rois, du grand Napoléon.

J'avais dix ans, autant qu'il m'en souvienne,
Je le connus: il était un bambin.
Je me disais: Il fera son chemin:
On le remarquait à Brienne,
Et puis à Toulon,
Seul, près d'un canon.
Quelle valeur était la sienne!
Chantons du héros, etc.

Quand il partit combattre en Italie;
Je le suivis; il était général,
Plus grand cent fois que ne fut Annibal;
C'était l'orgueil de la patrie.
Lodi, Marengo,
Aux rives du Pô,
Partout se montrait son génie.
Chantons du héros, etc.

Les Pyramides attestent sa gloire:
En Egypte, j'étais auprès de lui,
Et là comme un météore il a lui:
C'était victoire sur victoire:
Puis je le suivis,
Alors qu'à Paris
Il renversa le directoire.
Chantons du héros, etc.

De ce grand homme on connut la puissance,
Il fut consul et bientôt empereur:
Trône fameux conquis par la valeur,
Tu fis l'âge d'or de la France;
L'Europe a frémi,
L'airain a retenti,
Les rois redoutaient sa vaillance. Chant., etc.

Oh! vous le vites dans chaque campagne,
Braves Français, vous couvrir de lauriers.
Plus de conscrits, nous étions tous guerriers.
Soit en Russie, soit en Espagne,
Devant nos exploits
S'enfuyaient les rois,
En Prusse comme en Allemagne. Chant., etc.

A son seul nom s'écroulaient les murailles,
Combien d'états que nos bras ont conquis!
Wagram, Iéna, Botzen, Ulm, Austerlitz,
Et plus de cent autre batailles.
Tout sceptre tombait,
La terre tremblait
Et frémissait dans ses entrailles. Chant., etc.

J'étais encor près du maître du monde,
Quand il s'unit à la fille des rois;
Et bien en prit au souverain François,
Pour avoir une paix profonde.
Bonaparte heureux,
Son peuple joyeux
Disait: Le destin le seconde. Chantons, etc.

Lors tous les rois ébranlés sur leur trône,
Honteux, confus, jaloux de son renom,
Jurent sa perte.... O noire trahison!
Bien plus d'un ingrat l'abandonne.
Raguse, Bourmont,
Courbez votre front
Pour le prix du sang qu'on vous donne.
Chantons, etc.

Il fut, hélas! renfermé dans une île (1);
Triste, captif, il gémit peu de temps.
Au bout d'un an il revit ses enfans,
A la France il était bien utile;
Mais sous son drapeau,
Trahi de nouveau,
Au sein des mers un roi l'exile. Chantons, etc.

Ah! plaignez-le..... bien loin de sa patrie,
Et sous le joug d'un infâme bourreau!...
Vil Hudson Lowe, tu conduis au tombeau
Le plus grand homme de génie;
Mais quoiqu'il soit mort,
Son nom vit encor;
Pour toujours et malgré l'envie. Chant., etc.

Autour de moi quels cris se font entendre?
Quoi! d'Orléans nous rend son vieux drapeau.
Bon citoyen, à ce trône si beau,
Toi seul devais y prétendre:
Ah! console-toi,
Colonne, un grand roi
Du héros te rendra la cendre. Chantons, etc.

(1) L'île d'Elbe.

LES CAMPAGNES DE NAPOLÉON.

AIR *des grands hommes.*

Je vais chanter le héros de la France,
Je vais chanter ce fameux conquérant;
Je vais chanter ce héros, sa vaillance,
Il s'illustra par son noble talent.
Il sut guider nos braves en Sibérie;
Vingt ans de gloire couronna sa valeur;
Pour illustrer notre belle patrie,
Son souvenir est gravé dans tout cœur.

Il commença sa course en Italie;
On vit briller son courage à Milan;
Dans le Piémont, ainsi qu'en Romanie,
Mars lui donna le nom de Conquérant.
Ce preux guerrier fit éclater sa gloire
Dans le passage du mont Saint-Bernard;
Tous ses hauts faits sont gravés dans l'histoire;
Partout il sut rivaliser César.

Au pont d'Arcole, à Eylau, à Wagram,
Il partagea la gloire des héros;
A Austerlitz on vit briller ses armes;
Il commanda le feu de Marengo.
Ayant vaincu la Prusse et l'Allemagne,
Et parcouru la Bohême et la Hongrie,
Bientôt l'honneur l'appelant en Espagne,
Quittant Berlin, il partit pour Madrid.

Il commença cette belle campagne;
Sur l'Espagnol il gagna du pays:
Il arriva à Cadix en Espagne,
A Vittoria, Saragosse et Madrid.
Mille succès couronnent sa vaillance,
L'ambition le changeant tout-à-coup,
Il résolut de revenir en France,
Se reposer pour aller à Moscou.

Nos preux guerriers arrivent en Russie,
Déjà l'hiver préparait son courroux;
L'excès du froid, des neiges la furie,
Leur dirent de quitter Moscou.
Sur la Pologne on battit en retraite;
C'est-là qu'on vit ce fier Poniatowski,
Ce Polonais que tout Français regrette,
Las! se noya dans le fleuve à Leipsick.

Notre empereur quitta la Hesse et l'Elbe;
Par ses sujets il fut bientôt trahi;
De Fontain'bleau on l'envoie à l'île d'Elbe.
Six mois après il revient à Paris,
Et contre lui s'éleva chaque puissance;
De la discorde on vit tous les agens;
Notre héros voulut faire résistance,
Il fut trahi à l'affreux Mont-Saint-Jean.

Bientôt on vit sur les bords de la Seine,
Des ennemis flotter les étendards;
On déporta à l'île Sainte-Hélène
Ce grand guerrier supérieur à César.
Il n'eut en tout que deux amis sincères:
C'est Montholon et le comte Bertrand;
L'ayant suivi jusqu'aux lieux solitaires,
Ils furent témoins de son dernier moment.

Notre héros, en quittant sa patrie,
Dit en pleurant: « Adieu, braves guerriers!
» Adieu, mon fils, mon épouse chérie!
» Adieu, France, adieu tous mes lauriers!
» Adieu, soldats, vrais soutiens de la gloire,
» Tout présageait un si bel avenir!
» Nous nous verrons au temple de mémoire,
» De nos hauts faits gardons le souvenir. »

Au sein des mers, sur un rocher sauvage,
Il habite de funestes séjours:
Après six ans d'un pénible esclavage,
La faux du temps vint terminer ses jours.
Notre monarque, à son heure dernière,
En expirant dans cet exil affreux,
Versa des pleurs, et ferma la paupière,
En embrassant ses amis généreux.

Peuple français, admirons la clémence
De ce bon roi Philippe d'Orléans;
A notre égard il demande aux puissances
D'avoir le corps de ce fier conquérant:
Celui que l'on vit jadis dans les plaines
Des Pyramides, aussi de Waterloo,
Celui qui dort à l'île Sainte-Hélène,
Gloire immortelle à son petit chapeau!

CHANT FUNÈBRE SUR LA VIE ET LA MORT DE NAPOLÉON.

AIR *du vieux Soldat.*

Napoléon, guerrier que l'on renomme,
Lui seul pouvait vaincre tout l'univers;
Des faux amis environnant son trône,
Agir en traîtres et lui donner des fers.
Tous ses hauts faits sont gravés dans l'histoire,
Qu'aucun revers n'effacera jamais:
Français, donnons des pleurs à la mémoire *bis.*
Du grand guerrier l'effroi de l'univers. *bis.*

Vous l'avez vu au milieu du carnage,
Braver la mort au plus fort des dangers;
Par sa valeur, par son noble courage,
Il animait le cœur de nos guerriers.
Rappelons-nous de ce jour de bataille,
Qu'au pont d'Arcole il passa le premier;
Malgré le feu, le canon, la mitraille,
Aucun soldat ne le vit balancer.

Vainqueur du Nord, vainqueur des Pyramides,
Jusqu'en Russie il marcha sans effroi;
Le beau pays que l'on nomme Italie,
Ne fut-il pas soumis à ses lois?
L'Allemagne, enfin, la Prusse et la Hongrie,
Tous reconnurent son immortel drapeau;
Et vous! tremblez, chefs de horde ennemie,
Votre complot a creusé son tombeau.

Vingt-cinq ans du plus noble courage
Ont illustré nos immortels drapeaux;
De sa valeur la couronne est le gage
Qui marque encor le prix de ses travaux.
Nous ne saurions trop parler de sa gloire;
Il fut illustré au champ de Marengo,
Et les Français, en lisant son histoire,
Verseront des pleurs au pied de son tombeau.

Vous le savez quelle était sa faiblesse;
Elle était d'être ambitieux;
Fallait-il pour cela, dans sa détresse,
Ravir sa femme et son fils précieux?
Objets qui tous étaient chers à son âme,
Le souvenir causa tous ses regrets;
Sur un rocher, consumé par sa flamme,
Expire l'empereur des Français.

Le seul ami qui partagea sa gloire,
Voulut aussi partager son malheur;
Sur un rocher flétri par la victoire,
Ces deux amis ne formaient plus qu'un cœur.
Le Ciel enfin nous redonne la vie
Pour Louis-Philippe, soutien du nom Français;
S'il faut pour lui sacrifier sa vie,
N'hésitons pas, puisque c'est un Français.

LYON. — IMPRIMERIE DE J. M. BOURSY, RUE DE LA POULAILLERIE.

Son pavillon, pendant vingt ans d'alarmes,
Flotta vingt fois chez vingt peuples divers :

Quel bon Français peut refuser des larmes
A ce guerrier qu'admire l'Univers !

NAPOLÉON-LE-GRAND.

HISTOIRE DE NAPOLÉON.

Un grenadier, vieux débris de la Loire,
Un soir, tandis qu'on veillait au hameau,
Les yeux en pleurs, rêvant à Vaterloo,
Songeait au fils de la victoire,
Et du vieux drapeau,
Du petit chapeau,
A ses enfans contait l'histoire :
Chantons du héros
Les nobles travaux.
Pendant vingt ans sous les feux du canon,
L'univers entier a retenti du nom
Du vainqueur des rois, du grand Napoléon.

J'avais dix ans, autant qu'il m'en souvienne,
Je le connus ; il était un bambin.
Je me disais : Il fera son chemin ;
On le remarquait à Brienne,
Et puis à Toulon,
Seul, près d'un canon.
Quelle valeur était la sienne ! Chantons, etc.

Quand il partit combattre en Italie,
Je le suivis ; il était général,
Plus grand cent fois que ne fut Annibal ;
C'était l'orgueil de la patrie.
Lodi, Marengo,
Aux rives du Pô,
Partout se montrait son génie. Chantons, etc.

Les Pyramides attestent sa gloire ;
En Egypte, j'étais auprès de lui,
Et là, comme un météore, il a lui :
C'était victoire sur victoire ;
Puis je le suivis,
Alors qu'à Paris
Il renversa le directoire. Chantons, etc.

De ce grand homme on connut la puissance ;
Il fut consul et bientôt empereur :
Trône fameux conquis par sa valeur,
Tu fis l'âge d'or de la France ;
L'Europe a frémi,
L'airain a retenti,
Les Rois redoutaient sa veillance. Chantons, etc.

Ah ! vous le vîtes dans chaque campagne,
Braves Français, vous couvrir de lauriers.
Plus de conscrits, nous étions tous guerriers,
Soit en Russie, soit en Espagne.
Devant nos exploits
S'enfuyaient les Rois,
En Prusse, comme en Allemagne. Chantons, etc.

A son seul nom s'écroulaient les murailles ;
Combien d'états que nos bras ont conquis !
Wagram, Iéna, Bautzen, Ulm, Austerlitz,
Et plus de cent autres batailles.
Tout sceptre tombait,
La terre tremblait
Et frémissait dans ses entrailles. Chantons, etc.

J'étais encor près du maître du monde,
Quand il s'unit à la fille des Rois ;
Et bien en prit au souverain François,
Pour avoir une paix profonde.
Bonaparte heureux,
Son peuple joyeux,
Disait : Le destin le seconde. Chantons, etc.

Lors tous les Rois ébranlés sur leur trône,
Honteux, confus, jaloux de son renom,
Jurent sa perte..... O notre trahison !
Bien plus d'un ingrat l'abandonne.
Raguse, Bourmont,
Courbez votre front
Pour le prix du sang qu'on vous donne.
Chantons, etc.

Il fut, hélas ! renfermé dans une île (1) ;
Triste, captif, il gémit peu de temps.
Au bout d'un an il revit ses enfans.
A la France il était utile ;
Mais sous son drapeau,
Trahi de nouveau,
Au sein des mers, un Roi l'exile. Chantons, etc.

Ah ! plaignez-le..... bien loin de sa patrie
Et sous le joug d'un infâme bourreau !....
Vil Hudson Lower, tu conduis au tombeau
Le plus grand homme de génie ;
Mais quoiqu'il soit mort,
Son nom vit encor,
Pour toujours et malgré l'envie. Chantons, etc.

Autour de moi quels cris se font entendre ?
Quoi ! d'Orléans nous rend son vieux drapeau ?
Bon citoyen, à ce trône si beau,
Toi seul devais y prétendre :
Ah ! console-toi,
Colonne, un grand Roi
Du héros te rendra la cendre. Chantons, etc.

(1) L'île d'Elbe.

LES CAMPAGNES DE NAPOLÉON.

Air des Grands Hommes.

Je vais chanter le héros de la France,
Je vais chanter ce fameux conquérant ;
Je vais chanter ce héros, sa vaillance,
Il s'illustra par son noble talent.
Il sut guider nos braves en Sybérie ;
Vingt ans de gloire couronna sa valeur ;
Pour illustrer notre belle patrie,
Son souvenir est gravé dans tout cœur.

Il commença sa course en Italie ;
On vit briller son courage à Milan ;
Dans le Piémont, ainsi qu'en Romanie,
Mars lui donna le nom de conquérant.
Ce preux guerrier fit éclater sa gloire
Dans le passage du mont Saint-Bernard ;
Tous ses hauts faits sont gravés dans l'histoire,
Partout il sut rivaliser César.

Au pont d'Arcole, à Eylau, à Wagram,
Il partagea la gloire de nos héros ;
A Austerlitz, on vit briller ses armes ;
Il commanda le feu de Marengo.
Ayant vaincu la Prusse et l'Allemagne,
Et parcouru la Bohême et la Hongrie,
Bientôt l'honneur l'appelant en Espagne,
Quittant Berlin, il partit pour Madrid.

Il commença cette belle campagne ;
Sur l'Espagnol il gagna du pays ;
Il arriva à Cadix en Espagne,
A Vittoria, Saragosse et Madrid.
Mille succès couronnant sa vaillance,
L'ambition le changeant tout-à-coup,
Il résolut de revenir en France,
Se reposer pour aller à Moscou.

Nos preux guerriers arrivant en Russie,
Déjà l'hiver préparait son courroux ;
L'excès du froid, des neiges la furie,
Leur dirent de quitter Moscou.

Sur la Pologne on battit en retraite ;
C'est là qu'on vit ce fier Poniatowski ;
Ce Polonais, que tout Français regrette,
Las ! se noya dans le fleuve à Leipsick.

Notre Empereur quitta l'Heste et l'Elbe ;
Par ses sujets il fut bientôt trahi ;
De Fontain'bleau on l'envoie à l'île d'Elbe.
Six mois après il revint à Paris,
Et contre lui s'éleva chaque puissance :
De la discorde on vit tous les agens ;
Notre héros voulut faire résistance,
Il fut trahi à l'affreux Mont-Saint-Jean.

Bientôt on vit sur le bord de la Seine,
Des ennemis flotter les étendards ;
On déporta à l'île Sainte-Hélène,
Ce grand guerrier, supérieur à César.
Il n'eut en tout que deux amis sincères ;
C'est Montholon et le comte Bertrand.
L'ayant suivi jusqu'aux lieux solitaires,
Ils furent témoins de son dernier moment.

Notre héros, en quittant sa patrie,
Dit, en pleurant : « Adieu, braves guerriers !
» Adieu, mon fils, mon épouse chérie !
» Adieu, France, adieu tous mes lauriers !
» Adieu, soldats, vrais soutiens de la gloire,
» Tout présageait un si bel avenir !
» Nous nous verrons au temple de Mémoire,
» De nos hauts faits gardons le souvenir. »

Au sein des mers, sur un rocher sauvage,
Il habite de funestes séjours :
Après six ans d'un pénible esclavage,
La faux du temps vint terminer ses jours.
Notre monarque, à son heure dernière,
En expirant dans cet exil affreux,
Versa des pleurs, et ferma la paupière,
En embrassant ses amis généreux.

Peuple Français, admirons la clémence
De ce bon roi Philippe d'Orléans ;
A notre égard il demande aux puissances
D'avoir le corps de ce fier conquérant ;
Celui que l'on vit jadis dans les plaines
Des Pyramides, aussi de Waterloo,
Celui qui dort à l'île Sainte-Hélène,
Gloire immortelle à son petit chapeau !

TOULOUSE, IMPRIMERIE DE J-M CORNE.

L'APOTHEOSE DE L'EMPEREUR NAPOLÉON.

NAPOLÉON AUX FRANÇAIS. — LE MANTEAU DE NAPOLÉON. — NAPOLÉON-LE-GRAND. — LES CAMPAGNES DE NAPOLÉON.

Le plus grand capitaine du monde, Napoléon, à l'île Sainte-Hélène chargé des fers que vingt nations avaient rivés, expire loin de cette France si chère à son cœur. Un rocher reçut les restes inanimés de celui qui porta la gloire française en Égypte, en Italie, en Allemagne, dans le monde enfin.—Que l'histoire redise ses victoires, que la sculpture, la gravure retracent ses hauts-faits, car les générations futures croiront fabuleuse la vie d'un héros si grand, et l'amour qu'avaient pour lui ceux qu'il nommait ses enfans. La France allait être livrée à l'anarchie, lorsque, sorti d'un rang obscur, il lui donna la gloire et le bonheur. Plus tard, il est vrai, sa main de fer s'appesantit sur elle, mais, par ses soins, elle était florissante... Et si le despotisme pouvait être souffert, il ne le serait que d'un génie aussi grand.—Nous reproduisons ici fort imparfaitement une des gravures de l'un de nos premiers talens... Mais nous avons la certitude qu'elle sera placée sous le chaume, où si souvent le héros porta des consolations.

NAPOLÉON AUX FRANÇAIS.

Où sont-ils, ces jours d'allégresse,
Ces jours où le peuple français
M'applaudissait avec ivresse,
Émerveillé de mes succès?
Nul ne m'égalait en génie,
Seul contre tous j'avais raison :
Tout est changé... la calomnie
Sur moi distille son poison.

Autrefois la France attendrie
Me nommait son libérateur :
Quoi ! le sauveur de la patrie
N'est-il plus qu'un usurpateur?
Français, de votre monarchie
Ai-je donc usurpé les droits?
Quand je détrônai l'anarchie,
Vous ne songiez plus à vos rois.

O France ! une paix honorable
Allait te rendre le bonheur,
Si, par un complot exécrable,
On n'eût compromis ton honneur.
De la mer les orgueilleux maîtres
Tremblaient aux rives d'Albion :
Ce n'est qu'en soudoyant les traîtres
Qu'ils ont vaincu Napoléon.

Songe qu'au premier point du globe,
Quinze ans tu t'assis avec moi;
Et ces lauriers qu'on me dérobe,
Je les avais conquis pour toi !
Malgré la malveillance insigne
Qui s'applique à tout contester,
Si le trône était au plus digne,
J'avais des droits pour y monter.

LE MANTEAU DE NAPOLÉON.

AIR : *Du vieux Drapeau.*

Un général proscrit de sa patrie,
Les yeux en pleurs, contemplait son manteau;
Il lui parlait, telle était sa folie;
Il le croyait un ami tout nouveau.
Toi, disait-il, qui partageas ma gloire,
Dans les combats toi qui suivis mes pas,
Je te promets ta place dans l'histoire.
Mon vieux manteau ne m'abandonne pas.

Combien de fois, dans ces grandes journées,
Tu me couvris sur l'affût d'un canon;
Un court sommeil reposait mes pensées,
J'étais tranquille à l'abri du poison,
Je ne craignais ni la haine ni l'envie,
Environné de mes nombreux soldats,
En m'échauffant tu me rendais la vie, Mon, etc.

S'il a des trous, on peut par intervalles
En reconnaître...ils sont de Waterloo;
J'y trouve encor la trace de vingt balles
Que j'ai reçues aux champs de Marengo.
Ah ! si jamais l'on dit dans mon histoire
Que je fuyais au milieu des combats,
Tu serviras de témoin à ma gloire, Mon vieux, etc.

Dans mon exil s'il faut que je périsse,
Éloigné de mes nombreux amis,
Je compte encor sur un plus grand service;
Sans ton aveu je me le suis promis.
Enveloppant et mon corps et ma bière,
Me conduisant aux portes du trépas,
A tous les yeux sois mon drap mortuaire. Mon, etc.

NAPOLÉON-LE-GRAND. AIR : *Des 3 couleurs.*

Sur des débris en fondant sa puissance,
Napoléon, cet illustre guerrier,
Comme un héros a gouverné la France;
Des étrangers il la fit respecter.
L'épée en main, affrontant la mitraille,
Il terrassa le Russe et le Prussien;
Plus de cent fois sur le champ de bataille
Il a vaincu (*bis*) l'empereur autrichien.

De nos cités bannissant sa mémoire,
On avait cru pendant plus de quinze ans
Que son beau nom, effacé de l'histoire,
Ne vivrait plus, oublié par le temps.
De la grandeur de son vaste génie
Nous recueillons aujourd'hui les bienfaits;
Nous rendre heureux, enrichir la patrie,
C'était le but (*bis*) de l'empire français.

Il fut trahi, l'inconstante Bellone
L'abandonnait au moment des dangers;
Il perdit tout, son fils et sa couronne,
Et des Français on flétrit les lauriers.
Sur le rocher de l'île Sainte-Hélène
L'on exila Napoléon-le-Grand;
Il succomba sous le poids de sa chaîne;
Ainsi finit (*bis*) ce fameux conquérant.

Vous ses soldats, compagnons de sa gloire,
Avec orgueil terminant ses travaux;
On vous verrait, marchant à la victoire,
Voler encore à des périls nouveaux,
Le sabre en main, pour soutenir la France,
Guerriers fameux, devenez des héros;
Napoléon a perdu l'existence,
Mais nous avons (*bis*) ses glorieux drapeaux.

LES CAMPAGNES DE NAPOLÉON.

Je vais chanter le héros de la France,
Je vais chanter ce fameux conquérant,
Je vais chanter ce héros, sa vaillance,
Qui s'illustra par ses nobles talens.
Il sut guider nos braves en Sibérie.
Vingt ans de gloire couronna sa valeur.
Pour illustrer notre belle patrie,
Son souvenir est gravé dans nos cœurs. 3 *fois.*

Il commença ses courses en Italie;
On vit briller son courage à Milan,
Dans le Piémont, ainsi qu'en Romanie,
Mars lui donna le nom de conquérant.
Ce preux guerrier fit éclater sa gloire
Dans le passage du Mont Saint-Bernard :
Tous ces hauts-faits sont gravés dans l'histoire,
Partout il sut rivaliser César.

Au pont d'Arcole, à Eylau, à Wagram,
Il partagea la gloire de nos héros.
A Austerlitz on vit briller ses armes,
Il commanda le feu de Marengo.
Ayant vaincu la Prusse et l'Allemagne,
Et parcouru la Bohême et la Hongrie,
Bientôt l'honneur l'appela pour l'Espagne.
Quitta Berlin pour aller à Madrid.

Il commença cette belle campagne.
Sur l'Espagnol il gagna du pays.
Il arriva à Cadix en Espagne,
A Vittoria, Sarragosse et Madrid.
Mille succès couronnèrent sa vaillance.
L'ambition le changea tout-à-coup;
Il résolut de revenir en France
Se reposer pour aller à Moscou.

Nos preux guerriers arrivent en Russie.
Déjà l'hiver prépare son courroux.
L'excès du froid, des neiges la furie
Les obligea de quitter ce Moscou.
Sur la Pologne on battit en retraite.
Fut où l'on vit ce fier Poniatowski,
Ce Polonais que tout Français regrette,
Il se noya dans le fleuve à Leipsick.

Notre empereur quitta l'Heste et l'Elbe.
Par ses sujets il fut bientôt trahi;
De Fontainebleau on l'envoie à l'île d'Elbe;
Six mois après il revint à Paris,
Et contre lui s'élevèrent les puissances,
De la discorde on vit tous les agens;
Notre héros voulut faire résistance,
Il fut trahi à l'affreux Mont-Saint-Jean.

Bientôt on vit sur le bord de la Seine
Des ennemis flotter les étendards;
On déporta à l'île Sainte-Hélène
Ce grand guerrier rival de César.
Il n'eut pour tout que deux amis sincères,
Fut Montholon et le comte Bertrand.
L'ayant suivi jusqu'aux lieux solitaires,
Ils furent témoins de ses derniers momens.

Notre héros, en quittant sa patrie,
Dit en pleurant : « Adieu, braves guerriers,
» Adieu mon fils, mon épouse chérie,
» Adieu la France, adieu tous mes lauriers,
» Adieu soldats, vrais soutiens de la gloire.
» Tout présageait un si bel avenir.
» Nous nous verrons au temple de Mémoire;
» De nos hauts-faits gardons le souvenir. »

Au sein des mers, sur un rocher sauvage,
Il habite ce funeste séjour;
Après six ans d'un pénible esclavage,
La faux du temps vint terminer ses jours.
Notre monarque à son heure dernière,
En expirant dans cet exil affreux,
Versa des pleurs, et ferma la paupière,
En embrassant ses amis généreux.

Se vend chez Ad. RION, rue Dauphine, 24, au rez-de-chaussée dans la cour, à PARIS.
Imprimerie de SELLIGUE.

LES JEUNES FILLES MARIÉES PAR LA NATION;

Hymne chanté en présence du roi en l'honneur des héros de Juillet.

Le fils de Napoléon rendu à la vie, ou prédictions sur le duc de Reichstadt.

HOMMAGE

Et vous surtout, souverain sans clémence,
En franchissant le seuil de ce palais,
Jetez les yeux vers ce cercueil immense,

HOMMAGE

DES

PARISIENS

POUR L'ANNIVERSAIRE DE LA MORT DES VICTIMES DES 27, 28, 29, JUILLET.

Le Tombeau du Louvre,
Les regrets de la France, et l'HYMNE des morts;
par Victor Hugo, chanté en présence du roi.

L'HYMNE DES MORTS.

Ceux qui pieusement sont morts pour la patrie
Ont droit qu'à leur cercueil la foule vienne et prie.
Entre les plus beaux noms leur nom est le plus beau.
Toute gloire près d'eux passe et tombe éphémère;
Et, comme ferait une mère,
La voix d'un peuple entier les berce en leur tombeau!

CHOEUR.

Gloire à notre France éternelle!

Gloire à ceux qui sont morts pour elle!
Aux martyrs! aux vaillans! aux forts!
Et ceux qu'enflamme leur exemple,
Qui veulent place dans ce temple,
Et qui mourront comme ils sont morts!

STROPHE.

C'est pour ces morts, dont l'ombre est ici bien venue,
Que le Panthéon élève dans la nue,
Au-dessus de Paris, la ville aux milles tours,
La reine de nos Tyrs et de nos Babylones,
Cette couronne de colonnes
Que le soleil levant redore tous les jours!

CHOEUR.

Gloire à notre France éternelle!

STROPHE.

Ainsi, quand de tels morts sont couchés dans la tombe,
En vain l'oubli, nuit sombre où va tout ce qui tombe,
Passe sur leur sépulcre où nous nous inclinons;
Chaque jour, pour eux seuls, se levant plus fidèle,
La gloire, aube toujours nouvelle,
Fait luire leur mémoire et redore leurs noms.

CHOEUR.

Gloire à notre France éternelle! etc.

LE TOMBEAU DU LOUVRE.

Air : T'en souviens-tu?

Voyez là-bas, près ce royal portique,
Femmes, enfans et vieillards prosternés,
Il semblerait qu'une voix prophétique
Retient captifs tous leurs sens étonnés!
Quel est leur soin dans cette humble posture?
Voyez-vous pas ces ornemens de deuil,
Ces noires croix marquent la sépulture
De grands héros désormais notre orgueil.

Des trois couleurs en victoire féconde
On voit couler les disques éclatans.
La déité du sauveur des Deux-Mondes
Plane sur eux et bénit ses enfans.
Allons aussi répandre quelques larmes;
C'est un tribut qu'on doit à leur valeur :
Pleurons, amis, nos braves frères d'armes,
Rendons hommage au tombeau du vainqueur.

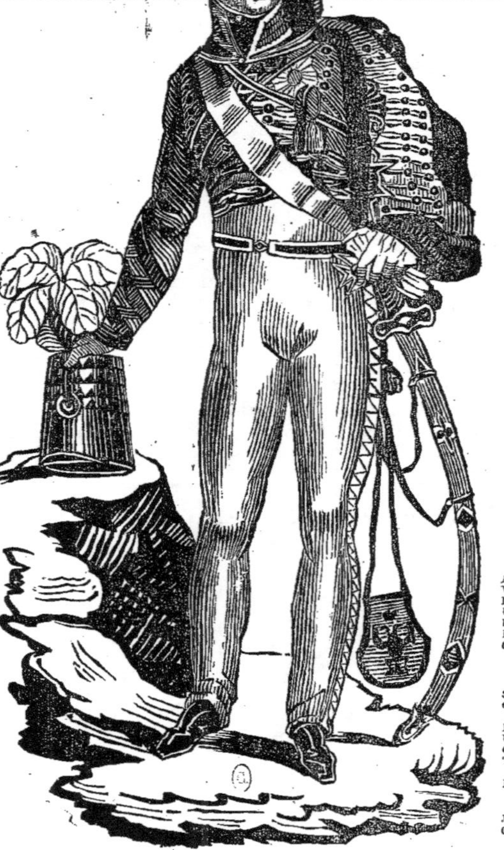

Et vous surtout, souverain sans clémence,
En franchissant le seuil de ce palais,
Jetez les yeux vers ce cercueil immense,
Il vous dira ce que veut le Français.
Il vous dira qu'un Bourbon fut parjure,
Qu'il fit couler le sang de ses sujets;
Qu'en jaillissant de la noble blessure,
Il renversa le dernier des Capets.

Qu'un monument s'élève à leur mémoire,
Pour épitaphe, ils sont morts pour la gloire
De leur pays et de nos libertés.
Et vous, enfans des trois grandes journées,
Que le hasard préserva du trépas,
Lancez des fleurs vers leurs ombres charmées,
S'ils n'étaient morts, ils ne revivraient pas.

LES REGRETS DE LA FRANCE.

Prions pour eux! sur leurs simples tombeaux,
Pleurons, amis, en leur rendant hommage;
La liberté, par leur mâle courage,
Brille chez nous, riche d'attraits nouveaux.
Ils ont vaincu la puissance et la rage
Des ennemis de nos droits glorieux;
De la patrie ils ont vengé l'outrage,
Prions pour eux!

Prions pour eux! et prodiguons nos soins
A leurs enfans, à leurs tristes compagnes;
Secondez-nous, habitans des campagnes,
Pour prévenir tous leurs pressans besoins.
Il se pourrait qu'en calmant leur misère,
Nous leur rendions un peu moins douloureux
Le souvenir d'un époux ou d'un père!
Prions pour eux!

Prions pour eux! l'univers étonné
En ce moment les plaint et les admire.
Eh! qui pourrait s'empêcher de redire :
Ils méritaient un destin fortuné!
Ils ne sont plus! mais déjà la victoire,
Qui couronna leurs efforts généreux,
Marque leur place au temple de mémoire,
Prions pour eux.

LES VOEUX

du duc de Reichstadt pour la France.

AIR : *Giroflée, au printems.*

Ah! si je dois mourir
Sans revoir ma patrie,
Français, je vous supplie,
Gardez mon souvenir.

Adieu, Paris, berceau de mon enfance,
Adieu, Français, vous que mon père guida;
Vous qui toujours fûtes mon espérance,
En vous perdant mon bonheur s'exila;
Mais si je dois terminer ma carrière
Loin du beau ciel où j'ai reçu le jour,
Mon seul regret, en fermant la paupière,
C'est d'être, hélas! privé de votre amour.
Ah! si je dois mourir, etc.

Si, loin de vous, mes yeux versent des larmes;
Si, en secret, je souffre mille maux,
C'est que pour moi la victoire a des charmes,
Et que je suis sous la main des bourreaux.
Un jour viendra, je vengerai mon père;
Car de sa mort doit répondre l'Anglais.
Tremblez, tremblez, puissances étrangères,
Rappelez-vous que je suis né Français.
Ah! si je dois mourir, etc.

Combien de fois, en fixant la frontière;
J'ai désiré voir mon pays natal :
Combien aussi, maudissant l'Angleterre,
Je me disais, me voici général;
Je dois venger le trépas de mon père.
Fier de son nom, de ses nobles hauts-faits,
Plutôt mourir en mordant la poussière
Que d'être un jour au pouvoir des Anglais.
Ah! si je dois mourir, etc.

L'ambition ne guide pas mes armes;
Jamais ce fer que mon père a porté
Chez les Français ne portera l'alarme.
Par moi toujours vous serez respectés.
Si le danger menaçait notre France,
Si l'étranger commandait en vainqueur,
L'on me verrait marcher pour sa défense
Pour repousser les lâches oppresseurs.
Ah! si je dois mourir, etc.

Ainsi disait, digne fils du grand homme,
Le jeune duc... mais des cieux descendit
Une déesse... Liberté que l'on nomme,
Et dans ces mots son sort elle prédit :
« Va, ne crains rien, longue sera ta carrière
A des bienfaits il faut la consacrer.
Souvent la gloire est, hélas! meurtrière;
Et dans les cœurs autrement faut régner.
Mais si tu dois mourir
Sans revoir ta patrie,
Que la Franc' de ta vie
Garde au moins l' souvenir. »

Se vend chez Adolphe, rue de Grenelle-St-Honoré, 29.

Paris.—Imprimerie de Sétier, rue de Grenelle Saint-Honoré, n. 29.

Aux Cent-vingt-trois de Mazagran.

Air : à 60 ans.

De cet assaut qui ne dura qu'une heure, (1)
Nous qui savons ce que sont des Assauts,
Chantons la Gloire et que jamais ne meure
Ce fait guerrier, digne de vieux héros. (Bis)
Ah ! sur l'airain que l'histoire burine,
Mazagran, tes Cent-vingt-et-trois ! (Bis)
Puisque déjà, dans leur jeune poitrine, } (Bis)
Battait un cœur de vieux soldats Gaulois }
De vieux soldats Gaulois (Bis)

Abd-el-Kader, dans sa rage inutile,
Rêvait en lâche un facile succès ;
Car contre cent l'on vient à double mille,
Quand on combat nos braves désormais (Bis)
Ah ! sur l'airain &c.

D'un Pôle à l'autre on a pu se convaincre
Que combattant pour leurs triples couleurs,
Faudrait trahir ou surprendre pour vaincre,
Du nom français, les vaillans défenseurs (Bis)
Ah ! sur l'airain &c.

---

(1) Expression d'héroïque modestie de l'Officier Lelièvre.

France souris de te voir si féconde
En rejetons qui soutiennent ton rang,
Entends l'écho des quatre coins du monde,
Ainsi que nous célébrer Mazagran ! (Bis
Ah ! Sur l'airain &c.

Tel qu'à Boulogne, on voit cet Obélisque,
De noir granit, formidable géant,
Qu'au sol brûlant de la Française Afrique
Lui naisse un frère appelé Mazagran ! (Bis
Ah ! Sur l'airain &c.

Chacun accourt, pour être tributaire,
L'un par son or, l'autre par son talent,
Abd-el-Kader, baissant son Cimeterre
Salue aussi vers le désert fuyant ! (Bis)
Ah ! Sur l'airain &c.

Soldats de terre & soldats de Marine,
Frères de gloire & d'intrépidité,
Pour vous encor le sol de Constantine,
Offre une voie à l'Immortalité ! (Bis)
Ah ! Sur l'airain que l'histoire burine
Mazagran, tes cent-vingt & trois ! (Bis)
Puisque déjà, dans leur jeune poitrine, } (Bis)
Battait un cœur de vieux soldat Gaulois ! }
De vieux soldat Gaulois ! (Bis)

Fin.

Auto. de Brel, Hanne

Au Prince Royal.

Mon Seigneur, un vieux volontaire,
Ose vous dédier le Chant,
Des cent vingt-trois de Mazagran !
Cet œuvre, d'un cœur militaire,
Ne peut que plaire au Prince franc
Qui sut répondre fièrement :
» Que l'éperon de Roi, se gagnant à la guerre,
» Il n'en recevrait point, à ce titre, autrement ! »
Ah ! Je devrais, admirer et me taire !
Oui Prince, et m'écrier avec la France entière

» Vrai Dieu, vivat d'Orléans !
» Non non plus de Rois fainéans,
» Qu'ils soient en paix dans leur poussière »

Mais, vous daignerez écouter,
Du soldat auteur, la prière ?....
Aux Mazagran, veuillez porter,
Pour qu'on chante, sous leur bannière,
Ce que je tenté de chanter.
Reçu de Votre main, Oh ! Prince,
Ce chant, civique et martial,
Perdant, ce qu'il a de trop mince,
Si vous m'exaucez, Général,
Aurait un succès National !
De Capital & de Province.

J'ai l'honneur d'être, mon Prince,

Votre très humble, très obéissant,
tout dévoué Serviteur,

Avril

Havre ce 21 Mars 1840.

Ancien Volontaire, ex-Adjudant du
1er Bon de la 1re Légion, Banlieue de Paris.

Mascara

Constantine.

Anvers.

COUPLETS

A l'occasion de l'affreux attentat sur leurs AA. RR. MM.
les Princes de la Famille Royale,

Le 13 Septembre 1841,

Composés et chantés par Octave Deterville.

Air : De la Fraternité.

St-Jean d'Ulloa.

Sainte-Hélène.

Sur ton beau sol, ô ma superbe France,
L'on a vu naître et savans et guerriers,
De grands talens, unis à la vaillance,
Fameux héros et nobles chevaliers,
Pourquoi faut-il que la même patrie
Produise aussi d'ignobles citoyens,
Qui, dans leur haine et leur aveugle envie,
D'un fer sacrilège ont armé leurs mains.

Régicides! qui, dans votre marche oblique,
Osiez ourdir des attentats divers,
Dans un complot affreux, diabolique,
Vils conjurés vomis par les enfers.
Vous qui vouliez faire périr nos Princes,
Porter le deuil parmi tous les sujets,
Mettre le trouble dans nos provinces,
C'était le but de vos lâches projets.

Traîtres maudits, que vos noms exécrables
S'inscrivent, comme un signe de terreur,
Au livre noir des plus grands coupables,
Qui, pour jamais, ternira votre honneur.
Puisse toujours, dans votre âme avilie,
Le ver rongeur de remords, de regrets,
Empoisonner le cours de votre vie,
Ce sont les vœux de fidèles sujets.

Bons vétérans couverts de cicatrices,
Je vois, je sens votre indignation,
Vous frémissez au seul nom des complices
Des ennemis de notre nation.
Nos braves Princes, espoir de la patrie,
Vous font suivre le chemin de l'honneur,
Pour les hommes qui voulaient leur vie,
Ils ont imploré grâce, les nobles cœurs!

Peuple, soldats, que votre voix s'élance,
Fasse des vœux pour que tous les méchans,
Soient chassés du beau sol de la France,
Accompagnés de tous les intrigans.
Ah! délivrons notre belle patrie.
Des citoyens au cœur faux et sans foi,
Aimons nos Princes, sacrifions-leur la vie
Pour les défendre et veillons sur le Roi.

Janvier 1842.

Mazagran.

Belleville. — Imprimerie de GALBAN, r. de Paris. 10.

ANNIVERSAIRE DE LA

15 A

Sonnez, sonnez toujours, ô cloches solennelles,
Pour NAPOLÉON mort !
Ses Aigles réveillés ont déployé leurs ailes !...
Canons, tonnez encor !

Epoque de grandeur, le quinze Août, c'est sa Fête,
Jour autrefois si beau !
Des fleurs du souvenir, des fleurs de la conquête,
Entourons son tombeau !...

Allons avec respect, au moment de l'absoute,
Prier pour ce grand cœur,
Et faisons retentir la sépulcrale voûte
De : « VIVE L'EMPEREUR ! » —

Son ombre illustre va tressaillir dans sa gloire
A nos accents pieux.
Le Géant des combats rêve encor la victoire
Dans son exil des cieux !

Il voit, il aime encor ; de là-haut il contemple
Ses fidèles enfants,
Pour abriter son nom, qui lui firent un temple
De leurs bras triomphants !

Qu'ils étaient beaux ces temps de splendide Épopée,
Où notre grand César,
Du monde, chaque jour qu'entamait son épée,
Ne faisait qu'une part !

De tous nos Régiments les marches triomphales
Dans la poudre et le sang,
Pour étapes toujours trouvaient des Capitales
Qu'ils prenaient en passant !

Les périls et la mort, impuissantes entraves !...
Le but était l'honneur :
Et c'est alors surtout que l'étoile des Braves
Rayonnait de splendeur !

O soleil d'Austerlitz, salut !... salut encore,
Arc-en-ciel d'IÉNA,
PYRAMIDES, WAGRAM, que l'astre tricolore
Un jour illumina !

Vous voilà désormais immortels dans l'histoire
Du plus grand des héros !
Et vous êtes FRANÇAIS, — par la main de la gloire
Inscrits sur nos DRAPEAUX !

Salut, champ des combats, jadis faubourgs de France,
VIENNE, MOSKOU, BERLIN !
Notre nom brille encor sur vous, dans sa puissance,
Comme aux feux du Kremlin !

Salut, vous que le sang des pères intrépides
Rougit de toutes parts !...
Si vous gardez leurs os, — l'hôtel des INVALIDES,
Garde vos étendards !...

DÉDIÉ A TOUS LES

LA FÊTE DE L'EMPEREUR.

5 AOUT.

Du moins, pour vous fêter, jadis c'était **Arcole**,
Lodi, **Friedland**, le **Rhin**, —
Sire, que présentaient aux pieds de leur idole
Vos Grenadiers d'airain !

Aujourd'hui, le poète et le vieux militaire
Osent tous seuls venir
Vous donner, l'œil en pleurs, le genou sur la terre,
Un humble souvenir....

Un humble souvenir à cette gloire immense
Qui ne peut s'effacer !...
Le reste passera... NAPOLÉON et FRANCE
Ne doivent point passer ! —

O bonheur ! on célèbre, écartant les entraves,
La Fête d'aujourd'hui ;
Les cloches ont cessé de se taire en esclaves :
Ciel ! Ce n'est pas pour *lui* !

Pourtant, ce jour fut grand où **Notre-Dame** fière
Disait au monde entier
Que Paris consacrait au pied du Sanctuaire
NAPOLÉON PREMIER !

Surtout, c'était bien beau, lorsque la Citadelle,
Lorsque les cloches d'or
Saluaient, longs échos, son étoile immortelle
Du **Danube** au **Thabor** !

De ce glorieux temps je me souviens encore,
Où Verdun transporté
Fêtait sur ses remparts le Drapeau tricolore
Et l'immortalité !

Enfants, on nous voyait dans les bras de nos mères
Tressaillir de bonheur,
Comme héritiers déjà de l'amour de nos pères
Pour le jeune EMPEREUR ! —

Hélas ! un sombre éclair a traversé sa gloire !...
Mais le ver de l'oubli
Ne pourra dévorer sa magnifique histoire
Dont le monde est rempli.

Elle a pris son essor du **Nil** aux champs Bataves
Dans la voix du canon !
Et le quinze Août toujours est la fête des Braves
Et de NAPOLÉON !...

Demain, nous prirons Dieu pour le Christ de la France
Qui lui dut sa grandeur....
Mais crions aujourd'hui : « Gloire au nom qu'elle encense ! »
Et : « VIVE L'EMPEREUR ! »

Rien qu'un souffle de vous, pour que tout se réveille,
SIRE, et debout réponde à l'immortel **Echo**,
Votre Empire si grand, — votre Aigle qui sommeille, —
Et la Garde qui rêve... aux champs de **Waterloo** !!!

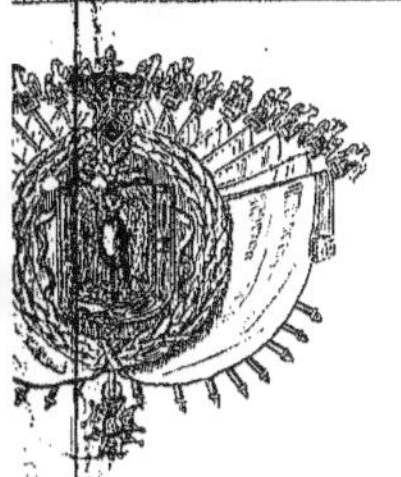

BRAVES DE L'EMPIRE

CHANT PATRIOTIQUE,

Paroles de M. F. Danel. Musique d'Alfred Postiau.

CHOEUR

Chanté à Lille, le 9 Octobre 1845,

PAR

LA SOCIÉTÉ DE MOMUS.

Prix, 25 cent. avec la musique.

CHOEUR :

Salut à toi, monument de mémoire
Que la cité dédie à nos aïeux !
Ton noble aspect rappelle leur victoire,
Et reproduit leurs vertus à nos yeux.

1.er COUPLET.

Quand l'Autrichien qui menaçait nos portes,
A Lille un jour osa dicter des lois,
Pour repousser Albert et ses cohortes,
Sur nos remparts on vit les fiers Lillois.
Salut, etc.

2.e COUPLET.

Ces fils du Nord, pour défendre la France
Et pour venger leurs droits, leur liberté,
Surent sans crainte affronter la souffrance,
Braver le feu du Saxon irrité.
Salut, etc.

3.e COUPLET.

Pour baptiser la nouvelle oriflamme,
En cet instant de mort et de douleur,
Quand les obus partout jetaient la flamme,
Les citoyens déployaient leur valeur.
Salut, etc.

4.e COUPLET.

De l'étranger quand s'embrasait la poudre,
Les preux Lillois dans un ardent effort,
De leurs canons lançaient aussi la foudre,
Chez l'assaillant allaient porter la mort.
Salut, etc.

5.e COUPLET.

Durant neuf jours l'ennemi dans sa rage,
Vomit le fer de ses bouches d'airain ;
Il espérait abattre le courage
D'un peuple fier, libre et républicain !
Salut, etc.

6.e COUPLET

De l'Autrichien l'espérance fut vaine,
Il dut bientôt fuir loin de la cité :
Il n'emporta, pour assouvir sa haine,
Que le mépris qu'il avait excité.
Salut, etc.

7.e COUPLET.

Si l'étranger, comptant sur nos alarmes,
Vers nos remparts portait encore ses pas,
Comme autrefois, Lille prendrait les armes !
Dormons en paix.... Il ne reviendra pas !
Salut, etc.

8.e COUPLET.

Gloire et respect au courage civique
Des plébéiens qui se firent guerriers !
Pour honorer leur valeur héroïque,
A la colonne attachons des lauriers !
Salut, etc.

FIN.

Lille. — Imp. de VANACKERE, Libraire, Grande-Place, 7.

50c   50c

Se vend au profit de la Pologne.

CHANT FRANÇAIS A LA POLOGNE.

1846.

Air. des trois Couleurs.

1

Écoutez bien !.... là-bas on crie aux armes !
Guerre aux tyrans ! Vive la liberté !
Quel est ce bruit ? d'où viennent ces alarmes,
Quand de nos cris on vante l'équité ?
Mais c'est le cri d'un peuple entier de braves
Qui fut jadis et libre et généreux,
Les Polonais agitent leurs entraves !....
Ah ! n'aurons-nous que des larmes pour eux ?

2

Déjà quittant le sentier des montantagnes,
Le paysan a pris la faulx en main :
De la Vistule il franchit les campagnes,
Ses bataillons grossissent en chemin.
Déjà l'Europe a d'un cri de victoire
Encouragé cet élan généreux ;
Allez amis, et couvrez vous de gloire !....
Ah ! n'aurons-nous que des souhaits pour eux ?

3.

Le Czar voulait, dans ses projets infâmes,
Anéantir leur gloire et leur appui ;
Prêtres, soldats, vieillards, enfans et femmes
Devaient courber la face devant lui
Femmes, enfants, vieillards, soldats et prêtres
Ont dans le cœur le sang bouillant des preux
La liberté ne connait pas de maîtres
Ah ! n'aurons-nous que des craintes pour eux ?

4

Il est bien fort, quand pour la sainte cause,
Un peuple court affronter le trépas !
A son ardeur point de loi ne s'oppose
Nous arrachons les pavés sous nos pas.
O nation ! Souviens toi de la France ;
Tu fus sa sœur en des temps plus heureux :
Mais qu'ai-je dit ?.... témoins de leur souffrance,
Ah ! n'aurons-nous qu'un souvenir pour eux ?

5

Va chez ceux-là dont tu brisas les armes
Pour embellir nos propres monumens ;
Va, Polonais, sans crainte et sans alarmes
Tu trouveras chez eux des sentimens.
Au champ d'honneur va rejoindre tes frères ;
Napoléon te contemple des cieux
Il a béni tes bras et tes bannières !....
Ah ! n'aurons-nous que de l'espoir pour eux ?

J. Gras

Rue d'Orléans St Honoré, 1?

Za wolność i Konstytucyą

Lith. Blouet, r. St Antoine, 181.

LE FRANC
RÉPUBLICAIN,

CHANSONNIER

Contenant l'*Esprit du Siècle*. — *Le Républicain*. — *La Girouette*. — *Allez dormir*. — *Pétition de Mayeux à la Société des Droits de l'Homme*. — *A chaque crime élevons un poteau*. — *Chant de la Société des Droits de l'Homme, composé à Sainte-Pélagie*.

(Ces Chansons ont été extraites des meilleurs Recueils parus jusqu'à ce jour.)

L'ESPRIT DU SIÈCLE.

Air : *du voyage aux enfers* (de Béranger).

Le siècle! il est vraiment drôle,
Quoiqu'en dise maint pédant ;
L'homme y joue un fort sot rôle
S'il n'est pas cousu d'argent.
Tant qu'on le pourra,
Larirette,
On s'enrichira,
Larira.
Tant qu'on le pourra
On trompera,
Volera,
Remplira sa cassette,
Tant qu'on le pourra,
Larirette,
On s'enrichira,
Larira.

Regardez comme ils s'agitent
Pour déterrer un trésor ;
Voyez-les comme ils gravitent
A l'entour du soleil d'or.
Tant, etc.

Il est une halle aux crimes
Ouverte aux riches valets ;
La fraude y reçoit des primes,
La probité des soufflets.
Tant, etc.

Combien dont l'enseigne écrite
Porte ces mots : Bonne foi ! ,
Qui n'ont eu d'autre mérite
Que d'escamoter la loi.
Tant, etc.

Ceux que la faim pousse au crime
Aux galères vont manger ;
Chargé de jetons d'estime
Kessner passe à l'étranger.
Tant, etc.

Tel qui voit enfler sa somme
Pour avoir bien mesuré ;
Tel qui se dit honnête homme
Et nous vend du drap taré.
Tant, etc.

Procureur, banquier, heurrière,
Marchand de vin, de tabac,
Tous ont même gibecière ;
La fraude est au fond du sac.
Tant, etc.

Que cela ne vous étonne,
Notre siècle est conséquent ;
Il sait bien que l'on couronne
La fourberie et l'argent.
Tant qu'on le pourra, etc.

J. Cahaigne.

LE RÉPUBLICAIN.

Air : *d'Aristipe*.

Jusqu'à ce jour, j'ai vu la calomnie
Porter l'insulte à la tombe du mort ;
Elle a chargé de son ignominie
Les hommes purs qu'avait trahis le sort.
J'ai consulté l'ange des noirs abîmes,
Leur vie était écrite sur l'airain.
La royauté seule a commis des crimes !...
N'outragez pas le vieux républicain.

La Marseillaise enfanta des armées.
Un chant de gloire a vaincu l'univers!
Tous ces Xercès, honteux d'être pygmées,
Dans leur orgueil, ont flagellé les mers!
Notre patrie, à ses enfans sublimes
N'offrait alors que du fer et du pain!
La royauté seule a commis des crimes!
N'outragez plus le vieux républicain.

O république! on ne pouvait t'abattre ;
On a proscrit tes fils en t'invoquant !
Qui, sous les cieux, eût osé te combattre?
La trahison guida ton char sanglant.
Si trop souvent l'erreur fit des victimes,
Vous étiez là, complices de Tarquin!...
La royauté seule a commis des crimes!..
N'outragez plus le vieux républicain.

Ma royauté reçut son coup de grace,
Honneur à vous, ombres de nos aïeux !
De quarante ans nous franchissons l'espace,
Nous revenons à des temps glorieux.
Votre sagesse et vos justes maximes
Ont éclairé l'avenir incertain.
La royauté seule a commis des crimes !...
N'outragez plus le vieux républicain.

Charles Pinel.

LA GIROUETTE.

Air : *de la Catacoua*.

Hier, terrible et menaçante,
La foudre sillonnait les airs,
Aujourd'hui, douce et caressante,
La brise s'élève des mers.
Voguez sans craindre la tempête,
Voguez, voguez, bons matelots ;
Que vos canots
Fendent les flots ;
Voyez tourner la girouette,
Les vents sont beaux,
Les vents sont beaux. (bis)

Votre esquif au gré de l'orage
Voguait sans espoir, sans secours,
Votre adresse et votre courage
Seuls ont pu conserver vos jours.
Voguez sans craindre la tempête,
Voguez, voguez, bons matelots, etc.

Vous êtes glacés d'épouvante...
A peine est passé le danger,
Sur la plage encore écumante
Gît l'infortuné passager.
Voguez sans craindre la tempête,
Voguez, voguez, bons matelots, etc.

Si la tourmente politique
Vient encor planer sur ces lieux,
Dans votre élan patriotique
Soyez bons, surtout courageux.
Si bientôt l'orage s'arrête,
Voguez, voguez, bons matelots, etc.

Craignez ces gens à double face,
Vrais Janus à beaux sentimens ;
Leur bassesse flatte ou menace,
Selon les lieux, selon les temps ;
Dans vos rangs s'ils montrent la tête,
Voguez, voguez, bons matelots ;
Que vos canots
Fendent les flots ;
Voyez tourner la girouette,
Les vents sont beaux. (bis)

D....

ALLEZ DORMIR.

Air : *du Grenadier aux Enfers*.

Quel cauchemar vous poursuit dans vos sommes?
Les révoltés !... la guerre aux oripeaux...
Allez dormir ; allez donc, vieux bons hommes,
En les suivant vous tachez les drapeaux.
De vos méfaits, dans la France lassée,
Toujours il reste un hideux souvenir.
Ah! croyez-moi, votre fête est passée ;
Allez dormir.

Qu'espérez-vous de votre marche oblique?
L'arrêt du siècle est pour vous sans appel.
Voici venir la jeune république
Qui sur vos fronts promène le scalpel.
Le charlatan, dédaigné par la foule,
Sur les tréteaux ne se peut maintenir.
Dans vos châteaux, l'Europe vous refoule,
Allez dormir.

Regardez-vous : hissés sur vos béquilles,
Vous prétendez nous apprendre à marcher !
Ah! c'est pitié ; rentrez dans vos familles,
Allez! la France est lasse de clocher.
Retirez-vous, vieux écumeurs de gloire ;
Nous saurons bien sans vous nous maintenir.
La nation a repassé la Loire !
Allez dormir.

N'est-ce pas vous qui, dans nos jours d'orage,
De la patrie avez ouvert le flanc?
N'est-ce pas vous qui vendiez le courage?
N'avez-vous pas reçu le prix du sang?
Arrière donc, faces cadavéreuses!
Vieux criminels, songez à bien mourir.
Désormais, place aux âmes généreuses!
Allez dormir.

Oui, cachez-vous, dévorantes chenilles ;
Où voulez-vous encore vous traîner?
Votre passage est semé de guenilles ;
Il a sali les fauteuils à trôner.
Des grands voleurs nous faisons table rase ;
La république est le mot d'avenir.
Echec aux rois ! le siècle les écrase!
Allez dormir.

J. Cahaigne.

PÉTITION DE MAYEUX

A LA SOCIÉTÉ

DES DROITS DE L'HOMME.

Air : *Vous qui des bois de Cythère*.

Les citoyens des *droits de l'homme*
Voudraient-ils admettre en leur sein,
Tin, tin, tin, tin, tintaine, tin, tin,
Mayeux que partout on renomme
Parce qu'il est brave et malin?
Tin, tin, tintaine, tin, tin!

Vous savez quelle fut sa gloire,
Nom de Dieu ! lorsqu'un beau matin,
Tin, tin, etc.
Son bras guidé par la victoire
Vainquit trente enfans du Tésin,
Tin, tin, etc.

Depuis nos trois grandes journées,
Qu'a répété l'écho lointain, — tin, tin, etc.
Croyant à d'autres destinées,
Mayeux fut un mois incertain, — tin, tin, etc.

Mais nom de Dieu! quand il vit comme
L'on se moquait du plébéien, — tin, tin, etc.,
Aussitôt il redevint homme,
Et se fit franc républicain, — tin, tin, etc.

Républicain est ma devise,
Républicain est mon destin, — tin, tin, etc.
C'est pour cela que mon poil frise
Et que j'ai l'esprit très mutin, — tin, tin, etc.

On ne peut plus m'en faire à croire;
Peyronnet valait un Dupin, — tin, tin, etc.,
Un oison vaut bien une....
Et Caroline une At.... — tin, tin, etc.

Quand la cour aux belles dorures,
A ses amis donne un festin, — tin, tin etc.,
Vit-on jamais laides figures
Former un groupe aussi vilain? — tin, tin, etc.,

Mont.... ressemble au Gille,
Lo... paraît un marcassin, — tin, tin, etc.,
S... à la dent du crocodile,
M. C****.. a l'œil du requin, tin, tin, etc.

Tandis que la triste piquette
Vient nous amaigrir l'intestin, — tin, tin, etc.,
Ils Boivent, eux, le Paxarette,
Le Pomar et le Chambertin, — tin, tin, etc.

On dit que l'enfant du miracle
Doit revenir avec Catin, — tin, tin ; etc.,
Si l'on voit s'accomplir l'oracle,
Mayeux l'ira dire à Pékin, — tin, tin, etc.

Si le czar, en grande colère,
Voulait voir les rives du Rhin, — tin, tin, etc.,
Oh! tâchons que ce pauvre hère
N'aille plus revoir son Kremlin, — tin, tin, etc.

Tonnerre de Dieu! la tempête
Qui gronde autour de l'Apennin, — tin, tin, etc.,
Tomberait moins fort sur sa tête
Que le bras d'un républicain, — tin, tin, etc.

Sous le grand aigle aux larges serres,
Que guidait l'homme du destin, — tin, tin, etc.,
Naguère on a vu nos vieux pères
Courir de Memphis à Berlin, — tin, tin, etc.

Comme eux, nous que l'honneur rallie
Sous le drapeau républicain, — tin, tin, etc.,
Soyons braves toute la vie,
Qui fut brave eut un beau destin, — tin, tin, etc.

Serrons-nous, serrons-nous, mes frères,
Serrons-nous bien jusqu'à la fin, — tin, tin, etc.,
Et la chaîne de nos misères,
Un jour se rompra, c'est certain,
Tin, tin, etc.

A CHAQUE CRIME
ÉLEVONS UN POTEAU.

Air : *A soixante ans on ne doit pas remettre*.

Un chansonnier a dit, plein d'optimisme,
« A chaque gloire élevons un autel ; »
Puis il a cru trouver dans son civisme
De vrais motifs pour louer tel et tel :
Mais vainement il transforme en idole
Chaque faux-dieux qu'il peint dans son tableau ;
Pour les chasser de notre capitole,
« A chaque crime élevons un poteau. »

Faudra-t-il donc toujours entendre dire
Que Louis XVI est monté dans les cieux?
Que, bon pasteur, il subit le martyre
Qu'ont décrété quelques loups furieux?
Non ! pour garder le trône de ses pères,
Et pour venir égorger son troupeau,
Il appela les armes étrangères...
« A chaque crime élevons un poteau. »

La République allait être envahie,
Soudain ses fils lui prodiguent leur sang.
Napoléon, plein d'ardeur, de génie,
Se distingua surtout au premier rang :
Mais à Saint-Cloud, vers la fin de brumaire,
Des libertés il creusa le tombeau ;
Et, fils ingrat, il détrôna sa mère....
« A chaque crime élevons un poteau. »

De Waterlow la fatale journée
R'ouvre aux Bourbons les portes de Paris ;
A les recevoir la France est condamnée,
Et par Louis les braves sont proscrits ;
Sur l'un d'entr'eux poursuivant sa vengeance,
Le sang de Ney tache le blanc drapeau :
Et Wellington est maréchal de France...
« A chaque crime élevons un poteau. »

Un roi bigot succède à l'hypocrite ;
Dans Reims à peine il vient d'être sacré,
Des citoyens la milice est détruite,
Et dans Paris le peuple massacré.
Pour gorger d'or une cour ennemie,
De nos impôts il double le fardeau ;
Juillet enfin comble son infamie....
« A chaque crime élevons un poteau. »

Contre Philippe une ardente jeunesse
Vient protester les armes à la main ;
Elle est vaincue, et Thémis vengeresse,
Pour la juger prend ses plateaux d'airain ;
Mais, redoutant sa lenteur protectrice,
On la balance on brise le fléau :
On substitue à la loi le caprice....
« A chaque crime élevons un poteau. »

Nous le savons : les discordes civiles
Ont bien souvent tué la liberté.
Vrais citoyens, dans le sein de nos villes
Vivons en paix, avec fraternité,
Prenons l'honneur et les lois pour nos maîtres,
Des vérités propageons le flambeau ;
Mais, sans pitié stygmatisant les traîtres,
« A chaque crime élevons un poteau. »

Propriété des auteurs.

ESPÉREZ, LE BEAU TEMPS VIENDRA.

Air : *Comme il faut prendre un philosophe*.

Voyez-vous au loin ces nuages
Grossir et charger l'horizon.
Bientôt, amassant les orages,
La foudre effraira le canton.
Vous vous cachez, enfans timides,
La vieille vous rassurera ;
Quand brillent les éclairs rapides,
Espérez, le beau temps viendra.

Au souffle des vents agitée
Bruit la feuille dans les bois,
Et la bergère épouvantée
Déjà fuit se signant trois fois.
L'agneau cherche sur la montagne
Le buisson qui l'abritera ;
Puis, tout se tait dans la campagne ;
Espérez, le beau temps viendra.

Au silence de la nature
Au bruissement des ruisseaux,
Succède un imposant murmure
Que vont répéter mille échos.
A pas de géant elle avance ;
Bientôt la foudre éclatera ;
Mes enfans, de la confiance,
Espérez, le beau temps viendra.

Entendez-vous ? c'est le tonnerre !
L'orage touche à son déclin ;
Déjà brille un point de lumière
Dans l'espace, phare lointain.
Le calme bientôt va renaître,
Ce voile noir disparaîtra ;
Le soleil bientôt va paraître,
Espérez, le beau temps viendra.

Avec moi, comptez ses ravages :
Le pin orgueilleux est tombé,
Et le front des chênes sauvages
Comme le roseau s'est courbé.
L'herbe, encore verte et fleurie,
Plus forte se relèvera.
Rien n'est changé dans la prairie ;
Espérez, le beau temps viendra.

Il a préservé la chaumière !
Tombez à genoux, mes enfans ;
A Dieu, faites votre prière,
Il protège les indigens.
Plus de crainte, quand la tempête
En longs éclats retentira ;
Du faible elle épargne la tête ;
Espérez, le beau temps viendra.

CHANT

DE

LA SOCIÉTÉ DES DROITS DE L'HOMME

Sainte-Pélagie 1833.

Air : *A soixante ans on ne doit pas remettre*.

C'est pour nous seuls que l'avenir s'avance,
Pour nous des rois ennemis déclarés...
Ils ont jeté de l'or dans la balance :
Que pèse-t-il près de nos droits sacrés ? (bis)
O rois! le Temps vous frappe de son aile ;
Des nations il vient briser les fers.... (bis)
Notre Drapeau, c'est la table immortelle
Des Droits de l'Homme acquis à l'univers. (bis)

Ces droits sacrés, du couchant à l'aurore,
Nous les lisons à vingt peuples souffrans ;
Et désormais l'étendard tricolore
Ne sera plus en effroi qu'aux tyrans.
Est-il pour nous de conquête plus belle
Que l'amitié d'hommes libres et fiers ?
Notre drapeau c'est la table immortelle, etc.

Ne tremblez plus, habitans des campagnes,
Pour votre chaume et vos riches moissons ;
Ne tremblez plus, pâtres de nos campagnes,
Nul ne dira : « De par le Roi, marchons ! »
Vous n'aurez plus à venger la querelle
D'un roi sans cœur, d'un ministre pervers ;
Notre Drapeau, c'est la table immortelle, etc.

Quand l'ouvrier, qu'accable la misère,
Demandera du travail ou du pain,
Nous lui dirons : « Approche ; à table, frère,
« Viens partager, au nom du genre humain ! »
Dieu nous créa de la même étincelle
Dans les palais comme au fond des déserts.
Notre drapeau, c'est la table immortelle, etc.

Chacun aura sa part dans nos richesses,
Et de nos lois sentira les bienfaits :
L'Egalité, prodiguant ses largesses,
Cimentera l'union et la paix.
Comprenez donc la voix qui vous appelle,
Cœurs généreux, las de tous revers!
Notre drapeau, c'est la table immortelle, etc.

PINEL, chef de section des droits de l'homme.

NOUVELLES CHANSONS
RÉPUBLICAINES

INTITULÉES

Halte-là, ou les Intrigans. — Louis-le-Gros. — A Figaro. Il est Temps encore. — Remède à tous maux. — J'ai mérité la Prison. — Le Rêve d'un Républicain. — Pétition d'un voleur à un roi voisin.

(Ces Chansons ont été extraites des meilleurs Recueils parus jusqu'à ce jour.)

J'AI MÉRITÉ LA PRISON.

AIR *du carnaval.*

A vos arrêts je souscris sans mot dire,
Punissez-moi, Messieurs, je me repens;
Punissez-moi, j'ai pu, dans mon délire,
Après l'orage, invoquer le beau temps.
Je prévoyais un terme à la tempête,
J'espérais voir s'éclaircir l'horizon;
Vite, Messieurs, ordonnez qu'on m'arrête,
Car j'ai cent fois mérité la prison.

Je me trouvais au Louvre, à Babylone,
Quand la mitraille effrayait tout Paris,
Quand, sous ses pieds, écrasant la couronne,
La liberté repoussait Charles dix.
Je le confesse, et vous demande grâce.
Je me battis en courageux luron;
Trois cents bras nus attestent mon audace:
Oh! j'ai cent fois mérité la prison!

J'ai fait bien plus; car le jour que Bruxelles
Du vieux Guillaume éveilla les soldats,
Je me joignis aux courageux rebelles,
Maint Hollandois se plaignit de mon bras.
Quand la victoire, adoptant la Belgique,
Vint l'élever au rang de nation,
Crois-moi, lui-dis-je, et deviens république:
Oh! j'ai cent fois mérité la prison!

De tes enfans, généreuse Italie,
J'ai salué le généreux élan;
Et ma fortune, à défaut de ma vie,
A combattu contre un lâche tyran.
Quand l'Autrichien, soldat de l'esclavage,
Au despotisme eut vendu son canon,
Sébastiani, j'ai flétri ton langage:
Oh! j'ai cent fois mérité la prison!

Les rois ligués pour défendre leurs trônes,
Noble Pologne, avaient juré ta mort;
Leur or du Czar étayait les colonnes,
Depuis ce jour on entrevit ton sort.
Tu succombas, sublime Varsovie!
Pour cette fois un ministre eut raison:
A ton secours j'appelai ma patrie:
Oh! j'ai cent fois mérité la prison!

HALTE-LA.

OU LES INTRIGANS.

AIR: *Halte-là!*
Vite en prison pour cela.

Haute et puissante canaille,
Qui, dans le jour du danger,
A l'abri de la mitraille
Saviez si bien vous ranger;
A peine l'orage cesse,
Vous reparaissez au jour,
Et votre troupe s'empresse
Devers la nouvelle cour.
Halte-là!
Halte-là!
Le roi populaire est là.

Pareils à de sombres nues,
Vos escadrons odieux
Encombrent les avenues
Du temple des jeunes Dieux.
Une retraite! une place!
Ma préfecture à tout prix!
Une faveur! une grâce!
Quel vacarme! Dieux, quels cris!
Halte-là! etc.

Dieux! c'est comme après l'orage,
Lorsque le soleil reluit,
Que la vermine fait rage,
Pullule, se reproduit.
De tous points, la lèpre immonde,
Pour avoir part au gâteau,
Court, aborde, nous inonde,
Se précipite au château!
Halte-là! etc.

Mais, bon Dieu! quelles figures
M'offre ce monde intrigant!
J'y vois les caricatures
Qui déjà venaient de Gand.
Hier on était victime
De la légitimité;
Aujourd'hui chacun s'estime
Martyr de la liberté.
Halte-là! etc.

Et lui qui de la mitraille
Affronta les longs assauts,
Ce brave peuple travaille
Pour payer de lourds impôts.
Et la horde que dévore
La soif de l'or, des honneurs,
Voudrait lui ravir encore
L'humble prix de ses labeurs!
Halte-là! etc.

Ne craignons plus la misère,
On connait tous nos besoins.
A rogner le haut salaire,
On apporte tous ses soins.
Jamais plus de sinécures;
Et si quelques estafiers,
Peu contens de leur pâture,
Mangeaient à deux rateliers!...
Halte-là!
Halte-là!
Le grand économe est là!

BONVALOT.

IL EST TEMPS ENCORE,

AIR: *du Grenier (de Béranger).*

Ivre d'espoir, dans sa marche nouvelle,
Comme la France au loin portait ses pas!
Hier encor, qu'elle était grande et belle!
Mais aujourd'hui, qu'elle est petite, hélas!
La honte est prête à couvrir sa mémoire.
O vous, ses fils, citoyens, combattans,
Ah! rendez-lui sa splendeur et sa gloire:
Demain, peut-être, il ne sera plus temps.

Oh! comme alors, sans relâche et sans trève,
Nous marchions tous puissans de volonté;
Mais il passa vite comme un beau rêve,
Ce jour si grand, à jamais regretté.
Mais nous pouvons revoir une autre aurore;
Un beau soleil brille si peu d'instans!
De liberté parlons, parlons encore;
Demain, peut-être, il ne sera plus temps.

Tandis qu'ici, dans un repos sans charme,
Quand de malaise, endormis, nous baillons,
Entendez-vous le cliquetis des armes...
Un bruit confus et sourd de bataillons?
O mes amis! n'attendons pas l'orage;
Tout nous sourit: la gloire et le printemps;
Réveillons-nous, forts et grands de courage:
Demain, peut-être, il ne sera plus temps.

Tournez les yeux là-bas, vers la frontière,
Le vieux cosaque, habile à nous tromper,
Relève encor un front gris de poussière,
Et, sourdement, s'apprête à nous frapper...
Avec ivresse, il convoite la France:
Opposons-lui des succès éclatans;
Mais commençons avant qu'il ne commence:
Demain, peut-être, il ne sera plus temps.

Devant ce flot qui gronde et se déroule,
Sous ce lourd ciel qui s'obscurcit toujours,
Je suis venu, poète de la foule,
Mêler ma lire à vos murmures sourds...
Qui se tairait aux maux de la patrie?
Amis, il est des larmes dans les chants
Ecoutez-la cette voix qui vous crie:
Demain, peut-être, il ne serait plus temps

TREMBLAY.

LOUIS-LE-GROS.

AIR: *Pégase est un cheval qui porte.*

A tous je vais conter l'histoire
Du bon roi, dit Louis-le-Gros,
Dont la populaire mémoire
Fut toujours chère à ses vassaux.
S'il brilla peu par sa vaillance,
Sur ce défaut il faut passer;
Il fit parfois jeûner la France;
Mais du moins il sut s'engraisser.

Il ne fut pas un fort grand homme,
Il fut un gros homme du moins,
Et la gloire de son royaume
Fut le moindre objet de ses soins.
Ses courtisans, pillarde engeance,
Lui répétaient pour l'amuser:
Sire, laissez jeûner la France,
Il suffit de vous engraisser.

Mais un jour la normande race
Jusque sous Paris vint camper,
Il eut presqu'un moment d'audace
Que le dîner vint dissiper.
— Précieuse est votre existence,
Sire, n'allez pas l'exposer;
Laissez battre et jeûner la France,
Il suffit de vous engraisser.

L'ennemi tint bon; les ministres
Alors disposaient du trésor,
Des normands, véritables cuistres,
Ils achètent une paix d'or.
En vain, montrant son indigence,
Le peuple veut s'y refuser.
—Sire, laissez jeûner la France,
Il suffit de vous engraisser.

Malgré traités et protocoles
L'ennemi revient à Paris:
« Des actions, plus de paroles,
« Nous sommes assez avilis! »
Dit le peuple; il vole, il s'élance,
Il vaincra seul s'il sait oser.
—Sire, laissez faire la France,
Il suffit de vous engraisser.

On comprime son énergie,
On traite une seconde fois.
La princesse avec la Neustrie
Seront le prix de vos exploits.
—J'accepte! — Pure complaisance,
Dit Rollon, allez reposer;
Sire, laissez périr la France,
Il suffit de vous engraisser.

Le roi mourut d'apoplexie,
Il fut très cher à ses sujets;
Il but, mangea, voilà sa vie:
Il compta ses jours... par bouquets;
Il eut une... cuisine immense,
Un grand talent... pour se griser;
Il fit souvent jeûner la France,
Mais, enfin, il sut s'engraisser.

B.....

A FIGARO.

AIR: *du Dieu des bonnes gens.*

Vil héritier du sceptre satyrique,
Que Beaumarchais jadis para de fleurs,
Descends du trône, il en est temps, abdique:
Ils font bailler, tes cris accusateurs.
Pour toi Plutus a fait tourner sa roue;
Grâce au budget tu fais le hoberau;
Mais, vois, ton masque est couvert de boue:
Tu n'es plus Figaro!

Sur des monceaux de morts, le czar barbare
Se rit de nous; avec impunité
Un tigre étreint Lisbonne, et la tiare,
Au nom du Christ, proscrit la liberté;
Et quand la France, abattue et flétrie,
Baigne de pleurs son impuissant drapeau.
Tu ne sais plus dire le mot patrie!
Tu n'es plus Figaro!

Oh! disions-nous, notre sœur bien aimée
Va succomber! en Pologne, partons!
Le Rhin est large! Eh bien! à notre armée
Nos corps sont là pour servir de pontons!
Et lorsque tout trahit leur espérance,
Ta lâche voix ose crier haro
Sur les enfans de notre jeune France!
Tu n'es plus Figaro!

Connais-les mieux, ceux dont tes crayons fades
Voudraient en vain reproduire les traits.
Français de cœurs, fidèles camarades,
Eux se moquer du pauvre, oh! non, jamais.
Mais, qu'ai-je dit? Savent-ils la richesse?
Souvent leur bourse est réduite à zéro,
Et ton vain luxe insulte à leur détresse!
Tu n'es plus Figaro!

A leurs banquets la liberté convie
La douce muse aux chants inspirateurs,
Là, de plaisir ému, le cœur oublie
Tartuffe et sots de toutes les couleurs.
En se serrant la main, parfois l'on rêve
Pour la patrie un avenir plus beau,
Et pour maudire, alors ta voix s'élève!...
Tu n'es plus Figaro!

Retire-toi du chemin, plat Basile,
Nul ne se trompe à ton accent menteur.
Le front baissé, des fiers sergens de ville
Cours ameuter l'essaim gladiateur.
Mais à mes chants toute âme libre et fière
Viendra s'unir; entends-tu cet écho?
Honte sur toi, vil saltimbanque, arrière!
Tu n'es plus Figaro.

Hippolyte TAMPUCCI.

PÉTITION.

D'UN VOLEUR A UN ROI VOISIN

Air: *Ah! daignez m'épargner le reste.*

Sire, de grâce, écoutez-moi:
Sire, je reviens des galères....
Je suis voleur, vous êtes roi,
Agissons ensemble en bons frères.
Les gens de bien me font horreur,
J'ai le cœur dur et l'âme ville.
Je suis sans pitié, sans honneur:
Ah! faites-moi sergent de ville.

Bon! je me vois déjà sergent:
Mais, sire, c'est bien peu, je pense,
L'appétit me vient en mangeant:
Allons, sire, un peu d'indulgence.
Je suis hargneux comme un roquet,
D'un vieux singe j'ai la malice;
En France, je vaudrais Gisquet,
Faites-moi préfet de police.

Grands dieux! que je suis bon préfet!
Toute prison est trop petite.
Ce métier pourtant n'est pas fait,
Je le sens bien, pour mon mérite.
Je sais dévorer un budget,
Je sais embrouiller un registre;
Je signerai: « *Votre sujet*, »
Ah! sire, faites-moi ministre.

Sire, que Votre Majesté
Ne se mette pas en colère;
Je compte sur votre bonté;
Car ma demande est téméraire.
Je suis hypocrite et vilain,
Ma douceur n'est qu'une grimace;
J'ai fait..., etc.
Sire, cédez-moi votre place (1).

Signé, Un voleur.

(1) Cette pétition a été réellement faite par un voleur qui est détenu à la Force. Plusieurs journaux l'ayant publiée, notamment le *Progressif de l'Aube*, dont nous l'avons extraite, nous lui donnons de la publicité à cause de son originalité.

RÊVE D'UN RÉPUBLICAIN.

Air: *du Rêve d'un ultra royaliste* (de Béranger.)

Assez, Messieurs, assez, votre richesse
Doit m'épargner ces regards méprisans.
Grâce à vos soins, la crainte, la faiblesse,
Ont énervé mon âme de trente ans.
Quand du despote éclatait la furie,
Trop confiant en de fausses vertus,
J'osai m'armer.... défendre la patrie!
Messieurs, je ne le ferai plus.

J'avais rêvé la gloire de la France:
Je la voyais, reine de l'avenir,
Du monde entier signant la délivrance!
De cet espoir fallait-il me punir?
La liberté, poursuivant sa conquête,
Poussait du pied des trônes vermoulus;
J'avais rêvé le beau, le vrai, l'honnête!
Messieurs, je ne le ferai plus.

Dignes enfin de la chaise curule,
Nos députés, répudiant Pasquin,
N'assommaient plus de leur lourde férule
Le tiers état pauvre et le républicain.
Puissant, malgré la torpeur du vieil âge,
L'amour du peuple à ces membres perclus
Rendait la vie... Ils avaient du courage!
Messieurs, je ne rêverai plus.

Quand le vieux roi de sa vieille couronne
Voyait mourir la pâle majesté;
Quand, sur la place où tremble un nouveau trône,
De sang du peuple écrivait: liberté!
J'avais rêvé que le donquichotisme
Allait se taire; et, du forum exclus,
Céder la place au vrai patriotisme!
Messieurs, je ne rêverai plus.

Rendez-vous donc à mon humble prière,
Sauveurs jurés de mon ingrat pays.
Voyez: je suis toujours dans la poussière,
Je sers de marche à l'homme à fleurs de lys.
Ah! si ma main, durant un jour d'orage,
Lança la foudre aux trônes absolus,
Je répudie un coupable courage!
Messieurs, je ne le ferai plus.

J. CABAIGNE.

REMÈDE A TOUS MAUX.

AIR: *Vieux habits, Vieux galons.*

Pour me venger d'un grand ministre,
Je disais: que faire à ce cuistre?
Quand sur mes pas un porteur d'eau:
A l'eau! à l'eau! (*bis*)
Oui... mais Gisquet?... et mon artiste,
De son chant monotone et triste
Poursuivait encore plus haut:
A l'eau! à l'eau! à l'eau! (*bis*)

Du jour que j'étais en nourrice,
Triste jouet de l'injustice,
J'ai vu, je vois de tout côté
L'iniquité. (*bis*)
Comment, dans le siècle où nous sommes,
Passer ses jours avec les hommes?
La vie est un cruel fardeau;
A l'eau! à l'eau! à l'eau! (*bis*)

Je vois les plus graves cervelles
Inventer les formes nouvelles
D'un gouvernement sage et doux,
Pour plaire à tous. (*bis*)
Mais où leurs vœux et leurs réformes,
Qui sapent des abus énormes,
Mènent-ils un projet si beau?
A l'eau! à l'eau! à l'eau! (*bis*)

BONVALOT.

Paris. Imprimerie d'Auguste Mie, rue Joquelet, ...

LES BALS DE LA PRÉSIDENCE.

Air du *Ménétrier de Meudon*. (Béranger).

Et dansez donc, Représentants,
La République est en danger,
Pour la sauver il faut danser,
Il faut danser vite et longtemps.

Depuis la République,
Plus de gens comme il faut;
Toute leur sainte clique
Accompagne Guizot;
Pour rappeler encore
La bonne société,
Marrast, et çà l'honore,
Donne des bals d'été.
Et dansez donc, etc.

Çà ira, Carmagnole,
Chansons de nos aïeux,
La populace est folle
De ces airs crapuleux;
Mais aux gens du grand monde
Pour danser en gants blancs,
Ils préfèrent la ronde
Que chantent nos enfants!
Et dansez donc, etc.

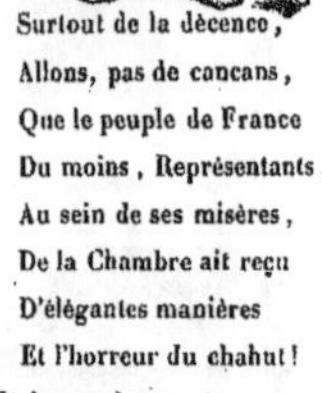

Surtout de la décence,
Allons, pas de cancans,
Que le peuple de France
Du moins, Représentants,
Au sein de ses misères,
De la Chambre ait reçu
D'élégantes manières
Et l'horreur du chahut!
Et dansez donc, etc.

La vieille Marseillaise
Est un air assez beau,
Mais cette hymne française
Appartient au drapeau
Dont le peuple en colère
Aux jours de ses combats
Pavoise sa misère
Pour exciter son bras!
Et dansez donc, etc.

Mais la bande anarchique
De Raspail et Proudhon
Sur la place publique
Chahute sans violon;
Au cachot qu'on les traîne,
Allons vite, mouchard,
Au donjon de Vincennes
Ils danseront plus tard!
Et dansez donc, Représentants,
La République est en danger,
Pour la sauver il faut danser,
Il faut danser vite et longtemps.

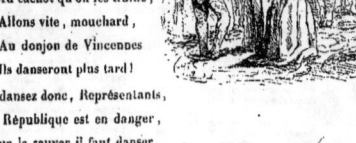

Impr. et Lith. Croix-Rousse, Petite-rue de Cuire, 2.

LES INFORTUNES DE LOUIS PHILIPPE

Racontées par lui même.

Sur l'air *La barque était prêt'*

1

Rois par divine grâce,
Ecoutez les malheurs
D'une royale race
Çà vas fendre vos cœurs ;
Une nation féroce,
Descendant des Gaulois,
m'a fait un tour atroce ;
J'étais pourtant l'Roi de son choix.

2

Tout plein d'extravagance,
Et plaisantant toujours
Ils m'ont chassé de France,
Pour fair' des calembourgs,
Voyez mon crime énorme :
Pour avoir comprimé
Une vaine réforme,
Voila que je suis réformé.

3

Il est gourmand en diable
Ce peuple trop farceur,
Mais quand il est à table
Il devient chicaneur ;
A son banquet j'm'oppose,
J'ai mon intention,
J'évite je le suppose
A c' peuple une indigestion.

4

Mais chose sans pareille !
Ce peuple mal famé
Vient m' crier à l'oreille
Comme un ventre affamé ;
Criez faites tapages,
Je ris de vos efforts,
Je brave votre rage,
Je suis assez fort de mes forts.

5

A moi ma bande noir
Venez me protéger,
Ralliez vous à la poire ;
La poire est en danger
Poussez poussez au large.
Qui voudrait la manger,
Ça devient une charge,
Eh vite il faut charger; chargez !

6

C'est une contredanse
Que veul'nt les parisiens,
Voilà l' bal qui commence,
Allez mes musiciens.
Vous manquez la mesure,
Ils n'veulent pas danser,
Et je vois que si ça dure
Ce sera mon tour de sauter.

7

Guizot ce grand ministre,
Lui qui fut mon bras droit,
Me dit d'un air sinistre :
Faut passer le détroit ;
le peuple a pris la gripe,
Ce bal ne lui va pas,
Vous v'nez d' casser vot' pipe
Il faut allez fumer là bas.

8

On m' dit rends à la France
Ses droits si précieux,
Moi j'rends une ordonnance
C'est ce que je rends le mieux ;
Ah je sens un symptôme
Qui me rend tout confus,
Si je rends mon royaume
Que veut-on que j'rendes de plus,

9

En bon Roi populaire,
Me dit Guizot soudain,
J'appais'rais leur colère
Avec une poigné d' main.
Ah je n' suis pas si bête,
Autres temps autres mœurs,
Moi j' tiens à ma tête,
Vieux lapin, j' connais leurs couleurs,

10

La rein' que ça chatouille
Ne s' laiss' pas aveugler,
Vit' ell' prend sa quenouille
Et dit il faut filler,
Mes garçons et mes filles,
Il n'ya pas de milieu,
Prenez vos sacs, vos quilles
Et filez vite votre nœud.

11

Bonjour mon cher confrère,
Dis-je au roi d'Albion,
Je viens en Angleterre
Passer la belle saison
Quel hazard vous amène
Cher Sir' dans ma cité ?
Moi, rien, je me promène
Pour me refaire la santé.

12

Victoria sans malice,
M' dit qu'avez-vous mon vieux ?
Est-c' que c'est la jaunisse,
Un citron n'est pas mieux.
Bon peuple de France,
Pour me faire soigner,
Ils m'a donné vacance
Et vient d'm'envoyer promener.

13

Je dotes ma patrie
De det's pour un milliard,
Et l'ingratte me crie
Que je suis un pillard ;
Je pars loin de ce rivage,
En malheureux vieillard,
Ah, pour ces frais de voyage
Donnez un pauvre petit liard.

14

Le mépris des richesses,
J'l'ai toujours professé
L'effet de mes largesses
En proverbe est passé ;
C'est le bien de la France
Que je veux en tous temps,
Et l'on sait bien je pense
Le grand interêt que j'y prends

15

Ces habitant de France
Je m' dépouillais pour eux,
Et pour ma récompense
Ils m'chass' comme un pouilleux ;
Ah pour moi quel déboire,
Quel serait mon destin,
Si j' n'avais une poire,
Une poir' pour la soif d' main.

Le trône de Juillet porte son fruit.

Louis Philippe prépare un plat de sa façon aux banquets réformistes.

Les invités du banquet réformiste.

Louis Philippe s'appuyant sur l'amour de son peuple.

Le plus ferme soutiens de la Poire...

Eh bonjour mon cher confrère.

Louis file-Vite.

Abdication de Louis Philippe.

Le bal commence 1er coup d'archet.

Lith. C.B. Perrin, pl. du Change, 2, Lyon.

LE SERMENT A LA CONSTITUTION

DE LA

RÉPUBLIQUE FRANÇAISE.

CHANT PATRIOTIQUE.

Air de la Marseillaise, ou: Salut trône d'airain, en retirant les BIS.

Brisant les fers de l'esclavage
La France a reconquis ses droits,
D'une Constitution sage
Aujourd'hui le peuple fait choix. (bis).
Autriche, Pologne, Italie,
Rompez vos fers, imitez-nous;
Des tyrans secouez le joug:
Oui, guerre, guerre à l'anarchie.
Citoyens, pour sauver la grande nation,
Jurons (bis) de soutenir la Constitution.

O vous qui suivez en tumulte
Des fanatiques égarés,
Aux vertus rendez un vrai culte,
Les sentiers vous sont préparés. (bis).
Fuyez l'erreur théologique
Qui tente de vous décevoir,
Sur cette base doit s'asseoir
L'universelle République.
Citoyens, pour sauver la grande nation,
Jurons (bis) de soutenir la Constitution.

Avec une mâle assurance
A l'univers offrons nos lois;
Cimentons notre indépendance
En brisant le sceptre des rois. (bis).
Sous l'heureuse démocratie,
Chef-d'œuvre des gouvernemens,
Que les vertus et les talens
Soient les guides de la patrie.
Citoyens, pour sauver la grande nation,
Jurons (bis) de soutenir la Constitution.

Que le repos soit le partage
Des vieillards usés par les ans,
Et qu'ils se voyent d'âge en âge
Renaître dans leurs descendants. (bis).
O fille de l'Etre-Suprême,
Aimante et douce Egalité,
Viens consoler l'humanité
Des attentats du diadême.
Citoyens, pour sauver la grande nation,
Jurons (bis) de soutenir la Constitution.

Montrons-nous toujours redoutables
Dans la plus grande adversité;
Républicains inébranlables
Combattons pour la Liberté. (bis)
Armés pour la cause publique
Montrons aux esclaves du Nord
Qu'un peuple libre est toujours fort
Dans son élan patriotique.
Citoyens, pour sauver la grande nation,
Jurons (bis) de soutenir la Constitution.

Sans relâche lançons la foudre
Contre tous les rois conjurés;
Faisons-les rentrer dans la poudre
D'où les crimes les ont tirés, (bis).
Forçons chaque despote inique,
A dire dans son désespoir,
Dès l'aube du jour jusqu'au soir:
Vive! vive la République!
Citoyens, pour sauver la grande nation,
Jurons (bis) de soutenir la Constitution.

Liberté, douce bienfaisance,
Egalité, Fraternité,
Formez une étroite alliance
Par l'indivisibilité.
Sous l'unité démocratique
Du bonheur conservons l'espoir;
Le soleil ne pourra rien voir
D'aussi grand que la République.
Citoyens, pour sauver la grande nation,
Jurons (bis) de soutenir la Constitution.

Paris.—Imp. d'Ed. Bautruche, rue de la Harpe, 90.

En vente Place du Parvis Notre-Dame, 26, au 3me, en face l'Hôtel-Dieu,

CHANT

RÉPUBLICAIN.

Air des *Girondins*.

Désormais, Liberté si belle,
Sois la mère des bons français;
Dix-sept ans tu fus infidèle,
Car Juillet fut un faux succès.
A nous l'indépendance, (*bis.*)
C'est le vœu le plus cher des enfants de la France.

Si l'Anglais déclarait la guerre,
Soudain le peuple de Paris
Dirait : marchons à la frontière ;
De l'essaim sortiraient ces cris :
A nous, etc.

Malheureux, à bas ta besace,
La république est ton soutien ;
S'occupant pour toi d'une place,
De bonheur ne veut que le tien.
A nous, etc.

Parisiens, à nous la victoire,
Nous avons défendu nos droits,
Assurés des siècles de gloire,
En brisant le trône des rois.
A nous, etc.

Liberté ! l'arbre ton symbole,
Par Thémis vient d'être planté ;
En ce jour Dieu bénit l'idole,
Notre orgueil, notre déité.
A nous, etc.

Mes amis, à nous l'espérance
D'avoir des régimes meilleurs.
Attendons avec patience
En chantant, ardents travailleurs.
A nous, etc.

Imprimerie Bonaventure et Ducessois, 55, quai des Augustins.

LE TRIOMPHE
DE LA
RÉPUBLIQUE.

Air : *Par des chansons ma mère m'a bercé* (Béranger).

REFRAIN.

Vingt-deux, vingt-trois, vingt-quatre février
Sont le triomphe du peuple guerrier. (*bis.*)

Oui, Février, nous fêterons toujours ;
Nos petits-fils, successeurs à la ronde,
Avec chaleur chanteront nos trois jours,
En combattant, faisant le tour du monde.
Vingt-deux, etc.

Plus de pouvoir, de la fraternité
La liberté c'est elle qui domine,
Et pour jamais à nous l'égalité,
L'aristocrate en fait bien triste mine.
Vingt-deux, etc.

Les gens d'esprit sont souvent bien méchants,
Le roi déchu en donna bien la preuve ;
Puisqu'il était l'espoir de ses enfants,
Fais, ô mon Dieu, que sa dame soit veuve.
Vingt-deux, etc.

Municipaux, vaincus par nos pavés
Dont nous avons formé mille barrières,
De votre sang nos doigts étant tachés,
Nous avons tous écrit sur nos bannières :
Vingt-deux, etc.

En attendant un vrai gouvernement,
Rendons hommage à celui provisoire,
Qu'il soit élu, notre assentiment,
Car pour nous tous il se couvre de gloire.
Vingt-deux, etc.

Républicains, vous frères travailleurs,
Aplanissons toutes les monticules,
La liberté promet des temps meilleurs,
Des préjugés frondons les ridicules.
Vingt-deux, etc.

Imprimerie Bonaventure et Ducessois, 55, quai des Augustins.

RÉPUBLIQUE FRANÇAISE.

Hommage à la Garde Nationale

Air : *Ah! si mon Cousin le savait*

O France, ô ma noble patrie,
L'Eternel préside à ton sort;
Lorsque les tyrans en furie
Cherchent à te donner la mort.
Par une sentence fatale
Tous leurs projets sont renversés,
Et ta garde nationale
Sauve tes saintes libertés.

Salut, belle garde civique,
Dont l'héroïque dévouement
Nous ramène la République
Et son divin gouvernement.
Grâce à sa conduite loyale,
Chacun rayonne de gaîté.
Vive la garde nationale,
Les sauveurs de la liberté.

Plus de traîtres, plus de perfides
Qui veulent nous ravir nos droits;
Non plus de ces rois parricides,
Des peuples ainsi que des lois,
Plus de ruse, plus de cabale,
Lorsqu'on nomme nos députés.
Vive la garde nationale,
Elle a sauvé nos libertés.

Si du nord la triple cohorte
Osait un jour nous envahir,
Oui, plutôt que d'ouvrir nos portes
Chaque français voudra mourir.
La France n'a pas de rivale,
Malgré tous ses rois révoltés.
Lorsque sa garde nationale
Veut défendre ses libertés.

propriété

Lith. Clappie R. de Jussieu 21 Lyon

LA FRANCE.

Peuple français, ton cri vient jusqu'à nous,
Nous combattrons s'il faut les puissances étrangères :
En citoyens nous nous dévouons tous;
De ses marchands le monde est tributaire;
Tu sais bien que le peuple est roi
Quand il s'éveille en sa détresse.
Peuple français, relève-toi,
Albion n'est pas ta maîtresse,
Non ta maîtresse.

Ne compte pas sur ton agitateur,
Montre à ses yeux le lit où tu couches,
Tes enfants nus, ton impuissant labeur.
Sur tes haillons la dîme encore se touche,
Parle aussi haut que le beffroi
De la misère qui t'oppresse.
Peuple, etc.

De l'Océan la voix parle en ton nom;
Elle redit ton immense agonie.
Pour te sauver jette un cri d'union,
Et devant toi fuira la tyrannie.
Un peuple entier garde sa foi
Quand le monde à lui s'intéresse.
Peuple, etc.

Brise tes fers, peuple, sois surhumain,
Mais fuis l'écueil du traître perfide;
Car le niveau social peut demain
Etre pour tous une immortelle égide;
Ces vampires, dans leur effroi,
Tremblent que ce jour apparaisse.
Peuple, etc.

O citoyen, oui tes droits sont sacrés,
La République est la reine du monde;
Ils passeront, tes bourreaux abhorrés.
L'égalité dans l'univers se fonde.
Non l'usure n'est pas la loi,
C'est l'étreinte de la tigresse.
Peuple français, relève-toi,
Albion n'est pas ta maîtresse,
Non ta maîtresse.

Quand nous vous disions, il y a dix-huit ans, que la République seule pouvait répondre aux besoins de la France, nous n'étions qu'une minorité, et notre voix ne fut pas entendue. Des députés sans mandat, des trembleurs, se hâtèrent de relever le trône; il n'y eut de changés que le drapeau et le roi. Voyez où cela vous a conduits. Voulez-vous recommencer toujours des luttes sanglantes? Sommes-nous condamnés à nous égorger toujours pour des princes, à renverser ce que nous aurons édifié? Devons-nous tourner éternellement dans le même cercle? Ne voyez-vous pas que le bandeau dont vous ceignez le front des rois, leur glisse toujours sur les yeux et les aveugle?

Quand vous avez demandé par des pétitions des réformes que vous aviez le droit d'imposer, la royauté vous a jeté le mépris et l'injure; les chambres ont passé dédaigneusement à l'ordre du jour. Quand vous avez proclamé dans des banquets votre volonté d'obtenir ces réformes, le vieillard obstiné dont la pensée a pesé dix-huit ans sur la France, l'homme dont vous aviez consenti à oublier le passé, celui à qui vous aviez donné un trône élevé sur les cadavres de vos frères, celui-là vous a traités d'aveugles.

Vous ne vous êtes pas trompés, vous avez bien compris comment finirait cette lutte insensée : lui, ce roi, il ne l'a pas vu; son orgueil ne lui a pas permis de juger ce qui se passait autour de lui; il a méconnu l'opinion publique, où il s'est cru assez fort pour l'enchaîner, pour l'étouffer. Continuerez-vous cette dynastie parjure? Relèverez-vous cette couronne teinte de sang? Oserez-vous la poser sur une autre tête?

C'est à vous de répondre. Le sort de la France est dans vos mains.

— Dans la journée d'hier, cinq fois M. de Lamartine a pris la parole et s'est adressé au peuple qui l'écoutait sous les fenêtres de l'Hôtel-de-Ville. Voici quelques-unes de ses paroles qui ont été recueillies :

« On vous promène de calomnie en calomnie contre les hommes qui se sont dévoués, tête, cœur, poitrine, pour vous donner la véritable République, la République de tous les droits, de tous les intérêts, de toutes les légitimités du peuple.

« Hier, vous nous demandiez d'usurper, au nom du peuple de Paris, sur les droits de trente-cinq millions d'hommes, de leur voter une république absolue, au lieu d'une république investie de la force de leur consentement, c'est-à-dire de faire de cette république imposée et non consentie la volonté d'une partie du peuple, au lieu de la volonté de la nation entière; aujourd'hui vous nous demandez le drapeau rouge à la place du drapeau tricolore. Citoyens! pour ma part, le drapeau rouge, je ne l'adopterai jamais, et je vais vous dire dans un seul mot pourquoi je m'y oppose de toute la force de mon patriotisme.

C'est que le drapeau tricolore, citoyens, a fait le tour du monde, avec la République et l'Empire, avec nos libertés et nos gloires, et que le drapeau rouge n'a fait que le tour du Champ-de-Mars, traîné dans des flots de sang du peuple. »

Le drapeau tricolore reste définitivement le drapeau de la France. Ce matin, il a été arboré à l'Hôtel-de-Ville et sur tous les établissements publics de la capitale,

LYON — IMPRIMERIE DE RODANET ET COMP., RUE DE L'ARCHEVÊCHÉ 3

1848

LES RÉPUBLICAINES.

A L'ASSEMBLÉE NATIONALE.

LES DEPUTÉS DE 1848.

Paroles de Gustave LEROY,

Auteur des *Hommes de la veille et ceux du lendemain.*

Air de la Lionne.

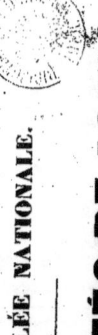

Petit acteur, je redescends en scène,
Toujours drapé dans mon manteau de gueux.
Je ne suis rien... qu'un simple Diogène,
Mais, toujours prêt, fort, convaincu, fougueux,
N'exigeant rien, nulle forfanterie
N'a mesuré la terre pour mes pas.
Le peuple est tout, c'est pourquoi je vous crie :
Députés, ne l'oubliez pas.

On peut fort bien être très-honnête homme,
Sans, cependant, être bon député.
Il faut enfin, que celui que l'on nomme,
De son mandat sache la sainteté ;
Il ne faut plus qu'il vote, homme futile
Sans le savoir, pour Jésus ou Judas.
Le sang versé le fut pour être utile,
Députés, ne l'oubliez pas.

Je ne suis pas un ardent communiste,
Je ne veux point ce qui n'est pas à moi ;
Je fais la guerre au gros capitaliste,
Qui, sur nos bras, spécule sans émoi.
Par le travail donnez-nous la richesse,
Qu'un monceau d'or vaille moins qu'un compas.
Nous sommes las d'engraisser la paresse,
Députés, ne l'oubliez pas.

N'accordez rien aux folles impostures
Des députés de notre ex-royauté.
Dieu ne fit pas de mauvaises natures,
L'homme a mal fait notre société.
Si vous mentiez, logiciennes recrues,
Le sang versé deviendrait un verglas.
La République est née aux coins des rues!!
Députés, ne l'oubliez pas.

Que la vertu soit le pain de votre âme ;
Soyez moraux pour nous moraliser.
Rétribuez le travail à la femme,
Qui, pour du pain, ose vendre un baiser ;
Lors, travaillant, courageuse ouvrière,
Baisant l'enfant qui lui tendra les bras,
Elle dira fièrement : Je suis mère!
Députés, ne l'oubliez pas.

A l'œuvre donc, et sortez de la boue
Le monument de notre liberté.
Ne craignez pas qu'un partisan vous cloue
Au pilori de l'immortalité.
A son pays on doit offrir sa vie.
Cromwell n'est plus!! place aux Léonidas :
Heureux celui qui meurt pour la patrie!
Députés, ne l'oubliez pas.

APPEL

A

TOUS LES TRAVAILLEURS.

Par le Citoyen VINÇARD aîné.

Air de *la Révolte au Sérail* (quadrille de Musard).

Alerte, alerte, alerte, enfants
De la grande patrie,
Soldats de l'industrie
Garde à vous! à vos rangs!

A nous, à nous,
Plus de courroux
Prolétaires
De toutes terres,
Plus d'agresseurs,
Ni d'oppresseurs.
Mêlons et nos vœux et nos cœurs ;
C'est Dieu qui nous révèle
Ses décrets d'avenir,
Dans une foi nouvelle
C'est lui qui vient tous nous unir. Alerte, etc.

Eh! quoi! des pleurs!
Et des clameurs,
Des misères,
D'affreuses guerres!
Sors du néant
Peuple géant,
Viens combler ce gouffre béant.
De ta voix méconnue,
Que l'accent solennel
Porte jusqu'à la nue,
Notre religieux appel. Alerte, etc.

Va, c'est en vain
Qu'en son dédain
L'oisif raille
De qui travaille,
Toi seul es roi,
Réveille-toi,
Producteur, impose ta loi ;
Montre, par la pratique,
Au siècle écrivailleur
L'avenir pacifique
Qui s'ouvre pour le travailleur. Alerte, etc.

Debout! marchons!
Et ranimons
Notre zèle,
La terre est belle,
Par nos sueurs
Et nos labeurs
Couvrons-la de fruits et de fleurs ;
Mission glorieuse!
A chaque pas laissons
Pour la plèbe glaneuse
D'immenses et riches moissons. Alerte, etc.

Bas les créneaux,
Les arsenaux,
Les barrières,
Murs et frontières!
A nos accents
Retentissants,
Tombez, bastions menaçants.
Balayons d'un vieil âge
Les débris chancelants,
De jours exempts d'orage
Posons les sacrés fondements. Alerte, etc.

Plus de repos :
Que nos marteaux
Assourdissent,
Qu'ils retentissent.
Concert divin!
Sous notre main
Mugissent le fer et l'airain.
Va, bruyante harmonie,
Ta parole de feu
Nous annonce la vie
Qui s'élance du sein de Dieu! Alerte, etc.

Aux saints transports
De nos efforts
Tout s'inspire,
Naît et respire ;
Sortez, canaux,
Chantiers, vaisseaux,
Du sein de la terre et des eaux ;
C'est qu'il a la voix grande
Le peuple en ses débats
Et toujours il commande
Du cœur, de la tête et des bras! Alerte, etc.

O règne heureux
Et glorieux,
D'abondance,
D'indépendance!
Plus de bâillons,
Plus de haillons
Pour nos populeux bataillons.
Du fruit de nos conquêtes
Nous aurons larges parts,
Chanvre, épis et retraites
Pour nos mères et nos vieillards. Alerte, etc.

Oui, des amours
Et des beaux jours,
Espérance,
L'ère s'avance ;
Espoir bien doux,
Ralliions-nous,
Elle aura du bonheur pour tous.
Croyez-en nos prophètes,
Femmes et producteurs,
Aux banquets de nos fêtes
Vous aurez les places d'honneur. Alerte, etc.

Mais, pour qu'enfin
Notre destin
Soit propice
Et s'accomplisse,
Point de retards,
De toutes parts ;
Accourez sous nos étendards.
Qu'importent les bannières,
Les partis, la couleur,
Ne sommes-nous pas frères
En honte, en misère, en douleur?

Alerte, alerte, alerte, enfants
De la grande patrie,
Soldats de l'industrie
Garde à vous! à vos rangs!

Librairie chansonnière de DURAND, rue de la République, 32, ex-rue Rambuteau.

Juin 1848. Prix du numéro : 5 centimes. Un numéro par semaine.

Nº Ier. — Bureau du Journal, rue de Seine, 32. — Dépôt central, rue des Gravilliers, 25.

LES LUNETTES DU PÈRE DUCHÊNE

JOURNAL CHANTANT

COMIQUE, SATYRIQUE, ANECDOTIQUE ET ORNÉ D'IMAGES,

RÉDIGÉ PAR L. C***,

Auteur de la chanson : DU PAIN! CRI DU PEUPLE (10e édition). (1)

Avis aux Crieurs.

MM. les Crieurs devront s'adresser rue de Seine, 32 et rue des Gravilliers, 25.

On ne reçoit que les lettres affranchies et signées. — Les documents communiqués ne pourront être réclamés.

SOMMAIRE.

LES MORTS PARLENT.

Je suis mort vers l'an 93!

Je ressuscite en l'an 1848:

Ce qui prouve clairement que nous vivons encore dans le siècle des miracles.

Quel peut être le meilleur métier que puisse adopter un *revenant*?

Celui de rentier? Non, les rentes baissent.

Celui de propriétaire? Non, les locataires ne paient plus leur loyer.

Devenons plutôt flâneur.

Chacun de nous peut flâner; c'est un état à la portée de tout le monde, et qui ne coûte rien à la République. Que dis-je? La République peut même y gagner. En flânant on observe.

Devenons observateur!

Que de choses méritent mon attention! Que de changements ont eu lieu depuis ma mort jusqu'à ma résurrection!

A l'œuvre donc! Mais, avant tout, essuyons mes bonnes *lunettes*. Mes lunettes sont un talisman qui me permettra de voir bien des choses!

Gare à vous, tartufes de toute couleur et de toute espèce! les lunettes du père Duchêne sont braquées contre vous! Malheur à vous qui songeriez à exploiter le peuple!! Quand, pour grandir, on marche dans le sang, on finit bientôt par tomber.

Hypocrites, tremblez; je vous vois, je vous observe!!

A bientôt donc mon entrée en fonctions.

Pour aujourd'hui, le temps est beau, et je me sens d'humeur chantante.

Chantons donc en attendant mieux. Aussi bien je viens de faire une première découverte, et cette découverte la voilà :

La France de 1848 ressemble beaucoup à celle de 93.

En France, tout finit *encore* par des chansons!

RÉSURRECTION DU PÈRE DUCHÊNE.

Air des *Trois couleurs*.

1

Un Dieu clément a déchiré le suaire
Où je dormais dans mon éternité;
Soleil français, salut à ta lumière!
De tes rayons que j'aime la clarté!
Je te revois, ô nation française!...
Vieux jacobin, je suis ressuscité :
Le revenant de l'an quatre-vingt-treize
Vient saluer la jeune liberté.

2

Du temps passé j'ai gardé souvenance :
Peuple, je crois entendre encor ta voix,
Quand rassemblé, formant un chœur immense,
En plein soleil tu proclamais tes droits!
J'ai le premier chanté la Marseillaise;
L'auteur est mort, mais le chant est resté!...
Vieux revenant de l'an quatre-vingt-treize,
Je te salue, ô jeune liberté!

3

J'ai vu tomber la vieille forteresse,
Donjon royal érigé contre nous;
En un clin d'œil notre main vengeresse
Met en débris et grilles et verroux.
Je sais comment la chaîne qui nous pèse
Tombe à jamais sous un bras redouté.
Vieux revenant de l'an quatre-vingt-treize,
Je te salue, ô jeune liberté!

4

De Mirabeau j'admirai le génie
J'eus pour ami Camille Desmoulins;
Quand il parlait au nom de la patrie,
Combien de fois ma main serra ses mains!...
Je me plaçais tout auprès de ta chaise,
Jeune orateur avec joie écouté.
Vieux revenant de l'an quatre-vingt-treize,
Je te salue, ô jeune liberté!

5

Le char lancé ne veut plus qu'on l'arrête;
Laissons passer le beau coursier sans frein.
Aux cieux troublés quand gronde la tempête,
A quoi sert-il de sonner le tocsin?...
D'une étincelle il sort une fournaise,
Le feu grandit quand il est tourmenté.
Vieux revenant de l'an quatre-vingt-treize,
Je te salue, ô jeune liberté!

6

France, aujourd'hui, que ton passé t'instruise!
Les rois s'en vont... le peuple est souverain.
Nul avec lui point d'indigne surprise...
Le roi d'hier veut l'être encor demain.
Qu'on s'en souvienne!... oui, le peuple qu'on lèse
A droit d'agir comme un maître irrité.
Vieux revenant de l'an quatre-vingt-treize,
Je te salue, ô jeune liberté.

L. C.

(1) La censure de Louis-Philippe avait mis à l'index cette chanson qui obtint un succès populaire. — Voir le rapport trouvé dans le portefeuille de M. Duchâtel, et publié dans la *Revue Rétrospective*, 8e livr. Pantin, éditeur.

ARRIÈRE, FAUX RÉPUBLICAINS.

QUATRIÈME ÉDITION.

AIR *de la Lionne.*

1

Oui, Béranger nous l'apprend, le paillasse,
Quand il s'y met, *ne saut point-z-à demi.*
Sauteur du roi, pour conserver sa place,
La Liberté le voit sauter aussi.
Mais l'avenir est un champ que l'on sème
Avec un soc qui veut de fortes mains;
Vous n'avez point reçu notre baptême :
Arrière, faux républicains!

2

Frelons impurs, dans les rangs de l'abeille
Vous oseriez vous glisser en sournois!
La République est là qui vous surveille,
Jamais sur vous ne tombera son choix.
Quand le lion a terminé sa chasse,
Vous assiégez la table des festins;
Vous entr'ouvrez votre large besace :
Arrière, faux républicains!

3

La Liberté que vous avez trahie
A bien le droit de se méfier de vous;
Vouloir encor tromper serait folie;
Allons, cessez de ramper à genoux!
Vous avez soin que le tailleur découse
Vos vieux galons dont vous étiez si vains!
Sur votre habit vous passez notre blouse (1) :
Arrière, faux républicains!

(1) Historique.

Grands comédiens, qui [illegible]
Retirez-vous, malencontreux acteurs!
Votre passé, la France le pardonne,
Mais n'osez pas compter sur ses faveurs.
Vous encensiez la royauté proscrite;
De votre encens les flots à peine éteints
Brûlent pour nous!... Point d'encens hypocrite :
Arrière, faux républicains!

5

Racontez-nous vos bulletins de gloire;
Racontez-nous vos merveilleux combats.
A vos exploits quand il s'agit de croire,
La République est comme saint Thomas.
Lorsque la France avilie et déchue
Au flot vengeur retrempait ses destins,
Vous a-t-on vus descendre dans la rue?
Arrière, faux républicains!

6

Pendant trois jours, enterrés dans vos caves,
Du beau soleil vous fûtes déserteurs;
Et maintenant vous faites tous les braves,
Et vous brillez comme solliciteurs!
De traitements hommes toujours avides,
Tous les pouvoirs vous ont eu pour cousins!
Allons, mes vieux, prenez vos invalides :
Arrière, faux républicains!

L. C.

LE CHIEN DES BARRICADES

CHANSON HISTORIQUE. — CINQUIÈME ÉDITION.

AIR : *T'en souviens-tu.*

N'entends-tu pas notre voix qui t'appelle?
Auprès de nous reviens, mon pauvre chien!
Pour quel motif déserter la gamelle?
Dans notre hôtel n'étais-tu donc pas bien?
Nous avons vu, bravant la fusillade,
Ton maître et toi du même coup meurtris.
Ton maître est mort!... Mon pauvre *Barricade*,
Reviens, reviens auprès de tes amis!

Tu nous quittas sans tambour ni trompette,
Qu'avons-nous fait pour un tel abandon?
Ami perdu, qu'ici chacun regrette,
Vieux déserteur, reviens à la maison!
On te traitait ainsi qu'un camarade,
Ayant sa part de soupe et de *pain bis.*
Où donc es-tu, mon pauvre *Barricade?*
Reviens, reviens auprès de tes amis.

Sans prévenir, pourquoi fuir la brigade
Où nous t'avions adopté pour toujours?
Si de ta part ce n'est qu'une escapade,
Pour tes amis abrège tes amours!
Mais que penser? Peut-être es-tu malade!
Sur ton destin chacun est indécis.
Reviens, reviens, mon brave *Barricade*,
Et tu seras soigné par tes amis.

Un peu d'orgueil!... ton nom est historiq[ue]
Par ta valeur tu conquis nos bravos;
Ton sang coula pour notre République.
Fut-il jamais plus modeste héros?
Quand tu devrais porter au moins grenade
Pour les honneurs tu n'as que du mépris.
Un tel exemple est rare!... *Barricade*,
Tu serviras d'exemple à tes amis!

Combien de gens jouant la comédie,
Sans redouter nos trop justes sifflets!
Dépiste-les, eux et leur coterie,
A belles dents corrige leurs mollets.
De dévouement ils font grande parade;
Mais ce ne sont que de faux convertis!
Reviens, reviens, mon brave *Barricade*,
Monter la garde avec tes vieux amis.

La République, amante de lumières,
Voit s'agiter de ténébreux complots;
Tu veilleras sur ses jeunes bannières,
Brave invalide, utile en son repos.
Si Judas vient offrir son accolade,
Tu hurleras... nous serons avertis.
La trahison approche... *Barricade*,
Sans plus tarder, reviens à tes amis!

L. C., auteur de Pape et Libe[rté]

NOTICE BIOGRAPHIQUE SUR LE CHIEN BARRICADE.

— Tout le monde a pu remarquer le jeudi, 20 avril, lors de la distribution des drapeaux, un beau chien griffon, couché sur les marches de l'estrade, et aux pieds des membres du gouvernement provisoire. Ce chien, dont le maître, homme du peuple, a été tué aux barricades de Février, a lui-même été blessé à côté de son maître d'un coup de feu à la cuisse et d'un coup de sabre à l'épaule droite; il *boite et boitera toujours.* Ce chien est entré blessé et meurtri à l'Hôtel-de-Ville le 24 février en même temps que le peuple, et ne l'avait pas quitté depuis. Il a suivi la garde républicaine, qui l'a adopté à la distribution des drapeaux, et répond au nom de *Barricade.* Il se trouve perdu. La garde républicaine prie les citoyens qui le retrouveront de le ramener à l'Hôtel-de-Ville.

(LES JOURNAUX DE PARIS.)

Le gérant : GUILLEMAIN.

Paris. — Imprimerie d'A. René, rue de Seine, 32.

Rue de Seine, 32. **10** centimes. Rue des Gravilliers, 25.

LES GLORIEUX MARTYRS.

HOMMAGE FUNÈBRE.

1 Duvivier. — 2 Négrier. — 3 François. — 4 Regnault. — 5 De Bourgon. — 6 De Bréa. — 7 Damesme.

AIR *des Trois Couleurs.*

Ils ne sont plus, l'affreuse barricade
A foudroyé tous ces cœurs valeureux !...
Ils ne sont plus, et sainte pléiade (1),
Ils ont déjà leur place dans les cieux !
Martyrs, pour vous l'éternité commence ;
Montez au ciel, drapés dans vos drapeaux !
C'est en mourant qu'ils ont sauvé la France...
Français, jetons des fleurs sur leurs tombeaux !

Nos yeux ont vu de tragiques batailles ;
Pour notre cœur, lugubre souvenir !...
Et l'étranger, devant nos funérailles,
S'est écrié : « La France va mourir !
« C'en est donc fait de ce colosse immense
« Qui si longtemps troubla notre repos ! »
Preux généraux, vous sauvâtes la France...
Français, jetons des fleurs sur leurs tombeaux !

(1) Réunion de sept étoiles.

Mourir ! non, non, la France est éternelle ;
Dieu lui rendra le sang qu'elle a perdu !...
Après l'orage une fleur est plus belle,
Le crime rend plus belle la vertu !
Quand l'arbre est plein de sève et d'espérance,
La foudre en vain mutile ses rameaux !
L'arbre revit ; ils ont sauvé la France...
Français, jetons des fleurs sur leurs tombeaux !

Il est un Dieu dont la main nous protége :
Dieu toujours bon, chanté par Béranger !...
Quand le démon du mal nous tend un piége,
Dieu nous envoie alors son messager !
L'ange du bien pesant dans la balance,
De son côté fait pencher les plateaux !
Preux généraux, vous sauvâtes la France...
Français, jetons des fleurs sur leurs tombeaux !

Vous revivrez aux pages de l'histoire !
Vous revivrez sur le marbre et l'airain !
Groupe héroïque, au temple de la gloire,
Entrez, entrez en vous donnant la main !
Tous nos grands morts viendront à notre avance,
En agitant leur bannière en lambeaux !
Preux généraux, vous sauvâtes la France...
Français, jetons des fleurs sur leurs tombeaux !

L. DE CHAUMONT,
Auteur du BON PASTEUR (10e édition).

Imp. d'A. RENÉ, r. de Seine, 32

Prix : 10 centimes.

LE BON PASTEUR

Hommage adressé à la Mémoire de

L'ARCHEVÊQUE DE PARIS.

Il leur disait : « Français, vous êtes frères,
« Plus de discorde, et donnez-vous la main !
« Songez au deuil de vos sœurs, de vos mères ;
« Morts aujourd'hui, pour nous quel lendemain !
« Ah ! faites trêve à ces luttes cruelles ;
« Voulez-vous donc frapper la France au cœur ? »
Anges du ciel, aux voûtes éternelles
Portez les vœux du bon pasteur !

Pour l'écouter on s'arrête, et la foule
Va mettre fin à ces tristes combats ;
Mais l'éclair brille : un coup part, son sang coule,
Et l'amitié le reçoit dans ses bras !
Martyr en proie à des douleurs mortelles,
Nous l'avons vu plus grand que la douleur !
Anges gardiens des voûtes éternelles,
Priez pour notre bon pasteur !

Au fond des cœurs il n'est plus d'espérance,
Le bon pasteur va quitter son troupeau ;
Et son calme regard, dans la souffrance,
Plane déjà vers un monde nouveau.
Noble martyr, comme Dieu tu chancelles,
Et ta mort est celle du Rédempteur !
Anges gardiens des portes éternelles,
Laissez entrer le bon pasteur !

Petits enfants, vieillards dans l'indigence,
Pleurez, pleurez, votre père n'est plus !
Élu de Dieu, vers le ciel il s'élance
En répétant : « Grâce pour les vaincus ! »
Pour l'accueillir, anges, ouvrez vos ailes ;
Pour lui du ciel abaissez la hauteur !
Anges gardiens des portes éternelles,
Laissez entrer le bon pasteur !

Oui, la France est grande par ses victoires,
Et nos aïeux, en vaillants devanciers,
A pleines mains aux champs semés de gloires,
Ont moissonné des moissons de lauriers !
La France avait des gloires immortelles ;
Mais la plus belle, oh ! c'est vous, Monseigneur !
Anges gardiens des portes éternelles,
Laissez entrer le bon pasteur !

Des conquérants les palmes sont sanglantes ;
Toujours le deuil voilà leurs étendards.
Mourants, toujours vos voix agonisantes,
Écho plaintif, annoncent les Césars.
Oui, le front ceint de palmes fraternelles,
Un martyr est plus grand qu'un empereur.
Anges gardiens des portes éternelles,
Laissez entrer le bon pasteur !

L. C**, auteur de : A GENOUX DEVANT LE CHRIST.

M. Denis-Auguste Affre, archevêque de Paris, était né à Saint-Rome-de-Tarn, au diocèse de Rodez, le 28 septembre 1793. Il fut institué évêque de Pompéiopolis et coadjuteur de Strasbourg le 27 avril 1840, nommé archevêque de Paris le 26 mai suivant, préconisé le 13 juillet, et sacré dans son église métropolitaine le 6 août de la même année. Il avait été précédemment chanoine de l'église de Paris et vicaire général du diocèse. Il a vécu cinquante-quatre ans neuf mois moins un jour, étant mort le 27 juin 1848.

Son archiépiscopat a été de sept ans dix mois et vingt et un jours. — C'était un des prélats les plus éclairés, non-seulement de France, mais de la chrétienté.

Dépots : rue de la Harpe, 82, et rue des Gravilliers, 25.

Typ. d'A. René, r. de Seine, 32.

LE BON VIEILLARD,

OU LES DEUX ORPHELINS DES 23, 24, 25 ET 26 JUIN 1848.

SUJET HISTORIQUE.

Air de la Lionne.

Près de Paris, dans un petit village,
Deux innocens priaient sur une croix,
Je m'approchais contemplant cette image,
Et je leur dis d'une assez douce voix :
Vous priez Dieu, Dieu la puissance même,
Pourquoi ces pleurs, quels sont donc vos chagrins
Nous invoquons ce Dieu, l'Être-Suprême,
Qui prend pitié des enfans orphelins.

Quoi! mes enfans, vous n'avez plus de mère,
Mais dites-moi d'où vous vient ce malheur?
Bien jeune encor la mort prit notre père
Et nous laissa moi, ma mère et ma sœur.
Mais dans Paris, ô fatale journée!
La guerre civile régnait chez les humains,
Là nous perdîmes notre mère adorée ;
Prenez pitié des enfans orphelins.

Dans un quartier l'un des plus populaire,
Tremblant de faim et gémissant d'effroi,
Affreux malheur! la bombe meurtrière
Brisa le mur et vient foncer le toit.
Nous nous sauvions quand une fusillade
Frappe ma mère et lui perça le sein,
Elle tomba près d'une barricade
En nous disant : adieu, pauvres orphelins.

Ma pauvre sœur ignorant ce silence,
Lui dit encore : Relève-toi, maman.
Ne voulant pas effrayer l'innocence,
Je ne dis rien, je regarde en pleurant.
L'illusion me fit appeler ma mère,
Il me semblait qu'elle étendait ses mains,
Mais elle avait abandonné la terre,
Prenez pitié des enfans orphelins.

Humanité du bon vieillard.

Eh bien venez, venez dans ma chaumière,
Dis ce vieillard, moi je vous nourrirai ;
Je prends pitié de votre humble misère,
Vos parents morts, je les remplacerai.
Dieu seul est bon, c'est lui qui m'encourage.
Disant ces mots il les prit par les mains.
Depuis ce jour, dans ce petit village,
Vivent heureux les enfans orphelins.

SENECHAL.

HOMMAGE

Aux sept Généraux morts pour la patrie les 23, 24, 25 et 26 Juin 1848.

ÉLÉGIAQUE.

Air de vive Paris ou Liberté sainte.

Grands généraux de notre vieille armée,
Vous qui vouliez sauver notre pays,
O jour fatal! cruelle destinée!
Nous n'avons plus que vos restes chéris,
Bon Négrier, sous le soleil d'Afrique,
Là tu montras ton intrépidité;
Tu payas cher ton courage héroïque,
Car un français (bis) ne t'a pas respecté,

François n'est plus ce brave militaire
Qui sut vingt fois affronter le trépas;
Hélas! faut-il qu'une main sanguinaire
Vienne frapper ce maître des combats.
Il est tombé au cri de République,
Ce cri chéri, l'effroi des prétendants.
Il méritait la couronne civique
Car il mourût mais en les combattant.

Brave Régnault, longtemps en Algérie,
Tu sus chasser les arabes inhumains,
Si pour la France tu sacrifias ta vie,
Nous le savons, tu fus républicain.
En défendant cette cause sacrée
Tu combattais pour l'honneur du pays.
Ah! loin de nous ces fatales journées
Qui trop longtemps ensanglanta Paris.

Et toi Bourgon en soldat intrépide
Tu te montras là toujours le premier;
Vaincre ou mourir c'était la ton seul guide
Et tu tombas sous le plomb meurtrier.
Cœur généreux, tombant pour la patrie,
Tu répétais ces mots à tes amis :
C'est pour la France que je quitte la vie,
Je suis content, je meurs pour mon pays.

A toi Bréa la palme du martyr,
Car tu péris par un assassinat,
Aux insurgés pourtant tu voulais dire :
Entre français, ah! cessez ce combat.
Maugin aussi comme toi fut victime
En apportant des paroles de paix;
Honte éternelle aux auteurs de ce crime,
Ils ne sont plus dignes du nom français.

Bon Duvivier nous avions l'espérance
De te revoir sur le champ de l'honneur;
Damesme aussi succombe à la souffrance,
Du haut des cieux voyez notre douleur.
Hommes chéris que la France regrette,
Qui maintenant dormez dans vos tombeaux,
Pour vos services et vos belles conquêtes
Rien qu'une larme pour les sept généraux.

PECQUET.

Se vend chez AUBERT, rue du Plâtre St-Jacques, 19, à Paris.

Imp. d'Ed. Bautruche, rue de la Harpe, 90.

CHANT FUNÈBRE

SUR LA MORT

DE MONSEIGNEUR L'ARCHEVÊQUE DE PARIS.

Air de vive Paris, ou Lionne défends tes petits.

Pour fair' cesser une guerre intestine
Et ramener des hommes égarés,
Un homme saint, d'une bonté divine,
A son devoir vient de se sacrifier.
Qu'il soit béni cet homme charitable,
Lui qui voulait ramener ses brebis.
Honneur! honneur! au prélat vénérable, } bis.
A monseigneur l'archevêqu' de Paris. }

Il s'avançait vers une barricade
Pour y porter des paroles de paix;
Aux insurgés leur disait: Camarades,
Pourquoi ce sang! français contre français.
Dieu qui vous voit vous le dit par ma bouche,
Gardez ce sang pour l'honneur du pays;
Cessez, cessez ce combat trop farouche.
Ainsi parla l'archevêqu' de Paris.

Il était là cet ange tutélaire,
Plein de douceur et de religion;
Des furieux insurgés sanguinaires
Font feu sur lui du haut d'une maison.
Il est atteint dans les reins, il chancelle,
Et de son sang les pavés sont rougis.
Honneur! honneur! au prélat plein de zèle,
A monseigneur l'archevêqu' de Paris.

Rendons ici justice à tout le monde,
Quand fut tombé monseigneur, pour toujours,
De tous côtés partout la foule abonde,
Chacun s'empresse à lui porter secours.
Des Quinze-Vingts on le porte à l'hospice,
Partout c'était que des pleurs, que des cris;
Ah! monseigneur, pour un tel sacrifice,
Nous bénissons l'archevêqu' de Paris.

Ce bon prélat dit à son grand vicaire:
Approchez-vous près de moi, mon ami,
Ne craignez rien, surtout soyez sincère:
Est-ce ma mort que l'on pleure aujourd'hui?
Oui monseigneur, votre blessure est grave,
Bientôt votre âme ira dans l' paradis.
Si c'est ma mort, mon ami, je la brave,
Ne pleurez pas l'archevêqu' de Paris.

Ici ce fut sa dernière parole:
Je meurs! mon Dieu! mais je me crois heureux;
Si de mon corps mon âm' près de vous vole
Que vos enfants n' s'égorgent plus entre eux,
Pardonnez leur un instant de colère,
Que pour mon sang ils ne soient pas maudits.
A vous, mon Dieu, je fais cette prière,
Ainsi mourut l'archevêqu' de Paris.

VACHEROT.

UNE FLEUR SUR SON TOMBEAU.

CHANT BIOGRAPHIQUE.

AUX MANES DU GÉNÉRAL NÉGRIER.

Air de la Lionne.

Il est tombé le soldat intrépide,
Pour qui l'Afrique avait plus d'un laurier;
Cruel destin! la balle fratricide
Devait frapper le brave Négrier.
Son âme au ciel va chercher un asile:
Plus rien de lui, que son nom et son cœur;
Vous qui pleurez une guerre civile } bis.
Sur son tombeau déposez une fleur. }

A dix-sept ans, amoureux de la gloire,
Il s'engagea pour servir l'empereur.
Puis à Dantzick, captivant la victoire,
Un an plus tard il eut la croix d'honneur.
Partout enfin Mars semblait lui sourire,
A Friedland il fut deux fois vainqueur.
Vous qui lisez les haut-faits de l'empire
Sur son tombeau déposez une fleur.

De ses soldats il fut toujours le père,
S'il punissait ce n'était qu'à demi;
Au sein des camps son nom fut populaire,
Le brave Ney l'appelait mon ami.
A Waterloo, martyr de sa vaillance,
Il fut blessé pour venger notre honneur.
Vous qui chantez les gloires de la France
Sur son tombeau déposez une fleur.

Il fut plus tard, en servant sa patrie,
Fait colonel, puis après maréchal;
En se couvrant de gloire en Algérie
Il y devint lieutenant-général.
Tous ses combats étaient pour lui des fêtes
Où le kabile éprouvait sa valeur.
Vous qui rêvez d'héroïques conquêtes
Sur son tombeau déposez une fleur.

Invocation.

Du haut des cieux exauce ma prière,
Dieu tout-puissant, j'espère en ta bonté,
Sur les français que ta main tutélaire
Sème la paix et la fraternité.
Que le bonheur avec la confiance,
De tes enfans viennent sécher les pleurs,
Et pour bénir ta divine clémence
Sur les autels nous sèmerons des fleurs.

P.-A. DELSA.

Se vend chez AUBERT, éditeur, rue du Plâtre Saint-Jacques, 19.

Imp. d'Edouard Bautruche, rue de la Harpe, 90.

Propagande Démocratique et Sociale. 5 centimes. 1, rue des Bons-Enfants.

LE MOT NOUVEAU

chanson socialiste

PAR GUSTAVE BIARD.

AIR : *Nostradamus*, ou tout autre.

1.

Le mot nouveau, c'est le socialisme;
Tout l'univers un jour l'adoptera,
Et devant lui l'infâme royalisme
Comme un larron de tout lieu s'enfuira.
Ce mot fameux frappera de syncope
Jésuites, rois, ministres entêtés;
Et puis d'un bond, envahissant l'échoppe,
Il sauvera (*bis*) tous les déshérités.

2.

Ainsi ce fut au temps où la potence
Pour les chrétiens se dressait en tout lieu.
Leur mot nouveau, c'était la confiance
Qu'ils avaient tous d'être égaux devant Dieu.
Ce noble espoir, envahissant leur âme,
Fortifiait leurs corps ensanglantés;
Et ce beau feu d'une héroïque flamme,
Alors sauva (*bis*) tous les déshérités.

3.

Le même mot, mais qui change de robe,
A chaque époque emprunte sa couleur;
C'était le ciel quand Rome avait le globe,
Et sous Luther ce fut: Plus d'enjôleur!
Quatre-vingt-neuf lança cette parole:
Guerre aux méchants qui nous ont exploités!
Quatre-vingt-treize, au généreux symbole,
Fit citoyens (*bis*) tous les déshérités.

4.

Nos ennemis, dans leur rage impuissante,
Socialisme ont appelé le mot,
Toujours le même, et qui fait leur tourmente,
Parce qu'il brise un jour leur escabeau.
Amis, ce mot est vieux comme le monde:
C'est le bonheur pour tous ces exploités
Dont les bras nus fouillent la terre et l'onde,
Et qui toujours (*bis*) sont les déshérités.

Se trouve chez l'auteur, boulevard Pigale, 38, au prix de 5 centimes l'exemplaire, 1 fr. 50 c. le 100.

PROSE. — On trouve aussi, du même auteur et même adresse, ou à la Propagande démocratique et sociale, rue des Bons-Enfants, 1 :

POURQUOI JE SUIS SOCIALISTE, dédié à l'universalité des citoyens français. — Prix : 5 c. l'exemplaire, et 2 fr. 50 c. le 100.

LE GOUJON CIVIL ET MILITAIRE, dédié à l'armée. — Prix : 5 cent. l'exemplaire, et 2 fr. 50 c. le 100.

LE CHOLÉRA. — Prix : 5 cent. l'exemplaire, 2 fr. 50 cent. le 100.

EN COURS D'EXÉCUTION :

BIBLE DE LA DÉMOCRATIE ET DU SOCIALISME.

Cet ouvrage paraîtra par placards semblables au présent, à 5 cent. l'exemplaire ;
2 fr. 50 c. le cent.

Paris, — Imprimerie de E. Dusoyn (ouvriers associés), rue de Seine, 32.

Rue de Seine, 32. Prix : 5 centimes. Rue des Gravilliers, 25.

PÉTITION DES FEMMES DE PARIS en faveur DES DÉPORTÉS.

Grâce pour eux, au nom du bon Pasteur !

AIR : *T'en souviens-tu ?*

« Ils sont partis ! et loin de leur patrie
« Un vent cruel les entraîne déjà !
« Qui nous rendra leur présence chérie ?
« Auprès de nous qui les ramènera ?
« Songez qu'ils sont nos époux et nos pères !
« Resterez-vous sourds à notre douleur ?
« Grâce pour eux, qui sont encor vos frères !
« Grâce !!! ce mot porte toujours bonheur !

« Pour terminer nos luttes meurtrières,
« Quand monseigneur de Paris fut blessé,
« Rappelez-vous ses paroles dernières :
« — Oh ! que mon sang soit le dernier versé ! »
« Que devenir aux plages étrangères ?
« Transplantez l'arbre, il se dessèche et meurt.
« Grâce pour eux, qui sont encor vos frères !
« Grâce !!! ce mot vous portera bonheur !

« Du haut du ciel, le bon prélat de France,
« Dans ce moment baisse ses yeux vers vous ;
« Sa voix vous crie : — Ayez de la clémence ;
« Songez à Dieu qui nous pardonne à tous.
« Ce mot écrit sur vos jeunes bannières (1)
« Doit être aussi gravé dans votre cœur ;
« Grâce pour eux, qui sont encor vos frères !
« Grâce !!! ce mot vous portera bonheur ! »

« Oh ! cette voix est bonne conseillère ;
« En l'écoutant on suit le droit chemin !
« Plus de discorde ! Après l'affreuse guerre
« Chacun de nous doit se donner la main.
« Soyez cléments, non des juges sévères ;
« Grâce pour eux au nom *du bon pasteur* (2) !
« Grâce pour eux, qui sont encor vos frères !
« Grâce !!! ce mot vous portera bonheur !

« Nous les pleurons, nous, leurs sœurs, leurs com-[pagnes.
« Ah ! rendez-nous nos frères, nos maris !
« Un beau soleil sourit à nos campagnes ;
« Nos champs féconds, le ciel les a bénis !
« Quand l'Eternel est resté sans colères,
« Serez-vous seuls à nous garder rigueur ?
« Grâce pour eux, qui sont encor vos frères !
« Grâce !!! ce mot vous portera bonheur ! »

L. C.

(1) Fraternité. — (2) L'archevêque de Paris.

Impr. d'A. RENÉ, r. de Seine, 32.

1848

LA

COMPLAINTE DES PRÉTENDANT

Air de *Fualdès*.

1.

…ez, peuples de France,
…se et d'Yvetot aussi,
…tres, en raccourci,
…-là qu'à la présidence
…rte au jour d'aujourd'hui
…s' dépêtrer du gâchis.

2.

…a plus d'un qu' ça taquine
…i voudrait, plus longtemps,
…resté, en pataugeant.
…l'bourbier où la machine
…uv' depuis bientôt un an,
…que c'est leur élément.

3.

…nous autr' à qui la chose
…pas trop de ce train-là,
…trouvons qu'en v' là, comme ça,
…asses du pot aux roses
…us voulons présent'ment
…nous baille un président.

4.

…as donc quel s'ra notre homme,
…hons d'examiner
…ceux qui montrent leur nez
…s'faire adjuger la pomme;
…isant comm' l' beau Pâris
…r' qu' nous gagn'rons not' pari.

5.

…bon que l'on observe
…avons plus à fair' qu'à lui,
…i j' savons pas Cypris,
…p sûr j' nons pas Minerve
…n' voyons pas Junon
…mossieu Napoléon.

6.

…s d' prétendants au rôle
…va s'agir d' fair' jouer,
…i j' m'amus' à les compter,
…ois dix, douz' d'assez drôles,
…' n'en vois pas d' amusants;
…f vois peu d' rassurants.

7.

…parl' pas de not' grand chimiste,
…imable citoyen
…es pauvr's s'est fait l' médecin
…pied d' dix francs par visite :
…spail-là faut l' décoffrer,
…'empêcher d' nous camphrer.

8.

…tiends pas non plus qu'on rie
…brav' mossieu Cabet;
…t pas aussi benêt
…a l'air son Icarie,
…ui souhait' d'êtr' président
…) en l'an dix-neuf cent.

9.

…dit un tor' et… j' m'en prive
…ier mossieu Thoré;
…j'espèr' que j' t'aurai,
…rand homme! pour convive,
…sur le trôn' nous verrons
…didat d' mossieu Véron.

10.

…tt' d' n'avoir pas assez d' place
…arler de but en blanc
…ssidière et de Louis Blanc,
…udgaient bien de la place;
…omm' la plac' n' veut pas d'eux
…'ra ni une ni deux.

11.

…ais pas s' l'ami Pierre
…a que'que prétention
…qu' sa constitution,
…ré triangulaire,
…vé qu'un vrai chrétien
…pas les quatr' fers d'un chien.

12.

…voilà qu' dans ma revue,
…is un fameux nom;
…te l' citoyen Proudhon,
…aiment qu' j'aie la berlue
…que s' soit envolé
…l'bon sens qu' j'avais volé.

13.

…encore un' trentaine
…quasi-prétendants
…ettraient bien sur les rangs,
…ir' la quarantaine;
…nui' c' n'est qu' par dévoument
…is bien mon compliment.

14.

Or, j' n'avons donc à bien dire
Qu' six noms à considérer,
A peser, à retourner;
J' vons tâcher de l' fair' sans rire,
Puis après je m' tiendrons coi :
Chacun verra s'y a d' quoi.

15.

D'abord voyons le poëte,
L'Homère de notre temps;
C'est lui dont les sons touchants
Pour nous fit des jours de fête
Et qui chanta dans ses chants
Les bois, les fleurs et les champs.

16.

C'est son luth qui de Socrate
Redisait les derniers mots;
Qui nous consolait des maux
Que le joug d'un autocrate
Avait fait peser sur nous
Tremblants tous à ses genoux.

17.

C'est son luth dont l'harmonie
Chantait, en sons cadencés,
Les jours pour lui fortunés,
Où rentrant dans la patrie
Les rois qu'il avait aimés
Ramenaient les émigrés.

18.

C'est lui dont l'ardente lyre
Blasphémant la Liberté,
Ne voyait dans sa beauté
Qu'une bacchante en délire.
C'est lui qui sous trois Bourbons
A chanté sur tous les tons.

19.

Enfin, et c'est là sa gloire,
C'est lui qui tantôt bravait
Un peuple qui menaçait
De déshonorer l'histoire,
En souillant, par ses excès,
Son honneur et ses hauts faits.

20.

Mais aussi c'est ce poëte
Qui, d'une main, irritait
Et qui, de l'autre, apaisait
La populaire tempête.
Lamartin' faute de but
Lui-mêm' s'est mis au rebut.

21.

Faut-il de la politique
Aborder le candidat!
Il n'est pas plus gros qu'un rat,
Mais, sacredieu, quel' tactique!
Celui-là seul contre tous
Les avalerait d'un coup!

22.

A lui tout seul plus habile
Que tous les autr's à la fois,
Il entortill'rait vingt rois,
S'il voulait, dans ses jeux d' île;
Mais c'est qu'il ne le veut pas,
Nous ne sommes pas son cas.

23.

Y n' veut pas plus d' république
Que nous n' voulons de pachas,
Et si nous n'y r'gardions pas
Nous tourn'rions vite en bourrique;
N' laissons pas c' p'tit homm' là
Un seul jour prendr' ses ébats.

24.

Il a bien écrit l'histoire
D' la premier' révolution,
Alors, sans plus d' précaution,
Prenant dans son écritoire
Un tas d'idées qu'il n'a plus;
C'était un vrai p'tit Brutus.

25.

Mais, depuis, les lois d' sept[embre],
Et d'autr's ch[oses] dans c' goût-là,
Ont donné la m[esur]' du gas
Comm' ministre et dans la chambr[e].
Thiers s'ra p' t-êtr' bon président,
Mais ça s'ra mieux dans quatre ans.

26.

Faisons un tour en Dordogne,
Et, pour faire un peu joujou,
Causons un p' tit brin boudjou;
Ça nous don' ra d' la vergogne,
Puis jasons ch'mins vicinaux
Avec l' roi des maréchaux,

27.

On nous dit qu'un' dam' de Blaye
Aurait dit à ses cousins :
Mon fils vous traitait d' gredins;
Mais, aujourd'hui qu'il écrait,
Il vous offre un arrang'ment
Qui fera votre agrément.

28.

Vous avez chippé sa place,
Rendez-la-lui pour un temps;
Et, comme il n'a pas d'enfants,
Vot' tour viendra par la grâce
De Dieu, des Russ', des Anglais,
Si ç' a n' va pas aux Français.

29.

C'est là simplement l'histoire
Dont j'voulais vous entret'nir,
Et je ne puis la finir
Qu'en disant : Veuillez m'en croire!
Pas d' Bugeaud pour président,
Ça s'rait trop embarrassant.

30.

J' v'nons d'examiner les titres
De trois sérieux prétendants.
Il m'en reste encore autant
Qui ne sont pas des bélîtres.
Allons, r'gardons-les un peu,
Et puis après sauv' qui peut!

31.

Voyons, vous, dont la stature
Annonce un gai compagnon
Du chalet et du bouchon,
Aimable enfant d'Épicure!
Ne nous direz-vous donc rien
Vous qui pérorez si bien?

32.

Du barreau grand Démosthène,
Avocat des malheureux,
L'or ainsi que les beaux yeux
Avec vous perdent leur peine;
Ainsi que vos créanciers,
Quand ils n'étaient pas payés.

33.

On sait qu' la candidature
Que pour vous se présentait
Était un pièg' qu'on tendait
A votre simple nature,
Et vous repoussez bien loin
Tant d'honneur et tant de soin.

34.

Vos Bulletins d' la République,
Vos commissaires choisis,
Pour vous en ont assez dit,
Grâce à la plume pudique
De madam' Sand qui faisait
Vos poulets et vos pamphlets.

35.

Ledru, vous ét's un grand homme;
C'est beau de vous effacer;
Vous vous faites regretter;
O Rollin, vous faites comme
Le renard qui ne voulait
Que du raisin qu'il tenait.

36.

Ici de mon entreprise
Commence le dénoûment;
Mais c'est bien l'embarrassant,
Car je vais me voir aux prises
Avec les deux prétendants
Qui seuls persistent céans.

37.

Et des deux il est un homme,
Que dis-je, un homme! un géant,
Ainsi que le monde grand,
Méritant deux fois la pomme,
Vu qu'il compte deux hauts faits
Qu'aucun autre n'aurait faits.

38.

Celui-là, fils de son père,
Et de son oncle neveu,
Homme comme on en voit peu,
Descend tout droit de sa mère;
Cousin de ses deux cousins,
Ses cousins sont ses cousins.

39.

Sa vie est une Iliade :
Tasse, Homère et tous les rois
Des poëtes à la fois
N'ont fait que de la roulade
Auprès de ce que ferait
Celui qui la chanterait.

40.

Mais pour chanter ce prodige
Où donc trouver le quelqu'un
Au ton assez opportun,
Sur la Seine ou sur l'Adige,
Sur le Tibre ou sur l'Ohio,
Sur la Bièvre ou sur le Pô?

41.

Pour moi je ne saurais dire
Tout ce que je n'en sais pas;
Mais si je bornais mes pas
A parcourir sur ma lyre
Strasbourg, Boulogne, Albion,
Je ne serais pas sans son.

Air de *Fualdès*.

42.

Non, ma guimbarde muette
A coup sûr ne serait point;
Car, touchant à chaque point,
La transformant en trompette,
Je trompetterais bien haut
Les lieux que j'ai dit plus haut :

43.

Lieux témoins de la vaillance
De ce héros sans pareil,
Qui, dans le simple appareil
D'un ex-empereur de France,
Vint le matin d'un beau jour
Rendre visite à Strasbourg.

44.

Sans doute que la choucroute,
Rêve de ses premiers ans,
Avait croqué sous ses dents
Lorsqu'il en mangeait en route
Dans l'un ou l'autre canton,
Chez les Suisses, au jambon.

45.

Il quitte donc la patrie
Qui venait de l'adopter,
Qui l'avait fait officier
Dans sa propre artillerie;
D'Italien dev'nu Bernois;
D'Suisse il veut se r'faire François.

46.

Il arriv' donc dans la ville
Avec quinze ou vingt zéros
Habillés en généraux,
Dont un en son nom babille
Et raconte à que'q' soldats
Que leur empereur est là.

47.

Trois pioupious mord'nt à la grappe,
S'mettent à crier Viv' l'emp'reur!
Un lieut'nant leur dit : Farceurs!
Et l'emp'reur qu'a peur s'échappe :
On l'attrape, on le met d'dans :
C'est le premier d' ses deux romans.

48.

Louis-Philipp', qui n'est pas bête,
En apprenant l'évén'ment
S'dit : Tout d' mêm' c'est embêtant,
J'aim'rais bien changer sa tête;
Mais, vu qu' ça s'rait un peu fort,
J' m'en vais le mettre dehors.

49.

On lui donn' pour pénitence
D'aller aux États-Unis
Voir si le Mississipi
Coul' toujours en abondance.
Et v'là notr' héros là-bas,
Où c' qu'il sembl' qu'il ne s' plait pas.

50.

A que'qu' temps d' son escapade,
A c' qu'il paraît, ennuyé
De se voir dépaysé,
D'entendr' c't' diable d' cascade,
Il quitt' l'pays d' Washington
Et s'embarque pour Albion.

51.

Là, c' brav' gas fait maint's prouesses :
Dans les clubs il donne l' ton,
Des *polic'men* prend l'bâton,
Encourage les drôlesses,
Puis s'embarque un beau matin
Avec plusieurs paniers d' vin.

52.

Il embarque aussi des hommes,
Une calèche et Montholon;
Une fois en mer, sur l' pont,
Du haut d' sa calèche il somme
Ses grooms, son coq, son piqueur
De l' r'connaitr' pour empereur.

53.

Montholon lui dit : Mais, sire,
Ça n'me paraît pas prudent,
Qu'allons-nous faire à présent?
L'emp'reur lui répond : Messire,
Vous allez faire habiller
Tous ces grooms en grenadiers.

54.

L'empereur ouvre sa malle,
Il en tir' de vieux habits
Qu'endossèrent ses hommes pris
Au piége; puis de la cale
On mont' du chiekt et du rack
Pour leur refair' l'estomac.

Tant qu'dura la tr…
Si de César le vai…
Eut les flancs lavé…
César et tout' sa li…
Furent les flancs l…
Autant qu'en tient…

Entendez le vieux …
Qui guidait le bâtim…
Il vous dit joyeus…
D'Falstaff le compa…
Que d' sa vie il n'a…
D' Anglais mêmes …

Mais voilà que l'on…
On débarque en ch…
Et l'on va, toujour…
S'enveloppant de n…
Jusqu'aux portes q…
S'arrêtant sous cha…

Enfin l'on est à Bou…
Que venez-vous d…
Demande un brave…
En voyant ces roug…
Soldats, au nom de…
Criez tous : Viv' l'…

Soldats, saisissez c…
Cet homme, aussitô…
Vise au chef, et, l…
Atteint un soldat; …
Son coup se trouva…
L'empereur s' met …

6…

Aussitôt à sa pours…
Des citoyens, embê…
Se mettent sous s' f…
Et l'emp'reur, avec…
Qu' espérait se remb…
Dans l'eau s'met à …

61

Mais bientôt on vous…
Et d' nouveau le v'là…
C'te fois y en eut po…
Jusqu'au jour où c' q…
D' la citadelle de Ham…
C'est le s'cond d' ses…

62

Aujourd'hui qu' la R…
L'i a dit : Enfant, r'…
Donne mère, j'oubli'…
Mon cœur entend t…
Loin d' r'venir en su…
Il s'présente en prés…

63

C'est vraiment à n' …
Et lorsque, dans d'…
On lira des prétend…
Cette pitoyable histo…
On s' dira : Que vou…
Il est sûr qu'il était f…

64

Ayez pitié d' sa folie…
Mais ayez pitié de no…
D' Napoléon gardez-…
Pour l'amour de la p…
N' fait's pas son trois…
En le nommant prési…

65

Qui donc faut-il que…
Vraiment je n'en sais…
Autour de vous r'gar…
Et, si vous n'voyez d…
Que l' plus honnêt' p…
Soit nommé voir' pré…

66

Mais pour ça qu'on s'…
Contr' les tactines su…
D' Girardin de Saint-…
Que l' bon Dieu nous…
Et qui d' nous vivra…
Qu' la Républiqu' sur…

MORALE

67.

Français, qu' la chos'…
Qu' y a toujours d' l'…
A s' vanter d' ses gr…
Quand on n'a rien d'…
Et qu' pour présiden…
D' bon qu' l' général …

PARIS. — IMPRIMERIE PLON FRÈRES, RUE DE VAUGIRARD, 36.

LE PEUPLE

ET LES

PRÉTENDANTS

PRIX : 5 CENT. — **PRIX : 5 CENT.**

Dépôt :

Rue de Seine, 32.

Dépôt :

Rue des Gravilliers, 25.

AIR des *Trois Couleurs* ou de *Vive Paris !*

1

Vieux courtisans d'une cause en ruines,
Serez-vous donc toujours de pauvres fous ?
Tristes brandons des guerres intestines,
Quoi ! vous rêvez le peuple à vos genoux !
La République est à grand'peine éclose,
Et méchamment vous bâillonnez sa voix !
Sceptre brisé, te ramasse qui l'ose !
Mais, prenez garde,... on s'y brûle les doigts !

2

Sous le pavé, sorti des barricades,
Nous avons vu s'aplatir votre orgueil ;
Alors, messieurs, vous étiez bien malades ;
D'un passé mort tous vous portiez le deuil !
Mais de folie une nouvelle dose
Vient sur vos pieds de vous dresser tout droits.
Sceptre brisé, te ramasse qui l'ose !
Mais, prenez garde,... on s'y brûle les doigts !

3

Sur votre habit vous passiez notre blouse,
Vous usurpiez le titre d'ouvrier ;
Mais aujourd'hui, vite, que l'on recouse
Vos vieux galons décousus en février.
Pourquoi, messieurs, cette métamorphose ?
Honte sur vous, républicains sournois !
Sceptre brisé, te ramasse qui l'ose !
Mais, prenez garde,... on s'y brûle les doigts !

4

Vous conspirez... mais la liberté veille ;
Comme toujours vous aurez le dessous.
Vous parlez bas ; mais nous tendons l'oreille,
Et vos complots nous les connaissons tous.
La liberté ne peut perdre sa cause,
Et Béranger a noyé tous les rois (1) ;
Sceptre brisé, te ramasse qui l'ose !
Mais, prenez parde,... on s'y brûle les doigts.

5

Ces pauvres rois, noyés par le poëte,
Ne peuvent plus remonter sur les flots.
Silence autour de leur tombe muette ;
Laissons les morts sommeiller en repos !
Vous proposez, mais le peuple dispose !
Oserez-vous méconnaître ses droits ?
Sceptre brisé, te ramasse qui l'ose !
Mais, prenez garde, on s'y brûle les doigts !

(1) « Ces pauvres rois, ils seront tous noyés. » (BÉRANGER.)

Par l'auteur de : ARRIÈRE FAUX RÉPUBLICAINS (20e édition).

Paris. — Impr. d'A. RENÉ, r. de Seine, 32.

Rue de Seine, 32. Prix : 5 centimes. Rue des Gravilliers, 25.

PAUVRE ENFANT !!!

OU LE

FILS DU DÉPORTÉ.

ROMANCE NOUVELLE.

AIR : *T'en souviens-tu?*

Le pauvre enfant!!! sur le roc solitaire,
Chaque matin, il revenait s'asseoir;
Des pleurs tombaient de sa jeune paupière,
Comme un signal s'agitait son mouchoir;
L'enfant disait : — Je suis seul sur la terre,
« Mon Dieu! mon Dieu! par toi suis-je maudit?
« Qui me rendra les caresses d'un père!
« Dieu, prends pitié de l'enfant du proscrit! »

Il est un Dieu qui protège l'enfance
Et sert de guide à ses pas incertains;
Il est un Dieu qûi plein de bienveillance,
Aime à veiller sur nos frêles destins.
Il donne aux fleurs la brise printanière,
Il donne l'ombre à l'oiseau dans son nid.
Va, pauvre enfant! Dieu te rendra ton père;
Dieu, prends pitié de l'enfant du proscrit!

Lorsque l'hiver attriste la nature
Vois l'oisillon, meurt-il jamais de faim?
Et tu craindrais que seul dans la nature,
On te laissât, toi seul manquer de pain!
Chaque matin, à Dieu fais ta prière,
Du haut du ciel aux enfants il sourit.
Va, pauvre enfant! Dieu te rendra ton père;
Dieu, prends pitié de l'enfant du proscrit!

Enfant, l'orage a passé sur ta tête;
Jeune arbrisseau, je t'en vois tout meurtri.
Mais n'est-ce pas au bruit de la tempête,
Sur son rocher, que l'aiglon a grandi?
Non, il n'est point d'éternelle colère,
Un cœur français bien vite s'attendrit.
Espoir, enfant! Dieu te rendra ton père;
Dieu, prends pitié de l'enfant du proscrit!

Tu grandiras sous les yeux de la France,
Et si jamais vient l'heure du danger,
Au premier rang, cité par ta vaillance,
Tu verras fuir le soldat étranger.
Souviens-toi bien que la France est ta mère;
Oh! par sa mère un fils est-il maudit?
Espoir, enfant! Dieu te rendra ton père;.
Dieu, prends pitié de l'enfant du proscrit!

L. C.

Auteur du BON PASTEUR (10e édition).

Impr. d'A. RENÉ, rue de Seine, 32.

L'UNION NATIONALE

CHANT DE PAIX

PAROLES DU CITOYEN F.-M. MAURICE.

Musique du citoyen Alexandre Melchior.

CHOEUR.

Citoyens et Soldats! Français, peuple de frères!
Unissons, peuple-roi, nos cœurs et nos tonnerres;
Crions avec bonheur :
Fraternité, patrie, honneur!

Enfants de la Victoire,
Descendants de Brennus,
Les plus beaux jours de gloire
Sont enfin revenus!
Jours d'amour, jours de fête!
De franche Liberté,
D'Égalité parfaite
Et de Fraternité!

Si *Valeur Discipline*
Est la fleur du laurier,
Travail est la racine
Du paisible olivier :
Nos fils de l'industrie,
Nos soldats triomphants,
Sont tous de la patrie
Les glorieux enfants!

Oui, le peuple et l'armée,
Comme un double rameau
Qu'une tige embaumée
Attache au même ormeau,
Par leur doux assemblage,
Par leur concours fécond,
Ils forment le branchage
Dont la France est le tronc.

Les enfants de Minerve,
D'Apollon ou de Mars,
Ceux dont la main conserve,
Encourage les arts;
Tous n'ont, dans leur puissance,
Leurs travaux, leurs succès,
Qu'un but, une espérance,
L'honneur du nom français.

Tous les hommes sont frères,
Tous les peuples amis,
Les pouvoirs arbitraires
Les ont seuls désunis.
En vain l'hydre s'efforce
D'appeler la terreur :
L'*Union fait la force;*
L'unité, le bonheur!

Français, peuple héroïque,
Né pour la liberté,
Que notre République
Soit une vérité!
Fiers de leur délivrance,
Tous les peuples, d'accord,
Embrasseront la France
A la vie, à la mort!

Que la voix populaire,
La grande voix de Dieu,
Notre étoile polaire,
Porte au monde ce vœu :
Liberté politique,
Égalité de droits,
Fraternité pratique,
Force et respect aux lois.

Si la *Sainte-Alliance*,
Par un dernier effort,
Jetait dans la balance
Ou des fers ou la mort;
La liberté divine
Retrouverait, soudain,
Les Français de Bouvine,
D'Austerlitz, de Denain!

Chez l'Éditeur, à Paris, rue du Pot-de-Fer-St-Sulpice, 12.

Typ. de H. V. de Surcy et Cie, rue de Sèvres, 37, à Paris.

COMPLAINTE LAMENTABLE
DU VRAI SUISSE-ERRANT,

Orneé de son Portrait, tel qu'il a été vu à Paris en Décembre, 1848.

rien sur la terre
it plus guignolant
grande misère
ivre *Suisse-Errant*,
n sort malheureux,
triste et piteux.

ouis que l'on nomme
ie incompris,
d'un très grand homme,
les habits,
ttes, le chapeau,
rès peu du cerveau.

nt dès sa naissance
bien éduqué,
maman Hortense
ut inculqué
erait empereur,
perdu d'honneur.

éjour en Suisse
trouva si bien,
ui vint le caprice
faire Helvétien,
re de Français
once à jamais.

nnoncer sa gloire
ait un oiseau
espèce fort noire,
st pas un corbeau,
ne aigle privée
bien empaillée.

ssant par la ville
asbourg sur le Rhin,
it fort habile
onnu soudain
us d'un bon badeau
ur du chapeau.

beaucoup de grâce
in dans son gilet.
Faites-moi place
e an roitelet,
suis l'empereur,
ant n'ayez pas peur.

Philippe peu bête
le fait empoigner,
lava la tête
u de lui raser,
l'un air confus
le ferai plus.

était qu'une ruse
est très malin,
porta sa buse
là qu'un matin
ient d'Outre-mer
ulogne-sur-Mer.

cette fois Philippe
u plus méchant
one qu'on le pipe
ette en jugement,
ez sur l'opprimé
rt d'Ham enfermé.

a voix refuse
nter les malheurs
gloire recluse,
yeux sont pleins de pleurs.
tant il s'en tira,
s vous conter çà.

ord dans sa cellule,
bien s'ennuyer,
igude y pullule,
l'apprivoiser,
parvint si bien
n'y manqua plus rien.

En Vente à l'Imp. Ed. Rigo, 2 Place des Victoires Paris. F. Delocodre.

Il apprend l'exercice
A ces nouveaux conscrits,
En retour on lui tisse,
On lui fait des habits.
Des habits de maçon
Pour quitter la maison.

Passant devant la loge
Du portier du Donjon,
Qui voit que l'on déloge,
Lui tire le cordon,
Le prenant tout de bon
Pour un parfait maçon.

Son nom dedans l'Europe,
Dans l'Amérique aussi,
Au grand galop galoppe,
Et notez-bien ceci ;
Il a tout traversé
Et ne fut jamais lassé.

Il a peu de ressource,
Encor moins de moyens.
Mais il a dans sa bourse
Cinq mi-liards pour tout b
En tout lieu, en tout tem
Qu'il offre à tout venants.

Ses amis de la France,
Pour doter son grand no
Vont, de la présidence,
Habiller le garçon.
Il a bien mérite
Pour être ainsi traité.

Etant en Angleterre,
Au tournoi d'Eglington,
Il renversa par terre
Des braves de carton.
C'est un des plus hauts f
De ce *Suisse français*.

A Londres, dans l'émeute
Des hommes du progrès,
Il se mêle à la meute
Des constables anglais.
Ont-ils été rossés,
Ces chartiste' enragés.

Français, voilà ma gloire,
Votez, votez pour moi,
Je veux payer à boire,
Et jure sur ma foi
Qu'on n'aura plus d'impô
Mais bien la poule au pot

Hélas ! quelle disgrâce
De n'être pas nommé,
Et de voir à sa place
Un oiseau plus huppé.
Nom de nom, quel guign
A quoi sert donc un no

Messieurs, je vous prote
Qu'il a bien du malheur
Sa culotte et sa veste
Lui portent peu bonheur
La France veut portant
Un digne président.

Français la bonté même
Disent en ricanant :
Tu marcheras toi-même
Sans être président;
Notre gouvernement
Refuse un *Suisse-errant*.

Messieurs, le temps me
Je reprends mon congé,
A votre impolitesse
Je me suis habitué ;
J'emporte mon oiseau
Et mon petit chapeau.

THURGOVIE. STRASBOURG.

EGLINGTON. BOULOGNE.

TRÈS HUMBLE REQUÊTE

DES

TRANSPORTES DE JUIN

AU GÉNÉRAL CAVAIGNAC.

AIR : *A la façon de Barbari :*

I.

Si Jean-Baptiste Cavaignac
Fut Monsieur votre père,
Si de Godefroi Cavaignac
Vous êtes bien le frère,
Bon sang ne peut mentir, dit-on,
La faridondaine, la faridondon !
Pourquoi donc nous traiter ainsi?
Biribi,
A la façon de Barbari,
Mon ami !

II.

Illustre Eugène Cavaignac !
Ecoutez la prière
De bons diables dont l'estomac
En vous encor espère...
Augmentez-nous la ration,
La faridondaine, la faridondon !
Et ne nous traitez pas ainsi?
Biribi,
A la façon de Barbari,
Mon ami !

III.

Illustre Eugène Cavaignac !
Veuillez bien nous entendre :
Sans juge, à l'aide du mic-mac,
On voulait tous nous pendre !
Des juges, nous demandons donc,
La faridondaine, la faridondon !
Chez vos amis fussent-ils pris,
Biribi,
A la façon de Barbari,
Mon ami !

IV.

Illustre Eugène Cavaignac !
Grâce à votre colère,
Nous fumons... mais c'est sans tabac...
Soyez-donc moins sévère ;
Et les déportés chanteront
La faridondaine, la faridondon !
Que vous les traitez en amis,
Biribi,
A la façon de Barbari,
Mon ami !

V.

Illustre Eugène Cavaignac !
O vous la Providence
Des peuples, *ab hoc* et *ab hac*
Cherchant l'indépendance,
Votre noble protection,
La faridondaine, la faridondon,
Ne leur manque pas, Dieu merci !
Biribi,
A la façon de Barbari
Mon ami.

VI.

Illustre Eugène Cavaignac !
Tout chacun vous accorde
D'avoir, par un coup de Jarnac,
Rétabli la concorde,
L'amour, la paix, l'affection....
La faridondaine, la faridondon....
A coups de sabre et de fusil
Biribi,
A la façon de Barbari
Mon ami.

VII.

Si Guizot, Thiers et Polignac,
Ont avili la France ;
L'illustre Eugène Cavaignac
Lui rend *grandeur puissance*,
Liberté, gloire et *grand renom !*
La faridondaine, la faridondon,
Aussi du peuple est-il chéri
Biribi,
A la façon de Barbari
Mon ami.

VIII.

Illustre Eugène Cavaignac !
Allons de l'indulgence !
Déjà nos cœurs font tic-tac....
Pour votre récompense,
Président, nous vous nommerons....
La faridondaine, la faridondon,
Ah ! vous méritez bien ce prix
Biribi,
A la façon de Barbari
Mon ami.

PIERRE-LOUIS GOSSEU,
Paysan de Vermand.

IMP. BLONDEAU, RUE DU PETIT-CARREAU, 32.

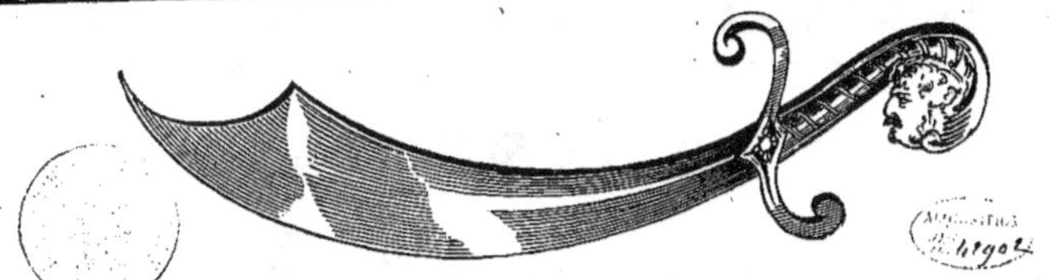

PETITE COMPLAINTE SUR UN GRAND SABRE

Air de Fualdès.

Race présente et future,
Du brave peuple français,
D'un *Sabre fameux*, je vais
Conter la mésaventure;
Or donc, écoutez-moi bien,
Je n'en veux oublier rien.

Je sais bien que l'Epopée,
Mieux que mon pauvre impromptu,
Eût pu chanter la vertu
De cette célèbre épée,
Mais pour *le National*,
Tant pis si je chante mal.

C'est des déserts de l'Afrique,
Qu'un tout petit Jugurtha,
Naguère nous apporta
Ce tranchelard magnifique;
Qui, si l'on croit les méchants
Avait pas mal de tranchants.

Un banquet patriotique,
Que Philippe a sur le cœur,
Avait au peuple vainqueur
Donné raison sans réplique,
Le vingt-quatre février,
Mois qui vient après janvier.

La République installée,
C'était trop peu cependant.
Il fallait un Président....
Vite l'affaire est bâclée.
Sitôt *le National*
Prépare un tour infernal.

Que fit la sainte cabale
Dans sa folle ambition?
Comme une insurrection,
Menaçait la capitale,
Elle écrivit en Alger,
Sous prétexte de danger.

Tout aussitôt le compère
Serra la main de Copput
Et vers Paris accourut
Armé de son cimeterre.
Mais ici je vois du sang...!
Sur ce glissons en passant.

Aussitôt, par flatterie,
Pour le Sabre algérien,
Duprat dit qu'il avait bien
Mérité de la Patrie!
Puis *Siècle* et *National*
Lui firent un piédestal.

Nobles, glorieux trophées
D'une triste ambition,
Qu'arbitraire, oppression!
Que Libertés étouffées!
Beaux titres, en vérité,
Devant la postérité!

D'abord on cria merveille
Sur son beau *plan concentré;*
Mais bientôt il eut montré
Le petit bout de l'oreille.
Et Dictateur absolu,
Son règne fut résolu!

Gonflé de sa dictature,
Qu'il caresse avec amour,
Le grand Sabre nuit et jour,
Chauffant sa candidature,
Veut faire un suprême appel
Au suffrage universel.

De toutes parts on s'empresse,
On prie, on flatte, on écrit,
On menace, on pleure, on rit,
Et l'on fait gémir la presse
Que naguère on musela,
Comme eût fait Caligula.

Chaque place, chaque rue,
Devient un vaste placard
Mais chaque indécent canard
Vers qui la foule se rue,
Sur les murs, sur les lambris
Vite est couvert de ... mépris.

Donc on s'agite, on déchire,
On parle complot aussi,
On fait voter sans souci,
On voudrait pouvoir proscrire!
Bref, on promet sans pudeur
La lune à chaque électeur.

Puis, de nombreuses phalanges
Trottent par monts et par vaux,
Pliant sous les lourds fardeaux
De ridicules louanges!
Or, qui paiera leur trajet?
Interrogez le bugdet.

Afin que rien ne s'échappe
En pareille occasion,
Pour flatter l'élection
On se fait soldat du pape,
Afin que la papauté
Ne soit plus un Pape ôté!

Mais d'où vient, ô pauvre France!
Ce cauchemar dévorant?
C'est qu'un noble concurrant
Songe à guérir ta souffrance!
Et que le *National*
Tremble devant son rival!

Est-il besoin que je nomme
Ce rival tant redouté?
Contre qui rien n'a coûté!
C'est le neveu du grand' homme!
Le sang de Napoléon,
Ce soleil du Panthéon!

De toutes parts on s'apprête
Au combat électoral,
Bourgeois, soldat, général,
Ont même cœur, même tête!
Mieux que le sabre africain
Chacun est républicain.

En tous lieux le télégraphe
A Cavaignaquer se met,
Mais le grand farceur commet
Une faute d'orthographe!
Aulieu de Ca....méléon
Il écrit.:.. Napoléon,

A la première nouvelle,
De ce vote impertinent,
On m'a dit qu'incontinent
Plus d'un perdit la cervelle.
Mais quant au fameux bancal,
Pour longtemps il est fort mal.

Après ta belle équipée,
Infortuné candidat,
Tu peux aller à dada,
Sur ta redoutable épée!
Et pour consolation,
Te voter un lampion,

Par cette brusque sortie,
Et ce dénoument final,
S'éteint du National;
La touchante dynastie.
Grands hommes d'état je veux,
Trois mèches de vos cheveux.

Louis, toi proscrit naguère,
Souviens-toi de tes douleurs!
Tu peux sécher tant des pleurs!
Rends bien des fils à leur mère;
La France t'applaudira,
Dieu d'en haut te bénira!

MORALE.

La morale de l'histoire
Est (le ciel en soit béni!),
D'un ambitieux puni
Le pitoyable déboire,
On voit des nez s'allonger
Ce qui fait beaucoup songer.

Paris. — Imp. de E. MARC-AUREL, rue Richer, 20.

Dépôt principal, Rue Neuve-Saint-Jean, 2. — Paris.

Dépôt chez LÉVY, place de la Bourse, 13.

AU GÉNÉRAL
CAVAIGNAC

CHANT NATIONAL

Par Émile DUMAS.

Soldats! que la patrie arrache à vos clochers!
Vous avez répandu des pleurs sur vos foyers,
Lorsque, vous dégageant des bras de votre mère,
Et d'un dernier adieu saluant sa chaumière,
Vous alliez vous ranger sous ces fiers étendards
Qui devaient vous conduire au milieu des hasards.
Souvent le souvenir de votre heureux village
Et du vieil arbre qui l'ombrage
Est venu tristement assaillir votre cœur,
Lorsque la voix sévère de l'honneur
Vous retenait sur la rive africaine,
Où les chrétiens par vous ont vu briser leur chaîne.

Là le soleil ardent vous brûlait de ses traits.
Dans le désert témoin de vos hauts faits,
Vous acceptiez pour nous les plus durs sacrifices,
Qui trop souvent égalaient des supplices.

Pour nous vous seriez prêts à repasser les mers,
Et vos armes encor dompteraient l'univers,
Si la guerre jamais renaissant de sa cendre,
La voix de nos canons devait se faire entendre.

Ah! n'allez pas au loin affronter le trépas,
Et de notre cité n'écartez point vos pas!
Notre ennemi n'est plus au delà des frontières,
Où l'étranger craintif regarde nos bannières,
Et tremble de les voir chaque instant s'avancer
Vers ces champs où nos coups les ont fait redouter.
C'est ici, sous nos yeux, qu'une haine implacable
Entasse les apprêts d'une lutte effroyable.
Un pouvoir incertain voit grandir le complot
Et sa bouche timide ose à peine d'un mot
De la sédition blâmer la sombre audace
Qui par le fer des lois veut usurper la place.

Déjà de la bataille ils ont fixé le jour.
Avant que le soleil n'ait achevé son tour,
Vous aurez pu connaître à des torrents de larmes
Si nous sommes en proie à de vaines alarmes.
Déjà la barricade envahit la cité
Et de ses bras enchaîne un peuple épouvanté;
La révolte en roulant sa vague mugissante
Menace d'engloutir une foule impuissante!
A l'aspect du danger, nos vaillants citoyens
Ont quitté leurs travaux. Ils ont armé leurs mains,
Sans attendre qu'un ordre, en leur course rapide,
Soit venu diriger leurs pas laissés sans guide.
Leur effort de succès est d'abord couronné;
Mais la garde civique a d'un œil étonné
Reconnu le péril du redoutable ouvrage
Que, privé de secours, poursuit son seul courage.

Soldats! où restez-vous? Par vous abandonnés,
Vos frères sont-ils donc à périr condamnés?
Ils hésitent sans chef, et vont baisser la tête
Sous les noirs tourbillons qu'amasse la tempête.
France! promène tes regards
Sur tous tes bataillons épars,
Et parmi tes enfants choisis le plus capable
D'écarter le danger formidable
Dont tes jours sont menacés!
La mort, la mort s'approche à pas précipités;
Encor quelques instants, et l'affreuse anarchie
Va tarir dans son sein la source de la vie!

Champs d'Afrique rougis du sang de nos guerriers,
Qui leur avez offert des moissons de lauriers,
Dites-nous à quel bras nous confierons la foudre
Pour renverser l'émeute dans la poudre.

Cavaignac, apparais! C'est toi dont le destin
Choisit pour nous sauver la valeureuse main.
Les cris de la patrie ont frappé ton oreille.
Le courage à ton nom dans les cœurs se réveille.
J'entends ta voix! D'armes un cliquetis
Fait frissonner les insurgés surpris.
Les soldats pleins d'ardeur déroulent cette enseigne
Dont la gloire vingt ans accompagna le règne.
J'entends gémir le sol sous le poids des canons,
J'entends l'écho s'effrayer de leurs sons.
Un tonnerre lointain annonce ainsi l'orage
Qui, portant dans ses flancs la mort et le ravage,
Éclaire des forêts la ténébreuse horreur.
La foudre éclate : une pâle terreur
Du bûcheron suspend la main tremblante
Prête à frapper d'un tronc la masse chancelante.

Le trouble ainsi parcourt les rangs de l'insurgé.
Dans la poussière au loin, son regard effrayé
Voit jaillir des éclairs : c'est notre brave armée.
Le bruit de nos combats la rappelle enflammée
Des rives de l'Isère et du pied de ces monts
Dont ses drapeaux brûlaient de franchir les glaçons.
De toutes parts la France appelle ses cohortes,
Et leur flux nuit et jour vient inonder nos portes.
Tous courent au combat. Nous les voyons briguer
L'honneur des premiers coups au poste du danger.
Cavaignac met un frein à leur impatience,
Et sous le bouclier de la froide prudence
Dirigeant leurs efforts d'un pas ferme et certain,
Sait au but les guider par le plus sûr chemin.

Quatre jours de combat, par la plus rude lutte,
Enfin de la révolte ont assuré la chute.
Nos soldats, refoulant leur ennemi dompté,
Partout de son aspect ont purgé la cité.
Ils ont enfin détruit la plus haute barrière
Et repoussé l'émeute au fond de sa tannière.
J'entends le râle affreux de son dernier soupir,
Je vois ses yeux sanglants et s'éteindre et mourir.

Duvivier! Négrier! vous tous nobles victimes!
L'essor des chants les plus sublimes
Pourrait-il s'élever d'un vol digne de vous!
Faut-il que le trépas ait frappé de ses coups
Tant de héros que la guerre d'Afrique
Semblait avoir légués à notre république?

Et vous, braves soldats!
Noircis encor par les feux des combats,
Auprès de ce foyer qu'on vous a vus défendre,
Venez jouir de l'accueil le plus tendre
Qu'à des sauveurs nos mains puissent offrir!
Vos frères ont pour nous voulu mourir!
Ce foyer tremble encor du bruit de la bataille.
Les murs sont sillonnés des coups de la mitraille.
Là pendant quatre jours sur son sein palpitant,
Une mère éperdue a serré son enfant!
Montrez à nos regards cette sainte blessure!
Laissez-nous enlever cette noble souillure
Dont le sang et la fange ont teint vos vêtements!
Laissez-nous vous presser de nos embrassements,
Dans les transports de la reconnaissance
Qu'à votre chef devra la France!

Cavaignac! quand jadis nos farouches aïeux,
Les vainqueurs d'Allia, sous une mer de feux
Firent crouler les murs abandonnés par Rome,
Quand tout était perdu, la vigueur d'un seul homme
Sauva la République, et le grand dictateur
Fut du peuple romain le second fondateur.

Nouveau Camille! à qui nous devons la lumière,
Après avoir frémi pour notre heure dernière,
Nous respirons enfin! Et ton bras redouté
A fait naître le calme au sein de la cité.
Ton génie a vaincu cette horde sauvage
Qui voulait s'assouvir de sang et de pillage,
De la loi tutélaire éteindre le flambeau,
Et de la liberté renverser le berceau,
En répandant au milieu des décombres
Les épouvantables ombres
D'une noire et barbare nuit
Qui des travaux d'un siècle eût étouffé le fruit!

Le sénat l'a voulu! La suprême puissance
Est remise en tes mains. En peu d'instants la France,
En trouvant ton égide, a conquis le repos
Qu'à jamais paraissaient avoir banni ses maux.

Qui pourrait assurer qu'une foule volage
Saura pour toi réserver son suffrage?
Que la raison pourra faire écouter sa voix,
Quand l'État va porter un chef sur le pavois?

Que t'importe le prix d'une faveur glissante
Dont dispose au hasard une humeur inconstante?
Qu'il suffise à ton cœur de l'immortalité!
Par nos derniers neveux ton nom sera vanté,
Tant que le vaste globe en roulant dans l'espace
Nourrira des humains issus de notre race,
Quand au pâtre pensif des vestiges obscurs
Révéleront la place où s'élevaient nos murs.

IMPRIMERIE CENTRALE DE NAPOLÉON CHAIX ET Cᵉ, RUE BERGÈRE, 20.

LE CHANT TRIOMPHAL DE LA PRESSE ET LES IMPRÉCATIONS DU NATIONAL.

TIRADE BURLESQUE DE MM.

Girardin, Cavaignac et Marrast

Girardin avec éclat.

Air *du Chant du Départ.*

La victoire en tout temps couronne mon audace,
Les puissants tremblent à mon nom,
Et sur eux, leurs amis, quand ma colère passe,
Tous ces heureux courbent le front.
Tremblez ennemis de la *Presse*,
Fuyez ses redoutables coups;
Fuyez sa fureur vengeresse,
Fuyez son terrible courroux.

Tous les Rédacteurs.

Quand une luttle nous appelle,
Jamais, jamais nous n'avons fui,
Et notre fortune fidèle
Nous garde toujours son appui.

Imprécations du National, représenté par M. Marrast.

Jour néfaste et fatal! ô *Presse*, sois maudite;
Puissé-je avant ma mort, auteur de tous mes maux,
Voir tes nombreux lecteurs te fuir encor plus vite
Que ne le font les miens en quittant mes bureaux.
Puissé-je avant ma mort, implacable mégère,
Voir ton large format, n'ayant plus d'abonnés,
Réduit comme la main; puis, raillant ta misère,
Te clouer au gibet avec un pied de nez.

Cavaignac d'un air résigné.

Air *du Sauvage*, ou *de la Lionne.*

Ne maudis pas, Marrast, deviens plus calme,
Résigne toi, le ciel veut t'éprouver;
Résigne-toi, Dieu conserve une palme
Au preux martyr qui tombe sans crier.
Je comprends bien que cette chute est rude;
Que ton orgueil n'en sorte que meurtri;
Mais plaignons-les : sur cette ingratitude
Ils reviendront, sois en sûr, cher ami. *Bis.*

B. J[n]. Ouvrier Gantier.

Le Dépôt central est rue Montmartre n° 172, et rue des Gravilliers, 25.

Toute contrefaçon est interdite.

Paris. — Typographie et Lithographie de A. APPERT, passage du Caire, 54.

R. des Marais-St-Germain, 17. R. de Seine, 49. — **5 cent.** — R. des Gravilliers, 25. Rue St-Jacques, 41.

CAPOT !

OU LES

ADIEUX AU POUVOIR.

CHANSON NOUVELLE.

AIR : *T'en souviens-tu ?*

« Destin cruel ! nos châteaux en Espagne
Un coup de vent les a vus s'écrouler !
Nous dominions la *plaine* et la *montagne*,
Et notre esquif vient, hélas, de couler !
Tu m'appelais sauveur de la patrie,
Que m'ont valu tes grands coups d'encensoir ?
Ami Marrast, nous perdons la partie,
De la gagner j'avais si bon espoir !

Tu me disais (je te crois sur parole)
Tu me disais : « Couronnons-nous de fleurs,
« La France attend, et dans son capitole
« Nous entrerons, heureux triomphateurs. »
Mais, au scrutin bien fou qui se confie !
Au capitole un autre ira s'asseoir !
Tristes joueurs, nous perdons la partie,
De la gagner j'avais si bon espoir !

Pour conquérir le cœur de chaque ville,
Nous leur lancions nos courriers au galop ;
Nous leur disions « *l'autre est un imbécile.* »
Cet autre, hélas ! au jeu m'a fait capot.
Le peuple ingrat m'a faussé compagnie ;
A *l'autre* il dit : *bonjour ;* à nous : *bonsoir.*
Ami Marrast, nous perdons la partie,
De la gagner j'avais si bon espoir !

T'en souviens-tu ? partout la propagande
A prompts relais allait prôner mon nom ;
De mon *histoire* à tous j'ai fait offrande :
Que m'a servi l'encre de monsieur Plon ? (1)
La France entière en vain en fut noircie,
Mon nom, hélas ! n'en devint que plus noir !
Ami Marrast, nous perdons la partie,
De la gagner j'avais si bon espoir !

Tout est perdu ! de ta chère sonnette
Si tu pouvais du moins sauver les droits !
D'un œil jaloux plus d'un rival la guette.
Ne plus régner sur les *couteaux de bois*,
Oh ! ce serait boire jusqu'à la lie
De nos douleurs l'immense réservoir ;
Nous serions deux à perdre la partie,
De la gagner nous avions tant d'espoir ! »

Pour consoler leur pouvoir bien malade,
Ainsi chantaient ces deux nobles débris ;
On aurait dit Oreste avec Pylade
Contant leur peine aux échos de Paris.
De la douleur, ô touchante harmonie !
Tous deux encore, à la brise du soir,
Ils redisaient : « Nous perdons la partie ;
Capot !... la France a trahi notre espoir ! »

(1) Imprimeur de M. Cavaignac.

L. C., auteur des Papillons de la Présidence (12e édition).

Paris. — Imprimerie d'A. RENÉ, rue de Seine, 32.

Prix : 5 centimes.

Dépôt général, rue de Seine, 32. — Rue des Gravilliers, 23.

LETTRE

DE LA RÉPUBLIQUE ITALIENNE

A SA SOEUR LA

Le général Cavaignac, chef du pouvoir exécutif de la République française.

REPUBLIQUE FRANCAISE.

AIR *des Trois-Couleurs.*

France, c'est moi ! c'est la triste Italie
Qui fait appel à ta jeune valeur;
Noire de poudre, encor toute meurtrie,
Ma main t'écrit, République, ma sœur.
Beaux jours de gloire, ô jours d'indépendance,
Quoi ! follement vous aurais-je rêvés ?
Ta voix chez nous fit naître l'espérance ;
France, la main (*bis*), et mes droits sont sauvés.

Vois mes drapeaux criblés de déchirures,
Vois mes soldats au noble front bruni !
Drapeaux, soldats, tous portent leurs blessures :
Ils ont lutté... la fortune a trahi !
Que n'es-tu là ! par ta seule présence
Nos étendards se verraient relevés !
Ta voix chez nous fit naître l'espérance ;
France, la main, et mes droits sont sauvés !

Quand mon Etna dans sa sourde colère
Assez longtemps a couvé ses grands feux,
Il ouvre enfin son immense cratère
Et le géant court incendier les cieux !
Mes beaux projets nourris dans le silence,
Au fond du cœur vous ai-je en vain couvés ?
Ta voix chez nous fit naître l'espérance;
France, la main, et mes droits sont sauvés !

PIE IX
Fondateur de la liberté italienne.

N'entends-tu pas sur l'enclume autrichienne
Le bruit des fers que l'on forge pour moi ?
Dans le péril que ta main intervienne (1).
Le temps nous presse, ô ma sœur, hâte-toi !
Vers l'Apennin que ton drapeau s'élance,
De nouveaux fers ne seront point rivés.
Ta voix, chez nous, fit naître l'espérance.
France, la main, et mes droits sont sauvés !

Songes-y bien ; ma cause, c'est la tienne,
Ma voix toujours répondit à ta voix :
Et j'ai chassé le vieux tyran de Vienne
Quand du vieux roi fut brisé le pavois.
Des libertés l'avant-garde est en France ;
Premiers au but toujours vous arrivez.
Ta voix chez nous fit naître l'espérance.
France, la main, et mes droits sont sauvés !

En me sauvant tu sauveras ta gloire ;
Au même char s'attèlent nos destins.
Combien de fois au livre de l'histoire
N'avons-nous pas uni nos bulletins !
Ma sœur, formons une sainte alliance,
Et mes revers seront bientôt vengés !
Ta voix chez nous fit naître l'espérance ;
France, la main, et mes droits sont sauvés !!

L. C.

(1) Voilà ce que nous lisons au sujet de cette intervention dans le journal *le National*, du 10 août :

« Si la parole de la France n'est pas entendue, si l'Autriche, enivrée par le succès de ses armes, refuse d'accepter les conditions sur lesque lles o « entend traiter avec elle, eh bien alors, qu'on tire l'épée, et

« *Que la République sauve l'Italie !!* »

1848

Impr. d'A. René, r. de Seine, 32.

AUX OUVRIERS TRAVAILLEURS

LA PATRIE RECONNAISSANTE.

1848

CHANT
DÉDIÉ AUX TRAVAILLEURS.

AIR : Le Dieu des bonnes gens.

I.

Que tu fus grand, peuple, dans ta colère,
Quand, l'autre jour, au cri de liberté,
Malgré l'appel d'un pouvoir sanguinaire,
Sous ta fureur tomba la royauté !
Mais, aujourd'hui, qu'au sein de ta victoire
Tu peux chanter ton éclat roturier,
Pour conquérir une solide gloire,
Reviens à l'atelier. (*bis*).

II.

Peuple, c'est là que grandit ta puissance
Et d'où te vient ta force et ta vigueur :
C'est aussi là que ta longue vengeance
Forgea le trait qui t'a rendu vainqueur.
Ne laisse pas s'énerver ton courage
Dans les langueurs d'un repos meurtrier ;
Sois toujours grand, infatigable et sage,
Reviens à l'atelier. (*bis*).

III.

Chaque triomphe épuise une patrie ;
Peuple, la France est souffrante à son tour :
En l'abritant sous ta noble industrie,
Tu peux la voir refleurir en un jour.
Que dans ton cœur un nouveau feu s'allume,
Quand chaque bras demande un bouclier ;
Sous le marteau, fais retentir l'enclume,
Reviens à l'atelier. (*bis*).

IV.

N'exige pas de récolter trop vite
Une moisson qui doit encore mûrir :
On la détruit quand on la précipite,
Sème aujourd'hui pour demain recueillir.
Ne force pas le laboureur timide
A négliger le sillon nourricier ;
Sois son conseil, son exemple et son guide,
Reviens à l'atelier. (*bis*).

V.

Lorsque l'Europe, attentive, t'admire,
Que l'union soit ton seul gouvernail ;
Choisis l'honneur comme ton point de mire,
Peuple, l'honneur c'est l'amour du travail.
Loin des combats où ta palme est si belle,
La douce paix t'offre plus d'un laurier ;
Pour en cueillir à la saison nouvelle,
Reviens à l'atelier. (*bis*).

VI.

Cours dans son sein enfanter des miracles,
Honore-toi de cultiver les arts ;
De l'étranger pour briser les obstacles,
Que tes produits soient tes puissants remparts ;
Crois-moi, voilà tes plus fortes murailles,
A l'œuvre donc ! sois fier d'être ouvrier ;
Pour t'inspirer à gagner des batailles,
Reviens à l'atelier. (*bis*).

CHANT
DÉDIÉ AUX TRAVAILLEURS.

Air de la Colonne.

I.

Toujours humanitaire et pure,
La Liberté, fille des cieux,
Agit avec calme et droiture,
Rien ne peut éblouir ses yeux. (*bis*).
L'homme, pourtant, dans sa démence,
Trompé par l'air de parenté,
Souvent donne à la Liberté
Les traits hideux de la licence.

II.

Lorsque, de notre territoire,
Les rois à jamais sont exclus,
Français, vois la solide gloire
Dans l'exercice des vertus. (*bis*)
Au sein de ton indépendance,
Crains les excès, l'impunité :
Le bonheur suit la Liberté
Et s'enfuit devant la licence.

III.

Donne au peuple qui désespère
Et se croit aux fers sans retour,
Par un exemple salutaire,
L'espoir de les briser un jour. (*bis*)
L'astre qui brille sur la France,
A l'univers doit sa clarté :
Nourris avec la Liberté
Ses feux qu'éteindrait la licence.

IV.

Le mot égalité, sur terre,
Trompe bien des cœurs égarés,
Mais il est simple et sans mystère,
Et dit aux esprits modérés : (*bis*)
Que même droit, même assistance
Sont pour tous, le vice excepté ;
Car, ici, c'est la Liberté,
Et là ce serait la licence.

V.

Oh ! qu'une bonne République
Enfante de nobles transports :
Plus de cœur froid, jaloux sceptique,
Tous vont par les mêmes ressorts. (*bis*)
Chacun, plein de persévérance,
Se voue à la fraternité,
Et fournit à la Liberté
Des armes contre la licence.

VI.

Restons vertueux, magnanimes,
Le monde nous admirera :
Instruit à nos douces maximes,
Un jour il nous imitera. (*bis*)
Qu'on dise partout que la France,
En brisant un joug détesté,
A su gagner sa Liberté
Sans le secours de la licence.

Que la République reçoive nos serments,
Nous la soutiendrons, nous sommes ses enfants ;
Et si les factieux nous donnaient des alarmes,
Sortons de l'atelier et reprenons nos armes.

Mays, DEMBOUR et GANGEL. — Maison à Paris, rue Serpente, 7.

AUX OUVRIERS

LA PATRIE RECONNAISSANTE.

1848

CHANT
DÉDIÉ AUX TRAVAILLEURS.

AIR : Le Dieu des bonnes gens.

I.

Que tu fus grand, peuple, dans ta colère,
Quand, l'autre jour, au cri de liberté,
Malgré l'appui d'un pouvoir sanguinaire,
Sous ta fureur tomba la royauté!
Mais, aujourd'hui, qu'au sein de ta victoire
Tu peux chanter ton éclat roturier,
Pour conquérir une solide gloire,
Reviens à l'atelier. (*Bis.*)

II.

Peuple, c'est là que grandit ta puissance
Et d'où te vient ta force et ta vigueur :
C'est aussi là que ta longue vengeance
Forgea le trait qui t'a rendu vainqueur.
Ne laisse pas s'énerver ton courage
Dans les langueurs d'un repos meurtrier;
Sois toujours grand, infatigable et sage,
Reviens à l'atelier. (*Bis.*)

III.

Chaque triomphe épuise une patrie;
Peuple, la tienne est souffrante à son tour :
En l'abritant sous ta noble industrie,
Tu peux la voir refleurir en un jour.
Que dans ton cœur un nouveau feu s'allume,
Quand chaque bras demande un bouclier;
Sous le marteau, fais retentir l'enclume,
Reviens à l'atelier. (*Bis.*)

IV.

N'exige pas de récolter trop vite
Une moisson qui doit encor mûrir :
On la détruit quand on la précipite,
Sème aujourd'hui pour demain recueillir.
Ne force pas le laboureur timide
A négliger le sillon nourricier;
Sois son conseil, son exemple et son guide,
Reviens à l'atelier. (*Bis.*)

V.

Lorsque l'Europe, attentive, t'admire,
Que l'union soit ton seul gouvernail;
Choisis l'honneur comme ton point de mire,
Peuple, l'honneur c'est l'amour du travail.
Loin des combats où ta palme est si belle,
La douce paix t'offre plus d'un laurier;
Pour en cueillir à la saison nouvelle,
Reviens à l'atelier. (*Bis.*)

VI.

Cours dans son sein enfanter des miracles,
Honore-toi de cultiver les arts;
De l'étranger pour briser les obstacles,
Que tes produits soient tes puissants remparts;
Crois-moi, voilà tes plus fortes murailles.
A l'œuvre donc! sois fier d'être ouvrier :
Pour t'inspirer à gagner des batailles;
Reviens à l'atelier. (*Bis.*)

Soyons toujours unis par la fraternité,
Et jurons de mourir pour notre liberté.

VIVE LA RÉPUBLIQUE!

Metz, DEMBOUR et GANGEL. — Maison à Paris, rue Serpente, 7.

CHANT
DÉDIÉ AUX TRAVAILLEURS.

Air de la Colonne

I.

Toujours humanitaire et pure,
La Liberté, fille des cieux,
Agit avec calme et droiture,
Rien ne peut éblouir ses yeux. (*Bis.*)
L'homme, pourtant, dans sa démence,
Trompé par l'air de parenté,
Souvent donne à la Liberté
Les traits hideux de la licence.

II.

Lorsque, de notre territoire,
Les rois à jamais sont exclus,
Français, vois la solide gloire
Dans l'exercice des vertus. (*Bis.*)
Au sein de ton indépendance,
Crains les excès, l'impunité :
Le bonheur suit la Liberté
Et s'enfuit devant la licence.

III.

Donne au peuple qui désespère
Et se croit aux fers sans retour,
Par un exemple salutaire,
L'espoir de les briser un jour. (*Bis.*)
L'astre qui brille sur la France,
A l'univers doit sa clarté :
Nourris avec la Liberté
Ses feux qu'éteindrait la licence.

IV.

Le mot égalité, sur terre,
Trompe bien des cœurs égarés,
Mais il est simple et sans mystère,
Et dit aux esprits modérés : (*Bis.*)
Que même droit, même assistance
Sont pour tous, le vice excepté;
Car, ici, c'est la Liberté
Et là ce serait la licence.

V.

Oh! qu'une bonne République
Enfante de nobles transports :
Plus de cœur froid, jaloux sceptique,
Tous vont par les mêmes ressorts. (*Bis.*)
Chacun, plein de persévérance,
Se voue à la fraternité,
Et fournit à la Liberté
Des armes contre la licence.

VI.

Restons vertueux, magnanimes,
Le monde nous admirera :
Instruit à nos douces maximes,
Un jour il nous imitera. (*Bis.*)
Qu'on dise partout que la France,
En brisant un joug détesté,
A su gagner sa Liberté
Sans le secours de la licence.

AUX ÉCOLES FRANÇAISES

LA PATRIE RECONNAISSANTE.

1848

CHANT

DÉDIÉ AUX ÉCOLES.

Air des trois couleurs.

I.

Jeunes héros, formés dans nos écoles,
Approchez-vous, la gloire vous attend,
Et recevez les justes auréoles
Que dans sa joie un peuple entier vous tend.
Entendez-vous le beau chant qui resonne
En votre honneur, au sein de nos foyers?
La liberté par nos mains vous couronne,
Ceignez vos fronts (*bis*) de civiques lauriers.

II.

Depuis longtemps que ne vous doit la France?
Oh! que de fois votre invincible ardeur,
Pour la sauver d'une longue souffrance,
Osa braver le canon destructeur.
Devant le feu de sa horrible mèche,
Juillet vous vit vous placer les premiers!
Enfants si fiers de monter à la brèche,
Ceignez vos fronts (*bis*) de civiques lauriers.

III.

Naguère encor que de traits de courage
Sut enfanter votre essor vigoureux,
Lorsqu'il fallut des fers de l'esclavage,
Débarrasser un peuple malheureux.
Pour attiser sa force presqu'éteinte,
Vous parcouriez les plus étroits sentiers;
Instigateurs de cette émeute sainte,
Ceignez vos fronts (*bis*) de civiques lauriers.

IV.

Mais au milieu de cette mer vivante
Que de vertus vous caractérisaient,
Lorsqu'en semant le trouble et l'épouvante,
Sur tous les sens les masses se ruaient.
Justes et bons, aux coupables sans armes,
Vos corps, partout, servaient de boucliers.
Pour épargner tant de sang, tant d'alarmes,
Ceignez vos fronts (*bis*) de civiques lauriers.

V.

A nos efforts quand céda la victoire
Et que le peuple enfin se reposa,
C'est là que fut votre plus belle gloire
Et que surtout Paris vous admira.
Sous votre poids, sentinelles actives,
La nuit, le jour, fléchissaient vos coursiers.....
La paix renaît, gardiens de nos deux rives,
Ceignez vos fronts (*bis*) de civiques lauriers.

VI.

Dignes rivaux de nos grands capitaines,
Dans vos débuts si puissants et si forts,
Guidez toujours nos armes souveraines
Et confondons nos mutuels efforts.
Clio, déjà, burinant vos services,
Vous assimile à nos preux devanciers.
Pour décorer vos nobles cicatrices,
Parez vos fronts (*bis*) de civiques lauriers.

Propriété des Editeurs.

CHANTS

DÉDIÉS AUX ÉCOLES DE FRANCE.

Metz, DEMBOUR et GANGEL. — Maison à Paris, rue Serpente, 7.

CHANT

DÉDIÉ A LAMARTINE.

Air de la colonne.

I.

Tribun sacré de la patrie,
Noble défenseur de ses droits,
Toi dont un vertueux génie
Sut toujours inspirer la voix. (*Bis*).
Pour prix de ta persévérance,
Reçois un don qui t'est bien dû:
Nous confions à ta vertu
La gloire et l'honneur de la France. (*Ter*).

II.

Avant que ta voix au prétoire
Eût jeté ses mâles accents,
Déjà tu faisais notre gloire
Par tes écrits éblouissants; (*Bis*).
Mais le poëte qu'on encense,
Chercha des triomphes plus beaux,
Et tu mêlas à tes travaux
La gloire et l'honneur de la France. (*Ter*).

III.

Le peuple aime bien quand il aime;
Sois juste, il ne t'oublia pas,
Lorsque naguère un diadème,
Dans tes mains, volait en éclats. (*Bis*).
Ayant besoin d'expérience
Pour consolider ses destins,
Modeste, il remit dans tes mains
La gloire et l'honneur de la France. (*Ter*).

IV.

Depuis ce jour combien de choses,
Qui couvaient au fond de ton cœur,
A nos yeux ravis, sont écloses,
Portant le fruit avant la fleur. (*Bis*).
Chez toi, génie, esprit, science,
Du bien de tous, noble désir,
Garantissent pour l'avenir
La gloire et l'honneur de la France. (*Ter*).

V.

Ne ralentis pas ton ouvrage,
Car le peuple a sur toi les yeux:
Ce peuple aura force et courage,
Mais il fut longtemps malheureux. (*Bis*).
Gagne sa foi, sa confiance,
Chaque jour il te bénira;
En l'aimant, ton cœur aimera
La gloire et l'honneur de la France. (*Ter*).

VI.

Comme toi, pour tous, pour nous-mêmes,
Nous invoquons la douce paix,
Mais des sacrifices extrêmes,
Pour l'obtenir, n'en fais jamais. (*Bis*).
Et si de notre indépendance
L'Europe osait nier les droits,
Ne laisse pas ternir deux fois
La gloire et l'honneur de la France. (*Ter*).

Propriété des Editeurs.

AU PEUPLE ET A L'ARMÉE
LA PATRIE RECONNAISSANTE.
1848

A LA GLOIRE DE LA FRANCE.

Air du Chant du départ.

I.

Un ingrat, qu'en Juillet couronna la victoire,
A peine sorti de nos rangs,
Oubliant en un jour qu'il nous devait sa gloire,
Suivit la route des tyrans
Et nous ouvrit un précipice.
Mais, las de ramper sous sa loi,
Le peuple enfin s'est fait justice;
Il est libre, il n'a plus de roi.

REFRAIN.

Quitte la robe de veuvage,
Ceins ton front des plus belles fleurs:
Réjouis-toi, plus d'esclavage,
France, tes enfants sont vainqueurs.

II.

Entouré de flatteurs et comptant sur ses armes,
De notre honte il se jouait;
Insensible toujours à nos cris, à nos larmes,
Au sein du Louvre il s'endormait;
Mais le peuple éveillé s'avance,
Au son d'un terrible beffroi,
Il pousse ce cri de vengeance:
« Le Louvre est à nous, lève-toi. »
Quitte la robe de veuvage, etc.

III.

Aussitôt, sans combat, se brise un diadème,
Et le despote pâlissant,
Sans amis, sans valets, et seul avec lui-même,
Devant l'orage grossissant,
Fuit en courbant sa tête altière;
Et soudain le peuple indompté
Déchire en lambeaux dans l'ornière,
Tout vestige de royauté.
Quitte la robe de veuvage, etc.

IV.

Sous un ciel radieux, à l'instant vient éclore
L'arc-en-ciel de la liberté;
A nos yeux attendris, il annonce l'aurore
Du règne de l'égalité.
Désormais nous sommes tous frères,
Ensemble nous sûmes souffrir
Sous le poids des mêmes misères;
Ensemble nous devons jouir.
Quitte la robe de veuvage, etc.

V.

Un triomphe si grand n'aura point de limite,
Et j'aperçois dans le lointain
L'univers consolé qui nous suit, nous imite,
Pour partager notre destin,
Notre bonheur et notre gloire.
Un noble exemple aux nobles cœurs
Fait toujours aimer la victoire,
Surtout contre des oppresseurs.
Quitte la robe de veuvage, etc.

VI.

Vite, allons! sans retard, fils d'une même mère.
Oublions tous nos longs revers,
N'ayons plus qu'un seul vœu, qu'une seule bannière,
Soyons le fléau des pervers.
En échelonnant le qui-vive?
Ne dormons pas tous à la fois,
Veillons sur l'une et l'autre rive,
Guettons les traîtres et les rois.
Quitte la robe de veuvage, etc.

**Soyons toujours unis par la fraternité,
Et jurons de mourir pour notre liberté.**

VIVE LA RÉPUBLIQUE!

Metz, DEMBOUR et GANGEL. — Maison à Paris, rue Serpente, 7.

DIEU AUX ROIS DE LA TERRE.

Air Abritez-vous, l'orage va gronder.

I.

Quand du néant je fis sortir les mondes,
Je créai l'homme, impuissant, faible, nu;
Bientôt l'orgueil, aux racines profondes,
Chez lui prit germe et je fus méconnu.
Un roi surgit, il se fit des esclaves,
Depuis ce temps ma voix, du haut des airs,
Crie aux méchants qui forgent des entraves: *Bis.*
Tout est à moi, pouvoir, sceptre, univers.

II.

Vous ai-je dis, armés d'un cimeterre,
De trafiquer des malheureux humains?
Y songez-vous? Le sceptre de la terre
Est trop pesant pour vos débiles mains.
Moi j'ai la force, à moi ce grand domaine!
C'est moi qui donne et qui brise les fers!...
Nains révoltés, courbez-vous sous ma chaîne. *Bis.*
Tout est à moi, pouvoir, sceptre, univers.

III.

Pour usurper mes droits et ma puissance,
Ignorez-vous que vous êtes mortels?
Dans vos palais, l'esclave vous encense,
Hommes d'argile, il vous faut des autels;
Prosternez-vous! à moi seul on doit croire,
Je règne aux cieux et jusqu'au bout des mers,
Suis-je donc Dieu pour partager ma gloire? *Bis.*
Tout est à moi, pouvoir, sceptre, univers.

IV.

Qu'êtes-vous? Rien; puisqu'hélas! de ce faite,
Que par le sang toujours vous atteignez,
Vous fait descendre une seule défaite,
Quand de la veille à peine vous régnez.
On a souvent brisé votre colère
Et votre foudre a connu les revers:
Pour toujours vaincre il faudrait mon tonnerre! *Bis.*
Tout est à moi, pouvoir, sceptre, univers.

V.

Las de souffrir lorsqu'un peuple murmure
Et qu'il relève un front humilié,
Lorsqu'avec rage, il saisit son armure,
D'un bras vengeur et trop longtemps lié:
Il a raison; j'aime sa voix qui crie:
Egalité! Périssent les pervers!
Seul je commande à la grande patrie, *Bis.*
Tout est à moi, pouvoir, sceptre, univers.

VI.

Mais, direz-vous, « le monde en son ivresse
» Peut encenser sa chère liberté... »
Railleurs cruels, celle qu'on dit déesse
Meurt sous le ciel où vit la royauté.
La liberté c'est la chute d'un maître,
C'est le niveau sur tous les rangs divers;
Pour qu'elle soit, il vous faut cesser d'être. *Bis.*
Tout est à moi, pouvoir, sceptre, univers.

Rue des Gravilliers, 25,

Et rue Saint-Jacques, 41.

Louis-Napoléon.

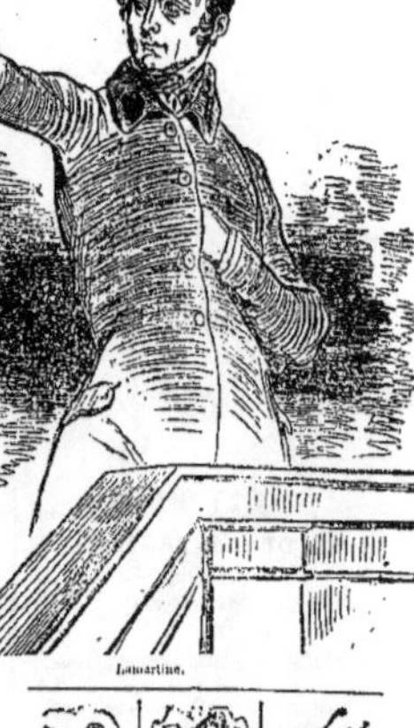

Lamartine.

JANV. 1849		Croiss. 32' m. 33' s.
1	l	Circoncision.
2	m	s. Basile, év.
3	m	s. Geneviève
4	j	s. Rigobert.
5	v	s. Siméon.
6	s	Epiphanie.
7	D	s. Théaulon.
8	l	s. Lucien.
9	m	s. Furcy.
10	m	s. Paul, erm.
11	j	s. Théodose.
12	v	s. Arcade.
13	s	Bapt. de N.-S.
14	D	s. Hilaire.
15	l	[illegible]
16	m	s. Guillaume.
17	m	s. Antoine.
18	j	Ch. s. Pierre.
19	v	s. Sulpice.
20	s	s. Sébastien.
21	D	ste Agnès.
22	l	s. Vincent.
23	m	s. Ildefonse.
24	m	s. Babylas.
25	j	Conv. s. Paul.
26	v	ste Paule.
27	s	s. Julien.
28	D	s. Charlemagne.
29	l	s. Fran. de S.
30	m	ste Bathilde.
31	m	s. Pierre Nol.
P.Q. le 1. P.L. le 8. DQ. 16. NL. 24. PQ. 31.		

FÉVRIER.		Croiss. 44' m. 43' s.
1	j	s. Ignace.
2	v	*Purificat.*
3	s	s. Blaise.
4	D	*Septuagés.*
5	l	ste Agathe.
6	m	s. Amand.
7	m	s. Romuald.
8	j	s. Jean de M.
9	v	ste Apolline.
10	s	ste Scholastiq
11	D	*Sexagés.*
12	l	ste Eulalie.
13	m	s. Lézin.
14	m	s. Valentin.
15	j	s. Faustin.
16	v	ste Julienne.
17	s	s. Silvain.
18	D	*Quinquag.*
19	l	s. Gabin.
20	m	s. Eucher.
21	m	*Cendres.*
22	j	ste Isabelle.
23	v	Ch. s. Pierre.
24	s	s. Mathias.
25	D	*Quadragés.*
26	l	s. Porphyre.
27	m	s. Léandre.
28	m	s. Romain, 4 T.
N. d'or. 7. Ep. VI. Lettre domin. G.		
P.L. le 7. D.Q. le 15 N.L. le 23.		

MARS.		Croiss. 54' m. 54' s.
1	j	s. Aubin.
2	v	s. Simplice.
3	s	ste Cunégonde.
4	D	*Reminisc.*
5	l	s. Drausin.
6	m	ste Colette
7	m	s. Thomas.
8	j	s. J. de D.
9	v	ste Françoise.
10	s	s. Doctrové.
11	D	*Oculi.*
12	l	s. Pol.
13	m	ste Euphrasie
14	m	s. Lubin.
15	j	s. Longin.
16	v	s. Abraham.
17	s	ste Gertrude.
18	D	*Lætare.*
19	l	s. Joseph.
20	m	s. Joachim.
21	m	s. Benoît.
22	j	s. Léa.
23	v	s. Victorien.
24	s	s. Gabriel.
25	D	*Passion*, An.
26	l	s. Ludger.
27	m	s. Rupert.
28	m	s. Gontran.
29	j	s. Eustase.
30	v	s. Rieul.
31	s	s. Gui.
P.Q. le 2 P.L. le 9. DQ. 17. NL. 24. PQ. 31.		

AVRIL.		Croiss. 50' m. 50' s.
1	D	*Rameaux.*
2	l	s. Fr. de P.
3	m	s. Richard.
4	m	s. Elphège.
5	j	s. Ambroise.
6	v	*Vend. saint*
7	s	s. Egésippe.
8	D	PAQUES.
9	l	ste Marie Eg.
10	m	s. Macaire.
11	m	s. Léon.
12	j	s. Jules.
13	v	s. Justin.
14	s	s. Tiburce.
15	D	*Quasimod.*
16	l	s. Paterne.
17	m	s. Anicet.
18	m	s. Parfait.
19	j	s. Léon, pape
20	v	ste Hildegonde
21	s	s. Hospice.
22	D	ste Opportune.
23	l	s. Georges.
24	m	s. Léger.
25	m	s. Marc.
26	j	s. Clet.
27	v	s. Polycarpe.
28	s	s. Vital.
29	D	s. Robert.
30	l	s. Eutrope.
P.L. le 7. D.Q. le 15. N.L. le 21. P.Q. le 29		

MAI.		Croiss. 36' m. 36' s.
1	m	s. Ph. s. J.
2	m	s. Athanase.
3	j	Inv. ste Croix.
4	v	ste Monique.
5	s	C. de s. Aug.
6	D	s. Jean P. L.
7	l	s. Stanislas.
8	m	s. Désiré.
9	m	s. Grégoire.
10	j	s. Gordien.
11	v	s. Mamert.
12	s	s. Nérée.
13	D	s. Servais.
14	l	*Rog.* s. Pac.
15	m	s. Isidore.
16	m	s. Honoré.
17	j	ASCENSION.
18	v	s. Eric.
19	s	s. Yves.
20	D	s. Bernard.
21	l	s. Hospice.
22	m	ste Julie.
23	m	s. Didier, év.
24	j	s. Jeanne.
25	v	s. Urbain.
26	s	s. Ph. de N. vj
27	D	PENTECOTE.
28	l	s. Germain.
29	m	s. Maximin.
30	m	ste Emilie, 4 T
31	j	ste Pétronille.
P.L. le 7. D.Q. le 15 N.L. le 24. P.Q. le 28		

JUIN.		Croiss. 8' m. 8' s.
1	v	s. Thierri.
2	s	s. Pothin.
3	D	*Trinité.*
4	l	s. Quirin.
5	m	s. Boniface.
6	m	s. Claude.
7	j	Fête-Dieu.
8	v	s. Médard.
9	s	s. Prime.
10	D	s. Landri.
11	l	s. Barnabé.
12	m	s. Basilide.
13	m	s. Ant. de P.
14	j	s. Rufin
15	v	s. Guy.
16	s	s. Fargeau.
17	D	s. Avit.
18	l	ste Marine.
19	m	s. Gerv. s. P.
20	m	s. Silvère.
21	j	s. Leufroi.
22	v	s. Paulin.
23	s	s. Félix.
24	D	s. *Jean Bap*
25	l	s. Prosper.
26	m	s. Babolein.
27	m	s. Crescent.
28	j	s. Irénée vj.
29	v	s. *P. s. P.*
30	s	Com. s. P.
P.L. le 5. D.Q. le 13 N.L. le 20. P.Q. le 27		

SERMENT DU PEUPLE FRANÇAIS

A LA

CONSTITUTION DE 1848

CHANSON NOUVELLE

Par L. C., auteur du Chant des Exilés (20e édition).

AVEC LES PORTRAITS DES CANDIDATS A LA PRÉSIDENCE.

Air des *Trois couleurs*.

Après six mois la tâche est accomplie ;
Le livre écrit attend ta sanction ;
Code sacré, Charte de la Patrie,
Peuple, reçois ta *Constitution !*
La royauté, c'est une ombre qui passe ;
Le peuple a dit : Le souverain, c'est moi !
Les rois s'en vont, le peuple les remplace.
Peuple en avant ! l'avenir est à toi !

La liberté, ton idole chérie,
Peuple, a changé tes chaînes en pavois.
L'égalité, ce fraternel génie,
Au monde entier vient d'enseigner tes droits.
Et maintenant marche, et quoi que l'on fasse,
Tu régneras, seul tu feras la loi.
Les rois s'en vont, le peuple les remplace.
Peuple en avant ! l'avenir est à toi !

Entendez-vous la grande voix qui crie :
— « Peuples, pour vous les temps sont arrivés ;
« Le despotisme est à son agonie !
« Tombez, tombez, fers qu'il avait rivés ! — »
France ! ce mot fut toujours la préface
De ce grand-livre (1) en qui le monde a foi !
Les rois s'en vont, le peuple les remplace,
Peuple en avant ! l'avenir est à toi !

Ces rois si fiers ont perdu leur jactance ;
Déshérités de leur septre en débris,
Portant le deuil de leur toute-puissance,
Les voyez-vous transfuges ou bannis?
Vieux vagabonds, les rois portant besace (2),
Ne devront plus causer qu'un triste émoi.
Les rois s'en vont, le peuple les remplace.
Peuple en avant ! l'avenir est à toi !

O liberté ! que ton saint catéchisme
Au monde entier trouve des sectateurs !
La liberté ne connait point de schisme ;
Aux nations, elle dit : — « Soyez sœurs ;
« Pour le combat, ceignez votre cuirasse ; »
« Plus de tyrans : chaque peuple est son roi. —
Les rois s'en vont, le peuple les remplace.
Peuple en avant ! l'avenir est à toi !

Serrons nos rangs..., au code populaire,
Amis, jurons amour fidélité !
Malheur à qui deviendrait un faussaire !
On ne ment point avec impunité !
D'un APOSTAT Dieu maudirait l'audace ;
Le Peuple est là pour le glacer d'effroi ;
Les rois s'en vont : le Peuple les remplace,
France en avant ! l'avenir est à toi !

(1) Le Livre de la Liberté

(2) Hélas ! Monsieur, je suis seul de ma race,
Faites l'aumône au dernier de vos rois.
(Béranger, prophétie de Nostradamus)

JUILLET.		Décrois. 28' m. 28' s.
1	D	s. Martial.
2	l	Vis. de N. D.
3	m	s. Anatole.
4	m	Trans. s. Mar
5	j	s. Zoe, mart.
6	v	s. Tranquille.
7	s	s. Aubierge.
8	D	ste Lucie.
9	l	ste Victoire.
10	m	ste Félicité.
11	m	Tr. s. Benoît.
12	j	s. Gualbert.
13	v	s. Turiaf.
14	s	s. Bonavent.
15	D	s. Henri.
16	l	*N.-D. M.-C.*
17	m	s. Frédéric.
18	m	s. Clair.
19	j	s. Vinc. de P.
20	v	ste Marguerit.
21	s	s. Victor, m.
22	D	ste Madeleine.
23	l	s. Apollinaire.
24	m	ste Christine.
25	m	s. Jacq. s. Ch.
26	j	Tr. s. Marcel.
27	v	s. Pantaléon.
28	s	ste Anne.
29	D	ste Marthe.
30	l	s. Abdon
31	m	s. Ger. l'Aux.
P.L. le 5. D.Q. le 13 N.L. le 19. P.Q. le 27		

AOUT.		Décrois. 47' m. 48' s.
1	m	s. Pierre-ès-l.
2	j	s. Etienne, p.
3	v	Inv. de s. Et.
4	s	s. Dominique.
5	D	s. Yon, mart.
6	l	Tr. de N. S.
7	m	s. Gaëtan.
8	m	s. Justin.
9	j	s. Spire.
10	v	s. Laurent.
11	s	Susc. de ste C.
12	D	ste Claire.
13	l	s. Hippolyte.
14	m	s. Euseb. vj.
15	m	ASSOMPTION
16	j	s. Roch.
17	v	s. Mamert.
18	s	ste Hélène.
19	D	s. Louis, év.
20	l	s. Bernard.
21	m	s. Privat.
22	m	s. Simphor.
23	j	s. Sidoine, év.
24	v	s. Barthélemi.
25	s	s. Louis, roi.
26	D	s. Zéphirin.
27	l	s. Césaire.
28	m	s. Augustin.
29	m	Déc. s. Jean.
30	j	s. Fiacre.
31	v	s. Ovide.
P.L. le 4. D.Q. le 11 N.L. le 18. P.Q. le 25		

SEPTEMB.		Décrois. 51' m. 51' s.
1	s	s. Leu, s. Gill.
2	D	s. Lazare.
3	l	s. Grégoire.
4	m	ste Rosalie.
5	m	s. Bertin.
6	j	s. Onésiphore
7	v	s. Cloud.
8	s	Nat. de la V.
9	D	s. Omer, év.
10	l	ste Pulchérie.
11	m	s. Patient, év
12	m	s. Serdot.
13	j	s. Maurille.
14	v	Ex. ste Croix.
15	s	s. Nicomède
16	D	s. Cyprien.
17	l	s. Lambert.
18	m	s. Jean Chrys.
19	m	s. Janvier, 4 T
20	j	s. Eustache.
21	v	s. Mathieu.
22	s	s. Maurice.
23	D	ste Thècle, v.
24	l	s. Andoche.
25	m	s. Firmin.
26	m	ste Justine.
27	j	s. Cô. s. Dam.
28	v	s. Céran.
29	s	s. Michel.
30	D	s. Jérôme.
P.L. le 2. D.Q. le 9 N.L. le 16. P.Q. le 24		

OCTOBRE.		Décrois. 52' m. 52' s.
1	l	s. Remi, év.
2	m	ss. Ang. gard.
3	m	s. Cyprien.
4	j	s. Fran. d'Ass
5	v	ste Aure, v.
6	s	s. Bruno.
7	D	s. Serge.
8	l	ste Pélagie.
9	m	s. Denis, év.
10	m	s. Géréon, m.
11	j	s. Firmin.
12	v	s. Wilfride.
13	s	s. Edouard.
14	D	s. Calixte.
15	l	ste Thérèse.
16	m	s. Gal, *abbé.*
17	m	s. Cerbonet.
18	j	s. Luc, év.
19	v	s. Savinien.
20	s	s. Sendou.
21	D	ste Ursule.
22	l	s. Mellon.
23	m	s. Hilarion.
24	m	s. Magloire.
25	j	s. Crép. s. Cr.
26	v	s. Rustique.
27	s	s. Frumence.
28	D	s. Simon s. J.
29	l	s. Faron, év.
30	m	s. Lucain.
31	m	s. Quent. *vj.*
P.L. le 2. D.Q. le 9 NL. 16. PQ. 24. PL. 31		

NOVEMB.		Décroiss. 42' m. 42' s.
1	j	TOUSSAINT.
2	v	Trépassés.
3	s	s. Marcel, év.
4	D	s. Charles.
5	l	ste Bertille.
6	m	s. Léonard.
7	m	s. Willibrod.
8	j	stes Reliques.
9	v	s. Mathurin.
10	s	s. Léon.
11	D	s. Martin.
12	l	s. René, év.
13	m	s. Brice, év.
14	m	s. Maclou.
15	j	s. Eugène.
16	v	s. Eucher.
17	s	s. Aignan.
18	D	ste Aude.
19	l	ste Elisabeth.
20	m	s. Edmond.
21	m	Pr. de la V.
22	j	ste Cécile.
23	v	s. Clément.
24	s	ste Flore, v.
25	D	ste Catherine.
26	l	ste Geneviève, A.
27	m	s. Séverin.
28	m	s. Sosthènes.
29	j	s. Saturnin.
30	v	s. André.
D.Q. le 7. N.L. le 14 P.Q. le 22. P.L. le 30		

DÉCEMB.		Décroît. 8' m. 8' s.
1	s	s. Eloi.
2	D	*Av.* s. Fr.-X.
3	l	s. Miracle.
4	m	ste Barbe.
5	m	s. Sabas, *ab.*
6	j	s. Nicolas.
7	v	ste Fare, v.
8	s	Conception.
9	D	ste Léocadie.
10	l	ste Valère.
11	m	s. Fuscien.
12	m	s. Damase.
13	j	ste Luce, v.
14	v	s. Nicaise.
15	s	s. Mesmin.
16	D	ste Adélaïde.
17	l	ste Olympe.
18	m	s. Gatien.
19	m	s. Meuris, 4 T.
20	j	s. Philogone.
21	v	s. Thomas, ap
22	s	s. Honorat.
23	D	ste Victoire.
24	l	s. Yves, v. je
25	m	NOEL.
26	m	s. *Etienne.*
27	j	s. *Jean, ap.*
28	v	ss. Innocents.
29	s	s. Thomas C.
30	D	ste Colombe.
31	l	s. Sylvestre.
D.Q. le 6. N.L. le 14 P.Q. le 22. P.L. le 28		

Ledru-Rollin.

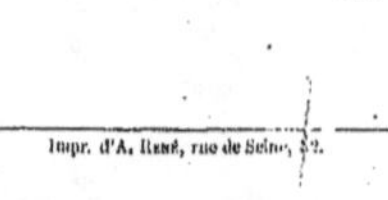

Raspail.

Impr. d'A. René, rue de Seine, 32.

R. des Marais-St-Germain, 17. **Prix : 5 centimes.** R. des Gravilliers, 25.

LES PAPILLONS DE LA PRÉSIDENCE

OU LE JARDINIER

DE LA RÉPUBLIQUE.

CHANSON NOUVELLE (3e édition).

Air : *Dans un grenier qu'on est bien à vingt ans.*

La présidence! un tel bouquet vous tente,
Beaux papillons aux multiples couleurs,
Mais réprimez votre aile impatiente,
Mettez un frein à vos tendres ardeurs.
Vous proposez, mais c'est moi qui dispose,
Arrière donc, ou gare à mon filet.
Beaux papillons, vous courtisez ma rose,
Mais savez-vous si votre amour lui plaît?

L'aile tendue, essoufflés, hors d'haleine,
D'un fol amour vous courez les hasards ;
Je vous connais, papillons de la plaine,
Je vous connais, papillons montagnards,
L'un fait des vers, l'autre soupire en prose ;
Et tout cela pour avoir mon bouquet.
Beaux papillons, vous courtisez ma rose,
Mais savez-vous si votre amour lui plaît?

Salut à toi, papillon de Boulogne!
Salut à toi, papillon africain!
On sait ton nom, papillon de Gascogne ;
On te connaît, papillon Girondin!
D'un rouge vin, toi dont l'aile s'arrose,
Salut à toi, papillon du Chalet!
Vous courtisez tous ensemble ma rose,
Mais savez-vous si votre amour lui plaît?

Beaux papillons, chez vous l'on se querelle,
C'est un tapage à réveiller un mort;
A ce train-là vous y perdrez votre aile,
Vous feriez mieux de vous mettre d'accord,
Sur votre compte, au parterre l'on glose,
Beaux papillons, redoutez le sifflet.
Vous courtisez tous ensemble ma rose,
Mais savez-vous si votre amour lui plaît?

Chacun de vous se charge et se bouscule :
De mirmidons on dirait un duel.
Savez-vous bien qu'il est fort ridicule
Qu'un petit corps renferme tant de fiel!
Ce grand combat, songez donc qu'il m'expose
A vous voir morts... J'en aurais du regret.
Vous courtisez tous ensemble ma rose,
Mais savez-vous si votre amour lui plaît?

Bon jardinier, veille, fais sentinelle,
La liberté t'a choisi pour parrain :
Plus d'un rival vient roder autour d'elle ;
Ne donne point la clé de ton jardin,
A ton soleil la République éclose
Loin de tes yeux bientôt dépérirait.
Bon jardinier, ne crains rien pour ta rose,
L'amour du peuple est l'amour qui lui plaît!

L. C., auteur du Chant des Exilés (20e édition).

Paris. — Imprimerie d'A. René, rue de Seine, 32.

...usard en était fort triste,
Et puis il s'est écrié :
« Point d'orchestre hors Duriez! (2)

Ses musiciens s'ameutèrent

Des gens sortant d'aventure
Du concert Valentino,
Virent dedans le ruisseau
Le sang d'une créature:

L'infortuné rempailleur!!!!!! (1)

MORALITÉ.

COMPLAINTE LAMENTABLE

Sur la Naissance, la Vie et la Mort du

CÉLÉBRRRRRE MUSARD,

DIT NAPOLÉON III,

Quand vivait, chef d'orchestre des concerts Vivienne; accusé et convaincu d'avoir assassiné l'ombre de Beethoven d'un coup de mailloche de grosse caisse. - *PRIX : 3 SOUS*.

Air de Fualdès : *La, la, la.—Ut, si, la, sol (dièze).-Mi, la, la, la.-Ut, si, la, sol (dièze), la.*

Venez, ophychleïdistes,
Grosse-caissistes, canons,
Trombonnistes et chaudrons,
Tam-tams et casse-chaisistes ;
Et vous tous, hommes de l'art,
Formant l'orchestre Musard!

Venez, ô chastes danseuses,
Des lubriques catchuchas,
Vous qui faites des faux pas,
Illégales cancanneuses,
Et vous, charmans badouillards,
Qui hantiez le bal Musard!

Approchez, Monsieur Canelle ;
Arrivez, Monsieur Denis ;
Avancez, Veuve Bibi ;
Montrez-vous, Monsieur Flanelle ;
Et vous tous, bons épiciers,
Qui Musard applaudissiez!

Ecoutez l'histoire atroce
Du plus affreux attentat,
Qui met dans un vilain cas
Une gloire des plus grosses,
Gloire à qui tous les badauds
Croyaient lisant les journaux.

C'est dedans les Batignolles,
Près du beau parc de Mousseaux,
Que Musard eut son berceau
Et qu'il allait à l'école ;
A lire il y apprenait,
Mais l'orthographe..... jamais!!

Sa mère, ayant le sein vide,
A défaut de biberon,
Remplit d'un lait pur et bon
Une grosse ophichléïde.
Qui de nourrice servait.
A ce Napoléonnet

Or, il vit un soir en songe
De l'octroi les écriteaux,
Sur lesquels il lut *Mousseaux*.
Ceci n'est point un mensonge :
Modeste, il crut que d'en haut
Le ciel disait : *Mousse haut.*

De six ans lorsqu'il eut l'âge,
La musique il apprenait,
Au Polygone il allait
Pour suivre un cours de tapage,
De la poudre on y brûlait,
Mais lui point ne l'inventait.

Il fut au Conservatoire
Perfectionner son talent,
Pour lui l'embarras fut grand,
Car c'était la mer à boire,
Il prit leçon de Reicha
Dont il ne profita pas.

Il partit pour l'Angleterre,
Et fit danser les ladys,
Les mylords et les dandys,
Et tous les buveurs de bière,
Mais il n'y demeura pas,
Pour nos maux il r'arriva.

Or, tout près des Batignolles,
Il existe un beau pays
Que l'on nomme Tivoli,
Et Musard ne fut pas gniole,
Car dedans ce beau jardin
Il commença son tocsin.

Pour loger sa'renommée,
On bâtit un pavillon.
Avec l'argent de Masson.
Dedans les Champs-Élysées.
Mais le kiosque de Puits-neuf
De Musard fut bientôt veuf.

Car Chabrand qui est fort riche,
Possédait un vieux bazar ;
Il voulut avoir Musard,
D'argent il ne fut pas chiche ;
Musard, dans ce Panthéon,
Joua des airs d'occasion.

Brochant sur le tout un homme,
Donna tant et promit tant,
Que ses argumens sonnans
Pour Musard furent la pomme
Qu'Ève accepta du serpent ;
(Non pas l'instrument à vent).

Dedans la salle Vivienne,
Musard posait en héros,
Il y disait des bons mots
Qui vivront quoiqu'il advienne.
Ici je vous les transmets :
A vos fils répétez-les.

Un beau soir sur une estrade,
On montait un lourd piano,
Ça n'allait pas tout de gô ;
Musard lâcha sa boutade :
«Comment transportait-on donc
Au Saint-Bernard les canons? (1)»

Duriez le contrebassiste,
Fameux par son coup d'archet,
Au concert un soir manquait,
Musard en était fort triste,
Et puis il s'est écrié :
« Point d'orchestre hors Duriez! (2)

Ses musiciens s'ameutèrent
Pour des réclamations :
« Si le grand Napoléon
« Eut mené ces gens en guerre,
« L'Italie alors, dit Mu-
« sard, jamais il n'eut vaincu. » (3)

(1) Historique.
(2) Historique.
(3) Historique.

La symphonie pastorale
Un beau jour on répétait,
Musard dit à Collinet
Cette sentence morale :
« Ne va pas manquer ton coup,
» Car ici y a-z-un coucou. » (1)

Comme un empereur de Rome
Au grand bal de l'Opéra,
En triomphe on le montra
Vêtu de neuf cents couronnes ;
Et Musard fut porté sur
Des hommes qui étaient soûs.

De Beethoven une audante
Ecrit dans le ton de la.
Un jour l'on exécuta ;
La chose était imprudente ;
Car les instrumens à vent
Rentraient tous en pataugeant.

De Beethòven la mémoire
Trouva fort peu de son goût
Qu'on fit un pareil ragout
De ses beaux titres de gloire ;
Elle fut le reprocher
A Musard qu'était couché.

L'ombre dit d'une voix creuse :
« Tu veux donc tout trifouiller,
« Tout abîmer, tout gâcher,
« Œuvre profane ou pieuse ;
« Trembles donc, ménétrier.
« Car cela ne peut durer. »

Le frisson d'une grand' fièvre
Aussitôt saisit Musard,
Bien qu'il ne soit pas couard,
Il tremblait tout comme un lièvre,
Tant la voix du revenant
Avait un ton menaçant.

Comme il était insomniaque
Il faisait fort peu dodo,
Une grosse caisse au dos
D'un fauteuil près du maniaque,
L'on plaçait pour l'amuser
S'il ne pouvait sommeiller.

Lors, la mailloche il empoigne.
A l'ombre il en porte un coup,
Deux coups ; du troisième coup
Il la tue sans vergogne,
Et tout le sang ruisselait
Jusque dedans l'escalier.

Des gens sortant d'aventure
Du concert Valentino,
Virent dedans le ruisseau
Le sang d'une créature:
« Bien sûr l'on aura commis
« Un assassinat fâcheux. »

Ils furent chercher la garde
Qui se saisit de Musard ;
En prison ce grand pendard
Fut conduit sous bonne garde,
Et le juge d'instruction
Lui adressa des questions.

(1) Historique.

Pour cette fois dans sa vie,
Musard fût silencieux.
Le juge dit : « C'est oiseux,
« Gendarmes! que l'on le lie,
« Qu'à la torture il soit mis. »
Dont voici le vrai récit:

On le porta dans la salle
Ousqu'il donnait ses concerts :
L'endroit était fort désert ;
On l'assit dans une stalle.
Et deux chandelles des six
Eclairaient tout ce logis.

Mais un transparent immense
Au grand Musard l'on montrait.
Et sur lequel on lisait
Les auteurs qu'il mit en danse,
et par là l'on lui prouvait
Que tous ses airs il pillait.

On joua ses contredanses
Pour deux violons, un alto,
Un violoncelle solo.
Mais quelle mauvaise chance!
Chacun des quatre n'avait
Que deux crins à son archet.

On lui chercha z'une puce,
Puis le quadrille danois
L'orchestre aussitôt joua
Entre deux pouces la puce,
Au moment du crescendo,
Fut écrasée en morceaux.

Au milieu d'un tel silence,
Cette détonation
Produisit une émotion
De la plus grande puissance,
Sur les nerfs du patient,
Qui devint tout sanglottant.

Musard avoua son crime ;
A mort il fut condamné,
Puis il fut guillotiné,
(Douleur, tu m'ôtes la rime!)
Par un triangle aiguisé
De ses œuvres sur plombé.

Des hommes l'ingratitude
A sa mort se dévoila,
A son convoi nul n'alla,
Mais en piteuse attitude,
Le suivit son fournisseur,
L'infortuné rempailleur!!!!!! (1)

MORALITÉ.

Par là, vous voyez, artistes,
Le mal de la vanité
Dont vous êtes tous gonflés.
Ses résultats sont fort tristes,
Car si trop vous en avez,
L'on vous coupe le sifflet.

(1) Celui qui fournissait les chaises qu'on cassait dans le Quadrille Danois.

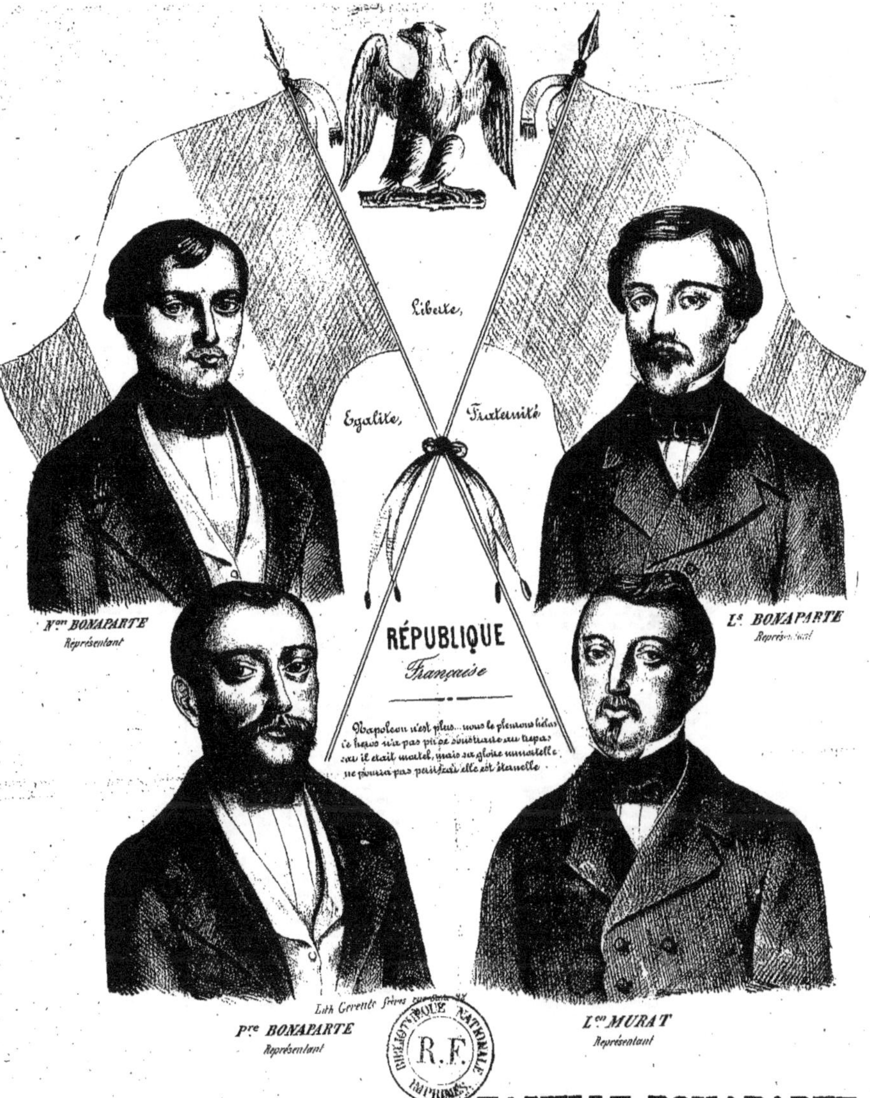

PORTRAIT DE LA FAMILLE BONAPARTE

Ou les Neveux de l'empereur Napoléon à l'Assemblée nationale.

AIR : *De la treille de sincérité.*

C'est en vain qu'on voulut proscrire
Les héritiers de l'empereur,
En France au seul nom de l'empire,
Chacun sent palpiter son cœur,
Ce nom est gravé dans notre âme,
Non, rien ne pourrait l'effacer,
Il nous transporte, il nous enflamme
Oui lorsqu'on l'entend prononcer,
O France ! garde leur mémoire,
Fais rejaillir sur ce grand nom,
La gloire de Napoléon.

On a vu sur chaque pancarte,
A tous les jours des élections,
Le nom si beau de Bonaparte
Tomber dans l'urne à profusion,
Aussi le scrutin sur la table,
En proclamant le nom vainqueur,
S'est montré toujours favorable
Aux neveux de notre empereur.
O France, etc.

Quel est donc ce prestige étrange
Qui s'attache à ce nom chéri,
Pourquoi toujours avec louange
On le prononce, on le redit,
C'est que ce fût là le grand homme
Qui mit à profit la valeur
De ce grand peuple qu'on renomme,
Pour sa vaillance et son ardeur,
O France, etc.

En tous temps la France fidèle
Conservera le souvenir
De cette guerre universelle,
Qu'il eut, hélas ! à soutenir,
Où toujours vainqueur il moissonne,
Sous ses pas les plus beaux lauriers,
Où toujours scepters et couronnes,
Roulent aux pieds de ses guerriers.
O France, etc.

Ombre de ce grand capitaine,
Du pays de l'éternité,
Regarde la barque incertaine,
Voguer sur ce flot agité,
C'est le vaisseau de la patrie,
Ah ! la mer pourrait l'engloutir,
Lance un rayon de ton génie,
Pour nous empêcher de périr.
O France, etc.

Se vend au Bureau des Publications rue Tupin 28 au 2e
Lyon Imp. de Guyot.

LOUIS-NAPOLÉON BONAPARTE

Complainte héroïque.

Air de Fualdès.

Citoyens et citoyennes,
De province et de Paris,
Ainsi que des colonies
D'Afrique et américaines,
Ecoutez bien ma chanson :
C'est sur Louis-Napoléon.

2

Ce jeune homme fort précoce,
Prince d'Hollande il naquit ;
Mais prince français le fit
Son oncle, qui était Corse,
Par ça défunt l'Empereur
Sut plaire à sa belle-sœur.

3

C'est d'un sénatus-consulte,
Rendu par ce grand guerrier
Qui cueillit tant de lauriers,
Que cette chose résulte,
Il put le faire, n'ayant
De sa femme aucun enfant.

4

Un despote ainsi dispose
Du sort de tous ses sujets,
Hélas ! de mauvais sujets
A faire choix il s'expose,
Souvent les grands potentats
Leurs neveux n' les valent pas !

5

De son goût pour les couronnes
Ce moutard prédestiné,
A peine s'il était né
Donne une preuve très-bonne,
Son oncle, auprès d'son berceau,
Il lui prenait son bandeau.

6

Fesch célébra son baptême
Dans l'année mil huit cent dix,
Ce qui fit aller Paris
Et la banlieue elle-même,
En y allant, chacun disait :
Le cardinal Fesch y est.

7

De France la souveraine,
De France le souverain,
Le second est son parrain,
La première est sa marraine,
D'leur aigle ils lui donn' un œuf
Pondu de mil huit cent neuf.

8

Mais à la cour qui s'étonne
Le parrain dit : j'sais c' que j' fais,
Plus tard il fera couver
Cet œuf-là par une aiglonne :
Les aigles aux empereurs
Ont toujours porté bonheur.

9

Mais bientôt, ô triste époque !
Par les étrangers battu,
Le colosse est abattu,
Sa famille se disloque ;
Louis Napoléon s'en va,
Mais son œuf, toujours il l'a.

10

C'est, nous dit-on, dans la Suisse,
Qu'il veut le faire couver,
Partout il fait rechercher
Une aiglonne qui le puisse ;
Mais les aigl's étant vaincus,
D'aiglonnes on ne trouva plus.

11

Alors, étant bien en peine,
Une sorcière lui dit :
Il faut prendre le parti
De le couver par toi-même,
D'un aigle le vrai neveu
D'aigle peut couver un œuf.

12

Bonne fut l'expérience,
Car on trouva l'œuf bientôt
Dans le lit du prince éclos.
Dans une autre circonstance,
On dit que Pontécoulant (1)
En Afrique en fit autant.

13

Pour cet oiseau du miracle
Le prince eut de l'amitié,
Avec lui l' fit élever
Dans sa chambre sans obstacle,
Il fit bien : princes proscrits,
Ont si peu de vrais amis.

14

Ensemble donc ils apprirent,
Et l'allemand et l'anglais,
Le latin, le polonais,
L'exercice et à écrire,
Mais ils ne purent jamais
Apprendre à parler français.

15

Après les grandes journées
Du glorieux mois de Juillet,
Sa famille, elle espérait,
D'être en France rappelée,
Mais Louis-Philippe eut trop peur
De rappeler l'Empereur.

16

Je passerai sous silence
Le séjour qu'à Rome il fit,
Pour délivrer l'Italie.
Mieux vaut dire pour la France
Ce qu'il a fait. Les français
Ne sont-ils pas ses sujets ?

17

Car le petit roi de Rome
Et le prince Louis, l'aîné,
Tous deux étant décédés,
Louis le cadet, du grand homme
Etait vraiment l'héritier,
On ne peut pas le nier.

18

S' croyant sûr de son affaire,
V'là qu'il se présente un jour
Dans la ville de Strasbourg,
Qu'on ne s'y attendait guère,
Ses très proclamations
Montraient son ambition.

19

Il dit : « L'aigle impériale
Sur la France va planer. »
Le peuple lui rit au nez,
Et lui répond : « Ah ! c'te balle ! »
Le fait est que d'aigle, hélas !
Pour lors on n'en voyait pas.

20

Aussitôt on vous l'empoigne,
En poste on vous le conduit,
Sous bonne escorte, à Paris,
En passant par la Bourgogne.
Se voyant ainsi rouler,
Il dit : « On veut m'éloigner. »

21

Puis à Lorient on l'embarque
De l'Etat sur un vaisseau ;
Mais, n'ayant pas son oiseau,
Il se fit cette remarque :
On regrette ses amis
Lorsqu'on est seul et proscrit.

22

Aux vallons de l'Helvétie,
L'ingrat prince avait laissé
L'oiseau qu'il avait couvé.
« Hélas ! dit-il, la partie,
Lorsque l'on la reprendra,
Mon aigle alors y sera. »

23

Transporté en Amérique,
Ne s'y trouve point content ;
Chemin de Suisse reprend,
Et malgré la politique
Du gouvernement français,
Qui toujours lui en voulait.

24

Comme il aimait sa patrie,
Ce prince républicain
Se fit nommer citoyen
Du canton de Thurgovie.
Louis-Philippe en fut vexé,
Et le canton menacé.

25

Pour éviter une guerre
Que vraiment on ne savait
Comment elle finirait,
De partir pour l'Angleterre
Le prince Louis promit,
Et c'est aussi ce qu'il fit.

26

Mais cette fois fut plus sage,
Et, songeant à ses projets
Contre le roi des Français,
Proprement il mit en cage
Son oiseau, et l'emporta,
Disant : « Ça me servira. »

27

Dedans une mascarade
Dite tournoi d'Eglington,
Disant que c'est un aiglon,
De son oiseau fait parade ;
Mais les Anglais, pas melons,
Disaient : Non, c'est un dindon !

28

Mais, ne perdant pas haleine,
Fait dire à des régiments
Que Napoléon le Grand
Vient vivant de Sainte-Hélène ;
Puis à Boulogne, un beau jour,
Il se montre au petit jour.

29

J'ai la redingote grise,
L'aigle, le petit chapeau,
Les mains derrière le dos.
Mais une patrouille grise
Survenant en ce moment,
Il se jette à l'Océan.

30

De toutes ses forces nage
Pour son bateau regagner,
Mais bientôt est repêché
Et conduit sur le rivage.
Et, quoiqu'il fut très-mouillé,
On le garda prisonnier.

31

La cour des pairs qui le blâme
De sa coupable action,
Elle lui donna pour prison
Les murs du château de Ham ;
Mais, par bonté, lui permit
D'avoir un aigle avec lui.

32.

Dans sa prison il compose
Des livres qui sont savants,
Qui étonnent bien des gens
Qui n'en savent pas la cause :
C'est qu' pendant qu'il écrivait,
Son oiseau le lui dictait.

33

Au bout de six ans l'envie
Lui prit alors de filer ;
Et, pour mieux dissimuler,
Fit semblant d'un' maladie,
En maçon se travestit,
Et dès l'matin déguerpit.

34

Il est parti. Le concierge
Se dit : « Mon Dieu, pourquoi donc
« Sur ce diable de maçon
« En conjectures me perds-je ?
« J'y suis, sacré nom d'un nom !
« C'est qu'c'est Louis Napoléon ! »

35.

C'était trop tard. L'Angleterre,
Pays propice aux proscrits,
Bientôt elle le revit ;
Mais là, ne sachant rien faire,
Pour se donner un état,
Dans la police il entra.

36

Le fier neveu du grand homme
Il a pour arme, dit-on,
Un gigantesque bâton,
Pour la foule qu'il la somme
D'aussitôt se disperser,
Sinon qu'il va l'assommer.

37

Mais changeant de politique,
La France chasse son roi,
Et soudain reprend ses droits
Pour se mettre en république.
Louis Bonaparte aussitôt
Arrive avec son oiseau.

38

« Si des devoirs on m'impose,
« Je saurai bien les remplir, »
Dit-il ; et de son désir,
Ne connaissant pas la cause,
Le peuple en ce même instant
Le nomma représentant.

39

Aujourd'hui l'on nous propose
De le nommer président,
Parc'que son oncle était grand
Et a fait de belles choses.
Vraiment de ces raisons-là
Le peuple n'en voudra pas.

40

Les cours du Nord lui promettent,
S'il est nommé, d'lui donner,
Pour se tenir chauds les pieds
Cet hiver, des peaux de bêtes.
Pourquoi donc chercher si loin,
N'en a-t-il pas sous la main ?

41

De plus on dit qu'il aspire
A devenir empereur,
Pour nous quel an de malheur !
Car, si ce prince a l'empire,
Non jamais on ne verra
Au pire que cet au-là.

42

D'adorer la République
Cependant il fait semblant,
Feu monsieur de Talleyrand
Disait : c'est diplomatique !
Ainsi politiquement
L'homme politique ment.

43

Mais avec surprise extrême
Quelqu'un dit que son oiseau
Ressemble à un dindonneau !
Puisqu'il l'a couvé lui-même
Pourquoi donc s'étonne-t-on
Que l'aigle soit un dindon?

44

Avec cet ami qu'il reste,
Ils se comprennent tous deux,
Et aussi bien avec eux,
Montholon, Piat (2) et le reste ;
Qu'il demeure à Paris, mais
Qu'il nous fiche un peu la paix.

45

Les péchés de leur jeunesse,
On peut les leur pardonner
A tous ces infortunés :
Dites donc un peu qui est-ce
Qui, dans ce monde, n'a pas
Fait quelque petit faux pas ?

46

CONCLUSION.

Citoyens et citoyennes
De province et de Paris,
Et des colonies aussi
D'Afrique et Américaines,
Français, voudriez-vous donc
Pour aigle avoir un dindon ?

B. RAYMOND.

(1) Allusion à M. de Pontécoulant, qui couva, assure-t-on, un œuf d'autruche en Afrique.

(2) Le général.

Chez les Marchands de Journaux

ET AU DÉPOT CENTRAL, rue d'Erfurth, 1.

Paris. — Imprimerie de Schneider, rue d'Erfurth, 1.

Rue de Seine, 32. Prix : 5 centimes. Rue des Gravilliers, 25.

ÉLECTION
DE
LOUIS-NAPOLÉON
DU 21 SEPTEMBRE 1848.

L'ombre de l'Empereur le présente à la France.

Air *des Trois Couleurs*.

France, merci ! nos souvenirs de gloire
De ton grand cœur ne sont point effacés !
France, tu viens d'honorer ma mémoire :
Brillez encor, mes beaux jours éclipsés !
Lorsque mon âme au ciel s'est envolée,
De revenir vers toi j'étais certain ;
De tant d'amour ô toi que j'ai comblée,
Aime l'enfant dont je fus le parrain !

France, merci ! mon ombre à Sainte-Hélène
Erra longtemps loin des bords que j'aimais.
Les morts aussi semblent porter leur chaîne ;
De mon tombeau, France, je t'appelais.
Tu pris pitié de mon ombre exilée ;
A mon filleul aujourd'hui tends la main.
De tant de gloire ô toi que j'ai comblée,
Aime celui dont je fus le parrain.

Longtemps proscrit, à toi je le confie ;
Qu'il trouve enfin un asile en ton port.
Pour voyager au ciel de sa patrie
Mon nom vaut bien le meilleur passeport.
Il peut entrer dans la grande Assemblée ;
Il est l'élu du peuple souverain !
De tant de gloire ô toi que j'ai comblée,
Aime celui dont je fus le parrain.

Le temps a-t-il rouillé ma vieille épée ?
Son fer usé n'est-il plus bon à rien ?
Contre les ans je crois l'avoir trempée ;
A lui ce fer, ton glorieux soutien.
Fais-le soldat, et moi dans la mêlée
Je veillerai sur lui, sur ton destin ;
De tant d'amour ô toi que j'ai comblée,
Aime celui dont je fus le parrain !

Dans ton orgueil réjouis-toi, mon âme ;
Ils ont gardé mon glaive et mes drapeaux.
Du saint honneur ils ont nourri la flamme ;
Oui, mes Français sont toujours des héros !
Rayonne encor, mon étoile voilée,
Vers l'Eternel, oui, reprends ton chemin.
De tant d'amour France que j'ai comblée,
Aime celui dont je fus le parrain.

L. C.,
Auteur du Chant des Exilés (16e édition).

Impr. Rast, r. de Seine, 32.

R. de Seine, 48.
R. des Marais-St-Germain, 17.

Prix : 5 centimes.

R. des Gravilliers, 25.
R. St-Jacques, 41.

QUINTE ET QUATORZE
A LOUIS-NAPOLÉON
BONAPARTE.

CHANSON NOUVELLE.

Air de *Vive Paris !*

Ne doutons plus du bonheur de la France !
Amis, toujours les cartes ont raison.
Oui, le hasard est plein d'intelligence,
Et tous les *cœurs* sont pour Napoléon !
L'amour du peuple est la meilleure carte,
L'on est toujours riche avec un tel lot !
Quinte et quatorze à Louis Bonaparte,
Avec les *cœurs* on n'est jamais *capot !*

Peuple, toi, qui fondas la République,
Dans quelle main est passé ton pouvoir?
A qui planta l'arbre démocratique
Que restait-il?.... Rien que le désespoir.
Vous qui rêviez les beaux destins de Sparte
L'égalité déjà n'était qu'un mot !
Quinte et quatorze à Louis Bonaparte,
Avec les *cœurs* on n'est jamais *capot !*

Du lourd pavé rouge du sang d'un frère,
Oui, l'ouvrier se fit un oreiller.
On l'entendit jeter son cri de guerre ;
C'est qu'il fallait mourir ou travailler !
Il fut vaincu..... Le vainqueur qui s'écarte
De la clémence en est puni bientôt.
Quinte et quatorze à Louis Bonaparte,
Avec les *cœurs* on n'est jamais *capot !*

Napoléon a connu la souffrance ;
Longtemps il a vécu sous les verroux.
Frères proscrits, prenez donc patience,
A vos foyers vous reviendrez absous.
Oui, la clémence est la meilleure charte ;
Comptez sur qui vécut dans un cachot.
Quinte et quatorze à Louis Bonaparte,
Avec les *cœurs* on n'est jamais *capot !*

Gloire !.... Ce mot n'est point une chimère,
Il appartient au grand livre français.
Napoléon, que ton ombre soit fière,
Pour ton neveu chacun fait des souhaits.
De notre jeu qu'un roi douteux s'écarte,
La gloire au jeu ne peut être de trop.
Quinte et quatorze à Louis Bonaparte,
Avec les *cœurs* on n'est jamais *capot !*

L. C., auteur des Papillons de la Présidence (10e édition).

NOTA. — On trouve, chez le même éditeur, de jolis **Calendriers de Cabinet** à 4 fr. et 3 fr. 50 c. le 100 d'exemplaires.

Paris. — Imprimerie d'A. René, [...]e Seine, 32.

R. des Marais-St-Germain, 17. R. de Seine, 48. | 5 cent. | R. des Gravilliers, 25. Rue St-Jacques, 41.

SERMENT A LA RÉPUBLIQUE.

CHANSON NOUVELLE (2e édition).

Air des Trois couleurs.

O liberté ! doux rêve populaire,
Deviens pour nous une réalité !
Marche et grandis.... N'es-tu pas la lumière
Qui dans la nuit fait luire la clarté ?
N'es-tu pas l'eau tombant gouttes par gouttes,
Faible ruisseau d'abord, puis Océan ?
Fille du Ciel, Liberté qui m'écoutes
Reçois ma foi.... Je te prête serment !

Chacun de nous doit accomplir sa tâche ;
Nous sommes tous travailleurs aujourd'hui :
Le lierre est faible, au grand arbre il s'attache ;
Ainsi le fort au faible doit appui.
Si le bonheur vient par diverses routes,
N'oublions pas qu'il ne vient qu'à pas lent.
Fille du Ciel, Liberté qui m'écoutes,
Reçois ma foi, je te prête serment !

De ton passé, France, qu'il te souvienne ;
Le monde sait tout ce que peut ton bras ;
Qu'à sa hauteur ta gloire se maintienne ;
Sans les chercher ne crains point les combats !
Le passé dort fier de ses vieilles joûtes,
Abritons-nous à l'ombre du géant.
Fille du Ciel, Liberté qui m'écoutes,
Reçois ma foi... Je te prête serment !

Dieu nous l'ordonne ; aimons-nous : soyons frères,
Marchons unis en nous donnant la main :
Plus de discords ! plus de sombres colères !
La France est riche, et tous auront du pain !
Il n'est qu'un roi, roi des célestes voûtes ;
Le monde entier, voilà son courtisan !
Fille du Ciel, Liberté qui m'écoutes,
Reçois ma foi... Je te prête serment !

Des Exilés qui pleurent leur patrie,
Oh ! bien longtemps j'ai connu les douleurs ;
Par leurs regrets, oui, la France attendrie
De ses enfants saura sécher les pleurs.
Que leurs erreurs par elle soient absoutes ;
La France est mère et son cœur est clément.
Fille du Ciel, Liberté qui m'écoutes
Reçois ma foi... Je te prête serment !!!

L. C., auteur des Papillons de la Présidence (12e édition).

NOTA. — On trouve, chez le même éditeur, de jolis **Calendriers de Cabinet** à 4 fr. et 3 fr. 50 c. le 100 d'exemplaires.

Paris. — Imprimerie d'A. René, rue de Seine, 32.

R. des Marais-St-Germain, 17.
Rue Saint-Jacques, 41.

5 cent.

Place Maubert, 8.
Rue des Gravilliers, 25.

HALTE-LA!

LES AMIS DE PARIS SONT-LA!

RÉPONSE AU DISCOURS

DU CITOYEN BUGEAUD.

Air Halte-là ! la garde nationale est-là !

A Paris cherchant querelle,
Bugeaud, le Périgourdin,
S'était mis dans la cervelle
De gagner son picotin.
Il disait : « Je vais sans peine
Mettre Paris à *quia*. »
A ce bouillant capitaine
Son caporal riposta :
« Halte-là ! (*bis*)
« Les amis d' Paris sont là ! »

« Mon caporal, qu'est-ce à dire? »
Reprend le fougueux guerrier ;
« *Quatre hommes* doivent suffire
« Pour prendre chaque quartier ;
« Pour moi l'on fait des neuvaines. »
Le caporal ajouta :
« Du peupl' craignez les étrennes,
« Ce qu'il veut Dieu le voudra.
« Halte-là! (*bis*)
« Les amis d' Paris sont là ! »

« Votre harangue est fort claire ;
« Vous dites : « *Paris n'est rien*...
« Votre mémoire est légère
« Pour un si grand tacticien !
« Paris, mill' noms d'une guérite !
« Vous balaya proprement ;
« D' c' coup d' balai craignez la suite,
« La suite à prochainement.
« Halte-là ! (*bis*)
« Les amis d' Paris sont là ! »

« Croyez-moi, grand militaire,
« De Paris faites plus d' cas ;
« Votre plan ne nous va guère,
« Votre plan ne nous va pas!
« L' peuple veut la République,
« Vous la combattrez en vain.
« Le vent qui vient de l'Afrique
« Vous rendit fou, c'est certain.
« Halte-là ! (*bis*)
« Les amis d' Paris sont là ! »

Ayant tenu ce langage,
Notre brave caporal,
Après le salut d'usage,
Planta là son maréchal.
Voilà comment ce grand homme
Se vit à bout de moyens,
Et resta tout seul, en somme,
Pour vaincre les Parisiens !
Halte-là ! (*bis*)
Les amis d' Paris sont là !

MORALITÉ.

De cette authentique histoire,
Voici la moralité :
La bêtis' la plus notoire,
C'est d' combattr' la Liberté.
Malheur au réactionnaire
Qui veut entrer sans permis,
Sur les murs de la barrière
Il lira ces mots écrits :
HALTE-LA ! (*bis*)
LES AMIS DE PARIS SONT LA !

L. C.

Cette gravure représente le citoyen Bugeaud s'apprêtant à marcher contre la RÉPUBLIQUE ROUGE, avec quatre hommes et un caporal !!! (Voir dans tous les journaux le Discours du citoyen Bugeaud). Le caporal vient apprendre au maréchal désappointé que ses quatre hommes, au lieu de le suivre, dansent dans ce moment un rigodon non moins joyeux que républicain.

Sur quoi le maréchal fait une laide grimace au brave caporal qui s'empresse d'aller rejoindre ses *quatre hommes* pour boire avec eux à la santé de la République !!!

Association typographique. — Des[...]geurs, rue de Seine, 32.

Librairie chansonnière de DURAND, éditeur, rue Rambuteau, 32.

AUX REPRÉSENTANTS DE L'ARMÉE

LES DÉPUTÉS MONTAGNARDS

DE 1849.

Paroles de Gustave LEROY.

Air : *Honneur au temps passé*, ou : *Vive Paris*,

Fils de Paris, armés de notre vote,
Nous avons su conquérir l'avenir ;
Aux ennemis d'un pouvoir trop despote
D'autres tribuns iront encor s'unir.
Vous avez peur, députés de la plaine,
Vos Généraux, vos graines d'épinards,
Vont coudoyer l'épaulette de laine,
Salut à vous, députés montagnards !

Élus du peuple, occupez la Montagne,
Faites valoir nos droits de Février,
Que les proscrits quittent enfin le bagne,
Que le travail échoie à l'ouvrier :
Instruction pour tous, gratuite, égale,
Du pain, du feu pour nos pauvres vieillards,
Inaugurez la France sociale ;
Salut à vous, etc.

Droit au travail... le malheur nous accable,
Ce droit enfin doit nous être octroyé ;
L'agioteur se croit invulnérable
Sous sa cuirasse en argent monnoyé ;
Les travailleurs usent santé, jeunesse,
Les paresseux entassant les milliards,
Voulent briser la machine à richesse,
Salut à vous, etc.

Ils ont de l'or, ces fiers capitalistes,
Mais, qu'en font-il ? Donnent-ils le bonheur ?
Non... loin de là, ces méchants égoïstes,
Avec de l'or sèment le déshonneur :
O montagnards ! guerre à ces cœurs infâmes,
Qu'ils n'osent plus les mondains, les paillards,
Prostituer nos filles et nos femmes,
Salut à vous, etc.

Quand l'Italie à ses tyrans échappe,
Se peut-il bien que les soldats français
Soient transformés en vils soldats du Pape,
Pour révolter un horrible insuccès :
Sauvez, sauvez la Liberté Romaine,
Guerre aux tyrans, guerre au dernier des czars,
L'Europe enfin sera républicaine.
Salut, à vous, etc.

N'oubliez pas, soldats qu'on vient d'élire,
Quatre Sergents qui, sous la royauté,
En franchissant l'échafaud ; osaient dire :
Plus de tyrans : Vive la la Liberté !
La Liberté... l'on peut mourir pour elle,
Imitez donc pour fixer nos regards
Vos devanciers, Sergents de la Rochelle !...
Salut à vous, députésmontagnards !

aris.—Imprimerie de Beaulé et Maignand, rue Jacques de Brosse, 8.

Librairie chansonnière de DURAND, éditeur, rue Rambuteau, 32.

ITALIE.

Paroles de Charles GILLE.

Air : *Elle aime à rire, elle aime à boire.*

Français, notre gloire est salie ;
L'égoïsme a repris son cours,
Sans regrets comme sans secours,
On laisse périr l'Italie.
Des crimes de la royauté
La République est l'héritière ;
Ah ! reportons sur la frontière
Le drapeau de la liberté.

A Vienne le sang fume encore,
Le sang fume encore à Berlin,
La liberté voit son déclin
Suivre de trop près son aurore.
Est-ce là la fraternité
Promise aux peuples de la terre ;
Ah ! reportons sur la frontière
Le drapeau de la liberté.

Les rives qu'arrose le Tibre
Ont aussi chassé leurs tyrans ;
Le Romain, fils d'aïeux si grands
N'est-il pas né pour être libre.
Sauvons-le du joug détesté
Que prépare l'Autriche altière ;
Ah ! reportons sur la frontière
Le drapeau de la liberté.

Tordons ces langues de vipères
Qui versent de lâches venins ;
Les Alpes et les Apennins
N'ont jamais arrêté nos pères.
Nos couleurs ont déjà flotté
Sur leur front blanc et séculaire ;
Ah ! reportons sur la frontière
Le drapeau de la liberté.

Allons ! travailleurs à l'enclume,
Suspendons nos étroits débats ;
Que, pour l'instrument des combats,
La forge au forum se rallume ;
Et que tout le fer apporté
Devienne une arme meurtrière ;
Ah ! reportons sur la frontière
Le drapeau de la liberté.

Si nous laissons les tyrannies
Des peuples courber les genoux,
Elles s'armeront contre nous
Quand ces luttes seront finies.
Le grand Paris ensanglanté
Reverrait la horde étrangère ;
Ah ! reportons sur la frontière
Le drapeau de la liberté.

Clairons, lancez vos sons de cuivre,
Roulez, impatients tambours,
Les enfants de nos vieux faubourgs
Vont tous s'enrôler pour vous suivre.
Canon, fais dans l'immensité
Tonner ta voix mâle et guerrière.
Ah ! reportons sur la frontière
Le drapeau de la liberté.

Imp. de Beaulé et Maignand, 8, r. Jacques de Brosse.

Dépôt général :
Place Maubert, 8.

Prix : 5 centimes.

Rue des Gravilliers, 25.
Rue St-Jacques, 4l.

PEUPLE ET ARMÉE

CHANSON NOUVELLE.

Dédiée au sergent-major BOICHOT *(2e édition.)*

LE PEUPLE ET L'ARMÉE.

Air : *Des Trois Couleurs.*

1.

Nous sommes fils d'une même patrie;
La France est là qui nous dit : aimez-vous!..
Et cependant la discorde ennemie,
Sanglant orage, a grondé contre nous.
Assez longtemps, on vit de pauvres mères
Porter le deuil de leurs fils au tombeau.
Peuple et soldat, nous sommes tous des frères
N'ayons qu'un cœur et qu'un même drapeau!

2.

Qu'il soit maudit, l'insensé qui s'efforce
De diviser nos drapeaux et nos cœurs!
Songeons-y bien : l'union fait la force
Avec deux camps, comment être vainqueurs!
Laissons dormir nos funestes colères
Comme un vieux fer qu'on remet au fourreau!
Peuple et soldat, nous sommes tous des frères
N'ayons qu'un cœur et qu'un même drapeau!

3.

Vous souvient-il de ces grands jours de gloire,
Où nos soldats, nomades conquérants,
Semblaient errer de victoire en victoire;
C'est l'union qui les rendit si grands.
Pour imiter la gloire de nos pères,
Frères, mettons nos armes en faisceau!
Peuple et soldat, nous sommes tous des frères,
N'ayons qu'un cœur et qu'un même drapeau!

4

La France est riche et son terrain fertile
A ses enfants doit assurer du pain.
Du pain pour tous!... Aux vieillards un asile!
A l'indigent, riches tendez la main...
Le siècle a soif de progrès, de lumières;
Et nous marchons vers un monde nouveau!
Peuple et soldat, nous sommes tous des frères
N'ayons qu'un cœur et qu'un même drapeau!

5.

L'Egalité, la vierge fraternelle,
Sur chaque front étend son grand niveau.
Endormons-nous à l'ombre de son aile,
Abritons-nous aux plis de son manteau!
Aux nations plus d'indignes lisières!
Partout les rois auront leur Waterloo!
Peuple et soldat, nous sommes tous des frères,
N'ayons qu'un cœur et qu'un même drapeau.

L. C.

Auteur des Papillons de la présidence (15e édition).

Le Sergent-Major BOICHOT.

ARRIERE FAUX RÉPUBLICAINS!

(20e édition.)

Air de *la Lionne.*

Oui, Béranger nous l'apprend, le paillasse,
Quand il s'y met, *ne saut' point-z à demi.*
Sauteur du roi, pour conserver sa place,
La Liberté le voit sauter aussi.
Mais l'avenir est un champ que l'on sème
Avec un soc qui veut de fortes mains;
Vous n'avez point reçu notre baptême :
Arrière, faux républicains!

Frelons impurs, dans les rangs de l'abeille
Vous oseriez vous glisser en sournois!
La République est là qui vous surveille,
Jamais sur vous ne tombera son choix.
Quand le lion a terminé sa chasse,
Vous assiégez la table des festins;
Vous entr'ouvrez votre large besace :
Arrière, faux républicains!

La Liberté que vous avez trahie
A bien le droit de se méfier de vous;
Vouloir encore ramper serait folie;
Allons, cessez de ramper à genoux!

Vous avez soin que le tailleur découse
Vos vieux galons dont vous étiez si vains!
Sur votre habit vous passez notre blouse (1)
Arrière, faux républicains!

Grands comédiens, qui ne trompez personne,
Retirez-vous, malencontreux acteurs!
Votre passé, la France le pardonne,
Mais n'osez pas compter sur ses faveurs.
Vous encensiez la royauté proscrite;
De votre encens les flots à peine éteints
Brûlent pour nous!... Point d'encens hypocrite,
Arrière, faux républicains!

Racontez-nous vos bulletins de gloire;
Racontez-nous vos merveilleux combats.
A vos exploits quand il s'agit de croire,
La République est comme saint Thomas.
Lorsque la France avilie et déchue
Au flot vengeur retrempait ses destins,
Vous a-t-on vus descendre dans la rue?
Arrière, faux républicains!

Pendant trois jours, enterrés dans vos caves,
Du beau soleil vous fûtes déserteurs;
Et maintenant vous faites tous les braves,
Et vous brillez comme solliciteurs!
De traitements hommes toujours avides,
Tous les pouvoirs vous ont eu pour cousins!
Allons, mes vieux, prenez vos invalides :
Arrière, faux républicains! L. C.

(1) Historique.

LA FEMME DU PROSCRIT.

(5e édition.)

Air : *Vive Paris* ou *T'en souviens-tu?*

Mon blanc oiseau, sur ton aile coquette
Reçois encor ce baiser... le plus doux;
C'est le dernier... encor un sur ta tête!
Et maintenant pars, oui, séparons-nous.
De nos secrets douce dépositaire,
C'est, dans mon deuil, à toi que j'ai recours.
Vole vers lui, colombe messagère,
Vole vers lui, colombe mes amours!

Oiseau d'amour, à son char tu t'attelles,
Et prompt courrier tu sais franchir les mers :
Tout mon espoir repose sur tes ailes;
Elance-toi, rapide, dans les airs!
D'oiseaux cruels évite bien la serre;
Garde-toi bien des perfides vautours.
Vole vers lui, colombe messagère,
Vole vers lui, colombe mes amours!

Fille du ciel, c'est toi, douce *clemence*,
Qui sais tarir la source de nos pleurs;
Tu mets le baume auprès de la souffrance,
Tu mets la joie à côté des douleurs.

C'est grâce à toi que le captif espère,
C'est grâce à toi qu'il rêve d'heureux jours!
Vole vers lui, colombe messagère,
Vole vers lui, colombe mes amours!

Que le proscrit revienne, et que je puisse
L'étreindre encor sur ce cœur qui l'attend!
L'amour t'implore, inflexible *justice*;
Crois-moi, l'amour est toujours innocent.
Oh! la justice en vain nous semble austère,
Avec sa sœur (1) elle marche toujours.
Vole vers lui, colombe messagère,
Vole vers lui, colombe mes amours!

Colombe, adieu! pars; que rien ne t'arrête,
Ni les autans, ni le brouillard jaloux!
Ne tremble point au bruit de la tempête;
Va, contre toi le ciel est sans courroux.
Pars... hâte-toi, ma gentille courrière;
Point de retard, évite les détours!
Vole vers lui, colombe messagère,
Vole vers lui, colombe mes amours!

(1) *La justice est sœur de la clémence.*

Les Élus de Paris.

NOMS DES REPRÉSENTANTS.

RÉSULTAT GÉNÉRAL.

1 Murat.
2 Ledru-Rollin.
3 Lagrange.
4 Boichot.
5 Bedeau.
6 Lamoricière.
8 Moreau.
9 Passy,
10 V. Hugo.
11 Pyat (F.).
12 Vavin.
13 Lamennais.
14 Bixio.
15 Barrot (Od.)
16 Bac (Th.)
17 Cavaignac.
18 Wolowski.
20 Coquerel.
21 Considérant.
22 Pierre Leroux.
23 Peupin.
24 Garnon.
25 Roger (du Nord).
26 Ferdinand Lasteyrie.
27 Perdiguier.
28 Rapatel.

LES DEUX SERGENTS

OU

LE PEUPLE ET L'ARMEE.

BOICHOT

Aux femmes du peuple

Air de *la petite Margot*.

Femmes du peuple, à l'époque où nous sommes,
Comprenez bien l'acquit de vos mandats :
De vos enfants faites vite des hommes !...
La grande cause a besoin de soldats !

Quand votre fils se réveille et soupire,
De vos deux bras lui faisant un cerceau,
Dites les chants qu'un saint amour inspire
Pour égayer son fragile berceau,
Puis, lorsqu'un jour ses lèvres enfantines
Laisseront fuir quelques mots, quelques sons,
Sans recourir aux prières latines,
Apprenez-lui l'Evangile en chansons !...

Femmes du peuple, etc.

Ne les bercez qu'aux récits de l'histoire
Dont les feuillets ont des traces de sang ;
Et gravez bien dans leur jeune mémoire ;
« Le peuple seul, le peuple est tout-puissant !... »
Préparez-les au jour de la vengeance ;
Faites-les grands d'esprit, d'âme et de cœur ;
Ne les armez qu'avec l'intelligence,
Et le progrès par eux sera vainqueur...

Femmes du peuple, etc.

Déroulez-leur le tableau des misères
Que les Caïns déchaînent dans nos rangs ;
Dites-leur bien que nos sœurs, que nos frères
Furent toujours la pâture des grands !
Dites-leur bien que, bourreau du courage,
Aux droits sacrés le canon répondit !...
Mais ajoutez qu'en dépit de l'orage,
A l'horizon le soleil resplendit !...

Femmes du peuple, etc.

Dites-leur bien qu'abruti dans son zèle,
Le soldat-peuple, en valet déguisé,
Porte lui-même une main criminelle
Sur notre front que son arme a brisé !
— Anges d'amour, faites-leur bien comprendre
Tous les abus de la société.
Soldats un jour, ils ne voudront défendre
Que le drapeau de la fraternité !...

Femmes du peuple, etc.

Plus de soldats qui marchent en esclaves,
Plus de pantins qui tournent à tous vents ;
Tous ces héros, tous ces prétendus braves
Sont de nos jours des mannequins vivants...
Que, par le Christ, votre haine allumée
Creuse une tombe à tous les oppresseurs,
Quand le principe aura sa grande armée,
Les gouvernants seront sans défenseurs.

Femmes du peuple, etc.

A l'œuvre donc ! Dieu le veut, Dieu l'ordonne !
Sous son regard le vieux monde a tremblé !
Entendez-vous la grande heure qui sonne ?
Des préjugés le trône est ébranlé ! ...
Renversez-le ! Que vos saintes phalanges
Guident vos pas vers un monde nouveau !
De leurs cercueils frissonnant sous leurs langes,
Que de martyrs vont nous crier bravo !...

Femmes du peuple, etc.

Alexandre Guérin.

Profession de foi

DES SOCIALISTES.

Air : *le Peuple est roi.*

France, la main sur ta charte étendue
Daigne accueillir nos serments et nos vœux ;
Que notre voix de chacun entendue
Dans tous les cœurs inscrive nos aveux ;
Ensemble élus par l'immortel suffrage,
Pour te guider, peuple fort et puissant,
Nous promettons de sauver du naufrage
Les droits payés par des flots de ton sang.

De tes lois suivant la manœuvre,
Peuple, si Dieu nous sait bénir,
Nous jurons d'accomplir ton œuvre
Dans l'avenir. (*bis.*)

Au nom sacré d'un éternel principe,
Au plébéien le nom d'homme est rendu.
L'humanité veut qu'un chef émancipe
L'artisan pauvre à des maîtres vendu ;
En l'arrachant à cette caste immonde,
L'Egalité ne traça qu'un sillon,
Pour tous, dit-elle, une place en ce monde
Et du soleil à chacun un rayon.

De tes lois, etc.

Loin de courir après une vaine ombre,
Loin d'envier un surcroît de pouvoir,
En respectant les désirs du grand nombre,
Nous remplirons un suprême devoir.
Oserions-nous essayer de soumettre
Ce que jamais la force n'a soumis ;
De ses destins le peuple seul est maître,
Les gouvernants ne sont que ses commis.

De tes lois, etc.

Dignes soutiens du drapeau de nos pères,
Nous en ferons respecter les couleurs ;
Mais que le ciel en des jours plus prospères,
D'un choc nous daigne épargner les douleurs.
Des nations les causes se ressemblent ;
Loin de se voir l'un par l'autre excité,
Qu'à notre appel tous les peuples s'assemblent
Sous l'étendard de la Fraternité.

De tes lois, etc.

Cicatrisant chaque vive blessure,
Bras, tête et cœur par l'ensemble étayés,
En recherchant une route plus sûre,
Nous marcherons l'un sur l'autre appuyés.
Evitant bien l'écueil de la souffrance,
Forts au travail sur notre banc d'honneur,
Par le progrès nous conduirons la France
A s'amarrer dans le port du bonheur.

De tes lois, etc.

H. Demanet.

RATTIER

Aux Socialistes.

Air du *Chant des ouvriers* (Pierre Dupont).

Bon espoir, frères qui cherchons,
Par le bras et par la pensée,
A finir l'œuvre commencée,
Marchons, marchons, marchons,
Par Dieu notre route est tracée.

D'un mot, lorsque le Créateur
Fit notre terre et la fit telle,
Les forts à l'accent protecteur
Ont pris tous nos biens en tutelle ;
Le temps, qui nous a su former,
Nous rend tous nos droits au partage ;
Nous devons enfin réclamer
Notre part du vieil héritage.

Bon espoir, etc.

Groupés nos maîtres inhumains,
Parfois d'humeur trop martiale,
Voudraient, crispant leurs faibles main
Broyer la cause sociale ;
Mais froide à leurs piéges subtils,
La foule est restée impassible :
Les puissants du jour craindraient-ils
Si la cause était impossible ?

Bon espoir, etc.

Que l'homme à son rang soit placé :
Du destin seul chacun relève ;
Elevons le pauvre abaissé,
Abaissons le grand qui s'élève ;
Pour tous et plaisir et douleur,
Les rangs qu'au siècle on voit survivr
Auront leur plateau niveleur :
C'est le droit qu'a chacun de vivre.

Bon espoir, etc.

Les grands que nous savons nourrir
Nous font payer la subsistance,
Nous payons le droit de mourir,
Nous payons le droit d'existence :
La vie est un bien cher loyer,
Pliant sous la loi qui l'ordonne,
Le pauvre est tenu de payer
L'air pur que pour rien Dieu lui don

Bon espoir, etc.

Rusés, ces despotes nouveaux,
Bouffis d'un honteux égoïsme,
Voudraient exaltant nos travaux,
Du peuple enchaîner l'héroïsme,
Déjà deux chocs leur ont fait voir
Qu'un règne à toute heure est démen
Où d'un seul finit le pouvoir,
Le droit du grand nombre commenc

Bon espoir, etc.

Le ciel est juge du procès,
Qu'à nos besoins la force crée ;
On ne peut douter du succès,
Quand la cause est juste et sacrée ;
Enfants, instruits par nos leçons,
Qu'en Dieu vos fois vierges se fient
L'avenir aura les moissons
Qu'au présent nos peines confient.

Bon espoir, etc.

Hippolyte Demane

Chez DURAND, éditeur, rue Rambuteau, 32. On n'expédie que contre un mandat sur la poste. Imp. Beaulé et Maignand, rue Jacques de Bro

R. des Marais-St-Germain, 17.
Rue Saint-Jacques, 41.

5 cent.

Place Maubert, 81.
Rue des Gravilliers, 45.

DU FOUET
A TOUS CES GROS CHIENS-LA !

OU LE BŒUF GRAS DE 1849

Carnaval Politique, Satyrique et Travesti.

Air : Dans un grenier qu'on est bien à vingt ans.

1

Pour me punir d'être un vieux prolétaire,
Prêts à me mordre, ils aiguisent leurs dents ;
Tous ces gens-là, je les ai vus par terre ;
Oui, tous alors faisaient les chiens couchants.
Tout est changé... la meute mercenaire
Veut me traîner... mais qui vivra verra.
Tous les chiens blancs m'ont déclaré la guerre ;
Du fouet ! du fouet ! à tous ces gros chiens-là !

2

Oh ! bien longtemps, sous ma charge pesante,
Moi qui suis fort, j'ai vu mon dos fléchir ;
J'ai bien souffert... de ma corne puissante,
Si je frappais, tous songeraient à fuir !
La patience est dans mon caractère ;
Mais à la fin elle se lassera !
Tous les chiens blancs m'ont déclaré la guerre ;
Du fouet ! du fouet ! à tous ces gros chiens-là !

3

Que j'ai souffert sous la dent d'un vampire,
Monstre difforme et qu'on nomme budget !
Il met l'impôt sur l'air que je respire,
Son appétit n'est jamais satisfait.
D'un bœuf ils font une vache laitière ;
L'on me pressure et ma force s'en va !
Tous les chiens blancs m'ont déclaré la guerre ;
Du fouet ! du fouet ! à tous ces gros chiens-là !

4

Et savez-vous pourquoi, pauvre victime,
L'on me harcèle avec tant de rigueur ?
Vous ne sauriez deviner mon vrai crime :
Je suis né rouge... oui, voilà ma couleur !
Cette couleur a le don de déplaire ;
On dit pourtant que Brutus l'adopta !
Tous les chiens blancs m'ont déclaré la guerre ;
Du fouet ! du fouet ! à tous ces gros chiens-là !

5

Ce n'est pas tout ; comme socialiste,
J'entends chacun crier haro ! sur moi ;
De mes bourreaux je vois grossir la liste :
Pour mieux me perdre on invoque la loi !
J'aime à parler, on veut me faire taire ;
J'aime les clubs, des clubs on me chassa !
Tous les chiens blancs m'ont déclaré la guerre ;
Le fouet ! le fouet ! à tous ces gros chiens-là !

6

A leur profit j'ai traîné la charrue,
Péniblement j'ai tracé le sillon ;
De récolter quand l'heure fut venue,
Ils ont pour eux réclamé la moisson.
Ils vous diront que c'est là l'ordinaire ;
Ce fut toujours, et toujours ce sera !
Moi je réponds à qui me fait la guerre :
Du fouet ! du fouet ! à tous ces gros chiens-là !

ARRIERE
FAUX RÉPUBLICAINS !

(20e édition.)

Air de *la Lionne*.

Oui, Béranger nous l'apprend, le paillasse,
Quand il s'y met, *ne saut' point-z à demi.*
Sauteur du roi, pour conserver sa place,
La Liberté le voit sauter aussi.
Mais l'avenir est un champ que l'on sème
Avec un soc qui veut de fortes mains ;
Vous n'avez point reçu notre baptême ;
Arrière, faux républicains !

Frelons impurs, dans les rangs de l'abeille,
Vous oseriez vous glisser en sournois !
La République est là qui vous surveille,
Jamais sur vous ne tombera son choix.
Quand le lion a terminé sa chasse,
Vous assiégez la table des festins ;
Vous entr'ouvrez votre large besace ;
Arrière, faux républicains !

La Liberté que vous avez trahie
A bien le droit de se méfier de vous ;
Vouloir encore ramper serait folie ;
Allons, cessez de *ramper* à genoux !

32

Vous avez soin que le tailleur découse
Vos vieux galons dont vous étiez si vains !
Sur votre habit vous passez notre blouse (1)
Arrière, faux républicains !

Grands comédiens, qui ne trompez personne,
Retirez-vous, malencontreux acteurs !
Votre passé, la France le pardonne,
Mais n'osez pas compter sur ses faveurs.
Vous encensiez la royauté proscrite ;
De votre encens les flots à peine éteints
Brûlent pour nous !... Point d'encens hypocrite,
Arrière, faux républicains !

Racontez-nous vos bulletins de gloire ;
Racontez-nous vos merveilleux combats.
A vos exploits quand il s'agit de croire,
La République est comme saint Thomas.
Lorsque la France avilie et déchue
Au flot vengeur retrempait ses destins,
Vous a-t-on vus descendre dans la rue ?
Arrière, faux républicains !

Pendant trois jours, enterrés dans vos caves,
Du beau soleil vous fûtes déserteurs ;
Et maintenant vous faites tous les braves,
Et vous brillez comme solliciteurs !
De traitements hommes toujours avides,
Tous les pouvoirs vous ont eu pour cousins !
Allons, mes vieux, prenez vos invalides :
Arrière, faux républicains ! L. C.

(1) Historique.

Association typographique. — DESOYE, VALERY et Cie, imprimeurs, rue de Seine, 32.

Dépôt général : Rue St-Jacques, 41. — *Prix : 5 centimes.* — Rue des Gravilliers, 25.

LES FLEURS DU PEUPLE ET LA RÉPUBLIQUE AU PILORI.

LES FLEURS DU PEUPLE ET LA RÉPUBLIQUE AU PILORI!!!

AIR : *des trois couleurs.*

1.

Oser du peuple épouser la querelle,
Vouloir trouver un remède à ses maux !
Voilà leur crime !.. et votre main cruelle
Ecrit leurs noms sur d'infâmants poteaux !
C'est bien messieurs : par cet arrêt inique,
Le peuple apprend, quel fiel est dans vos cœurs !
Au Pilori mettez la République,
Le peuple est là pour la couvrir de fleurs !

2.

Fuyant la France et ses rives si chères,
Bien loin de nous il vont chercher un port ;
Mais pour la haine il n'est point de barrières ;
Et votre bras de loin les frappe encor !
Vous aimez tant l'arbre démocratique,
Qu'il fallait bien songer à ses planteurs !
Au Pilori mettez la République,
Le peuple est là pour la couvrir de fleurs !

3.

Sans feu ni lieu pour reposer sa tête,
L'orphelin peut gémir à deux genoux,
Vous défendez la république honnête,
Sa sœur la rouge est mise sous verroux !

Louis-Blanc porté en triomphe.

Et cependant chacun de vous se pique
D'aimer le peuple ! amour plein de fureurs !
Au Pilori mettez la République,
Le peuple est là pour la couvrir de fleurs ?

4.

Le peuple est roi ! mais volant sa couronne,
Dites comment respectez vous ses droits ?
La liberté, votre main l'emprisonne ;
La liberté porte en tout lieux sa croix !
Le peuple est roi ! royauté fantastique
Qui glisse aux mains d'adroits escamoteurs !
Au Pilori mettez la République,
Le peuple est là pour la couvrir de fleurs !

5.

Brisant ses fers, Rome veut être libre ;
Rome attendait l'appui de nos drapeaux ;
Et nos soldats vers les rives du Tibre,
En ennemis s'avancent sac au dos !
Rome, pour vous c'est la ville anarchique ;
Seul l'autrichien mérite vos faveurs ;
Au Pilori mettez la République,
Le peuple est là pour la couvrir de fleurs !

6.

Républicains gardons notre espérance,
Français restons soldats de l'avenir !
La liberté chez nous a pris naissance ;
La liberté chez nous ne peut périr !
La liberté c'est la forêt magique,
Longtemps rebelle aux pieds des voyageurs !
Au Pilori mettez la République,
Le Pilori disparaît sous des fleurs !

Par l'auteur de DU PAIN : CRI DU PEUPLE ! (10e éd.).

LA FIANCÉE DU PROSCRIT.

Air : Vive Paris :

Mon blanc oiseau, sur ton aile coquette
Reçois encor ce baiser... le plus doux ;
C'est le dernier... encor un sur ta tête !
Et maintenant pars, oui, séparons-nous.
De nos secrets douce dépositaire,
C'est, dans mon deuil, à toi que j'ai recours.
Vole vers *lui*, colombe messagère,
Vole vers lui, colombe mes amours !

Oiseau d'amour, à son char tu t'attelles,
Et prompt courrier tu sais franchir les mers :
Tout mon espoir repose sur tes ailes ;
Elance-toi, rapide, dans les airs !
D'oiseaux cruels évite bien la serre ;
Garde-toi bien des perfides vautours.
Vole vers lui, colombe messagère,
Vole vers lui, colombe mes amours !

Fille du ciel, c'est toi, douce *clemence*,
Qui sais tarir la source de nos pleurs ;
Tu mets le baume auprès de la souffrance,
Tu mets la joie à côté des douleurs.

C'est grâce à toi que le captif espère,
C'est grâce à toi qu'il rêve d'heureux jours!
Vole vers lui, colombe messagère,
Vole vers lui, colombe mes amours !

Que le proscrit revienne, et que je puisse
L'étreindre encor sur ce cœur qui l'attend !
L'amour t'implore, inflexible *justice* ;
Crois-moi, l'amour est toujours innocent.
Oh ! la justice en vain nous semble austère,
Avec sa sœur (1) elle marche toujours.
Vole vers lui, colombe messagère,
Vole vers lui, colombe mes amours !

Colombe, adieu ! pars ; que rien ne t'arrête,
Ni les autans, ni le brouillard jaloux !
Ne tremble point au bruit de la tempête :
Va, contre toi le ciel est sans courroux.
Pars... hâte-toi, ma gentille courrière ;
Point de retard, évite les détours !
Vole vers lui, colombe messagère,
Vole vers lui, colombe mes amours !

(1) *La justice est sœur de la clémence.*

Pauvre enfant ou le fils du proscrit.

AIR : *T'en souviens-tu?*

Le pauvre enfant!!! sur le roc solitaire,
Chaque matin, il revenait s'asseoir ;
Des pleurs tombaient de sa jeune paupière,
Comme un signal s'agitait son mouchoir ;
L'enfant disait : — Je suis seul sur la terre,
« Mon Dieu ! mon Dieu ! par toi suis-je maudit ?
« Qui me rendra les caresses d'un père !
« Dieu, prends pitié de l'enfant du proscrit ! »

Il est un Dieu qui protége l'enfance
Et sert de guide à ses pas incertains ;
Il est un Dieu qui, plein de bienveillance,
Aime à veiller sur nos frêles destins.
Il donne aux fleurs la brise printanière,
Il donne l'ombre à l'oiseau dans son nid.
Va, pauvre enfant ! Dieu te rendra ton père,
Dieu, prends pitié de l'enfant du proscrit !

Lorsque l'hiver attriste la nature,
Vois l'oisillon, meurt-il jamais de faim ?
Et tu craindrais que seul dans la nature,
On te laissât toi seul manquer de pain !

Chaque matin, à Dieu fais ta prière,
Du haut du ciel aux enfants il sourit.
Va, pauvre enfant ! Dieu te rendra ton père.
Dieu, prends pitié de l'enfant du proscrit !

Enfant, l'orage a passé sur ta tête ;
Jeune arbrisseau, je t'en vois tout meurtri.
Mais n'est-ce pas au bruit de la tempête,
Sur son rocher, que l'aiglon a grandi ?
Non, il n'est point d'éternelle colère,
Un cœur français bien vite s'attendrit.
Espoir, enfant ! Dieu te rendra ton père.
Dieu, prends pitié de l'enfant du proscrit !

Tu grandiras sous les yeux de la France,
Et si jamais vient l'heure du danger,
Au premier rang, cité par ta vaillance,
Tu verras fuir le soldat étranger.
Souviens-toi bien que la France est ta mère ;
Oh ! par sa mère un fils est-il maudit ?
Espoir, enfant ! Dieu te rendra ton père.
Dieu, prends pitié de l'enfant du proscrit !

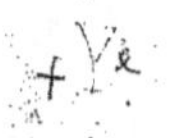

1849

Paris. — Imprimerie Lacour, rue Soufflot, 11, et rue Saint-Hyacinthe-St-Michel, 33.

Dépôt général, rue des Marais-Saint-Germain, 17. Place Maubert, 8. — *Prix 5 centimes.* — Rue des Gravilliers, 28. Rue Saint-Jacques, 41.

PAUVRES PROSCRITS

Louis Blanc.

QUAND REVIENDREZ-VOUS?

CHANSON NOUVELLE

ORNÉE DE QUATRE PORTRAITS

DES

ACCUSÉS DE MAI.

Caussidière.

Air : *T'en souviens-tu ?*

Nous t'invoquons, douce et chaste Clémence ;
A notre voix daigne quitter les cieux ;
Auprès de nous ramène l'Espérance,
De la Concorde, oui, resserre les nœuds.
Aux orphelins ta voix rendra leurs pères,
La veuve en deuil reverra son époux.
N'avons-nous pas longtemps pleuré nos frères?
Pauvres bannis, quand les reverrons-nous?

Le pain qu'on mange aux étrangères rives
Est bien amer! Oh! ne l'oublions pas!
Pauvres amis, j'entends vos voix plaintives
Du ciel absent réclamant les climats.
Que le donjon aux portes centenaires
Ne fasse plus grincer ses grands verroux!
N'avons-nous pas longtemps pleuré nos frères?
Pauvres bannis, quand les reverrons-nous?

[illegible]
Transplantez l'arbre, il se dessèche et meurt;
Chassez l'oiseau de son nid de feuillage,
Son chant n'est plus qu'une hymne de douleur.
Du ciel natal les brises printanières
Pour les proscrits ont un parfum si doux!
N'avons-nous pas longtemps pleuré nos frères?
Pauvres bannis, quand les reverrons-nous?

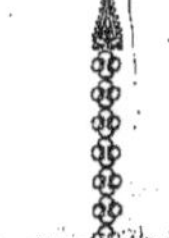

[illegible] quel beau jour pour une tendre mère!
Quand sur son sein elle étreindra son fils!
Combien de pleurs ont mouillé sa paupière,
Combien son cœur a connu de soucis!
Gages de paix, colombes messagères,
Le vert rameau quand l'apporterez-vous?
N'avons-nous pas longtemps pleuré nos frères?
Pauvres bannis, quand les reverrons-nous?

Enfants, chantez! toi, femme, sois heureuse,
Bientôt enfin changera votre sort;
Voyez au loin cette voile joyeuse
Qui se rapproche et marche vers le port!
Au seuil désert de familles entières,
Oui, le bonheur revient..... ils sont absous!
N'avons-nous pas longtemps pleuré nos frères?
Pauvres bannis, quand les reverrons-nous?

Barbès.

SOUS PRESSE:

BIOGRAPHIE

DES ACCUSÉS DE MAI

Quatre pages in-4°, contenant trente mille lettres d'impression et de beaux portraits.

Prix : 5 centimes.

NOTA. — Une très-forte remise sera faite à MM. les colporteurs qui s'adresseront au dépôt général.

Raspail.

Paris. — Société Typographique. — E. Desoye, imprimeur, 32, rue de Seine.

Librairie chansonnière de DURAND, éditeur, rue Rambuteau, 32.

LES APOTRES DE L'HUMANITÉ.

PROUDHON

Paroles d'Eugène **BAILLET.**

Février 1849.

Air de *la petite Margot* (du théâtre de la Gaîté).

Gloire au soldat qui combat sans relâche
Pour adoucir le sort des travailleurs,
Et dont la voix est, pour le front du lâche,
Le fer brûlant qui marquait les voleurs!

Toujours debout au sommet de la brèche,
L'œil dans le camp de la réaction,
La lance au poing, prêt à parer la flèche
Qui blesserait la Révolution!

En méprisant la perfide manœuvre
Des intrigants qui voudraient le noircir,
Il marche au but, il fait grandir son œuvre,
Sans vous, mesquins, il saura réussir!

Vous lui criez : Utopie, utopie!
Rêves charmants, que ton monde nouveau;
Mais bien plus haut que votre voix impie,
La voix du peuple a dû crier bravo!

Lorsqu'on disait à la vieille noblesse,
La veille au soir du quatorze juillet :
Demain, pour toi, le privilége cesse,
Et notre histoire apprête un beau feuillet!

En souriant, elle criait : folie!
Mais quand le peuple eut quitté ses faubourgs,
C'était trop peu, pour sa tâche accomplie,
Blason du crime, il a brisé tes tours!

Oui, dans un jour, et noblesse et Bastille
Ont succombé sous les coups plébéiens,
Astre éclatant dont notre passé brille,
Sois le flambeau de nos grands citoyens!

Fier novateur, tu devais bien t'attendre
A voir les sots contre toi préjuger;
Mais, fort d'espoir, tu dois tout entreprendre,
L'avenir seul a droit de te juger!

Ta barque est là, sur la mer sociale,
Cher nautonnier n'en quitte pas les yeux,
Plus d'une main parjure et déloyale
Veut lui créer des écueils dangereux!

Surtout, ami, n'avance pas trop vite,
Qu'un passager puisse dire au retour :
C'est un chemin qu'à grand tort on évite,
Et que chacun y voyage à son tour!

Déjà le peuple a vaincu dans l'arène
Les rois, tyrans qui barraient son chemin;
S'il veut marcher où l'avenir l'entraîne,
D'autres tyrans devront tomber demain (1)!

Monde perclus, tu manques de courage,
Quand le progrès te jette le cartel,
Tu prévois donc que l'enfant en bas-âge
Peut au vieillard porter un coup mortel!

Oui, tu le sens, tu tombes en ruines,
En vain aux grands tu veux te retenir;
Pour ébranler tes dernières racines,
Il suffira du vent de l'avenir!

Mais ne crains plus contre toi qu'on se lève,
L'arme à la main et la vengeance au cœur,
Dans tes erreurs la raison est le glaive
Qu'il faut plonger pour s'en rendre vainqueur!

Gloire au soldat qui combat sans relâche
Pour adoucir le sort des travailleurs,
Et dont la voix est, pour le front du lâche,
Le fer brûlant qui marquait les voleurs!

(1) Nous entendons ici par tyrans, les exploiteurs, les usuriers, etc.

Imp. de Beaulé et Maignand rue Jacques de Brosse, 8.

SAUTE, MARQUIS !

OU

MARRAST DEGOMMÉ.

AIR :

Marrast, il faut quitter le fauteuil et la Chambre ;
C'est fâcheux, j'en conviens ; tu n'as pu revenir.
Va parfumer en paix ton front de musc et d'ambre ;
Les scrutins sont changeants ; Marrast, il faut partir.

Pauvre marquis, quelle chute !
J'en ai le cœur tout marri.
Elle est grande la culbute,
N'en es-tu pas trop meurtri ?
To, to, to, to, ta, ta, ta, ta,
Quel bon président c'était là !
Là ! là !

Il faut partir, hélas ! adieu, bals, étiquette ;
Adieu, riche livrée et somptueux festins,
Magnifique palais, grande dame coquette,
Roulement de tambours, piquets de fantassins.

Pauvre marquis, quelle chute, etc.

Qui nous rendra, mylord, ton ample chevelure,
Ton œil vif, ton fausset, ton port majestueux ?
Non, jamais président n'aura ton encolure,
Ton aplomb, ta démarche, et ton air merveilleux.

Pauvre marquis, quelle chute, etc.

Comment nous consoler de ta perte subite ?
Les beaux-arts sont en deuil, tu les encourageais :
Le commerce, par toi, suspendait sa faillite ;
Mécène dégommé, reviendras-tu jamais ?

Pauvre marquis, quelle chute, etc.

Oh ! oui, tu reviendras, laisse-m'en l'espérance ;
Il serait trop cruel qu'il en fût autrement.
Toujours ne sera pas ingrate notre France ;
Il reluira, ton astre, au front du firmament.

Pauvre marquis, quelle chute, etc.

Oh ! oui, tu reviendras... l'an *mil neuf cent cinquante*,
La République alors sera démoc... et soc...
Africains, Poitevins, auront plié leur tente,
Et nous te nommerons... empereur de Maroc !

Pauvre marquis, quelle chute, etc.

Va, tu sauras trôner ; n'as-tu pas l'habitude
D'être grand, digne, fier comme un prince, ma foi !
A Versailles, un jour, ancien maître d'étude,
N'as-tu pas essayé le fauteuil du grand roi !

Pauvre marquis, quelle chute, etc.

D'ici là je t'engage, orateur taciturne,
Si tu ne trouves pas le métier trop banal,
A méditer en paix sur les chances de l'urne,
Trois, rue Lepelletier, bureaux du *National*.

Pauvre marquis, quelle chute !
J'en ai le cœur tout marri.
Elle est grande la culbute,
N'en es-tu pas trop meurtri ?
To, to, to, to, ta, ta, ta, ta,
Quel bon président c'était là !
Là ! Là !

L. J.-P...

(Paysan du Tarn.)

Prix : 5 *centimes*. — *Pour les vendeurs*, 2 *francs* 50 *centimes le* 100.

DÉPOTS :

A la Propagande démocratique et sociale, rue des Bons-Enfants, 1.
Au bureau de la Correspondance démocratique, rue de l'Université, 108.

Paris. — Imprimerie d'E. Desoye (ouvriers associés), rue de Seine, 32.

Librairie chansonnière de DURAND, éditeur, rue Rambuteau, 32.

LE VRAI RÉPUBLICAIN

Paroles d'Eugène ***BAILLET.***

Air : *Vive Paris,* ou des *Préjugés* (Gustave Leroy),

Le sang versé sur le pavé des rues
Menace encor d'être du sang perdu ;
Nos libertés ne sont pas reparues :
Le peuple, hélas ! est-il encor vendu ?
Ce doute affreux dans tous les cœurs s'éveille :
Nos ennemis arment leurs bataillons ;
Fusil chargé, la réaction veille :
Républicains (*bis*), veillons !

Nous retombons dans des lois arbitraires :
Où donc es-tu bon temps par nous rêvé ?
C'est pour des lois à son bonheur contraires
Qu'en février le Peuple s'est levé ;
N'est-ce pas lui de qui les fusillades
Frappaient les corps tout sanglants en haillons :
Nos droits sont forts nés sur les barricades,
Républicains, veillons !

Nous repoussons un règne sanguinaire,
Nous repoussons le partage des biens ;
Mais nous voulons que l'humble prolétaire
Par son travail puisse nourrir les siens ;
Que du soleil qui chaque jour l'éclaire
Ses membres froids sentent les doux rayons,
Qu'il ne soit plus exploité dans sa sphère,
Républicains, veillons !

Arbre chéri de notre République,
Toi qui devais grandir avec nos droits,
Tu nous dotas d'un rêve chimérique,
Soleil brillant, tes rayons sont trop froids ;
Loin de grandir, tu meurs, tu te calcines,
Le temps a mis, tristes déceptions,
Le ver rongeur au sein de tes racines :
Républicains, veillons !

Un nain titré que le désir accable
Veut ramener chez nous la royauté ;
Va, pauvre fou, c'est bâtir sur le sable
Que d'espérer tuer la liberté.
Ralliens-nous : Vive la République !
Donnons, Français, l'exemple aux nations :
Foulant aux pieds tout rêve monarchique,
Républicains, veillons !

L'espoir a lui ! travailleur, bon courage !
Mauvais esquif peut conduire à bon port ;
Fraternité, déité de notre âge,
Viens embrâser nos cœurs d'un saint transport ;
De tes rayons qu'une vive étincelle
Jette l'effroi parmi les factions :
La Liberté doit grandir sous ton aile,
Républicains, veillons !

Imp. de Beaulé et Maignand, rue Jacques de Brosse,

Librairie chansonnière de DURAND, éditeur, rue Rambuteau, 32.

LA TRINITE HUMAINE

LIBERTÉ, ÉGALITÉ, FRATERNITÉ.

Paroles du citoyen ***BARRILLOT.***

Air de *la Lionne*, de *Vive Paris* ou du *Retour en France.*

FRATERNITÉ! cette sainte devise,
Qui vient du Christ, mort pour le genre humain,
Sur le fronton du palais, de l'église,
En Février s'illumina soudain.
Dérision! la balle meurtrière
Vient de cribler ce verset rédempteur ;
Rayons ces mots ciselés dans la pierre
Et gravons-les au fond de notre cœur.

Pourquoi ces mots qui ne sont qu'une enseigne
Pour éblouir le peuple malheureux?...
En les voyant, de chagrin son cœur saigne,
Ses pleurs, son sang, ont rejailli sur eux!...
Quand dans la rue, où la faim nous talonne,
L'homme ramasse encor la croix d'honneur,
Rayons ces mots du pied de la colonne
Et gravons-les au fond de notre cœur.

Cette devise orne la *Madeleine* ,
Chef-d'œuvre d'art au fronton corinthien,
Boudoir superbe, où la femme mondaine
Donne aux amours un rendez-vous chrétien.
Lorsqu'en ce lieu, qu'on dit évangélique,
Le prêtre vend la prière au pécheur,
Rayons ces mots du temple catholique
Et gravons-les au fond de notre cœur.

Ces mots partout sont en gros caractères,
Même à la Bourse, où la probité dort,
Où la sueur des pauvres prolétaires
Se métallise et nourrit le veau d'or.
Quand dans ce lieu, repaire de l'usure,
L'homme agiote avec tant d'impudeur,
Rayons ces mots du temple de Mercure
Et gravons-les au fond de notre cœur.

Ils sont partout, excepté dans notre âme,
Pauvres humains! le cœur gros de sanglots,
Quand verrons-nous s'achever le long drame
Où notre sang tombe et coule à longs flots?...
Quand de ce drame on voit plus d'un complice
Livrer son frère au sabre du vainqueur!
Rayons ces mots du Palais de Justice
Et gravons-les au fond de notre cœur.

Quand finira l'horrible antagonisme
Des possesseurs et de ceux qui n'ont rien?...
Jamais, dit-on. Si!!! le SOCIALISME
Nous donnera la part de notre bien ;
Nous l'obtiendrons sans gagner des batailles
Au prix du sang du peuple producteur,
Quand *ces trois mots* peints sur tant de murailles
Seront gravés au fond de notre cœur.

Paris, — Imprimerie de BEAULÉ et MAIGNAND, rue Jacques de Brosse, 8.

MONSIEUR CRÉDIT.

AIR : *C'est l'Amour, l'Amour, l'Amour*, etc.

REFRAIN.

Oui, c'est lui, monsieur *Crédit*,
O France!
Ton espérance;
Aussi, partout chacun dit :
A nous, monsieur *Crédit!*

1

est mort, dit la complainte.
, souffrant, exténué,
Crédit, de son atteinte
ublique l'a tué.
mot si funeste
ri donnera tort;
puisqu'*Henri* nous reste,
Crédit n'est pas mort.

c'est lui, monsieur *Crédit*,
O France!
Ton espérance;
, partout chacun dit :
us, monsieur *Crédit!*

2

ses pas, combien de piéges,
périls furent semés!
ciel a des priviléges
couvre ses fils aimés.
qui, dans ses mystères,
s veillait sur lui,
finir nos misères,
le montre aujourd'hui.

c'est lui, monsieur *Crédit*,

5

Il se souvient que son grand-père,
Jaloux gardien de notre honneur,
Dans Alger, malgré l'Angleterre,
Planta notre étendard vainqueur.
Mais à l'Europe amie
Sa voix promet chez nous
Des plaisirs qu'elle envie
Le joyeux rendez-vous.

Oui, c'est lui, monsieur *Crédit*,
O France!
Ton espérance;
Aussi, partout chacun dit :
A nous, monsieur *Crédit!*

6

Henri, que l'équité conseille,
Ne veut pas de haineux levain
Entre des Français *de la veille*
Et des Français *du lendemain*.
Suprême et sage arbitre
De ces tristes procès,
Il n'admet qu'un seul titre :
[illegible]
Oui, c'est lui, monsieur *Crédit*

O France!
Ton espérance;
Aussi, partout chacun dit :
A nous, monsieur *Crédit!*

3

Quand, sous la crise qui l'oppresse,
Le Commerce est près de mourir,
Mieux qu'un banquier, dans sa détresse,
Henri saura le secourir.
Sa présence chérie,
Détournant les protêts,
Rendra bons, je parie,
Bien des mauvais billets.

Oui, c'est lui, monsieur *Crédit*,
O France!
Ton espérance;
Aussi, partout chacun dit :
A nous, monsieur *Crédit!*

4

Pour que le travail et la vie
Reprennent leur fécond essor,
Riches, d'avance il vous convie
A prodiguer le luxe et l'or.
Un lien de famille
Unit le monde entier;
Lorsque le salon brille,
Tant mieux pour l'atelier!

Oui, c'est lui, monsieur *Crédit*,
O France!
Ton espérance;
Aussi, partout chacun dit :
A nous, monsieur *Crédit!*

HENRI DE FRANCE.

Oui, c'est lui, monsieur *Crédit*,
O France!
Ton espérance;
Aussi, partout chacun dit :
A nous, monsieur *Crédit!*

7

Banni dans un âge si tendre
(Et quelle faute commit-il?),
Mieux que personne il doit comprendre
Les amertumes de l'exil.
Par son heureux empire,
Calmant tous les esprits,
Lui seul il pourra dire :
« Plus de Français proscrits! »

Oui, c'est lui, monsieur *Crédit*,
O France!
Ton espérance;
Aussi, partout chacun dit :
A nous, monsieur *Crédit!*

8

Pour se marier, ô ma belle,
Ce temps, hélas! est trop fatal!
Mais vienne *Henri*, que tout appelle,
Alors la noce, alors le bal!
Que notre voix redise,
Pour son prochain retour,
L'oraison de l'Église,
L'oraison de l'amour!

Oui, c'est lui, monsieur *Crédit*,
O France!
Ton espérance;
Aussi, partout chacun dit :
A nous, monsieur *Crédit!*

A PARIS, CHEZ JEANNE, ÉDITEUR, PASSAGE CHOISEUL, 68.

SAISI LE 22 AVRIL 1849,

ACQUITTÉ LE 4 JUIN PAR LE JURY DE ROUEN,

Après les plaidoiries de MM[es] A. Johanet et du Traversin.

Déposé au Ministère de l'Intérieur.

Paris. — Typographie Plon frères, rue de Vaugirard, 36.

PIE IX A GAËTE

MARCHE DES CROISADES.

Musique de M. Widor

Levez-vous, phalange chrétienne
A la voix du Pontife en pleurs,
Allez vers la cité Romaine,
Des Autels soyez les vengeurs.

Marchons, peuple fidèle,
La palme du martyr, c'est la gloire éternelle.

On le vit avancer sans crainte
Aux sentiers de la Liberté,
Accomplir dans son œuvre sainte
Le règne de la Charité.
Marchons, etc.

Jamais pour la gloire du trône
Un plus digne ne fut élu,
Jamais sous la triple couronne
Dieu ne fit voir plus de vertu.
Marchons, etc.

Lorsque les voûtes de St-Pierre
N'entendent plus les chants divins,
Que le temple de la prière
Est gardé par des assassins.
Marchons, etc.

Tels que la terrible avalanche
Et la foudre qui fend les airs,
Fondons sur eux à l'arme blanche
Et délivrons-en l'univers.
Marchons, etc.

Comme aux jours des saintes croisades,
Venez à nous preux chevaliers ;
Devant le feu des fusillades
Allons mourir tout les premiers.
Marchons, etc.

Au souvenir de Charlemagne
Vous le rendrez à ses Etats ;
Car la gloire vous accompagne
Et la victoire suit vos pas.
Marchons, etc.

Sur les lyres d'or, les archanges
Pour vous diront des chants d'amour,
Et leurs cantiques de louanges
Vont ravir le divin séjour.

Marchons, peuple fidèle,
La palme du martyr, c'est la gloire éternelle.

Lyon. Lith. Gerente frères rue St Joseph 12.

Lyon — Imprimerie de Guyot.

Un numéro tous les Mois. Prix : 10 centimes. Juillet N° 1.

A la Librairie chansonnière
DE DURAND,
32, rue Rambuteau, 32.

SOMMAIRE :

DÉPOTS :
25, rue des Gravilliers.
30, place du Marché Neuf.

SOMMAIRE :

LE RÉPUBLICAIN LYRIQUE

JOURNAL DES CHANSONNIERS

Rédigé par MM. L. Festeau, G. Leroy, A. Loinel, V. Drappier, A. Dalès, Vinçard, Voitelain, C. Gille, etc.

A L'ASSEMBLÉE NATIONALE.

LES DÉPUTÉS DE 1848.

Air : *Lionne, défends tes petits.*

Petit acteur, je redescends en scène,
Toujours drapé dans mon manteau de gueux ;
Je ne suis rien... qu'un simple Diogène,
Mais toujours prêt, fort, convaincu, fougueux,
N'exigeant rien, nulle forfanterie
N'a mesuré la terre pour mes pas.
Le peuple est tout, c'est pourquoi je vous crie :
Députés, ne l'oubliez pas.

On peut fort bien être très-honnête homme,
Sans cependant, être bon député.
Il faut enfin que celui que l'on nomme,
De son mandat sache la sainteté ;
Il ne faut plus qu'il vote, homme futile,
Sans le savoir, pour Jésus ou Judas :
Le sang versé le fut pour être utile,
Députés, ne l'oubliez pas.

Je ne suis pas un ardent communiste,
Je ne veux point ce qui n'est pas à moi ;
Je fais la guerre au gros capitaliste,
Qui sur nos bras, spécule sans émoi.
Par le travail donnez-nous la richesse,
Qu'un monceau d'or vaille moins qu'un compas ;
Nous sommes las d'engraisser la paresse,
Députés, ne l'oubliez pas.

N'accordez rien aux folles impostures
Des députés de notre ex-royauté.
Dieu ne fit pas de mauvaises natures,
L'homme a mal fait notre société.
Si vous mentiez, logiciennes recrues,
Le sang versé deviendrait un verglas.
La République est née aux coins des rues ! !
Députés, ne l'oubliez pas.

Que la vertu soit le pain de votre âme ;
Soyez moraux pour nous moraliser.
Rétribuez le travail à la femme
Qui pour du pain ose vendre un baiser :
Lors, travaillant, courageuse ouvrière,
Baisant l'enfant qui lui tendra les bras,
Elle dira fièrement : Je suis mère !
Députés, ne l'oubliez pas.

A l'œuvre donc, et sortez de la boue
Le monument de notre Liberté.
Ne craignez pas qu'un partisan vous cloue
Au pilori de l'Immortalité.
A son pays on doit offrir sa vie,
Cromwell n'est plus ! ! place aux Léonidas ! !
Heureux celui qui meurt pour la patrie !
Députés, ne l'oubliez pas.

Gustave LEROY.

LA MARSEILLAISE

Paroles de ROUGET DE LISLE.

Allons enfants de la patrie !
Le jour de gloire est arrivé !
Contre nous de la tyrannie
L'étendart sanglant est levé.
Entendez-vous dans les campagnes
Mugir ces féroces soldats ?
Ils viennent jusques dans vos bras
Egorger vos filles et vos compagnes !...
Aux armes, citoyens, formez vos bataillons :
Marchez !.. qu'un sang impur abreuve nos sillons.

Que veut cette horde d'esclaves,
De peuples, de rois conjurés ?
Pour qui ces ignobles entraves,
Ces fers dès longtemps préparés ?
Français, pour vous, ah ! quel outrage !
Quel transport il doit exciter !
C'est vous qu'on ose méditer
De rendre à l'antique esclavage !
Aux armes ! etc.

Quoi ! des cohortes étrangères
Feraient la loi dans nos foyers !
Quoi ! ces phalanges mercenaires
Terrasseraient nos fiers guerriers !
Grand Dieu !... par des mains enchaînées ;
Nos mains sous le joug se ploieraient !
De vils despotes deviendraient
Les maîtres de nos destinées !
Aux armes ! etc.

Tremblez, tyrans ! et vous perfides,
L'opprobre de tous les partis,
Tremblez ! vos projets parricides
Vont enfin recevoir leur prix.
Tout est soldat pour vous combattre ;
S'ils tombent, nos jeunes héros,
La terre en produit de nouveaux
Contre vous tout prêts à se battre.
Aux armes ! etc.

Français, en guerriers magnanimes,
Portez ou retenez vos coups !
Epargnez ces tristes victimes
A regret s'armant contre vous :
Mais le despote sanguinaire !
Mais les complices de Bouillé !

Tous ces tigres qui, sans pitié,
Déchirent le sein de leur mère !...
Aux armes ! etc.

Amour sacré de la patrie,
Conduis, soutiens nos bras vengeurs !
Liberté, liberté chérie !
Combats avec tes défenseurs !
Sous nos drapeaux que la victoire
Accoure à tes mâles accents !
Que tes ennemis expirants
Voient ton triomphe et notre gloire !
Aux armes, etc.

Nous entrerons dans la carrière,
Quand nos aînés n'y seront plus ;
Nous y trouverons leur poussière,
Et la trace de leurs vertus.
Bien moins jaloux de leur survivre
Que de partager leur cercueil,
Nous aurons le sublime orgueil
De les venger ou de les suivre.
Aux armes, citoyens ! formez vos bataillons !
Marchez !.. qu'un sang impur abreuve nos sillons.

APPEL A TOUS LES PEUPLES.

Air *des Trois Couleurs.*

Entendez-vous là-bas gronder la foudre
Quels sont ces cris ? Liberté ! liberté !
Des rois proscrits je vois tomber en poudre
Le trône d'or, le sceptre redouté.
Tremblez, Césars, potentats, race immonde,
De vos forfaits l'esclave est enfin las.
La liberté fera le tour du monde ;
Le peuple est roi, monarques, chapeau bas !

Hongrois, Saxons, Italiens, aux armes !
Le canon tonne ! arborez vos drapeaux,
La liberté jette des cris d'alarmes,
A bas Sejan ! Plus de gardes royaux.
Le Rhin déborde : aux rives de son onde
De nos tyrans l'airain sonna le glas !
La liberté fera le tour du monde ;
Le peuple est roi, monarques, chapeau bas !

Courbez vos fronts, despotes sanguinaires,
C'est Spartacus qui vous crie : A genoux !
Pourquoi, Néron, ces hordes mercenaires ?
Le lion dort, redoutez son courroux.
J'entends sa voix qui rugit et qui gronde,
Il bat ses flancs et se rue aux combats.
La liberté fera le tour du monde ;
Le peuple est roi, monarques, chapeau bas !

Peuples, marchons sous la même bannière,
Ralliez-vous aux Français vos aînés,
Belle Pologne, à nos cœurs toujours chère,
Des nations les bras sont déchaînés.
Brise tes fers, terre en héros féconde,
O fils du Nord, Briarée aux cents bras.
La liberté fera le tour du monde ;
Le peuple est roi, monarques, chapeau bas !

Salut ! salut ! ô divine auréole,
Sainte oriflamme, arc-en-ciel de nos droits,
Ton étendard, au front du Capitole,
D'un pôle à l'autre a chassé tous les rois.
Ils sont plongés dans une nuit profonde,
Du despotisme il n'est plus de soldats.
La liberté fera le tour du monde ;
Le peuple est roi, monarques, chapeau bas !

C.-L. C.

PHILIPPE ET SON CHIEN

Air : *T'en souviens-tu.*

C'en est donc fait ! le vaisseau monarchique
Aux flots du peuple a perdu ses agrès :
Voici venir l'ancienne République
Qui refleurit au soleil du progrès ;
Des jours meilleurs pour nous luiront peut-être,
Mais aujourd'hui fuyant le sol français,
Toi, qui toujours servis si bien ton maître ! (*bis.*)
Mon pauvre chien, ne me quitte jamais.

T'en souviens-tu, lorsqu'en dix-huit cent trente,
Quand de régner j'eus trouvé le moyen,
La nation heureuse et confiante,
Ne me nommait que le roi-citoyen !
Au peuple alors je promettais merveilles,
Ainsi que moi, — lorsque je le trompais, —
Cafardement tu baissais les oreilles,
Mon pauvre chien, ne me quitte jamais.

Dix ans plus tard, quand ma caisse royale,
Grâce aux impôts, s'emplissait de millions,
De tous les points de notre capitale,
On vit surgir l'émeute et ses haillons !
Mourant de faim, les Parisiens ingambes,
Criaient : du pain !... Toi, sortant du palais,
A belles dents tu leur mordis les jambes,
Mon pauvre chien, ne me quitte jamais.

Tu partageas ma mauvaise fortune,
Moralisant les ventrus inconstants ;
Chacun t'a vu montant à la tribune
Pour aboyer contre les mécontents,
Pour conserver ta place au ministère,
Avec plaisir, ami, je te voyais
Lécher les mains de dame l'Angleterre,
Mon pauvre chien, ne me quitte jamais.

En évitant l'orage populaire,
Cher compagnon, ne sois pas désolé,
Viens avec moi, sur la terre étrangère,
Manger gaîment tout l'or que j'ai volé ;
Prenons, mon vieux, la poudre d'escampette,
Dans ce Paris, témoin de tes méfaits,
Tu pourrais bien *gober* une boulette,
Mon pauvre chien, ne me quitte jamais

En délaissant mon *cher* trône de France,
Où je croyais, hélas ! être affermi,
Vivons tous deux en bonne intelligence
Comme saint Roch et son fidèle ami.
Ah ! de mon front quand la couronne tombe,
J'ai vu s'enfuir les ingrats que j'aimais,
Toi seul, hélas ! peux hurler sur ma tombe,
Mon pauvre chien, ne me quitte jamais.

Alexis Dalès.

CHANT DU DÉPART

HYMNE DE GUERRE DE 1794,

Paroles de J. CHÉNIER, musique de MÉHUL.

La victoire en chantant nous ouvre la barrière ;
La liberté guide nos pas,
Et du nord au midi la trompette guerrière
A sonné l'heure des combats.
Tremblez, ennemis de la France,
Rois ivres de sang et d'orgueil ;
Le peuple souverain s'avance,
Tyrans ! descendez au cercueil !
La République nous appelle,
Sachons vaincre ou sachons périr ;
Un Français doit vivre pour elle !
Pour elle un Français doit mourir.

De nos yeux maternels ne craignez point les larmes :
Loin de nous de lâches douleurs !
Nous devons triompher quand vous prenez les armes ;
C'est aux rois à verser des pleurs.
Nous vous avons donné la vie,
Guerriers ! elle n'est plus à vous ;
Tous vos jours sont à la patrie,
Elle est votre mère avant nous.
La République, etc.

Que le fer paternel arme la main des braves ;
Songez à nous au champ de Mars :
Consacrez dans le sang des rois et des esclaves
Ce fer béni par vos vieillards ;
Et, rapportant sous la chaumière
Des blessures et des vertus,
Venez fermer notre paupière,
Quand les tyrans ne seront plus !
La République, etc.

De Barra, de Viala le sort vous fait envie ;
Ils sont morts, mais ils ont vaincu.
Le lâche accablé d'ans n'a pas connu la vie !
Qui meurt pour le peuple a vécu..
Vous êtes vaillants, nous le sommes,
Guidez-nous contre les tyrans,
Les Républicains sont des hommes ;
Les esclaves sont des enfants.
La République, etc.

Partez, vaillants époux, les combats sont vos fêtes.
Partez, modèles des guerriers.
Nous cueillerons des fleurs pour en ceindre vos têtes,
Nos mains tresseront vos lauriers ;
Et, si le temple de mémoire
S'ouvrait à vos mânes vainqueurs,
Nos voix chanteront votre gloire,
Et nos flancs portent vos vengeurs !
La République, etc.

Et nous, sœurs des héros, nous qui de l'hyménée
Ignorons les aimables nœuds ;
Si, pour s'unir un jour à notre destinée,
Les citoyens forment des vœux,
Qu'ils reviennent dans nos murailles,
Beaux de gloire et de liberté,
Et que leur sang, dans les batailles,
Ait coulé pour l'égalité !
La République, etc.

Sur ce fer, devant Dieu, nous jurons à nos pères,
A nos épouses, à nos sœurs,
A nos représentants, à nos fils, à nos mères,
D'anéantir les oppresseurs
En tous lieux, dans la nuit profonde
Plongeant l'infâme royauté,
Les Français donneront au monde
Et la paix et la liberté.
La République, etc.

A CHAQUE CRIME

ÉLEVONS UN POTEAU.

Air : *A soixante ans on ne doit pas remettre.*

Un chansonnier a dit, plein d'optimisme :
« A chaque gloire élevons un autel ; »
Puis, il a cru trouver dans son civisme
De vrais motifs pour louer tel et tel ;
Mais vainement il transforme en idole
Chaque faux-dieu qu'il peint dans son tableau ;
Pour les chasser de notre capitole,
A chaque crime élevons un poteau.

Faudra-t-il donc toujours entendre dire
Que Louis seize est monté dans les cieux !
Que, bon pasteur, il subit le martyre
Qu'ont décrété quelques loups furieux ?
Non ! pour garder le trône de ses pères,
Et pour venir égorger son troupeau,
Il appela les armes étrangères...
A chaque crime élevons un poteau.

La République allait être envahie,
Soudain, ses fils lui prodiguent leur sang.
Napoléon, plein d'ardeur, de génie,
Se distingua surtout au premier rang :
Mais à Saint-Cloud, vers la fin de brumaire,
Des libertés il creusa le tombeau ;
Et, fils ingrat, il détrôna sa mère...
A chaque crime élevons un poteau.

De Waterloo la fatale journée
Rouvre aux Bourbons les portes de Paris ;
A les revoir la France est condamnée,
Et par Louis les braves sont proscrits.
Sur l'un d'entr'eux poursuivant sa vengeance,
Le sang de Ney tache le blanc drapeau :
Et Wellington est maréchal de France...
A chaque crime élevons un poteau.

Un roi bigot succède à l'hypocrite,
Dans Rheims à peine il vient d'être sacré,
Des citoyens la milice est détruite,
Et dans Paris le peuple massacré.
Pour gorger d'or une cour ennemie,
De nos impôts il double le fardeau;
Juillet enfin comble son infamie...
A chaque crime élevons un poteau.

Contre Philippe une ardente jeunesse
Vient protester les armes à la main;
Elle est vaincue, et Thémis vengeresse,
Pour la juger prend ses plateaux d'airain;
Mais, redoutant sa lenteur protectrice,
De la balance on brise le fléau :
On substitue à la loi le caprice...
A chaque crime élevons un poteau.

En février naquit la République!...
Déjà l'on voit Louis-Napoléon
Jeter de l'or sur la place publique,
En PRÉTENDANT, il impose son nom :
Républicains, nous refusons des maîtres,
Nouveau César, crains un Brutus nouveau!!!
Pour attacher les lâches et les traîtres!
A chaque crime élevons un poteau.

Achille Fosset (de Dijon).

AUX PRISONNIERS DE SAINT-MICHEL.

Air de *Vive Paris.*

20 février 1848.

Enfants de l'air, ô messagers rapides,
Discrets courriers de toutes les douleurs,
Lorsque la nuit tend ses voiles limpides
Sous notre ciel, venez sécher des pleurs.
Transmis par vous qu'un vœu, tout d'espérance,
Dise aux captifs notre amour fraternel.
Zéphyrs! portez un chant de délivrance
Aux prisonniers martyrs de Saint-Michel.

Braves enfants de la mère Patrie
Tombés meurtris dans un sanglant débat,
La noble ardeur dont votre âme est pétrie
Vous fit, hélas! livrer plus d'un combat.
De vos vainqueurs subissant la puissance,
Dans vos cachots vous tarissez le fiel...
Zéphyrs! etc.

Infortunés, dans vos lentes tortures,
Quand le passé se retrace en ces lieux,
De vos grands cœurs s'il rouvre les blessures,
Vers l'avenir vous reportez les yeux,
Puis vous rêvez la nuit, dans le silence,
La Liberté venant à votre appel.
Zéphyrs! etc.

Mais au réveil, dérision amère!
Le désespoir distille son poison,
Et chaque jour sa mortelle atmosphère
De l'un de vous étouffe la raison.
Honte au pouvoir dont l'ignoble vengeance
Altère ainsi l'œuvre de l'Eternel!
Zéphyrs, etc.

Vous que ne peut arrêter l'esclavage,
Libre toujours, diligents voyageurs,
Demain peut-être au sablonneux rivage
Porterez-vous les cris de leurs vengeurs?
Comme eux enfin, dites leur que la France
Captive, attend un grand jour solennel.
Zéphyrs! etc.

24 février, 9 h. du soir.

Ce jour a lui!... Sous un ciel morne et sombre,
Paris encore a vaincu pour ses droits.
Sur ses pavés, projetant sa grande ombre,
La Liberté trône, en dépit des rois.
Son peuple armé, pauvres fils de la France,
Vient de briser vos fers sur son autel.
Zéphyrs! portez un chant de délivrance
Aux prisonniers martyrs de Saint-Michel.

Propriété de l'éditeur.

LA FRANCE RÉPUBLICAINE.

Air des *Trois Couleurs.*

Tu sors enfin d'un sommeil léthargique,
Noble pays, tes enfants sont vainqueurs.
Cent mille voix chantent la République,
Je vois briller nos antiques couleurs.
Les rois ont fui, la légion romaine
Répète au loin, dans la grande cité :
Réveille-toi, France républicaine,
A l'Univers donne la liberté!

Philippe a dit, tyran d'un nouvel âge,
Asservissons la grande nation;
Paris qu'en vain nul monarque n'outrage
Jette le gant de révolution.
Sur les parvis, dans le royal domaine,
Met en débris le trône ensanglanté.
Réveille-toi, etc.

Des travailleurs la foule décimée,
Manquant de pain maudissait nos bourreaux;
Du mot de paix l'on fatiguait l'armée
Qui réclamait de plus nobles drapeaux.
Mais Spartacus vient d'entr'ouvrir sa veine,
Notre étendard flotte avec majesté.
Réveille-toi, etc.

Mieux qu'en juillet consacrant un principe,
L'arme à la main, d'un vote universel,
Le Peuple veut que chacun participe
A l'œuvre sainte, au banquet fraternel.
L'écho puissant, de sa voix souveraine,
Chez les tyrans répète : Egalité!
Réveille-toi, etc.

Sur quelques fronts si le préjugé pèse,
Repoussons-le, profitons du succès,
Ce qu'il nous faut, c'est un quatre-vingt treize,
Toutes ses lois, mais non pas ses excès.
Restons armés, que la grande semaine
A l'horizon répande sa clarté.
Réveille-toi, etc.

A tous les rois jetons nos anathèmes,
Ils ne pourront braver notre courroux;
Si nous voulons le bonheur pour nous-mêmes,
Nous proclamons la liberté de tous.
Des nations nous briserons la chaîne,
Donnons l'élan, guerre à la royauté!
Réveille-toi, France républicaine,
A l'Univers donne la liberté!

A. Bourgeois.

Propriété de l'éditeur.

PHILIPPE ET GUIZOT

Air de *Madame Grégoire* (Béranger).

Le petit Guizot
L'autre jour en faisant la lippe,
Dit : je suis un sot,
Et toi qu'en penses-tu, Philippe,
J'ai tout bouleversé
Même tout renversé,
Et Paris, que le diable emporte,
Dit qu'il va nous mettre à la porte...
Mon vieux Philippeau,
Ah! sauvons notre peau.

Entends la clameur
De ton peuple qui vient sans forme
Demander en chœur
Et ma tête et puis la réforme...
Mais, foi de guizotin,
Je vais à ce mutin
Faire à l'instant laver la tête,
Et puis, sans tambour ni trompette,
Mon vieux Philippeau,
Ah! sauvons notre peau.

Filons notre nœud,
Car, loin que l'émeute s'apaise,
Paris est en feu
Et devient une vrai' fournaise.
Aux mains des plus goulus,
Laisse quelques écus,
Tes enfants, ton vin, ta couronne...
Mais du pays qui t'abandonne,
Mon vieux Philippeau,
Ah! sauvons notre peau.

Mais dépêche-toi,
Car tu sais bien, mon camarade,
Que le peuple-roi,
Aux rois donne la bastonnade;
Et les bons Parisiens
Sont de vrais paroissiens
Qui, par amour pour notre race,
Tomberaient sur notre carcasse.
Mon vieux Philippeau,
Ah! sauvons notre peau.

Mon vieux compagnon,
Si tu veux garder ta bobine,
Change, mon mignon,
Ta face couleur de farine;
Et puis, sans nul retard,
Du beau chant du départ,
De Paris jusqu'à la frontière,
Entonnons la chanson entière,
Mon vieux Philippeau,
Pour sauver notre peau.

Quittons ces lieux, si
Tu ne veux pas que nos casaques
Reçoivent ici
Ce que reçoivent les Cosaques.
Portons chez les Anglais
Notre amour peu français...
Fuyons un peuple qui nous berne,
Et du gibet de la lanterne,
Mon vieux Philippeau,
Ah! sauvons notre peau.

Théodore D.

Propriété de l'éditeur.

LOUIS NAPOLÉON

Air du *Forçat libéré* (G. Verry),
Ou de *la Fete des Martyrs* (Gustave Leroy).

Toi, qui naquis au soleil de l'Empire,
Toi, qu'ont bercé des chants victorieux,
Enfant des camps, quoi! ton orgueil aspire
A nous courber sous un joug glorieux!
Pauvre insensé! las! tu te crois encore
Aux jours où Mars ornait ton lit de fleurs,
Ce n'est pas toi qui dois sécher nos pleurs,
Ce n'est pas toi que la Patrie implore.
Fuis, faible aiglon, la sainte humanité
Ne veut s'unir qu'avec la Liberté!

D'un nom fameux, vomi par la tempête,
Tu veux, en vain, te parer aujourd'hui;
Quand jusqu'aux cieux l'aigle élevait la tête,
Du passereau se montra-t-il l'appui?
Non, sous son vol créant de nouveaux maîtres,
Des opprimés il méconnut la voix,
A prix de sang achetant ses exploits,
Il enfanta des ingrats et des traîtres.
Fuis, etc.

Oui, sur un nom ton fol espoir se fonde,
Mais, pourrait-il seconder ton élan ?
Va, ce grand nom qui fit trembler le monde,
Sur un rocher perdit son talisman ;
Vois l'Univers saluer en silence
Cet avenir qui vient malgré les rois ;
Cet avenir, si riche de nos droits,
Parle à nos cœurs plus haut que ta naissance.

Fuis, etc.

Vois, devant toi ce Peuple qui s'écoule
N'espère plus t'élever au pavois ;
En vain, tes cris se perdent dans la foule,
Aucun écho ne répond à ta voix,
Oui, c'en est fait du sceptre des conquêtes,
Et, quand tu viens pour alourdir nos fers,
L'Égalité prépare ses concerts,
Et la Nature attend ses jours de fêtes.

Fuis, etc.

Un calme affreux a glacé tes séides ;
La pitié seule ose prier pour toi,
Maudis, maudis des conseillers avides,
Bénis le ciel, tu ne seras pas Roi.
Des potentats les flatteurs éphémères
Sur ton butin jamais ne s'ébattront,
Jamais le temps ne ridera ton front
Sous un bandeau teint du sang de tes frères.

Fuis, etc.

Fuis, pauvre aiglon, retourne vers ton aire,
N'évoque plus un grand nom du tombeau.
Las ! tu l'as vu, ton essor téméraire
Ne pourrait rien sur un peuple nouveau.
Du conquérant qui maîtrisa la France,
Va, pour jamais l'autel est renversé ;
Décore-toi des lauriers du passé,
Mais laisse-nous les fleurs de l'Espérance !

Fuis, pauvre aiglon ! la sainte humanité
Ne veut s'unir qu'avec la Liberté !

Louis VOITELAIN.

LA FRATERNITÉ

Air : *A soixante ans*, ou : *Nostradamus*.

Volons au but !... l'ouragan populaire
Balaye un Roi qui barrait le chemin ;
La France a dit dans sa sainte colère :
Avec les GRANDS plus de trompeur hymen !...
Sans recourir aux justes représailles,
L'ÉGALITÉ, le front paré de fleurs,
Jette aux martyrs l'anneau des fiançailles.
FRATERNITÉ, joins nos bras et nos cœurs !...

Disparaissez, royales comédies !
La République a dressé son forum.
Paix aux regrets ! silence aux psalmodies !
Tout cri s'efface en un seul *Te Deum*.
La LIBERTÉ, télégraphe électrique,
Touche en courant ses nombreux défenseurs ;
L'Univers chante un sublime cantique...
FRATERNITÉ, joins nos bras et nos cœurs !...

Ne craignez pas que LUTÈCE affranchie
Elève un jour une Tour de Babel ;
Chaque Français repousse l'anarchie,
Et se souvient de Caïn et d'Abel...
Terrible et doux, il va prouver au Monde
Qu'il a trouvé sous ses pavés vainqueurs ;
L'ART qui détruit et la RAISON qui fonde.
FRATERNITÉ, joins nos bras et nos cœurs !...

Plus de combats où le FAIBLE succombe !
Foudres d'airain, taisez vos grandes voix !
Dans les Cités, en devançant la bombe,
La PENSÉE entre et détrône les Rois.
Sur l'UNION, fondant l'Ère nouvelle,
Avec son sang, son épée et ses pleurs,
Le PEUPLE écrit sur sa Charte immortelle :
FRATERNITÉ, joins nos bras et nos cœurs !...

Un même élan a fait courir aux armes ;
Un même choc a brisé les faux Dieux.
Qu'un même accord dissipe les alarmes ;
Qu'un même encens s'élève vers les cieux.
Tous abrités sous la même oriflamme,
En abjurant de haineuses fureurs,
N'ayons qu'un chant, qu'un but, qu'un Dieu, qu'une âme,
FRATERNITÉ, joins nos bras et nos cœurs !...

Du Globe entier, grande étoile polaire,
Lève-toi, FRANCE, et scintille aux regards !
A tes rayons l'Europe enfin s'éclaire,
Et fait flotter de nouveaux étendards.
Les NATIONS, astres purs et sans voiles,
En gravitant sous tes feux protecteurs,
Viendront former ta couronne d'étoiles...
FRATERNITÉ, joins nos bras et nos cœurs !..

Louis FESTEAU.
Chansonnier du Peuple.

L'APPRENTI MENUISIER

Air : *Au diable les leçons.*

Papa, j' m'empresse d' vous écrire
C' qu'il y a d' nouveau dans Paris ;
Ma lettre, vous la ferez lire
A tous les gens du pays.
Maint'nant j' peux faire mes bamboches,
Du faubourg j' suis l' plus flambant,
Tous les soirs j'ai dans mes poches
Quinz' sous d' plus que l' Juif-Errant.

REFRAIN.

J'ai vingt sous pour tout bénéfice,
Vive la nation, le plaisir, les chansons ;
Je n' mange plus que du pain d'épice,
Des macarons, des croquets, des chaussons.
Vive la bombance,
L'indépendance ;
J' suis plus si sot
D' pousser l' rabot.
Au diable Philippe et Guizot !
Et en avant dansons la carmagnole,
Les tyrans ont fait la cabriole,
La liberté nous sourira,
Et le vieux coq nous chantera.
La de ri ra.

C' que j' vous dis c' n'est pas un' colle,
Je r'nonce à mon chien d' métier,
Je m' suis mis dans la boussole
Qu'un jour je serais rentier.
Maint'nant plus d'apprentissage
Je n' marche plus dans les copeaux ;
On peut bien viv'e sans ouvrage
Aux ateliers nationaux.

J'ai vingt sous, etc.

J'ai suivi l' peuple héroïque
Pendant les jours de combats ;
Nous avons chassé la clique
De ces mauvais potentats.
Aux Tuil'ries j'étais d' la fête,
J'ai bu l' vin d' la royauté,
Aussi vrai qu' j'ai sur ma tête
L' bonnet de la liberté.

J'ai vingt sous, etc.

Je portais sur mon échine
Tout l'attirail d'un guerrier ;
J'avais une carabine,
Un sabre de cuirassier.
J'ai bravé la fusillade
Tout comme un bon Parisien,
Et sur une barricade
On m'a nommé citoyen.

J'ai vingt sous, etc.

CONCLUSION.

Pour ce que je vous annonce,
Papa, soyez indulgent,
Et faites que la réponse
M'arrive avec de l'argent.
Je suis un bon patriote,
Qui jamais ne s'abaissa,
Je suis même un sans-culotte,
Je n' voudrais pas fair' voir ça.

J'ai vingt sous, etc.

M....

GUTTEMBERG

OU

LA FETE DES IMPRIMEURS.

AIR : *Comme un fanal qui s'allume et qui brille*, ou *Petits enfants, troupe aimable et lutine*.

C'est aujourd'hui Saint-Jean Porte Latine,
Bien loin de nous, fuyez noires humeurs !
Contents du lot que le sort nous destine,
Buvons, chantons, gais et francs imprimeurs !
Riant des sots que Rome défie,
Canonisons au milieu du dessert
Le créateur de la typographie.
Honneur et gloire à Saint-Jean-Guttemberg !

Obscure au peuple et des grands repoussée,
On vit jadis mourir à mi-chemin
Une sublime, une utile pensée
Qui, seule, eût pu sauver le genre humain.
Lui, fécondant les œuvres éternelles,
Créant un monde au milieu d'un désert,
A la pensée il a donné des ailes.
Honneur et gloire à Saint-Jean-Guttemberg !

Enfouissant sa manne précieuse,
Sur mille humains ne comptant qu'un élu,
Du bien commun la science oublieuse
Semblait servir le pouvoir absolu.
Malgré les rois, éclairant son royaume,
Comme un soleil brille tout livre ouvert,
Et les rayons se glissent sous le chaume,
Honneur et gloire à Saint-Jean-Guttemberg !

Pauvre progrès, en tous lieux on te traque !
L'intolérance agite son brandon,
En hennissant, le cheval du Cosaque
Fait ses adieux aux rivages du Don.
Enfants du Nord, levez votre bannière,
Et dussiez-vous nous vaincre par le fer,
Franchiriez-vous ce torrent de lumière.
Honneur et gloire à Saint-Jean-Guttemberg !

Fouillons, amis, dans le temps où nous sommes.
Nos cinquante ans de luttes, de débats
D'un peuple enfant ont fait un peuple d'hommes :
Ils ont leurs chefs pour de prochains combats ;
Flambeaux vivants, la loi peut les atteindre ;
Que l'oppresseur ne soit plus aussi fier :
Reste un flambeau que nul ne peut éteindre,
Honneur et gloire à Saint-Jean-Guttemberg !

Charles GILLE.

Imp. de Beaulé et Maignand, 8, rue Jacques de Brosse.

DÉPOT GÉNÉRAL : PLACE MAUBERT, 8. — *Prix : 5 centimes.* — RUE DES GRAVILLIERS, 35. R. ST-JACQUES, 41.

GRRRANDE PÊCHE

AU

GOUJON ELECTORAL

OU

BLAGUEURS TAISEZ-VOUS !

(Chanson nouvelle.)

AIR : *Bonjour, mon ami Vincent.*

1

Que de gens d' toutes couleurs
Bordent la grande rivière !
Tous ces gens-là sont pêcheurs.
Bien pêcher est leur affaire,
Au bout d'un perfide hameçon
Pouvoir prendr' le peuple ainsi qu'un goujon
Voilà bien ce que l'on espère.
Mais ce goujon-là n' mord pas à tous coups !
Blagueurs, taisez-vous (*bis*).
Mordre à l'hameçon.... Non, non. Pas si fous !

2

Dans le fleuve électoral,
En vain vous jetez votre nasse ;
Fuyant le piége fatal
Au large le peuple passe.
Sachez, pêcheurs *blancs*, pêcheurs *gris*,
Qu'à votr' traquenard un' fois qu'on fut pris
On d'vient prudent d' peur de disgrace ;
De sa liberté le goujon est jaloux :
Blagueurs, taisez-vous (*bis*).
Mordre à l'hameçon.... Non, non. Pas si fous !

3

Celui qui s'efforcera
D'adoucir notre misère ;
En main celui qui prendra
La cause du prolétaire,
Celui-là nous le nommerons,
Du fond de nos cœurs nous le bénirons
Ainsi qu'un ange tutélaire
Mais vous, faux bergers qui n'êtes qu' des loups
Blagueurs, taisez-vous (*bis*).
Mordre à l'hameçon.... Non, non. Pas si fous !

4

Vous êtes comm' l'oiseleur
Qui veut mettr' l'oisel en cage ;
Vous êtes le renard flatteur,
Flairant quelque bon fromage ;
Auprès du peuple vos discours
Depuis bien longtemps, messieurs, n'ont plus cours
C'est le passé qui nous rend sage,
Des cartes enfin, l'on connait l' dessous ;
Blagueurs, taisez-vous (*bis*).
Mordre à l'hameçon.... Non, non. Pas si fous !

5

La *mer Rouge*, croyez-moi,
C'est l'Océan populaire
Qui noyant le dernier roi
Bientôt envahira la terre.
Pour nous amadouer en vain
Vous entreprenez la pêche au scrutin ;
Messieurs, l'amorce est trop grossière ;
Et dans vos filets j'aperçois des trous !
Blagueurs, taisez-vous (*bis*).
Mordre à l'hameçon.... Non, non. Pas si fous !

L. GUILLEMAIN.

Paris. — Imprimerie LACOUR et Comp., rue Soufflot, 11.

Librairie chansonnière de DURAND, éditeur, rue Rambuteau, 32.

LA NOUVELLE SŒUR ANNE

ou

MA RÉPUBLIQUE, NE VOIS-TU RIEN VENIR

Paroles d'Alexis DALÈS.

Air : *Ermite, bon Ermite.* ou { Lisette, ma Lisette, / Tu m'as trompé toujours ; / Mais vive la grisette, / Je veux, Lisette, / Boire à nos amours

Toi que le sort condamne,
République, en ce jour,
En imitant sœur Anne,
Monte sur une tour ;
Observe avec prudence,
Une main sur ton cœur,
Depuis longtemps en France
On attend le bonheur !...
Dis? son peuple héroïque
Doit-il longtemps souffrir?
Ah ! de la tour antique,
　Ma République,
Ne vois-tu rien venir ? } (*bis.*)

L'indigence nous glace,
Et depuis Février,
Le silence remplace
Les chants de l'atelier ;
On nous tend des embûches,
Est-il donc fraternel
De détruire les ruches
Quand on a pris le miel?...
Au seuil de la fabrique
L'ouvrier va mourir ;
Ah ! de la tour, etc.

En appelant leurs mères,
Là-bas, à l'horizon,
Nos amis et nos frères
Languissent en prison ;
Ah ! loin de leur patrie,
Ils sont si malheureux !...
Le jour de l'amnistie
Brillera-t-il pour eux?
Vers le sol politique
Qui les a vus grandir,
Ah ! de la tour, etc.

Est-il le fruit d'un rêve?
Cet arbre glorieux,
Lui qui reçut pour sève
Notre sang précieux !...
Pour couper ses racines
Un roi va-t-il encor
De ses mains assassines
Prendre une hache d'or !...
Arbuste symbolique
On doit te secourir,
Ah ! de la tour, etc.

L'Italie expirante
Chancelle à chaque pas ;
La Pologne mourante
En vain nous tend les bras?...
Ces hommes sont nos frères ;
En traçant des chemins,
Dieu fit-il des frontières
Pour parquer les humains?...
D'un joug trop despotique
On doit les garantir !...
Ah ! de la tour, etc.

Nos yeux ont trop de larmes,
Nos corps sont épuisés,
Par le fer de nos armes
Nos habits sont usés !...
Hélas ! sur cette terre,
Espérant d'heureux jours,
En proie à la misère,
Le peuple attend toujours.
Siècle aristocratique,
Quand donc dois-tu finir?
Ah ! de la tour antique,
　Ma République,
Ne vois-tu rien venir?

Imp. de Beaulé et Maignand, 8, rue Jacques

LE PARFAIT PHILANTROPE

OU

Constitution socialiste et autographe de l'ex-roi d'Yvetot

DEVENU RÉPUBLICAIN,

TROUVÉE ET CONSERVÉE PAR UN DES HÉRITIERS DE HAUTE ET PUISSANTE DAME JEANNETON D'YVETOT.

Air du Dîner de Famille, ou Ça vous coup' la gueule à quinze pas.

Mes sujets espérant être plus heureux
Me demandent la République;
Je la leur accorde et, comme eux, je la veux
Sociale et démocratique;
Comme dans un gouvernement
Il faut toujours agir très-sévèrement,
Si quelqu'un faux dans mes États...
Plus tard on ne l'y r'prendra pas.

ART. Ier.

Dispositions générales.

Afin de bien réprimer tous les abus
Dont notre pauvre race est pleine,
Je veux que soient remplacés par les vertus
Tous les maux de l'espèce humaine.
Tout citoyen trouvé fautif,
Ou qui montrerait un air trop maladif,
Aura la tête mise à bas,
Afin qu'on ne l'y r'prenne pas.

ART. II.

Extinction du paupérisme

Le paupérisme, ce monstre décharné,
Est exclu de ma république;
A tous mes soldats, déjà l'ordre est donné
D'en purger la place publique;
Si l'indigent manque de pain,
Dès qu'on le rencontrera tendant la main,
Vite! qu'on l'entraîne au trépas!...
Et puis on ne l'y r'prendra pas.

ART. III.

Rétablissement du commerce.

Le commerce se trouvant anéanti,
Chacun devra faire bombance;
En confondant ensemble chaque parti
Refleurira la confiance;
Mais si quelque vain aristo...
Se plaint et se permet de crier trop haut...
En lui faisant sauter le pas
Certe, on ne l'y reprendra pas.

ART. IV.

Impôt progressif.

Des finances la caisse étant au plus bas,
Il faut qu'aussitôt chaque riche,
Bénévolement apporte sous son bras
D'or ou d'argent une bourriche.
Mais sur cet impôt progressif,
Si l'on voit quelqu'un allonger trop le pif!
Sur lui lâchez le coutelas,
Et puis on ne l'y r'prendra pas.

ART. V.

Droit au travail.

Ici, tout un chacun a droit au travail,
Soit par la brouette ou la pioche;
Chacun peut aller vendre des fruits au Mail
Ou trafiquer de la brioche.
Quiconque ayant un peu d'argent
Ne voudra point acheter incontinent,
Guillot, tu le raccourciras.
Alors on ne l'y r'prendra pas.

ART. VI.

Proposition Antoine.

Il faut que chacun étant démoc..... et soc........
Abandonne la redingote,
Que le prolétaire comme l'aristoc.....
Ne porte plus que la calotte;
Chacun devra marcher à pié,
Tout citoyen devra porter le soulié.
Si par la botte il était las!...
Plus tard on ne l'y r'prendrait pas.

ART. VII.

Fraternité.

Pour la nourriture, ah! c'est tout différent!
Que l'on se nourrisse à sa guise,
Mangez du poulet, du bœuf ou du merlan,
De l'abricot, de la cerise;
Mais si quelqu'un vous dit : **J'ai faim,**
Je veux partager avec toi ce festin!
Offrez-lui tout votre repas,
Ou bien on n' vous y r'prendrait pas.

ART. VIII ET DERNIER.

Phalanstère.

Chaque citoyen portera.... sous le dos
Un ornement très-salutaire;
Un œil bien planté pour éviter les sots
Devient un objet nécessaire.
Il nous donnera des vertus,
Aussi devra-t-on porter la queue en... plus!
Et si quelqu'un ne l'y met pas,
Alors on ne l'y r'prendra pas.

Réflexion concluante.

Malgré la sagesse de toutes mes lois,
J'entends mon peuple qui murmure;
Je voulois pourtant réprimer d'une fois
Tous les maux, qu'hélas! il endure!
Je vois qu'il ne m'a pas compris,
Et vous me trouvez aujourd'hui tout surpris
De l'entendre dire tout bas :
Mordieu! tu ne m'y r'prendras pas!

ALPHONSE NOBLET.

Montmartre. — Imp. Pilloy frères et Comp.

Chez GASSANET, rue des Gravilliers, 25.

SANS L'OUVRIER.

Paroles de Ferdinand VAUTIER.

Air de *la Vieille croix d'honneur*, ou de *la Lionne*.

Que seriez-vous, despotes de la terre,
Sans l'ouvrier que vous méprisez tant?
Vous serait-t-il une simple chaumière,
Et d'en construire auriez-vous le talent? (*bis*).
Non, chez vous l'or est plus que le génie.
Pour vous Plutus a seul tous les attraits :
Mais dites-moi, fière aristocratie,
Sans l'ouvrier, quels seraient vos palais? (*bis*).

Dans vos salons, partout le luxe brille,
Et sous vos pieds s'étalent des tapis ;
Quand près de vous une pauvre famille
Pour se coucher n'a pas même de lits :
Vous êtes sourds à sa voix qui vous crie :
J'ai froid et faim, daignez me secourir !
Et vous savez, fière aristocratie,
Que l'ouvrier sut bien vous enrichir.

Lorsque l'hiver vous donnez des soirées,
Vos voitures couvrent tous les chemins.
Rien n'est plus beau que vos riches livrées,,
Et ce travail est celui de nos mains :
Vous passez là votre nuit dans l'orgie,
Sans qu'un souci puisse vous occuper,
Et vous savez, fière aristocratie,
Que l'ouvrier s'est couché sans souper.

Si l'ouvrier est d'obscure naissance,
Il a du moins le cœur grand, généreux !
Il n'aime pas à voir dans la souffrance
Vivre et gémir le pauvre malheureux !
Par des titres, votre classe anoblie
Se croit, hélas ! la perle de l'honneur !
Sachez-le bien, fière aristocratie,
L'humanité seule anoblit le cœur.

Vous oubliez que nous sommes vos frères,
Qu'aux yeux de Dieu nous sommes tous égaux,
Que vos grandeurs ne sont rien que chimères
Qui se perdent dans la nuit du tombeau.
Fuyez ! fuyez ! ! cette philosophie
Qui vous retient loin de l'humanité ;
Vous le voyez, fière aristocratie,
La mort pour tous prouve l'égalité.

Imp. de Beaulé et Maignand, 8, rue Jacques de Brosse, 3

1849

ÉDITION POPULAIRE.

CHANTS POLITIQUES

PAR

ROMAIN VALLADIER.

Numéro 1. Août 1849.

DÉPOT GÉNÉRAL
pour les colporteurs et chanteurs publics
n. NOTRE-DAME-DES-VICTOIRES, 13
Se trouve aussi chez tous les marchands de publications.

ÉD. HOUEL, ÉDITEUR.

On s'abonne à Paris, 7, rue Notre-Dame-des-Victoires.

4 LIVRAISONS
PAR MOIS.
Pour Paris et les Départements
Un mois, 50 centimes; un an, 6 fr. avec volume annuel.

A NOS ABONNÉS.

Nous avons publié nos six premières livraisons dans des formats inégaux; cette variété contrariait beaucoup de collectionneurs. A leur demande, nous nous empressons de rétablir l'uniformité convenable dans cette nouvelle édition que nous destinons spécialement pour la vente des rues; ses dimensions (format journal) facilitent la publicité sans nuire à la collection.

Nous rappelons en outre à nos souscripteurs dont les sympathies ne nous ont pas fait défaut, que, comme nous l'avons annoncé, nous réunirons dans un volume annuel une série de chants choisis. Chaque exemplaire de cette édition (petit format) sera porté au domicile du souscripteur à l'année entière et sans augmentation du prix de l'abonnement.

LE PEUPLE SOUVERAIN

AIR : *Muse des bois et des accords champêtres.*

C'est grand' pitié de me voir dans la boue,
Le corps meurtri, revêtu de haillons,
Moi, Peuple-Roi, dont le bras se dévoue
De l'avenir à creuser les sillons. (*bis*).
Ah! si la pourpre avait pour nous des charmes,
Nous espérions du moins un jour serein.
Notre couronne a coûté bien des larmes :
Prenez pitié du Peuple souverain! (*bis*).

C'est grand' pitié d'apercevoir des traîtres
Trempant leur fer dans mon sang généreux,
Pour avoir droit de se dire nos maîtres,
Eux, serfs liés à des pactes honteux. (*bis*).
En conspuant et leurs cris et leur trame
Je m'assoupis, sans songer à demain.
Il va mourir, dit cette tourbe infâme :
Prenez pitié du Peuple souverain! (*bis*).

S'il ne meurt pas sous le glaive homicide,
Répètent-ils en redoublant leurs coups,
Enchaînons-le : son réveil est perfide,
Rude lion, il bondirait sur nous. (*bis*).
Que puis-je, hélas! mes sens en léthargie
Sont garrotés par des chaînes d'airain
Et sur mon corps on prépare une orgie :
Prenez pitié du Peuple souverain! (*bis*).

On m'a trahi! — Sous le dais ou le chaume,
Le pauvre peuple, on le trompe toujours!...
De l'Empereur j'écoutai le fantôme
Et l'on me livre aux intrigues des cours. (*bis*).
On m'emprisonne : Adieu mon espérance!
On me maudit, sans relâche et sans frein;
On veut briser le sceptre de la France :
Prenez pitié du Peuple souverain! (*bis*).

Obscur géant, que l'horreur t'accompagne!
Clament des nains, en se ruant sur moi;
Meurs dans les flancs d'une verte montagne;
Plantons au bout quelque drapeau de roi. (*bis*).
Nouvel Atlas, j'ébranlerai le monde,
Loin de subir un trépas inhumain!
Echos des cieux, que votre foudre gronde!
Prenez pitié du Peuple souverain! (*bis*).

L'HÉRITAGE DE GARGANTUA

PETIT POEME EN DEUX CHANTS.

I

LE BON ROI.

AIR : *C'est l'amour, l'amour.*

Pauvre roi Gargantua,
Ivrogne
A triple trogne,
Pauvre roi Gargantua,
Le ventre le tua!

Il naquit en façon étrange :
La Gargamelle, sa maman,
Disait : l'oreille me démange,
Pour ne s'exprimer autrement.
Femme, chantons victoire!
S'exclame Grandgousier,
Notre enfant crie : à boire!
A boire! à plein gosier.
Pauvre roi Gargantua! etc.

Il eut une enfance prospère,
Buvant; tuant mille oisillons,
Et puis, à la mort de son père,
Régna sur les Parpaillons.
Une horde nomade
Envahit ses États,
Lors, il mange en salade
Généraux et soldats.
Pauvre roi Gargantua! etc.

Çà, dit-il, narguons le carême,
Vive à jamais fruit défendu!
Fondons le couvent de Télème
Où l'on rira du temps perdu.
Que le plaisir avise
Au charme du repas;
Et prenons pour devise :
Fais ce que tu voudras.
Pauvre roi Gargantua! etc.

Les moines trottaient par les routes;
Vierges d'accourir à sa voix.
Bientôt il veut les avoir toutes;
L'égoïsme est le ver des rois.
Un Carme dit sans gêne :
C'est une trahison!
Mais lui, dans sa bedaine,
Vous le fourre en prison.
Pauvre roi Gargantua! etc.

Un soir, ce prince débonnaire,
D'une rude faim tourmenté,
Cherchait, dans l'ombre solitaire,
A calmer sa voracité :
Bon! mon peuple se couche,
Dit-il, et l'air distrait,
Il ouvre large bouche
Et l'engloutit d'un trait.
Pauvre roi Gargantua! etc.

Après ce dîner délectable,
Il s'endort au bord du chemin;
Mais son peuple, peuple intraitable,
Ose percer son abdomen.
Il sort en République
Du ventre de son roi,
Et chante le cantique
D'une nouvelle loi!
Pauvre roi Gargantua! etc.

II

RABELAIS DANS L'ÉTOILE POLAIRE

AIR : *Drinn! drinn!*

Feu Rabelais, le Curé populaire,
Revient le soir comme tous les esprits.
On l'aperçoit dans l'étoile polaire;
Il dit gaîment aux enfants de Paris :
Drinn! drinn! dans cent ans,
Plus de rouges, plus de blancs;
Drinn! drinn! dans cent ans,
Nos cieux seront brillants.

Entre deux vins qu'on lui sert à la fête,
La République, hélas! perd sa gaîté.
Le rouge est bon, mais il monte à la tête;
Le blanc, morbleu! fut toujours frelaté!
Drinn! drinn! etc.

Dans leur esquif, veuf de toutes ses voiles,
Les bons Français, guidés par leur patron,
Cherchant le port, consultent les étoiles,
Mais sottement délaissent l'aviron.
Drinn! drinn!

Vivat! la joie enivre l'équipage.
Sur des écueils, par l'orage surpris,
Ces gais enfants se moquent du naufrage;
Rouges et blancs, les voilà qui sont gris!
Drinn! drinn! etc.

En buvant frais, on est bientôt prophète.
Nos fils, vraiment, liront dans l'avenir,
Et, francs buveurs, ils chanteront la fête
Du Dieu Progrès qui viendra les bénir!
Drinn! drinn! etc.

Société typographique. — DE SOYE et Cᵉ, imprimeurs, 32-36, rue de Seine, à Paris.

ÉDITION POPULAIRE.

CHANTS POLITIQUES

PAR

ROMAIN VALLADIER.

Numéro 2. 1849.

DÉPOT GÉNÉRAL
pour les colporteurs et chanteurs publics
R. NOTRE-DAME-DES-VICTOIRES, 7
Se trouve aussi chez tous les marchands de publications.

ÉD. HOUEL, ÉDITEUR.

On s'abonne à Paris, 7, rue Notre-Dame-des-Victoires.

4 LIVRAISONS
PAR MOIS.
Pour Paris et les Départements
Un mois, 50 centimes; un an, 6 fr. avec volume annuel.

A NOS ABONNÉS.

Nous avons envoyé notre premier numéro à titre de *spécimen*; à partir de ce deuxième, toutes les livraisons suivantes seront servies chaque semaine exactement.

LES PERRUQUES RÉACTIONNAIRES.

AIR : *du Chant des Soldats.* (P. DUPONT.)

La jeune France s'est levée
Un jour, par le plus beau soleil :
L'aurore qu'elle avait rêvée
Annonçait l'avenir vermeil.
A bas la vieille politique!
Criait-on; dans chaque faubourg :
Cet édenté, ce Thiers étique,
Il est usé, ce vieux tambour (*bis*).

CHOEUR.

O France (*bis*), plus de mœurs caduques!
Plus de ces vieux manteaux troués;
Tous nos Cassandres enroués
Par leur passé sont bafoués!
Au diable les vieilles perruques! (*ter.*)
Au diable tous les vieux roués!

Foutriquet, se grattant l'oreille,
Court se cacher dans un tonneau.
Les royalistes sous la treille
Ne voulaient que du vin nouveau.
Maint loup, maint renard monarchique
S'enfuyaient au fond du terrier,
Au chant du coq démocratique,
Au gai matin de Février (*bis*).

CHOEUR.

O France (*bis*), plus de mœurs caduques!
Plus de ces vieux manteaux troués;
Tous nos Cassandres enroués
Par leur passé sont bafoués.
Au diable les vieilles perruques (*ter*)!
Au diable tous les vieux roués!

Hélas! dès que le soleil monte
A la voûte de l'horizon,
Ignorant l'heure de la ponte,
Notre coq dort dans la maison.
En attendant, le jour s'écoule;
Les renards, revenant soudain,
En un instant croquent la poule;
Adieu, poulets du lendemain (*bis*).

CHOEUR.

O France (*bis*), plus de mœurs caduques!
Plus de ces vieux manteaux troués;
Tous nos Cassandres enroués
Par leur passé sont bafoués.
Au diable les vieilles perruques (*ter*)!
Au diable tous les vieux roués!

Autant valait donc ne rien faire,
Pour n'oser aller en avant.
Ce globe n'est-il qu'une sphère
Qui tourne, tourne au gré du vent.
En vain, prévenant mille hontes,
Nous chassons Bertrand et Raton!
Nous retombons sous les Gérontes;
Ils ont tous besoin du bâton (*bis*).

CHOEUR.

O France (*bis*), plus de mœurs caduques!
Plus de ces vieux manteaux troués;
Tous nos Cassandres enroués
Par leur passé sont bafoués.
Au diable les vieilles perruques (*ter*)!
Au diable tous les vieux roués!

Napoléon, ô toi qui guides
Le char de nos destins naissants,
Tes vieillards sont par trop cupides,
Et d'abord ils sont impuissants.
Mais s'il te faut quelque saint Père
Pour patron de ce jeune essaim,
Place en tête du ministère
L'ombre du vieux Mathusalem (*bis*).

CHOEUR.

O France (*bis*), plus de mœurs caduques!
Plus de ces vieux manteaux troués;
Tous nos Cassandres enroués
Par leur passé sont bafoués.
Au diable les vieilles perruques (*ter*)!
Au diable tous les vieux roués!

L'OMBRE DE HOCHE.

Air : *T'en souviens-tu?*

Aux bords du Rhin, par une nuit profonde,
D'où s'échappait des astres le flambeau,
Sombre lueur qui se mirait dans l'onde,
J'avais les yeux fixés sur un tombeau.
Sous ces débris régnait un grand silence,
Echo de gloire, et j'écoutais sa voix.
Elle disait : Défenseurs de la France, } *bis.*
Vengez l'Europe et foudroyez les rois! (*bis.*)

Et mon oreille, — est-ce l'effet d'un rêve? —
Entend soudain ces chaleureux accents
Se prolongeant de la tombe à la grève,
Sous les rameaux des saules frémissants.
« N'êtes-vous plus, ô France généreuse,
Où chaque peuple allait puiser des lois?
Réveillez-vous, soldats de Sambre-et-Meuse, } *bis.*
Vengez l'Europe et foudroyez les rois! (*bis.*)

Faut-il qu'un chef, ivre de sa jactance,
Ose infecter vos lauriers sans pâlir?
Qu'à ses guerriers il signale la France
Comme une arène où le sang doit jaillir!
Faut-il, repu de discordes fatales,
Qu'il vous rabaisse aux plus lâches emplois,
Sur vos enfants qu'il appelle vos balles?... } *bis.*
Vengez l'Europe et foudroyez les rois! (*bis.*)

Entendez-vous ce cri des peuples : Marche!
O nation, qu'on célèbre en tout lieu?
De l'avenir pour eux la France est l'arche
Dont l'étendard flotte au souffle de Dieu.
Allez briser les fers de l'esclavage;
Marchez, enfants, comme nous autrefois.
On vous attend de rivage en rivage, } *bis.*
Vengez l'Europe et foudroyez les rois! (*bis.*)

Brille à jamais l'ère des Républiques!
Braves soldats jadis si glorieux,
Dieu bénira vos armes héroïques,
Vers l'avenir si vous levez les yeux.
De vos exploits, Français, qu'il vous souvienne.
Républicains, au secours des Hongrois!
Passez les monts et retournez à Vienne. } *bis.*
Vengez l'Europe et foudroyez les rois! »(*bis.*)

ERRATUM. Nous nous empressons de signaler à nos lecteurs une faute d'impression dans le deuxième couplet du *Bon roi Gargantua.*
Au lieu de : Régna sur les papillons,
Il faut : Il régna sur les Parpaillons.

DE SOYE et Cie, imprimeurs, 32-36, rue de Seine, à Paris.

ÉDITION POPULAIRE.

CHANTS POLITIQUES

PAR

ROMAIN VALLADIER.

Numéro 3. 1849.

DÉPOT GÉNÉRAL pour les colporteurs et chanteurs publics 7, NOTRE-DAME-DES-VICTOIRES, 7 Se trouve aussi chez tous les marchands de publications.

ED. HOUEL, EDITEUR.

On s'abonne à Paris, 7, rue Notre-Dame-des-Victoires.

4 LIVRAISONS par mois. Pour Paris et les départements Un mois, 50 centimes; un an, 6 fr. avec volume annuel.

LES LAPONS.

AIR : *Aussitôt que la lumière.*

Sur la colonne Vendôme
J'étais assis fièrement,
Et contemplais le grand homme
Qui sifflotait par moment.
« Eh quoi! vous moquez-vous, sire?
Là-bas toujours nous rampons. »
Il dit, avec un sourire :
« Vous n'êtes que des Lapons. »

« Vrais Lapons de Laponie,
« Reprend le vieil empereur,
« Oui, ma gloire vous renie;
« Vraiment vous lui faites peur.
« Elle ne peut vous connaître,
« Guerriers devenus capons;
« Je ne vous ai pas vus naître,
« Vous n'êtes que des Lapons.

« J'aperçois les Bergamotte,
« Les Thiers briller en haut lieu;
« Descendants d'Iscariote,
« Ils vendraient cent fois leur dieu.
« A cette tourbe mesquine
« Je préfère vos jupons.
« Vraiment l'époque décline;
« Vous n'êtes que des Lapons.

« Fiers sur de hautes échasses,
« Ces risibles marmousets
« Du passé cherchent les traces;
« Allez donc, petits Poucets.
« Qu'Henri-Cinq revienne en France
« Pour engraisser vos chapons;
« Je vous prédis peu de chance,
« Vous n'êtes que des Lapons.

« Je m'ennuie à vous maudire,
« O vous qui passez là-bas
« En rêvant de mon empire
« Ou la gloire ou le fracas!
« Fripiers de ma politique,
« Le sort punit les fripons;
« Gardez votre République,
« Vous n'êtes que des Lapons. »

Sur des arbres dynastiques,
Dis-je au grand Napoléon,
Ces insectes monarchiques
Ont bâti leur Panthéon.
Mais pour des fils plus illustres
Sur l'enclume nous frappons;
Dans trente ou quarante lustres,
Nous ne serons plus Lapons.

LE COUVENT ET LA HUTTE.

AIR : *L'hermite du hameau voisin.*

Je redisais avec amour :
Allégez, riches, l'indigence.
Mais deux systèmes, fils du jour,
Avaient parqué l'intelligence. (*bis.*)
L'un vous plaçait en un couvent,
On le nommait : Socialisme;
L'autre, dans un bois en plein vent,
C'était le vieux libéralisme. (*bis.*)

L'homme est trop faible contre tous,
Dit le prieur de l'abbaye;
Mais s'il vient vivre parmi nous,
Le bonheur va dorer sa vie. (*bis.*)
Du règne de l'humanité
Nous posons la première assise;
L'ordre est ici la liberté,
N'est-ce pas la terre promise? (*bis.*)

Dans sa hutte, le libéral,
Cloîtré depuis quatre-vingt-treize,
Dit : Qu'on souffre, ça m'est égal;
Ici je sommeille à mon aise. (*bis.*)
Fraternité n'est rien pour moi;
Au soleil cherchez votre place.
Chacun est libre sous son toit,
Le ciel nous a fait cette grâce. (*bis.*)

Or, l'habitant de la forêt
Avait fille au charmant visage.
Mais, las! la pauvre enfant souffrait
D'amour, comme on souffre au bel âge. (*bis.*)
Son bleu regard au noir moutier
En vain s'adressait dès l'aurore :
Non, je ne veux pas d'héritier,
A dit son père qu'elle implore. (*bis.*)

Et son amant, par un beau soir,
Voulait sortir du monastère.
Ah! je sens qu'il me faut la voir;
Ouvrez la poterne, ô mon père! (*bis.*)
— Courir aux fers du dieu d'amour!
Répond l'homme de l'abbaye.
On ne sort pas de ce séjour;
L'État veut qu'on se sacrifie! (*bis.*)

LA MONTAGNE.

AIR *d'Aristippe.*

On me disait : « Gravissez la Montagne;
« Sur ces hauteurs on est plus près des cieux.
« On y domine et vallon et campagne,
« Notre horizon est le plus spacieux. » (*bis.*)
Quand le vent siffle au bruit de la tempête,
Phare brillant, scintillez aux regards;
Moi, je ne suis qu'un infime poëte.
Oh! restez debout, Montagnards! (*bis.*)

Que d'un Barrot l'infertile faconde
Prétende en vain vous imposer sa voix;
Qu'il vous signale à la haine du monde,
Mieux que lui-même, hélas! je le conçois. (*bis.*)
A vos sommets son langage superbe
Ne peut voler que par lambeaux épars.
Vous êtes haut, il est à plat sur l'herbe.
Oh! restez debout, Montagnards! (*bis.*)

Qu'un Thiers, enfant qui se croit politique,
Des Orléans classique Triboulet,
Ose sur vous émietter sa critique;
Il est au plus digne de mon couplet. (*bis.*)
Saurait-il vivre au soleil populaire
Dont les rayons percent ses yeux hagards?
De ce Bébé redoutez la colère.
Oh! restez debout, Montagnards! (*bis.*)

Les nautonniers, rassasiés d'orgie,
Rêvent déjà le retour d'un forban.
Au bout des mâts vous êtes la vigie
Qui doit prévoir les pas d'un ouragan. (*bis.*)
La trahison veut déchirer nos voiles;
Le ciel, dit-elle, est gris de toutes parts;
Il est pour vous tout parsemé d'étoiles.
Oh! restez debout, Montagnards! (*bis.*)

Société typographique. — DE SOYE et Ce, imprimeurs, 32-36, rue de Seine, à Paris.

ÉDITION POPULAIRE.

CHANTS POLITIQUES

PAR

ROMAIN VALLADIER.

Numéro 4. 1849.

DÉPOT GÉNÉRAL
pour les colporteurs et chanteurs publics
R. NOTRE-DAME-DES-VICTOIRES, 7
Se trouve aussi chez tous les marchands de publications.

ED. HOUEL, EDITEUR,
On s'abonne à Paris, 7, rue Notre-Dame-des-Victoires.

4 LIVRAISONS par mois.
Pour Paris et les départements
Un mois, 50 centimes; un an, 6 fr. avec volume annuel.

BERGAMOTTE.

AIR : *La tendre Annette, s'en va seulette.*

Sur cette place
Un guerrier passe;
Dieu! quel Fracasse!
Chantez, bourgeois et soldats.

CHOEUR :

Chantons en chœur le brave Bergamotte,
Dont l'odeur escamotte
Les mouches à dix pas. } (*bis.*)

Croquemitaine,
Mon capitaine,
Fais quarantaine,
Ou tu nous emporteras.

Chantons en chœur, etc.

Dans l'antichambre
Du roi-décembre,
Ah! qu'on sent l'ambre!
C'est lui qui monte les plats.

Chantons en chœur, etc.

...Je sens, Madame,
Dit-il, ma flamme!
A vous mon âme!
Peste! dit-elle tout bas.

Chantons en chœur, etc.

D'un air perplexe,
Il dit: quel sexe!
Mais son annexe
Me plairait dans certains cas.

Chantons en chœur, etc.

Lys qu'il adore,
Plante inodore!
Lui croit encore
En parfumer nos climats.

Chantons en chœur, etc.

Mouche du coche,
Qui trotte à gauche,
Mettez sous cloche
La rose des odorats.

Chantons en chœur, etc.

Héros de cire,
Adieu, messire,
Tailleur d'empire,
Prends mesure à tes longs bras.

CHOEUR (*rinforzando*) :

Chantons en chœur le brave Bergamotte,
Dont l'odeur escamotte
Les mouches à dix pas. } (*bis.*)

LA RÉPUBLIQUE DES COQS.

AIR : *Du verre.*

Dans la république des Coqs,
Où des Dindons sont les ministres,
Un jour s'assemble, entre deux rocs,
Le grand conseil, aux airs sinistres.
Dindes, dindons, d'accourir tous
D'un pied furtif, malgré la bise;
Les Coqs disaient: Vous êtes fous; } *bis.*
Dindons, c'est assez de sottise. }

Seigneurs, s'écrie un dindonneau,
Le caméléon de la troupe,
Las! sous ce régime nouveau,
Du fiel nous avalons la coupe.
Nos anciens rois nous allaient mieux:
Ils garnissaient notre valise;
Sandis! retournons à nos dieux; } *bis.*
Dindons, c'est assez de sottise. }

Un vieux Dindon, gonflé d'orgueil,
Du caméléon le compère,
Répond: Le pays n'a qu'un œil,
C'est celui de notre confrère.
Mettons à profit son discours:
Faisons un roi; çà, qu'on l'élise;
Ennoblissons nos basse-cours. } *bis.*
Dindons, c'est assez de sottise. }

Les coqs, on allait les trahir;
Mais, s'assemblant sous le feuillage:
Jurons de ne plus obéir,
Disent-ils, aux lois du servage.
Du Progrès joyeux partisans,
Gardons notre sainte devise;
Au diable les vieux courtisans! } *bis.*
Dindons, c'est assez de sottise. }

TRAVAIL.

AIR : *A soixante ans, il ne faut pas remettre.*

Au jour premier, qui, dévoilant les mondes,
Du vieux chaos éclaira les chemins,
Les yeux plongés dans des splendeurs fécondes,
Dieu travailla pour les pauvres humains.
Son souffle ardent aviva la nature,
Aux doux accords des soleils radieux; (*bis.*)
De tout labeur telle est la source pure,
Dont le flot d'or retourne au sein des Dieux. (*bis.*)

L'homme et ses fils, au berceau de notre âge,
De l'aube au soir, les flèches dans la main,
Erraient, traquant dans la forêt sauvage
Daims, sangliers, sans croire au lendemain.
Des fruits du sol dédaignant la culture,
L'un d'eux enfin, terrassé par les ans, (*bis.*)
Dresse sa tente et lit dans la Nature:
Instruit par elle, il cultive les champs. (*bis.*)

Bientôt les prés, qu'arrose la colline,
Ont reverdi par les soins d'un mortel.
Propriété, voilà ton origine;
La prévoyance érigea ton autel.
Le bon vieillard a vu dans l'indigence
Ses compagnons, Nembrods insoucieux, (*bis.*)
Et son esprit lui dit: L'intelligence
A vos besoins doit pourvoir en tous lieux. (*bis.*)

A ses conseils présidait la sagesse;
Amis nombreux accourent y puiser.
Dans tous les cœurs coule une douce ivresse;
Enfants, vieillards viennent fraterniser.
Société, sous ta haute barrière
Chacun s'empresse à lier ton faisceau, (*bis.*)
Et l'Equité qui protége sa mère
Attache un droit aux portes du hameau. (*bis.*)

Mais, se dressant dans sa fureur sauvage,
La Force vint dominer au bercail.
Oh! qui de nous chantera l'esclavage,
Abrutissant les soutiens du travail!
Pleure, mortel, sur ces nuits de détresse,
Dont les horreurs voilaient mille attentats; (*bis.*)
Et qu'à tes pleurs rayonne l'allégresse,
Car tout malheur se rachète ici-bas. (*bis.*)

De charité sublime messagère,
Par les décrets du Verbe roi des rois,
L'Egalité descendit sur la terre,
Et la Raison resplendit à sa voix.
En consacrant la Parole divine,
La France enfin répète avec amour: (*bis.*)
Comme à l'air pur de la verte colline,
L'homme a des droits aux rayons d'un beau jour

Fraternité, sous ton égide immense,
D'un âge heureux j'évoque la saison;
Bons ouvriers, épandez la semence,
Le Christ lui-même a promis la moisson.
Courage donc, enfants de la patrie,
A votre ouvrage, enfants de l'avenir! (*bis.*)
Par le travail nulle main n'est flétrie,
Quand la famille est là pour la bénir. (*bis.*)

Société typographique. — DE SOYE et Cᵉ, imprimeurs, 32-36, rue de Seine, à Paris.

ÉDITION POPULAIRE.

CHANTS POLITIQUES

PAR

ROMAIN VALLADIER.

5e Livraison. — 5e Livraison.

PARIS, 8, rue Notre-Dame-des-Victoires. — ÉDOUARD HOUEL, ÉDITEUR. — 8, rue Notre-Dame-des-Victoires, PARIS.

Écrire FRANCO.

On s'abonne aussi aux dépôts de publications, *place de la Bourse*, 15, et *rue Notre-Dame-des-Victoires*, 7.

Mode de Souscription

Pour PARIS seulement :

Un numéro	» fr. 15 c.
Une collection de 4 numéros	» 60
Trois mois d'abonnement	1 50
Un an	6 »

QUATRE LIVRAISONS par mois et un VOLUME ANNUEL de chants choisis avec table des matières pour tout abonné qui aura continué sa souscription pendant une année entière, à partir du 1er septembre 1849.

Mode de Souscription

Pour les DÉPARTEMENTS :

Un numéro	» fr. 20 c.
Une collection de 4 numéros	» 75
Trois mois d'abonnement	2 »
Un an	8 »

AUX SOUSCRIPTEURS. De tous les modes d'abonnements, celui par la poste est le plus simple, le plus économique et le plus sûr. Nous prions nos Souscripteurs de faire écrire exactement, sur le mandat de poste qu'ils nous enverront, leur *nom*, leur *profession*, leur *adresse* et la date de l'*abonnement*. Il leur suffira ensuite d'expédier (*franco*) ce mandat sous enveloppe à l'adresse de M. Édouard Houël, éditeur, rue Notre-Dame-des-Victoires, 8, à Paris. Tous les directeurs des bureaux de poste sont tenus de délivrer des mandats moyennant un droit qui a été réduit à 2 pour 100, soit pour 2 francs 4 centimes.

LE CHANT DE LA PIPE

AIR : *De la Balançoire*.

Notre avenir est au fond de ma pipe.
Pour dévoiler cette énigme à vos yeux,
A mes côtés, il faudrait un OEdipe ;
Volez, volez, tourbillons nuageux.

Elle était, un soir, allumée
Cette Reine au charme puissant,
Et dans sa bleuâtre fumée,
Je voyais des Lutins dansant.

Notre avenir est au fond de ma pipe.
Pour dérouler cette énigme à vos yeux,
A mes côtés, il faudrait un OEdipe ;
Volez, volez, tourbillons nuageux.

Sous le prisme de mes bouffées
Passent de nombreux bataillons,
Rapportant de nobles trophées,
Aux voûtes de nos Panthéons.

Notre avenir est au fond de ma pipe.
Pour dévoiler cette énigme à vos yeux,
A mes côtés, il faudrait un OEdipe ;
Volez, volez, tourbillons nuageux.

Appuyés sur ce gros nuage
Qui sort du tube avec fracas,
Quels Géants tombent avec rage ?
Ce sont les Rois qu'on jette à bas.

Notre avenir est au fond de ma pipe.
Pour dévoiler cette énigme à vos yeux,
A mes côtés, il faudrait un OEdipe ;
Volez, volez, tourbillons nuageux.

De lauriers et de fleurs vêtue
Une Vierge s'épanouit.
L'Europe n'est plus abattue,
Et c'est elle qui m'éblouit.

Notre avenir est au fond de ma pipe.
Pour dévoiler cette énigme à vos yeux,
A mes côtés, il faudrait un OEdipe ;
Volez, volez, tourbillons nuageux.

A nous les amours sans morsure !
Les Rois corrompaient le tendron.
Dans l'amphore le vin murmure ;
Pour mieux fumer, buvons en rond.

Notre avenir est au fond de ma pipe.
Pour dévoiler cette énigme à vos yeux,
A mes côtés, il faudrait un OEdipe ;
Volez, volez, tourbillons nuageux.

Sur ces flots une arche s'avance,
Les Peuples s'y donnent la main.
Ils chantent, en concert immense :
Paix et bonheur au Genre humain.

Notre avenir est au fond de ma pipe.
Pour dévoiler cette énigme à vos yeux,
A mes côtés, il faudrait un OEdipe ;
Volez, volez, tourbillons nuageux !

L'EXILÉ VOLONTAIRE

POEME EN DEUX CHANTS.

I

LE DÉPART.

AIR : *En vérité, je vous le dis.* (Bérat.)

Champs que j'aimais, ô mon séjour,
Vieille forêt, verte colline,
Je vous quitte ! et toi, Marceline,
Reste fidèle à notre amour ;
Entends cette voix qui m'appelle :
C'est, dans nos bois, l'écho de Dieu.
La France à l'honneur est rebelle ;
Je veux la fuir : Pays, adieu !

Je n'irais pas, loin du bonheur,
Ensevelir mon espérance,
S'il fallait sauver notre France
D'un océan envahisseur.
A son drapeau toujours fidèle,
J'obéirais au cri de Dieu...
La France à l'honneur est rebelle ;
Je veux la fuir : Pays, adieu !

Pour conjurer les flots impurs
Qui semblent menacer sa tête,
La France a peur de la tempête
Et se blottit, là, dans ses murs.
En vain, son Ange lui rappelle
Qu'elle est la Fille du vrai Dieu.
La France à l'honneur est rebelle ;
Je veux la fuir : Pays, adieu !

Adieu, Patrie ! adieu, nos bois !
Loin des épis de la frontière,
Au souvenir de ma bannière
Mes pleurs couleront bien des fois.
Je me dirai : France immortelle,
Tu méconnais la voix de Dieu.
La France à l'honneur est rebelle ;
Je veux la fuir : Pays, adieu !

II

LE RETOUR.

AIR : *Ce soir-là sous son ombrage.*

Exilé de ma Patrie,
J'y veux rentrer plus joyeux ;
J'y vais revoir ma prairie,
Et nos chênes sourcilleux.
Mon cœur s'emplit d'espérance,
Mes sens en sont tout émus :
— Mais je cherche la France,
Et ne la trouve plus !

Du haut des Alpes de neige,
Je vois, non pas nos vallons,
Mais un Océan qu'assiège
Tout un peuple de Frêlons.
O Dieu ! quelle discordance !
Tantôt flux, tantôt reflux !
— Et je cherche la France,
Et ne la trouve plus !

Et, pour découvrir la trace
Des amis de mon printemps,
J'interroge l'eau qui passe,
Au murmure des autans.
Devant cette mer immense,
Mes discours sont superflus.
— Et je cherche la France,
Et ne la trouve plus !

A travers ma rêverie,
Un Frêlon jette ces mots :
Va : renonce à ta patrie,
Elle dort au sein des flots.
Eh quoi ! dis-je en ma souffrance,
Nos monuments sont perdus ?
— Et je cherche la France,
Et ne la trouve plus !

L'Autan, passant sur ma tête,
Avec un visage humain
Me dit : Ta France, ô Poëte,
Ressuscitera demain.
Ton pays fait pénitence :
Mais, dans trente ans révolus...
— Et je cherche la France,
Et ne la trouve plus !

Société typographique. — DE SOYE et Ce, imprimeurs, 32-36, rue de Seine, à Paris.

ÉDITION POPULAIRE.

CHANTS POLITIQUES

PAR

6e Livraison. **ROMAIN VALLADIER.** 6e Livraison.

PARIS, 8, rue Notre-Dame-des-Victoires. — **ÉDOUARD HOUEL, ÉDITEUR.** — 8, rue Notre-Dame-des-Victoires, PARIS.

Écrire FRANCO.

Mode de Souscription

Pour PARIS seulement :

Un numéro.	» fr.	15 c.
Une collection de 4 numéros. .	»	60
Trois mois d'abonnement. . .	1	50
Un an.	6	»

On s'abonne aussi aux dépôts de publications, *place de la Bourse*, 15 et *rue Notre-Dame-des-Victoires*, 7.

QUATRE LIVRAISONS par mois et un VOLUME ANNUEL de chants choisis avec table des matieres pour tout abonné qui aura continué sa souscription pendant une année entière, à partir du 1er septembre 1849.

Mode de Souscription

Pour les DÉPARTEMENTS :

Un numéro.	» fr.	20 c.
Une collection de 4 numéros. .	»	75
Trois mois d'abonnement. . .	2	»
Un an.	8	»

AUX SOUSCRIPTEURS. De tous les genres d'abonnements, celui par la poste est le plus simple, le plus économique et le plus sûr. Nous prions nos Souscripteurs de faire écrire exactement, sur le mandat de poste qu'ils nous enverront, leur *nom*, leur *profession*, leur *adresse* et la date de l'*abonnement*. Il leur suffira ensuite d'expédier (*franco*) ce mandat sous enveloppe à l'adresse de M. Edouard Houël, éditeur, rue Notre-Dame-des-Victoires, 8, à Paris. Tous les directeurs des bureaux de poste sont tenus de délivrer des mandats moyennant un droit qui a été réduit à 2 pour 100, soit pour 2 francs 4 centimes.

LE JOUEUR DE VIELLE

AIR : *Amis, voici la riante semaine.*

Faites l'aumône au vieux joueur de vielle,
Qui vous sourit, en des jours désastreux :
Durant trente ans, dans l'Athènes nouvelle,
J'ai bien souffert, aux portes des heureux.
On m'y disait : Revoyez vos montagnes ;
Plus loin, là-bas, vous aurez des amis.
Ils sont tous morts ! Dieu seul tu m'accompagnes !
Je veux, hélas ! pleurer sur mon pays ! (*bis*)

Nos bois, nos monts sont loin de ma mémoire.
En m'enrôlant, un jour, sous vos drapeaux,
Je vins chez vous, convive de la Gloire :
Où j'ai souffert donnez-moi du repos.
Malheur à moi ! ma patrie est la France,
Sol plus glacé que nos sommets flétris !
Mais, parmi vous, s'écoula mon enfance ;
Je veux, hélas ! pleurer sur mon pays ! (*bis*)

Je rencontrais, jadis, dans le village,
De vieux soldats compagnons de mes jours.
Nous devisions à l'ombre du feuillage,
Et nos exploits égayaient leurs séjours.
Ils sont bannis ces instants d'allégresse ;
A travers champs je fuis dans les taillis !...
Tristes récits ceux de votre jeunesse !...
Je veux, hélas ! pleurer sur mon pays ! (*bis*)

Et qu'apprend-t-on à frayer vos asiles ?
Combats sanglants rougissant vos pavés,
Meurtres, terreurs et discordes civiles,
Pour des partis tour à tour soulevés.
Vous dont le cœur bat au nom de *Patrie*,
Eloignez-vous de ses fumants débris...
C'en est donc fait, notre France est flétrie !
Je veux, hélas ! pleurer sur mon pays ! (*bis*)

Des nations, non, tu n'es plus la Mère,
France, et ton nom s'efface de leurs cœurs.
A leur appel te levant la première,
Tu muselais d'indignes Oppresseurs.
L'Aigle vainqueur, planant sur tout nuage,
De cent vautours redoutait peu les cris ;
Mais en ce jour, il fuit devant l'orage !
Je veux, hélas ! pleurer sur mon pays ! (*bis*)

On va, sans doute, ensevelir l'histoire
De nos beaux jours et de notre grandeur.
Il nous en reste assez dans la mémoire
Pour vous maudire, enfants du déshonneur.
Sur des rochers, exilant mon vieil âge,
Je jette encor les yeux sur ces abris...
Courbez vos fronts, vieux soldats du village !
Je veux, hélas ! pleurer sur mon pays ! (*bis*)

COURSE DANS LA PLAINE

AIR : *De la Gasconne.*

Au chant de mon ivresse,
Dans la *Plaine* j'accours ;
Mon rire d'allégresse
En suit les beaux détours.
Mon flageolet, sifflons sans cesse,
Sifflons, sifflons, sifflons toujours.

O Plaine enchanteresse !
O Plaine, mes amours !
Ton écho m'intéresse ;
Que j'aime tes discours !
Mon flageolet, sifflons cesse,
Sifflons, sifflons, sifflons toujours.

Thiers, roseau qui s'affaisse
Sous des zéphyrs trop lourds,
Brûlé de sécheresse,
Implore l'air des Cours.
Mon flageolet, sifflons sans cesse,
Sifflons, sifflons, sifflons toujours.

Il croit à sa noblesse,
Ce roseau de deux jours ;
Brisons-le, s'il nous blesse.
Pour siffler ses discours,
Mon flageolet sifflons sans cesse,
Sifflons, sifflons, sifflons toujours.

Mais la Plaine est traîtresse,
J'y vois quelques Vautours ;
Leur troupe avec adresse
Menace nos faubourgs.
Mon flageolet, sifflons cesse,
Sifflons, sifflons, sifflons toujours.

Pitié pour leur vieillesse !
Barrot fera deux tours ;
Puis, tombant de faiblesse,
Il fuira nos séjours.
Mon flageolet, sifflons sans cesse,
Sifflons, sifflons, sifflons toujours.

Français, plus de tristesse,
Aux Chants ayons recours.
Gaîté, si l'on t'oppresse,
Je vole à ton secours.
Mon flageolet, sifflons sans cesse,
Sifflons, sifflons, sifflons toujours.

Société typographique. — DE SOYE et Ce, imprimeurs, 32-36, rue de Seine, à Paris.

ÉDITION POPULAIRE.

CHANTS POLITIQUES

PAR

7e Livraison. **ROMAIN VALLADIER.** 7e Livraison.

PARIS, 8, rue Notre-Dame-des-Victoires. — ÉDOUARD HOUEL, ÉDITEUR. — 8, rue Notre-Dame-des-Victoires, PARIS.

Écrire FRANCO.

On s'abonne aussi aux dépôts de publications, *place de la Bourse*, 15 et *rue Notre-Dame-des-Victoires*, 7.

QUATRE LIVRAISONS par mois et un VOLUME ANNUEL de chants choisis avec table des matières pour tout abonné qui aura continué sa souscription pendant une année entière, à partir du 1er septembre 1849.

Mode de Souscription

Pour PARIS seulement :

	fr.	c.
Un numéro	»	15
Une collection de 4 numéros	»	60
Trois mois d'abonnement	1	50
Un an	6	»

Mode de Souscription

Pour les DÉPARTEMENTS :

	fr.	c.
Un numéro	»	20
Une collection de 4 numéros	»	75
Trois mois d'abonnement	2	»
Un an	8	»

AUX SOUSCRIPTEURS. De tous les genres d'abonnements, celui par la poste est le plus simple, le plus économique et le plus sûr. Nous prions nos Souscripteurs de faire écrire exactement, sur le mandat de poste qu'ils nous enverront, leur *nom*, leur *profession*, leur *adresse* et la date de l'*abonnement*. Il leur suffira ensuite d'expédier (*franco*) ce mandat sous enveloppe à l'adresse de M. *Édouard Houël, éditeur, rue Notre-Dame-des-Victoires*, 8, *à Paris*. Tous les directeurs des bureaux de poste sont tenus de délivrer des mandats moyennant un droit qui a été réduit à 2 pour 100, soit pour 2 francs 4 centimes.

LE DIEU DU PEUPLE

AIR : *Sur ma couchette où sourit la détresse* (VINEUX).

La nuit, sur nous, jetait son voile sombre ;
Assis rêveur, auprès de nos ormeaux ;
Sur le chemin, je vois passer une ombre,
Un beau vieillard qui conduit deux jumeaux.
Ces orphelins, fruits perdus dans ces terres,
De vos cités, dit-il, seront l'honneur.
— O Dieu du Peuple, à travers nos misères, } *bis.*
Tu fais briller des instants de bonheur. }

Un mendiant qui le suit sur la route,
Me dit : Mon fils, le ciel bénit ce lieu,
La Pauvreté n'accueille pas le Doute ;
Ce pèlerin là-bas, c'est notre Dieu.
Sous le fardeau de nos douleurs amères,
Nous rencontrons parfois ce voyageur.

O Dieu du Peuple, etc.

Oui, chez le Pauvre, une ombre bienfaisante,
Descend des cieux, sous le manteau des nuits,
Et se penchant, d'une voix caressante,
De son sommeil écarte les ennuis.
Prêtant l'oreille à de douces prières,
Elle sourit à celles du Labeur.

O Dieu du Peuple, etc.

Princes et Rois, aux vœux du Peuple hostiles,
Riches et Grands, où donc est votre foi?....
Prêtres, menteurs dans vos splendeurs futiles,
Vous reniez l'esprit de votre loi.
Le Tabernacle, en vos noirs sanctuaires,
Veuf de son Dieu, s'ouvre pour l'oppresseur.

O Dieu du Peuple, etc.

Vous, le front ceint de lauriers périssables,
Tyrans maudits qui levez votre fer,
Fuyez au loin et rentrez dans vos sables,
Votre avenir n'est qu'un affreux désert.
En déchirant vos décrets sanguinaires,
Le monde entier n'aura plus qu'un Seigneur.

O Dieu du Peuple, etc.

Notre seul maître est le Dieu du village,
Père d'amour, de paix, d'humilité,
Il vient s'asseoir, avec nous, sous l'ombrage;
Il applaudit aux chants de la gaîté :
Chantez, dit-il, vos jours sont éphémères,
Votre allégresse est l'écho de mon cœur.

O Dieu du Peuple, etc.

CHORUS MINISTÉRIEL.

AIR : *Eh! gai! gai! mon officier.*

Eh! gai! gai! gai! dindons! dindons!
L'aurore
Vient d'éclore;
Eh! gai! gai! gai! dindons! dindons!
Ma foi, nous nous vendons.

Quel bonheur! quelle ivresse!
L'aiglon fait son devoir;
Nous qui gloussions sans cesse,
Il nous juche au Pouvoir.

Eh! gai! gai! gai! dindons! dindons!
L'aurore
Vient d'éclore;
Eh! gai! gai! gai! dindons! dindons!
Ma foi, nous nous vendons.

Le coq est philosophe :
Nous demandions un roi,
Il en donne l'étoffe;
N'en a-t-il pas le droit.

Eh! gai! gai! gai! dindons! dindons!
L'aurore
Vient d'éclore;
Eh! gai! gai! gai! dindons! dindons!
Ma foi, nous nous vendons.

Un rustre, à coups de gaule,
Nous aurait fait fesser;
Un prince nous cajole;
Il vient nous caresser.

Eh! gai! gai! gai! dindons! dindons!
L'aurore
Vient d'éclore;
Eh! gai! gai! gai! dindons! dindons!
Ma foi, nous nous vendons.

Ministres on nous nomme;
Faisons comme jadis;
Les coqs veulent un homme,
Nous sommes neuf ou dix.

Eh! gai! gai! gai! dindons! dindons!
L'aurore
Vient d'éclore;
Eh! gai! gai! gai! dindons! dindons
Ma foi, nous nous vendons.

A nous charges publiques;
A nous tous les trésors;
Emplissons nos boutiques :
Et vous, restez dehors.

Eh! gai! gai! gai! dindons! dindons!
L'aurore
Vient d'éclore;
Eh! gai! gai! gai! dindons! dindons!
Ma foi, nous nous vendons.

En nos mains est la crème
Des vieux orviétans.
Pour tuer le système,
Il faut des charlatans.

Eh! gai! gai! gai! dindons! dindons!
L'aurore
Vient d'éclore;
Eh! gai! gai! gai! dindons! dindons!
Ma foi, nous nous vendons.

Courage, monarchistes;
Allons, rapprochez-vous;
Soyez un peu moins tristes;
L'avenir est à nous.

Eh! gai! gai! gai! dindons! dindons!
L'aurore
Vient d'éclore;
Eh! gai! gai! gai! dindons! dindons!
Ma foi, nous nous vendons.

La carrière est ouverte;
L'aiglon va s'enrhumer;
A la première alerte,
Nous allons le plumer.

Eh! gai! gai! gai! dindons! dindons!
L'aurore
Vient d'éclore;
Eh! gai! gai! gai! dindons! dindons!
Ma foi, nous nous vendons.

Société typographique. — DE SOYE et Ce, imprimeurs, 32-36, rue de Seine, à Paris.

ÉDITION POPULAIRE.

CHANTS POLITIQUES

PAR

ROMAIN VALLADIER.

8e Livraison. 8e Livraison.

PARIS, 8, rue Notre-Dame-des-Victoires. — ÉDOUARD HOUEL, ÉDITEUR. — 8, rue Notre-Dame-des-Victoires, PARIS.

Écrire FRANCO.

On s'abonne aussi aux dépôts de publications, *place de la Bourse*, 15, et *rue Notre-Dame-des-Victoires*, 7.

QUATRE LIVRAISONS par mois et un VOLUME ANNUEL de chants choisis avec table des matières pour tout abonné qui aura continué sa souscription pendant une année entière, à partir du 1er septembre 1849.

Mode de Souscription Pour PARIS seulement :

Un numéro . . . . fr. 15 c.
Une collection de 4 numéros. » 60
Trois mois d'abonnement. . . 1 50
Un an. . . . . 6 »

Mode de Souscription Pour les DÉPARTEMENTS :

Un numéro. . . . . . . » fr. 20 c.
Une collection de 4 numéros. » 75
Trois mois d'abonnement. . . 2 »
Un an. . . . . 8 »

AUX SOUSCRIPTEURS. De tous les modes d'abonnements, celui par la poste est le plus simple, le plus économique et le plus sûr. Nous prions nos Souscripteurs de faire écrire exactement, sur le mandat de poste qu'ils nous enverront, leur *nom*, leur *profession*, leur *adresse* et la date de l'*abonnement*. Il leur suffira ensuite d'expédier (*franco*) ce mandat sous enveloppe à l'adresse de M. *Édouard Houël, éditeur, rue Notre-Dame-des-Victoires*, 8, *à Paris*. Tous les directeurs des bureaux de poste sont tenus de délivrer des mandats moyennant un droit qui a été réduit à 2 pour 100, soit pour 2 francs 4 centimes.

LE MYSTÈRE DES FLEURS

AIR : *Contentons-nous d'une simple bouteille.*

Bons habitants du vallon de Marsane,
Voyez le soir calme et le ciel si bleu ;
La lune épand sa clarté diaphane ;
Quand tout se tait, tout nous parle de Dieu.
Fleurs sur les fleurs, penchant leur frêle tête,
A des soupirs mêlent de purs accents.
Ne troublons pas leur paisible retraite :
Laissons aux cieux s'envoler leur encens.

J'ose écouter, sous ces rameaux mystiques,
Un dialogue intime et solennel,
Des mots sacrés et des phrases magiques,
Dont les échos s'élèvent jusqu'au ciel.
Des plus grands noms qui dominent l'Histoire,
Là, dans ces fleurs, l'âme ne s'éteint pas.
Rois ou Savants, Chantres, fils de la Gloire,
Ont leurs parfums, même après le trépas.

Nuit, écoutez ! J'entends la voix d'Homère,
Un asphodèle est son modeste abri :
Vierge aux yeux bleus, Poésie, ô ma mère,
Dit cette voix, pousse un généreux cri.
Du Cithéron, quand j'éveillais la cime,
Un peuple-enfant répétait mes accords.
Chante le Peuple, il est encor sublime,
Sa source est pure et cache des trésors.

Notre Voltaire anime le calice
D'un aloès aux bouquets épineux ;
Là-bas, dit-il, quand j'étais dans la lice,
Nous démasquions des abus vénéneux.
L'âge présent, carnaval de Venise,
Se rue au temple où gît la Liberté.
On n'entre pas, Peuple, la place est prise ;
Chantez dehors, chantez l'Égalité.

Napoléon habite une immortelle,
Près d'un laurier où Corneille fleurit.
France, dit-il, je te voulais plus belle,
Et ta grandeur exaltait mon esprit.
Agonisante, aux rayons de la Gloire,
France, tu meurs et la Gloire te fuit.
Quoi, tu descends des hauteurs de l'Histoire !
Tu vas périr, faute d'un noble appui !

Les sens émus, j'écoutais en silence,
En aspirant ce mystère des fleurs ;
Mais, dans la nuit, leur divine éloquence
D'un long sommeil ne rappelait les cœurs.
Que peut, hélas, la lèvre du poëte ?
Le Monde est sourd au vent de la forêt.
Si Dieu lui-même, à travers la tempête,
Jetait sa voix, nul ne se lèverait.

ALLELUIA LÉGITIMISTE

AIR : *O filii et filiæ.*

Réjouis-toi, vieux *Capucin*,
Nos vœux rappellent *Henri-cinq*,
Dont le règne nous sauvera.
Alleluia !

Franciscains et Domicains,
Bientôt, plus de Républicains,
La France nous appartiendra !
Alleluia !

Nous n'attendons que le moment
Pour faire un petit mouvement,
Dans le but de guérir l'Etat.
Alleluia !

Au retour du Roi dans Paris,
Vous allez être tous surpris.
D'avoir chacun un Marquisat
Alleluia !

Monsieur *Larochejacquelein*
Aura de l'eau pour son moulin ;
Du parti c'est le *Grand Lama*.
Alleluia !

Falloux, élève d'*Escobar*,
Aura l'emploi de Putiphar,
Son frère passera Primat.
Alleluia !

Villèle obtiendra le trésor ;
Berryer reprendra son essor,
Et *Montalembert* parviendra...
Alleluia !

Nos vieux *Marquis* vont revenir ;
Carabas nous fait prévenir
Qu'il remontera son dada.
Alleluia !

C'est un orage de bonheur
Que nous promet le Créateur !
A Londres *Metternich* rira.
Alleluia !

Roquets de Cour venez à nous,
L'Avenir vous sera plus doux,
Car, gratis, on vous nourrira.
Alleluia !

Sibour, prépare ton verset ;
Toi, *Nettement*, fais un couplet
Qu'à Saint-Roch on entonnera.
Alleluia !

Société typographique. — DE SOYE et Ce, imprimeurs, 32-36, rue de Seine, à Paris.

Chant National.

Air : De la Lionne.

Paroles de Mlle Victoire Boze.

L'Élu du peuple est à la Présidence
Où l'ont porté son mérite et son nom ;
C'est son espoir, c'est le vœu de la France
Qui proclama Louis Napoléon !
N'avait-il pas les plus grands droits à l'être
Après avoir été Représentant ?
Pour gouverner, le Ciel l'avait fait naître ;
Salut, amour à notre Président. (Bis)

Les vieux soldats compagnons de sa gloire,
Dans son neveu retrouvent l'Empereur
Et des lauriers cueillis par la victoire
Sont couronnés en ce jour de bonheur !
Mais il n'est plus pour eux, d'exploits, d'Empire,
Napoléon est au séjour des Dieux,
Des beaux faits d'armes on se plaît à redire,
Et l'Aigle plane encor du haut des cieux. (Bis)

Son successeur héritant de ses armes,
Doit hériter aussi de sa valeur ;
Pour lui la gloire aura toujours des charmes ;
Son blanc panache en est le précurseur.
Et si jamais la guerre était possible,
On le verrait revenir triomphant !
Dans les combats il serait invincible,
Salut et gloire à notre Président. (Bis)

Suivi d'un nom qui vaut tout une armée,
D'un si grand nom, d'un nom si glorieux,
L'Europe entière en serait alarmée,
Le Prince étant partout victorieux :
Un nom qui seul peut gagner des batailles,
Nom que soutient Louis-Napoléon !
Ce nom ferait écrouler des murailles
Et ronfle plus encor que le canon. (Bis)

À l'Élysée est donc la Présidence !
Pour cet effet on dut en disposer,
Quand le héros qui régna sur la France,
Dans ce beau lieu hélas ! vint reposer.
Là pour toujours en âme bien heureuse,
Sous un laurier que Bellone a planté,
De l'Empereur est l'ombre belliqueuse :
C'est le séjour de l'Immortalité. (Bis)

Nota. — Les demoiselles Boze sont filles de l'artiste de ce nom ; leur père fut appelé à l'honneur de peindre le Premier Consul, qui était alors général en chef de l'armée d'Italie, de le peindre dans un des moments les plus glorieux de sa vie ; au moment du gain de la bataille de Marengo. Ces demoiselles n'avaient qu'un frère qui eût été le soutien de ses sœurs et qui est mort en combattant pour la France, sous les ordres de S. M. l'Empereur et Roi, qu'il avait l'honneur de servir comme vélite dans les chasseurs à cheval de la Garde.

94, rue de Sèvres, Fg St Gin

Lith. [illegible]

Rue des Gravilliers, 25. — PRIX : **10** CENTIMES. — *Rue Saint-Jacques*, 41.

LE SOLEIL DE MA PATRIE.

OU

LE RETOUR DES DÉPORTÉS.

ROMANCE NOUVELLE. — (16 Novembre 1849.)

AIR : *Vive Paris.*

1.

Revoir la France, embrasser une mère.
Pouvoir lui dire : oui, c'est bien votre fils !
A son foyer retrouver son vieux père !
Un tel bonheur, mon Dieu, m'est-il permis ?
Là-bas ! là-bas, est la rive chérie,
C'est là que sont tous ceux que je pleurais.
Voici le port..... Salut, belle patrie !
Salut, mon beau soleil français !

2.

Vivre éloigné de tout ce que l'on aime,
La nuit, le jour, rêver à son pays ;
Cette souffrance est un bien dur baptême,
Cette souffrance est celle des proscrits !
Long exil n'est qu'une longue agonie ;
France, on ne peut te remplacer jamais !
Salut à toi, doux sol de ma patrie !
Salut, mon beau soleil français !

3.

O France ! toi que nous avions perdue
Ton ciel d'azur, va donc briller pour nous...
Oh ! maintenant que tu nous es rendue,
A ton bonheur nous travaillerons tous !
Désormais plus de discorde ennemie !
Dans l'atelier, oui, rentrons tous en paix !
Salut à toi, doux sol de ma patrie !
Salut, mon beau soleil français !

4.

Formant entre eux une sainte alliance,
Les rois, dit-on, nous voient d'un œil jaloux ;
Attendons-les, et prêts à la défense,
Soldats unis, bravons leur vain courroux !
Si la frontière est jamais envahie !
De nos aïeux imitons les hauts faits !
Salut à toi, doux sol de ma patrie !
Salut, mon beau soleil français !

5.

Viennent des rois les cohortes sauvages,
Pour le combat, qu'ils franchissent le Rhin ;
Armant nos bras, excitant nos courages ;
Enfants, vieillards, sonneront le tocsin !
Dans cette lutte, heureux qui perd la vie,
A lui nos pleurs, à lui tous nos regrets !
Salut à toi, doux sol de ma patrie !
Salut, mon beau soleil français !

L. C.

Auteur des *Papillons de la présidence* (10e édition).

IMP DE BAUTRUCHE, 90, r. de la Harpe.

1849

LOUIS NAPOLEON

AU TOMBEAU DE SA MÈRE.

Air du Retour en France, ou de Vive Paris.

Sur cette tombe où repose ta cendre,
Mère, en bon fils tu me vois en ce jour,
Laisse un rayon de ton âme descendre,
Guide mes pas du céleste séjour;
Bien que chargé d'un pouvoir éphémère,
J'ai tant besoin d'un ange protecteur!
Du haut des cieux où tu veilles, ma mère,
Jette sur moi ton souffle inspirateur.

Quand d'un fardeau qui pèse au plus habile
Le vœu de tous m'a de droit investi,
La main d'un homme est toujours trop débile
Pour relever un courage amorti.
Pour tous, hélas! l'existence est amère,
Le pauvre peuple attend un rédempteur :
Du haut des cieux où tu veilles, ma mère,
Jette sur moi ton souffle inspirateur.

J'ai trop compris que la tâche est ardue,
Par ses écueils j'en compris le danger;
Que votre grâce en mon cœur répandue
Me fasse voir, et comprendre et juger;
Que je distingue en ma vertu primaire
Le vrai du faux, et l'ami du flatteur :
Du haut des cieux où tu veilles, ma mère,
Jette sur moi ton souffle inspirateur.

De tous les dons chaste dispensatrice,
D'un regard tendre, oh! couvre ton enfant!
Sois mon gardien, ma sainte protectrice,
Fais que toujours je reste triomphant;
Fais qu'en espoir je change une chimère,
Grâce au grand nom dont je suis le porteur :
Du haut des cieux où tu veilles, ma mère,
Jette sur moi ton souffle inspirateur.

Inspiration.

Tu veux d'un juste acquérir la science :
De la science avive le flambeau,
Agis toujours d'après ta conscience,
Suis les sentiers et du bien et du beau,
Aux grands besoins que ton cœur énumère
Porte secours, homme ou législateur,
Sois bon pour tous, enfant, et de ta mère,
Tu comprendras le souffle inspirateur.

A. Démanet.

Imp. de Beaulé et Maignand, 8, rue Jacques de Brosse.

Chez DURAND, éditeur, rue Rambuteau, 32.

Dépôt général : r. des Marais-St-Germain, 17. Prix : 5 centimes.

Place Maubert, 8, Rue des Gravilliers, 25.

LA BONNE PRISE

CHANSON NOUVELLE

Dédiée aux Électeurs de Louis-Napoléon Bonaparte.

(2e ÉDITION.)

Air de : *Vive Paris !*

— 1 —

Mon beau coursier, allons, poursuis ta route !
Sous ton fardeau frémis d'un noble orgueil ;
Et vous, parrain, de la céleste voûte
Jetez les yeux sur votre heureux filleul.
Qu'un peu d'orgueil me soit chose permise ;
Avec raison j'ai fait bien des jaloux :
Ventre-saint-gris ! pour moi la bonne prise !
Mon grand parrain, dites, qu'en pensez-vous ?

— 2 —

Toi, dont longtemps j'ai regretté l'absence,
A l'exilé, France, tu tends la main,
Et des trésors de ta munificence
Tu l'as comblé par la voix du scrutin.
Deux fois perdue et deux fois reconquise,
O liberté ! je baise tes genoux !
Ventre-saint-gris ! pour moi la bonne prise !
Mon grand parrain, dites, qu'en pensez-vous ?

— 3 —

Pleins de respect pour un nom héroïque,
Bons villageois, vous quittiez vos sillons ;
Premier soldat dans votre République,
De voix j'obtins près de six millions.
Combien de gens triomphent par *surprise* !
Qui donc pourrait en dire autant de nous !
Ventre-saint-gris ! pour moi la bonne pri...

— 4 —

Jamais, dit-on, l'on ne vit les girouettes
La même nuit tourner si promptement ;
C'est que le ciel était plein de tempêtes :
Fortune naît et meurt d'un coup de vent.
Chacun voulait un pouvoir à sa guise ;
Faisons le bien ; ceci doit plaire à tous.
Ventre-saint-gris ! pour moi la bonne prise !
Mon grand parrain, dites, qu'en pensez-vous ?

— 5 —

Français, toujours la gloire vous fut chère ;
Pour votre cœur, c'est un Dieu qu'un drapeau.
Si l'étranger jetait son cri de guerre,
Tous nous serions à ce duel nouveau.
Nous attaquer, quelle étrange sottise !
Ces pauvres rois ne seront pas si fous,
Ventre-saint-gris ! pour moi la bonne prise !
Mon grand parrain, dites, qu'en pensez-vous ?

— 6 —

Laissons en paix dormir le vieux tonnerre
Encor poudreux et tout ensanglanté, —
Chauffons nos cœurs à l'ardente lumière
Du grand soleil de la fraternité ;
Paix, liberté, voilà notre devise ;
Mon beau coursier, prends ton pas le plus doux ;
Ventre-saint-gris ! pour moi la bonne prise !

	JANV. 1849 — Crois. 32' m. 58' s.	FÉVRIER. — Crois. 44' m. 45' s.	MARS. — Crois. 54' m. 52' s.
1	l Circoncision.	j s. Ignace.	j s. Aubin.
2	m s. Basile, év.	v *Purificat.*	v s. Simplice.
3	m s. Geneviève	s s. Blaise.	s s^e Cunégonde.
4	j s. Rigobert.	*D* *Septuagés.*	*D* *Reminisc.*
5	v s. Siméon.	l s^e Agathe.	l s. Drausin.
6	s Epiphanie.	m s. Amand.	m s^e Colette
7	*D* s. Théaulon.	m s. Romuald.	m s. Thomas.
8	l s. Lucien.	j s. Jean de M.	j s. J. de D.
9	m s. Furcy.	v s^e Apolline.	v s^e Françoise.
10	m s. Paul, *erm.*	s s^e Scholastiq.	s s. Doctrové.
11	j s. Théodose.	*D* *Sexages.*	*D* *Oculi.*
12	v s. Arcade.	l s^e Eulalie.	l s. Pol.
13	s Bapt. de *N.-S.*	m s. Lézin.	m s^e Euphrasie
14	*D* s. Hilaire.	m s. Valentin.	m s. Lubin.
15	l s. Maur.	j s. Faustin.	j s. Longin.
16	m s. Guillaume.	v s^e Julienne.	v s. Abraham.
17	m s. Antoine.	s s. Silvain.	s s^e Gertrude.
18	j Ch. s. Pierre.	*D* *Quinquag.*	*D* *Lætare.*
19	v s. Sulpice.	l s. Gabin.	l s. Joseph.
20	s s. Sébastien.	m s. Eucher.	m s. Joachim.
21	*D* s^e Agnès.	m *Cendres.*	m s. Benoît.
22	l s. Vincent.	j s^e Isabelle.	j s. Lée.
23	m s. Ildefonse.	v Ch. s. Pierre.	v s. Victorien.
24	m s. Babylas.	s s. Mathias.	s s. Gabriel.
25	j Conv. s. Paul.	*D* *Quadragés.*	*D* *Passion*, an.
26	v s^e Paule.	l s. Porphyre.	l s. Ludger.
27	s s. Julien.	m s. Léandre.	m s. Rupert.
28	*D* s. Charlemag.	m s. Rom. 4 T.	m s. Gontrand.
29	l s. Fran. de S.		j s. Eustase.
30	m s^e Bathilde.		v s. Rieul.
31	m s. Pierre Nol.		s s. Gui.
		N. d'or. 7. Ep. VI. Lettre domin. G.	
	P.Q. le 2. P.L. le 8. DQ. 16. NL. 24. PQ. 31.	P.L. le 7. D.Q. le 15 N.L. le 23.	P.Q. le 2 P.L. le 9. DQ. 17. NL. 24. PQ. 31.

	AVRIL. — Crois. 50' m. 50' s.	MAI. — Crois. 30' m. 58' s.	JUIN. — Crois. 8' m. 8' s.
1	*D* *Rameaux.*	m s. Ph. s. J.	v s. Thierri.
2	l s. Fr. de P.	m s. Athanase.	s s. Pothin.
3	m s. Richard.	j Inv. s^e Croix.	*D* *Trinité.*
4	m s. Elphège.	v s^e Monique.	l s. Quirin.
5	j s. Ambroise.	s C. de s. Aug.	m s. Boniface.
6	v *Vend. Saint*	*D* s. Jean P. L.	m s. Claude.
7	s s. Egésipe.	l s. Stanislas.	j Fête-Dieu.
8	*D* PAQUES.	m s. Désiré.	v s. Médard.
9	l s^e Marie Eg.	m s. Grégoire.	s s. Prime.
10	m s. Macaire.	j s. Gordien.	*D* s. Landri.
11	m s. Léon.	v s. Mamert.	l s. Barnabé.
12	j s. Jules.	s s. Nérée.	m s. Basilide.
13	v s. Justin.	*D* s. Servais.	m s. Ant. de P.
14	s s. Tiburce.	l *Rog.* s. Pac.	j s. Rufin.
15	*D* *Quasimod.*	m s. Isidore.	v s. Guy.
16	l s. Paterne.	m s. Honoré.	s s. Fargeau.
17	m s. Anicet.	j ASCENSION.	*D* s. Avit.
18	m s. Parfait.	v s. Eric.	l s^e Marine.
19	j s. Léon, pape	s s. Yves.	m s. Gerv. s. P.
20	v s^e Hildegonde	*D* s. Bernard.	m s. Silvère.
21	s s. Hospice.	l s. Hospice.	j s. Leufroi.
22	*D* s^e Opportune.	m s^e Julie.	v s. Paulin.
23	l s. Georges.	m s. Didier, *év.*	s s. Félix.
24	m s. Léger.	j s. Jeanne.	*D* s. *Jean Bap.*
25	m s. Marc.	v s. Urbain.	l s. Prosper.
26	j s. Clet.	s s. Ph. de N. *vj.*	m s. Babolein.
27	v s. Polycarpe.	*D* PENTECOTE.	m s. Crescent.
28	s s. Vital.	l s. Germain.	j s. Irénée. *vj.*
29	*D* s. Robert.	m s. Maximin.	v s. *P. s. P.*
30	l s. Eutrope.	m s^e Emilie. 4 T	s Com. s. P.
31		j s^e Pétronille.	
	P.L. le 7. D.Q. le 15.	P.L. le 7. D.Q. le 15	P.L. le 5. D.Q. le 13

	JUILLET. — Décrois. 58' m. 28' s.	AOUT. — Décrois. 47' m. 48' s.	SEPTEMB. — Décrois. 54' m.
1	*D* s. Martial.	m s. Pierre ès-L.	s s. Leu, s. G
2	l Vis. de N. D.	j s. Etienne, *p.*	*D* s. Lazare.
3	m s. Anatole.	v Inv. de s. Et.	l s. Grégoire
4	m Trans. s. Mar.	s s. Dominique.	m s^e Rosalie
5	j s^e Zoé, *mart.*	*D* s. Yon, *mart.*	m s. Bertin.
6	v s. Tranquille.	l Tr. de N. S.	j s. Onésiph
7	s s^e Aubierge.	m s. Gaëtan.	v s. Cloud.
8	*D* s^e Lucie.	m s. Justin.	s Nat. de la
9	l s^e Victoire.	j s. Spire.	*D* s. Omer,
10	m s^e Félicité.	v s. Laurent.	l s^e Pulché
11	m Tr. s. Benoît.	s Susc. de s^e C.	m s. Patient.
12	j s. Gualbert.	*D* s^e Claire.	m s. Serdot.
13	v s. Turiaf.	l s. Hippolyte.	j s. Maurille
14	s s. Bonavent.	m s. Euséb. *vj.*	v Ex. s^e Cro
15	*D* s. Henri.	m ASSOMPTION	s s. Nicomè
16	l *N.-D. M.-C.*	j s. Roch.	*D* s. Cyprien
17	m s. Frédéric.	v s. Mamert.	l s. Lamber
18	m s. Clair.	s s^e Hélène.	m s. Jean Chr
19	j s. Vinc. de P.	*D* s. Louis, *év.*	m s. Janvier.
20	v s^e Marguerit.	l s. Bernard.	j s. Eustach
21	s s. Victor, *m.*	m s. Privat.	v s. Mathieu
22	*D* s^e Madeleine.	m s. Simphor.	s s. Maurice
23	l s. Apollinaire.	j s. Sidoine, *év.*	*D* s^e Thècle,
24	m s^e Christine.	v s. Barthélemi.	l s. Andoche
25	m s. Jacq. s. Ch.	s s. Louis, *roi.*	m s. Firmin.
26	j Tr. s. Marcel.	*D* s. Zéphirin.	m s^e Justine.
27	v s. Pantaléon.	l s. Césaire.	j s. Cô. s. D
28	s s^e Anne.	m s. Augustin.	v s. Céran.
29	*D* s^e Marthe.	m Déc. s. Jean.	s s. Michel.
30	l s. Abdon.	j s. Fiacre.	*D* s. Jérôme.
31	m s. Ger. l'Aux.	v s. Ovide.	
	P.L. le 5. D.Q. le 13 N.L. le 19. P.Q. le 27	P.L. le 4. D.Q. le 11 N.L. le 18. P.Q. le 26	P.L. le 2. D.Q. N.L. le 10. P.Q.

	OCTOBRE. — Décrois. 52' m. 58' s.	NOVEMB. — Décrois. 40' m. 39 s.	DÉCEMB. — Décrois. 8' m. 5' s.
1	l s. Remi, *év.*	j TOUSSAINT.	s s. Eloi.
2	m ss. Ang. gard.	v Trépassés.	*D* *Av.* s. *Fr.-X.*
3	m s. Cyprien.	s s. Marcel, *év.*	l s. Miroclé.
4	j s. Fran. d'Ass	*D* s. Charles.	m s^e Barbe.
5	v s^e Aure, *v.*	l s^e Bertilde.	m s. Sabas, *ab*
6	s s. Bruno.	m s. Léonard.	j s. Nicolas.
7	*D* s. Serge.	m s. Willbrod.	v s^e Fare, *v.*
8	l s^e Pélagie.	j stes Reliques.	s Conception.
9	m s. Denis, *év.*	v s. Mathurin.	*D* s^e Léocadie.
10	m s. Géréon, *m.*	s s. Léon.	l s^e Valère.
11	j s. Firmin.	*D* s. Martin.	m s. Fuscien.
12	v s. Vilfride.	l s. René, *év.*	m s. Damase.
13	s s. Edouard.	m s. Brice, *év.*	j s^e *Luce, v.*
14	*D* s. Caliste.	m s. Maclou.	v s. Nicaise.
15	l s^e Thérèse.	j s. Eugène.	s s. Mesmin.
16	m s. Gal, *abbé.*	v s. Eucher.	*D* s^e Adélaïde.
17	m s. Cerboney.	s s. Agnan.	l s^e Olympe.
18	j s. *Luc, év.*	*D* s^e Aude.	m s. Gatien.
19	v s. Savinien.	l s^e Elisabeth.	m s. Meuris. 4 T.
20	s s. Sendou.	m s. Edmond.	j s. Philogone.
21	*D* s^e Ursule.	m Pr. de la V.	v s. Thomas, *ap*
22	l s. Mellon.	j s^e Cécile.	s s. Honorat.
23	m s. Hilarion.	v s. Clément.	*D* s^e Victoire.
24	m s. Magloire.	s s^e Flore, *v.*	l s. Yves. *v.*
25	j s. Crép. s. Cr.	*D* s^e Catherine.	m NOEL.
26	v s. Rustique.	l s^e Genev. A.	m s. *Etien*
27	s s. Frumence.	m s. Severin.	j s. *Je*
28	*D* s. Simon s. J.	m s. Sosthènes.	v ss.
29	l s. Faron, *év.*	j s. Saturnin.	s s.
30	m s. Lucain.	v s. André.	*D* s^e
31	m s. Quent. *vj.*		l s.

NOTRE COQ,

PAR JACQUES DUBUISSON, SERGENT AUX CHASSEURS D'AFRIQUE.

AIR : *Madelon s'en fut à Rome, tonderontaine, ton deronton.*

Notre coq, d'humeur active,
Las d'Alger, s'écrie : Il faut
Que jusqu'au bon Dieu j'arrive,
Pour voir s'il s'endort là-haut.
J'ai réponse à tout qui-vive.
Co, co, coquérico,
France, remets ton schako.
Coquérico, coquérico.

Oui, jusqu'au ciel je m'envole,
Sans permis des généraux.
Heureux, si mon chant racole
Des âmes de vieux héros.
De leur gloire je raffole.
Co, co, coquérico.
France, remets ton schako.
Coquérico, coquérico.

Que ces étoiles sont belles!
Et les cieux comme ils sont grands!
Ces planètes seraient-elles
Un bon mets de conquérants!
Qu'à nos gens poussent des ailes!
Co, co, coquérico.
France, remets ton schako,
Coquérico, coquérico.

Dans Vénus j'entre à la brune;
Mars m'attire à ses tambours;
Chez Mercure, la Fortune;
Gave butors* et vautours.
Que d'avocats dans la lune!
Co, co, coquérico.
France, remets ton schako.
Coquérico, coquérico.

Du soleil je fends la voûte.
Dieu! l'Empereur m'apparaît!
Tu veux un guide, sans doute;
Tiens, dit-il, mon aigle est prêt.
Du ciel il connaît la route.
Co, co, coquérico.
France, remets ton schako.
Coquérico, coquérico.

*Butor, oiseau de proie.

Nous parlons, et dans nos traites,
L'aigle se plaît à conter
Batailles, siéges, retraites,
Si bien que, pour l'écouter,
S'arrêtent plusieurs comètes.
Co, co, coquérico.
France, remets ton schako.
Coquérico, coquérico.

Vient un parfum qui nous flatte :
Au Paradis nous voilà,
Dit l'aigle ; à la porte gratte,
Compère, quittons-nous là.
Adieu, serrons-nous la patte.
Co, co, coquérico.
France, remets ton schako.
Coquérico, coquérico.

Qui fume à cette fenêtre?
C'est Saint-Pierre. Il me dit : Coq,
Aucun des tiens ne pénètre
Chez nous, que pour pendre au croc.
Vos chants m'ont trop fait connaître.
Co, co, coquérico.
France, remets ton schako.
Coquérico, coquérico.

Passe un ange qui raconte
Le refus du vieux commis.
Cours, dit le bon Dieu; qu'il monte,
Ce coq est de mes amis.
J'entre, et Pierre en meurt de honte.
Co, co, coquérico.
France remets ton schako.
Coquérico, coquérico.

Mange et bois dans mon aiguière,
Dit le bon Dieu, fort-à point.
— Ça! parmi vos gens de guerre,
De moi ne médit-on point?
— A vous ils ne pensent guère.
Co, co, coquérico.
France, remets ton schako.
Coquérico, coquérico.

Mais quoi! le bon Dieu se fâche!
— Coq, ne déserte-tu pas?
— Corbleu! suis-je donc un lâche?
— Non; mais retourne là bas :
Tu n'as point fini ta tâche.
Co, co, coquérico.
France, remets ton schako.
Coquérico, coquérico.

Sous le drapeau tricolore
Va réchauffer cœurs et bras.
De vous j'ai besoin encore.
Coq, bientôt tu chanteras
Le réveil avant l'aurore.
Co, co, coquérico.
France, remets ton schako.
Coquérico, coquérico.

L'oiseau, prompt comme la foudre,
Rentre au quartier-général.
Disant : L'on en va découdre;
Dieu fait seller son cheval;
Les anges font de la poudre.
Co, co, coquérico.
France, remets ton schako.
Coquérico, coquérico.

De ce récit véridique,
C'est moi, Jacques Dubuisson,
Sergent aux chasseurs d'Afrique,
Qui composai la chanson.
[illegible]
[illegible]
France, remets ton schako,
Coquérico, coquérico.

On lit dans la *France centrale :*

« Il est certain qu'après la nomination du vice-président de la république, M. Louis-Napoléon Bonaparte ira visiter les principaux départements. Le seul bruit de ce voyage, arrêté dans le conseil des ministres, va donner en France une émotion profonde. Vous verrez les paysans accourir en foule de vingt à trente lieues pour se précipiter au-devant de celui dans les veines duquel coule le sang de l'homme qu'ils ont tant admiré!....

» M. Louis-Napoléon Bonaparte, en réalisant ce projet, veut justifier cette popularité étonnante qui vient de l'élire président. Il veut aussi connaître par lui-même les besoins des populations, savoir ce que la conscience nationale pense de la république; juger du tempérament de la nation, de ses craintes, de ses espérances, de son caractère, de ce qu'un chef peut attendre de son courage civil; apprécier, en un mot, quelle différence il existe entre la France de l'empire et celle de 1848.

» Lorsque M. Louis Bonaparte annonça ce projet à ses ministres, ces derniers furent quelque peu étonnés d'abord; mais quand Louis-Napoléon leur eut exposé les motifs de haute convenance qui lui avaient inspiré *cette campagne*, ils en approuvèrent vivement la pensée, en en remettant l'exécution à l'époque de la nomination du vice-président de la république. »

M. le président de la république vient de faire l'application des doctrines qu'il a professées toute sa vie, dans l'intérêt des classes laborieuses. Profondément convaincu qu'on ne peut relever la moralité des populations ouvrières qu'en travaillant sans relâche à leur bien-être, il a fait remettre la somme de cinquante mille francs à la société fondée à Paris pour construire dans tous les arrondissements de cette vaste capitale des *cités ouvrières* ou *maisons modèles*, destinées à remplacer les logements ou taudis malsains, dont le prix de location est déjà si élevé, et dans lesquels végètent et dépérissent, faute d'air et de lumière, tant de pauvres familles. L'approbation générale ne peut manquer à cet acte de sollicitude et d'humanité. Observons, en passant, que la construction des cités ouvrières aura pour résultat de dégager, d'assainir et de faire disparaître ces hideux quartiers, réceptacles d'immondices, repaires obscurs de vices et de misères, qui déshonorent la capitale de la civilisation européenne.

— Lundi, M. le président de la république est allé visiter l'hôpital de l'Hôtel-Dieu. Personne n'avait été prévenu de son arrivée. Il a été reçu par M. Basse, directeur de l'hospice, et par MM. les médecins et chirurgiens de service. M. le président a parcouru les diverses salles et s'est arrêté devant le lit de plusieurs malades; il s'est informé avec bienveillance de leur état de santé et de leur position de famille. MM. les chirurgiens et les sœurs de charité qui accompagnaient M. le président lui donnaient des explications sur tous les détails du service.

M. le président a également visité les cuisines. Il a félicité les administrateurs, les médecins et les chirurgiens du zèle qu'ils apportent dans l'exercice de leurs fonctions. Une grande foule s'était rassemblée sur la place du parvis Notre-Dame et l'a salué à sa sortie de l'Hôtel-Dieu.

De là, M. le président s'est ensuite rendu au Val-de-Grâce, où il a également visité en détail cet hôpital militaire. Il est arrivé à dix heures et demie et a été reçu par le médecin en chef. La même réception lui a été faite; il a témoigné sa satisfaction aux divers employés sur la parfaite tenue du service de cet hospice.

— M. le président de la république n'a pas voulu quitter l'Hôtel-Dieu sans se faire présenter M. Roux, qui faisait son cours de clinique au milieu de ses nombreux élèves. Il a voulu adresser au célèbre professeur ses félicitations et ses remerciments, et aux élèves ses encouragements pour les services qu'ils rendent tous les jours à la science et à l'humanité dans l'accomplissement de leurs pénibles et honorables travaux.

— En traversant les rues populeuses du faubourg Saint-Jacques pour visiter les hôpitaux, ainsi que nous l'avons annoncé, le président a été constamment l'objet des plus vives démonstrations de respect de la part des nombreux spectateurs accourus sur son passage.

— Tous les souvenirs qui se rattachent à la gloire et à la personne de l'Empereur sont sacrés pour Louis Bonaparte. La France leur a rendu hommage en le nommant; il leur rend hommage à son tour en s'entourant de ces vénérables débris de l'Empire. L'ancien piqueur de Napoléon à Ste-Hélène vient d'être attaché à la maison du Président. M. Archambault, autant par ses vieux services que par son dévouement à la cause de Louis Bonaparte, avait bien mérité cette honorable distinction. A la réunion préparatoire de Gonesse, présidée par M. le général Montholon, M. Archambault avait prononcé, au milieu des applaudissements, ces paroles que nous sommes heureux d'avoir recueillies : « Moi qui ai fermé les yeux de l'Empereur, je réponds des intentions de son neveu. »

Une dépêche télégraphique, arrivée le 7 à Toulon, a donné lieu à un grand mouvement dans le port. Des préparatifs d'armement s'opèrent avec la plus grande célérité pour former une escadrille qui doit se tenir prête à recevoir des troupes au premier moment. La brigade expéditionnaire serait composée de 10,000 hommes de toutes armes qui seraient embarqués sur divers navires.

— Les frégates à vapeur le *Magellan*, le *Cacique*, le *Labrador* et l'*Orénoque*, qui ont un armement complet, devront être à même de prendre la mer au premier signal.

On s'occupe également avec activité de l'armement des navires à vapeur le *Christophe-Colomb*, le *Montézuma*, l'*Infernal*, le *Phare*, le *Véloce*, le *Narval* et le *Grégeois*. En tout onze navires à vapeur. Ce service doit être fait sans relâche et de préférence à tout autre.

Les marins seront pris indistinctemens sur tous les bords, et le vaisseau le *Jupiter*, arrivé depuis quelques jours en rade, fournira aussi le contingent d'hommes nécessaires pour compléter les équipages des navires destinés pour l'expédition.

Les troupes qui étaient cantonnées aux environs de Toulon et qui devaient partir le 8 pour l'Afrique, ont reçu contre-ordre.

LES SOUVENIRS DU PEUPLE.

AIR : *Passez votre chemin, beau sire.*

On parlera de sa gloire
Sous le chaume bien longtemps.
L'humble toit, dans cinquante ans,
Ne connaîtra plus d'autre histoire.
Là viendront les villageois,
Dire alors à quelque vieille :
Par des récits d'autrefois,
Mère, abrégez notre veille.
Bien, dit-on, qu'il nous ait nui,
Le peuple encor le révère,
Oui, le révère.
— Parlez-nous de lui, grand'mère;
Parlez-nous de lui. (*bis.*)

Mes enfants, dans ce village,
Suivi de rois, il passa :
Voilà bien longtemps de ça :
Je venais d'entrer en ménage.
A pied grimpant le coteau
Où pour voir je m'étais mise,
Il avait petit chapeau,
Avec redingote grise.
Près de lui je me troublai,
Il me dit : Bonjour, ma chère;
Bonjour, ma chère.
— Il vous a parlé, grand'mère!
Il vous a parlé!

L'an d'après, moi, pauvre femme,
A Paris étant un jour,
Je le vis avec sa cour :
Il se rendait à Notre-Dame.
Tous les cœurs étaient contents,
On admirait son cortége.
Chacun disait : Quel beau temps!
Le ciel toujours le protége.
Son sourire était bien doux;
D'un fils Dieu le rendait père,
Le rendait père.
— Quel beau jour pour vous, grand'mère!
Quel beau jour pour vous!

Mais, quand la pauvre Champagne
Fut en proie aux étrangers,
Lui, bravant tous les dangers,
Semblait seul tenir la campagne.
Un soir, tout comme aujourd'hui,
J'entends frapper à la porte;
J'ouvre, bon Dieu! c'était lui,
Suivi d'une faible escorte.
Il s'asseoit où me voilà,
S'écriant : Oh! quelle guerre!
Oh! quelle guerre!
— Il s'est assis là, grand'mère!
Il s'est assis là!

J'ai faim, dit-il; et bien vite
Je sers piquette et pain bis;
Puis il sèche ses habits,
Même à dormir le feu l'invite.
Au réveil, voyant mes pleurs,
Il me dit : Bonne espérance!
Je cours de tous ses malheurs
Sous Paris venger la France.
Il part; et comme un trésor
J'ai depuis gardé son verre,
Gardé son verre.
— Vous l'avez encor, grand'mère!
Vous l'avez encor!

Le voici. Mais à sa perte
Le héros fut entraîné.
Lui, qu'un pape a couronné,
Est mort dans une île déserte.
Longtemps aucun ne l'a cru;
On disait : Il va paraître.
Par mer il est accouru;
L'étranger va voir son maître.
Quand d'erreur on nous tira,
Ma douleur fut bien amère!
Fut bien amère!
— Dieu vous bénira, grand'mère;
Dieu vous bénira. (*bis.*)

DÉPOSÉ. — *Permis de vendre.*

Se vend chez L.-M. FAY, Imp. à Nevers, rue des Ardilliers.

Prix : 15 francs la rame; 75 cent. la main. (*Affranchir.*)

Nevers, L.-M. FAY, Imprimeur, rue des Ardilliers.

L'OMBRE DE NAPOLEON

OU

LE SERMENT A LA CONSTITUTION.

A LOUIS-NAPOLÉON BONAPARTE, PRÉSIDENT DE LA RÉPUBLIQUE FRANÇAISE.

Air de la Citoyenne.

Quand de l'électorale arène
Ton nom vient de sortir vainqueur,
Du grand martyr de Sainte-Hélène
Deviens le digne successeur ;
Le peuple de sa voix magique
S'écrie, en proclamant ton nom : (*bis.*)
Vive la République!
Vive Napoléon!

A tes serments reste fidèle :
Un parjure flétrit le cœur!
Quand la République t'appelle,
Deviens son premier défenseur?...
Le peuple de sa voix magique
S'écrie, etc.

Respecte la triple devise
Qui doit sauver l'humanité ;
Conduis-nous, sans qu'on nous divise,
Au temple de l'égalité!...
Le peuple de sa voix magique
S'écrie, etc.

De l'exil rappelle nos frères,
Rend-les au foyer paternel,
Et pour toi les vœux de leurs mères
Monteront près de l'Éternel!...
Le peuple de sa voix magique
S'écrie, etc.

Afin que la classe ouvrière
Ait par tes soins des jours meilleurs,
Deviens l'étoile populaire
Qui brille au ciel des travailleurs!...
Le peuple de sa voix magique
S'écrie, etc.

A ton nom l'espoir se rallie,
Ton pouvoir sera glorieux,
Pour la Pologne et l'Italie
Se lève un soleil radieux!...
Le peuple de sa voix magique
S'écrie, etc.

L'amour du peuple te seconde,
En châtiant l'orgueil des rois,
Rends la France reine du monde,
Grande et forte comme autrefois!...
Le peuple de sa voix magique
S'écrie en proclamant ton nom : (*bis.*)
Vive la République!
Vive Napoléon! DURAND.

Air : le Peuple est roi.

Napoléon, méprise les outrages
Dont t'abreuvaient les faux républicains ;
Toi, tu n'as pas mendié les suffrages,
Laisse l'intrigue aux héros africains.
Oui, dédaignant toute trompeuse amorce,
Le pays seul te nomme président.
Sache toujours rendre hommage à sa force,
Seul son pouvoir un jour te fera grand.

Que ton nom grand comme le monde
Brave les préjugés moqueurs,
Et bientôt qu'une ère féconde
Ramène la paix dans les cœurs.

Malgré ces gens dont les tristes injures
Ont combattu contre l'élection,
Tu braveras les trois candidatures,
Toujours le peuple eut sa conviction.
S'il a voté, souviens-toi bien, qu'en somme,
Un souvenir a guidé son esprit,
Napoléon fut le nom d'un grand homme,
La République appelle le proscrit...

Que ton nom, etc.

De l'ouvrier qu'un noble et saint baptême
Sanctifia sous le feu du canon,
Sache toujours respecter le système :
Il bénira ta voix comme ton nom.
Loin d'oublier que son vote te place
Au premier rang ; montre-toi généreux,
Ne jette pas l'insulte à sa besace ;
Songe toujours à l'homme malheureux.

Que ton nom, etc.

Puisque nos voix fortes du grand suffrage
Vont confier un immense avenir
A ton savoir; s'il gronde quelque orage,
Fais que ton bras sache le prévenir.
En protégeant notre sainte doctrine,
Rappelle-toi qu'en tout temps, en tout lieu,
La voix du peuple est une voix divine,
Laisse accomplir la justice de Dieu!

Que ton nom, etc. DURAND

Chez DURAND, éditeur, *rue Rambuteau*, 3

BRÉULÉ et MAIGNAND, Imp, rue Jacques de Brosse

Place du Marché-Neuf, 30. Rue de Seine, 32. Prix : 5 centimes. Rue de la Harpe, 82. Rue des Gravilliers, 25.

NAPOLÉON
PROPHÈTE
DE LA RÉPUBLIQUE

Dans cinquante ans, l'Europe sera républicaine ou cosaque.
(NAPOLÉON à Sainte-Hélène.)

Air : *des Trois Couleurs.*

Près d'expirer au roc de Sainte-Hélène,
Sa main écrit : « L'Europe, en cinquante ans,
« Sera cosaque ou bien républicaine. [geants. »
« Rois, c'est pour vous que les flots sont chan-
Aux jours prédits déjà le temps nous mène ;
Le grand oracle est près de s'accomplir.
Veux-tu briser... veux-tu river ta chaîne?
Esclave ou libre... Europe, il faut choisir !

Ces pauvres rois! A leur cri de détresse
L'écho répond... l'écho seul, voilà tout.
Et cependant à leurs côtés se dresse,
L'œil menaçant, un colosse debout.
Arrondissant chaque jour son domaine,
La liberté marche sans coup férir.
Veux-tu briser, veux-tu river ta chaîne?
Esclave ou libre, Europe, il faut choisir.

Eh ! que pourraient ces trames ténébreuses,
Piéges honteux que l'on tend sous tes pas?
Brillez au ciel, étoiles radieuses (1),
Vers qui le peuple aime à tendre ses bras.
Des rois ligués tu peux braver la haine,
Liberté!... Seul, ce mot les fait pâlir !...
Veux-tu briser, veux-tu river ta chaîne?
Esclave ou libre, Europe, il faut choisir.

Va, contre toi la digue est impuissante ;
Tout doit céder à ton flot conquérant [mente.
Qui, d'heure en heure, et grossit et s'aug-
Ruisseau la veille, et demain Océan !
De ton vaisseau la rapide carène
Avec ardeur vogue vers l'avenir.
Veux-tu briser, veux-tu river ta chaîne?
Esclave ou libre, Europe, il faut choisir.

Tu nous l'as dit, impérial prophète :
(Et maintenant qui peut douter encore?)
« Voici pour vous l'heure de la retraite,
« O rois, songez à votre passeport ! »
Tu savais bien, quand tu quittais l'arèn e
Qu'on ne pourrait après toi la rouvrir.
Veux-tu briser, veux-tu river ta chaîne?
Esclave ou livre, Europe, il faut choisir.

Tu l'avais dit lorsque, brisant ton glaive,
Au fond des flots tu jetais son tronçon.
Nouveau soleil qui, radieux se lève,
« La liberté surgit à l'horizon ;
« Le monde veut la liberté pour reine ;
« De vieux liens chacun veut s'affranchir. »
Veux-tu briser, veux-tu river ta chaîne?
Esclave ou libre, Europe, il faut choisir.

(1) Liberté, égalité, fraternité.

L. C., auteur du Bon Pasteur (10e édition).

Cette chanson est extraite de l'**ALMANACH DU PEUPLE** pour l'année 1849. — Cet almanach, de 16 pages in-4°, de la valeur d'un volume de cent pages in-32, contient six chansons en vogue et dont plusieurs ont été citées par les journaux ; il est illustré de dix grandes gravures.

Impr. d'A. RENÉ, rue de Seine, 32.

Chez tous les Libraires. Prix : 5 centimes. Chez tous les Libraires.

LA

NOUVELLE BARBE-BLEUE

OU HISTOIRE D'UNE

JEUNE RÉPUBLICAINE

TRAHIE LE LENDEMAIN DE SES NOCES (1).

CHANSON NOUVELLE (2e édition).

AIR : *T'en souviens-tu ?* ou *Vive Paris !*

Fille du peuple, à sa voix l'Espérance
Venait frapper au seuil de l'atelier ;
Elle chantait..... la douce confiance,
Ange de paix, consolait l'ouvrier.
Le pauvre enfant, sans appui, sans famille,
Jamais en vain n'implora son secours.
Mon Dieu ! veillez sur la charmante fille ;
Protégez-la.... donnez-lui d'heureux jours !

Charmes, vertus, où trouver dot plus belle ?
Aussi, combien elle eut de soupirants !
Chacun jurait de lui rester fidèle ;
De toutes parts lui venaient des serments.
Mais en trompeurs ce bas-monde fourmille ;
Chaque trompeur fait patte de velours.
Mon Dieu ! veillez sur la charmante fille ;
Protégez-la.... donnez-lui d'heureux jours !

Un jour enfin, ah ! plaignons la pauvrette !
Elle voulut se choisir un époux.
Hélas ! la noce était à peine faite
Qu'il devint fier, acariâtre et jaloux.
Qui sauvera la colombe gentille
Qui s'est glissée au grand nid des vautours ?
Mon Dieu ! veillez sur la charmante fille ;
Protégez-la.... donnez-lui d'heureux jours !

Chaque matin il lui cherchait querelle,
Et le ménage allait de mal en pis ;
Il la traitait de façon si cruelle
Que ses beaux yeux de pleurs étaient rougis.
Adieu gaîté, qui doucement babille ;
Adieu surtout rêves remplis d'amours !
Mon Dieu ! veillez sur la charmante fille ;
Contre un tyran, oui, protégez ses jours !

Or, mes amis, de ce triste hyménée
Vous devinez la déplorable fin.
Vrai *Barbe-Bleue*, à cette infortunée
Il dit : — « Mourez ! oui, mourez de ma main ! »
Descends du ciel où ta lumière brille ;
Bel astre aimé, voile-toi pour toujours !
Qui sauvera la malheureuse fille ?
Peut-on mourir à la fleur de ses jours !

DÉNOUEMENT.

Entendez-vous ? c'est le galop sonore
De prompts coursiers qui sentent l'éperon.
Espoir à toi que notre cœur adore ;
Avec orgueil relève encor ton front !
Nous sauverons la colombe gentille
Qui s'est glissée au grand nid des vautours.
Sous notre garde, oui, ma charmante fille,
Oui, tu vivras encore de longs jours !

Par JÉROME PATUROT, à la recherche de la meilleure des Républiques.

(1) La scène se passe en 1840.

—

NOTA. — On trouve, chez le même éditeur, de jolis **Calendriers de Cabinet** à 4 fr. et 3 fr. 50 c. le 100 d'exemplaires.

Paris. — Imprimerie d'A. RENÉ, rue de Seine, 32.

LOUIS-NAPOLÉON

BONAPARTE

Vox Populi, vox Dei.

Il faut un nom ! un nom populaire et sublime,
Assez grand pour combler la grandeur de l'abîme,
Assez retentissant pour dominer tout bruit,
Assez fort pour porter un monde reconstruit ;
Un nom dont le poids seul, quand le peuple le lance,
Précipite avec lui la douteuse balance ;
Un nom que peut l'histoire à peine contenir,
La gloire du passé, l'essor de l'avenir ;
Un de ces rares noms rehaussés de mystère,
Que, de mille en mille ans, Dieu fait luire à la terre ;
Un nom qui soit connu de tout homme vivant,
Qui soit solennisé par un culte fervent,
Qui soit comme une base à l'ère qui se fonde,
Tel que Napoléon ! le premier nom du monde.

Or, ce magique nom, ce nom ressuscité,
En ces heures de fièvre et d'électricité,
Donne un frémissement à toute noble fibre ;
Avec la voix des vents nous l'entendons qui vibre ;
Le travailleur le mêle au bruit de ses marteaux ;
Il sort de nos cités, il sort de nos hameaux ;
Il se dresse à travers les pavés de la rue,
A travers les sillons que creuse la charrue ;
Des splendides hôtels, des toits les plus obscurs
Il couvre les panneaux, il tapisse les murs ;
Le peuple l'a gardé pour son dieu domestique.
Dans la moderne histoire et dans tout l'âge antique,
Cherchez s'il en est un dont il ait souvenir,
C'est celui-ci, le seul qu'il daigne retenir.
Quoique ce peuple ait eu jusqu'ici plus d'un maître,
C'est le seul qu'il connaît, qu'il s'obstine à connaître.
Quand les Bourbons, issus de soixante-dix rois,
Rentrèrent de l'exil, armés de leurs vieux droits;
Bien que le sol français, proscripteur de leur race,
De leurs pieds fugitifs retînt encore la trace,
Et que, depuis le jour qui les avait exclus,
On eût vu s'écouler un quart de siècle au plus ;
Quand on les vit venir, avec leur pâle emblème,
On eût beau nous parler de Berry, d'Angoulême,
De Charles, de Louis, aux destins vagabonds,
Chacun se demandait : Qu'est-ce que les Bourbons ?
Et pourtant, aujourd'hui que les plus belles gloires
Disparaisssent si vite aux catacombes noires,
Après que tant de deuils nous ont enveloppés,
Après trente-trois ans, par trois règnes coupés,
L'image impériale offre la même empreinte ;
Avec autant d'amour elle est encore étreinte,
Que le jour où tomba cet empereur Titan,
Le plus grand naufragé qu'emporta l'Océan.

Et pourquoi ? d'où lui vient ce culte impérissable ?
Ce n'est pas pour avoir broyé comme du sable
Le trône moscovite, allemand, espagnol ;
Ni parce que son aigle, infatigable au vol,
Criait sur tous les monts, traversait tous les fleuves,
Parcourait les cités, pâles comme des veuves ;
Parce qu'il s'asséyait au dôme de Milan,
Aux tombes de Chéops, aux coupoles d'Yvan,
Que sur tous les palais il déployait sa tente,
Et qu'il parquait les rois dans son salon d'attente ;
C'est parce que, planant d'une double hauteur,
Non moins grand que guerrier il fut législateur;
Qu'on vit entre ses mains toute œuvre fécondée ;
Qu'à son nom rassurant se mêle toute idée
D'ordre, de fixité, d'universel accord,
Et qu'autant que son bras son génie était fort ;
C'est qu'il sut, au milieu de tant d'erreurs écloses,
Concevoir et fonder un grand ordre de choses ;
C'est parce qu'apparu dans des jours désastreux
Où les partis rivaux se dévoraient entre eux,
Il asservit au frein l'écumante anarchie,
Qu'il posa le talon sur sa tête fléchie ;
C'est qu'au char de l'Etat il rendit son essieu,
Et protégea les droits de tous, même de Dieu.

Hélas! nous haletons dans les mêmes tourmentes;
Nos jours sont soucieux, nos nuits sont alarmantes;
Chaque veille fait pour d'un mauvais lendemain;
Où devons-nous passer ainsi de main en main?
A qui profitera la chance aléatoire?
Les partis, plus haineux que sous le Directoire,
Prêts à s'entrégorger, dressent leurs étendards
Et se tordent dans l'ombre en aiguisant leurs dards.
Il faut qu'une main sage et fortement poussée
Entre tous ces serpents jette son caducée;
Qu'au rappel matinal des lugubres tambours
On cesse de presser le peuple aux carrefours ;
Qu'on ne transforme plus chaque ville en caserne ;
Que le Forum soit libre et que l'ordre gouverne.
Il le faut ; vivre ainsi c'est mourir mille fois ;
La France veut un terme aux douleurs de neuf mois.

Courage! il n'est pas loin ce terme qu'elle implore ;
Le nom qui la sauva peut la sauver encore;
L'instinct du peuple est sûr, il s'en est souvenu ;
Et ce nom jaillira des flancs de l'inconnu.
Tout le dit, tout l'affirme et ne laisse aucun doute:
Sur quelque point du sol que votre oreille écoute,
Vous l'entendez qui sort, qui monte, qui s'étend ;
Dix urnes à la fois l'ont fait Représentant ;
Et devant un Pouvoir que ce nom importune
Quand le peuple voulut le mettre à la tribune,
Si neuf cent mille voix ne firent pas défaut,
Ces voix se tripleront pour le mettre plus haut.

Disons-le hardiment : nul de ceux qu'on désigne
Pour asseoir au pavois, comme lui, n'en est digne.
Sans peur et sans dédain nous les voyons tous trois,
Qu'au souvenir du peuple ils invoquent des droits,
Qu'ils soient hommes d'État, de parole ou d'épée,
Qu'ils portent aux périls une âme bien trempée,
Je ne le démens pas, et ne viens point ternir
Le mérite ou l'honneur qui peut leur revenir ;
Mais c'est encor trop peu pour monter à ce faîte.
Pour dominer de haut la voix de la tempête,
Pour combler pleinement un gouffre de malheurs,
Il faut un nom plus fort, plus ample que les leurs.
Et ce qui doit, surtout, armer nos défiances,
C'est qu'ils sont tous grevés de vieilles alliances,
C'est qu'ils ont tous signé, dans leur aveugle espoir,
Une dette payable au jour de leur pouvoir,
Que par reconnaissance, ou faiblesse, ou système,
Celui qui monterait au pinacle suprême ;
Toujours de son passé voudrait être investi,
Que le chef de l'État serait chef d'un parti,

LOUIS NAPOLÉON n'éveille pas ces craintes ;
Ses bras ne sont tenus par aucunes étreintes ;
D'aucun vieil entourage il ne marche escorté ;
Avec nul des partis il n'a fait de traité ;
Son drapeau, c'est celui de la France, le nôtre ;
Son maître, c'est le peuple, il n'en connaît point d'autre.
Il sait qu'il faut dompter, comme un sujet d'effroi,
La liberté qui veut bondir hors de la loi,
Mais que la République avant tout est sa mère ;
Il s'écarte, en un mot, de Juin et de Brumaire,
Et dans son avenir, pur, libre, indépendant,
Tel qu'il fut citoyen, il sera président.

Vous craignez, dites-vous, qu'en ce suprême office,
Le sang de l'Empereur en lui ne se trahisse,
Que des plans belliqueux ne viennent l'emporter :
Non, non, avec son oncle il ne veut pas lutter ;
Bien que son sein renferme un cœur des moins timides,
Il ne veut pas graver son nom aux pyramides,
Ni soupeser l'Europe en sa guerrière main ;
Il croit qu'on peut marcher par un autre chemin,
Qu'on peut se faire grand, comme par des victoires,
En conquérant des biens plus vrais, moins transitoires :
Quand on calme l'aigreur de nos dissentions ;
Quand on montre la France, astre des nations,
Radieuse au dedans, imposante aux frontières,
Supportant, sans fléchir, ses libertés entières ;
Quand on ramène au cœur de ses tristes cités
Leur espoir, leur repos, si longtemps tourmentés ;
Quand on fait circuler, sur sa terre flétrie,
Des fleuves de travail, de luxe, d'industrie ;
Qu'on rallume des arts le consolant flambeau ;
Il croit qu'un pareil rôle est encore assez beau.

Que n'ose le mensonge aidé par la colère ?
Pour le défigurer dans l'esprit populaire,
N'aurait-on pas voulu le présenter aux yeux
Sous une forme ignoble et des traits odieux,
Falsifier son port, sa démarche, son geste ?
Mais cette indigne fraude eut été manifeste,
Car les traits maternels, dont il est héritier,
Reproduisent le front, le type tout entier
De cette Joséphine, idole de la France,
Noble femme, qui mit tant de persévérance
Dans son ardent amour pour l'homme et le pays
Que la fille de Vienne a lâchement trahis.
Ne s'est-on pas armé d'une autre calomnie ?
On l'a destitué de sens et de génie,
On l'a mis au niveau de ces esprits étroits
Qu'on trouve si souvent parmi les fils des rois ;
On l'a dit ! bruit absurde et tombé sans puissance !
Outre les rares dons qu'il tient de sa naissance,
Outre que les leçons d'hommes par l'âge instruits
De ces germes innés firent sortir des fruits ;
Un maître qui n'a point un rudiment frivole,
Le malheur l'instruisit bien mieux à son école,
Lui donna, pour former son cœur et sa raison,
Trente-trois ans d'exil et six ans de prison.
Comme entre quatre murs la plante prisonnière,
L'esprit captif s'élance et trouve la lumière.
C'est là que, criminel d'avoir trop tôt compris
Le but inévitable où marchaient les esprits,
Il s'est dit, mille fois, pendant ces longues heures :
« Oui, ce monde est promis à des phases meilleures ;
Les rois s'en vont, poussés par un pouvoir nouveau ;
Le règne évangélique, armé du grand niveau,
Arrive, en abrogeant tous les droits arbitraires,
En nous proclamant tous égaux, libres et frères.
Ah ! Si la France, un jour, tous ses discords éteints,
Sur cette triple base affermit ses destins,
Heureux, à quelque poids que ce rang l'associe,
Le premier citoyen de sa démocratie ! »
C'est là que, dédaigneux de tout passe-temps vain,
Il se fit fort penseur avant d'être écrivain ;
Qu'il chercha, jusqu'au fond de la science antique,
Les secrets de la guerre et de la politique,
Qu'il médita les plans d'un ordre social ;
Noble et digne neveu de l'oncle impérial,
Qui, sur un roc brûlant d'un désert promontoire,
D'une main enchaînée écrivit son histoire.

Mais, quelque militants que ces droits soient pour lui,
Ce n'est pas leur valeur qu'il invoque aujourd'hui :
Sa ferme confiance, il n'en fait pas mystère,
Repose en ce patron qui fit tant sur la terre,
Et que nos saints respects, ainsi que le plus grand,
Dans le ciel de la gloire ont mis au premier rang ;
Et c'est ce que lui-même a dit mieux que personne,
Un jour que, s'arrêtant au pied de la colonne
Dont le géant d'airain couronne la hauteur,
Il dit en le montrant : *Voilà mon électeur !*
Oui, ce vote imposant, dont l'écho métallique
Réveille, en ces grands jours, la jeune République,
De tous ses nobles fils emportera le vœu ;
Oui, nous honorerons l'oncle dans le neveu ;
Oui, nous ajouterons cette œuvre à notre culte :
Oui, nous épargnerons cette poignante insulte
A celui qui mettait les rois à nos genoux,
A l'empereur défunt, toujours vivant pour nous,
Qui, sur le piédestal où le soutient sa garde,
D'un œil plus flamboyant aujourd'hui nous regarde,
Et semble s'écrier, de sa voix de canon :
FRANCE QUE J'AIMAI TANT, SOUVIENS-TOI DE MON NOM !

BARTHÉLEMY.

Paris. — Impr. d'Ad. BLONDEAU, rue du Petit-Carreau, 33

e Message du Président,

ou

LES DEUX NAPOLÉON.

Air de Jenny l'Ouvrière.

'euple français, c'est au nom de la France
e vous m'avez confié vos droits sacrés.
l'anarchie je connais l'insolence,
veux soutenir vos droits, vos libertés,
de mon oncle je veux la clémence.
suis-je pas l'héritier de son nom?
président la bonté souveraine
ntons, amis de la nation,
nous avons, sur les bords de la Seine,
deux Napoléon, les deux Napoléon.

Le président de notre belle France,
millions de voix l'élirent avec honneur.
lheur aux traîtres s'ils avaient l'insolence
outrager le neveu de l'Empereur,
nais méchants ne tenteront sa défaite.
igle dort, son sommeil n'est pas long.
ez prier, filles de Sainte-Hélène,
le tombeau d'un si grand nom,
nous avons, sur les bords de la Seine,
deux Napoléon, les deux Napoléon.

i nous sauva de l'affreuse terreur.
qui brisa les marches de l'échafaud?
pauvre peuple qui sécha les pleurs?
st l'Empereur qui mit fin à nos maux;
l'ouvrier il rendit l'allégresse,
amena l'ordre et la religion,
ez prier filles de Sainte-Hélène,
le tombeau d'un si grand nom,
nous avons sur les bords de la Seine,
deux Napoléon, les deux Napoléon.

Et vous fermiers, qui sauva vos récoltes
l'incendie, du pillage, chaque jour?
l'étranger il battait les cohortes,
tout chacun lui doit ses plus beaux jours,
son neveu respectons la présence,
ut-être un jour nous la bénirons,
lez prier, filles de Saint-Hélène,
le tombeau d'un si grand nom,
nous avons sur les bords de la Seine,
deux Napoléon, les deux Napoléon.

Félix de Paris, cédée à Boulard.

Le sommeil de l'Empereur

ou

LE REPOS DE L'AIGLE.

Air de Cambronne.

Rois de la terre qui vous liguiez contre lui,
Regardez-le, son sommeil est paisible,
Lorsqu'il veillait le jour et la nuit,
Sur vos trônes vous n'étiez pas tranquilles,
Oh! maintenant ne le craignez plus,
S'il s'éveillait vous ne dormiriez plus. } *bis.*

Quand l'Empereur commandait à l'armée,
Dans vos palais vous évitiez sa présence,
Car vos couronnes tombaient sous ses pieds,
Vos caissons enrichissaient la France.
Oh! maintenant, vous ne le craignez plus,
S'il s'éveillait vous ne dormiriez plus. *bis.*

A Austerlitz, à Wagram, à Marengo,
Lorsqu'il lançait l'éclat de son tonnerre,
Que son armée enlevait vos drapeaux,
Messieurs les rois, vous n'étiez pas fiers.
Oh! maintenant, vous ne le craignez plus,
S'il s'éveillait vous ne dormiriez plus. *bis.*

Oui, par Raguse il a été trahi,
Et par vos ordres il fut chargé de chaînes,
Et les Anglais le gardaient jour et nuit,
L'Empereur est mort à l'île Sainte-Hélène.
Oh! maintenant, vous ne le craignez plus,
S'il s'éveillait vous ne dormiriez plus. *bis.*

Vos avez dit : L'aigle et l'Empereur sont morts,
Son fils aussi a fini sa carrière,
Mais son neveu ne l'est pas encor.
Gare, si un jour il part à la frontière,
Oh! pour le coup, votre sommeil serait perdu,
Vous auriez peur et ne dormiriez plus. *bis.*

Rois, étrangers, regardez à l'horizon,
Si un jour vous déclariez la guerre,
Vous reverriez l'ombre de Napoléon
Qui se lèverait contre l'Europe entière.
Oh! pour le coup, votre sommeil serait perdu,
Vous auriez peur et ne dormiriez plus. *bis.*

Félix de Paris, cédée à Boulard.

Janvier.				Février.				Mars.			
	1	CIRCONCIS.		v	1	s Sever.		v	1	s Aubin	
	2	s Basile.		s	2	PURIFICAT		s	2	s Simplice	
	3	ste Genev.		D	3	*Sexagés.*		D	3	OCULI.	
	4	s Tite, év.		l	4	s Blaise	D.	l	4	mjir ss C	
	5	s Edouard	D.	m	5	ste Agath.	Q.	m	5	s Drausin.	D.
	6	EPIPHANIE	Q.	m	6	s Amand		m	6	ste Colette	Q
	7	steMélanie		j	7	s Richard.		j	7	MI-CARÊM	
	8	s Lucien.		v	8	s Etienne.		v	8	s Jean de D	
	9	s Pierre.		s	9	steApollin		s	9	ste Franç.	
	10	sGuillaum		D	10	*Quinquag*		D	10	LÆTARE.	
	11	sThéodor.		l	11	ste Scol.		l	11	s Euthime	
	12	s Arcade.		m	12	ste Eulalie	N.	m	12	s Grégoire	
	13	B de J.-C.	N.	m	13	CENDRES.	L.	m	13	ste Euphr.	N.
	14	s Hilaire	L.	j	14	s Valentin		j	14	ste Mathil.	L.
	15	s Maur		v	15	s Faustin.		v	15	s Zacharie	
	16	s Honorat.		s	16	ste Julien.		s	16	s Abrah.	
	17	s Antoine		D	17	*Quadragé*		D	17	PASSION.	
	18	Ch. de s P.		l	18	s Siméon		l	18	s Cyrille	
	19	s Sulpice.		m	19	s Barbat.	P.	m	19	s Joseph.	
	20	sSébastien		m	20	Q-TEMPS	Q.	m	20	s Joachim	
	21	ste Agnès	P.	j	21	s Pépin		j	21	s Benoît	P.
	22	s Vincent	Q.	v	22	ste Isabell		v	22	s Paul, év	Q.
	23	s Jean l'A.		s	23	s Lazare,		s	23	s Victorien	
	24	s Timoth.		D	24	REMINISC.		D	24	RAMEAUX.	
	25	C. s Paul		l	25	s Césaire		l	25	s Irénée.	
	26	ste Paule.		m	26	s Alexand	P.	m	26	s Herbland	
	27	*Septuagés.*		m	27	ste Honor.	L.	m	27	s Eutiche.	P.
	28	s Charlem	P.	j	28	s Romain		j	28	s Gontran.	L.
	29	s Fr. de S.	L.			Epacte XVII.		v	29	s Eustase.	
	30	ste Bathild				Lettre Domini. F.		s	30	N.-D. de P	
	31	s Julien						D	31	PAQUES	

Avril.				Mai.				Juin.			
l	1	s Hugues	D.	m	1	s Philippe		s	1	s Fortuné.	
m	2	s Franç. P.	Q.	j	2	s Athanase		D	2	s Pothin.	
m	3	s Richard.		v	3	I. s. Croix		l	3	ste Clotilde	D.
j	4	s Isidore.		s	4	ste Moniq.	D.	m	4	s Optat	Q.
v	5	s Vincent		D	5	C. s Aug.	Q.	m	5	s Boniface	
s	6	s Prudent.		l	6	ROGATIONS		j	6	*Oct. F.-D.*	
D	7	QUASIMODO		m	7	s Stanislas		v	7	s Robert	
l	8	ANNONCIA		m	8	s Désiré		s	8	s Médard.	
m	9	ste Marie E		j	9	ASCENSI.		D	9	ste Pélagie	
m	10	s Macaire		v	10	s Antonin		l	10	ste Marg.	N.
j	11	s Léon p.		s	11	s Mamert.	N.	m	11	s Barnabé.	L.
v	12	s Jules.	N.	D	12	*Oct. Asc.*	L.	m	12	s Onuphre	
s	13	s Justin.	L.	l	13	s Servais.		j	13	s Ant. de P	
D	14	s Lambert.		m	14	s Pacôme.		v	14	s Ruffin	
l	15	s Anastase		m	15	s Isidore, l		s	15	s Modeste	
m	16	s Paër.		j	16	s Honoré		D	16	s Cyr, ste J	P.
m	17	s Etienne.		v	17	s Pascal		l	17	s Avit	Q.
j	18	ste Apollo		s	18	*Vigile-jeû.*	P.	m	18	ste Marine	
v	19	s Elphège.	P.	D	19	PENTEC.	Q.	m	19	s Gerv. s P.	
s	20	s Sulpice	Q.	l	20	s Bernardi		j	20	s Latuin.	
D	21	s Anselme		m	21	s Hospice.		v	21	s L. de Gon	
l	22	ste Opport		m	22	Q. TEMPS		s	22	s Paulin.	
m	23	s Georges.		j	23	s Didier.		D	23	s Félix, pr	
m	24	ste Beuve.		v	24	ste Jeanne		l	24	NAT. s J-B	P.
j	25	s Marc. *évé*		s	25	s Urbain.		m	25	s Prosper.	L.
v	26	s Riquier.	P.	D	26	TRINITÉ.	P.	m	26	s Babolein	
s	27	s Anthime	L.	l	27	s Hildevert	L.	j	27	ste Adèle	
D	28	s Vital.		m	28	s Germain		v	28	s Irénée.	
l	29	s Robert.		m	29	s Maximin		s	29	s P. s Paul	
m	30	s Eutrope.		j	30	FÊTE-DIEU		D	30	s Martial	
		Nombre d'Or, 8.		v	31	ste Pétron				Cycle solaire, 11.	

Juillet.				Août.				Septembre.			
l	1	D. de s J.B		j	1	s P. ès-L.	D.	D	1	s G. s Leu	
m	2	*Visi.* N-D.	D.	v	2	s Alphons.	Q.	l	2	s Just	
m	3	s Hyacinth	Q.	s	3	I. s Etienn		m	3	s Grégoire	
j	4	Tr. s Mart		D	4	s Dominiq		m	4	ste Rosalie	
v	5	ste Zoé		l	5	N-D des N.		j	5	s Bertin	
s	6	s Tranquil		m	6	Trans. N-S		v	6	s Onésiph	N.
D	7	s Pantin.		m	7	s Victrice.	N.	s	7	s Cloud.	L.
l	8	ste Elisab.		j	8	s Cyriaque	L.	D	8	NAT. N-D.	
m	9	ste Anatol	N.	v	9	s Romain		l	9	s Gorgon.	
m	10	ste Félicité	L.	s	10	s Laurent		m	10	s Nicolas	
j	11	Tr. s Benoî		D	11	ste Suzan.		m	11	s Patient	
v	12	s Clet.		l	12	ste Claire		j	12	s Guy.	
s	13	s Anaclet.		m	13	s Hippolyt		v	13	s Aimé	P.
D	14	s Bonavent		m	14	*Vigile-jeû*	P.	s	14	Ex. ste C.	Q.
l	15	s Henri		j	15	ASSOMPT	Q.	D	15	s Albert	
m	16	N-D. du C.	P.	v	16	s Roch		l	16	ste Euphé.	
m	17	s Clair.	Q.	s	17	s Mammez		m	17	s Lambert	
j	18	s Frédéric		D	18	ste Hélène		m	18	Q-TEMPS	
v	19	s Arsène.		l	19	s Louis.		j	19	s Janvier	
s	20	ste Margue		m	20	s Bernard.		v	20	s Eustache	
D	21	s Victor		m	21	s Privat.		s	21	s Matthieu	P.
l	22	ste Madel.		j	22	s Philbert	P.	D	22	s Maurice	L.
m	23	s Wandril		v	23	s Sidoine.	L.	l	23	ste Thècle	
m	24	*Jours can.*	P.	s	24	s Barthéle		m	24	s Germer.	
j	25	s Jacq le m	L.	D	25	s Louis, r.		m	25	s Firmin	
v	26	ste Anne		l	26	*Fin des j. c*		j	26	ste Justine	
s	27	s Pantaléo		m	27	s Césaire		v	27	s Côm. s D.	D.
D	28	s Innocent		m	28	s Aug. s Vir		s	28	s Wencesl	Q.
l	29	ste Marthe		j	29	s Adolphe		D	29	s Michel	
m	30	ste Eugén.		v	30	ste Rose	D.	l	30	s Jérôme	
m	31	s Ignace		s	31	s Ovide.	Q				

Octobre.				Novembre.				Décembre.			
m	1	s Remi		v	1	TOUSSAI.		D	1	AVENT	
m	2	ss Anges		s	2	*Trépassés*		l	2	ste Bibiane	
j	3	s Gérard		D	3	s Marcel		m	3	s Fr. Xav.	N.
v	4	s Fr. d'As.		l	4	s Char. Bo	N.	m	4	ste Barbe	L.
s	5	s Placide.	N.	m	5	s Zacharie	L.	j	5	s Sabas	
D	6	DÉDICACE.	L.	m	6	s Léonard		v	6	s Nicolas	
l	7	ste Serge		j	7	s Ernest		s	7	s Ambrois	
m	8	ste Brigitt		v	8	stes Reliq.		D	8	CONCEPT.	
m	9	s Denis		s	9	s Mathur.		l	9	ste Léocad	
j	10	s Evode.		D	10	s Léon le G		m	10	ste Valère.	
v	11	ssN et Mel		l	11	s Martin	P.	m	11	s Damas	P.
s	12	s Vilfrid.		m	12	s René	Q	j	12	ste Const.	Q
D	13	s Géraud.	P.	m	13	s Brice		v	13	ste Luce	
l	14	s Calliste	Q	j	14	s Laurent		s	14	s Spiridion	
m	15	ste Thérès		v	15	s Eugène		D	15	s Eusèbe.	
m	16	s Gal		s	16	s Eucher		l	16	ste Adélaï	
j	17	ste Hedwi		D	17	s Gr. Th.		m	17	ste Olymp.	
v	18	s Luc éva		l	18	s Romain		m	18	Q-TEMPS	
s	19	s Savinien		m	19	ste Elisab.	P.	j	19	s Timoth.	P.
D	20	s Caprais		m	20	s Edmond	L.	v	20	s Philogon	L.
l	21	ste Ursule	P.	j	21	Prés N.-D.		s	21	s Thom., a	
m	22	s Donat.	L.	v	22	ste Cécile		D	22	s Honorat	
m	23	s Romain.		s	23	s Clément		l	23	ste Victoir	
j	24	s Magloire		D	24	s Jean de l.		m	24	*Vigile-jeû.*	
v	25	s Crép. s C		l	25	ste Cather.		m	25	NOËL	D.
s	26	s Evariste		m	26	s Pierre	D.	j	26	s Etienne	Q.
D	27	s Frumenc		m	27	s Acaire	Q.	v	27	s Jean év	
l	28	s Sim. s J.	D.	j	28	s. Sosthèn		s	28	ss Innocen	
m	29	s Narcisse.	Q	v	29	s Saturnin		D	29	s Thom C.	
m	30	ss Archev.		s	30	s André		l	30	ste Colom.	
j	31	*Vigile-jeû.*				Indiction romaine, 8.		m	31	s Sylvestr	

MESSAGE

M. le Président de la République.

Depuis bientôt un an j'ai donné assez de preuves d'abnégation pour qu'on ne se méprenne pas sur mes intentions véritables. Sans rancune contre aucune individualité, contre aucun parti, j'ai laissé arriver aux affaires les hommes d'opinions les plus diverses, mais sans obtenir les heureux résultats que j'attendais de ce rapprochement. Au lieu d'opérer une fusion de nuances, je n'ai obtenu qu'une neutralisation de forces.

confiance de la nation en maintenant la Constitution que j'ai jurée. Je veux inspirer au pays, par ma loyauté, ma persévérance et ma fermeté, une confiance telle que les affaires reprennent et qu'on ait foi dans l'avenir.

La lettre d'une constitution a, sans doute, une grande influence sur les destinées d'un pays; mais la manière dont elle est exécutée en exerce peut-être une plus grande encore. Le plus ou le moins de durée du pouvoir

CALENDRIER

POUR 1851.

Janvier.				Février.				Mars.			
m	1	CIRCONCIS.		s	1	s Sever.	N.	s	1	s Aubin	
j	2	s Basile.	N.	D	2	PURIFICAT	L.	D	2	*Quinquag*	
v	3	ste Genev.	L.	l	3	s Blaise		l	3	ste Cunég.	N.
s	4	s Tite, év.		m	4	s Isidore.		m	4	s Casimir.	L.
D	5	s Edouard		m	5	ste Agath.		m	5	CENDRES.	
l	6	EPIPHANIE		j	6	s Amand		j	6	ste Colette	
m	7	steMélanie		v	7	s Richard.		v	7	s Thomas.	
m	8	s Lucien.		s	8	s Etienne.		s	8	s Jean de D	
j	9	s Pierre.		D	9	steApollin	P.	D	9	*Quadragé*	
v	10	s Guillaum	P.	l	10	ste Scol.	Q.	l	10	s Doctrové	P.
s	11	s Théodor.	Q.	m	11	s Severin		m	11	s Euthime	Q.
D	12	s Arcade.		m	12	ste Eulalie		m	12	Q-TEMPS	
l	13	B de J.-C.		j	13	s Lézin		j	13	ste Euphr.	
m	14	s Hilaire		v	14	s Valentin		v	14	ste Mathil.	
m	15	s Maur		s	15	s Faustin.		s	15	s Zacharie	
j	16	s Honorat.		D	16	*Septuagés.*	P.	D	16	REMINISC.	
v	17	s Antoine	P.	l	17	s Sylvain.	L.	l	17	s Patrice.	P.
s	18	Ch. de s P.	L.	m	18	s Siméon		m	18	s Cyrille	L.
D	19	s Sulpice.		m	19	s Barbat.		m	19	s Joseph.	
l	20	s Sébastien		j	20	s Eucher		j	20	s Joachim	
m	21	ste Agnès		v	21	s Pépin		v	21	s Benoît	
m	22	s Vincent		s	22	ste Isabell	D.	s	22	s Paul, év	
j	23	s Jean l'A.		D	23	*Sexagés.*	Q.	D	23	OCULI.	
v	24	s Timoth.	D.	l	24	s Matthias		l	24	ste Cather.	D.
s	25	C. s Paul	Q.	m	25	s Césaire		m	25	ANNONCIA	Q.
D	26	ste Paule.		m	26	s Alexand		m	26	s Herbland	
l	27	s Jean Chr		j	27	ste Honor.		j	27	MI-CARÊME	
m	28	s Charlem		v	28	Mart. d'Al		v	28	s Gontrand	
m	29	s Fr. de S.						s	29	s Eustase.	
j	30	ste Bathild		Epacte XXVIII.				D	30	LÆTARE.	
v	31	s Julien		Lettre dominicale, E.				l	31	s Guy, ab.	

Avril.				Mai.				Juin.			
m	1	s Hugues	N.	j	1	s Philippe	N.	D	1	s Fortuné.	
m	2	s Franç. P.	L.	v	2	s Athanase	L.	l	2	s Pothin.	
j	3	s Richard.		s	3	I. s. Croix		m	3	ste Clotilde	
v	4	s Isidore.		D	4	ste Moniq.		m	4	s Optat	
s	5	s Vincent		l	5	C. s Aug.		j	5	s Boniface	
D	6	PASSION.		m	6	s Jean P.-L		v	6	s Claude	P
l	7	s Hégésipp		m	7	s Stanislas		s	7	*Vigile-jeû.*	Q.
m	8	s Gauthier		j	8	s Désiré	P.	D	8	PENTEC.	
m	9	ste Marie E	P.	v	9	s Grégoire.	Q.	l	9	ste Pélagie	
j	10	s Macaire	Q.	s	10	s. Antonin		m	10	ste Marg.	
v	11	N.-D. de P.		D	11	s Mamert.		m	11	Q. TEMPS	
s	12	s Jules.		l	12	s Epiphane		j	12	s Onuphre	
D	13	RAMEAUX.		m	13	s Servais.		v	13	s Ant. de P	P.
l	14	s Lambert.		m	14	s Pacôme.		s	14	s Ruffin	L.
m	15	s Anastase	P.	j	15	s Isidore, l	P.	D	15	TRINITÉ.	
m	16	s Paër.	L.	v	16	s Honoré	L.	l	16	s Cyr, ste J	
j	17	s Etienne.		s	17	s Pascal		m	17	s Avit	
v	18	ste Apollo		D	18	s Venant.		m	18	ste Marine	
s	19	s Elphège.		l	19	s Yves, of.		j	19	FÊTE-D.	
D	20	PAQUES.		m	20	s Bernardi		v	20	s Latuin.	
l	21	s Anselme		m	21	s Hospice.		s	21	s Louis G.	D.
m	22	ste Opport		j	22	ste Julie.		D	22	s Paulin.	Q.
m	23	s Georges.	D.	v	23	s Didier.	D.	l	23	s Félix.	
j	24	ste Beuve.	Q.	s	24	ste Jeanne	Q.	m	24	s Jean-B.	
v	25	s Marc, *abs*		D	25	s Urbain.		m	25	s Prosper.	
s	26	s Riquier.		l	26	ROGATIONS		j	26	*Oct. F.-D.*	
D	27	QUASIMODO		m	27	s Hildevert		v	27	s Irénée.	
l	28	s Vital.		m	28	s Germain		s	28	*Vigile-Jeû*	
m	29	s Robert.		j	29	ASCENSI.		D	29	s Pier. s P.	N.
m	30	s Eutrope.		v	30	s Ferdin.	N.	l	30	C. s Paul.	L.
Nombre d'or,				s	31	ste Pétron	L.	Cycle solaire, 12.			

L'Empereur.

Juillet.				Août.				Septembre.			
m	1	D. de s J.B		v	1	s P. ès-L.		l	1	s G. s Leu	
m	2	*Visi.* N-D.		s	2	s Alphons.		m	2	s Just	
j	3	s Hyacinth		D	3	I. s Etienn	P.	m	3	s Grégoire	Q.
v	4	Tr. s Mart		l	4	s Dominiq	Q.	j	4	ste Rosalie	
s	5	ste Zoé	P.	m	5	N-D des N.		v	5	s Bertin	
D	6	s Tranquil	Q.	m	6	Trans. N-S		s	6	s Onésiph	
l	7	s Pantin.		j	7	s Victrice.		D	7	s Cloud.	
m	8	ste Elisab.		v	8	s Cyriaque		l	8	NAT. N-D.	
m	9	ste Anatol		s	9	s Romain		m	9	s Gorgon.	
j	10	ste Félicité		D	10	s Laurent		m	10	s Nicolas	P.
v	11	Tr. s Benoî		l	11	ste Suzan.	P.	j	11	s Patient.	L.
s	12	s Clet.		m	12	ste Claire	L.	v	12	s Guy.	
D	13	s Anaclet.	P.	m	13	s Hippolyt		s	13	s Aimé	
l	14	s Bonavent	L.	j	14	*Vigile-jeû*		D	14	Ex. ste C.	
m	15	s Henri		v	15	ASSOMPT		l	15	s Ribert	
m	16	N-D. du C.		s	16	s Roch		m	16	ste Euphé.	
j	17	s Clair.		D	17	s Mammez		m	17	Q-TEMPS	
v	18	s Frédéric		l	18	ste Hélène		j	18	s Sophie.	D.
s	19	s Arsène.		m	19	s Louis.		v	19	s Janvier	Q.
D	20	ste Margue		m	20	s Bernard.	D.	s	20	s Eustache	
l	21	s Victor	D.	j	21	s Privat.	Q.	D	21	s Matthieu	
m	22	ste Madel.	Q.	v	22	s Philbert		l	22	s Maurice	
m	23	s Wandril		s	23	s Sidoine.		m	23	ste Thècle	
j	24	*Jours can.*		D	24	s Barthéle		m	24	s Germer.	
v	25	s Jacq le m		l	25	s Louis, r.		j	25	s Firmin	N.
s	26	ste Anne		m	26	*Fin des j. c*	N.	v	26	ste Justine	L.
D	27	s Pantaléo		m	27	s Césaire	L.	s	27	s Côm. s D.	
l	28	s Innocent	N.	j	28	s Aug. s Viv		D	28	s Wencesl	
m	29	ste Marthe	L.	v	29	s Adolphe		l	29	s Michel	
m	30	ste Eugén.		s	30	ste Rose		m	30	s Jérôme	
[illegible]	31	s Ignace		D	31	s Ovide.		Le 23, 1er *Vend.* an 60.			

Octobre.				Novembre.				Décembre.			
m	1	s Remi		s	1	TOUSSAI.		l	1	s Eloi, év.	
j	2	ss Anges	P.	D	2	*Trépassés*		m	2	ste Bibiane	
v	3	s Gérard	Q.	l	3	s Marcel		m	3	s Fr. Xav.	
s	4	s Fr. d'As.		m	4	s Char. Bo		j	4	ste Barbe	
D	5	DÉDICACE.		m	5	s Zacharie		v	5	s Sabas	
l	6	s Bruno.		j	6	s Léonard		s	6	s Nicolas	
m	7	ste Serge		v	7	s Ernest		D	7	s Ambrois	
m	8	ste Brigitt		s	8	stes Reliq.	P.	l	8	CONCEPT.	P.
j	9	s Denis		D	9	s Mathur.	L.	m	9	ste Léocad	L.
v	10	s Evode.	P.	l	10	s Léon le G		m	10	ste Valère.	
s	11	ss N et Mel	L.	m	11	s Martin		j	11	s Damas	
D	12	s Vilfrid.		m	12	s René		v	12	ste Coust.	
l	13	s Géraud.		j	13	s Brice		s	13	ste Luce	
m	14	s Caliste		v	14	s Laurent		D	14	s Spiridion	
m	15	ste Thérés		s	15	s Eugène		l	15	s Eusèbe.	D.
j	16	s Gal		D	16	s Eucher	D.	m	16	ste Adélaï	Q.
v	17	ste Hedwi		l	17	s Gr. Th.	Q.	m	17	Q-TEMPS	
s	18	s Luc éva	D.	m	18	s Romain		j	18	s Gatien	
D	19	s Savinien	Q.	m	19	ste Elisab.		v	19	s Timoth.	
l	20	s Caprais		j	20	s Edmond		s	20	s Philogon	
m	21	ste Ursule		v	21	Prés N.-D.		D	21	s Thom., a	
m	22	s Donat.		s	22	ste Cécile		l	22	s Honorat	N.
j	23	s Romain.		D	23	s Clément	N.	m	23	ste Victoir	L.
v	24	s Magloire	N.	l	24	s Jean de l.	L.	m	24	*Vigile-jeû.*	
s	25	s Crép. s C	L.	m	25	steCather.		j	25	NOEL	
D	26	s Evariste		m	26	s Pierre		v	26	s Etienne	
l	27	s Frumenc		j	27	s Acaire		s	27	s Jean év	
m	28	s Sim. s J.		v	28	s. Sosthén		D	28	ss Innocen	
m	29	s Narcisse.		s	29	s Saturnin		l	29	s Thom C.	
j	30	ss Archev.		D	30	AVENT	PQ	m	30	ste Colom.	P.
v	31	*Vigile-jeû.*	PQ	Indiction rom., 9.				m	31	s Sylvestr	Q.

Le Voyage aérien,

L'Empereur.

Français, je ne suis pas Vandale
Je chéris trop ma nation,
Et ne cherche point de scandale,
J'aime Dieu, ma religion.
L'Eglise aura ma préférence,
J'admire en Dieu tous ses élus,
Mais je fais peu de différence
De Napoléon à Jésus.

Je ne chercherai point la vie
Du Christ, alors qu'il fut enfant,
Au sein de la vierge Marie,
Créé de l'esprit tout-puissant,
Je commence à l'adolescence,
Et ne veux pas remonter plus
Napoléon, sans différence,
Tout jeune imita donc Jésus.

Jésus, au temple à douze ans d'age,
Parlant, étonna ses docteurs,
Napoléon, à son même age,
Etonna ses instituteurs.
Jésus sauva, par sa présence,
Les hommes au péché perdus,
Napoléon sauva la France,
N'a-til pas imité Jésus.

Jésus n'a qu'un nom sur terre
Napoléon n'a que le sien,
Jésus fut un grand doctrinaire,
Napoléon grand tacticien;
Oui, Jésus créa des méthodes.
Ses saints écrits sont lus, relus,
Napoléon, aux douze codes
N'a-t-il pas imité Jésus?

Jésus vendu, subit sa peine,
En expirant sur la croix,
Napoléon, à Sainte-Hélène
Fut vendu comme lui je crois.
Jésus, pendant toute sa vie,
A souffert mille morts et plus;
Nopoléon, pour sa patrie,
N'a-t-il pas imité Jésus ?

Traçons de Jésus cette scène :
A sa mort fut inhumé,
Napoléon, près de la Seine,
Aux Invalides est embaumé,
De Jésus la Bible et l'histoire
Se liront dans mille ans et plus.
De Napoléon la mémoire,
Français, vivra comme Jésus.

Molet (de Toulouse,)
cédée à Gauvin.

Rouen, imp. Ve A. Surville, rue des Bons-Enfants, 46-48.

Le Voyage aérien,

ou

LA VOITURE A QUATRE BALLONS.

Air du Juif-Errant.

Refrain: En ballon, en ballon,
J'allons voyager tout de bon
Il partira dans les airs
En concurrence du chemin de fer.

Mil huit cent cinquante et un,
Tout le monde sera commun,
Dans les airs, pour voyager
Sans aucune indemnité.
En ballon, *etc.*

Conducteurs et gondoliers,
Gare à la nouvelle année,
Directeurs de chemin de fer.
J'allons voyager en l'air.
En ballon, etc.

Gare à vous, marchands de vin,
Dans la machine à Pétin,
Vous ne pourrez plus, quel bonheur!
Nous droguer votre liqueur.
En ballon, etc.

Boulangers et épiciers,
Vous, charpentiers et bouchers,
Prenez place dans le ballon,
Pour voyager chez Pluton.
En ballon, *etc.*

Messieurs, ne soyez pas surpris,
Si les femme quittent leurs maris,
Elles profitent de l'accasion,
Pour voyager en ballon.
En ballon, etc,

Nous allons voir l'Angleterre,
L'Algérie et toutes les mers,
La Russie, la Sibérie,
Et l'or de la Californie.
En ballon, etc.

Si l'empereur ressuscitait,
Il adopterait ce projet,
Bombarderait, dans les airs,
Toutes les puissances étrangères.
En ballon, etc.

Les charr tiers, les voituriers,
Et même jusqu'aux cordonniers
Vont faire des pétitions
Contre la voiture à quatre ballons.
En ballon, etc.

Bons maris, soyez certains
Que la machine à Pétin
A vos femmes fera plaisir
Et que toutes voudront partir.
En ballon, etc.

Jeunes, filles, jeunes garçons,
Vite, montez en ballon,
Vos mamans, le nez en l'air,
Auront beau être en colère
En ballon, etc.

Et vous, messieurs les commerçants
Ne vous mettez pas dedans,
Méfiez-vous des banqueroutiers,
En l'air pourraient vous payer,
En ballon, etc.

Le terme étant arrivé,
Le locataire sera assuré
De dire au propriétaire :
Je vais vous payer en l'air.
En ballon, etc.

Calendrier de la Constitution.

LA CONSTITUTION.

Air : *Gai, gai, gai !*

Refrain : Français, chantons
A l'unisson
Le bonheur de la France.
Vive le prince Louis-Napoléon,
Vive la Constitution.

Elle sera pour la France
Le guide et le pavillon;
Elle donne l'espérance,
L'honneur d'un si grand nom.
Français, etc.

Sur le champ de bataille,
Elle sera le drapeau;
A travers la mitraille
Elle guidera le héros.
Français, etc.

Sous la simple chaumière,
Au palais, au château,
Dans la classe ouvrière,
L'on entend dire ces mots :
Français, etc.

Sous la griffe de l'aigle
Est la Constitution,
Car le Ciel protège
Le prince Louis-Napoléon.
Français, etc.

Elle ne sera plus violée
Par ses représentants,
Qui l'ont vendue et livrée
Pour le prix de vingt-cinq francs.
Français, etc.

Elle donne au commerce
Confiance et succès.
Amis, plus de tristesse,
Nous chanterons à jamais :
Français, etc.

Pour célébrer la gloire
Du prince Napoléon,
Chantons à sa mémoire :
Vive la Constitution.
Français, etc.

Ce fut le deux décembre,
Il leur dit sans se gêner :
Messieurs, fermez la Chambre,
Et puis déménagez,
Français, etc.

Jules.

PARTIE FINE,

ou

C'EST BIEN JOUÉ.

Air : trou la la.

Refrain : C'est bien joué, (bis)
Napoléon a gagné;
Il a joué le grand coup,
Il a gagné leur dernier sou.

Il leur a dit sans trop parler
Avec moi vous voulez jouer;
Mais celui qui gagnera
La France gouvernera.
C'est bien joué. etc.

L'on commença par le domino
Fallait manier les petits os;
Leur donna le président
Une culotte pour l'jour de l'an.
C'est bien joué, etc.

Au jeu d'carte, au cent d'piquet,
Il abaissa leur caquet,
Car plus d'un est resté sot,
Quand ils se sont vus capot.
C'est bien joué, etc.

Au jeu de dame il était temps;
Sur les rouges et sur les blancs;
Ils allaient, sans le prévenir,
L'faire tomber dans la ti eire.
C'est bien joué. etc.

Mais ce fut le deux décembre,
Napoléon joua la chambre,
Là plus d'un représentant,
A perdu ses vingt-cinq francs.
C'est bien joué, etc.

Pour récompenser son zèle,
Par le suffrage universel
Napoléon est renommé
Car vraiment il a bien joué,
C'est bien joué, etc.

Ils disaient : il ne parle pas,
Mais il leur a dit tout bas :
Messieurs, faut déménager,
Car voilà Noël arrivé. C'est, etc.

Comme chacun est content,
Dedans ce beau jour de l'an;
Car le ciel nous amène
Napoléon pour étrennes. C'est, etc.

		JANVIER.				FÉVRIER.				MARS.	
j	1	CIRCONCIS.		D	1	s Sever.		l	1	s Aubin	
v	2	s Basile.		l	2	PURIFICAT.		m	2	s Simplice	
s	3	ste Genev.		m	3	s Blaise		m	3	Q-TEMPS	
D	4	s Tite, év.		m	4	s Isidore.	P.	j	4	s Adrien.	
l	5	s Edouard		j	5	ste Agath.	L.	v	5	s Drausin.	L.
m	6	EPIPHANIE	P.	v	6	s Amand		s	6	ste Colette	
m	7	steMélanie	L.	s	7	s Romuald		D	7	REMINISC.	
j	8	s Lucien.		D	8	*Septuagés.*		l	8	s Jean de D	
v	9	s Pierre.		l	9	ste Apollin		m	9	ste Franç^e^	
s	10	sGuillaum		m	10	ste Scolast		m	10	s Doctrové	
D	11	sThéodor.		m	11	steEuph^ne^	D.	j	11	40 Martyrs	D.
l	12	s Arcade.		j	12	ste Eulalie	Q	v	12	s Grégoire	Q.
m	13	B de *J.-C.*	D.	v	13	s Lézin		s	13	ste Euphr.	
m	14	s Hilaire.	Q.	s	14	s Valentin		D	14	OCULI.	
j	15	s Paul, er.		D	15	*Sexagés.*		l	15	s Longin.	
v	16	s Honorat.		l	16	ste Julienn		m	16	s Abraham	
s	17	s Antoine.		m	17	s Sylvain.		m	17	s Patrice.	
D	18	Ch. de s P.		m	18	s Siméon		j	18	MI-CARÊME	
l	19	s Sulpice.		j	19	s Barbat.	N.	v	19	s Joseph.	N.
m	20	sSébastien	N.	v	20	s Eucher	L.	s	20	s Joachim	L.
m	21	ste Agnès	L.	s	21	s Flavien.		D	21	LÆTARE.	
j	22	s Vincent		D	22	*Quinquag*		l	22	s Paul, év	
v	23	s Jean l'A.		l	23	s Lazare.		m	23	sVictorien	
s	24	s Timoth.		m	24	s Florent		m	24	ste Cather.	
D	25	C. s Paul		m	25	CENDRES.		j	25	ANNONCIA	
l	26	ste Paule.		j	26	s Prétextat		v	26	s Herbland	
m	27	s Jean-Chr		v	27	s Alexand.	P.	s	27	s Eutiche.	P.
m	28	s Charlem	P.	s	28	ste Honor	Q.	D	28	PASSION.	Q.
j	29	s Fr. de S.	Q.	D	29	*Quadragé*		l	29	s Eustase.	
v	30	ste Bathild				Epacte IX.		m	30	s J.-Clim.	
s	31	steJulien				Lettre dominicale, DC.		m	31	s Guy, ab.	

		AVRIL.				MAI.				JUIN.	
j	1	s Hugues		s	1	s Phil. s J.		m	1	s Fortuné.	P.
v	2	N.-D. de P.		D	2	s Athanase	P.	m	2	Q. TEMPS	L.
s	3	s Richard.	P.	l	3	I. s Croix	L.	j	3	ste Clotilde	
D	4	RAMEAUX.	L.	m	4	ste Moniq.		v	4	s Optat	
l	5	s Vincent		m	5	s Augustin		s	5	s Boniface	
m	6	s Prudence		j	6	s Jean P.-L		D	6	TRINITÉ.	
m	7	s Hégésipp		v	7	s Stanislas		l	7	s Paul, év	D.
j	8	s Gauthier		s	8	s Désiré		m	8	s Médard.	Q.
v	9	*V.-Saint.*		D	9	s Grégoire.	D.	m	9	ste Pélagie	
s	10	s Macaire	D.	l	10	s Antonin	Q	j	10	FÊTE-DIEU	
D	11	PAQUES.	Q.	m	11	s Mamert.		v	11	s Barnabé.	
l	12	s Jules.		m	12	s Epiphane		s	12	s Onuphre	
m	13	s Justin.		j	13	s Servais.		D	13	s Ant. de P	
m	14	s Lambert.		v	14	s Pacôme.		l	14	s Quintien	
j	15	s Anastase		s	15	s Isidore. l		m	15	s Modeste.	
v	16	s Poër.		D	16	s Honoré		m	16	s Cyr, ste J	N.
s	17	s Etienne.		l	17	ROGATIONS		j	17	*Oct. F.-D.*	L.
D	18	QUASIMODO	N.	m	18	s Venant.	N	v	18	ste Marine	
l	19	s Elphège.	L.	m	19	s Yves, of.	L.	s	19	s Gervais.	
m	20	ss Mar de P		j	20	ASCENSI.		D	20	s Latuin.	
m	21	s Anselme		v	21	s Hospice.		l	21	s Louis G.	
j	22	ste Opport		s	22	ste Julie.		m	22	s Paulin.	
v	23	s Georges.		D	23	s Didier.		m	23	s Félix.	P.
s	24	ste Beuve.		l	24	ste Jeanne		j	24	s Jean-B.	Q
D	25	sMarc. *abs*		m	25	s Urbain.	P.	v	25	s Prosper.	
l	26	s Riquier.	P	m	26	s Phil.-d-N	Q.	s	26	s J. et s P.	
m	27	sAnthime	Q.	j	27	s Hildevert		D	27	s Irénée.	
m	28	s Vital.		v	28	s Germain		l	28	*Vigile-jeû*	
j	29	s Robert.		s	29	*Vigile-jeû.*		m	29	s Pier. s P.	
v	30	s Eutrope.		D	30	PENTEC.		m	30	C. s Paul.	
		Nombre d'or, 10.			31	ste Pétron				Cycle solaire, 13.	

		JUILLET.				AOUT.				SEPTEMBRE.	
j	1	D. de s J.-B.	[illegible]	D	1	s P. ès L.		m	1	[illegible]	
v	2	*Visi. N-D.*		l	2	ss de Paul		j	2	s Just	
s	3	s Hyacinth		m	3	I. s Etienn		v	3	s Grégoire	
D	4	Tr. s Mart		m	4	s Dominiq		s	4	ste Rosalie	
l	5	ste Zoé		j	5	N-D des N.		D	5	s Bertin	D.
m	6	s Tranquil		v	6	Trans. N-S		l	6	s Onésiph	Q.
m	7	s Pantin.		s	7	s Victrice.	D.	m	7	s Cloud.	
j	8	ste Elisab.	D.	D	8	s Cyriaque	Q.	m	8	NAT. N-D.	
v	9	ste Anatol	Q.	l	9	s Romain		j	9	s Gorgon.	
s	10	ste Amélie		m	10	s Laurent		v	10	s Nicolas	
D	11	Tr. s Benoî		m	11	ste Suzan.		s	11	s Patient	
l	12	s Ciet. p.		j	12	ste Claire		D	12	s Raphael	N.
m	13	s Anaclet.		v	13	s Hippolyt		l	13	s Aimé	L.
m	14	s Bonavent		s	14	*Vigile-jeû*	N.	m	14	Ex. ste C.	
j	15	s Henri		D	15	ASSOMPT	L.	m	15	Q-TEMPS	
v	16	N-D. du C.	N.	l	16	s Roch		j	16	ste Euphé.	
s	17	s Alexis.	L.	m	17	s Mammez		v	17	s Lambert	
D	18	s Clair.		m	18	ste Hélène		s	18	s Sophie.	
l	19	s Arsène.		j	19	s Louis.		D	19	s Janvier	P.
m	20	steMargue		v	20	s Bernard.		l	20	s Eustache	Q.
m	21	s Victor		s	21	ste Emilie	P.	m	21	s Matthieu	
j	22	ste Madel.		D	22	s Philbert	Q.	m	22	s Maurice	
v	23	s Wandril	P.	l	23	s Sidoine.		j	23	ste Thécle	
s	24	ste Christi	Q.	m	24	s Barthéle		v	24	s Germer.	
D	25	s Jacq le m		m	25	s Louis, r.		s	25	s Firmin	
l	26	ste Anne.		j	26	s Ouen.		D	26	ste Justine	
m	27	s Pantaléo		v	27	s Césaire		l	27	s Côm. s D.	P.
m	28	s Innocent		s	28	sAug. s Viv	P.	m	28	s Wencesl	L.
	29	ste Marthe		D	29	s Adolphe	L.	m	29	s Michel	
	30	ste Eugén.		l	30	ste Rose		j	30	s Jérôme	
	31	s Ignace		m	31	s Médéric				Le 22, 1er *Vend.* an 61.	

		OCTOBRE.				NOVEMBRE.				DÉCEMBRE.	
	1	[illegible]			1	[illegible]			1	[illegible]	
s	2	ss AngesG		m	2	*Trépassés*		j	2	ste Bibiena	
D	3	DÉDICACE.		m	3	s Marcel		v	3	s François	D.
l	4	s François		j	4	s Char. Bo	D.	s	4	ste Barbe	Q.
m	5	s Placide.	D.	v	5	s Zacharie	Q.	D	5	s Sabas	
m	6	s Bruno.	Q.	s	6	s Léonard		l	6	s Nicolas	
j	7	ste Osithe		D	7	s Ernest		m	7	s Ambrois	
v	8	ste Brigitt		l	8	stes Reliq.		m	8	CONCEPT.	
s	9	s Denis		m	9	s Mathur.		j	9	ste Léocad	
D	10	s Evode.		m	10	s Léon le G	N.	v	10	ste Valère.	N.
l	11	ss N et Mel		j	11	s Martin	L.	s	11	s Damase	L.
m	12	s Vilfrid.		v	12	s René		D	12	ste Const.	
m	13	s Géraud.	N.	s	13	s Brice		l	13	ste Luce	
j	14	s Caliste	L.	D	14	s Laurent		m	14	sSpiridion	
v	15	ste Thérès		l	15	s Eugène		m	15	Q-TEMPS	
s	16	s Gal, ab.		m	16	s Eucher		j	16	ste Adélaï	
D	17	ste Estelle		m	17	s Gr. Th.	P.	v	17	ste Olym^de^	P.
l	18	s Luc év.		j	18	s Romain	Q.	s	18	s Gatien	Q.
m	19	s Savinien		v	19	ste Elisab.		D	19	s Timoléo.	
m	20	s Caprais	P.	s	20	s Edmond		l	20	s Philogon	
j	21	ste Ursule	Q.	D	21	Prés N.-D.		m	21	s Thom., a	
v	22	s Donat		l	22	ste Cécile		m	22	s Honorat	
s	23	s Romain.		m	23	s Clément		j	23	ste Victoir	
D	24	s Magloire		m	24	s Jean de l.		v	24	*Vigile-jeû.*	
l	25	s Crép. s C		j	25	steCather.	P.	s	25	NOEL	
m	26	s Evariste		v	26	s Pierre	L.	D	26	s Etienne	
m	27	s Frumenc		s	27	s Acaire		l	27	s Jean év.	
j	28	s Sim. s J.	P.	D	28	AVENT		m	28	ss Innocen	
v	29	s Narcisse.	L.	l	29	s Saturnin		m	29	s Thom C.	
s	30	*Vigile-jeû.*		m	30	s André.		j	30	Ste Colm.	
D	31	s Quentin.				Indiction rom., 10.		v	31	s. Sylvest.	

CONSTITUTION

Faite en vertu des pouvoirs délégués par le peuple français à Louis-Napoléon Bonaparte, par le vote des 20 et 21 décembre 1851:

LE PRÉSIDENT DE LA RÉPUBLIQUE,

Considérant que le peuple français a été appelé à se prononcer sur la résolution suivante:

« Le peuple veut le maintien de l'autorité de Louis-» Napoléon Bonaparte et lui donne les pouvoirs néces-» saires pour faire une Constitution d'après les bases » établies dans sa proclamation du 2 décembre ;

Considérant que les bases proposées à l'acceptation du peuple étant :

« 1° Un chef responsable nommé pour dix ans;

« 2° Des ministres dépendants du pouvoir exécutif seul;

« 3° Un conseil d'état formé des hommes les plus dis-» tingués, préparant les lois et en soutenant la discussion » devant le Corps Législatif;

» 4° Un corps législatif discutant et votant les lois, » nommé par le suffrage universel, sans scrutin de liste, » qui fausse l'élection;

» 5° Une seconde Assemblée formée de toutes les » illustrations du pays, pouvoir pondérateur, gardien du » pacte fondamental et des libertés publiques ; »

Considérant que le peuple a répondu affirmativement par sept millions cinq cent mille suffrages.

Promulgue la Constitution dont la teneur suit :

TITRE Ier.

Art. 1er La Constitution reconnait, confirme et garantit les grands principes proclamés en 1789, et qui sont la base du droit public des Français.

TITRE II.

FORMES DU GOUVERNEMENT DE LA RÉPUBLIQUE.

Art. 2. Le gouvernement de la République Française est confié pour dix ans au prince Louis-Napoléon Bonaparte, président actuel de la République.

Art. 3. Le président de la République gouverne au moyen des ministres, du Conseil d'Etat, du Sénat et du Corps Législatif.

Art. 4. La puissance législative s'exerce collectivement par le président de la République, le Sénat et le Corps Législatif.

TITRE III.

DU PRÉSIDENT DE LA RÉPUBLIQUE.

Art. 5. Le président de la République est responsable devant le peuple français, auquel il a toujours le droit de faire appel.

Art. 6. Le président de la République est le chef de l'État; il commande les forces de terre et de mer, déclare la guerre, fait les traités de paix, d'alliance et de commerce, nomme à tous les emplois, fait les réglements et décrets nécessaires pour l'exécution des lois.

Art. 7. La justice se rend en son nom.

Art. 8. Il a seul l'initiative des lois.

Art. 9. Il a droit de faire grâce.

Art. 10. Il sanctionne et promulgue les lois et les sénatus-consultes.

Art. 11. Il présente tous les ans au Sénat et au Corps Législatif, par un message, l'état des affaires de la République.

Art. 12. Il a le droit de déclarer l'état de siége dans un ou plusieurs départements, sauf à en référer au Sénat dans le plus bref délai.

Les conséquences de l'état de siége sont réglées par la loi.

Art. 13. Les ministres ne dépendent que du chef de l'Etat; ils ne sont responsables que chacun en ce qui le concerne des actes du gouvernement: il n'y a point de solidarité entre eux, ils ne peuvent être mis en accusation que par le Sénat.

Art. 14. Les ministres, les membres du Sénat, du Corps Législatif et du Conseil d'État, les officiers de terre et de mer, les magistrats et les fonctionnaires publics prêtent le serment ainsi conçu:

Je jure obéissance à la Constitution et fidélité au président.

Art. 15 Un sénatus-consulte fixe la somme allouée annuellement au président de la Republique pour toute la durée d ses fonctions.

Art. 16. Si le président de la République meurt avant l'expiration de son mandat, le Sénat convoque la nation pour procéder à une nouvelle élection.

Art. 17 Le chef de l'État a le droit, par un acte secret et déposé aux archives du Sénat, de désigner au peuple le nom du citoyen qu'il recommande, dans l'intérêt de la France, à la confiance du peuple et à ses suffrages

Art. 18. Jusqu'à l'élection du nouveau président de la République, le président du Sénat gouverne avec le concours des ministres en fonctions, qui se forment en conseil de gouvernement et délibèrent à la majorité des voix.

TITRE IV.

DU SÉNAT.

Art. 19. Le nombre des sénateurs ne pourra excéder cent cinquante : il est fixé pour la première année à quatre-vingt.

Art. 20. Le sénat se compose :

1° Des cardinaux, des maréchaux, des amiraux;

2° Des citoyens que le président de la République juge convenable d'élever à la dignité de sénateur.

Art. 21. les sénateurs sont inamovibles et à vie

Art. 22. Les fonctions de sénateur sont gratuites; néanmoins le président de la République pourra accorder à des sénateurs, en raison de services rendus et de leur position de fortune, une dotation personnelle, qui ne pourra excéder trente mille francs par an.

Art. 23. Le président et les vice-présidents du Sénat sont nommés par le président de la République et choisis parmi les sénateurs.

Ils sont nommés pour un an.

Le traitement du président du Sénat est fixé par un décret.

Art. 24. Le président de la République convoque et proroge le Sénat. Il fixe la durée de ses sessions par un décret.

Les séances du Sénat ne sont pas publiques.

Art. 25 Le Sénat est le gardien du pacte fondamental et des libertés publiques. Aucune loi ne peut être promulguée avant de lui avoir été soumise.

Art. 26. Le Sénat s'oppose à la promulgation :

1° Des lois qui seraient contraires ou qui porteraient atteinte à la Constitution, à la religion, à la morale, à la liberté des cultes, à la liberté individuelle, à l'égalité des citoyens devant la loi à l'inviolabilité de la propriété et au principe de l'inamovibilité de la magistrature:

2° De celles qui pourraient compromettre la défense du territoire.

Art. 27. Le Sénat règle par un sénatus-consulte :

1° La constitution des colonies et de l'Algérie :

2° Tout ce qui n'a pas été prévu par la constitution et qui est nécessaire à sa marche;

3° Le sens des articles de la Constitution qui donnent lieu à différentes interprétations.

Art. 28. Ces sénatus-consultes seront soumis à la sanction du président de la République, et promulgués par lui.

Art 29 Le Sénat maintient ou annule tous les actes qui lui sont déférés comme inconstitutionnels par le gouvernement, ou dénoncés pour la même cause par les pétitions des citoyens.

Art. 30 Le Sénat peut, dans un rapport adressé au président de la République, poser les bases des projets de loi d'un grand intérêt national.

Art. 31. Il peut également proposer des modifications à la Constitution. Si la proposition est adoptée par le pouvoir exécutif, il y est statué par un sénatus consulte.

Art. 32. Néanmoins, sera soumise au suffrage universel toute modification aux bases fondamentales de la Constitution, telles qu'elles ont été posées dans la proclamation du 2 décembre et adoptées par le peuple français.

Art. 33. En cas de dissolution du Corps Législatif et jusqu'à nouvelle convocation, le Sénat, sur la proposition du président de la République, pourvoit, par des mesures d'urgence, à tout ce qui est nécessaire à la marche du gouvernement.

TITRE V.

DU CORPS LÉGISLATIF.

Art. 34. L'élection a pour base la population.

Art. 35. Il y aura un député au Corps Legislatif à raison de 35,000 électeurs.

Art. 36. Les députés sont élus par le suffrage universel et sans scrutin de liste.

Art. 37. Ils ne reçoivent aucun traitement.

Art. 38. ils sont nommés pour six ans.

Art. 39. Le Corps Législatif discute et vote les projets de loi et l'impôt.

Art. 40. Tout amendement adopté par la commission chargée d'examiner un projet de loi sera renvoyé, sans discussion, au Conseil d'état par le président du Corps Législatif.

Si l'amendement n'est pas adopté par le Conseil d'état il ne pourra pas être soumis à la délibération du Corps Législatif.

Art. 41. Les sessions ordinaires du Corps Législatif, durent trois mois, ses séances sont publiques, mais la demande de cinq membres suffit pour qu'il se forme en comité secret,

Art. 42. Le compte-rendu des séances du Corps Législatif par les journaux ou tout autre moyen de publication ne consistera que dans la reproduction du procès-verbal dressé à l'issue de chaque séance par les soins président du Corps Législatif.

Art. 43 Le président et les vice-présidents du Corps Législatif sont nommés par le président de la République pour un an, ils sont choisis parmi les députés. Le traitement du Corps Législatif est fixé par un décret

Art. 44. Les ministres ne peuvent être membres du Corps Législatif.

Art. 45. Le droit de pétition s'exerce auprès du Sénat. Aucune pétition ne peut être adressée au Corps Législatif

Art. 46. La président de la République convoque, ajourne, proroge et dissout le Corps Législatif. En cas de dissolution, le président de la République doit en convoquer un nouveau dans le délai de six mois.

TITRE VI.

DU CONSEIL D'ÉTAT.

Art. 47. Le nombre des conseillers d'état en service ordinaire est de quarante à cinquante.

Art. 48 Les conseillers d'état sont nommés par le président de la République, et révocables par lui.

Art. 49. Le conseil d'état est présidé par le président de la République, et, en son absence, par la personne qu'il désigne comme vice-président du conseil d'état.

Art. 50. Le conseil d'état est chargé, sous la direction du président de la république, de rédiger les projets de loi et les réglements d'administration publique, et de résoudre les difficultés qui s'élèvent en matière d'administration.

Art 51. Il soutient, au nom du gouvernement, la discussion des projets de loi devant le Sénat et le Corps Législatif.

Les conseillers d'état chargés de porter la parole au nom du gouvernement, sont désignés par le président de la République.

Art. 52. Le traitement de chaque conseiller d'état est de 25,000 francs.

Art. 53. Les ministres ont rang, séance et voix délibérative au conseil d'état.

TITRE VII.

DE LA HAUTE-COUR DE JUSTICE.

Art. 54. Une haute-cour de justice juge, sans appel ni recours en cassation, toutes personnes qui auront été renvoyées devant elles comme prévenues de crimes, attentats, ou complots contre le président de la République ou contre la sûreté intérieure ou extérieure de l'État.

Elle ne peut être saisie qu'en vertu d'un décret du président de la République.

Art. 55. Un sénatus-consulte déterminera l'organisation de cette haute-cour.

TITRE VIII.

DISPOSITIONS GÉNÉRALES ET TRANSITOIRES.

Art. 56. Les dispositions des codes, lois et réglements existants, qui ne sont pas contraires à la présente Constitution, restent en vigueur jusqu'à ce qu'il y soit légalement dérogé.

Art. 57. Une loi déterminera l'organisation municipale. Les maires seront nommés par le pouvoir exécutif et pourront être pris hors du conseil municipal.

Art. 58. La présente Constitution sera en vigueur à dater du jour où les grands corps de l'État qu'elle organise seront constitués.

Les décrets rendus par le président de la République, à partir du 2 décembre jusqu'à cette époque, auront force de loi.

Fait au palais des Tuileries, le 14 janvier 1852.

LOUIS-NAPOLÉON.

Vu et scellé du grand sceau.

Le garde des sceaux, ministre de la justice,

E. ROUHER.

Rouen. imp. Ve A. Surville, rue des Bons-Enfants.

Calendrier Impérial pour 1853.

Domine salvum fac imperatorem

ou

Que le Seigneur protège l'Empereur.

Air: gai, gai, gai.

Domine, salvum fac imperatorem,
Que la main du Seigneur,
Protège l'Empereur.

Le sauveur de la France,
L'élu du peuple et de Dieu,
Nous avons l'espérance,
Qu'il nous rendra heureux.
Domine, etc.

Heureuse violette,
Parais charmante fleur,
Tu es notre interprète,
Image de l'empereur.
Domine, etc.

Prenez garde à vous, traîtes,
Ah! vous croyez le trahir,
La foudre dessus vos têtes
Pourrait vous engloutir.
Domine, etc.

Tout le peuple de la France.
Chante à pleine voix,
Bonheur et clémence,
Vive Napoléon Trois.
Domine, etc.

A l'autel de Marie,
Offrons avec honneur,
Notre France chérie,
Et notre nouvel empereur.
Domine, etc.

Ouvriers, ouvrières,
Pour nous plus de douleur,
La France est notre mère,
Chantons vive l'empereur.
Domine, etc.

Sire, que votre clémence,
Reçoive ces couplets,
Empereur de France,
Nous chanterons à jamais.
Domine, etc.

LA PAUVRE FAMILLE,

ou

le Buste de l'Empereur Napoléon III.

Air : Patrie, Honneur.

Mes chers enfants, nous sommes riches aujourd'hui,
nous avons le buste de l'Empereur.
C'est notre bienfaiteur et notre appui.
Napoléon trois est élu, quel bonheur!

Et chaque jour en récitant son nom,
Découvrons nous, vive Napoléon. (bis).

Oui mes enfants, je servis le grand vainqueur,
Je l'ai suivi dans le champ des victoires,
J'ai reçu la croix de la Légion d'Honneur;
Sur mon cœur elle brille comme sa gloire.
Et chaque, etc.

Je l'ai suivi à Arcole, à Eylau,
A Saint-Bernard, aux noires pyramides.
Je l'ai pleuré au champ de Waterloo,
Lorsqu'ils trahirent le héros intrépide.
Et chaque, etc.

Je suis rentré dans mes humbles foyers,
Versant des pleurs, accablé de tristesse,
De mon empereur, oui j'avais des lauriers,
Et son portrait; voilà ce qui me reste.
Et chaque, etc.

Et chaque jour, hélas! je me disais :
Si je voyais l'héritier de sa famille,
Je serais content, je mourrais sans regret,
Mais aujourd'hui je tiens plus à la vie
Et chaque, etc.

Oui, mon empereur, j'ai l'honneur aujourd'hui
De posséder votre buste dans ma chaumière,
Auprès de Dieu, à la tête de mon lit,
Matin et soir il reçoit ma prière.
Et chaque, etc.

Le Réveil de la France

ou

Vive Napoléon III, vive l'Empereur.

Air de la Violette fleurie.

Réveille-toi, France chérie,
Tous les malheurs sont passés,
La terreur et l'anarchie,
Comme une ombre sont passées.
Ton soleil reprend sa clarté,
Tressons des fleurs et des couronnes,
Pour fêter ces jours de bonheur.
Puisque le ciel nous le donne,
Chantons vive notre Empereur. } Bis.

Voyez-vous cette violette,
Depuis longtemps abandonnée,
Toujours la France l'a regrettée,
N'ayant qu'une seule pensée,
Un jour de la voir proclamer,
Sous le beau gazon de Bellone.
Le peuple a retrouvé la fleur,
Puisque le ciel nous la donne,
Vive la violette et l'empereur.

Le deux décembre, l'année dernière,
Elle commençait à refleurir
A nos cœurs déjà elle était chère,
La France n'avait plus à souffrir.
Pour nous un heureux avenir,
Les beaux diamants de la couronne,
Sur le front de notre libérateur,
C'est le Sénat qui nous le donne,
Le peuple le proclame empereur.

Voyez-vous voler dans les airs,
Cette aigle qui ranime nos cœurs,
Elle est dessus nos bannières,
Les armoiries de l'empereur,
Religion, gloire et honneur,
Elle est gravée sur la colonne,
Aux Invalides nos vieux défenseurs,
Dans ses serres elle tient la couronne,
Napoléon trois est empereur.

Amis, chantons vive la France,
L'année mil huit cent cinquante-trois,
Plus de terreur, plus de souffrance,
Le peuple comblé de bienfaits
Chantera vive Napoléon trois.
[illegible]
[illegible]
Puisque le ciel nous le donne,
Dieu protégera notre empereur.

Les étrennes Impériales,

ou

Vive l'Empereur.

Air : *Dans ce bosquet Suzette.*

Sur les bords de la Seine,
La violette en fleur,
Paraît pour les étrennes;
France souveraine,
Reçois ton empereur.

Vieux amis de la gloire,
Vieux soldats de l'empire,
Au temple de mémoire,
Vos beaux jours vont reluire.
Le drapeau tricolore
A reconquis ses droits,
Une nouvelle aurore,
Vive Napoléon trois.
Sur les bords, etc.

Au rocher de Saint-Hélène,
Un pauvre jardinier,
S'est donné tant de peine,
De pouvoir conserver
Une belle violette,
Cette charmante fleur.
Maintenant tout répète,
Nous avons un empereur.
Sur les bords, etc.

Cette année pour étrennes
Nous promet le bonheur;
Sur les bords de la Seine,
Règne notre empereur,
Et pour les aguignettes
Le peuple a fait son choix,
C'est une violette,
Vive Napoléon trois.
Sur les bords, etc.

Les couleurs nationales,
Vont être couronnées
Du grand aigle impérial,
Vingt ans de renommée.
Pour nous plus de souffrances,
Le ciel reçoit nos vœux;
L'Empereur de la France,
Est rendu à nos vœux.
Sur les bords, etc.

Allons, plus de tristesse,
De la France le sauveur,
Chantons en allégresse,
Notre nouvel empereur.
Espoir et confiance,
A Napoléon trois.
Il protégera la France,
En mille huit cent-cinquante-trois.
Sur les bords, etc.

Le Soleil de la France.

Air : *A genoux devant l'Eternel.*

Le soleil qui éclaire la France,
De ses rayons lumineux,
Dans nos cœurs porte l'espérance,
Des jours brillants et heureux;
Car la nouvelle année se présente.
L'espoir à nos cœurs répondra :
Mille huit cent-cinquante-trois naissant,
Et le peuple la bénira. (bis).

Sous les diamants de la couronne,
L'Empereur Louis-Napoléon,
Mil huit cent-cinquante-trois sera bon,
Pour le travail, la paix et l'union.
L'ouvrier sous la chaumière,
Avec gaîté il chantera,
Auprès de sa ménagère,
L'Empereur il bénira. (bis).

Nous revoyons la violette,
De l'empire cette belle fleur.
Tout le peuple chante et répète :
Honneur à notre nouvel empereur.
Au sauveur de la patrie,
A lui nos cœurs et nos voix,
Chantons, ô France chérie,
Vive Napoléon trois. (bis).

Le pauvre sous sa chaumière,
L'affligé dans sa douleur,
S'il lui adresse sa prière.
Napoléon calme son cœur;
Car partout dans ses voyages,
Le peuple le couvre de fleurs,
Sur son passage lui rend hommage,
Aux cris de vive l'Empereur. (bis).

Mes amis, reprenons espérance,
Oui la France refleurira,
Napoléon par sa clémence
Son peuple il protègera.
Oui mon empereur, nos vœux, nos prières,
Toute l'année le ciel recevra,
Pour vous et la France notre mère,
Et marie vous protègera. (bis).

Boulard.

Rouen. — Imp. SURVILLE, rue des Bons-Enfants, 14.

		JANVIER.				FÉVRIER				MARS.	
s	1	CIRCONCIS.	D	m	1	s Sever.	D Q	m	1	s Aubin	D.
D	2	s Basile.	Q.	m	2	PURIFICAT		m	2	s Simplice	Q.
l	3	ste Genev.		j	3	s Blaise		j	3	Mi-Carême	
m	4	s Tile, év.		v	4	s Isidore.		v	4	s Adrien.	
m	5	s Edouard		s	5	ste Agath.		s	5	s Drausin.	
j	6	EPIPHANIE		D	6	*Qui nqua*		D	6	LÆTARE.	
v	7	ste Mélanie		l	7	s Romuald	N.	l	7	s Thomas.	
s	8	s Lucien.	N.	m	8	s Etienne	L.	m	8	s Jean de D	N.
D	9	s Pierre.	L.	m	9	CENDRES.		m	9	ste Franç.	L.
l	10	s Guillaum		j	10	ste Scolast		j	10	s Doctrové	
m	11	s Théodor.		v	11	ste Euph.		v	11	40 Martyrs	
m	12	s Arcade.		s	12	ste Eulalie		s	12	s Grégoire	
j	13	B de J.-C.		D	13	*Quadrag.*		D	13	PASSION.	
v	14	s Hilaire		l	14	s Valentin		l	14	ste Mathil.	
s	15	s Paul, er.		m	15	s. Faustin.	P.	m	15	s Longin.	
D	16	s Honorat.	P.	m	16	*Q.-Temps.*	Q.	m	16	s Abraham	P.
l	17	s Antoine.	Q.	j	17	s Sylvain.		j	17	s Patrice.	Q.
m	18	Ch. de s P.		v	18	s Siméon		v	18	*N.-D. de P*	
m	19	s Sulpice.		s	19	s Barbat.		s	19	s Joseph.	
j	20	s Sébastien		D	20	*Reminisc.*		D	20	RAMEAUX.	
v	21	ste Agnès		l	21	s Flavien.		l	21	s Benoît.	
s	22	s Vincent		m	22	ste Isabel.	P.	m	22	s Paul, év	
D	23	*Septuag.*		m	23	s Lazare.	L.	m	23	s Victorien	
l	24	s Timoth.	P.	j	24	s Matthias		j	24	ste Cather.	P.
m	25	C. s Paul	L.	v	25	s Prétextat		v	25	*Vend.-St.*	L.
m	26	ste Paule.		s	26	s Alexand.		s	26	s Herbland	
j	27	s Jean-Chr		D	27	*Oculi.*		D	27	PAQUES.	
v	28	s Charlem.		l	28	Mar L'Al		l	28	s Gontrand	
s	29	s Fr. de S.				Epacte XX.		m	29	s Eustase.	
D	30	*Sexagés.*				Lettre dominicale, B.		m	30	s J. Clim.	D.
l	31	s. Julien.						j	31	s Guy, ab	Q.

		AVRIL.				MAI.				JUIN.	
v	1	s Hugues		D	1	s Phil. s J.		m	1	s Fortuné.	
s	2	s Fr. de P.		l	2	*Rogations*		j	2	*Oct. F.-D.*	
D	3	*Quasim.*		m	3	I. s Croix		v	3	ste Clotilde	
l	4	*Annonc.*		m	4	ste Moniq.		s	4	s Optat	
m	5	s Vincent		j	5	ASCENSI.		D	5	s Boniface	N.
m	6	s Prudence		v	6	s Jean P.-L.		l	6	s Claude.	L.
j	7	s Hégésipp	N.	s	7	s Stanislas	N.	m	7	s Paul, év	
v	8	s Gauthier	L.	D	8	s Désiré	L.	m	8	s Médard.	
s	9	ste Mar.-Eg		l	9	s Grégoire.		j	9	ste Pélagie	
D	10	s Macaire		m	10	s Antonin		v	10	ste Margu.	
l	11	s Léon, p.		m	11	s Mamert.		s	11	s Barnabé.	
m	12	s Jules.		j	12	s Epiphane		D	12	s Onuphre	
m	13	s Justin.		v	13	s Servais.		l	13	s Ant. de P	P.
j	14	s Lambert.		s	14	*Vigile-jeû.*		m	14	s Quintien	Q.
v	15	s Anastasie		D	15	PENTEC.	P.	m	15	s Modeste.	
s	16	s Paër.	Q.	l	16	s Honoré	Q.	j	16	s Cyr, ste J	
D	17	s Etienne.		m	17	s Pascal, r.		v	17	s Avit, Ab.	
l	18	ste Apollo.		m	18	*Q.-Temps.*		s	18	ste Marine	
m	19	s Elphège.		j	19	s Yves, of.		D	19	s Gervais.	
m	20	ss Mar. de P		v	20	s Bernardi		l	20	s Latuin.	P.
j	21	s Anselme		s	21	s Hospice.	P.	m	21	s Louis G.	L.
v	22	ste Opport	P.	D	22	TRINITÉ.	L.	m	22	s Paulin.	
s	23	s Georges.	L.	l	23	s Didier.		j	23	s Félix.	
D	24	ste Beuve.		m	24	ste Jeanne		v	24	s Jean-B.	
l	25	s Marc, év		m	25	s Urbain.		s	25	s Prosper.	
m	26	s Riquier.		j	26	FÊTE-DIEU		D	26	s J. et s P.	
m	27	s Anthime		v	27	s Hildevert		l	27	s Irénée.	D.
j	28	s Vital.		s	28	s Germain	D.	m	28	*Vigile-Jeû*	Q.
v	29	s Robert.	D.	D	29	s Maxim.	Q.	m	29	s Pier. s P.	
s	30	s Eutrope.	Q.	l	30	s Ferdin.		j	30	C. s Paul.	
		Nombre d'or, 11.		m	31	ste Pétron				Cycle solaire, 14.	

		JUILLET.				AOUT.				SEPTEMBRE.	
v	1	D. de s J.B		l	1	s P. ès-L.		j	1	s Gilles.	
s	2	*Visi. N.-D.*		m	2	s s de Paul		v	2	s Just	N.
D	3	s Hyacinth		m	3	I. s Etienn		s	3	s Grégoire	L.
l	4	Tr. s Mart		j	4	s Dominiq	N.	D	4	ste Rosalie	
m	5	ste Zoé	N.	v	5	N-D des N.	L.	l	5	s Bertin	
m	6	s Tranquil	L.	s	6	Trans. N-S		m	6	s Onésiph	
j	7	s Pantin.		D	7	s Victrice.		m	7	s Cloud.	
v	8	ste Elisab.		l	8	s Cyriaque		j	8	NAT. N-D.	
s	9	ste Anatol		m	9	s Romain		v	9	s Gorgon.	P.
D	10	ste Amélie		m	10	s Laurent		s	10	s Nicolas	Q.
l	11	Tr. s Benoî		j	11	ste Suzan.	P.	D	11	s Patient	
m	12	s Clet. p.	P.	v	12	ste Claire	Q.	l	12	s Raphael	
m	13	ste Paulin.	Q.	s	13	*Vigile-jeû*		m	13	s Aimé	
j	14	s Bonavent		D	14	s Marcel.		m	14	Ex. ste C.	
v	15	s Henri		l	15	ASSOMPT		j	15	s Lubin.	
s	16	N.-D. du C.		m	16	s Roch		v	16	ste Euphé.	P.
D	17	s Alexis.		m	17	s Mammez	P.	s	17	s Lambert	L.
l	18	s Clair.		j	18	ste Hélène	L.	D	18	s Sophie.	
m	19	s Arsène.	P.	v	19	s Louis.		l	19	s Janvier	
m	20	ste Margue	L.	s	20	s Bernard.		m	20	s Eustache	
j	21	s Victor		D	21	ste Emilie		m	21	*Q.-Temps.*	
v	22	ste Madel.		l	22	s Philbert		j	22	s Maurice	
s	23	s Wandril		m	23	s Sidoine.		v	23	ste Thècle	
D	24	ste Christi		m	24	s Barthélé		s	24	s Germer.	D.
l	25	s Jacq le m		j	25	s Louis, r.	D.	D	25	s Firmin	Q.
m	26	ste Anne		v	26	s Ouen.	Q.	l	26	ste Justine	
m	27	s Pantaléo		s	27	s Césaire		m	27	s Côm. s D.	
j	28	s Innocent	D.	D	28	s Aug. s Viv		m	28	s Wencesl	
v	29	ste Marthe		l	29	s Adolphe		j	29	s Michel	
s	30	ste Eugén.		m	30	ste Rose		v	30	s Jérôme	
D	31	s Ignace		m	31	s Médéric				Le 22, 1er Vend. an 61.	

		OCTOBRE.				NOVEMBRE.				DECEMBRE.	
s	1	s Remi	N.	m	1	TOUSSAI.	N.	j	1	s Eloi, év.	
D	2	DÉDICACE.	L.	m	2	*Trépassés*		v	2	ste Bibienn	
l	3	s Gérard.		j	3	s Marcel		s	3	s François	
m	4	s François		v	4	s Char. Bo		D	4	ste Barbe	
m	5	s Placide.		s	5	s Zacharie		l	5	s Sabas	
j	6	s Bruno.		D	6	s Léonard		m	6	s Nicolas	P.
v	7	ste Osithe		l	7	s Ernest	P.	m	7	s Ambrois	Q.
s	8	ste Brigitt	P.	m	8	stes Reliq.	Q.	j	8	CONCEPT.	
D	9	s Denis	Q.	m	9	s Mathur.		v	9	ste Léocad	
l	10	s Evode		j	10	s Léon le G		s	10	ste Valère.	
m	11	ss N. et Mel		v	11	s Martin		D	11	s Damas	
m	12	s Vilfrid.		s	12	s René		l	12	ste Const.	
j	13	s Géraud.		D	13	s Brice		m	13	ste Luce	
v	14	s Caliste		l	14	s Laurent	P.	m	14	*Q.-Temps.*	P.
s	15	ste Thérès		m	15	s Eugène	L.	j	15	s Eusèbe.	L.
D	16	s Gal, ab.	P.	m	16	s Eucher		v	16	ste Adélaï	
l	17	ste Estelle	L.	j	17	s Gr. Th.		s	17	ste Olym.	
m	18	s Luc éva		v	18	s Romain		D	18	s Gatien	
m	19	s Savinien		s	19	ste Elisab.		l	19	s Timoléo.	
j	20	s Caprais		D	20	s Edmond		m	20	s Philogon	
v	21	ste Ursule		l	21	Prés. N.-D.		m	21	s Thom., a	
s	22	s Donat.		m	22	ste Cécile	D.	j	22	s Honorat	D.
D	23	s Romain.		m	23	s Clément	Q.	v	23	ste Victoir	Q.
l	24	s Magloire	D.	j	24	s Jean de l.		s	24	*Vigile-jeû.*	
m	25	s Crép. s C.	Q.	v	25	ste Cather.		D	25	NOEL.	
m	26	s Evariste		s	26	s Pierre		l	26	s Etienne	
j	27	s Frumenc		D	27	AVENT		m	27	s Jean év	
v	28	s Sim. s J.		l	28	s Sosthène		m	28	ss Innocen	
s	29	s Narcisse.		m	29	s Saturnin	N.	j	29	s Thom. C.	N.
D	30	s Lucain.		m	30	s André.	L.	v	30	Ste Colm.	L.
l	31	*Vigile-jeû.*						s	31	s. Sylvest.	

LA LYRE IMPÉRIALE
OU
LA VOIX DE LA FRANCE.

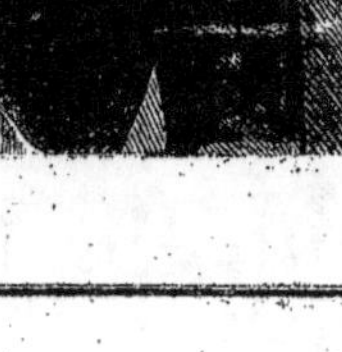

Vive l'Impératrice.

Air *de la Citoyenne.*

Lorsque l'amour et la puissance
S'unissent par un doux hymen,
Bats des mains, Paris, et toi, France,
Espère un brillant lendemain.
Français, d'une voix protectrice,
Répétons, bénissant leurs noms :
Vive l'impératrice !
Vive Napoléon !...

Quel bel avenir se dessine
Sous leurs yeux, à nos horizons,
Le deuil ne prendra plus racine
Au seuil de nos pauvres maisons.
Français, etc.

Ecoutez ces chants populaires,
Ils redisent tous leurs bienfaits,
Comme à deux astres tutélaires
Que pour nous l'éternel a faits !
Français, etc.

Les laboureurs et leurs compagnes
Les saluent de loin comme nous,
Car ils ont vu sur les campagnes
Luire un double soleil plus doux.
Français, etc.

Plus d'un proscrit devra la vie
A celle qui, le premier jour,
N'eut et n'aura pas d'autre envie
Que de mériter notre amour.
Français, etc.

Plus de trouble, plus de querelle,
Et, réunis dès aujourd'hui,
Que tout notre amour soit pour elle,
Et que tous nos vœux soient pour lui !
Français, d'une voix protectrice,
Répétons, bénissant leur nom ;
Vive l'impératrice !
Vive Napoléon.

DURAND.

La Magicienne

ALLEMANDE.

Air de Mes Vingt ans.

« Approchez-vous, ma noble demoiselle ;
» Ne tremblez pas et donnez votre main ;
» Ecoutez-moi sans douter de mon zèle
» A vous prédire un heureux lendemain.
» Je vois partout d'agréables figures,
» Et sur vos traits, pleins de sérénité,
» Mes yeux n'ont lu que de riants augures...
— La magicienne a dit la vérité ! —

» Quand devant moi l'avenir s'illumine,
» Je vois là-bas, dans un cercle brillant,
» Des cavaliers qu'un seul homme domine,
» Un grand palais sous un ciel scintillant ;
» Plus d'un seigneur incline de lui-même
» Son front soumis devant votre beauté ;
» Leur maître enfin vous admire et vous aime.
— La magicienne a dit la vérité ! —

» Il vient à vous, ce chef dont la puissance
» Doit faire un jour l'orgueil d'un peuple entier ;
» Pays sauvé dont la reconnaissance
» D'un grand pouvoir l'a nommé l'héritier.
» Vos traits charmans, vos vertus, tout l'entraîne
» Et sur le trône, où je le vois porté,
» L'amour bientôt vous place en souveraine...
— La magicienne a dit la vérité ! —

Ainsi parlait la voix de la sibylle
Comme autrefois les oracles romains ;
Et cependant, dans sa science habile,
Elle oubliait les noms et les chemins :
La route à suivre était celle de France ;
Le nom, celui qu'un siècle a répété ;
Le trône enfin passe son espérance...
La magicienne a dit la vérité !

Napoléon a compris sa grande âme ;
Paris connaît son esprit et son cœur ;
Astre nouveau, le malheur à sa flamme
Reprend courage et rit du sort moqueur ;—
La France un jour, en lui rendant hommage,
Dira, fêtant sa suprême bonté :
« De Joséphine elle est la douce image ! »
La magicienne a dit la vérité !

DURAND.

Un Ange Protecteur.

Air du *Retour en France.*

La nation, en acclamant l'Empire,
Avait sans doute espéré qu'un beau jour
Napoléon, que son cœur seul inspire,
A sa puissance associerait l'amour ;—
Elle a sonné, cette heure protectrice,
Que le pays célèbre et chante en chœur ;
Quand Dieu bénit la jeune impératrice,
Le peuple un jour connaîtra son grand cœur !

Sans mépriser le sang royal qu'on prône,
Sans déchirer des Cours l'antique loi,
Fallait-il donc sur les marches d'un trône
Aller chercher l'héritière d'un roi ?
Non, cet éclat dont on les environne
N'eut pas toujours un lendemain vainqueur ;
Sa dot vaut mieux qu'une riche couronne :
Le peuple un jour connaîtra son grand cœur.

D'ailleurs, l'Espagne a connu ses ancêtres,
Illustres chefs aux illustres Maisons ;
Les Médina n'avaient que peu de maîtres :
L'histoire au monde a montré leurs blasons ;
Du Portugal, dont il avait les rênes,
A l'un d'entre eux Juan quatre a fait honneur,
Et des Guzman le sang remplit ses veines...
Le peuple un jour connaîtra son grand cœur !

Mais qu'ai-je dit ? il est compris d'avance ;
Les malheureux ont béni cet hymen ;
Ange du ciel, qui dans l'ombre s'avance,
Ils ont sur eux vu s'étendre sa main.
Elle a des mots qui chassent la détresse
Et des regards qui font croire au bonheur ;
Qui règne ainsi devrait régner sans cesse...
Le peuple un jour connaîtra son grand cœur !

Il connaîtra cette âme qu'on devine,
Comme autrefois deux trésors précieux :
Deux noms aimés, Hortense et Joséphine,
Etoiles d'or qui la suivent des cieux ;
Puis, apaisant leur antique querelle,
Tous les partis, fondus sans bruit moqueur,
Diront enfin : Le trône est fait pour elle !
Puisque la France a connu son grand cœur !

DURAND.

Le Mariage

DE L'IMPÉRATRICE.

Air du *Retour en France.*

Pourquoi partout ces accents d'allégresse ?
Quelle gaîté vient éclater soudain ?
C'est qu'en ces lieux l'on fête avec ivresse
Le jour heureux d'un impérial hymen.
Et pour bénir cette noble alliance,
Oui, chacun trouve une voix en son cœur ;
Car cet hymen, en notre belle France,
Va désormais ramener le bonheur !

Fille d'un homme aimant notre patrie,
A qui la France a dû plus d'un succès ;
Ah ! c'était bien la compagne chérie
Que dut choisir un empereur français.
Et pour bénir cette noble alliance,
Oui, chacun trouve une voix en son cœur ;
Car cet hymen, en notre belle France,
Va désormais ramener le bonheur !

Ses traits si doux rappellent Joséphine,
Ange ici-bas, venu pour consoler,
Son noble cœur, sa charité divine,
Tout en ce jour vient nous la rappeler.
Et pour bénir cette noble alliance,
Oui, chacun trouve une voix en son cœur ;
Car cet hymen en notre belle France,
Va désormais ramener le bonheur !

Pourquoi vouloir une étrangère reine
Qui, pour grandeur, n'ait qu'un titre banal ;
Non, ici-bas, ce qui fait souveraine,
C'est bien le cœur et non le sang royal.
Et pour bénir cette noble alliance,
Oui, chacun trouve une voix en son cœur ;
Car cet hymen, dans notre belle France,
Va désormais ramener le bonheur !

E. BLUM.

Les Bienfaits

DE L'IMPÉRATRICE.

Air de *Mes vingt ans.*

Oui, ses vertus, sur un illustre trône,
On fait asseoir cet ange de bonté ;
Et sur son front mit la noble couronne
Qu'avait posé déjà la charité.
Elle a du peuple, en ce jour, la tendresse
Car plus d'un pauvre a béni sa bonté...
Fêtons, amis, par nos chants d'allégresse
La noble reine, ange de charité !

Un ouvrier, d'un haut échafaudage,
Vient à tomber... la duchesse a tout vu,
Car, s'échappant de son bel équipage,
L'homme blessé par elle est secouru...
De l'ouvrier la famille en détresse
Par elle, encore, n'a plus de pauvreté...
Ah ! bénissons, amis, par notre ivresse,
La noble reine, ange de charité !...

Puis, une femme, en traînant avec peine,
Ses deux enfants qui se mouraient de faim
En s'approchant de la future reine,
Tout en pleurant, tendit sa maigre main
Grâce au bon cœur de la belle duchesse
La femme, enfin, nargue la pauvreté.
Oh ! bénissons, amis, par notre ivresse,
La noble reine, ange de charité !

Les malheureux, oui, malgré sa noblesse
De l'avoir vu peuvent se glorifier,
Car bien des fois, la brillante duchesse
A visité des pauvres le grenier.
Oui, chaque jour, la timide détresse,
Bénit bien haut sa touchante bonté !...
Fêtons, amis, fêtons avec ivresse,
La noble reine, ange de charité !

E. BLUM.

A Louis-Napoléon

Air de : *le Peuple est roi.*

L'héritier d'un puissant empire,
Neveu du grand Napoléon,
Protecteur que la France inspire,
Gloire à ton nom !

Oui, gloire au nom dont la splendeur suprême
Trôna vingt ans sur le monde dompté ;
Nom cher au peuple et qui, grand par lui-même
Conquit, vivant, son immortalité !
Le successeur de sa haute puissance,
Du héros mort suit aujourd'hui les pas,
Et quand il veut le bonheur de la France,
Comme il le dit, nous sommes ses soldats !
Héritier, etc.

Oui, voilà bien ce regard qui décèle
De grands projets, des monuments futurs ;
Oui, voilà bien l'énergique étincelle
Qui va des cœurs fouiller les plis obscurs.
Réforme utile et science profonde
Sont des garants qu'il offre à l'avenir ;
Saluons donc l'empire qui se fonde
Sur des appuis qu'un peuple doit bénir.
Héritier, etc.

Entendez-vous ces clameurs souveraines ?
C'est du Midi l'unanime concert ;
Lui dont les champs ne sont plus des arènes
Dont les cités ne sont plus des déserts !
C'est l'Occident, c'est toute la province
Fêtant celui qui pardonne à l'erreur,
Et c'est Paris qui, saluant son prince,
Sacre avant Rome un nouvel empereur !
Héritier, etc.

Qui donc pourrait, à son pouvoir contraire
Revendiquer un droit jadis rêvé ?
De maint parti la rumeur solitaire
Ne prouve rien, n'a jamais rien prouvé ;
Il n'est qu'un droit, droit que jamais sans effroi
Aux nations on ne peut ressaisir,
Et le seul maître, et le plus légitime,
Est bien celui qu'un peuple veut choisir.
Héritier, etc.

Oui, gloire à toi qui, posé sur un trône
Brisé jadis, mais éclatant toujours,
Ouvres les yeux et veux que chaque zône
S'échauffe au feu du soleil des beaux jours
Quand le malheur en ta puissance espère,
Que partout sous ton règne soit nommé ;
Tout peuple heureux fait le pouvoir prospère
Le plus puissant n'est que le plus aimé.
Héritier, etc.

L.-C. DURAND.

Chez DURAND, éditeur, rue Rambuteau, 62.

Paris. — Imp. BEAULÉ et C., r. Jacques de Brosse, 10.

PROPHÉTIE.

Or, voici ce que renferme le livre des sages : On verra, dit-il, dans la seconde moitié de ce siècle, de surprenantes choses et d'admirables événements. La génération d'alors devra s'estimer heureuse; et entre toutes prédestinée, car elle aura joie et liesse, et grande prospérité lui écherra. Hommes de labour et de culture se réjouiront à cause de la grande fécondité; la terre produira de riches et magnifiques récoltes, auxquelles auront part grands et petits, et toutes les populations seront dans le bien-être de l'abondance. Et aussi bien des gens se féliciteront, parce qu'ils auront réussi dans leurs projets. Une multitude de villes et de provinces deviendront florissantes à cause du travail des hommes industrieux. Il se fera des découvertes grandement profitable à l'humanité.

Le monde subira des changements profitables à tous, et par rapport auxquels beaucoup loueront la Providence, car, dit la savante légende, ce temps-là a été marqué d'un signe favorable dans le cycle éternel des âges et des siècles. Et les sages auteurs du livre des prophètes ajoutent encore ces mots remarquables : « En vérité, beaucoup de jours ne s'écouleront pas avant que les nations de la terre soient témoins de l'accomplissement de tout ce qui est écrit. »

VERS POUR LA STATUE DE NAPOLÉON.

Quel grand nom trouverai-je aux splendeurs du passé
Qui ne soit pas le tien à jamais éclipsé,
NAPOLÉON ! en vain j'interroge l'histoire,
Et des âges anciens j'évoque la mémoire;
Nul roi, nul empereur ne se montre à mes yeux
Le front ceint d'un laurier plus beau, plus glorieux!
Je demande à la Grèce, en héros si féconde,
A Rome qui longtemps dicta des lois au monde,
A Carthage, où naquit le terrible Annibal,
Lequel de leurs guerriers se dira ton égal?
Et si l'antiquité reste dans le silence,
Je consulte à leur tour les fastes de la France;
J'y vois des Duguesclins, des Dunois, des Bayards,
Des Faberts, des Condés, des Vaubans, des Villars;
— Nobles preux, dignes fils, dont la patrie est fière!
Mais nul ne parcourut ta brillante carrière;
Dans ta route aucun pas ne précéda le tien,
Emule de César et de Justinien!
Car ta main, où brillait un glaive redoutable,
Erigea de nos lois le monument durable;
Et seul tu réuni, — conquérant, fondateur, —
Les palmes du guerrier et du législateur!...

LE GÉNÉRAL CAMBRONNE.

Il n'est personne qui ne connaisse les paroles que prononça ce brave commandant de la garde impériale sur le champ de bataille du mont Saint-Jean. Le sublime de cette réponse est au-dessus de tout ce que nous offre l'antiquité.

Waterloo ! jour fatal ! que de deuil t'environne!...
Mais à tout cœur français tu rappelles Cambronne :
Sous la mitraille angloise affrontant le trépas...
La garde meurt, dit-il, *elle ne se rend pas !*

LE MARÉCHAL DUROC.

Duroc, duc de Frioul, grand-maréchal du palais de l'empereur, est mort sur le champ de bataille, peu d'années avant la chute de Napoléon. Sa fidélité n'a pu être mise à l'épreuve; mais tout porte à croire qu'aux jours de l'adversité, le grand homme eût trouvé en Duroc un véritable ami.

Sous le plomb ennemi, quand ce brave expira,
Sur l'ami qu'il perdait le grand homme pleura;
Duroc ! le ciel t'épargne une amère souffrance,
Tes yeux ne verront pas les revers de la France !....

LE GÉNÉAL BERTRAND.

Comte et maréchal du palais, Bertrand s'est rendu justement célèbre, soit en accompagnant Napoléon sur le rocher de Ste-Hélène, soit par le zèle religieux avec lequel il a rempli la noble mission qu'il s'était imposée Le souvenir de Bertrand restera éternellement lié à la mémoire de Napoléon.

L'exil et le malheur le trouvèrent fidèle;
Mais, si du dévoûment il offrit le modèle,
En suivant un héros dans la captivité
Il prenait le chemin de l'immortalité !

LE PRINCE EUGÈNE BEAUHARNAIS.

Fils d'un général de la République, fils par adoption de Napoléon, le prince Eugène Beauharnais, vice-roi d'Italie, gendre du roi de Bavière, est mort dans un âge peu avancé, emportant au tombeau l'estime de l'Europe, l'amour des Français et les regrets du soldat.

Sage dans les conseils, intrépide aux combats,
Craint de ses ennemis, aimé de ses soldats;
Il avait désarmé les fureurs de l'envie,
Pourquoi, si jeune encor, a-t-il perdu la vie?

LA VISION,

Autre chanson prophétique pour 1851.

AIR : *Baccanal.*

Dans un songe j'entendais
Nostradamus qui me parlait,
De cette belle vision
J'ai retenu cette leçon:
Oui chacun, (*bis*)
En mil huit cent cinquante-un,
Oui chacun, (*bis*)
Gagnera le cent pour un.

On récoltera en été
Du blé de bonne qualité,
il sera très abondant
chacun sera bien content.
Oui chacun, etc.

L'automne des fruits produira
tout le monde en cueillera;
On verra bien de raisin
Qui feront du très bon vin.
Oui chacun, etc.

Dans cette heureuse année
On aura bonne destinée,
Chacun sera bien joyeux,
puisque l'on vivra heureux.
Oui chacun, etc.

La Californie abondera
De l'or qui nous enrichira,
Chacun sera opulant,
Il n'y aura pas d'indigents.
Oui chacun, etc.

Il faut bien nous réjouir
De ce beau temps à venir,
Dieu donnera ses bienfaits,
Nous le bénirons à jamais.
Oui chacun, etc.

Nostradamus s'est envolé,
Après m'avoir bien parlé
Je m'éveillait tout de bon,
En composant cette chanson.
Oui chacun, etc.

LE LIVRE DU DESTIN,

Chanson prophétique pour 1851.

AIR : *Fallait le garder lorsqu'on l'avait.*

Un beau soir je vis dans la lune,
Belle planète de fortune,
Son rayon vers moi descendit
Mes yeux découvrirent cet écrit :
Je lus même sans lunette,
L'écrit disait, je vous l'atteste,
Le bonheur sera pour chacun
En mil huit cent cinquante-un.

Les étoiles étaient bien brillantes,
Elles me parurent ravissantes,
J'aperçus un signe charmant
Sous la voûte du firmament :
C'était un cornet d'abondance
Qui versait de l'or sur la France.
Le bonheur sera, etc.

Je voyais dans l'atmosphère
Des lettres en gros caractère,
En les alignant je lisais :
Plus de discorde aux Français;
Le commerce va bien reprendre,
Cet heureux temps il faut attendre.
Le bonheur sera, etc.

Mes amis, il faut que je vous dise,
Je lus encore cette devise,
Soyez sincère et humain,
Aimez Dieu et votre prochain,
Le ciel est toujours favorable
A ceux qui se montrent charitable.
Le bonheur sera, etc.

Mes regards se fixaient encore,
Au même instant parut l'aurore,
De suite le soleil s'est levé
A mes yeux tout s'est éclipsé.
Vivons toujours en espérance,
Agissons avec bienveillance.
Le bonheur sera, etc.

Lyon. — Imprimerie de J.-B. RODANET, rue de l'Archevêché, 3.

SOEUR HÉLÈNE

OU LA

MÈRE DES PAUVRES MALADES

DÉCORÉE PAR SON ALTESSE IMPÉRIALE LE PRINCE-PRÉSIDENT.

AIR : *Du Retour des chansons*, ou *Du Rêve*.

1

Oh! maintenant, nous le croirons sans peine;
Anges du ciel, sur la terre ont leur sœur :
Hommage à vous, ô bonne sœur Hélène!
Pour le malade, ange consolateur!
Faire le bien, votre existence entière,
Fut consacrée à cet œuvre touchant.
Recevez donc cette croix qu'on révère :
N'est-elle pas le prix du dévouement?

2

Fuyant le bruit et les grandeurs du monde,
Combien vos mains ont essuyé de pleurs!
Priant, veillant, poursuivant votre ronde,
Prêtant l'oreille à toutes les douleurs.
Quand vous disiez : « Pauvre malade, espère! »
L'espoir, la joie, arrivaient à l'instant!
A vous, ma sœur, cette croix qu'on révère :
N'est-elle pas le prix du dévouement?

3

On souffre moins, grâce à votre présence :
Qui peut vous voir, croit à sa guérison.
De vos bienfaits, tous gardent souvenance,
S'il est un nom béni, c'est votre nom!
Chacun voudrait toucher votre rosaire,
Pour le malade, il est un talisman!
A vous, ma sœur, cette croix qu'on révère :
N'est-elle pas le prix du dévouement?

4

Sur votre cœur, quand le factionnaire
Verra briller l'étoile de nos preux,
Il vous rendra le salut militaire...
Disant : « Ma sœur, pour nous, formez des vœux;
« De l'orphelin, vous qui fûtes la mère,
« Vous porterez bonheur au régiment;
« A vous, ma sœur, cette croix qu'on révère :
« N'est-elle pas le prix du dévouement? »

5

Vous étiez bien cette sœur qu'a chantée
De Béranger le luth harmonieux*,
Qui fut un jour, par les anges portée,
Au paradis, séjour des bienheureux.
Gardien des clefs du ciel, le bon saint Pierre,
S'empresserait de dire, en vous ouvrant :
« Entrez, ma sœur! cette croix qu'on révère :
« N'est-elle pas le prix du dévouement? »

L. DE CHAUMONT,
Auteur dramatique.

* Dans les palais et sous le chaume
Moi, dit la sœur, j'ai de mes mains,
Distillé le miel et le baume,
Sur les souffrances des humains.

(BÉRANGER.)

Paris. — Chez l'Auteur, rue de Seine, 91, — et rue du Temple, 94.

1852. — E. De Soye, Imprimeur, rue de Seine, 36. — Paris.

Chez l'Auteur, rue de Seine, 91 — et rue du Temple, 94.

LE TEMPLE DE LA GLOIRE

Hommage à la Mémoire

DU MARÉCHAL EXELMANS

CHANT NATIONAL.

Air des Trois Couleurs ou : T'en souviens-tu ?

1

LES REGRETS.

Soldats, débris des gloires de l'Empire,
Pleurez, pleurez, sur le brave Exelmans.
Entre les bras de son fils il expire.
Prenez le deuil, vous êtes ses enfants.
Son nom écrit dans notre grande histoire,
Ne mourra point aux funèbres caveaux :
Il peut frapper au temple de Mémoire.
Temple français, rendez-vous des héros !

2

Brave Exelmans, ta dernière heure est belle !
Mourant, tu peux encor l'enorgueillir!
Là, tu vainquis, et ce champ te rappelle,
Des jours passés le noble souvenir.
Là, retentit ce dernier cri de guerre
Qui fut au loin éveiller les échos.
Ici, ton nom est resté populaire,
La France ici te nomma son héros !...

3

Dans cent combats tu servis la patrie ;
Dans cent combats tu prodiguas ton sang ;
Mais il semblait que l'aile d'un génie
Couvrît ton cœur d'un bouclier puissant.
Les Parques sont pires que les batailles :
Gloire, lauriers, tout meurt sous leurs ciseaux !
Nous te ferons de dignes funérailles,
Toi que la France a nommé son héros !

4

LES COMPAGNONS DE GLOIRE.

Que vois-je ? Où vont ces ombres intrépides,
Qui, de concert, semblent quitter les cieux ?
Mais les voici qui vers les Invalides
Pressent leur vol, bataillon lumineux.
Leur front est ceint d'un rayon de lumière ;
Leur main agite encor de vieux drapeaux.
Tous ils venaient pour accueillir leur frère
Et le conduire au séjour des héros !

5

Voici Marceau que pleure encor la France,
Soldat à seize ans, général à vingt,
Murat, dont rien n'enchaîne la vaillance,
Hoche, Desaix et Kléber l'Africain ;
Junot, Daguc, l'intrépide Cambronne,
Unis de cœur, de gloire tous rivaux.
Au grand cortége il ne manque personne :
Tous ils venaient du séjour des héros !

6

L'APOTHÉOSE.

Et souriant à leur compagnon d'armes,
Ils lui disaient : « Frère, viens avec nous.
« Que tes amis sur toi versent des larmes ;
« Pour notre cœur le revoir est bien doux !
« Là-bas, là-bas, on parle encor gloire :
« De tels récits charment notre repos.
« Nous t'ouvrirons le temple de Mémoire ;
« Viens, Exelmans, au séjour des héros !

L. C.

NOTICE HISTORIQUE (extraite du *Moniteur universel*).

EXELMANS (Remy-Joseph-Isidore) est né à Bar-sur Ornain (Meuse) le 13 novembre 1775 ; — volontaire au 3e bataillon de la Meuse le 6 septembre 1791 ; — sergent de la compagnie de canonniers le 11 janvier 1792 ; — sous-lieutenant le 1er brumaire an 5 (22 octobre 1796) ; — lieutenant le 1er messidor an 6 (19 juin 1797 ; — aide de camp du général Éblé le 1er brumaire an 7 (22 octobre 1798) ; — capitaine provisoire au 16e dragons, nommé par le général en chef de l'armée d'Italie, le 24 germinal an 7 (13 avril 1799) ; — aide de camp du général Murat le 1er prairial an 9 (21 mai 1801) ; — chef d'escadron le 10 vendémiaire an 12 (3 octobre 1803) ; — colonel du 1er régiment de chasseurs à cheval le 6 nivôse an 14 (27 décembre 1805) ; — général de brigade, aide de camp du prince Murat, le 14 mai 1807 ; — major des chasseurs à cheval de la garde le 24 décembre 1811 ; — major des grenadiers à cheval le 9 juillet 1812 ; — général de division le 8 septembre 1812 ; — commandant une division de cavalerie légère au 2e corps de cavalerie le 15 février 1813 ; — commandant provisoire du 2e corps de cavalerie le 1er janvier 1814 ; — en non activité le 1er janvier 1815 ; — chargé du commandement en chef du 2e corps de cavalerie et d'une division d'infanterie le 5 juin 1815 ; — proscrit en 1816 ; — compris comme disponible dans le cadre de l'état-major général le 7 février 1831 ; — grand-chancelier de la Légion-d'Honneur le 15 août 1849 ; — maréchal de France le 10 mars 1851.

Campagnes. — Armée de la Moselle, 1792 ; Armée de Sambre-et-Meuse, ans 3, 4 et 5 ; armées d'Angleterre et d'Italie, an 6 ; armée d'Italie, ans 7 et 8 ; armée d'observation du Midi, ans 9 et 10 ; grande armée, 1805, 1806, 1807 ; armée d'Espagne, 1808 ; prisonnier de guerre de 1808 à 1811 ; grande armée, 1812-1813 ; campagne de France, 1814 ; armée du Nord, 1815.

Décorations. — Officier de la Légion-d'Honneur, 1805 ; Grand-Officier, 1813 ; Grand'croix, 1830.

Le maréchal Exelmans est mort près de Sèvres, le 21 juillet 1852, d'une chute de cheval.

1852. — E. De Soye, imprimeur, rue de Seine, 36. — Paris.

Dépôt chez LÉVY, place de la Bourse, 13.

A NAPOLÉON

CHANT NATIONAL

Par Émile DUMAS.

Vieux guerrier mutilé par le feu des combats,
Toi dont les traits chargés de cicatrices,
Par leurs sillons racontent les services
Que jadis la patrie a reçus de ton bras!

J'entends à ta poitrine échapper un soupir,
Je vois des pleurs couler sur ce visage,
Où l'ennemi, par son cruel ravage,
De nos jours immortels traça le souvenir.

Un sort trop rigoureux à tes pas chancelants
A-t-il ôté l'appui de ta vieillesse?
Ces pleurs sont-ils voués par ta tristesse
Au précoce tombeau de l'un de tes enfants?

« A quelques pas d'ici repose le cercueil
» Que mon regard par ses larmes révère.
» Il a reçu les cendres de mon père,
» Et c'est de son aspect que se repaît mon deuil. »

Ton père a-t-il donc vu ses vénérables jours
Porter leurs feux plus loin que la barrière,
Où des humains s'arrête la carrière?
D'un long siècle sa vie a-t-elle usé le cours?

« Mon père est ce héros que l'immortalité
» Caressera des rayons de sa gloire!
» C'est le héros que vantera l'histoire
» Jusqu'au dernier soleil de la postérité!

» Le héros dont l'étoile éclairait les soldats
» Pendant la nuit des plus noires batailles,
» Lorsqu'au milieu de mille funérailles
» Sous son regard brûlant nous briguions le trépas!

» J'ai suivi ses drapeaux jusqu'aux murs d'Ascalon;
» Je l'ai vu vaincre au pied des Pyramides;
» J'ai vu l'Arabe et ses coursiers rapides
» Rouler en expirant sous le feu du canon.

» L'aigle, par notre absence au triomphe appelé,
» A Marengo retrouva la défaite.
» Un jour suffit pour ravir sa conquête!
» Jusqu'à l'Adige, un jour le jeta refoulé!

» Le soleil d'Austerlitz m'a montré sa splendeur.
» J'entends encor les cris du soldat scythe,
» Que dans un lac la foudre précipite,
» Tombeau qu'avait pour lui marqué notre Empereur!

» Ombre de Frédéric! tu le vis terrasser
» Les bataillons qu'avait armés ta gloire,
» Et notre souffle effaça la mémoire
» De l'affront dont Rosbach avait su nous souiller.

» Wagram! te souvient-il des combats de géants,
» Où sous leur choc trois jours mugit la terre!
» Quand tous tremblaient au fracas du tonnerre,
» Il souriait au bruit des échos menaçants.

» J'ai vu des rois en foule autour de lui rangés,
» Et leur orgueil, courbé dans la poussière,
» De ses regards redoutant la lumière,
» Acceptait des destins par un signe réglés.

» Sur le Kremlin mon bras planta notre drapeau,
» Quand l'Empereur entra dans ces murailles
» Qui se croyaient à l'abri des batailles,
» Lorsque son pied des Czars renversa le berceau.

» Bientôt parut l'hiver, et ses cruels frimas,
» De l'ennemi secourant les alarmes,
» Nous arrachaient nos redoutables armes,
» Et d'un vaste linceul enveloppaient nos pas.

» Tandis qu'autour de nous grondaient les noirs autans,
» Des pleurs coulaient des yeux de notre père!
» Témoin muet d'une affreuse misère,
» Il voyait sans combat succomber ses enfants!

» Puis nous avons lutté contre le sort jaloux,
» Et le héros, trahi par la victoire,
» A de son glaive inscrit dans notre histoire
» Les combats du lion réduit aux derniers coups.

» Pendant que nous gisions sanglants et mutilés,
» On l'entraînait vers cette île lointaine,
» Où l'on chargea d'une odieuse chaîne
» Ces bras par l'univers si longtemps redoutés.

» Un satellite obscur, choisi par des tyrans
» D'amers affronts abreuvait sa grande âme,
» Et son génie a vu mourir sa flamme
» Que dans l'ombre éteignaient les plus affreux tourments.

» Mais le remords nous rend tes restes vénérés.
» Mon sang pour toi ne peut plus se répandre:
» Mes pleurs du moins vont arroser ta cendre
» Héros! reconnais-tu mes vieux membres brisés? »

Ami! ne pleure point. Tandis que ta douleur
Ne cherche ici qu'une dépouille vaine,
Il a vaincu les complots de la haine
Et trouvé dans le ciel un règne de splendeur.

Il vit dans le séjour des illustres mortels
Que du Seigneur élut la main puissante
Pour révéler à la foule ignorante
Les rayons émanant de ses feux éternels.

Ces combats où pour nous ton sang fut prodigué,
Où ton ardeur à la seule patrie
Croyait offrir le tribut de ta vie,
Ces combats éclairaient le monde subjugué.

En promenant au loin nos étendards vainqueurs,
En répandant de fécondes semences,
Ils ont montré le flambeau des sciences
Aux peuples sommeillant dans la nuit des erreurs.

Ils ont montré l'aurore à tous ces malheureux.
Que sur la glèbe enchaînait l'esclavage;
Du fanatisme ils ont éteint la rage;
D'un affreux tribunal ils ont éteint les feux.

Nous avons vu les monts devant nous s'incliner;
Et dans leur sein creusant de longues voûtes,
Vos mains, soldats, ont sillonné de routes
Les champs où peu de jours nous pûmes dominer.

Ces liens ont uni les peuples séparés,
Ont au sommeil arraché l'industrie,
Et le commerce a fait naître la vie
Partout où ses bienfaits demeuraient ignorés.

O toi! qui succombas avant que tes travaux
Eussent porté les fruits de ta sagesse,
Ton cœur souvent frémit de la détresse
Que la guerre enfantait sous les pas du héros.

Ton génie, entouré d'un cercle trop étroit,
En s'élançant au dessus de la sphère
Où des mortels s'agite la misère,
De la faiblesse a pu méconnaître le droit.

Quand le sombre ouragan déclare sa fureur,
Quand les moissons déplorent son ravage,
Ses fiers éclats ne troublent point le sage:
Paisible, il reconnaît les traits d'un Dieu sauveur.

Il se rappelle alors que des grands conquérants
La Providence évoque le service,
Pour mettre en poudre un antique édifice
Dont n'a pu triompher le long effort du temps.

Napoléon! Ta main a semé de débris
La vaste arène où brillait ton courage,
Et, confondu par ton immense ouvrage,
Ton siècle ne sut pas en juger tout le prix.

Les yeux qu'éblouissait ton éclat foudroyant,
N'ont pu d'abord envisager ta gloire.
Il a fallu que l'équitable histoire
De l'envie effaçât l'inique jugement.

Son burin, au-dessus des plus fameux guerriers,
Inscrit ton nom vainqueur de l'anarchie
Qui, dévorant la sanglante patrie,
De l'ordre menaçait les vestiges derniers.

Ton bras en relevant les autels abattus,
De ses erreurs a fait rougir l'impie,
Et mis un terme à ces jours de folie
Où le temple oubliait le prêtre et ses vertus.

Nous vivons sous l'abri de tes sublimes lois,
Où tu versas les flots de ta lumière,
Pour préparer le règne d'une autre ère,
Quand le monde attentif écoutera ta voix.

Héros! nous t'implorons! De l'éternel séjour
Laisse tomber ton regard sur la France!
De ses douleurs abrège la souffrance
Et de jours plus heureux fais luire le retour!

Repousse loin de nous la guerre et sa terreur!
Ne souffre pas que le bras d'un pygmée
Ose brandir ta glorieuse épée
Dont les éclairs encor font jaillir la lueur!

Enflamme nos esprits d'un saint amour de paix!
Que les fauteurs de la guerre civile
Cherchent ailleurs un ténébreux asile!
Que, stable, la concorde unisse les Français!

IMPRIMERIE CENTRALE DES CHEMINS DE FER, DE NAPOLÉON CHAIX ET Cie.

LA
SAINT-NAPOLÉON
CHANSON NATIONALE

AIR : *des Trois Couleurs.*

I

Quels chants d'amour! quel concert d'allégresse!
Ciel ! qu'ai-je lu sur le calendrier ?
C'est le Quinze Août, chacun alors s'empresse,
De déserter le bureau, l'atelier.
A nos plaisirs, mariant sa clémence,
Un beau soleil plane sur l'horizon ;
Du haut des cieux Dieu protége la France,
C'est aujourd'hui la Saint-Napoléon !

II

Nous n'avons plus cet esprit de conquête
Utile encore en des siècles passés ;
Nos verts lauriers ont-ils leur part de fête,
C'est pour venger des peuples oppressés.
De Magenta, pour guider la Victoire,
Mêlant son âme à la voix du canon,
La Liberté vient en aide à la gloire ;
C'est aujourd'hui la Saint-Napoléon !

III

Bons travailleurs, classes laborieuses,
Qui façonnez l'or pur, le vif émail,
Vous prospérez, ruches industrieuses,
Grâces au Prêt de l'Enfance au travail.
Elle est à vous, cette haute tutelle
Qui vous honore en vous prêtant son nom
Pour féconder la France industrielle.
C'est aujourd'hui la Saint-Napoléon !

IV

Libre aujourd'hui, l'École communale
Se voit ouverte aux fils des paysans ;
Dans nos cités, sous la main baptismale,
L'art s'inocule au front des artisans.
C'est du devoir que naît l'expérience ;
Le pauvre a part à sa large moisson ;
On ne vend plus, on donne la science.
C'est aujourd'hui la Saint-Napoléon !

V

Que de splendeurs ! que de métamorphoses !
Autour de nous tout éblouit les yeux.
Prédestiné pour les plus grandes choses,
Oui, l'Aigle est bien dans le secret des dieux.
Règne d'amour, à qui tout vient sourire.
Sacré par toi, par toi tout est fécond !
Glorifions les gloires de l'Empire,
C'est aujourd'hui la Saint-Napoléon !

CHARLES BECKER.

Paris. — Se trouve au Dépôt : 21, rue des Gravilliers.

Paris. — Imprimerie ÉDOUARD BLOT, rue Saint-Louis, 46, au Marais. — 8038.

L'EMPIRE

C'EST LA PAIX

PARIS

RUE RAMBUTEAU, N° 32.

1852.

L'EMPIRE, C'EST LA PAIX!

Air de *Mes vingt ans*, ou *le Retour des chansons*.

Du droit divin les principes futiles
Depuis longtemps sont connus et jugés;
La France enfin veut des hommes utiles,
Et la lumière abat les préjugés.
D'un beau soleil le disque aimé naguère
Peut remplacer l'astre éteint des Capets!
On nous disait : L'empire, c'est la guerre,
Nous répondons : L'empire, c'est la paix!

C'était la guerre à ces heures fatales
Où, contre nous, ligués et furieux,
Les rois armaient toutes les capitales
Pour détrôner nos droits victorieux!
Le temps vengea cette ligue vulgaire,
Entr'eux et nous s'est placé le Progrès.
On nous disait, etc.

Oui, c'est la paix merveilleuse et féconde
Qui fait germer les plus belles moissons;
Oui, c'est la paix, ce doux soleil du monde,
Qui doit briller à tous les horizons;
Fille du ciel, déité salutaire,
Dont rien ne vaut les magiques bienfaits.
On nous disait, etc.

Oui, c'est la paix à qui tout se rallie
Qui doit unir, non diviser les cœurs,
Et dont la voix célèbre et concilie
Tous les partis ou vaincus ou vainqueurs,
C'est l'ère heureuse ouvrant au prolétaire
Un avenir qu'il n'entrevit jamais.
On nous disait, etc.

Autour de nous, voyez, quel beaux spectacles,
Champs fécondés, ports ouverts, flots domptés!
Chemins de fer brisant tous les obstacles,
La foi du Christ brillant de tous côtés!
Faux dieux tombés, vérités qu'on révère,
A notre France Alger joint à jamais...
On nous disait, etc.

Pourquoi d'ailleurs des songes de bataille?
Le temps présent n'est plus le temps passé;
La France est calme, elle est forte, et sa taille,
Depuis trente ans, n'a pas encore baissé.
Elle a grandi, l'Europe militaire
Se briserait à nos remparts épais!
On nous disait, etc.

L.-C. DURAND.

A LOUIS-NAPOLÉON

Air de : *le Peuple est roi*.

L'héritier d'un puissant empire,
Neveu du grand Napoléon,
Protecteur que la France inspire,
Gloire à ton nom!

Oui, gloire au nom dont la splendeur suprême
Trôna vingt ans sur le monde dompté;
Nom cher au peuple et qui, grand par lui-même,
Conquit, vivant, son immortalité!
Le successeur de sa haute puissance,
Du héros mort suit aujourd'hui les pas,
Et quand il veut le bonheur de la France,
Comme il le dit, nous sommes ses soldats!
Héritier, etc.

Oui, voilà bien ce regard qui décèle
De grands projets, des monuments futurs;
Oui, voilà bien l'énergique étincelle
Qui va des cœurs fouiller les plus obscurs.
Réforme utile et science profonde
Sont des garants qu'il offre à l'avenir;
Saluons donc l'empire qui se fonde
Sur des appuis qu'un peuple doit bénir.
Héritier, etc.

Entendez-vous ces clameurs souveraines?
C'est du Midi l'unanime concert;
Lui dont les champs ne sont plus des arènes,
Dont les cités ne sont plus des déserts!
C'est l'Occident, c'est toute la province
Fêtant celui qui pardonne à l'erreur,
Et c'est Paris qui, saluant son prince,
Sacre avant Rome un nouvel empereur!
Héritier, etc.

Qui donc pourrait, à son pouvoir contraire,
Revendiquer un droit jadis rêvé?
De maint parti la rumeur solitaire
Ne prouve rien, n'a jamais rien prouvé;
Il n'est qu'un droit, droit que jamais sans crime
Aux nations on ne peut ressaisir,
Et le seul maître, et le plus légitime,
Est bien celui qu'un peuple veut choisir.
Héritier, etc.

Oui, gloire à toi qui, posé sur un trône
Brisé jadis, mais éclatant toujours,
Ouvres les yeux et veux que chaque zône
S'échauffe au feu du soleil des beaux jours!
Quand le malheur en ta puissance espère,
Que parmi tous ton règne soit nommé;
Tout peuple heureux fait le pouvoir prospère,
Le plus puissant n'est que le plus aimé.
Héritier, etc.

L.-C. DURAND.

VOUS SEREZ MES SOLDATS

Air des Trois Couleurs.

Il nous l'a dit, celui qui tout regarde,
Celui dont l'Aigle environne le front :
« Mon nom pour tous est une sauvegarde,
» D'un beau passé les beaux jours reviendront.
» Peuple qui souffre, apaise ta souffrance,
» Le ciel n'a plus de foudroyants éclats ;
» Si vous voulez le bonheur de la France,
» Français, vous serez mes soldats !

» Hier vous marchiez vers un prochain abime
» Sans voir les fleurs qu'on vous faisait rêver;
» L'homme égaré souvent tombe en victime,
» J'ai vu l'écueil et je veux vous sauver.
» Ah ! fuyez donc la trompeuse espérance
» Que vous montraient des fous et des ingrats;
» Si vous voulez le bonheur de la France,
» Français, vous serez mes soldats!

» Oui, vous serez les soldats pacifiques
» De mon armée aux modernes drapeaux ;
» Nous conquerrons les moissons magnifiques
» Que fait mûrir le soleil du repos.

» Plus de partis et plus d'indifférence,
» Vos rangs grossis marcheront sur mes pas ;
» Si vous voulez le bonheur de la France,
» Français, vous serez mes soldats !

» Le temps n'est plus de ces guerres sanglantes
» Qui décimaient vos essaims travailleurs ;
» Si de la paix les victoires sont lentes
» Les fruits un jour n'en seront que meilleurs.
» Travaux, progrès, industrie, abondance,
» De mes efforts voilà les résultats ;
» Si vous voulez le bonheur de la France,
» Français, vous serez mes soldats ! »

Oui, nous serons tes soldats, toi qu'on nomme
L'espoir du pauvre et l'appui du malheur ;
Voyant en toi l'héritier du grand homme
Dont le génie a passé dans ton cœur,
Tes étendards verront la déférence
Même de ceux qui ne te suivaient pas.
Si nous voulons le bonheur de la France,
Français, soyons tous ses soldats.

Cristophe Saint.

LA COURONNE DE NAPOLÉON

Air du Forçat libéré.

La Nation a rétabli l'Empire
Fière à bon droit d'un passé sans pareil ;
Tout se ranime et revit et respire
Sous les rayons de ce nouveau soleil ;
Le peuple enfin, qu'un juste amour entraine,
Donne à celui qui finit son tourment,
Le legs inscrit au dernier testament
Du grand martyr mourant à Ste-Hélène !
Réjouis-toi, France, réjouis-toi,
L'Empire a dit : la Paix est avec moi !

Napoléon l'avait gagné, ce trône
Que lui ravit la main de l'étranger ;
Nul n'a depuis porté cette couronne ;
A l'essayer qui donc eût pu songer ?
Nul, hors celui dont le nom militaire
Dans bien des cœurs tressaille et vibre encor ;
Et qui reprend cette couronne d'or
Qui fit trembler tous les rois de la terre.
Réjouis-toi, etc.

À l'horizon le Pouvoir qui commence
À nos besoins offre de sûrs garants ;
Il inaugure un avenir immense
Sans remonter au char des conquérants ;
Plus de combats, d'effroi comme naguère,
De l'industrie à nous tous les bienfaits ;
Les arts partout sont les fleurs de la paix,
Le progrès meurt lorsque gronde la guerre.
Réjouis-toi, etc.

Dans nos foyers, jadis l'Europe en armes
Vint imposer le malheur et le deuil ;
Elle enchaînait la patrie en alarmes
En renversant l'objet de son orgueil.
Dans sa puissance et sublime et féconde
Le peuple, noble aux yeux de l'univers,
Venge aujourd'hui nos maux et nos revers
Sans menacer la concorde du monde.
Réjouis-toi, etc.

Il le reprend, sans craindre la tempête,
Ce diadème aux fleurons éternels ;
La main de Dieu le pose sur sa tête
Au bruit vainqueur de concerts solennels.
Napoléon, assis au rang suprême
Du peuple entier est le représentant ;
En l'élevant sur ce trône éclatant,
La Nation se couronne elle-même.
Réjouis-toi, etc.

Cristophe Saint.

SOIS EMPEREUR

Air : *le Peuple est roi.*

Vive à jamais le sceptre de l'empire,
Vive à jamais Louis-Napoléon ;
Une cité sous son drapeau respire,
Grande et unie au reflet de son nom !
Grand rejeton d'une race féconde,
Va, que ton nom soit immortalisé,
Que ton génie régénère le monde,
Depuis deux ans tu l'as éternisé !
Napoléon, reçois cette couronne
Qu'un peuple grand t'offre pour son bonheur,
Monte enfin les degrés du trône;
Sois Empereur !

Salut au jour d'éternelle mémoire,
Salut au nom qui fit trembler les rois !
Je vous revois, et mon cœur plein de gloire,
A reconquis son bonheur d'autrefois ;
Voyez, voyez flotter ces oriflammes,
Et ces drapeaux pavoisant la cité,
Et ce guidon où se rallient nos armes,
C'est l'aigle grand, l'ordre et la liberté !
Napoléon, etc.

Quel enthousiasme en ce jour nous anime,
Quel doux frisson fait tressaillir le cœur ;
Le peuple grand, au sentiment sublime,
Fait éclater ses transports de bonheur;
Unissons-nous; formons une alliance
En confondant nos cœurs dans une voix;
Ecrions-nous : Dieu protége la France,
Napoléon, le soutien de nos droits !

Napoléon, reçois cette couronne
Qu'un peuple grand t'offre pour son bonheur,
Monte, monte les degrés du trône,
Sois Empereur !

LIMBEAU (Armand),

21 et 22 Novembre 1852

Air de *la Colonne*.

Sous le dôme des Invalides,
L'Aigle dormait dans un tombeau,
Quand, rouvrant ses ailes rapides,
Il a pris un essor nouveau. (*Bis.*)
La France, enfin, a pu sourire
Au souvenir de ses hauts faits ;
Ah ! qu'on est fier d'être Français
Quand on va voter pour l'Empire !

O France, et si grande et si fière !
Qui peut ajouter un fleuron
A ta couronne de guerrière ?
Qui peut accroître ton renom ? (*Bis.*)
Non, rien, que l'Europe respire,
L'Empire aujourd'hui c'est la paix.
Ah ! qu'on est fier d'être Français
Quand on va voter pour l'Empire !

Tu sais aussi tirer le glaive,
Napoléon, quand il le faut,
Ta main valeureuse relève
Dans Rome l'autel du Très-Haut. (*Bis.*)
Le monde tout entier t'admire
Et Dieu te bénit à jamais.
Ah ! qu'on est fier d'être Français
Quand on va voter pour l'Empire !

Colonne, monument sublime,
De la France éternel honneur !
Tu sens tressaillir sur ta cime
Le bronze du vieil Empereur. (*Bis.*)
Il s'anime et semble nous dire :
Enfants, là je vous reconnais !
Ah ! qu'on est fier d'être Français
Quand on va voter pour l'Empire !

FÉLIX FEILLES, *Délégué des Ouvriers Boulangers de la Seine.*

L'AIGLE DE L'INVALIDE

Air de *Mes vingt ans.*

Aigle, salut ! car, pauvre octogénaire,
Sans te revoir, hélas ! j'allais mourir;
Sur nos drapeaux viens replacer ton aire,
Viens nous aider à savoir conquérir.
Je te revois, lorsque la mort avide
Veut m'entraîner dans les champs du repos.
Réjouis-toi, vieux soldat invalide,
L'aigle française orne encor nos drapeaux.

J'ai, dans un coin de mon petit parterre,
Quand l'étranger insultait mon pays,
Caché mon aigle... enfin je le déterre !
Ses reliefs d'or sont quelque peu ternis.
Qu'à des succès, soldats, elle vous guide,
Et sous la poudre ils redeviendront beaux,
Réjouis-toi, vieux soldat invalide,
L'aigle française orne encor nos drapeaux.

Quand nos soldats, au cœur de la Russie,
Las de chercher l'ennemi chaque jour,
Tombaient gelés dans la neige épaissie,
Ney, devant lui, fit venir un tambour :
« Bats au drapeau, dit ce chef intrépide,
» Et nos soldats se trouveront dispos. »
Réjouis-toi, vieux soldat invalide,
L'aigle française orne encor nos drapeaux.

Quand nous étions les brigands de la Loire,
Ne voulant pas que l'étranger altier
Prît nos drapeaux vieux de vingt ans de gloire,
D'un incendie ils furent le foyer,
On but la cendre, et, dans un vin limpide
On enterra ce signe des héros.
Réjouis-toi, vieux soldat invalide,
L'aigle française orne encor nos drapeaux.

Je te salue avec ma voix tremblante,
Et cependant tu m'arrives bien tard ;
Le ciel t'envoie, image consolante,
Pour adoucir la mort du vieux grognard.
Oh ! que pour prix d'une amitié solide,
Mon aigle dorme à côté de mes os.
Je puis mourir, vieux soldat invalide,
L'aigle française orne encor nos drapeaux.

Imp. de Beaulé et Comp., rue Jacques de Brosse, 10.

Le Retour de l'Aigle

Chanson Patriotique

Air des trois Couleurs

Sur nos drapeaux que la gloire environne
L'Aigle vainqueur enfin est replacé.
A son aspect le monde entier frissonne
On se souvient d'un glorieux passé.
On se souvient que son élan rapide
A la victoire entraînait nos soldats,
Aigle aujourd'hui sois encor notre guide
Au champ de paix (bis) comme au champ des combats.

Si l'étranger voulait fouler la terre
Où désormais l'aigle a fixé son nid
Au premier cri de l'Oiseau du tonnerre
Chaque français répondrait au défi.
Le faible enfant, l'Adulte et l'invalide
Pour le chasser sauraient armer son bras.
Aigle aujourd'hui sois encor notre guide
Au champ de paix (bis) comme au champ des combats.

Protège aussi l'homme dans la souffrance
Le travailleur et l'humble paysan;
L'homme des arts et de l'indépendance
Le noble riche et l'honnête artisan.
Place les tous sous ta puissante égide
Fais toi bénir de chacun ici bas
Aigle aujourd'hui sois encor notre guide
Au Champ de paix (bis) comme au champ des combats.

L. Coslan, ex Adjudant-Major

Lith Dextré, passage Radziwill, Paris.

L'EMPIRE C'EST LA PAIX
VIVE LA FRANCE

LE COUP-D'ÉTAT

DU PRÉSIDENT DE LA RÉPUBLIQUE FRANÇAISE

CHANSON PROPHÉTIQUE

Faite en Décembre 1851,

PAR J. C. ARAGON,

DÉDIÉE AU PRINCE LOUIS-NAPOLÉON

Qui lui en a accusé une très flatteuse réception avant son départ pour son voyage dans le midi.

AIR :

Le voilà donc ce Coup-d'État !
Que partout on admire.
Ignorez-vous le résultat?
Moi, je vais vous le dire :
C'est que désormais,
Nous aurons la paix,
Le travail, l'abondance;
L'ordre règnera,
Partout on dira :
IL A SAUVÉ LA FRANCE !

Nous devions tous être égorgés
Par les Socialistes,
Et puis tous nos biens partagés
Entre les Communistes ;
Mais NAPOLÉON,
Digne de son nom,
Par droit de Présidence,
Arrêta d'un mot
Cet affreux complot.
C'EST NOTRE PROVIDENCE !

Il sera le Chef de l'État,
Vingt ans de Présidence,
Soit l'Empire ou le Consulat,
Qu'il gouverne la France !
Pour moi, mon avis,
Celui du pays,
Ce serait un Empire.
Pour notre bonheur,
Qu'il soit Empereur,
LA FRANCE LE DÉSIRE !

EMPEREUR, il se mariera ;
Nouvelle dynastie,
Et toute la France dira :
C'est une garantie.
Bientôt nous aurons
Des Napoléons,
Régnant par survivance.
Alors nos neveux,
Comme nous heureux,
Crieront : VIVE LA FRANCE !

Typ. Appert fils et Vavasseur, passage du Caire, 54, à Paris.

ÉTRENNES RELIGIEUSES

PRÉSENTÉES A S. M. L'IMPÉRATRICE DES FRANÇAIS.

Les Trois Vertus Théologales.

N° 1.

L'ESPÉRANCE

Air : *Aux Montagnes de la Savoie.*

Nous étions tous dans la détresse
Quand BONAPARTE *le préféré*,
Par l'effet d'une hardie Sagesse,
Se vit enfin considéré ;
Par sept millions, sa Présidence
Est maintenue dix ans. La Paix et l'Espérance,
Et l'Espérance!

On attendait en assurance
Un changement mystérieux,
Qui se ferait sans résistance
En mil huit cent cinquante-deux ;
Mais *notre élu* par prévoyance,
Saisit le vote. Dix ans, la Paix et l'Espérance,
Et l'Espérance.

Il fallait à notre faiblesse
L'appui d'une Constitution,
Toujours serrée dans sa largesse,
Profonde en Méditation.
Nous éprouverons son influence,
Et nous avons dix ans, la Paix et l'Espérance,
Et l'Espérance!

[illegible]st en vain que la malveillance
Viendrait secouer tous ses brandons
Pour allumer la guerre en France
Ou ramener quelques Bourbons.
Le Président a par avance
Et notre amour, dix ans, la Paix et l'Espérance,
Et l'Espérance!

DENIAU.

25 Janvier 1852.

Impr. Ve CARRÉ et cie, imp. de la grosse-tête, 5. — Maison fonc. du Caire, 78 et 70.

N° 2.

LA CHARITÉ

Air fait ou à faire.

VIVE BONAPARTE !
Vive le Président !
Dessus la carte
De chaque département
Gravons BONAPARTE,
Le premier Président.

On voit sa politique
Apaiser la critique ;
La voix publique
Chante le choix excellent
Que la République
A fait du Président.
Vive, etc.

Nous verrons la misère
Retirer sa bannière
Pour se soustraire
A l'assuré bannissement,
Dans quoi persévère
Le vœu du Président.
Vive, etc.

AUX MÉCONTENTS.

Nos désirs, à nous-autres,
Sont différents des vôtres,
Car pour les nôtres,
C'est notre vœu permanent
D'être les Apôtres
De notre Président.
Vive, etc.

La Paix et la Justice,
A nos vœux propices
Mais la malice,
Qui se tait en ce moment,
Fera le sacrifice
Que veut le Président.
Vive, etc.

AU PEUPLE.

Maintenant, dans la France,
Réservons la Vaillance,
Employons la Prudence;
Rapportons-nous seulement
A la Bienveillance
De notre Président.
Vive, etc.

Aujourd'hui la Logique
Jointe à l'Art poétique,
Invitent la Musique
De chanter avec ardeur
De la République
Le célèbre Empereur !
Vive, etc.

VIVE L'EMPEREUR !
Qui était Président.
Dans notre cœur,
Donnons tous un logement
A notre Empereur,
Qui fût seul Président.

DENIAU.

2 Septembre 1852.

Propriété de l'Auteur.

La Foi, l'Espérance, la Charité

N° 3.

LA FOI

Air : *O Filii et Filiæ.*

CHANT JOYEUX QUI PRÉCÈDE LE TEMPS PASCAL.

Jeunes Filles et jeunes Garçons,
Chantons, célébrons par nos sons
Les deux et trois NAPOLÉON.
Alleluia !

NAPOLÉON *le Préféré*,
En se voyant considéré,
A l'Empire, il s'est préparé.
Alleluia !

Son règne annonce la douceur.
Que fait goûter par sa faveur
Le Dieu qui régit notre cœur.
Alleluia !

Rappellons-nous avec honneur
Celui qui fut notre Empereur.
Rendons grâces à son successeur.
Alleluia !

Il a remis, sans condition,
A Sainte Geneviève le Panthéon.
Il rétablit la Religion.
Alleluia !

Fêtons-les tous en ce bon mois,
Qui rappellera chaque fois
Le Sacre avec l'égal des Rois.
Alleluia !

Incrédules ouvrez les yeux !
Ces faits si beaux, si glorieux,
Nous les devons au Dieu des Dieux.
Alleluia !

Doute-t-on, quand on examine,
L'effet d'une protection divine,
Qui nous remplace JOSÉPHINE.
Alleluia !

Supplions Dieu avec ardeur
De maintenir notre bonheur
En *couronnant* notre *Empereur* !
Alleluia !

DENIAU.

1er Février 1853.

Paris, le Février 1853.

Madame,

L'Auteur de cet opuscule, né en février 1784, fut élevé dans les principes et dans l'observance des cérémonies religieuses de ce temps là. En 1793, lorsqu'elles furent suprimées, il traversait chaque jour la petite ville où il est né, afin d'aller clandestinement servir la Messe à un Prêtre qu'il trouvait souvent seul dans la chapelle où il la disait. Cette habitude, qui est devenue pour lui un besoin, l'a toujours obligé de servir gratuitement, toute sa vie, dans les églises où il se trouvait. Maintenant qu'il est atteint de cécité, presque complète, il assiste toujours aux offices tels qu'on les fait dans la circonscription intérieure des églises. Aujourd'hui qu'il y a tout espoir qu'elle cesse, il se trouve heureux d'avoir à vous présenter, à vous, Madame, que la charité a inspiré de vous rendre une des Patrones de la Fête de Bienfaisance, donnée le 15 janvier, par le 7ᵉ arrondissement; il se trouve heureux, dis-je, d'avoir à vous offrir un exemplaire qui contient les Vertus théologales, pratiquées par un Monarque, dont la piété ne laisse point douter à la religion : que SA MAJESTÉ lui accordera autant de protection que les fils aînés de l'Eglise lui en accordèrent.

Ces Vertus ne sont pas indiquées, sur cette feuille, dans l'ordre qu'on les nomme habituellement, mais bien dans celui que les circonstances ont indiqués en les présentant. Ainsi, L'Espérance, cotée nº 1, indique l'Evénement du 2 Décembre 1851; La Charité, nº 2, indique celui où le peuple reconnait le mérite de son chef, s'empressait de multiplier ses bustes et les plaçait dans ses marchés; La Foi, nº 3, nous donne la certitude de la miséricorde de Dieu, puisque l'avénement à l'Empire nous a fait remettre le Panthéon.

Nous pouvons de plus espérer que le Mariage, qui a été suscité par la providence, nous prouvera entre autres résultats l'avantage d'exercer publiquement nos Cérémonies, ce qui étant arrivé, l'auteur satisfait chantera de bien bon cœur *nunc dimittis*.

Il n'a pas jugé à propos de vous faire cet envoi au mois de janvier, vous en comprendrez facilement le motif; il a pensé, qu'en quel temps que ce fût, il pourrait s'acquitter de la reconnaissance qu'il vous doit pour votre patronage, en vous prouvant *qu'un bienfait n'est jamais perdu*.

J'ai l'honneur de vous saluer, avec considération et respect, et d'être, Madame,

Votre très dévoué serviteur,

DENIAU,

Rue Geoffroy-Saint-Hilaire, 3.

Madame

Madame

Pour

PARIS.

L'ÉPÉE DE MON PÈRE

OU

NAPOLÉON IER ET LE PRINCE EUGÈNE

CHANSON DRAMATIQUE

AIR : *Du Retour des chansons* ou du *Rêve.*

I.

La Prière d'un enfant.

« Mon père est mort ! dans le ciel est son âme !
« Le seul trésor qu'à son fils il laissa,
« C'est son épée... et je vous la réclame :
« Au nom d'un Dieu juste, rendez-moi-la !

NAPOLÉON.

« — De cette épée, enfant, que veux-tu faire ?

EUGÈNE BEAUHARNAIS.

« — Pour mon pays, je veux donner mon sang :
« Mon seul bien, c'est ton épée, ô mon père,
« Oh ! rendez-la, par grâce, à son enfant !

II.

L'Etoile de Napoléon.

« Au ciel, dit-on, chacun a son étoile,
« Flambeau discret, phare mystérieux !
« De l'avenir malgré le sombre voile,
« Oui, votre étoile étincelle à mes yeux.
« Je crois vous voir portant notre bannière ;
« Chaque cœur bat d'orgueil en vous nommant.
« Mon seul bien, c'est ton épée, ô mon père,
« Oh ! rendez-la, par grâce, à son enfant.

III.

« Du sud au nord votre aigle étend son aile,
« Et l'univers s'incline devant vous :
« A mes regards votre étoile est si belle
« Qu'en l'admirant je tombe à vos genoux !
« D'un orphelin écoutez la prière,
« Et comptez sur ce cœur reconnaissant !
« Mon seul bien, c'est ton épée, ô mon père,
« Oh ! rendez-la, par grâce, à son enfant.

IV.

La Prière exaucée.

NAPOLÉON.

« — J'aime à te voir cette ardeur juvénile ;
« A jeune cœur il faut riants projets !
« Enfant, je veux, et je puis... t'être utile !
« Quel est ton nom ? — Eugène Beauharnais.
« Il faut au faible un appui sur la terre.
« Je suis le faible, et vous le bras puissant.
« Mon seul bien, c'est ton épée, ô mon père,
« Oh ! rendez-la, par grâce, à son enfant.

V.

L'Epée rendue.

NAPOLÉON.

« — L'arme d'un père est un saint héritage ;
« En dépouiller un fils ! non, sur ma foi !
« Prends cette épée, et quand tu seras d'âge,
« Sers bien la France et puis compte sur moi !
« Pourquoi ces pleurs qui mouillent ta paupière ?

EUGÈNE BEAUHARNAIS.

« — Larmes de joie ! oh ! mon bonheur est grand !
« Merci, merci : ton épée, ô mon père,
« Ne quittera plus jamais ton enfant !

L. DE CHAUMONT.

Après le 13 vendémiaire, Napoléon, nommé commandant de l'armée de Paris, fit procéder au désarmement général des sections. Un jour, un enfant d'une dizaine d'années se présente à l'état-major et demande à parler au général Bonaparte. Il fut introduit auprès de Napoléon.

— Que voulez-vous, mon enfant? lui demanda-t-il avec bonté.

— Général, répondit-il, mon père était général, lui aussi; il est mort, et m'avait laissé son épée : elle m'a été enlevée. Je viens vous la réclamer, pour m'en servir un jour contre les ennemis de la France.

— Quel est votre nom, mon enfant?

— Eugène Beauharnais.

— Voici l'épée de votre père, dit le général, je vous la rends, convaincu que vous ne vous en servirez jamais que pour la gloire de la France.

Eugène se mit à pleurer en voyant l'épée de son père, et Napoléon lui témoigna tant de bienveillance, que madame de Beauharnais se crut obligée de venir lui en faire des remercîments.

C'est ainsi que Napoléon connut la bonne Joséphine.

(*Historique*).

Paris. — Imprimerie WALDER, rue Bonaparte, 46.

LA

GUERRE D'ORIENT

POT-POURRI

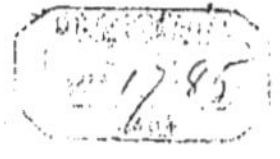

16 Février 1854.

Air : Tout le long de la rivière.

Un beau jour le Czar s'éveillant,
Se détira tout en baillant;
Et dit : sans faire un paradoxe,
Moi, chef de l'église Orthodoxe,
Je veux devenir embêtant
Pour mon cher voisin le Sultan.
Vous, Menschikoff, homme à la tête forte,
Comme ambassadeur je vous mets à la Porte,
Portez mes projets à la Porte.

Air du Curé de Pomponne.

Je veux en jetant un défi,
Posséder la Turquie,
Et changer la carte qu'on fit
Pour la géographie;
L' princ' répond craignant qu' des débats
Par l'exil on n' l'écarte :
N' vous emportez pas
Nicolas,
Mettez ça sur la carte.

Air : C'est l'heure où s'endorment les roses.

Partez et revenez bien vite;
Sachez soulever l'Orient,
Je compte sur la réussite,
Vous me savez impatient :
Réussissez, car, saperlotte!
Ma tête bout, j'ai le sang chaud;
—Sir'! vous r'ssemblez à Don Quichotte
Puisque vous avez un Sancho.

Air du Beau Nicolas.

Menschikoff en Turquie arrive,
Et, prenant des airs fanfarons,
A peine a-t-il touché la rive
Qu'il fait sonner ses éperons.
Et puis au Sultan il expose
La demande de l'Empereur,
Abdul répond avec douceur :
C'est mon trône qu'on met en cause
C'est peu d' chose.
Le Czar ne veut que mes États,
Qu'il est bien l'Emp'reur Nicolas.

Air : l'Amour ainsi qu' la nature.

Vous r'fusez, reprend le prince,
Mais prenez gard' qu'on n' vous pince,
Nous sommes forts entre tous
De plus la ruse est pour nous.
—Oui, dit Abdul je refuse :
Foin de la ruse au surplus,
Du mot *russe* à celui ruse,
N'y a qu'une petit' *S* de plus.

Air de la Colonne.

Menschikoff dit : Quand nos sabres se rouillent
Sultan vos termes sont bien secs;
Je vois les cartes qui s'embrouillent
Heureusement que nous avons les Grecs.
Notre politique brillante
Attisa le feu de leur courroux,
Et si la Grèce fond sur vous
Vous êt's frits; car elle est bouillante!...

Air : Si j'étais l' bon Dieu.

Menschikoff r'vient en Russie
Tout dire à l'Emp'reur,
Le Czar plein de courtoisie
S'écrie en fureur.
Le Divan à cette chose
Veut encor surseoir,
Su' l' Divan puisqu'on s' r'pose...
Allez-vous asseoir.

Air : Bataille.

Bataille! (*bis.*)
Puisqu'on me raille,
Et qu'après tout :
Bataille! (*bis*)
C'est dans mon goût.

Air des Préjugés.

Cher Menschikoff, j'ai des millions d'âmes,
Qu'on arme tout, les serfs et les vassaux;
Mais Majesté, beaucoup d'eux ont des femmes,
Et des enfants encor dans leurs berceaux.
N'app'lez pas *Serfs* des homm's déjà sots,
N'excitez pas tant de haines jalouses,
—Prince, écoutez! vous m'agacez les nerfs;
C'est justement parc' qu'ils ont des épouses
Qu'on les appelle *Serfs*.

Air : A dada sur mon bidet.

A dada sur mon bidet,
J' franchirai sans fair' le pet :
Pruth, pruth, pruth.

Air : l'Astre des nuits.

Ah! j'oubliais, mettez sur votre album,
Vous qui tenez l' journal de *La Patrie*,
Qu'il faudra fair' chanter un *Te Deum*
Que nous perdions ou gagnions chaque partie.
Poëtes de Saint-Pétersbourg,
Faites des vers, l'occasion est belle;
La poésie a mon amour
Pour éclairer mon règne un jour,
Je veux avoir quelque chant d'elle.

Air : Il est à moitié cuit.

Recommandez au chef de ma cuisine,
Puisqu'à présent le bon temps va changer,
De bien choisir les mets qu'il me destine,
De délaisser un peu mon potager.
Des flageolets ne me charmeraient guère,
Et je dirais, si j'y participais :
Des haricots! lorsque je suis en guerre,
C'est un signe de paix!...

Air du Pas redoublé.

Allons, bataillons, escadrons,
Partez, en avant, marche,
Canons, roulez, sonnez, clairons,
Tambours, battez la marche;
Volez à l'ennemi commun,
Cette horde d'esclaves
Vous êtes bien trois cents contre un,
N'y a pas d' danger d'êtr' braves.

Air : Moi, je veux de l'amour tout fait.

Gortschakoff allez au Danube,
Avant qu' les Turcs puissent s'armer,
Emportez un peu de jujube
Car vous pourriez vous enrhumer,
Nous n' craindrons plus la Chin' fertile,
Dont l'hiver on estim' les thés,
Pour qu' votr' digestion soit facile
Prenez-moi les principautés.

Air du Mineur.

Dans les principautés rentrer sous terre,
Cet orgueil Musulman, qui, fidèle à sa foi
Du principe orthodoxe est trop peu tributaire.
Je veux et je prétends qu'on pense comme moi.
Notre Église est déserte, or, dans chaque bourgade
Forcez les Musulmans à hanter le saint lieu,
Avec beaucoup de knout, pas mal de bastonnade,
C'est ma manière à moi d'honorer le bon Dieu.

Air : A la grâce de Dieu.

Partez soldats, Dieu des armées!.....
Protégez les miennes surtout,
Et que par la haine animées,
Elles brûlent, détruisent tout;
Soldats, tuez et père et frère;
Souillez et la mère et la sœur.
Obéissez... à ma prière
Cela vous portera bonheur.
Adieu, soldats, adieu,
A la grâce de Dieu.

Air de Malborough.

Les Russ's s'en vont en guerre,
Mais je crois qu'il n'en reviendra guère,
Les Russ's s'en vont en guerre,
Mais grâce au Choléra
L'on n' sait c' qu'il en r'viendra.

Air : T'en souviens-tu.

Un mois plus tard, le Czar reçut un' lettre,
Elle venait du Général en chef,
Quand il l'ouvrit, il ne put rester maître
De sa colère... et se dit d'un ton bref :
A mon courroux ne lâchons pas les rênes,
Sont-ils bien vrais ces mots qu'ici je lis :
« Dans l' macadam des provinc's Danubiennes,
» Aux yeux d' l'Europ' nos drapeaux s'sont salis. »

Air : Ni vu, ni connu, j' t'embrouille.

Suivons dit l'Emp'reur
Ça doit êtr' meilleur,
Plus mauvais c'est difficile.
« Malgré la fierté
» De votr' Majesté,
» Tous les jours jé r'çois un' pile.
» Sachez combien,
» Les Turcs si bien
» M'en flanquent!
» A fuir toujours,
» Soldats, tambours,
» S'efflanquent;
» Pour sout'nir les ponts
» Où nous passerons,
» Ce n' sont pas les pil's qui manquent.

Air : En avant la trente-deuxième.

« Quoiqu'en vous nous ayons confiance,
» Puisque vous dit's que nous somm's forts.
» Malgré nos courageux efforts,
» Tous les jours nous avons notr' danse.
» Mais d'main nous allons voir,
» Hier j'ai dû recevoir
» Just' la trente-et-unième;
» En avant la trente-deuxième
» La trente-deuxième en avant.

Air : Vive le naturel.

» De rubans et de plaques,
» D'ordres nobles Valaques;
» Sire, vous voulez m'affubler.
« Ma position est claire,
» Je suis las de m' faire rouler,
» N'y a qu'un ordr' qui peut m' plaire,
» C'est celui d' m'en aller. »

Air : De ma Céline amant modeste, ou des Fous.

Sur terre, je perds la victoire,
Dit le czar, mais j'aurai les eaux,
Que l'on lance dans la mer Noire,
Mes plus formidables vaisseaux;
Amiral, bannissez l'intrigue,
Et surtout n'épargnez pas les frais;
A nos marins évitez la fatigue,
Pour qu'ils arrivent au port frais.

Air : A boire, à boire, à boire.

A boire! à boire! à boire!
V'là l'escadr' d' la mer Noire,
S'écri'nt les Russes tout à coup :
Nous quitt'rons nous sans boire un coup.

Air du Cabaret de Ramponeau.

Voici la flott' de Turquie,
Marins, faut qu' nous la battions;
N' la laissons pas en Asie,
Porter des munitions;
Braves, un jour dans l'histoire
Vous verrez inscrits vos noms,
Vous avez soif de victoire;
Allez prendre des canons.

Air : Des fraises.

Frappons un coup fort, puissant,
Étonnons-en l'Europe,
Dans l'av'nir et le présent,
Traçons en lettres de sang,
Sinope!

Air de la petite Margot.

Sinope! amis, là s'arrête ma tâche,
On ne rit pas d'un massacre odieux!
Et je flétris, ici, le vainqueur lâche,
Pour honorer le vaincu courageux.

Combat affreux, horrible boucherie!
L'opinion partout te condamne;
Moi, qui proteste au nom de ma patrie,
Je t'ai jeté le mot : assassinat!...

A notre paix et bienfaisante et sage
Ont succédé le tumulte et la mort,
L'homme semant les pleurs et le carnage.
Doit récolter l'opprobre et le remord.

Pauvres soldats, vous mouriez, mais la Gloire
Fait resplendir chaque modeste nom;
Les inscrivant au livre de l'Histoire
Dont les feuillets valent un Panthéon.

Sinope! amis, là s'arrête ma tâche
On ne rit pas d'un massacre odieux;
Et je flétris, ici, le vainqueur lâche,
Pour honorer le vaincu courageux!...

Dépôt chez Durand, rue Rambuteau, 34.

Paris. — Typ. Beaulé et Cie, rue Jacques de Brosse

La

GUERRE D'ORIENT

Pot-Pourri.

Mai 1854.

Air : *Tout le long de la rivière.*

Un beau jour le Czar s'éveillant,
Se détira tout en bâillant,
Et dit : Sans faire un paradoxe,
Moi, chef de l'église orthodoxe,
Je veux devenir embêtant
Pour mon cher voisin le Sultan.
Vous, Menschikoff, homme à la tête forte,
Comme ambassadeur je vous mets à la Porte,
Portez mes projets à la Porte.

Air du *Curé de Pomponne.*

Je veux en jetant un défi,
Posséder la Turquie,
Et changer la carte qu'on fit
Pour la géographie;
L'princ' répond, craignant qu' des débats
Par l'exil on n' l'écarte :
N' vous emportez pas,
Nicolas,
Mettez ça sur la carte.

Air : *C'est l'heure où s'endorment les roses.*

Partez et revenez bien vite ;
Sachez soulever l'Orient,
Je compte sur la réussite,
Vous me savez impatient :
Réussissez, car, saperlotte !
Ma tête bout, j'ai le sang chaud ;
— Sir' ! vous r'ssemblez à Don Quichotte
Puisque vous avez un Sancho.

Air du *Beau Nicolas.*

Menschikoff en Turquie arrive
Et, prenant des airs fanfarons,
A peine a-t-il touché la rive
Qu'il fait sonner ses éperons,
Et puis au Sultan il expose
La demande de l'Empereur.
Abdul répond avec douceur :
C'est mon trône qu'on met en cause,
C'est peu de chose,
Le Czar ne veut que mes Etats,
Qu'il est bien l'Emp'reur Nicolas.

Air : *l'Amour ainsi qu' la nature.*

Vous r'fusez, reprend le prince,
Mais prenez gard' qu'on n' vous pince,
Nous sommes forts entre tous
De plus la ruse est pour nous.
—Oui, dit Abdul, je refuse :
Foin de la ruse ; au surplus,
Du mot *russe* à celui *ruse*,
N'y a qu'une petit' *S* de plus.

Air de *la Colonne.*

Menschikoff dit : Quand nos sabres se rouillent,
Sultan, vos termes sont bien secs ;
Je vois les cartes qui s'embrouillent,
Heureusement que nous avons les Grecs.
Notre politique brillante
Attisa le feu de leur courroux,
Et, si la Grèce fond sur vous,
Vous êt's frits, car elle est bouillante !..

Air : *Si j'étais l' bon Dieu.*

Menschikoff r'vient en Russie
Tout dire à l'Emp'reur,
Le Czar plein de courtoisie
S'écrie en fureur :
Le Divan à cette chose
Veut encor surseoir,
Su' l' Divan puisqu'on se r'pose...
Allez vous asseoir.

Air : *Bataille.*

Bataille ! (*bis*)
Puisqu'on me raille,
Et qu'après tout :
Bataille ! (*bis.*)
C'est dans mon goût.

Air des *Préjugés.*

Cher Menschikoff, j'ai des millions d'âmes,
Qu'on arme tout, les serfs et les vassaux;
Mais, Majesté, beaucoup d'eux ont des femmes,
Et des enfants encor dans leurs berceaux
N'appelez pas *Serfs* des homm's déjà sots,
N'enrôlez pas vos serfs, hommes bien sots,
—Moi général, par le tambour, la trompe,
J' veux qu'on leur mette un peu d' sang dans les [nerfs
Et puisqu'il faut qu'à présent on les trompe
Faisons la chasse aux *serfs.*

Air : *A dada sur mon bidet.*

A dada sur mon bidet,
Moi je franchirai tout net,
Pruth, pruth, pruth.

Air : *L' Astre des nuits.*

Ah ! j'oubliais, mettez sur votre album,
Vous qui tenez l' journal de la patrie,
Qu'il faudra fair' chanter un *Te Deum*
Que nous perdions ou gagnions chaq' partie.
Poëtes de Saint-Pétersbourg,
Faites des vers, l'occasion est belle,
La poésie a mon amour,
Pour éclairer mon règne un jour,
Je veux avoir quelque chant d'elle.

Air de *la Sainte Alliance.*

Que m'a-t-on dit? la France et l'Angleterre
Vont contre nous envoyer leurs vaisseaux;
Cette union semble extraordinaire,
Ces deux pays ne sont-ils plus rivaux?
—Sire, j'entends un chant venant de France,
L'écho l'apporte... écoutez, au lointain :
« Peuples, formez une sainte alliance
Et donnez-vous la main.»

Air du *Pas redoublé.*

Allons, bataillons, escadrons,
Partez, en avant, marche,
Canons, roulez; sonnez, clairons;
Tambours, battez la marche;
Volez à l'ennemi commun,
Cette horde d'esclaves.
Vous êtes bien trois cents contre un,
N'y a pas d' danger d'êtr' braves.

Air : *Moi, je veux de l'amour tout fait.*

Gortschakoff, allez au Danube
Avant qu' les Turcs puissent s'armer,
Emportez un peu de jujube,
Car vous pourriez vous enrhumer.
Nous n' craindrons plus la Chin' fertile
Dont, l'hiver, on estime les thés,
Pour qu' votr' digestion soit facile,
Prenez-moi les principautés.

Air du *Mineur.*

Dans les principautés faites rentrer sous terre
Cet orgueil musulman qui, fidèle à sa foi,
Du principe orthodoxe est trop peu tributaire
Je veux et je prétends qu'on pense comme moi.
Notre Eglise est déserte, or, dans chaque bourgade
Forcez les Musulmans à hanter le saint lieu,
Avec beaucoup de knout, pas mal de bastonnade
C'est ma manière à moi d'honorer le bon Dieu.

Air : *Soldat français, né d'obscurs laboureurs.*

Partez, soldats, sout'nir la nation,
Et fait's, je n' saurais trop vous l' dire,
Un' guerre d'extermination.
Aux gens de cœur qui voul'nt me contredire,
Pour sa patrie un soldat doit souffrir ;
Le knout m' répond de votre obéissance,
Acceptez donc avec plaisir
Les ball's que l'on va vous offrir,
Mais n' recevez jamais un' danse.

Air de *Marlborough.*

Les Russ's s'en vont en guerre,
Mais je crois qu'il n'en reviendra guère.
Les Russes s'en vont en guerre,
Mais comme on les battra,
L'on n' sait c' qu'il en r'viendra.

Air : *T'en souviens-tu.*

Un mois plus tard, le Czar reçut un' lettre,
Elle venait du Général en chef :
Quand il l'ouvrit, il ne put rester maître
De sa colère... et se dit d'un ton bref :
A mon courroux ne lâchons pas les rênes.
Sont-ils bien vrais ces mots qu'ici je lis :
« Dans l' macadam des provinces danubiennes,
« Aux yeux d' l'Europ' nos drapeaux s' sont salis.

Air : *Ni vu, ni connu, j' t'embrouille.*

Suivons, dit l'Emp'reur,
Ça doit être meilleur,
Plus mauvais, c'est difficile.
« Malgré la fierté
» De votre Majesté,
» Tous les jours je r'çois une pile.
» Sachez combien
» Les Turcs si bien
» M'en flanquent !
» A fuir toujours,
» Soldats, tambours,
» S'efflanquent ;
» Pour sout'nir les ponts
» Où nous passerons,
» Ce n' sont pas les pil's qui manquent.

Air : *En avant la trente deuxième.*

« Quoiqu'en vous nous ayons confiance,
» Puisque vous dit's que nous somm's forts, (*bis*)
» Malgré nos courageux efforts ;
» Tous les jours nous avons notr' danse.
» Mais d'main nous allons voir,
» Hier j'ai dû recevoir
» Just' la trente-et-unième ;
» En avant la trente-deuxième,
» La trente-deuxième en avant !

Air : *Vive le naturel.*

» De rubans et de plaques,
» D'ordres nobles Valaques,
» Sire, vous voulez m'affubler.
» Ma position est claire,
» Je suis las de m' faire rouler ;
» N'y a qu'un ordre qui peut m' plaire,
» C'est celui d' m'en aller. »

Air : *De ma Céline, amant modeste,*
ou des *Fous.*

Sur terre je perds la victoire,
Dit le Czar, mais j'aurai les eaux.
Que l'on lance dans la Mer-Noire
Mes plus formidables vaisseaux.
Amiral, bannissez l'intrigue,
Et surtout n'épargnez pas les frais ;
A nos marins évitez la fatigue
Pour qu'ils arrivent au port frais.

Air : *A boire, à boire, à boire.*

A boire ! à boire ! à boire !
V'là l'escadr' d' la Mer Noire,
S'écri'nt les Russes tout à coup :
Nous quitt'rons-nous sans boire un coup?

Air du *Cabaret de Ramponeau.*

Voici la flotte de Turquie,
Marins, faut qu' nous la battions ;
N' la laissons pas en Asie
Porter des munitions,
Braves, un jour dans l'histoire
Vous verrez inscrits vos noms ;
Vous avez soif de victoire,
Allez prendre des canons.

Air : *Des Fraises:*

Frappons un coup fort, puissant,
Étonnons-en l'Europe,
Dans l'av'nir et le présent
Traçons en lettres de sang :
SINOPE !

Air de la *Petite Margot.*

SINOPE? amis, là s'arrête ma tâche,
On ne rit pas d'un massacre odieux !
Et je flétris ici le vainqueur lâche,
Pour honorer le vaincu courageux.

Combat affreux, horrible boucherie !
L'opinion partout te condamna ;
Moi qui proteste au nom de ma patrie,
Je t'ai jeté le mot : Assassinat !...

A notre paix et bienfaisante et sage
Ont succédé le tumulte et la mort.
L'homme semant les pleurs et le carnage
Doit récolter l'opprobre et le remord.

Pauvres soldats, vous mouriez, mais la Gloire
Fait resplendir chaque modeste nom ;
Les inscrivant au livre de l'Histoire,
Dont les feuillets valent un Panthéon.

SINOPE ! amis, là s'arrête ma tâche,
On ne rit pas d'un massacre odieux !
Et je flétris ici le vainqueur lâche,
Pour honorer le vaincu courageux !

Gustave LEROY.

Se trouve au Dépôt, rue Palma, 4. Alger.— Typ. GUEYMARD.

DIALOGUE

ENTRE

le Prince GORTSCHAKOFF et le Czar NICOLAS,

dans lequel celui-ci demande au premier compte de sa mission à Vienne, pour solliciter armistice ou suspension d'armes;

SUIVI

D'UNE MORALE A L'USAGE DE TOUS LES GRANDS CHIPPEURS DE L'UNIVERS.

Air : Du docteur Isambard.

Le Czar.

Comment grand prince Gortschakoff
Off, off, off, off, off, off, off, off,
Tu n'vaux plus un simple Oursikoff
Off, off, off, off, off, off, off, off,
Quoi! tu n'as pas su l'obtenir
Dzinn badaboum badaboum boum boum,
L'armistice de mon désir.
Ah! ah! ah! ah!

Gortschakoff.

Dieu garde Votre Majesté!
Té, té, té, té, té, té, té, té,
J'ai cependant bien protesté,
Té, té, té, té, té, té, té, té,
De son ardente soif de paix,
Dzinn badaboum badaboum boum boum,
Mais à Vienne il fallait des faits!
Ah! ah! ah! ah!

Le Czar.

Foi de légitime empereur,
Là n'aurait donc plus de valeur?
Foin des faits! j'ai l'intention
De sauver la Religion!

Quoi! mes popes et mes boyards
Ne sont donc plus que des bavards,
Ne sachant que leur *Te Deum*
Et puis le *Deus nobiscum*.

Gortschakoff.

Pardon, sire, j'ai combattu,
Même à leurs mollets j'ai mordu;
Comme vous ils parlent de Dieu,
Et, de plus, le craignent un peu.

Ils m'ont, disent-ils, pardonné
Tout mon zèle désordonné;
Tout en déplorant vos erreurs,
Et j'ai senti couler mes pleurs!

Le Czar.

Faut donc encor voir dégeler
Mes soldats, et faire filer
Plus loin que l'Danube et le Pruth,
Et je n'atteindrai pas mon but.

Par Sinope et par Odessa,
Je jure qu'ils me paieront ça,
Car s'il vient à geler encor,
Je f'rai voir que je n'suis pas mort.

Gortschakoff.

Les Français sont de fiers lapins,
Les Anglais de braves marins;
De votre vin de Pérékop,
Je crains que vous n'buviez plus trop!

Depuis qu'ils ont passé le Sund,
Ils ont pris goût pour Bomarsund;
Près Kronstadt sans en avoir l'air,
Ils prendront leurs quartiers d'hiver.

Le Czar.

Mais Gortschakoff j'ai consulté,
Ma p'tit'table il est résulté,
Qu'cet hiver fort il glacera,
Et qu'alors on les attrapera.

En mil huit cent douze l'hiver,
Vous savez leur coûta fort cher;
Mil huit cent cinquante quatre a,
Pour lès tuer ce qu'il faudra.

Gortschakoff.

Auguste czar, que saint Michel
Nous garde tous, et que le ciel
Chasse les glaces loin de nous,
Autrement nous périrons tous.

Vous savez comment il advint
Qu'ils prirent les vaisseaux du Rhin;
Comme ça Kronstadt tombera,
Ils remonteront la Néva.

Le Czar.

Dieu! quel affreux coup de Jarnac,
Des Français j'verrais le bivouac,
De mon palais de Péterhoff.
Ah! je n'en puis plus, Gortschakoff.

Que faut-il faire, dis-le-moi,
Pour me guérir de mon effroi?
Faut-il renoncer un moment
Au grand empire d'Orient?

Gortschakoff.

Oui, mais pour gage, ils vont saisir
La Chersonnèse et réunir,
La Finlande aux terres d'Oscar
Pour prévenir nouvel écart.

Ils ont d'plus, je crois projeté
D'mettr' la Pologne en liberté,
Afin de servir de remparts
A l'Europe contre les czars.

Morale.

Avis salutaire à ceux-là
La, la, la, la, la, la, la, la,
Qui convoitent par-ci, par-là;
La, la, la, la, la, la, la, la,
Le faible peut dormir en paix,
Dzinn badaboum badaboum boum boum
Pour lui veille l'Anglo-Français.
Ah! ah! ah! ah!

Auguste LALLOUR.

BOUQUIN, Imp. rue de la Sainte-Chapelle, 5.

LE PALETOT
DE
MENSCHIKOFF

Chanson pour DEUX, à raison de ONZE couplets par tête.

Paroles de mon Ami THOMAS; Musique de CADET-ROUSSEL.

Menschikoff avait un pal'tot
De drap vert russe et sans accroc; } *bis.*
Et quand chaq' matin son cosaque,
Lui mettait sur l'dos sa casaque,
Ah! ah! ah! oui, vraiment,
Il était fier comme Artaban! } *bis.*

Un beau jour Menschikoff se dit :
« Pour sortir je n'ai point d'habit; } *bis.*
« Mais mon pal'tot sied à merveille,
« Il est d'une étoff' sans pareille;
« Ah! ah! ah! oui, vraiment,
« Ça va faire peur au Divan! } *bis.*

V'là donc qu'il appell' son brosseur,
Et qu'il lui dit avec douceur : } *bis.*
« Va me chercher mes gants, canaille,
« Mes gants frais et de couleur paille!
« Ah! ah! ah! oui, vraiment,
« J'vas êtr' fic'lé conv'nablement! } *bis.*

Le cosaq' lui répond comm' ça :
« Je n'ai jamais connu qu' ceux-là! } *bis.*
« *Grigou!* reprend alors le prince,
« Ce sont les plus beaux d' ma province!
« Ah! ah! ah! oui, vraiment,
« Des gants pareils ça s' gard' longtemps! » } *bis.*

V'là donc que le prince aussitôt
Prend ses gants et son paletot; } *bis.*
Il met du suif à sa moustache,
Un' ficelle au bout d' sa cravache;
Ah! ah! ah! non, vraiment,
Il n'a pas l'air d'un bon enfant! } *bis.*

Au Divan qu'est au grand complet,
Menschikoff entre en *paltoquet*, } *bis.*
Brandissant d'un' main sa cravache,
De l'autre tordant sa moustache;
Ah! ah! ah! oui, vraiment,
Le Moscovite est effrayant! } *bis.*

Allons! dit-il d'un ton casseur,
Aux conseillers du Grand Seigneur : } *bis.*
« Je viens pour vous faire connaître
« La dernièr' volonté d' mon maître;
« *Ah! ah! ah! non*, vraiment,
« Mon empereur n'est pas content! } *bis.*

« Mon maître Nicolas m'a dit,
Fit l' prince, avec beaucoup d'esprit : } *bis.*
« Il faut vous arranger d' la sorte
« Que vous puissiez prendre la Porte;
« Ah! ah! ah! oui, vraiment,
« Pour ça m'nez-les tambours battant! } *bis.*

En voyant ses belles façons,
La Porte sortit de ses gonds : } *bis.*
« Allez, dit-elle, au diplomate,
« Rapporter à votre autocrate,
« *Ah! ah! ah! non*, vraiment,
« Qu' nous n'voulons point d' son bât céans! } *bis.*

Menschikoff est tout stupéfait,
Ça n' l'empêch' pas d' fair' son paquet; } *bis.*
Mais quand il rentre à sa demeure,
Il n' prend pas l' temps de d' mander l'heure;
Ah! ah! ah! non, vraiment,
Il va s' fourrer sous l' lit prompt'ment! } *bis.*

Parc' qu'en voyant là son emp'reur,
Il frémit pour son postérieur; } *bis.*
Car Nicolas, qui n' jamais blague,
Pourrait bien lui donner la schlague;
Ah! ah! ah! non, vraiment,
Nicolas ne rit pas souvent! } *bis.*

« Maître, cher maître, si clément, »
Dit-il d' la ruell', « j' suis innocent, } *bis.*
« J' vous livre l' pal'tot que j' rapporte,
« *C'est lui qui m'a fait prendr' la Porte*;
« *Ah! ah! ah! non*, vraiment,
« J' n'ai pas pu la prendre autrement! } *bis.*

Cher Menschikoff, approche-toi,
Cesse d'avoir frayeur de moi; } *bis.*
Je le jure par ma couronne
Et par mon toupet qui grisonne;
Ah! ah! ah! non, du tout,
Tu n'as rien à craindre du knout! } *bis.*

Le diplomate approche enfin,
Serrant l' fémur et l'air benin. } *bis.*
Le czar lui dit avec tristesse :
« Tu n'as pas brillé par l'adresse;
« *Ah! ah! ah! non*, vraiment,
« J' te croyais plus fort que l' Divan! } *bis.*

« Beau sir', » fit Menschikoff touché,
« Je suis confus de voir' bonté! »
« Ecoute, reprend l'autocrate,
« Je n' veux pas que mon projet rate; } *bis.*
« *Ah! ah! ah! non*, vraiment,
« On rirait d' moi dans l'Occident! } *bis.*

« Il est bien vrai que ton vêt'ment
« Produit d' l'effet sur l'Ottoman; } *bis.*
« J' vas l' déployer dans la chen'vière
« Qu'est sur le bord de la rivière.
« Ah! ah! ah! oui, vraiment,
« Ça f'ra peur aux troup' du Sultan! » } *bis.*

Le cosaq' qui s' suiffe en un coin,
Se dit : bon! j' n'aurai plus besoin } *bis.*
De brosser c'te maudit' pelure
Qu'est caus' des vexations qu' j'endure!
Ah! ah! ah! oui, vraiment,
Mais je n' voudrais pas êtr' dedans! } *bis.*

Le paletot par Nicolas
Fut planté sur deux échalas, } *bis.*
Et comm' le czar n'est pas un pleutre,
On y mit un chapeau de feutre;
Ah! ah! ah! oui, vraiment,
On eût dit que l' prince était d'dans! } *bis.*

Alors on vit tous les pachas
Courir sus aux deux échalas, } *bis.*
Chacun ayant pour passer l' fleuve,
Un bon sabre, une bross' tout' neuve;
Ah! ah! ah! non, l' pal'tot,
N' pouvait pas rester sans accroc! } *bis.*

Ils l'ont tant et si bien brossé,
Qu'il est rev'nu de Citaté, } *bis.*
Avec un' seul' basque au derrière,
Quant au feutre, il n'a plus d' visière;
Ah! ah! ah! oui, vraiment,
Quel coup d' brosse et quel renfonc'ment! } *bis.*

On dit qu' Nicolas embêté
De cette afair' de Citaté, } *bis.*
Va r'noncer au pal'tot vert russe,
Qui n' répond pas à son astuce;
Ah! ah! ah! oui, vraiment,
Il faut bien croir' qu'il s'est mis d'dans! } *bis.*

Y a-t-encore un pan qu' les Français,
Aidés d' nos amis les Anglais, } *bis.*
S'en vont brosser à tour de rôle;
Bon saint Nicolas qu' ça s'ra drôle!
Ah! ah! ah! oui, vraiment,
Plaignons l' sort de c' malheureux pan! } *bis.*

Se trouve au *Bulletin de l'Empire*, rue de Hanovre, 17.

Typ. Gaittet et Cie, rue Git-le-Cœur, 7.

CONSTANTINOPLE!

CHANT DE GUERRE INTERPRÉTÉ PAR JULES BATON.

PAROLES D'ADOLPHE JOLY.

Air des Trois Couleurs, ou : air nouveau d'Hippolyte Soudant.

Entendez-vous au loin ce cri de guerre?
Entendez-vous le signal du combat?
Déjà l'airain fait tressaillir la terre,
Le clairon sonne, au loin le tambour bat!
Noble Turquie, espoir et confiance,
Vos longs exploits embrasent l'Occident.
Jeunes soldats, espoir de notre France,
Enfants du peuple (*bis*) en avant! en avant!

Vaillants héros, au loin le bronze tonne,
Vous combattez pour le droit, pour l'hon- [neur
Le Czar altier ose invoquer Bellone.
Le sang versé souillera l'agresseur.
Nous contractons une forte alliance
Pour repousser l'autocrate insolent,
Jeunes soldats, espoir de notre France,
Enfants du peuple (*bis*) en avant! en avant!

Recommencez, héroïque avant garde,
Le beau passé de vos braves ayeux;
Partez, amis, l'Europe vous regarde!
Vous reviendrez, un jour, victorieux.
Sur vos drapeaux l'aigle plane, il s'élance,
Pour protéger Abd-Ul et le croissant.
Jeunes soldats, espoir de notre France,
Enfants du peuple (*bis*) en avant! en avant!

Marins, soldats, vous volez à la gloire,
Nous connaissons votre intrépidité;
Soyez humains après chaque victoire,
Dieu bénira la magnanimité!
Notre pays admire la clémence:
Quand le vainqueur pardonne, il est plus [grand
Jeunes soldats espoir de notre France
Enfants du peuple (bis) en avant! en avant!

LE DÉPART DE L'ARMÉE D'ORIENT.

PAROLES DE ROBLAIN AINÉ.

Air de la Catacoua.

Amis, nous partons pour la guerre,
Nous allons chercher des lauriers;
Depuis plus de trente ans sur terre
On ne voit que des oliviers.
A ce superbe matamore,
Dont l'orgueil ne doute de rien,
Qui, de sa main,
Fatal destin!
Peut pour toujours brider le genre humain
Prouvons que nous sommes encore
Des peuples faibles le soutien.

Sous ce même drapeau de France
Où s'illustrèrent nos ayeux,
Avançons gaîment en cadence
Au son des canons furieux;
Nous retremperons notre gloire
Tout en nous battant pour la paix;
Point de regrets
Si nos hauts-faits
N'ajoutent rien au vieux renom français;
Car ces deux mots: France et Victoire,
Sont synonymes désormais

Quant à l'Orient qu'on opprime
Nous aurons rendu sa splendeur;
Quand nous aurons puni le crime,
Synope! qui veut un vengeur,
Vouant le Russe à l'infamie,
Du carnage arrêtant le cours,
Loin des tambours,
Vers nos amours,
Nous volerons retrouver nos beaux jours,
Et saluer notre patrie
Par la paix riche pour toujours.

La Part de l'hiver, ou un Souvenir de 1812.

PAROLES DE CAMILLE THOREL.

AIR: *Soldat, dis-moi, t'en souviens-tu.*

C'en est donc fait, un orgueilleux barbare
Trouble la paix et ses féconds travaux;
La guerre, au loin, pour nos soldats prépare
Nouveaux combats et triomphes nouveaux.
En vain le Czar insulte à la mémoire
Des bataillons dans ses neiges perdus;
L'hiver jadis remporta la victoire, } bis.
Mais ses frimas ne nous combattront plus. }

Que l'amiral, égorgeur de Sinope,
Pare son front d'un ignoble laurier!
Que Nicolas, mis au ban de l'Europe,
Aux élémens demande à s'allier,
Pour que du Nord l'haleine meurtrière
Glace le sang de nos soldats perclus.
L'hiver est sourd à sa lâche prière,
Et contre nous il ne combattra plus.

Les grenadiers, dont la grande hécatombe
Dort dans les champs de la Bérésina,
Se dresseront sur le seuil de leur tombe
Quand de leurs fils le canon grondera.
La voix des morts, franchissant les espaces,
Crira ces mots, aux Russes éperdus:
L'hiver jadis nous livra dans ses glaces,
Mais vos frimas pour vous ne vaincront plus.

Le souvenir d'un insolent voyage,
Toujours vivace au bout de quarante ans,
Excite encore un appétit sauvage
Chez le Cosaque et cent peuples errants.
La France est belle et vaut qu'on la regrette,
Mais vos regrets resteront superflus.
L'hiver finit, le bras vengeur s'apprête,
Et vos frimas ne l'enchaîneront plus.

Vous qui partez, quand viendra la bataille
Vous ferez voir au Tartare étonné,
Qui sait le mieux affronter la mitraille,
Du soldat libre ou de l'esclave armé.
Les fils du knout fuiront vers leurs tanières,
Et vous direz aux ennemis battus:
L'hiver jadis a terrassé nos pères;
Sans vos frimas ils vous auraient vaincus.

LE FILS CONSTANTIN AU PÈRE NICOLAS.

PAROLES DE ROBLAIN AINÉ.

Air de la Ronde de Marco dans les Filles de Marbre.

Aimes-tu, mon noble Sire,
N'en déplaise à nos voisins,
Du Sultan le bel empire
Et son or et ses jardins?
D'Albion et de la France
Qui préparent leurs mousquets
Veux-tu narguer la puissance } bis.
Comme aux loups sont les roquets. }
Ah! non! ah! non!
Dis-moi, qu'aimes-tu donc?
La paix que par ma moustache
Et ma part de paradis,
J'ai promise en patriarche
Aux rois de tous les pays.
C'est ce qu'aime Nicolas,
Oui! c'est ce qu'aime Nicolas.

Aimes-tu cette poupée,
Que comme une majesté,
Les hommes ont couronnée
Sous le nom de liberté.
Aimes-tu dans la Mer Noire
Voir divertir tes vaisseaux,
Pour qu'on dise dans l'histoire: } bis.
Ils nageaient entre deux eaux. }
Ah! non! ah! non!
Dis-moi, qu'aimes-tu donc?
La paix que par ma moustache
Et ma part de paradis,
J'ai promise en patriarche
Aux rois de tous les pays.
C'est ce qu'aime Nicolas,
Oui! c'est ce qu'aime Nicolas.

Aimes-tu le front sévère
Du sage Napoléon?
Aimes-tu que l'Angleterre
T'oppose lord Palmerston?
Aimes-tu qu'à Varsovie
D'incorrigibles boyards;
Rêvent encor leur patrie } bis.
Ses canons et ses remparts. }
Ah! non! ah! non!
Dis-moi, qu'aimes-tu donc?
La paix que par leur moustache
Veulent garder les premiers,
Le knout qu'en bon patriarche
Je veux donner aux derniers.
C'est ce qu'aime Nicolas,
Oui! c'est ce que veut Nicolas.

Se vend chez AUBERT, Editeur, rue du Plâtre-St-Jacques, 19.

Paris.—Imp. CHRISTOPHE, rue du Plâtre-St-Jacques, 11.

AUX ARMES BATAILLONS!!

CHANT DE GUERRE.

PAROLES DE HENRI PARRA.

Air du Trône d'airain.

La guerre est d'un heureux présage :
C'est le précurseur de la paix ;
Le soleil succède à l'orage,
Comme à la chaleur un vent frais.
Soldats ! la victoire a des charmes,
Souvent même aux yeux du vaincu.
Qui meurt pour l'honneur a vécu,
C'est l'honneur qui vous crie aux armes!!
Aux armes, bataillons! le courage français
Est l'enfant de la gloire et l'ami du succès !

Entendez-vous, le clairon sonne,
C'est le ralliement des guerriers ;
Allons dans les champs de Bellonne
Moissonner de nouveaux lauriers.
Sous les neiges de la Russie,
Si nos preux se sont endormis,
Les hourras de nos ennemis
Ont réveillé leur énergie ! !
Aux armes, bataillons! le courage français
Est l'enfant de la gloire et l'ami du succès!

Déjà la France et l'Angleterre,
Se frayant un même chemin,
Adoptant la même bannière,
Marchent en se donnant la main.
Dieu du bon droit, sois-nous propice,
Eclaires-nous de ton flambeau,
Sois seul notre porte-drapeau,
Et rends-nous forts par ta justice ! !
Aux armes, bataillons ! le courage français
Est l'enfant de la gloire et l'ami du succès !

Qu'il soit esclave ou qu'il soit maître,
Qu'il soit petit ou qu'il soit grand,
Nicolas pour nous n'est qu'un traître,
Un envahisseur, un tyran.
Arrachons les Turcs au servage
De ce fanatique entêté,
Et que par nous la liberté
Triomphe enfin de l'esclavage ! !
Aux armes, bataillons ! le courage français
Est l'enfant de la gloire et l'ami du succès!

L'HONNEUR DU DRAPEAU FRANÇAIS.

PAROLES DE HENRI PARRA ET D'EDMOND SOUPLET.

Air : N'approchez pas.

Quoi ! de ton trône, empereur de Russie,
Sur l'univers tu voudrais dominer !
Quoi ! tu voudrais, abaissant la Turquie,
De son croissant te faire couronner.
Puisque ta voix nous déclare la guerre,
Nous t'apprendrons à regretter la paix.
Notre aigle tient la foudre dans sa serre,
Crains de la voir tomber sur ton palais.

REFRAIN.

Tremble tyran ! le cri de délivrance
De ton orgueil prépare le tombeau,
Du haut du ciel, Dieu veillant sur la France,
Défend l'honneur de son drapeau

Ne sais-tu pas que dans notre patrie
Rude à l'attaque, intrépide au combat,
Pour écraser une race flétrie,
Chaque ouvrier se transforme en soldat.
De l'ennemi, quand le canon résonne,
Bravant la balle, affrontant le trépas,
Nous répétons ce que disait Cambrone :
Le Français meurt, mais il ne se rend pas.
Tremble tyran, etc.

Pour ton repos chassant de ta mémoire,
Wagram, Bautzen, Austerlitz, Iéna,
De nos revers tu te fais une gloire,
Parlant encor de la Bérésina.
De cet honneur, la France peu jalouse,
Pour s'en couvrir ne voudrait faire un pas.
Tu te souviens de l'an mil-huit-cent-douze,
Tu t'en souviens, et tu ne rougis pas!!
Tremble tyran, etc.

Déjà pour nous le triomphe s'apprête,
Tu vas périr sans pitié, sans milieu,
Tu vas périr, car déjà sur ta tête
S'appesantit la colère de Dieu.
Tremble tyran, tremble devant l'Europe,
Les Turcs enfin peuvent lever le front,
Et pour venger les martyrs de Sinope
Il va pleuvoir de la poudre et du plomb !!
Tremble tyran, etc.

Jean Pitou partant pour la Guerre d'Orient.

PAROLES DE VICTOR GAUCHER.

Air de la Fille à Jérôme.

REFRAIN.

Nom d'un p'tit bonhomm', que j' suis content,
On va fair' la guerre,
C'est bien mon affaire,
Nom d'un p'tit bonhomm', que j' suis content,
Nous allons défendre le sultan.

Enfin, c'est fini, j' pars pour la Turquie,
Puisque j' suis soldat j' veux d'venir guerrier,
Et quand je r'viendrai revoir ma patrie,
J' tâch'rai d' rapporter un' branch' de laurier.
Nom d'un p'tit, etc.

La gloir' des français n'est pas encor morte,
Nos amis les Turcs peuv'nt s'en assurer ;
Puisque nous allons défendre la Porte,
Bien sûr que les Russ's n' pourront pas entrer.
Nom d'un p'tit, etc.

Les Russ's veul'nt aussi se couvrir de gloire,
Mais ils ont bien tort de s' croir' si flambans,
Car si leur flott' coule au fond d' la Mer Noire,
Vraiment, mes amis, je n' les vois pas blancs.
Nom d'un p'tit, etc.

Le Czar est gourmand, je l' crois sans mystère,
Car dans tout Paris on dit aujourd'hui
Qu'il voudrait manger les poir's d'Angleterre.
Je crois qu' ces fruits là n' valent rien pour lui.
Nom d'un p'tit, etc.

Il voudrait aussi, pour sa subsistance,
Quelques paniers d' c'rises de Montmorency ;
Pourquoi qu'il n' dit pas qu'il va v'nir en France
Afin de goûter le vin de Bercy.
Nom d'un p'tit, etc.

De cette guerr' là j' veux courir les risques,
Et j' suis presque sûr de r'venir heureux.
On dit qu' c'est par là qu' pouss'nt les obélisques,
Lorsque je r'viendrai j'en rapport'rai deux.

Nom d'un p'tit bonhomm', que j' suis content,
On va fair' la guerre,
C'est bien mon affaire, etc.

Se vend chez AUBERT, Editeur, rue du Plâtre-St-Jacques, 19.

Propriété de l'Editeur.

Paris. — Imp. CHRISTOPHE, rue du Plâtre-St-Jacques, 11.

GUERRE D'ORIENT.

CHANTS GUERRIERS

CHANTÉS

PAR LES SOLDATS FRANÇAIS AU CAMP DE SÉBASTOPOL.

Le Chant des Alliés.

AIR : *Le Retour du Soldat.*

Réveille-toi, vieille patrie guerrière,
Au souvenir de tes anciens exploits ;
Tu peux encor faire pâlir la bannière
De l'ennemi qui veut dicter ses lois.
Turcs, armez-vous de l'antique courage
Dont vos aïeux laissent des souvenirs,
Car pour survivre à l'odieux esclavage,
Un vrai soldat doit combattre et mourir. } *bis.*

Au cri de guerre de votre indépendance,
Nous accourons prendre part aux combats ;
Notre victoire est votre délivrance,
Notre devise : la gloire ou le trépas !
A qui mourra victime du courage,
Accordons-lui un glorieux souvenir ;
Car pour survivre à l'odieux esclavage,
Un vrai soldat doit combattre et mourir.

A vos marins en repos dans Sinope,
D'affreux bandits ont apporté la mort ;
Faisons serment, en face de l'Europe,
D'aller venger ou partager leur sort.
Pour échapper à l'exil, à l'outrage,
Ils ont choisi la palme du martyr;
Car pour survivre à l'odieux esclavage,
Un vrai soldat doit combattre et mourir.

Le bruit guerrier du sourd canon qui gronde
Doit aujourd'hui illustrer des héros ;
A son appel que tout soldat réponde,
Et que nos rangs lui rendent ses échos.
De verts lauriers la victoire est le gage,
Il faut mourir ou les aller cueillir ;
Car pour survivre à l'odieux esclavage,
Un vrai soldat doit combattre et mourir.

Léonce LECONTE.

Les Échos de la France.

AIR *des Trois Couleurs.*

Peuples, debout ! une clameur immense
De l'univers a troublé le repos,
Et pour briser un despote en démence,
Tirez le glaive, unissez vos drapeaux ;
Laisserez-vous son brutal cimeterre
Anéantir vingt siècles de progrès ?
Peuples, debout ! c'est la dernière guerre,
Un peu de sang (*bis*) pour acheter la paix !

Français, enfants des arts, de l'industrie,
Arrachez-vous à vos nobles travaux ;
Sur le Bosphore, écoutez, on vous crie :
Pitié ! secours ! dignes fils des héros !
Que l'aigle altier lance encore son tonnerre,
Déjà du nord il couvrit les palais.
Peuples, debout ! c'est la dernière guerre,
Un peu de sang (*bis*) pour acheter la paix !

Fils d'Albion, d'un dédaigneux sourire,
Vois le barbare essayant son pouvoir,
Et, roi des mers, sur ton liquide empire,
D'un choc terrible écrase son espoir ;
A nous, amis, France, vieille Angleterre,
Il faut voler soutenir le nom français.
Peuples, debout ! c'est la dernière guerre,
Un peu de sang (*bis*) pour acheter la paix !

Quand Dieu sourit à la terre féconde,
Quand la vapeur, rapprochant les humains,
Roule en semant ses clartés sur le monde,
Et nous conduit à de meilleurs destins ;
Un insensé qu'éblouit la lumière
Veut l'étouffer et rêve le succès.
Peuples, debout ! c'est la dernière guerre,
Un peu de sang (*bis*) pour acheter la paix !

GUIBERT.

L'Escadre de la mer Noire.

AIR *de Roland.*

Hourrah! gabiers de l'Occident!
Hourrah! la bataille est facile,
Neptune éloigne son trident,
La vague est enfin plus docile;
Sur cette mer où nous veillons,
Qui semble fuir à notre approche,
Au vent flammes et pavillons,
Le jour de la justice est proche!

Voiles dehors, canons, tonnez!
Alerte, au cri de la souffrance,
Que les bourreaux soient consternés; (*bis*)
Guerre aux félons (*bis*), vive la France!

A se soustraire au ravisseur,
En vain le Musulman s'efforce;
Volons punir un oppresseur
Qui veut abuser de sa force!

L'aigle qui donne un sûr trépas
S'unit au lion d'Angleterre.
A deux que ne feront-ils pas?
Un seul déjà vaincrait la terre.
Voiles dehors, etc.

Vivat! la brise entend raison,
Chargez les pièces de calibre!
Mais rien ne point à l'horizon,
Partout, partout la mer est libre.
Montrez, lutteurs si valeureux,
De quoi votre flotte est capable;
Personne!.... Etes-vous donc peureux?
Tremblez! qui se cache est coupable.
Voiles dehors, etc.

Vent frais! oh! nous les trouverons.
Larguez misaines et bonnettes;
Au sein des flots nous laverons
Le sang qui tache leurs cornettes;
Pour ces cruels, ces égorgeurs,
Plus de repos, plus de relâche,
Sinope, espère en tes vengeurs;
Partout leur bras atteint un lâche.
Voiles dehors, etc.

Là bas, derrière ces remparts,
Se tient leur escadre timide.
Feu! feu! que ses débris épars
Couvrent bientôt la plaine humide!
Qu'un trait vainqueur par nous placé
Dise en ces lieux aux temps qui viennent:
Ici le bon droit a passé;
Qu'ici les tyrans se souviennent!
Voiles dehors, etc.

H. DUMANET.

Le Canon du Danube.

AIR *des Cosaques.*

Ne souffrons pas que des hordes d'esclaves
Au nom de Dieu viennent impunément
Aux droits sacrés imposer leurs entraves,
Aux nations leur asservissement.
Pour adoucir nos plaies bérésiniennes,
Pour engourdir une vieille douleur,
Canon français, aux rives danubiennes, } *bis.*
Fais retentir l'écho de ta valeur! }

C'en est assez, corrigeons l'insolence,
D'un oppresseur par le gain altéré;
Frappons, frappons! Sinope crie vengeance!
Ne restons pas sous ce crime altéré...
Levez-vous donc, milices parisiennes,
En répondant à ce cri de douleur;
Canon français, aux rives danubiennes,
Fais retentir l'écho de ta valeur!

En se targuant d'une triste victoire,
N'ose-t-il pas haranguer ses soldats?
De nos héros c'est réveiller la gloire
Eternisée dans plus de cent combats.
Fouillant l'histoire où chacun dit les siennes,
La vérité a fait bondir mon cœur:
Canon français, aux rives danubiennes,
Fais retentir l'écho de ta valeur!

Un nom fameux qui fit trembler la terre
Va retentir et briller de nouveau;
Napoléon! que ton foudre de guerre
Serve de guide à notre vieux drapeau.
Aigle, reprends tes courses aériennes,
Tu fus longtemps notre bon précurseur:
Canon français, aux rives danubiennes,
Fais retentir l'écho de ta valeur!

Pour accomplir cet acte de justice,
Jeunes soldats vous n'hésiterez pas;
De votre sang faites le sacrifice,
Courez chercher un glorieux trépas.
Par leur élan les troupes algériennes
Vous ont ouvert le chemin de l'honneur:
Canon français, aux rives danubiennes,
Fais retentir l'écho de ta valeur!

A. BLACHER.

Vendus par Mme Delarue et son fils.

Nantes, imp. F. Masseaux, rue du Pas-Périlleux, 10.

GUERRE D'ORIENT

L'ESCADRE DE LA MER NOIRE

Air de Roland.

Hourrah! gabiers de l'Occident!
Hourrah! la bataille est facile,
Neptune éloigne son trident,
La vague est enfin plus docile;
Sur cette mer où nous veillons,
Où semble fuir à notre approche,
Au vent flammes et pavillons,
Le jour de la justice est proche!
Voiles dehors, canons, tonnez!
Alerte, au cri de la souffrance,
Que les bourreaux soient consternés (*bis.*)
Guerre aux félons (*bis*), vive la France!

A se soustraire au ravisseur,
En vain le Musulman s'efforce;
Volons punir un oppresseur
Qui veut abuser de sa force!

L'aigle qui donne un sûr trépas
S'unit au lion d'Angleterre.
A deux que ne feront ils pas?
Un seul déjà vaincrait la terre,
Voiles dehors, etc.

Vivat! la brise entend raison.
Chargez les pièces de calibre!
Mais rien ne pointe à l'horizon,
Partout, partout la mer est libre.
Montrez, lutteurs si valeureux
De quoi votre flotte est capable.
Personne!... Etes-vous donc peureux?
Tremblez! qui se cache est coupable.
Voiles dehors, etc.

Vent frais! oh! nous les trouverons.
Larguez misaines et bonnettes,

Au sein des flots nous laverons
Le sang qui tache leurs cornettes;
Pour ces cruels, ces égorgeurs,
Plus de repos, plus de relâche,
Sinope, espère en tes vengeurs,
Partout leur bras atteint un lâche.
Voiles dehors, etc.

Là-bas, derrière ces remparts,
Se tient leur escadre timide.
Feu! feu! que ses debris épars
Couvrent bientôt la plaine humide!
Qu'un trait vainqueur par nous placé
Dise en ces lieux aux temps qui viennent:
Ici le bon droit a passé,
Qu'ici les tyrans se souviennent!
Voiles dehors, etc. H. DEMANET.

Le Canon du Danube

Air des Cosaques.

Ne souffrons pas que des hordes d'esclaves
Au nom de Dieu viennent impunément
Aux droits sacrés imposer leurs entraves,
Aux nations leur asservissement.
Pour adoucir nos plaies bérésiniennes,
Pour engourdir une vieille douleur,
Canon français, aux rives danubiennes, } *bis.*
Fais retentir l'écho de ta valeur!

C'en est assez, corrigeons l'insolence;
D'un oppresseur par le gain altéré:
Frappons, frappons! Sinope crie vengeance!
Ne restons pas sous ce crime atterré...
Levez vous donc, milices parisiennes,
En répondant à ce cri de douleur:

Canon français, aux rives danubiennes,
Fais retentir l'écho de ta valeur!

En se targuant d'une triste victoire,
N'ose-t-il pas haranguer ses soldats?
De nos héros c'est réveiller la gloire
Eternisée dans plus de cent combats.
Fouillant l'histoire où chacun dit les siennes,
La vérité a fait bondir mon cœur:
Canon français, aux rives danubiennes,
Fais retentir l'écho de ta valeur!

Un nom fameux qui fit trembler la terre
Va retentir et briller de nouveau;

Napoléon! que ton foudre de guerre
Serve de guide à notre vieux drapeaux.
Aigle, reprends tes courses aériennes,
Tu fus longtemps notre bon précurseur:
Canon français, aux rives danubiennes,
Fais retentir l'écho de ta valeur!

Pour accomplir cet acte de justice,
Jeunes soldats vous n'hésiterez pas;
De votre sang faites le sacrifice,
Courez chercher un glorieux trépas...
Par leur élan les troupes algériennes
Vous ont ouvert le chemin de l'honneur:
Canon français, aux rives danubiennes,
Fais retentir l'écho de ta valeur! A. BLACHER.

Le Chant des Alliés

Air: le Retour du Soldat.

Réveille-toi, vieille patrie guerrière,
Au souvenir de tes anciens exploits;
Tu peux encor faire pâlir la bannière
De l'ennemi qui veut dicter tes lois.
Tes fils, armez vous de l'antique courage
Dont vos aïeux laissent des souvenirs,
Car pour survivre à l'odieux esclavage, } *bis.*
Un vrai soldat doit combattre et mourir.

Au cri de guerre de votre indépendance,
Nous accourons prendre part aux combats;

Notre victoire est votre délivrance,
Notre devise: la gloire ou le trépas!
A qui mourra victime du courage,
Accordons-lui un glorieux souvenir.
Car pour survivre à l'odieux esclavage,
Un vrai soldat doit combattre et mourir.

A vos marins en repos dans Sinope,
D'affreux bandits ont apporté la mort;
Faisons serment, en face de l'Europe,
D'aller venger ou partager leur sort.
Pour échapper à l'exil, à l'outrage,
Ils ont choisi la palme du martyr.

Car pour survivre à l'odieux esclavage,
Un vrai soldat doit combattre et mourir.

Le bruit guerrier du sourd canon qui gronde
Doit aujourd'hui illustrer des héros;
A son appel que tout soldat réponde,
Et que nos rangs lui rendent ses échos.
De verts lauriers la victoire est le gage,
Il faut mourir ou les aller cueillir.
Car pour survivre à l'odieux esclavage,
Un vrai soldat doit combattre et mourir.

Léonce LECONTE.

Les Échos de la France

Air des Trois couleurs.

Peuples, debout! une clameur immense
De l'univers a troublé le repos.
Et pour briser un despote en démence,
Tirez le glaive, unissez vos drapeaux;
Laisserez vous son brutal cimeterre
Anéantir vingt siècles de progrès?
Peuples, debout! c'est la dernière guerre,
Un peu de sang (*bis*) pour acheter la paix!

Français, enfants des arts, de l'industrie,
Arrachez-vous à vos nobles travaux;

Sur le Bosphore, écoutez, on vous crie:
Pitié! secours! dignes fils des héros!
Que l'aigle altier lance encore son tonnerre,
Déjà du nord il couvrit les palais.
Peuples, debout! c'est la dernière guerre,
Un peu de sang (*bis*) pour acheter la paix!

Fils d'Albion, d'un dédaigneux sourire,
Vois les barbares essayant ton pouvoir,
Et, roi des mers, sur ton liquide empire,
D'un choc terrible écrase son espoir;
A nous amis, France, vieille Angleterre,
Il faut voler soutenir le nom français.

Peuples, debout! c'est la dernière guerre,
Un peu de sang (*bis*) pour acheter la paix!

Quand Dieu sourit à la terre féconde,
Quand la vapeur, rapprochant les humains,
Route en semant ses clartés sur le monde,
Et nous conduit à de meilleurs destins;
Un insensé qu'éblouit la lumière
Veut l'étouffer et rêve le succès.
Peuples, debout! c'est la dernière guerre,
Un peu de sang (*bis*) pour acheter la paix!

GUIBERT.

Se trouve chez DURAND, 34, rue Rambuteau

Paris. - Typ. Beaulé et Cie, rue Jacques de Brosse, 10.

LA GUERRE D'ORIENT

CONSEILS A NICOLAS

Paroles d'Hippolyte DEMANET.

Air : *La faridondaine, la faridondon.*

Est-tu donc fou beau Nicolas?
Toi sage un brin naguère?
De vivre en czar serais-tu las?
Puisque tu veux la guerre?
Dors bien sur ton mol édredon
La faridondaine, la faridondon!
Tu coucheras toujours ainsi
Biribi!
A la façon de Barbari
Mon ami!

Frappe du knout tes régiments
Qu'i s'prennent la cadence,
Nos preux chargent leurs instruments
Tiens-toi prêt pour la danse,
Tes pauvres Cosaques du Don
La faridondaine, la faridondon!
Bientôt vont s'amuser aussi
Biribi!
A la façon de Barbari
Mon ami!

Napoléon, ce grand vainqueur,
Epoux de la victoire,
Laisse un neveu qui dans son cœur
Porte un culte à l'histoire,
Sa justice est notre guidon
La faridondaine, la faridondon!
Tu nous vaincras malgré ceci
Biribi!
A la façon de Barbari
Mon ami!

Purgeant de vieilles rivalités
La France et l'Angleterre,
Du poids de tes iniquités
Veul'nt alléger la terre,
Au prochain jour de rigodon,
La faridondaine, la faridondon!
Tu nous fera crier merci!
Biribi!
A la façon de Barbari
Mon ami!

Du maigre tas de tes lingots
Fais provision d' poudre!
Vieux *coq* tu montres tes ergots
Mais notre *aigle* a sa foudre.
Crains qu'il ne te traite en *dindon*
La faridondaine, la faridondon!
Tu viendras *faire* le *paon* ici
Biribi!
A la façon de Barbari
Mon ami!

Départ pour la Turquie

Paroles d'Hippolyte DEMANET.

Air : *Le peuple est roi.*

A la voix des royaux conclaves
Puisque la guerre est un hasard,
Repoussons le faiseur d'esclaves
Vainquons le Czar.

Pour nous, ce cri n'a rien de redoutable!
D'un souverain, la folle ambition
Après trente ans d'un calme profitable
Remet l'Europe en ébullition;
Pusqu'il résiste à de nobles requêtes
Il nous fallait armer à notre tour,
Nous n'armons pas en rêveurs de conquêtes
Mais pour ravir la brebis au vautour!
A la voix, etc.

Le protecteur de l'église orthodoxe
Des feux du ciel, tout haut nous menaçant,
Proclame impie en un long paradoxe
La croix qui trône à côté du croissant;
Notre bannière au faible est consacrée,
A son espoir, le fort doit dire adieu!
Quand elle est juste une cause est sacrée,
Servir le droit n'est-ce pas servir Dieu?
A la voix, etc.

Voyez s'unir la France et l'Angleterre!
De leurs discordes, ces géants fatigués
Donnent l'exemple aux peuples de la terre
De libres cœurs contre des serfs ligués;
Ils les vaincront, quelques efforts qu'ils fassent!
Des deux pays, la raison en forme un...
Ralliens-nous... que les haines s'effacent
Pour ne songer qu'à l'ennemi commun.
A la voix, etc.

Soyons soldats, en marche et bon courage,
Le monde entier porte les yeux sur nous,
Passons vainqueurs au travers de l'orage,
Forçons le Czar à tomber à genoux;
Femmes en pleurs, soyez moins alarmées,
Si le destin rend nos lauriers épais,
Le terme approche où du choc des armées
Doivent surgir le bonheur et la paix.
A la voix, etc.

Départ du jeune Ottoman

Paroles de Gustave LEROY.

Air de *la Rose des champs.*

Pauvre mère sèche tes larmes
Et ne fais pas faiblir mon cœur,
Pour mon pays, je prends les armes,
Que le ciel me rende vainqueur;
Le patriotisme m'enivre,
Lorsque la guerre va s'ouvrir.
Si pour sa mère un fils doit vivre,
Pour sa patrie un soldat doit mourir.

Le czar a-t-il cru par l'astuce
Anéantir un droit sacré,
Je ne serai pas sujet russe,
Je serai libre ou je mourrai;
A tes baisers mon front se livre
Ne me laisse pas attendrir.
Si pour, etc.

Mère ton cœur se désespère,
Mais songe que nos ennemis,
N'ont de la maison de mon père
Laissé que de fumants débris;
Demain qu'un seul combat se livre,
Et sous leurs coups tu peux périr.
Si pour, etc.

Quittant leurs steppes, leurs cabanes,
Ces soldats sauvages guerriers;
Aux bains embaumés des sultanes
Veulent abreuver leurs coursiers;
Ces exploits qu'ils pourraient poursuivre
Ne feraient que nous avilir.
Si pour, etc.

Voici le drapeau de la France
Le signe de la liberté;
Il vient pour notre délivrance
Je le salue avec fierté,
C'est ce drapeau qui nous délivre,
Bénis-moi car je vais partir.
Si pour, etc.

Si je mourais... soit grande et fière,
Et dis aux jeunes musulmans :
La patrie est une autre mère
Qui réclame tous ses enfants;
Vous avez un exemple à suivre,
Mon fils mourût... mais en martyr;
Si pour sa mère un fils doit vivre,
Pour sa patrie un soldat doit mourir.

Se trouve chez DURAND, 34, rue Rambuteau.

Paris.—Imp. de Beaulé et Comp., rue Jacques de Brosse, 10.

CHANSONNIER DE L'EMPIRE

DÉDIÉ AUX ARMÉES ALLIÉES

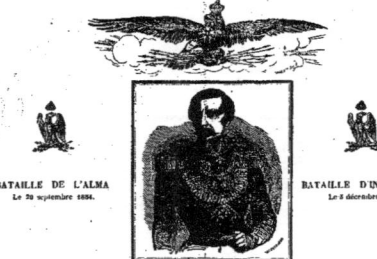

BATAILLE DE L'ALMA
Le 20 septembre 1854.

BATAILLE D'INKERMANN
Le 5 décembre 1854.

AUX CONSCRITS DE 1854

AIR : *Mon père était pot, ou Air de Pallisse.*

Conscrits, il ne faut pas blaguer,
V'là z'une grande affaire,
Et vous allez voir naviguer
La France et l'Angleterre.
On va d'ses Etats,
Chasser Nicolas,
Qui veut faire sa poire;

Allons, jeunes preux,
Soyez courageux,
C'est pas la mer à boire.

Tous les puissants Moscovites,
Sont mous comme une chique;
Vous, vous êtes tous Chorniculs,
Ça s'ra l'temps d'un picnique.
Pour les nettoyer,
Et même les noyer,
Au d'là du promontoire,

Allons, etc.

Vrai, vous passerez l'Océan,
Fêtés par tout le monde,
Et vous s'rez l'bataillon géant
Que la brune et la blonde,
Voudra zembrasser,
Pour se débarrasser,
Du cosaque à têt' noire.

Allons, etc.

Mais c'est sur vous, jeunes chasseurs,
Qu'on fonde l'espérance,
Et vous passez pour des brosseurs
Qui frottez d'importance.
Prenez donc le knouth,
Battez Coltchnouth,
Cassez lui la mâchoire.

Allons, etc.

Et puis quand vous s'rez revenus
Au sein de vos familles,
Vous vous pos'rez en parvenus,
Ayant des croix qui brillent.
On en fit exprès,
Pour tous les Français,
Renommés dans l'histoire.

Allons, etc.

A NAPOLEON III

O France! ô ma belle patrie!
Rendue à l'éclat des grandeurs;
Longtemps la discorde et l'envie
Ont fait un jeu de tes malheurs.
Mais Dieu, par un bienfait suprême,
Te rend à tes heureux destins,
Et l'Aigle ceint le diadème
Au nom du peuple et des scrutins.

Honneur à l'élu de la France!
Hommage à Napoléon trois!
Ce nom se traduit délivrance,
Peuple, patrie, honneur et lois!

Loin de nous les haines civiles,
Où le bon peuple, au premier rang,
Trahi par des fourbes habiles,
Verse le plus pur de son sang.
Napoléon est pour la France
L'ère de la stabilité;
L'Aigle résume la puissance
Par l'ordre, par la liberté.

La paix, en richesses féconde,
Est l'idéal du travailleur;
Son règne est le flambeau du monde,
Les arts, le fruit de sa splendeur.
Le prodige naît du prodige,
L'homme s'élève au merveilleux;
Quand l'Aigle reprend son prestige,
Il est encore des demi-dieux.

En vain l'hydre de l'anarchie
Veut s'attaquer au Peuple-Roi;
Le soldat meurt pour la patrie,
Et le citoyen pour la loi;
Tous deux unis au pied du trône,
Ne comptent plus que des bienfaits;
Ce qu'il prendit, l'Aigle le donne;
Peuples! l'Empire c'est la Paix!

Mais la paix du sein de ses charmes,
Ne proscrit point la dignité.
Si la France courait aux armes
Pour défendre la liberté,
L'Aigle du faîte de la gloire,
A nos ennemis confondus,
Répondrait par une victoire......
Et déjà, France, ils ne sont plus!

Hé quoi! soudain la foudre gronde,
Soudain, du Nadir au Zénith,
Ses feux ont ébranlé le monde!
Debout! fiers enfants d'Austerlitz!
Vos Aigles ont soumis l'Europe,
Elles vont défendre ses droits:
Qu'il tombe le Czar de Sinope,
Vaincu pour la dernière fois!!!

Honneur à l'élu de la France!
Hommage à Napoléon trois!
Ce nom se traduit délivrance,
Peuple, patrie, honneur et lois!

LES FLOTTES

Partez! nobles fils de la France,
O vous, l'élite des guerriers!
Du Nord, la superbe arrogance
Vous offre de nouveaux lauriers!
Partez, phalanges intrépides,
Aux accents de la liberté,
Que votre courage indompté
Rappelle encore les Pyramides.

Partez! votre attitude fière,
Présage heureux de vos exploits,
Tient en éveil l'Europe entière,
Jalouse de venger ses droits.
C'est en vain que la barbarie
Jure d'éteindre le progrès,
Dieu, de ses immortels décrets,
Contre votre audace aguerrie.

Partez! pour l'avenir du monde,
Deux peuples naguère ennemis,
Puissants sur la terre et sur l'onde,
S'arment à la voix de Thémis.
Français, Anglais, n'ont plus de haine,
Et Neptune, du sein des eaux,
Unis contemple les drapeaux
De la Tamise et de la Seine.

Partez!... déjà loin du rivage
La France encor vous tend les bras.
Non! rien ne résiste au courage
De tels peuples, de tels soldats.
Que sont ces vaines forteresses
Dont le Titan s'est abrité,
Quand l'Aigle à l'immortalité
Conduit vos armes vengeresses!

Mais quoi! l'agile renommée
A franchi l'espace des mers:
Bomarsund se rend à l'Armée
Qui d'Aland a brisé les fers!
Déjà votre mâle vaillance
A vu tomber ces fiers remparts
Qui défiaient les étendards
De l'Angleterre et de la France....

Aux armes! ce géant fragile,
Effroi d'un jour, n'existe plus,
Et le colosse aux pieds d'argile
S'épuise en efforts superflus.
Debout, de l'un à l'autre pôle,
Soldats, portez les derniers coups;
L'honneur vous donne rendez-vous
A Cronstadt, à Sébastopol.

LA LUTHÉRIENNE

CANTIQUE

Accourez tous depuis la place
Pour entendre ma triste fin,
C'en est fait, n'y a plus de grâce
Pour mon crime et mon assassin,
Je meurs, je le mérite bien,
Devant toute la populace,
Je vais expier par le feu
Tous mes déréglements affreux.

Commençons depuis ma naissance
Jusqu'au dernier de mes maux.
Aurait-on cru, dans mon enfance,
Que j'eusse péri sur l'échafaud,
Je fus élevé comme il faut,
Dans la crainte et l'obéissance,
Sous ce beau travestissement,
Je m'introduisis hardiment.

De bas âge étant fort maligne,
Je me déguisais en garçon,
Me voyant rester orpheline,
Je déguisais jusqu'à mon nom,
Pour mendier dans les maisons.
Je menais la vie pèlerine,
Et sous ce beau déguisement,
Je trompais les bonnes gens.

Comme j'étais luthérienne,
J'en faisais la confession.
Une bonne dame chrétienne,
Me fit entrer dans sa maison,
Croyant bien sauver un garçon,
Me fit donner le saint baptême,
Et son mari fut mon parrain,
Croyant faire un bon chrétien.

Ayant fini dans le collége
Mes études avec grand succès,
Vous saurez qu'au sacré collége
Je fus adopté peu après,
Où je fis de si grands progrès
Qu'on me fit prêtre. Enfin j'abrége;
Et je restais chez mon parrain,
Qui vivait en bon chrétien.

Enfin, gênée de trop bien être,
Fit semblant d'avoir fait un vœu,
Pour quitter mon parrain, mon maître,
D'aller visiter les saints lieux,
Je les embrasse tous deux,
Les priant de me permettre,
Leur promettant de revenir
Sitôt mon voyage fini.

Rien n'interrompit mon voyage,
Il fallait courir à sa fin.
J'entrepris mon pèlerinage
Sous le nom de Jacques Certain,
Sans doute que mon sac était plein;
Dieu ne voulait pas davantage
Permettre, souffrir sous ses yeux
Un sacrilége aussi affreux.

Enfin, fatigué de ma route,
J'arrive un soir chez un curé.
Qui me reçut fort bien, sans doute,
Me croyant un prêtre assuré,
Il me donna bien à souper.
Mais je saurai ce qu'il en coûte,
Comptant partir le lendemain,
Je dis la messe de grand matin.

Ayant fini la sainte messe,
Je fis une exhortation
Qui toucha si fort la paroisse
De joie et d'admiration,
Que le curé la trouva bonne.
Il m'en félicitait sans cesse:
Il me dit de rester chez lui
Comme vicaire et bon ami.

Pendant six mois je fus vicaire
Chez ce brave homme de curé,
Fort content de mon ministère,
Autant qu'il l'avait désiré.
Mais un jour étant à parler,
Je lui dis comme à un bon père,
Que je n'étais pas masculin,
Mais bien du sexe féminin.

Le curé ne pouvait me croire,
Qu'il ne m'eût fait bien visiter;
Il croyait que c'était une histoire
Que j'avais faite pour le tenter;
Mais il fallait s'en rapporter
A des gens digne de mémoire;
Et quand il sut la vérité,
Il dit qu'il fallait se quitter.

Il me fit habiller en femme
Et me conseilla de partir.
Et, pour le salut de mon âme,
Il tâcha de me convertir,
En m'excitant au repentir
D'avoir mérité tant de blâme.
Mais quoi! je voulus mes papiers
Que je lui avais confiés.

Quoi! seriez-vous encore coupable
D'un sacrilége aussi affreux...
Allez, me dit-il, misérable!
Otez-vous de devant mes yeux,
Car d'un crime aussi odieux,
Je serais moi-même coupable;
Dans mon coffre je garderai,
Ces papiers tant que je vivrai.

A son refus, dans ma colère,
De trois grands coups de mon couteau
Portés au cœur, le mit par terre,
Et je pris la fuite aussitôt.
Mais à ses cris, à ses sanglots,
On m'a pris pour un sanguinaire.
On m'a conduit dans les prisons,
Pour punir ma noire trahison.

La justice très-équitable,
Pour mes sacriléges affreux,
Par arrêt irrévocable,
Me condamne à être au feu
Jetée vive devant les yeux
De Rome, ville respectable.
Et mes cendres jetées au vent,
Pour qu'on s'en souvienne longtemps.

Grand Dieu! du haut de votre empire,
Sur qui j'ai les yeux attachés,
Acceptez mes maux et j'expie
Pour le pardon de mes péchés,
J'avoue que je vous ai offensé.
Mais bientôt on va me détruire;
De par le sang de Jésus-Christ,
Que tous mes péchés soient remis.

Et vous, peuples de l'Italie,
Qui contemplez ma triste fin,
Souvenez-vous toute la vie,
De Jacqueline Certain,
Qui fut prêtre et puis assassin,
Et brûlée dans votre patrie,
Dites pour moi, je vais trépasser,
Un Requiescat in pace.

HISTOIRE INTERESSANTE

D'UNE JEUNE FILLE LUTHÉRIENNE CONDAMNÉE A MORT

Il n'y a rien de positif sur le nom véritable de la jeune personne dont nous allons raconter l'histoire. On sait seulement qu'elle devint orpheline dans un âge peu avancé et recueillie par une pieuse dame, qui la fit élever avec soin. La luthérienne profita peu de l'éducation qui lui fut donnée. Poussée par ses mauvais penchants vers la route fatale de tous les désordres, on la vit, à peine adolescente, se travestir en garçon pour se livrer avec plus de facilité et d'effronterie aux débauches du cabaret et du jeu.

Un certain jour, elle résolut de quitter le toit hospitalier où la charité lui avait donné un abri; elle déclara à ses bienfaiteurs qu'elle avait l'intention de faire un lointain pèlerinage, en vue d'accomplir un vœu. On la laissa partir, non sans lui faire les plus sages recommandations, et on lui donna même une assez forte somme pour l'aider dans sa route. Elle prit un bâton de voyage et se voilà sur le grand chemin. La fatigue abattit bientôt son faible courage, elle ne tarda pas à regretter le foyer bienfaisant de ses protecteurs.

Chemin faisant, il lui vint dans l'esprit une pensée bizarre: ayant aperçu dans la campagne le presbytère d'un bon recteur, elle résolut de se faire passer pour un jeune séminariste, ce qui ne lui fut pas difficile; elle avait étudié la langue latine pendant son séjour chez sa bienfaitrice, qui avait cru, en la recueillant, prendre un jeune garçon chez elle.

Le bon curé, trompé par les apparences, touché surtout des malheurs de Jacques Certain (c'est ainsi qu'elle se faisait nommer), l'accueillit comme un père eut reçu son enfant. Hélas! l'ingratitude fut la récompense de son humanité. Le prétendu Jacques Certain, manquant un jour d'argent, eut l'horrible tentation d'assassiner celui qui l'avait reçu comme un fils, pour s'approprier son avoir; il se jeta sur lui comme un tigre altéré de sang, et le perça de trois coups de couteau, puis il partit en toute hâte pour l'Italie. Mais la Providence, qui finit toujours par châtier le coupable en quelque lieu qu'il cherche un refuge, sut l'atteindre sur la terre étrangère, où Jacques Certain avait commis de nouveaux crimes, tels que le sacrilége et le vol.

Il fut pris par la police pontificale et condamné à être brûlé vif. C'est sur la place del Popolo qu'il a subi la terrible expiation. Ses cendres, après l'exécution, ont été jetées au vent comme celles d'un maudit. Ainsi a fini cette luthérienne, qui avait commencé sa vie par l'ingratitude et les désordres.

Librairie ancienne et moderne de E. VANACKERE, Éditeur-Libraire, Grand'Place. 7. — à Lille.

Imprimerie VANACKERE.

CHANSONNIER DU VILLAGE

DÉDIÉ AUX ARMÉES ALLIÉES

BATAILLE DE L'ALMA
Le 20 septembre 1854.

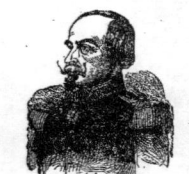

BATAILLE D'INKERMANN
Le 5 décembre 1854.

LEROY DE SAINT-ARNAUD

Né le 20 août 1796, conquit tous ses grades en Afrique, capitaine en 1827, colonel en 1844, général cinq ans après, en 1852, il fut nommé maréchal et ministre de la guerre, généralissime de l'expédition d'Orient en 1854, il gagna, le 20 septembre de la même année, la bataille d'Alma, et mourut neuf jours après d'une maladie chronique, ravivée par les fatigues de la campagne : son corps, ramené à Paris, reçut de magnifiques funérailles.

CANROBERT (FRANÇOIS)

Né dans le département du Lot en 1809, entra le 1er octobre 1828, dans le 47e de ligne en qualité de sous-lieutenant, il sortit alors de l'école de Saint-Cyr, général en 1850, aide-de-camp de l'Empereur; il fut nommé, en 1853, général de division. A la mort du maréchal de Saint-Arnaud, il reçut le commandement en chef de l'expédition de la Crimée, où le 5 novembre 1854, il remporta, conjointement avec les Anglais, la bataille d'Inkermann qui fit perdre aux Russes plus de quinze mille hommes.

OMER-PACHA

D'une origine autrichienne, est âgé de cinquante-trois ans. Entré comme chef d'escadron dans l'armée ottomane, ses profondes connaissances, comme tacticien, géographe et organisateur, l'ont fait monter rapidement jusqu'au grade de maréchal. Les Turcs, qui ont pu juger de son courage et de son habileté dans la présente guerre, lui portent la plus grande confiance.

Maréchal Saint-Arnaud.

LOUIS-NAPOLÉON
Empereur des Français.

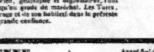

Élu le 2 décembre 1852.

SCHAMYL

Né en 1797, à Himri, dans le Caucase, fut élu, en 1831, iman en chef par les Circassiens, qui le regardent comme un Prophète. Depuis lors, à l'aide de quelques poignées de montagnards, il tint toujours en échec 150,000 Russes qui ne l'ont jamais pu réduire; la destruction des forts de la côte d'Abasie lui rendant toute communication libre avec nos flottes qui lui fournissent des armes, en fera l'un de nos plus puissants auxiliaires dans la lutte actuelle.

LORD RAGLAN

Maréchal de l'armée anglaise en Crimée, naquit le 30 septembre 1788. Entré au service à seize ans, il fit sous Wellington les campagnes du Portugal; nommé colonel en 1815, il fut élevé en 1833, à la dignité de lieutenant-général; chef de l'expédition anglaise en Orient. Alma, Balaklava et Inkermann sont pour lui et ceux qu'il commande de beaux titres de gloire.

DE LOURMEL [FRÉD.-HENRI LENORMANT]

Né à Pontivy (Morbihan), le 9 juillet 1811, entra à Saint-Cyr à dix-sept ans; colonel en 1849, après avoir fait de nombreuses campagnes en Afrique, il fut nommé général le 12 mai 1852 : chef de la 1re brigade de la 4e division de l'armée d'Orient, il fut tué d'un coup de feu qui lui traversa la poitrine en touchant le rempart de Sébastopol, le 5 novembre 1854.

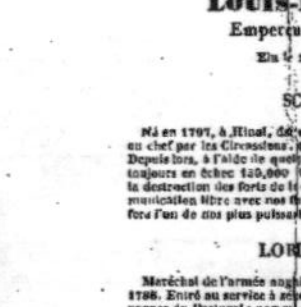

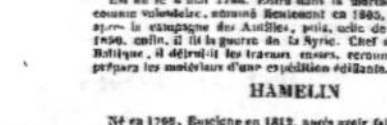

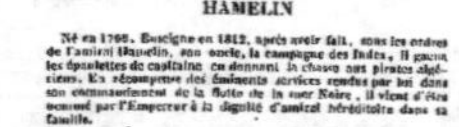

Général Canrobert.

SIR CHARLES NAPIER

Est né le 6 mai 1786. Entra dans la marine à quatorze ans comme volontaire, nommé lieutenant en 1805. Il fit quatre ans après la campagne des Antilles, puis, celle de Portugal, et, en 1840, enfin, il fit la guerre de la Syrie. Chef de l'escadre de la Baltique, il détruisit les travaux russes, reconnut leurs côtes et prépara les matériaux d'une expédition éclatante.

HAMELIN

Né en 1796. Enseigne en 1812, après avoir fait, sous les ordres de l'amiral Hamelin, son oncle, la campagne des Indes, il gagna les épaulettes de capitaine en donnant la chasse aux pirates algériens. En récompense des éminents services rendus par lui dans son commandement de la flotte de la mer Noire, il vient d'être nommé par l'Empereur à la dignité d'amiral héréditaire dans sa famille.

BARAGUEY-D'HILLIERS.

Gagna tous ses grades en Algérie, fut ambassadeur à Constantinople, chef de la 1re division du camp de Boulogne, commandant du corps expéditionnaire de la Baltique, et fut nommé maréchal de France à la suite de la prise de Bomarsund le 16 août 1854.

NAPOLÉON BONAPARTE

Fils du maréchal Jérôme Bonaparte, dernier frère de Napoléon Ier, naquit en 1822. Demanda dès l'ouverture de la campagne à faire partie de l'armée active, fut chargé par l'Empereur, son cousin, du commandement de la 3e division, avec laquelle il prit une part brillante aux victoires d'Alma et Inkermann.

LA LUTHÉRIENNE

CANTIQUE

Accourez tous dessus la place
Pour entendre ma triste fin.
C'en est fait, il n'y a plus de grâce
Pour mon crime et mon assassin,
Je meurs, je le mérite bien,
Devant toute la populace,
Je vais expier par le feu
Tous mes dérèglements affreux.

Commençons depuis ma naissance
Jusqu'au dernier de mes maux.
Aurait-on cru, dans mon enfance,
Que j'eusse péri sur l'échafaud,
Je fus élevé comme il faut.
Dans la crainte et l'obéissance,
Sous ce beau travestissement,
Je m'introduisais hardiment.

De bon âge étant fort maligne,
Je me déguisais en garçon,
Me voyant rester orpheline,
Je déguisais jusqu'à mon nom,
Pour mendier dans les maisons.
Je menais la vie pèlerine,
Et sous ce beau déguisement,
Je trompais les honnêtes gens.

Comme j'étais luthérienne,
J'en faisais la confession.
Une bonne dame chrétienne,
Me fit entrer dans sa maison,
Croyant bien sauver un garçon.
Me fit donner le saint baptême,
Et son mari fut mon parrain,
Croyant faire un bon chrétien.

Ayant fini dans le collége
Mes études avec grand succès,
Vous saurez qu'au sacré collége
Je fus adopté peu après,
Où je fis de si grands progrès
Qu'on me fit prêtre. Enfin j'abrége;
Et je restais chez mon parrain,
Qui vivait en bon chrétien.

Enfin, gênée de trop bien être,
Fit semblant d'avoir fait un vœu,
Pour quitter mon parrain, mon maître,
D'aller visiter les saints-lieux,
Je les embrasse tous deux,
Les priant de me permettre,
Leur promettant de revenir
Sitôt mon voyage fini.

Rien n'interrompit mon voyage,
Il fallait courir à ma fin.
J'entrepris mon pèlerinage
Sous le nom de Jacques Certain.
Sans doute que mon sac était plein;
Dieu ne voulait pas davantage
Permettre, souffrir sous ces yeux
Un sacrilége aussi affreux.

Enfin, fatigué de ma route,
J'arrive un soir chez un curé,
Qui me reçut fort bien, sans doute,
Me croyant un prêtre assuré,
Il me donna bien à souper.
Mais je saurai ce qu'il en coûte,
Comptant partir le lendemain,
Je dis la messe de grand matin.

Ayant fini la sainte messe,
Je fis une exhortation
Qui toucha si fort la paroisse

De joie et d'admiration,
Que le curé la trouva bonne,
Il m'en félicitait sans cesse;
Il me dit de rester chez lui
Comme vicaire et bon ami.

Pendant six mois je fus vicaire
Chez ce brave homme de curé,
Fort content de mon ministère,
Autant qu'il l'avait désiré.
Mais un jour étant à parler,
Je lui dis comme à un bon père,
Que je n'étais pas masculin,
Mais bien du sexe féminin.

Le curé ne pouvait me croire,
Qu'il ne m'eût fait bien visiter;
Il croyait que c'était une histoire
Que j'avais faite pour le tenter;
Mais il fallait s'en rapporter
A des gens digne de mémoire;
Et quand il sut la vérité,
Il dit qu'il fallait se quitter.

Il me fit habiller en femme
Et me conseilla de partir.
Et, pour le salut de mon âme,
Il tâcha de me convertir,
En m'excitant au repentir
D'avoir mérité tant de blâme,
Mais quoi je voulus mes papiers
Que je lui avais confiés.

Quoi! seriez-vous encore coupable
D'un sacrilége aussi affreux...
Allez, me dit-il, misérable!
Otez-vous de devant mes yeux,
Car d'un crime aussi odieux,
Je serais moi-même coupable;

Dans mon coffre je garderai,
Ces papiers tant que je vivrai.

A son refus, dans ma colère,
De trois grands coups de mon couteau
Portés au cœur, je le mis par terre,
Et je pris la fuite aussitôt.
Mais à ses cris, à ses sanglots,
On m'a pris pour un sanguinaire.
On m'a conduit dans les prisons,
Pour punir ma noire trahison.

La justice très-équitable,
Pour mes sacriléges affreux,
Par arrêt irrévocable,
Me condamne à être au feu
Jetée vive devant les yeux
De Rome, ville respectable.
Et mes cendres jetées au vent,
Pour qu'on s'en souvienne longtemps.

Grand Dieu! du haut de votre empire,
Sur qui j'ai les yeux attachés,
Acceptez mes maux et j'expie
Pour le pardon de mes péchés,
J'avoue que je vous ai offensé.
Mais l'instant va me détruire;
De par le sang de Jésus-Christ,
Que tous mes péchés soient remis.

Et vous, peuples de l'Italie,
Qui contemplez ma triste fin,
Souvenez-vous toute la vie,
De Jacqueline Certain,
Qui fut prêtre et puis assassin,
Et brûlée dans votre patrie,
Dites pour moi, je vais trépasser,
Un *Requiescat in pace*.

HISTOIRE INTERESSANTE

D'UNE JEUNE FILLE LUTHÉRIENNE CONDAMNÉE À MORT

Il n'y a rien de positif sur le nom véritable de la jeune personne dont nous allons raconter l'histoire. On sait seulement qu'elle devint orpheline dans un âge peu avancé et recueillie par une pieuse dame, qui la fit élever avec soin. La luthérienne profita peu de l'éducation qui lui fut donnée. Poussée par ses mauvais penchants vers la route fatale de tous les désordres, on la vit, à peine adolescente, se travestir en garçon pour se livrer avec plus de facilité et d'effronterie aux débauches du cabaret et du jeu.

Un certain jour, elle résolut de quitter le toit hospitalier où la charité lui avait donné un abri; elle déclara à ses bienfaiteurs qu'elle avait l'intention de faire un lointain pèlerinage, en vue d'accomplir un vœu. On la laissa partir, non sans lui faire les plus sages recommandations, et on lui donna même une assez forte somme pour l'aider dans sa route. Elle prit un bâton de voyage et la voilà sur le grand chemin. La fatigue abattit bientôt son faible courage, elle ne tarda pas à regretter le foyer bienfaisant de ses protecteurs.

Chemin faisant, il lui vint dans l'esprit une pensée bizarre; ayant aperçu dans la campagne le presbytère d'un bon recteur, elle résolut de se faire passer pour un jeune séminariste, ce qui ne lui fut pas difficile; elle avait étudié la langue latine pendant son séjour chez sa bienfaitrice, qui avait cru, en la recueillant, prendre un jeune garçon chez elle.

Le bon curé, trompé par les apparences, touché surtout des malheurs de Jacques Certain (c'est ainsi qu'elle se faisait nommer), l'accueillit comme un père eût reçu son enfant. Hélas! l'ingratitude fut la récompense de son humanité. Le prétendu Jacques Certain, manquant un jour d'argent, eut l'horrible tentation d'assassiner celui qui l'avait reçu comme un fils, pour s'approprier son avoir; il se jeta sur lui comme un tigre altéré de sang, et le perça de trois coups de couteau, puis il partit en toute hâte pour l'Italie. Mais la Providence, qui finit toujours par châtier le coupable en quelque lieu qu'il cherche un refuge, sut l'atteindre sur la terre étrangère, où Jacques Certain avait commis de nouveaux crimes, tels que le sacrilége et le vol.

Il fut pris par la police pontificale et condamné à être brûlé vif. C'est sur la place del Popolo qu'il a subi la terrible expiation. Ses cendres, après l'exécution, ont été jetées au vent comme celles d'un maudit. Ainsi a fini cette luthérienne, qui avait commencé sa vie par l'ingratitude et les désordres.

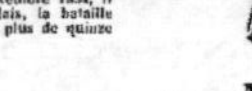

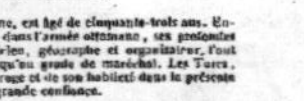

Librairie ancienne et moderne de E. VANACKERE, Éditeur-Libraire, Grand'Place, 7. — à Lille.

Imprimerie VANACKERE

L'AIGLE DE FRANCE A RESSAISI SA FOUDRE.

Avis à Sa Majesté Nicolas Ier.

CHANT NATIONAL.

AIR : *Il faut partir....*

I.

Plus de trente ans de paix Européenne,
A la famille, avaient rendu nos preux ;
Travail, amour, rien ne calmait leur peine,
Pensant toujours, au héros malheureux ;
La voix du cœur appelait ses neveux.
Dieu l'entendit, et prompt comme la poudre,
L'un d'eux parut pour sauver son pays,
L'aigle de France a ressaisi sa foudre,
A son aspect, il n'est plus d'ennemis. *(bis.)*

II.

Pourtant, du nord, l'illustre don Quichotte,
Veut imiter ce fameux Kouli-Kan ;
Rêver conquête est toujours sa marotte,
Pétri d'orgueil, en tout semblable au paon,
Il fait la roue en réponse au sultan.
Croyant d'un bond, tout briser, tout dissoudre,
Chacun sourit de tant de vanité.
L'aigle de France a ressaisi sa foudre,
Des nations il veut la liberté ! *(bis.)*

III.

Grand Nicolas, tes souvenirs sont minces.
Rappelle-toi que l'étendard Français,
Flotta jadis sur tes vieilles provinces ;
Il a brillé, même sur tes palais ;
Les frimats seuls ont fini ses succès.
Mais en ce jour il faudra te résoudre,
Car Albion serre avec nous ses rangs.
L'aigle de France a ressaisi sa foudre,
Le ciel l'inspire, et ses desseins sont grands ! *(bis.)*

IV.

Dans ces temps-là, je crois bien te comprendre,
Napoléon, dis-tu, guidait nos preux,
Comme un phénix il renaît de sa cendre
A notre tête, on verra ses neveux
Vaincre ou mourir pour ce nom si fameux.
Il faut sans bruit tes cohortes dissoudre,
Vite, renonce aux provinces, crois-moi.
L'aigle de France a ressaisi sa foudre,
Sa voix d'airain peut sonner le beffroi. *(bis.)*

V.

Quoi ! c'est en vain que la diplomatie
A de Bellone suspendu les coups.
Sinope a vu signaler ta furie,
Ce beau fait d'armes a fait peu de jaloux ;
Toi, tu crus voir l'Europe à tes genoux.
Tu te trompais, il t'en faudra découdre.
Son bronze est là pour vaincre ton orgueil.
L'aigle de France a ressaisi sa foudre,
Et s'il la lance, apprête ton linceul. *(bis.)*

VI.

Les pavillons d'Angleterre et de France,
Flottent d'accord et règnent sur les eaux,
Mais cèdes donc, ou cette noble alliance,
De la Neva saura dompter les flots ;
C'est le désir de ses fiers matelots.
Grand autocrate, on peut maint'nant t'absoudre,
Renonce donc à tes prétentions.
L'aigle de France a ressaisi sa foudre,
Il soutiendra le droit des nations. *(bis.)*

VII.

Il n'est plus temps, le démon des batailles
A présidé ton conseil souverain ;
Las ! désormais le fer et la mitraille,
Décideront ce conflit inhumain.
Toi seul le veux, subis donc ton dessein :
Des flots de sang, tes ports réduits en poudre,
Voilà le fruit de ton entêtement.
L'aigle de France a ressaisi sa foudre,
Et ses éclats vont affranchir l'Orient !
Oui, ses éclats vont affranchir l'Orient !

NICOLAS PREMIER.

AIR : *A la façon de Barbari.*

I.

A quoi pens's-tu donc, Nicolas,
D'avoir tant d'arrogance ;
Tu veux agrandir tes États,
Mais c'est de la démence,
Quand tu règnes chez le Lapon,
Aux rives du Don,
On ador' ton nom ;
Voir même on dit qu'il est chéri,
Biribi.
A la façon de Barbari,
Mon ami.

II.

Tu voudrais, j' crois, grand Nicolas,
Par pur' galanterie,
Voir de près les brillants appas,
Des belles de Turquie.
Vers le sérail, en vrai luron
Tu marches d'aplomb,
Halte-là, mon bon !
On t'en donnera des houris,
Biribi.
A la façon de Barbari,
Mon ami.

III.

Crois-moi, tes cosaques, mon vieux,
N' pourraient plaire aux sultanes ;
Ils sont sal's comme des chiens teigneux,
Et sentent les boucanes ;
Nos troupiers sont d' meilleur ton,
Aimés du tendron,
Maniant l'espadron ;
Ils t'apprendront cet art chéri,
Biribi.
A la façon de Barbari,
Mon ami.

IV.

Français, Anglais, joyeux viveurs,
Chez ces peuples esclaves,
Pour vous s' trouvera comme ailleurs
De la liqueur des braves ;
Le champagne et le bourguignon
Vous y suivront,
Puis le saucisson.
Le czar veut vous traiter ainsi,
Biribi,
A la façon de Barbari,
Mon ami.

V.

Pour vous faire oublier l' désert,
Et le pain noir du Prusse ;
Il vous offrira pour dessert,
La vraie charlotte russe ;
Mais vous donnerez pour ce don,
Satisfaction,
A son ambition,
Comme vos pères à Tilsit,
Birbiri.
A la façon de Barbari,
Mon ami.

VI.

Nous allons commencer le bal,
Et par mer et par terre
De nos vaisseaux, le bacchanal,
S'ra plus fort que l' tonnerre ;
Tes ports, tes forts, tes bastions
Feront explosion,
Car chaque division ;
Brûl' de te traiter en ami,
Biribi.
A la façon de Barbari,
Mon ami.

VII.

Tu sais que nos troupiers déjà,
Connaissent le courage
Des Cosaques du Kamtchatka,
Héros de vasselage ;
Le knout seul peut les rendre bons ;
Pour vingt de nos lurons,
Faut deux escadrons.
L' Cosaque est un troupier fini,
Biribi.
A la façon de Barbari,
Mon ami.

VIII.

Nicolas, pour finir vivement,
Coule dans la Baltique,
Dans la mer Noire spontanément,
Les franco-britanniques.
Puis, sans aucune opposition,
Reconnu patron,
Chaque nation
Viendra te crier grand merci,
Biribi.
A la façon de Barbari,
Mon ami.

IX.

Depuis qu' t' as commencé l' branle-bas
On cite un seul fait d'armes,
A Sinop' ta flott' coula bas,
Une escadrill' sans armes ;
Ton amiral est un luron,
Qui s'est fait un nom,
Et dans son blason ;
On gravera Saint-Barthélemy,
Biribi.
A la façon de Barbari,
Mon ami.

X.

Allons, le signal est donné,
L'Angleterre et la France,
Contre Nicolas l'obstiné,
Vont lutter de vaillance,
Il a besoin d' danser, dit-on :
Nous lui fournirons,
Tambours et violons
Qu'il paiera, l' rigodon fini,
Biribi.
A la façon de Barbari,
Mon ami.

Par AUGUSTE RICHARD.

Imprimerie de CHASSAIGNON, rue Gît-le-

LA

NICOLAIANA

COMPLAINTE.

SOMMAIRE.

Véritables motifs de la Guerre d'Orient, inconnus de beaucoup de monde. — Ambition de l'Empereur de Russie. — Succès de l'Armée Turque refoulant la barbarie qui voudrait fondre sur la civilisation. — Adjonction des Puissances. — Succès prodigieux. — Moralité.

Air de la Complainte de Fualdès.

1.

Accourez peuple sensible,
Venez, venez écouter,
Nous allons vous raconter
Une histoire bien terrible
Qui se passe loin d'ici,
En quelques mots la voici.

2.

Depuis longtemps la Russie
Voulait voir ses pavillons,
De par tous ses bataillons,
Arborés sur la Turquie;
Mais des raisons il fallait
Pour arriver à ce fait.

3.

Des raisons! c'était facile
Or, le loup dit à l'agneau :
« Pourquoi troubles-tu mon eau,
« Ne restes-tu pas tranquille. »

9.

Menschikoff en habile homme
Accourt auprès du Sultan,
Puis dans un sublime élan,
Il lui dit, même le somme,
De rétablir tous les droits
Qu'on possédait autrefois.

10.

Dans ce différend la France
Intervint et démontra
Que l'obligeant Nicolas
Parlait avec imprudence.
Et Menschikoff à la cour
Retourna mais pour un jour.

11.

Il revint avec menace
Demander sur cet État,
Un droit de protectorat,
Quelle inconcevable audace!
Le Sultan lui répondit :
« Vous êtes trop bon, merci. »

12.

En recevant la nouvelle
De ce doux remerciement,
Le Czar plein d'emportement
Cria : « Nom d'une sequelle,
« A moi mes braves soldats,
« Marchons, volons tous là-bas »

13.

Il dit : le dieu de la guerre.
Soudain comme un furieux
Fait retentir dans les cieux
Sa trompette meurtrière.

19.

On vit le bout de l'oreille,
Mais ma foi c'était trop tard,
Chacun se disait à part :
« Non, jamais chose pareille,
« Peste soit de Nicolas
« Avec son protectorat. »

20.

« Mais, lui demanda la France,
« Pourquoi donc vous implanter
« Et ce pays occuper,
« Montrez-moi votre licence,
« Soyez un peu plus poli
« Et retirez-vous d'ici.

21.

« — Ma troupe était très-malade
« Dit le Czar, et le docteur,
« Pour rétablir la sueur,
« Prescrit une promenade,
« Voilà tout... soyez certain
« Que je partirai demain. »

22.

Le lendemain, la Russie
Trouva son excursion
A sa satisfaction
Et répondit : « chère amie,
« J'ai pris hier deux pas ici,
« Je les veux tous aujourd'hui. »

23.

Les Cosaques en bataille
Furent rangés un matin,
Puis après un doux festin
Où périt mainte futaille,

29.

Bien longtemps près du Bosphore,
Vous avez vu les Français
Unis aux marins Anglais
Espérer la paix encore;
Voulant, disait Nicolas,
Rester le fusil au bras.

30.

Nonobstant cette assurance,
Les Russes ont attaqué
Le pavillon turc mouillé
Dans son port, et en présence
De nos vaisseaux réunis,
Pour protéger des amis.

31.

Ce fait, de la barbarie,
Est bien digne assurément!
Ceux ayant le sentiment
De l'honneur de la patrie,
Eurent de cette action
Douloureuse impression.

32.

Aussitôt, dans la mer Noire,
Entrèrent les amiraux
Pour relever leurs drapeaux....
Chose digne de mémoire,
Le Czar avait cru prudent
De fuir précipitamment.

33.

Dans une lettre sublime,
Que l'on fit notifier
A la fin de janvier,
Napoléon exprime

39.

Il nous raconte qu'en somme
La Turquie a le dessus.
Que la Russie a perdu
Un peu plus de vingt mille hommes
Quand nos soldats y seront,
Quelle abondante moisson!

40.

Vers cette terre étrangère
Partez, valeureux soldats,
Un peuple vous tend les bras;
C'est un ami, c'est un frère :
L'univers vous applaudit.
En avant! sur l'ennemi.

41.

Croyant que de la Turquie
Il s'emparerait très-bien,
Sans qu'elle eût aucun soutien,
N'est-ce pas une folie?
Ce qui se fit autrefois
N'aura pas lieu cette fois.

42.

Celui qui régit la France,
Non, ne laissera jamais
Ternir le drapeau Français,
Sans le laver de l'offense;
Car cet auguste Empereur
Eut pour berceau la valeur.

MORALITÉ.

43.

Or, le loup dit à l'agneau :
« Pourquoi troubles-tu mon eau,
« Ne restes-tu pas tranquille. »
Voilà comment il s'y prit
Retenez donc mon conte.

4.

Tout habitant de la terre
Sait très-bien qu'à Bethléem
Ainsi qu'à Jérusalem,
Chapelles et monastère,
Pour célébrer Jésus-Christ
Ont été partout construit.

5.

Des rivalités, des luttes
Que l'église d'Orient
Eut avec cell' d'Occident,
Engendrèrent des disputes
Parmi les religieux
Voulant garder les saints lieux.

6.

Depuis des siècles la France,
Sur les bons Pères latins,
Étend ses vaillantes mains,
Les couvre de sa puissance.
On les a vus cependant
Victimes d'empiétement.

7.

Il y a bientôt un lustre
Que, pour cet empiètement,
L'habile Gouvernement
D'un prince à jamais illustre,
Obtint réparations
De ces dépossessions.

8.

Nicolas feignant de croire
Que la grecque communion,
Sans motif et sans raison,
Éprouvait un grand déboire,
Dit à son ambassadeur :
« Réparons ce déshonneur. »

Soudain comme un furieux
Fait retentir dans les cieux
Sa trompette meurtrière,
Il applaudit Menschikoff,
Il inspire Gortschakoff.

14.

Sur-le-champ la Moldavie
Se couvre de guerriers,
Et de vrais loups-cerviers
Inondent la Valachie,
Sans avoir d'autre raison
Que cette protection.

15.

« Quoique mes armes nombreuses
« Occupent votre pays,
« Dit le Czar, ô mes amis,
« Elles ne sont pas coûteuses,
« Donnez-moi tout votre bien,
« Votre or pour leur entretien.

16.

« Tenez-un compte fidèle
« De ce que vous me prêtez,
« Un jour tout vous recevrez
« C'est chose très-naturelle.
« J'y joindrai les intérêts,
« N'en soyez pas inquiets. »

17.

Nicolas en hypocrite
Pour gagner un peu de temps,
Protestait des sentiments
De sa visite illicite;
Et pendant qu'il les leurrait,
Un autre corps s'avançait.

18.

N'ayant donc plus rien à craindre,
« Je veux, dit-il, aussitôt,
« Vos maisons, votre château,
« Ou je vais vous y contraindre.
« Au Sultan vous n'êtes plus,
« Payez-moi tous vos tributs. »

Furent rangés un matin,
Puis après un doux festin
Où périt mainte futaille,
Gortschakoff, leur général,
[illegible]

24.

« Soldats, sur Constantinople
« Il faut marcher à grands pas,
« Même en dépit des frimas,
« Vous emparer d'Andrinople ;
« Les Turcs sont trop petits :
« En avant! mes chers amis.

25.

« Nous mettrons bientôt j'espère,
« Le Sultan à la raison;
« Car, devant notre canon,
« Ses soldats ne tiendront guère :
« Dans ce moment décisif,
« Il faut être expéditif. »

26.

Il dit; et, d'une main fière,
Il tire de son fourreau
Le beau sabre qu'en cadeau
Lui donna feu son grand-père :
Auprès du Danube il vint
Se tapir en vieux malin.

27.

Omer, sur la droite rive,
Attendait l'ogre du Nord
Qui voulait, sans nul effort,
L'avaler comme une grive;
Il chanta même tout bas :
« Je suis à toi, Nicolas. »

28.

Voyant ces projets coupables,
La France avec Albion,
Pour punir cette action,
Deux flottes très-formidables
Font filer en Orient
Sur les pas de ce géant.

Dans une lettre sublime,
Que l'on fit notifier
A la fin de janvier,
Napoléon exprime
Qu'il faut s'entendre à l'instant,
[illegible]

34.

Au pied du mur la Russie
Ne fit que balbutier,
Et sans se justifier,
Néanmoins fut étourdie
D'entendre qu'on lui parlait
D'un ton si bref et si net.

35.

Pendant que de cette sorte,
La France parlementait,
Le soldat russe tombait
Sous les balles de la Porte.
Omer, le grand général,
Marchait d'un pas triomphal.

36.

Le succès, dans les batailles,
A couronné ses efforts.
Que de blessés! que de morts!
Sont tombés sous sa mitraille,
Ottenitza et Widdin
Confirment ce fait certain.

37.

Malgré les pertes nombreuses,
Les revers de chaque jour,
On chante à Saint-Pétersbourg,
Des hymnes très-chaleureuses
Pour célébrer des succès
Qui n'existèrent jamais.

38.

Du théâtre de la guerre
(Qui de nous est assez loin),
Un véridique témoin
Nous dit : que dans chaque affaire,
On a vu le soldat turc
Pour vaincre avoir seul le truc.

MORALITÉ.

43.

Tout ce récit vous explique
Qu'il faut toujours se garder
Chez soi de laisser entrer
Un homme à mine hypocrite ;
Car, se sentant le plus fort,
Vous auriez un passe-port.

44.

Cela vous explique encore
Qu'une mauvaise action
Reçoit sa punition :
Et, puisque le Czar l'ignore,
Nous vous le dirons bientôt,
Dans un prochain numéro.

ÉMILE FRANCŒUR.

La suite au prochain numéro.

Typographie de Gaittet et Cie, rue Gît-le-Cœur, 7.

COMPLAINTE

SUR LE GRAND SUJET

NICOLAS.

Air : *du Juif-Errant.*

1.

Est-il roi sur la terre,
Qui soit plus surprenant,
Plus naïf, plus sincère,
Que Nicolas-le-Grand?
Jamais on ne verra
Vrai-disant comme ça.

2.

Trouvant que les Russies,
Nonobstant leur grandeur,
Ne sont jamais rôties
Par la forte chaleur;
Je veux, dit-il, plus loin
Quelques pieds de terrain.

3.

Quoiqu'ayant Mer Baltique,
Mer Blanche et Noire aussi,
Je veux l'Adriatique,
Où le raisin mûrit;
Et d'abord on prendra.
La mer de Marmara.

4.

Mais comme ce passage,
Par des Turcs est gardé,
Je le prendrai pour gage,
De par la chrétienté;
Afin que le Sultan
N'entrave point mon plan.

5.

Dans ce but, pour Byzance,
Il signe à Péterhoff
Un billet de partance,
Et dit à Menschikoff :
Vas vite et viens ici,
Disant : J'ai réussi.

6.

Tu diras à la Porte,
Qu'elle ouvre à deux battants,
Sinon qu'elle supporte,
Le courroux de mes gens;
Mes cosaques du Don
Seuls l'arraisonneront.

7.

Dis-lui que je m'ennuie,
De voir humilier,
Ma sainte Orthodoxie,
Dans mon grand officier
Grec de Jérusalem,
Par un chef de Harem.

8.

Pour que semblable chose
Ne se produise plus,
Il faut qu'on se dispose,
Au saint nom de Jésus
Bientôt à me livrer;
Le Bosphore à garder.

9.

Il faut, sans préambule,
A Stamboul exiger
Qu'on n'ait pas de scrupule
De les désobliger,
Ces Anglais protestants,
Ces Français mécréants.

10.

Si l'envoyé d'Autriche
Sourcille à ce discours,
Dis lui que je m'en fiche
Et de ses alentours;
La Hongrie est à moi,
S'il bronche d'un seul doigt.

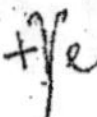

11.

Quant à celui de Prusse,
S'il contestait mon droit,
Je pourrais bien d'un Russe
Me faire un Vice-Roi,
Pour trôner à Berlin,
Comme dans mon Kremlin.

12.

Tout être hétérodoxe,
Pour moi n'étant qu'un chien,
Qu'il se fasse orthodoxe,
Ou je saisis son bien;
Comme ça je paierai
Les frais que je ferai.

13.

Chasse de ma Mer Noire
Les marins du Ponant,
Ou je la leur fais boire,
Mais teinte de leur sang;
Qu'on fasse mitrailler,
Les trainards, sans quartier.

14.

Que ma flotte galope,
A voiles, à vapeur;
Qu'elle passe à Sinope,
D'abord pour faire peur,
Et puis que le Sultan,
Se soumette à l'instant.

15.

Mais rendue à la bouche,
Comme on dit, du détroit,
La flotte si farouche,
Vire de bord d'effroi,
Vite en apercevant,
De dents quadruple rang.

16.

Au czar on rendit compte
Dans les ports en rentrant;
Le rouge au front lui monte
De voir que le sultan
Avait parmi ses chiens
Huguenots et Romains.

17.

Il put à peine croire
Cette nouvelle-là;
De sa grande victoire
A Sinope il douta,
Disant : c'est par trop fort,
Je n'y crois pas encor.

18.

Convoquons un concile
De mes prélats boyards,
Et qu'à l'ordre docile,
Dans le palais des czars,
Chacun vienne au galop
Pour y placer son mot.

19.

Ce sont de fortes têtes,
Ils m'aideront un peu,
Etant les interprètes
Infaillibles de Dieu;
Je crois bien que Satan
Conspire au Vatican.

20.

Sus, chaque patriarche,
Peigné, mitré, crossé,
Précipite sa marche,
Le poil tout hérissé :
Le synode aussitôt
S'organise *in petto*.

21.

Or, tel est en substance
Ce qui a transpiré
De la rare prudence
Dont il s'est inspiré;
Jamais on n'avait vu
Concile aussi barbu.

22.

D'une voix unanime
Il dit à demi mot
Q'un zèle magnanime
Gâtait tout le fricot;
Qu'il fallait moins d'ardeur
En parlant du Seigneur.

23.

Pourqu'on sache en l'Empire,
En France, en Albion,
Que Dieu seul vous inspire,
Guide votre raison,
A ce plan achevé
Mettez votre approuvé.

24.

Profitons de la Pâque,
Pour nous tenir bien coi;
Et si l'on nous attaque,
Lors, nous dirons pourquoi;
Tous les chrétiens croiront
Aux œuvres du Démon.

25.

Jouons même au martyre
Cela fait toujours bien;
Nous allons vous instruire
Vous n'ignorerez rien;
Seulement, écoutez,
Plus tard vous parlerez.

26.

Désavouez bien vite
Les ministres d'Othon,
Qu'en avant précipite
Leur sotte ambition;
A ce cabinet grec,
Croyez-nous, parlez sec.

27.

Dites lui qu'il ne bouge
Ni fusil, ni canon,
Ou vous vous fâchez rouge,
Sans rire et tout de bon;
De ce coup le Romain
Y perdra son latin.

28.

Plus tard, sur les derrières
De leurs nombreux convois,
Qu'il lance ses corsaires,
Tous chamarrés de croix,
Portant le fer, le feu,
Partout, au nom de Dieu.

29.

Chut ! ! ! les fils électriques
Annoncent qu'Odessa
Reçoit des hérétiques;
Assaut malgré l'éclat
Du scandale causé,
Hier à la chrétienté.

30.

Tant mieux ! dit le Saint-Siége
D'accord, c'est fort heureux;
Le Très-Haut nous protége,
Çà saute à tous les yeux;
Honte à Machiavel ! !
Acceptons le cartel.

31.

Pour la future gloire,
Notons un *Te Deum*;
Nous aurons la victoire,
Si Deus nobiscum;
Mais, en attendant ça,
Chantons un *Libera*.

32.

Vengeons-nous de l'attaque,
Des vaisseaux mécréants,
Et de leurs œufs de Pâque,
Plutôt rouges que blancs;
Rendons le général,
Responsable du mal.

33.

Cette nature ingrate,
Malgré ses bataillons,
Contre la gent pirate
N'eut donc point de canons.
Pour couvrir nos vaisseaux,
Nos magasins si beaux.

34.

Qu'il file en Sibérie,
Ce lâche Osten Sacken,
Y passer son envie
De pâte de Lichen;
Qu'il parte et pour toujours,
Ou tremble pour ses jours.

35.

Sur un parlementaire,
L'officier Schogoleff,
Cornette ayant fait faire
Feu de son propre chef;
Qu'il soit d'abord cassé,
Ensuite fusillé.

36.

Qu'un ukase accompagne
Cette juste rigueur :
C'est qu'en rase campagne
Tout Russe soit vainqueur,
Pour être décoré
De l'ordre Saint-André.

37.

S'il faut de Valachie
Sortir, même en fuyant,
Que ce soit courtoisie
Pour le peuple allemand,
Quand même nous serions
Poussés par des canons.

38.

Si prune grise ou noire,
Comme le perdrigon,
Entrait dans la mâchoire
De nos chefs de renom,
Il pourrait s'écarter,
Pour la mieux digérer.

39.

Que cet avis vous serve,
Paskiewitch et Luders,
Ainsi qu'à ma réserve,
Gortschakoff et Schilders;
Vous êtes immortels!
Battez-vous comme tels.

40.

Maintenant que l'histoire
Est à son dénouement,
On sait bien ce qu'en croire,
Mais l'on sait mieux comment
Les pauvres serfs ont part
Des actes de leur czar.

AUGUSTE LALLOUR.

Paris. — BOUCQUIN, imp., rue de la Sainte-Chapelle, 5.

GRANDE COMPLAINTE SUR LES MALHEURS

ARRIVÉS

A NICOLAS

***Depuis** le passage du **Pruth**, par les **Russes**, jusqu'à l'entrée des Autrichiens dans les provinces danubiennes.*

(PREMIÈRE PARTIE.)

Air de la Complainte de Fualdès.

Accourez tous à la ronde,
Pour entendre les malheurs
Du plus grand des empereurs,
Que chacun cite en ce monde ;
Et qu'on nomme Nicolas,
Pauvre Nicolas... hélas !...

Chez les Moldav's, les Valaques,
Il fait planter son drapeau.
Là pour s'engraisser la peau,
Tous ses gourmands de Cosaques,
Par bandes de huit ou dix
Mangeaient les chandelles des **six**.

D' Satan les dignes apôtres,
Cancannent sur Nicolas.
Ces gens-là ne savent pas
Qu'il ne veut que l'**bien** des autres,
Et quand je vous dis le **bien**,
Vous me comprenez? très-bien.

Je ne veux que de la Grèce
(Dit-il un jour en dinant),
Être le père: à l'enfant
J'enverrai des pots de graisse ;
Et le Grec qui n'est pas grec,
Mangera son pain avec.

L'autaucrate, homme sensible,
Dit je ne veux que l'accord,
A tort on me donne tort,
Car, enfin, est-il possible
De m' prouver que l' Turc à rai
-son de faire ce qu'il fait.

D'puis longtemps la Circassie
M' tourmente, et je n' sais pourquoi,
J'ai beau lui dir' de bonn' foi,
Que j' l'aime autant qu' ma Russie :
Chacun d'eux me répond qu'il
Ne veut pour chef que Schamyl.

Quelle affreuse calomnie
On ose dire partout
Que je me sert trop du knout,
N'en croyez rien je vous prie :
Car le plus heureux des **cerfs**,
Voudrait vivre avec mes **serfs**,

Nicolas veut de la Porte,
Qu'on lui tire le cordon,
On lui tire... le canon,
Peut-on agir de la sorte?
Et les Cosaques du Don,
D'entrer n'ont pas eu le don.

Il croyait bien en Turquie,
Se rendre maître du Turc,
Il en était si bien sûr q'
-Son âme en était ravie:
Mais il comptait sans l'Anglais
Et son voisin le Français.

Ce n'est pas la mer à boire,
Dit-il à ses matelots
(Je n' jou' pas avec les **maux**),
Que d' s'emparer d' la mer Noire,
Si vous n'en v'nez pas à bout,
Je n' vous vois pas **blancs** du tout.

Avez-vous peur de la France !
Avez-vous peur des Anglais ?
S'ils ne reculent jamais,
Que chacun de vous s'avance,
Et vous verrez aussitôt
Qu' leur général est... **Arnaud**.

(1) **Otez-çà** (première manche),
Qu'à coups d' boulets on perça,
Nicolas s' dit je perds çà,
Je demande une revanche,
(1) (Errata), pour **Otez-çà**,
Messieurs lisez Odessa.

Bucharest et Silistrie
Seraient à moi maintenant,
Si les chefs assurément
Avaient, je vous le parie,
Jusqu'à la fin des combats,
Fait jeûner tous mes soldats.

Grand Dieu que viens-je d'apprendre,
Dit ce monarque en courroux,
Et s'arrachant ses poils roux,
Bomarsund vient de se rendre :
Deux mille Russes sont **pris**.
Avec cent canons de **prix**.

Donnez-nous la paix, en grâce,
Dit le monde tracassé :
Depuis que l' Pruth est passé,
Quell' paix voulez-vous que j' fasse ;
J' n'ai plus qu'à mettre à l'instant
L' pied dans la mer du Sultan.

A les voir, à les entendre,
Pour quelques minces succès ;
Aux Anglais, comme aux Français,
Je n'aurai splus qu'à me rendre.
S'ils prennent Sébastopol
Comme ils vont s' lâcher du col.

Lorsque j'étais au collége ;
O combien j'y fus heureux,
Je construisais de mon mieux
Des citadelles de neige,
Qui s'écroulaient sous mes pas.
Mais qui ne se rendaient pas.

Moi qu'aime à me fair' des bosses,
Se dit l'infortuné czar,
J'aurais un billet de part
Pour être au repas des noces
De la fille du sultan,
Sans mon projet **insultant**.

D'ambitions et d'intrigues,
Comment peut-on m'accuser,
Jé n' voulais pour me r'poser
Un p'tit instant de mes fatigues,
M'asseoir un peu d'sus l' divan,
Mais les Français m'ont **dit vent**.

Je vous le dis sans rancune,
Qu' chacun en soit convaincu,
Ici si j'avais vaincu
J' vous aurais fait voir la lune,
Ou tout au moins en passant
Un petit coin **du croissant**.

Mes bons Russes, du courage,
Constantinople est là-bas ;
Si nous l'atteignons, de c' pas,
Et que l' sultan **du coup rage** :
J' vous mèn'rai voir ses sérails
En chemins d' fer sur **ses rails**.

Qu'une lance me traverse,
Si j' m'entends à tout c' qu'on dit,
F'sait-on pas courir le bruit
Qu' j'avais contre moi la Perse,
On croyait qu'avec **son scha**,
S'entendait **Omer-Pacha**.

Pourtant le ciel nous seconde,
Malgré qu'nous ayons perdu,
Et qu' Bomarsund soit rendu,
La Baltique est si profonde
Qu'on m'a dit qu' pas un troupier,
Pas même l'amiral. **n'a pied**.

Si vous triomphez d' la guerre,
J' parts avec vous du Kremlin,
Chez celui qui fait l' malin,
Manger des poir's d'Angleterre,
Où l'on n' dit plus **Victoria**,
Mais où l'on dit **Victoir' y a**.

Je crains d' perdre la partie,
J'ai pourtant mis dans mes forts.
D'incalculables renforts ;
O malheureuse Russie,
L'ennemi veut dans tes ports
Se régaler de **tes porcs**.

Les provinces danubiennes
M'avaient reçu poliment,
Je les quitte, au même instant
Voilà qu' des troup's autrichiennes
M' remplac'nt après mon départ,
C'est bien petit de leur part.

Nicolas s' faisait un' fête
De mettre le turc au pas,
Mais il ne se doutait pas
Qu'il faudrait battre en retraite.
Voilà c' que c'est que d' vouloir,
Plus que l'on ne doit avoir.

Le czar à bout de ressources.
Manquant même de tambours,
Fait former d'puis plusieurs jours
Des régiments d'ours et d'ourses;
Bientôt villes et faubourgs
Doiv'nt avoir leur **rue aux Ours**.

Que de projets dans sa tête
Allaient jadis **en croissant**,
Il en a fait, je **crois, cent**,
Pourquoi faire? Une boulette ;
Car il se voit **decroissant**,
Pour en vouloir **au croissant**.

Le czar dit à Lichbichoff.
A Skoff, Munskoff, Péterskorff,
Engelskoff, Akestsikoff,
Manchikoff et Gortschakoff,
Tas de Rober-Macairskoff,
Je vous enverrai tous schloff.

(*La suite prochainement.*)

Par BLAGUINSKISKOFKOFF,

Traduit du russe par **J.-E. AUBRY**.

Dépôt chez l'Auteur, rue Montmartre, 134.

Paris Imp. MOQUET, Rue de la Harpe, 92.

LA

NICOLAIANA

COMPLAINTE.

SOMMAIRE.

Véritables motifs de la Guerre d'Orient, inconnus de beaucoup de monde. — Ambition de l'Empereur de Russie. Succès de l'Armée Turque refoulant la barbarie qui voudrait fondre sur la civilisation. — Adjonction des Puissances. — Succès prodigieux. — Moralité.

Air de la Complainte de Fualdès.

1.

Accourez peuple sensible,
Venez, venez écouter,
Nous allons vous raconter
Une histoire bien terrible,
Qui se passe loin d'ici.
En quelques mots la voici :

2.

Depuis longtemps la Russie
Voulait voir ses pavillons,
De par tous ses bataillons,
Arborés sur la Turquie ;
Mais des raisons il fallait
Pour arriver à ce fait.

3.

Des raisons ! c'était facile

10.

Dans ce différent la France
Intervint et démontra
Que l'obligeant Nicolas
Parlait avec imprudence,
Et Menschikoff à la cour
Retourna mais pour un jour.

11.

Il revint avec menace
Demander sur cet État,
Un droit de protectorat,
Quelle inconcevable audace !
Le Sultan lui répondit:
« Vous êtes trop bon, merci. »

12.

En recevant la nouvelle
De ce doux remerciement,
Le Czar plein d'emportement
Cria : « Nom d'une sequelle,
» A moi mes braves soldats,
» Marchons, volons tous là-bas. »

13.

Il dit : le dieu de la guerre,
Soudain comme un furieux,
Fait retentir dans les cieux
Sa trompette meurtrière,
Il applaudit Mentschikoff,
Il inspire Gortschakoff.

14.

Sur-le-champ la Moldavie
Se couvre de guerriers,
Et de vrais loups-cerviers
Inondent la Valachie,
Sans avoir d'autre raison
Que cette protection.

22.

Le lendemain la Russie
Trouva son excursion
A sa satisfaction
Et répondit : « chère amie,
» J'ai pris hier deux pas ici,
» Je les veux tous aujourd'hui. »

23.

Les Cosaques en bataille
Furent rangés un matin,
Puis après un doux festin
Où périt mainte futaille,
Gortschakoff, leur général,
Leur dit d'un ton triomphal :

24.

« Soldats, sur Constantinople
« Il faut marcher à grands pas,
« Même en dépit des frimas,
« Vous emparer d'Andrinople ;
« Les Turcs sont tous trop petits :
« En avant ! mes chers amis.

25.

« Nous mettrons bientôt, j'espère,
« Le Sultan à la raison ;
« Car, devant notre canon,
« Ses soldats ne tiendront guère :
« Dans ce moment décisif,
« Il faut être expéditif. »

26.

Il dit; et, d'une main fière,
Il tire de son fourreau
Le beau sabre qu'en cadeau
Lui donna feu son grand-père :
Auprès du Danube il vint
Se tapir en vieux malin.

34.

Au pied du mur la Russie
Ne fit que balbutier,
Et sans se justifier,
Néanmoins fut étourdie
D'entendre qu'on lui parlait
D'un ton si bref et si net.

35.

Pendant que de cette sorte,
La France parlementait,
Le soldat russe tombait
Sous les balles de la Porte;
Omer, le grand général,
Marchait d'un pas triomphal.

36.

Le succès, dans les batailles,
A couronné ses efforts.
Que de blessés ! que de morts !
Sont tombés sous sa mitraille,
Ottenitza et Widdin
Confirment ce fait certain.

37.

Malgré les pertes nombreuses,
Les revers de chaque jour,
On chante à Saint-Pétesbourg,
Des hymnes très-chaleureuses
Pour célébrer des succès
Qui n'existèrent jamais.

38.

Du théâtre de la guerre
(Qui de nous est assez loin),
Un véridique témoin
Nous dit : que dans chaque affaire
On a vu le soldat turc
Pour vaincre avoir seul le truc.

Or, le loup dit à l'agneau :
« Pourquoi troubles-tu mon eau,
« Ne restes-tu pas tranquille. »
Voilà comment il s'y prit
Retenez donc bien ceci.

4.

Tout habitant de la terre
Sait très-bien qu'à Bethléem
Ainsi qu'à Jérusalem,
Chapelles et monastère,
Pour célébrer Jésus-Christ
Ont été partout construits.

5.

Des rivalités, des luttes
Que l'église d'Orient
Eut avec c'ell' d'Occident,
Engendrèrent des disputes
Parmi les religieux,
Voulant garder les saints lieux.

6.

Depuis des siècles la France
Sur les bons Pères latins,
Étend ses vaillantes mains,
Les couvre de sa puissance.
On les a vus cependant
Victimes d'empiétement.

7.

Il y a bientôt un lustre
Que, pour cet empiétement,
L'habile Gouvernement
D'un prince à jamais illustre,
Obtint réparations
De ces dépossessions.

8.

Nicolas feignant de croire
Que la grecque communion,
Sans motif et sans raison,
Éprouvait un grand déboire,
Dit à son ambassadeur :
« Réparons ce déshonneur. »

9.

Menschikoff en habile homme
Accourt auprès du Sultan,
Puis dans un sublime élan,
Il lui dit, même le somme,
De rétablir tous les droits
Qu'on possédait autrefois.

« Quoique mes armes nombreuses
» Occupent votre pays,
» Dit le Czar, ô mes amis,
» Elles ne sont pas coûteuses,
» Donnez-moi tout votre bien,
» Votre or pour leur entretien.

16.

» Tenez-un compte fidèle
» De ce que vous me prêtez,
» Un jour tout vous recevrez,
» C'est chose très-naturelle.
» J'y joindrai les intérêts,
» N'en soyez pas inquiets. »

17.

Nicolas en hypocrite,
Pour gagner un peu de temps,
Protestait des sentiments
De sa visite illicite,
Et pendant qu'il les leurrait,
Un autre corps s'avançait.

18.

N'ayant donc plus rien à craindre,
« Je veux, dit-il, aussitôt,
« Vos maisons, votre château,
« Ou je vais vous y contraindre.
« Au Sultan vous n'êtes plus,
« Payez-moi tous vos tributs. »

19.

On vit le bout de l'oreille,
Mais, ma foi, c'était trop tard,
Chacun se disait à part :
« Non, jamais chose pareille,
« Peste soit de Nicolas
« Avec son protectorat. »

20.

Mais, lui demanda la France,
« Pourquoi donc vous implanter
« Et ce pays occuper ;
« Montrez-moi votre licence,
« Soyez un peu plus poli
« Et retirez-vous d'ici.

21.

« — Ma troupe était très malade,
« Dit le Czar, et le docteur,
« Pour rétablir la sueur,
« Prescrit une promenade,
« Voilà tout, soyez certain
« Que je partirai demain. »

Omer, sur la droite rive,
Attendait l'ogre du Nord
Qui voulait, sans nul effort,
L'avaler comme une grive;
Il chanta même tout bas :
« Je suis à toi, Nicolas. »

28.

Voyant ces projets coupables,
La France avec Albion,
Pour punir cette action,
Deux flottes très-formidables
Font filer en Orient
Sur les pas de ce géant.

29.

Bien longtemps près du Bosphore,
Vous avez vu les Français
Unis aux marins Anglais
Espérer la paix encore ;
Voulant, disait Nicolas,
Rester le fusil au bras.

30.

Nonobstant cette assurance,
Les Russes ont attaqué
Le pavillon turc mouillé
Dans son port, et en présence
De nos vaisseaux réunis,
Pour protéger des amis.

31.

Ce fait de la barbarie
Est bien digne assurément !
Ceux ayant le sentiment
De l'honneur de la patrie,
Eurent de cette action
Douloureuse impression.

32.

Aussitôt, dans la mer Noire,
Entrèrent les amiraux
Pour relever leurs drapeaux.....
Chose digne de mémoire,
Le Czar avait cru prudent
De fuir précipitamment.

33.

Dans une lettre sublime,
Que l'on fit notifier,
A la fin de janvier,
Napoléon trois exprime,
Qu'il faut s'entendre à l'instant,
Ou rompre décidément.

Il nous raconte qu'en somme
La Turquie a le dessus,
Que la Russie a perdu
Un peu plus de vingt mille hommes.
Quand nos soldats y seront,
Quelle abondante moisson !

40.

Vers cette terre étrangère
Partez, valeureux soldats,
Un peuple vous tend les bras :
C'est un ami, c'est un frère ;
L'univers vous applaudit,
En avant ! sur l'ennemi.

41.

Croyant que de la Turquie
Il s'emparerait très-bien,
Sans qu'elle eût aucun soutien,
N'est-ce pas une folie?
Ce qui se fit autrefois
N'aura pas lieu cette fois.

42.

Celui qui régit la France,
Non, ne laissera jamais
Ternir le drapeau Français,
Sans le laver de l'offense ;
Car cet auguste Empereur
Eut pour berceau la valeur.

MORALITÉ.

43.

Tout ce récit vous explique
Qu'il faut toujours se garder
Chez soi de laisser entrer
Un homme à mine hypocrite;
Car, se sentant le plus fort,
Vous auriez un passe-port.

44.

Cela vous explique encore
Qu'une mauvaise action
Reçoit sa punition :
Et, puisque le Czar l'ignore,
Nous vous le dirons bientôt,
Dans un prochain numéro.

EMILE FRANCOZCH.

(*La suite au prochain numéro.*)

969 115

Saint-Dizier. — HENRY, imprimeur.

Certifié conforme : Henry.

Edition populaire.

PETIT PROCÈS EN CINQ PARTIES

Entrepris par un Avocat de Paris,

EN VERS ET CONTRE

LE CZAR DE TOUTES LES RUSSIES,

Comprenant un inventaire historique de la question d'Orient

Où l'on voit, entre autres détails intéressants, les petitesses du grand Nicolas, son horoscope, sa décadence, son rétrécissement et son aplatissement, sa mort, sa descente aux enfers ET SON EPITAPHE.

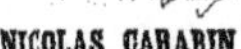

NICOLAS CARABIN

Air de Cadet Roussel.

Nicolas s'est fait médecin (*bis*),
Par pur amour du genre humain (*bis*);
Mais, comme encore le saint homme
N'a pas obtenu son diplôme,
Ah ! ah ! ce médecin
N'est rien de plus qu'un Carabin.

Ce trop célèbre spadassin
Est pourtant un grand médecin,
Car, sous le rapport de la taille,
On n'en voit aucun qui le vaille.
Ah ! ah ! ah ! qu'il est bien
Sur ses six pieds ce chirurgien !

C'est un homme à précaution,
Bien digne d'admiration.
Quand il va-t-en ville, en campagne,
Toujours sa trousse l'accompagne.
Ah ! ah ! ah ! mais vraiment,
C'est un Carabin très-prudent.

Son scalpel est un sabre long,
Trempé dans le diachilon.
Il a des lances pour lancettes,
Pour bistouris des bayonnettes.
Ah ! ah ! ah ! mais c'est un...
Médecin qui n'est pas commun.

Il brûle de la passion
De saigner quelque nation,
Et, pour peu qu'on le laissât faire,
Il saignerait toute la Terre.
Ah ! ah ! ah ! quel bonheur,
D'être traité par c' grand seigneur !

Il voudrait que le genre humain
Pût tenir dans le creux d' sa main,
Et qu'il n'eût qu'une seule tête
A subir ses soins toujours prête.
Ah ! ah ! gare au scalpel
Du médecin universel.

Il guérit de la surdité
Ainsi que de la cécité;
Mais lui-même, sourd volontaire,
N'a pas la vue extrêm'ment claire.
Ah ! mais pour le croyant
C'est un médecin clairvoyant.

Il arrach' les dents proprement
Et très-diplomatiquement.
Jamais, sur la place publique,
On ne vit meilleur empirique,
Ah ! ah ! tout beau menteur
Admire cet opérateur.

Il sait donner un lavement
On ne peut plus habilement.
C'est lui-même qui vous l'apporte
Et qui met la clef dans la porte.
Ah ! ah ! monsieur Purgon
Trouve ce disciple très-bon.

On guérit toujours promptement,
Au moyen de son instrument.
Avant comme après l'équinoxe,
Sa purge est toujours orthodoxe.
Ah ! ah ! nulle douleur
Ne résiste à ce guérisseur.

Pour son compte il est grippe-sou.
Aussi, quand il n'a plus le sou,
Il se procure des ressources
En faisant la cure des bourses.
Ah ! ah ! l'on doit vraiment
Bréveter un tel traitement.

Tout le monde n'approuve pas
Ce procédé de Nicolas.
Il dit à ceux qu'il mécontente :
Faut bien que je pai' ma patente !
Ah ! ah ! le percepteur
Trouve seul l'argument flatteur.

Ici-bas, chaqu' chose a son temps,
Car les hommes sont inconstants.
Déjà Nicolas perd sa vogue,
Et l'on ne veut plus de sa drogue.
Ah ! ah ! plaignez l'destin
De Nicolas le Carabin.

On prépare effectivement
Déjà son dernier traitement.
Ses malades sur son échine
Font l'essai de sa médecine.
Ah ! ah ! voici la fin
De Nicolas le Carabin.

LE CZAR MALADE

ou

LE VILAIN CAS QU'A NICOLAS.

Air : Quand un tendron vient en ces lieux, ou Il était un Roi d'Yvetot.

Un jour l'empereur Nicolas,
Ressentant les atteintes
D'un mal qu'il ne connaissait pas,
Fit entendre ses plaintes
A son médecin de planton,
Lequel s'écria, sur ce ton,
Dit-on.
« Oh ! oh ! oh ! oh ! ah ! ah ! ah ! ah !
« Le vilain cas qu'a Nicola !
« La la.

« Sire, de Votre Majesté
« La maladie est grave;
« Si vous voulez qu'avant l'été,
« Je l'arrête et l'entrave,
« Sire, à ma consultation
« Prêtez bien votre attention.
« C'est bon.
Oh ! oh ! etc.

« Je connais votre mal très-bien;
« Vous souffrez de pléthore (1);
« Mais prenez encore du bien,
« Et prenez-en encore.
« L'homéopathie (2), en ceci,
« A toujours eu raison ainsi
« Ici.
Oh ! oh ! etc.

« Majesté, je lis dans vos yeux
« Que vous goûtez ma science;
« Et que vous irez beaucoup mieux
« Quand vous tiendrez Byzance.
« Ameutez donc tous vos sujets
« Pour exécuter vos projets
« Proprets.
Oh ! oh ! etc.

« Nous voulons votre guérison;
« Il faut nous satisfaire.
« Que vous ayez tort ou raison,
« Les Turcs laisseront faire,
« Car jamais de vous arrêter
« Qui pourrait seulement oser
« Tenter !
Oh ! oh ! etc.

« Si les coups qu'ils vous porteront
« Vous font paralytique,
« Les *Te Deum* vous sauveront;
« C'est très-analeptique (1),
« Alors même qu'ils seraient dits
« Sur l'air gai du *De Profundis*,
« Sandis.
Oh ! oh ! etc.

« Et s'ils vous font prendre un grand bain
« Au fond de la mer Noire,
« Ce plongeon-là sera très-sain,
« Et je crirai Victoire !
« Car aux grands Czars, comme au Triton
« L'eau froide donne, assure-t-on,
« Du ton.
Oh ! oh ! etc.

« Enfin, si, dans ce cas, le sort
« Brise votre boussole,
« Et vous ferme à jamais le port,
« Encor je me console.
« C'est dans l'espoir que ce blocus
« Coupe du *Nicolas-morbus*
« Le flux.
Oh ! oh ! oh ! oh ! ah ! ah ! ah ! ah !
Le vilain cas qu'a Nicola !
La la.

(1) *Pléthore*, terme de médecine qui signifie abondance, réplétion d'humeurs ou de sang. Par analogie, abondance, trop grande étendue de biens, de territoire.

(1) *Homéopathie*, système de médecine qui consiste à combattre un mal par un mal semblable : *Similia similibus*.

(1) *Analeptique* (remède), restauratif, réparateur, qui fortifie.

LA DANUBIENNE

Contredanse militaire, avec accompagnement de clarinettes de six pieds.

Air : Dans le monde, on aime le bruit.

. . . .

C'est le trin trin, c'est le trin trin,
De mon verre et de ma bouteille.

PANTALON.

Messieurs, prenez donc vos cachets;
Dans un instant le bal commence;
Déjà préludent les archets
Pour la prochaine contredanse.
A ce signal, l'beau Nicolas
Fait proposer à la Turquie
De risquer quelques entrechats
Avec l'empereur de Russie.

Le danseur ne connaissait pas
La dame; aussi, dès qu'il l'a vue,
Il entre dans tous ses états,
La peur lui donne la berlue.
Le grincement du violon,
Développant sa crainte amère,
Lui fait fair' dans le *Pantalon*
Des choses que je dois vous taire.

L'ÉTÉ, ou *En avant-deux*.

Ne faites point attention,
Dit Nicolas, à cette fuite.
— Ah ! monsieur, quell' prétention !
En avant-deux, partez de suite.
Je veux, avant la fin d'l'*Été*,
N'en déplaise à votre Eminence,
Gagner, à l'unanimité,
La palme et le prix de la danse.

La Poule.

Balancez, Nicolas, mon bon,
Eh ! quoi ! votre jambe tremblotte !
Prenez garde à mon éperon
Qui déchire votre culotte.
Peste, dit le Czar, quel accroc !
Ce n'est point une femmelette !
Cette *Poule* est bien un vrai coq
Qui va me mettre en omelette.

Pastourelle.

Le bal n'est pas encor fini,
Que déjà la belle danseuse
A glorieusement fourni
Sa carrière victorieuse.
Combien les rôles vont changer !
Le Nicolas perd la cervelle.
La Turquie est un fort berger;
Colas n'est qu'une *Pastourelle*.

En avant quatre.

Mais l'orchestre s'est renforcé
De bon nombre de *clarinettes*
Qui, pendant ce croisé-chassé,
Sont bien loin de rester muettes.
Avec les Anglais, les Français
Dans la salle viennent s'ébattre,
Le Turc a gagné son procès;
L'orchestre joue : *En avant quatre*.

Galop.

Dans ce *galop* échevelé
Disparaît le czar de Russie;
On cherche en vain l'écervelé
Aux alentours de la Turquie.
Mais les danseurs victorieux
Le relancent dans ses cachettes,
Pour lui dire : Paye, mon vieux,
Et violons et clarinettes.

RAMONEZ-CI, RAMONEZ-LA

Air : Faut d'la vertu, pas trop n'en faut. (1)

Ramonez-ci, ramonez-là } *bis*.
La conscienc' de Nicola. }

Un jour l'empereur Nicolas,
De ruse et de guerre étant las,
Dit : j'nai pas la conscience bonne,
Je crois qu'il faut que j' la ramone.

Ramonez-ci, ramonez-là } *bis*.
La conscienc' de Nicola. }

Un ramoneur qui pass' par là
Est mandé près de Nicola,
Et s'écrie : Ah ! c'te cheminée
N'a jamais été ramonée !

Ramonez-ci, ramonez-là,
La conscienc' de Nicola.

(1) Cette chanson peut également être chantée sur l'air de *Cadet-Roussel* (Voir ci-dessus Nicolas Carabin.

Nom d'un Cosaqu', quelle noirceur
Et quelle horrible profondeur!
Il ne fait clair dans cette armoire
Pas plus qu'au fond de la mer Noire,

Ramonez-ci, ramonez-là,
La conscienc' de Nicola.

Cet immense et sombre caveau
Est lugubre comme un tombeau.
Cette conscience amphigourique
Contient de suie une barrique.

Ramonez-ci, ramonez là,
La conscienc' de Nicola.

La suie y vient d' tous les pays
Que les Cosaques ont salis:
Et de Crimée, et de Finlande,
Et de Pologne et de Courlande.

Ramonez-ci, ramonez-là,
La conscienc' de Nicola.

La physique essairait, en vain,
De détruire ce vieux levain.
Les parois sont trop élastiques
Pour les instruments mécaniques.

Ramonez-ci, ramonez-là,
La conscienc' de Nicola.

A la chimie ayons recours,
Pour en nettoyer les contours.
Il faudrait, pour que j' les lavasse,
Deux mille tonneaux de potasse.

Ramonez-ci, ramonez-là,
La conscienc' de Nicola.

Ces procédés ne valent rien;
Usons du suprême moyen:
Mettons l' feu dans la cheminée;
Ell' sera bientôt ramonée.

Ramonez ci, ramonez-là,
La conscienc' de Nicola.

NICOLAS A LA PORTE

Histoire originale et pittoresque de la Question d'Orient.

Air du Marquis de Carabas ou du bon roi Dagobert.

L'empereur Nicolas,
Voulant agrandir ses Etats,
Dans un' conférence,
Fit c'te confidence
Au prince Mentschikoff
Flanqué d comte Orloff:
Bons sujets, je mitonne
De grands projets pour la Couronne.

Le grand duc Constantin
M'a dit encore hier matin:
« Mon bon petit père,
« Je me désespère;
« Pass'-moi donc enfin
« L'empir' Byzantin.
« Un fils soumis et sage
« De ton amour attend ce gage.

« Je suis digne de toi.
« En effet, tiens, regarde-moi.
« J'ai des ongl's rapaces
« Et des griff's tenaces;
« L' vautour dévorant
« Me cède son rang.
« Il faut que chacun voie
« Dans l' grand duc un oiseau de proie.

De ce cher rejeton
Le geste, la voix et le ton
De ma rar' tendresse
Ont trouvé l'adresse.
Le bon p'tit bichet
Aura son hochet.
Grâce à ce tubercule,
Je touche aux colonnes d'Hercule.

D'ailleurs, les Musulmans
Ont enfreint mes commandements.
Je n'y puis tenir;
Je vais en finir;
Car un tel tourment
Est un poison lent.
Oui, je veux, à tout prix,
Convertir ces mauvais esprits.

Mon désir despotique
N'admet pas la moindre réplique.
Il faut qu'à l'instant
Monsieur le Sultan,
Me livre et m'apporte
Les clefs de sa Porte,
Afin que désormais
Je sois doublement en palais.

Des Turcs, à bon dessein,
Je veux être le médecin.
Ce peuple se meurt,
Hélas! quel malheur!
Je le soignerai,
Je le saignerai;
L'orthodoxe seigneur
Doit revendiquer cet honneur.

Ainsi, le fruit est mûr;
De le cueillir je suis bien sûr.
La Porte est ouverte.
Quelle découverte!
Je vais me lancer,
Je vais l'enfoncer.
Si je ne prends la Porte,
Je veux que le diable m'emporte.

Dans mes steppes arides,
Des milliers de serfs invalides,
Réduits aux abois,
Ont r'connu mes droits
Sur femmes et filles
Plus ou moins gentilles.
De régner je suis las
Sur ces serfs et ces serves-là.

Oui, car déjà je sens
L'affaiblissement de mes sens.
Pour m' rendre la flamme
Qui quitte mon âme,
Les célest's houris
Auront un grand prix.
J'essaierai ma puissance
Dans le grand sérail de Byzance.

Mentschikoff, pour Byzance
Pars donc en grande diligence.
A peine arrivé,
Tout éperonné,
En simpl' paletot,
Tu mets aussitôt
Un pied sur le Divan,
Et tu tiens le discours suivant:

« Pour mon auguste maître
« Je viens réclamer votre sceptre.
« Tas de mécréans
« Qui siégez céans,
« Avouez le Czar
« Pour votre César.
« Chapeau bas! chapeau bas!
« Gloire à l'empereur Nicolas!

« Que si de refuser
« Le Sultan osait s'aviser,
« Après ce forfait
« De vous c'en est fait.
« Il viendra de là
« Un grand Attila
« Qui, bientôt, c'est certain,
« Vous ôtera le goût du pain. »

Là-dessus, Mentschikoff
Regarde le compère Orloff.
Son œil étonné,
Son air consterné
Dis'nt, sans truchement,
Assez clairement:
« Le Czar notre Seigneur
« Est fou, ma parole d'honneur! »

Le Czar, qui n'est pas bête,
Lui jette ces mots à la tête:
Me crois-tu, bichon,
Assez cornichon
Pour entrer en danse
Avec imprudence?
J'aime trop le pain cuit
Pour m'être embarqué..... sans biscuit.

J'ai dit à l'Angleterre,
Si forte sur mer et terre:
« Prussiens, Autrichiens
« Sont quasi mes chiens,
« Prends Alexandrie,
« L'Egypte et Candie.
« Quant à ces bons Français,
« Ils auront de l'Afrique assez. »

Plein d'une douce ivresse,
Je vais faire bouillir la Grèce,
Disant à son roi:
« Allons, sauf pour moi.
« Le Czar qui t'patronne
« Sur un meilleur trône,
« Au son du mirliton,
« Saura bientôt te mettre, Othon. »

Avec les Czars cléments
Il est des accommodements.
J'n'entends point me faire
D'Turcs propriétaire.
Je n'veux qu'un dépôt
Plus un brin d'impôt.
Mes loups de Sibérie
Garderont bien la bergerie.

Serait-ce déloyal?
Ah! ma foi, ça m'est bien égal.
Mon pouvoir suprême
Suit un bon système
En pr'nant les états
Des faibl's, potentats,
Pour l'église orthodoxe,
Ceci n'est point un paradoxe.

Je n'ai pas de remords,
Sur mes deux oreilles je dors.
Emp'reur très-commode,
J'ai sommé l'Synode
D'décider ce point:
Il n'hésite point
Et dit: C'te diablerie
N'est qu'une Cosaquinerie.

Au surplus, ma puissance
Ne souffre pas de remontrance.
Point d'observations,
De réclamations.
Chikoff, j'te décore,
File vers le Bosphore.
Pars vite, mon fiston,
Si tu crains un peu le bâton.

« Je pars, dit Mentschikoff,
« O le plus grand des Romanoff.
« Ah! d'être éreinté
« Par vot'Sainteté
« Chaqu' Turc, mon Seigneur,
« Se f'ra grand honneur.
« De tous ces néophytes
« Le knout fera des prosélytes. »

Le voyage fut fait;
Mais le discours n'eut pas d'effet:
L'blagueur appointé
Fut désappointé,
En voyant l' Sultan
Encor bien portant.
Puissiez-vous, lui dit-il,
Bientôt guérir! Ainsi soit-il!

A ce bouc émissaire
Le Sultan, malgré sa colère,
Répondit nobl'ment:
« Crois-tu bonnement
« Que je vais mourir
« Pour t'faire plaisir?
« Dis à ton croquemort
« Qu'il garde sa bière du Nord.

« Nous avons des canons
« Que ton Czar trouvera très-bons.
« Des bons crus de France
« Il sait la puissance.
« Quand il aura bu,
« Comme il est imbu
« Du principe orthodoxe,
« Il aura des leçons de boxe.

« Je lui sais un grand gré
« De sa bonne et franche amitié.
« D'ma reconnaissance
« Port'-lui l'assurance:
« Qu'il prenne comm' don
« D'ma part le cordon,
« Et qu'il en use vite:
« Dieu sait combien il le mérite! »

Surpris de tant d'audace,
Soudain le monarque rapace
Prend, à pas pressés,
Les Principautés.
Comme à-compte ou gage,
Ou comme apanage.
Pour qui connaît l'Ours noir,
Ce n'est rien moins qu'un à valoir.

Mais, dans cette équipée,
Son attente est bientôt trompée,
Aux succès constants
Des Mahométans.
L'attentat d'Sinope,
En fac'de l'Europe,
Venge seul les échecs
Du cupide pape des Grecs.

Ses écumeurs de mer
N'auront qu'un butin bien amer.
D'Angleterre et d' France,
L'étroite alliance
Appui' du Sultan,
Le sublime élan,
Les frauduleux Cosaques
Vont faire aplatir leurs casaques.

En voyant cette entente,
Ils voudraient rentrer sous la tente,
Et r'mettre au fourreau
Leurs glaiv's de bourreau,
Lorsque Dieu s'apprête
A frapper leur tête,
Pour venger les humains
De ces héros de grands chemins.

Horoscope de Nicolas.

Des célestes colères
Invincibles dépositaires,
Trois peuples guerriers,
Joignant leurs boucliers
T'diront s'il t'en coûte.
D'trouver sur la route
De ton ambition,
Victoria, Napoléon.

Ce czar, déjà si long,
Qui voulait encor du galon,
R'çoit, dans cent batailles,
Tant d'coups et d'entailles,
Qu'on l'trouve trop p'tit,
Et qu'son peuple dit:
« Il n'a pas pris la Porte,
« Eh! bien, que le diable l'emporte.

Cette déconfiture
Lui fait faire triste figure.
Il demand' pardon;
Implor' son patron;
Pas d'miséricorde!
Ah! tu fil's ta corde.
Cette fois, Nicolas,
Pour sûr, tu n'en reviendras pas.

Il est mort, en effet,
Du czar pour toujours c'en est fait.
Sur l'échec d'ses armes
N'versons pas de larmes.
Qu'cette inscription
A chaqu' Nation
Signale sur la pierre
Le malheureux fils de Grand Pierre.

Épitaphe de Nicolas.

Ci-gît un pauvre Czar,
Qui, comptant trop sur le hasard,
Crut, d'la Cosaquie
Passer roi d'Turquie.
Il n'voulait rien moins;
Il est mort néanmoins,
Mort, par apoplexie,
D'une attaque d'orthodoxie.

Du sort de Nicolas
Passants, ne vous informez pas.
C'est enn'mi du désordre,
Est allé, par ordre,
Soigner en enfer,
Les serfs d'Lucifer.
Plus heureux de la sorte,
Là du moins il garde la porte.

Un avocat de Paris.

(Propriété de l'Auteur.)

Se vend chez AUBERT, éditeur, rue du Plâtre Saint-Jacques, 19, à Paris.

Montmartre. — Imp Pilloy.

HOMMAGE AUX VENGEURS

LA BATAILLE DE L'ALMA

Paroles de Victor **RABINEAU**

Air des *Cosaques*.

De Bomarsund la glorieuse histoire
Arrive à peine au sol oriental,
Et la réponse est un chant de victoire
Et le Czar pleure encore un coup fatal !
En moins d'un jour son invincible armée
Tombe et s'enfuit sous notre choc ardent :
Flots de l'Alma, rivages de Crimée,
Tremblez, voici les soldats d'Occident !

Le cœur bouillant, l'œil plein d'intelligence,
Au milieu d'eux le Turc vient se ranger;
Le Turc se plaint, altéré de vengeance,
De n'avoir pas plus de part au danger.
Pour raffermir la Justice alarmée
Trois nations n'ont qu'un seul commandant :
Flots de l'Alma, rivages de Crimée,
Tremblez, voici les soldats d'Occident !

Gloire aux enfants de la vieille Angleterre,
Sous la mitraille affrontant le trépas !
Des rangs entiers en vain jonchent la terre
Ils vont toujours, impassibles, au pas !
Courage, amis ! leur masse est entamée,
Votre arme blanche a le contact mordant :
Flots de l'Alma, rivages de Crimée,
Tremblez, voici les soldats d'Occident !

Sois fière aussi, France, mère des braves !
Vois-tu là-haut l'ennemi culbuté,
La baïonnette aux mains de tes Zouaves
Clouant au roc le Russe épouvanté?
Que peut sur nous cette tourbe affamée,
Serfs abrutis sous un joug dégradant?
Flots de l'Alma, rivages de Crimée,
Tremblez, voici les soldats d'Occident !

L'écho plaintif des plages de Sinope
Retentira bientôt d'un cri vengeur.
Czar dont l'orgueil a révolté l'Europe,
Sévastopol sera ton ver rongeur.
Ta flotte en feu dans le port enfermée
Va s'engloutir avec ton ascendant :
Flots de l'Alma, rivages de Crimée,
Tremblez, voici les soldats d'Occident !

PARIS.— TYP. BEAULÉ ET Cie, RUE JACQUES DE BROSSE, 10.

LA GUERRE D'ORIENT.

DEUXIÈME PARTIE.

LE BOMBARDEMENT D'ODESSA

POT-POURRI

PAR GUSTAVE LEROY

DEUXIÈME PARTIE. — *LE BOMBARDEMENT D'ODESSA.*

Air : *Je veux finir comme j'ai commencé.*

Mon cœur pleurait… quand sur chaque tillac
Le sang humain coulait teignant la vague.
Puisque le czar va recevoir du tabac
C'est le moment de ressaisir la blague.
Le calembourg n'est pas encore usé,
Je veux finir comme j'ai commencé.

Air : *N' te marie pas.*

Nesselrode était au supplice.
Quand d' Sinope il sut le résultat,
Il dit au czar : Ce précipice
Peut engloutir un potentat.
Sire, prenez garde à l'Etat.
C'est que vous jouez votre Empire
Comme un joueur risque son or :
Pour conquérir l'Orient, Sire,
Vous perdez l' Nord.

Air : *Eh! ma mère est-c' que j' sais ça.*

Sire, mes notes sont grosses
De renseignements entiers.
—Nesselrd' vos not's sont fausses
C'est comme si vous chantiez :
J' s'rai tyran malgré vos notes.
—Sir', pourquoi persévérer?
Les tyrans c'est comme les bottes
Çà n' peut pas toujours durer.

Air : *Dans un grenier qu'on est bien à vingt ans.*

—Vous raisonnez mon cher comm' Lapalisse
Et j' suis content d' vous avoir entendu;
La guerr', je l' sais, est un chemin où l'on glisse
L'orsque surtout tant d' sang est répandu.
Si par hasard la France et l'Angleterre
M' dictaient des lois… c'est un cas différent.

Mais cessons cette controverse,
Soulevez-moi le schah de Perse.

Les Russ's, quand les alliés seront là,
R'cevront chaqu' jour leur paie.

Air : *As-tu fini vieux portier.*

—Sire, les chevaux sont rares,
Ils manquent aux officiers,
Et les habitants bulgares
Se montrent dûrs, tracassiers.
L'empereur, la face animée
Dit : il faut en extorquer.
Mon cher Nesselrod' pour commander mon armée
Les bêt's ne doiv'nt pas manquer.

Air de *Roger Bontemps.*

Dans cette conjoncture
Je ne vois qu'un moyen :
Mes sujets, je vous l'assure,
Puisqu'il faut tant de sommes
Pour ces fiers animaux
N' ménagez pas les hommes

Le sieur LAMARCHE avec succès
Rédig' les nouvelles étrangères.
—Quoi! mon cher, avec ses écrits
Il mine le sol où je marche!
Si jamais j'arrive à Paris
Du SIÈCL' j' veux arrêter LAMARCHE.

Air : *Petite mouche gentille.*

—Sire, prenez vos besicles
Et lisez bien tout entier
Au milieu de ces articles
La lettre d'un ouvrier.
. . . .
« Rends à l'Europe meurtrie,
» Empereur par trop guerrier,
» Le commerce et l'industrie.
» Fich'-nous la paix, je t'en prie,

Air : *A coups de pieds, à coups de poings.*

Allez donc,
Allez donc, sonnez clairon.
Je suis défenseur de la foi,
A moi les bayonnettes;
Des Grecs j'ai soudoyé le roi,
La Perse est avec moi.
—Sir', dit l' ministre en refusant
D'écouter nos sornettes
On voit voit que l'Empereur persan
A le coup d'œil perçant.
Allez donc, etc.

Air : *C'est la mère Michel.*

C'est l'emp'reur de Russ' qu'a perdu son schach
Et qui tremble à présent devant Omer-Pacha;
Puis désorienté de ce refus si cru
Il dit frappant son front : Nicolas l'euss's-tu cru.

Air : *Paillasse mon ami.*

J' vas faire le siége de Kalafat,

Mettez-vous toujours quatre
Quand vous n'en voyez qu'un.
Si les boulets défoncent
Vos vaisseaux mitraillés,
Dans la mer s'ils s'enfoncent
Criez :
Pompons la goutte
Et pompons là souvent;
Envoyons en route
C'lui qui n' s' ra pas content.
Pompons la goutte
Et pompons-là souvent.

Air : *Peters, dis-moi par amitié.*

Finlandais, pour vaincre les soldats
De la France et de l'Angleterre
Ne quittez pas…
Ne fait's pas comme je le crains
Des avances qui sont des fautes;

J' veux même que le travail cesse
Sur chacun des forts que l'on dresse
Et qui n' sont pas encore complets
Pour repousser Anglais, Français;
J' n'aurais de plus qu'une forteresse,
Et j'ai bien assez de forfaits.

Air : *Du haut en bas.*

Ça va chauffer.
Vers Odessa, vill' crénelée,
Pour triompher
Un vapeur anglais vient d' chauffer.
Mil huit cent quatorze eut la g'lée,
Cinquant'-quatre aura la dégelée.
Ça va chauffer.

Air : *Ça n' se peut pas.*

Parlementons (*bis*)
Que l'capitaine anglais vient dire,
Parlementons (*bis*).
Quoi! vous faites parler vos canons,
L'ordr' de mon chef ici m'attire;
Est-c' que c'est la Saint'-Barbe qu'on tire?

Air :

Eh! quoi, sur un parlementaire
Plusieurs forts russes ont tiré.
Drapeaux de France et d'Angleterre
Allez venger un droit sacré.
La bataille commence,
Sur Odessa l'on lance
Des boulets qui dans l'port
Sèment la mort.
Puis de la grève un incendie immense
En pétillant jette sur le ciel bleu
Sa lueur de feu.
On entend dans l'air
Fuir comme l'éclair
Le bruit des canons,
Les cris déchirants
Des soldats mourants;

PREMIÈRE PARTIE. — *LE DÉLASTRE DE SINOPE.*

Air : *Tout le long de la rivière.*

Un beau jour le Czar s'éveillant,
Se détira tout en bâillant ;
Et dit : sans faire un paradoxe,
Moi, chef de l'église orthodoxe,
Je veux devenir embêtant
Pour mon cher voisin le Sultan.
Vous, Menschikoff, homme à la tête forte,
Comme ambassadeur je vous mets à la Porte,
Portez mes projets à la Porte.

Air du *Curé de Pomponne.*

Je veux en jetant un défi,
Posséder la Turquie,
Et changer la carte qu'on fit
Pour la géographie ;
L' princ' répond, craignant qu' des débats,
Par l'exil on n' l'écarte :
N' vous emportez pas
Nicolas,
Mettez ça sur la carte.

Air : *C'est l'heure où s'endorment les roses.*

Partez et revenez bien vite ;
Sachez soulever l'Orient,
Je compte sur la réussite,
Vous me savez impatient :
Réussissez, car, saperlotte !
Ma tête bout, j'ai le sang chaud ;
—Sir'l vous r'ssemblez à Don Quichotte
Puisque vous avez un Sancho.

Air du *Beau Nicolas.*

Menschikoff en Turquie arrive,
Et, prenant des airs fanfarons,
A peine a-t-il touché la rive
Qu'il fait sonner ses éperons.
Et puis au Sultan il expose
La demande de l'Empereur,
Abdul répond avec douceur :
C'est mon trône qu'on met en cause,
C'est peu d' chose.
Le Czar ne veut que mes États,
Qu'il est bien l'Emp'reur Nicolas.

Air : *l'Amour ainsi qu' la nature.*

Vous r'fusez, reprend le prince,
Mais prenez gard' qu'on n' vous pince,
Nous sommes forts entre tous
De plus la ruse est pour nous.
—Oui, dit Abdul je refuse :
Foin de la ruse au surplus,
Du mot *russe* à celui ruse,
N'y a qu'une petit' *S* de plus.

Air de *la Colonne.*

Menschikoff dit : Quand nos sabres se rouillent
Sultan, vos termes sont bien secs ;
Je vois les cartes qui s'embrouillent
Heureusement que nous avons les Grecs.
Notre politique brillante
Attisa le feu de leur courroux,
Et si la Grèce fond sur vous
Vous êt's frits ; car elle est bouillante !...

Air : *Si j'étais l' bon Dieu,*

Menschikoff r'vient en Russie
Tout dire à l'Emp'reur,
Le Czar plein de courtoisie
S'écrie en fureur :
Le Divan à cette chose
Veut encor surseoir,
Su' l' Divan puisqu'on s' repose...
Allez-vous asseoir.

Air : *Bataille.*

Bataille ! (*bis.*)
Puisqu'on me raille,
Et qu'après tout :
Bataille ! (*bis.*)
C'est dans mon goût.

Air des *Préjugés.*

Cher Menschikoff, j'ai des millions d'âmes,
Qu'on arme tout, les serfs et les vassaux ;
Mais Majesté, beaucoup d'eux ont des femmes,
Et des enfants encor dans leurs berceaux.
N'enrôlez pas vos serfs, hommes bien sots,
—Moi général, par le tambour, la trompe,
J' veux qu'on leur mette un peu d' sang dans les [nerfs
Et puisqu'il faut qu'à présent on les trompe
Faisons la chasse aux *serfs.*

Air : *A dada sur mon bidet.*

A dada sur mon bidet,
Moi je franchirai tout net
Pruth, pruth, pruth.

Air : *l'Astre des nuits.*

Ah ! j'oubliais, mettez sur votre album,
Vous qui tenez l' journal de la patrie,
Qu'il faudra fair' chanter un *Te Deum*
Que nous perdions ou gagnions chaqu' partie.
Poëtes de Saint-Pétersbourg,
Faites des vers, l'occasion est belle ;
La poésie a mon amour,
Pour éclairer mon règne un jour,
Je veux avoir quelque chant d'elle.

Air de *la Sainte Alliance.*

Que m'a-t-on dit ? la France et l'Angleterre
Vont contre nous envoyer leurs vaisseaux ;
Cette union semble extraordinaire,
Ces deux pays ne sont-ils plus rivaux ?
— Sire, j'entends un chant venir de France
L'écho l'apporte... écoutez au lointain :
« Peuples, formez une sainte alliance
Et donnez-vous la main. »

Air du *Pas redoublé.*

Allons, bataillons, escadrons,
Partez, en avant, marche,
Canons, roulez, sonnez, clairons,
Tambours, battez la marche ;
Volez à l'ennemi commun,
Cette horde d'esclaves.
Vous êtes bien trois cents contre un,
N'y a pas d' danger d'êtr' braves.

Air : *Moi, je veux de l'amour tout fait.*

Gortschakoff allez au Danube,
Avant qu' les Turcs puissent s'armer,
Emportez un peu de jujube
Car vous pourriez vous enrhumer,
Nous n' craindrons plus la Chin' fertile,
Dont l'hiver on estim' les thés,
Pour qu' votr' digestion soit facile
Prenez moi les principautés.

Air du *Mineur.*

Dans les principautés faites rentrer sous terre
Cet orgueil Musulman, qui, fidèle à sa foi
Du principe orthodoxe est trop peu tributaire.
Je veux et je prétends qu'on pense comme moi.
Notre Eglise est déserte, or, dans chaque bourgade
Forcez les Musulmans à hanter le saint lieu,
Avec beaucoup de knout, pas mal de bastonnade,
C'est ma manière à moi d'honorer le bon Dieu.

Air : *Soldat français né d'obscurs laboureurs.*

Partez soldats sout'nir la nation,
Et fait's, je n' saurais trop vous l' dire,
Un' guerre d'extermination.
Aux gens de cœur qui veul'nt me contredire,
Pour sa patrie un soldat doit souffrir ;
Le knout m' répond de votre obéissance,
Acceptez donc avec plaisir
Les ball's que l'on va vous offrir,
Mais n' recevez jamais un' danse.

Air de *Malborough.*

Les Russ's s'en vont en guerre,
Mais je crois qu'il n'en reviendra guère,
Les Russ's s'en vont en guerre,
Mais comme on les battra,
L'on n' sait c' qu'il en r'viendra.

Air : *T'en souviens-tu.*

Un mois plus tard, le Czar reçut un' lettre,
Elle venait du Général en chef,
Quand il l'ouvrit, il ne put rester maître
De sa colère... et se dit d'un ton bref :
A mon courroux ne lâchons pas les rênes.
Sont-ils bien vrais ces mots qu'ici je lis :
« Dans l' macadam des provinc's Danubiennes,
» Aux yeux d' l'Europ' nos drapeaux s' sont salis. »

Air : *Ni vu, ni connu, j' t'embrouille.*

Suivons, dit l'Emp'reur,
Ça doit êtr' meilleur,
Plus mauvais, c'est difficile.
« Malgré la fierté
» De votr' Majesté,
» Tous les jours je r'çois un' pile.
» Sachez combien,
» Les Turcs si bien
» M'en flanquent !
» A fuir toujours,
» Soldats, tambours,
» S'efflanquent ;
» Pour sout'nir les ponts
» Où nous passerons,
» Ce n' sont pas les pil's qui manquent.

Air : *En avant la trente-deuxième.*

» Quoiqu'en vous nous ayons confiance, } *bis.*
» Puisque vous dit's que nous somm's forts, }
» Malgré nos courageux efforts,
» Tous les jours nous avons notr' danse.
» Mais d'main nous allons voir,
» Hier j'ai dû recevoir
» Just' la trente-et-unième ;
» En avant la trente-deuxième
» La trente-deuxième en avant.

Air : *Vive le naturel.*

» De rubans et de plaques,
» D'ordres nobles Valaques ;
» Sire, vous voulez m'affubler.
« Ma position est claire,
» Je suis las de m' faire rouler,
» N'y a qu'un ordr' qui peut m' plaire,
» C'est celui d' m'en aller. »

Air : *De ma Céline amant modeste,* ou des *Fous.*

Sur terre, je perds la victoire,
Dit le czar, mais j'aurai les eaux,
Que l'on lance dans la mer Noire,
Mes plus formidables vaisseaux ;
Amiral, bannissez l'intrigue,
Et surtout n'épargnez pas les frais ;
A nos marins évitez la fatigue,
Pour qu'ils arrivent au port frais.

Air : *A boire, à boire, à boire.*

A boire ! à boire ! à boire !
V'là l'escadr' d' la mer Noire,
S'écri'nt les Russes tout à coup :
Nous quitt'rons nous sans boire un coup.

Air du *Cabaret de Ramponeau.*

Voici la flott' de Turquie,
Marins, faut qu' nous la battions ;
N' la laissons pas en Asie,
Porter des munitions ;
Braves, un jour dans l'histoire
Vous verrez inscrits vos noms,
Vous avez soif de victoire ;
Allez prendre des canons.

Air : *Des fraises.*

Frappons un coup fort, puissant,
Étonnons-en l'Europe,
Dans l'av'nir et le présent,
Traçons en lettres de sang,
Sinope !

Air de *la petite Margot.*

Sinope ! amis, là s'arrête ma tâche,
On ne rit pas d'un massacre odieux !
Et je flétris, ici, le vainqueur lâche,
Pour honorer le vaincu courageux.

Combat affreux, horrible boucherie !
L'opinion partout te condamna ;
Moi, qui proteste au nom de ma patrie,
Je t'ai jeté le mot : assassinat !...

A notre paix et bienfaisante et sage
Ont succédé le tumulte et la mort,
L'homme semant les pleurs et le carnage
Doit récolter l'opprobre et le remord.

Pauvres soldats, vous mouriez, mais la Gloire
Fait resplendir chaque modeste nom ;
Les inscrivant au livre de l'Histoire
Dont les feuillets valent un Panthéon.

Sinope ! amis, là s'arrête ma tâche
On ne rit pas d'un massacre odieux ;
Et je flétris, ici, le vainqueur lâche,
Pour honorer le vaincu courageux !...

Air du *Vaudeville des Deux Barons.*

Mais cessons cette controverse,
Soulevez-moi le schah de Perse.
Quoique l' calembourg soit ancien
L' schah n'est pas chien.
N'employez plus de phrases creuses :
Par des paroles belliqueuses
Dont jamais ardeur n'approcha
Donnez du cœur au schah.

Air de *Marianne.*

Sire, les soldats en campagne
Se plaignent d'être mal payés ;
Pour le peu que chacun d'eux gagne
Que de trésors sont gaspillés.
Le capitaine
Vole sans peine
Le lieutenant
Qui vole le sergent.
C' n'est qu'à la gloire
A la victoire
Qu' dans les combats
Vos soldats
Ne vol'nt pas.
Un tel débordement m'effraie.
—Chut ! dit le czar, laissons cela ;
Dans cette conjoncture
Je ne vois qu'un moyen :
Mes sujets, je vous l'assure,
Puisqu'il faut tant de sommes
Pour ces fiers animaux
N' ménagez pas les hommes
Mais... épargnez les ch'vaux.

Air de *l'Anglais mélomane.*

Mais, quel est donc ce bruit ? Il ébranle
Les piliers du palais impérial.
—Sir', c'est le bourdon qu'on met en branle
D'après votre ordre et sur mon signal,
C'est le TE DEUM ordonné
Pour Sinope où l'on a gagné.
—Nesselrode
C'est commode
Et mes soldats
Vont aux éclats
S'écrier : Vive Nicolas !
—Din don din don
—Sire, écoutez donc
Din don
Din don din don
—Sir', c'est le bourdon.

Air du *Vaudeville de l'Apothicaire.*

Sir', LE SIÈCLE, journal français,
Vous juge par des mots sévères ;
» Empereur par trop guerrier,
» Le commerce et l'industrie.
» Fich'-nous la paix, je t'en prie,

Air : *A coups de pieds, à coups de poings.*

Nesselrod' cessons ce débat,
Car un secrétaire d'État
Doit êtr' commode... calmer les transes.
Vous, bien loin d'apaiser mes maux
Vous brisez, avec vos grands mots,
Ma tête de vos......
Ma tête de vos......
Ma tête de vos remontrances.

Air du *Retour du Soldat* (LES COSAQUES.)

Mais c'est assez de vos jérémiades,
C'est à lutter qu'il faut que nous pensions ;
Doublons les corps, renforçons les brigades,
Pressons l'envoi de nos munitions.
Les alliés voudront tirer vengeance
De c'tte victoir' qui r'çut un autre nom,
Lorsque mon cher, nous insultons la France,
Il faut danser à la voix du canon.

Air : *Marche des chasseurs de Vincennes.*

Allez-donc,
Allez donc, sonnez trompettes.
Et qui tremble à présent devant Omer-Pacha ;
Puis, désorienté de ce refus si cru
Il dit frappant son front : Nicolas l'euss's-tu cru.

Air : *Paillasse mon ami.*

J' vas fair le siége de Kalafat,
Il faut que j' l'extermine ;
De Gortschakoff ell' triom, hera,
Qu'on fasse jouer la mine.
Envoyons d'abord
Mes cosaqu's du Nord,
Leurs armes sont puissantes ;
Et puis ces soldats
N' possèdent-ils pas
Des mines repoussantes.

Air de *Téniers.*

Eh quoi ! les flottes alliées
Se dirigent vers Odessa ;
J'ai là des escadres mouillées
Que mon courage influença.
Sur la mer Noire ou la Baltiqu' j'espère
Plus d'un succès que je puis obtenir ;
Souvenez-vous marins que j' suis bon père,
J'ai deux bras d' mer pour vous sout'nir.

Air de *Tarare.*

Marins avant de vous battre
Ayez le sens commun ;
Finlandais, pour vaincre les soldats
De la France et de l'Angleterre
[illegible]
Ne fait's pas comme je le crains
Des avances qui sont des fautes ;
Ne les acceptez pas pour hôtes.
Je vous le prédis ces marins
Viennent pour caresser vos côtes.

Air de *la Pauvre enfant.*

Les exploits du czar Pierre
Sachez-le, généraux,
Sont fort beaux ;
Imitez sa manière.
Songez, cher Outchakoff,
Cher Orloff,
Adroit Menschikoff,
Humain Gortschakoff,
Qu'avec art
Le grand Czar
Pierre à r'passé (*bis*) César.

Air : *Quand on si prend si poliment.*

Vers Cronstadt l'ennemi s'avance,
C'est là que nous verrons un peu ;
J'ai des forts qui pour ma défense
Ont neuf mille bouches à feu.
On entend dans l'air
Fuir comme l'éclair
Le bruit des canons,
Les cris déchirants
Des soldats mourants ;
Pointez,
Tirez,
Chargez,
Victoire (*bis*) nos drapeaux sont vengés.

Air : *Comment trouves-tu le bouillon.*

Nicolas quand on s' monte
Faut descendre... En effet
J' crois qu' Odessa, c'en est
Tout ça n'est qu'un à-compte ;
Tu n' seras pas le plus fort
Pauvre Hercule du Nord ;
Ce succès te la coupe.
Voyons, esprit brouillon,
Quand nous trempons une soupe
Comment trouv's-tu le bouillon ?

Air : *La victoire est à nous.*

La victoire est à nous,
Odessa tombe sous nos coups.
Je m'arrête en chemin
La suite au numéro prochain.

Dépôt chez DURAND, rue Rambuteau, 34.

Paris, — Typ. BEAULÉ et Cie., rue Jacques de Brosse, 10.

LA PRISE de SEBASTOPOL

Chant triomphal.

Par Henri COMPAGNION.

AIR : Quand la Russie ose attaquer la France,
On lui répond par la voix du canon.

J'entends parler le bronze aux Invalides ;
Qu'annoncez-vous vieux braves d'Austerlitz,
Et quels exploits diront les Méonides?
La noble France applaudit à ses fils.
Ils ont conquis d'amples moissons de gloire,
Et Gorschakoff est pâle de terreur.
Des alliés célébrons la victoire ;
Amis chantons la patrie et l'honneur.

Sur tous les fronts rayonne l'allégresse ;
Sébastopol, Sébastopol est pris.
Le Czar enfin, le cœur plein de tristesse,
De ses soldats voit épars les débris.
A sa défaite à peine peut-il croire,
Et cependant l'Europe avec bonheur,
De lord Simpson célébrant la victoire,
Chante avec nous la patrie et l'honneur.

Guerriers français, guerriers de l'Angleterre
Près d'Inkermann voyez-vous ces tombeaux,
Que de héros ont mordu la poussière ;
Ah ! saluez ces aigles, ces drapeaux ;
Sur vous, sur nous ils épanchent leur gloire,
Des Piémontais ils guidaient la valeur;
La Marmora partageant la victoire,
Chante avec nous la patrie et l'honneur.

Sébastopol est réduit en poussière ;
L'Iman l'annonce en haut du Minaret ;
Ils sont vainqueurs! La Turquie en est fière;
Applaudissez, enfants de Mahomet.
Abdul-Medjid pour garder leur mémoire,
Grave leur nom dans le fond de son cœur,
De nos soldats il chante la victoire,
Et chante aussi la patrie et l'honneur.

Sur nos soldats quel splendide baptême
Verse la gloire et l'immortalité ;
Ils ont marché conduits par Dieu lui-même
Diront la muse et la postérité,
De ces hauts faits retentira l'histoire
Et nos enfants liront avec bonheur
De Pélissier l'éclatante victoire,
Amis, chantons la patrie et l'honneur.

O ma patrie, ô France, toi que j'aime,
France pour qui je répandrais mon sang,
De pourpre et d'or brille ton diadême
Et de génie il est resplendissant.
Je vois d'ici s'énorgueillir l'histoire,
En nous nommant la France et l'Empereur,
Et vous soldats, fiers de votre victoire,
Nous vous chantons la patrie et l'honneur.

(Déposé). Lille. Imp. Guermonprez, place de la Mairie, 11.

PRISE DE SÉBASTOPOL

LETTRE D'UN FILS A SON PÈRE

Paroles de L.-C. DURAND

Air de *la Gueule à quinze pas.*

Père, sans façon, je vous écris deux mots
Pour vous donner un' bonn' nouvelle:
Les Russ's vous diront qu' nous ne somm's pas manchots,
Vraiment qu' la journée était belle;
Nous sommes, malgré Gortchakoff,
Entrés d' viv' forc' dans sa tour Malakoff,
Nous pouvons nous pousser du col,
Nous sommes dans Sébastopol.

Quel tintamar', père quel tremblement!
Mais, malgré boulets et mitrailles,
Nous affrontons tout, nous marchons en avant
Pour escalader les murailles.
A la voix de nos généraux,
On crie: enfants! allons, vite à l'assaut!
Alors chacun d' nous prend son vol
Et nous v'là dans Sébastopol.

Je vous l' dis à vous père qu'avez du cœur,
Et qu'avez respiré la poudre,
C'est aux cris glorieux de *vive l'empereur!*
Que nous tombons comme la foudre
Sur les remparts, sur les créneaux,
De tout côté chacun d' nous cri' bravo!
Plus d'un brav' resta sur le sol,
Mais nous avons Sébastopol.

Une fois là d'dans, pèr', il fallait nous voir,
Que de courage et de vaillance,
Je puis vous l' jurer, tout l' mond' fit son devoir
Pour la gloire de notre France;
Dit's aux pères, dit's aux mamans
Qu'ils soient tous fiers d'avoir de tels enfants,
Plus d'un a gagné le hausse-col
Sur les murs de Sébastopol.

Victoire à nous comme à la Tchernaïa,
Les Russes battent en retraite,
Abandonnant la Karabelnaïa,
France, pour toi quel jour de fête;
Donnons une larme aux soldats
Qui, sur ses murs, ont trouvé le trépas,
Chantons en ut, en si *bémol*
La prise de Sébastopol.

LA GLOIRE DES ALLIÉS

Paroles de VACHEROT

Air des *Hussards de Felsheim*, ou: *C'est tout de même embêtant.*

C'est fini, nous avons
Délogé les Russes
A coups de canons
De leurs remparts et bastions;
Nous leur avons fait,
Malgré leur astuce,
Déguerpir le sol
De leur fameux Sébastopol!

De ce grand succès
La gloire est immense:
Alliés français,
Par notre vaillance,
Nous avons dompté
Le Russe orgueill'eux,
Nous avons vexé
Alexandre Deux,
Nous, dignes enfants
De nos nobles aïeux.

Ils sont en nos mains
Tous ces forts de diables
Que les Russiens
Croyaient imprenables;
Si pour les avoir
J'on fait de grands frais,
Cela leur fait voir,
Qu' pour avoir la paix,
Que rien ne résiste
Aux alliés français.
C'est fini, etc.

Dieu! que c'était beau
De voir nos zouaves
Grimper à l'assaut
Suivis de nos braves
Alliés anglais,
Fermes comme un roc,
Puis les Piémontais
Soutenir ce choc;
D' voir autant d'élan
Nos cœurs faisaient tic toc.
C'est fini, etc.

Ah! si Nicolas
Vivait, le cher homme
Serait-il, hélas!
Surpris de voir comme
Nous nous y sommes pris
Afin d' réprimer
Tout' l'ambition
Qu'il eut de régner
Sur les Musulmans
Et l'univers entier.
C'est fini, etc.

Se trouve rue Jacques de Brosse, 10.

Paris. — Imp. Beaulé et Cᵉ, rue Jacques de Brosse, 10.

LE

CHANSONNIER DE LA PAIX

CONTENANT QUATRE CHANSONS NOUVELLES.

L'ALLIANCE DES PEUPLES

CHANT DE PAIX.

Air : *Demoiselle et Grisette.*

Les Peuples devenus frères.

Muses, voici la paix, la paix au doux sourire :
Pour fêter son retour couronnez votre front;
Filles du ciel, chantez ! Aux accords de la lyre
Ne se mêlera plus le fracas du canon ;
Il n'est plus d'ennemis : je vois partout des frères
Qui n'auront désormais qu'un cœur et qu'un refrain :
— En buvant à la paix, vidons, vidons nos verres,
« Marchons vers l'avenir en nous donnant la main !

La Paix.

Après que le tonnerre a grondé dans l'espace,
Le brillant arc-en-ciel se lève radieux.
De l'homme, après la lutte, ainsi le courroux passe,
C'est que la paix revient ; la paix, bienfait des cieux.
Regardez : la voilà plus belle qu'une reine,
Pure comme le sont l'ange et le séraphin.
— Pour célébrer la paix que le ciel nous ramène,
Peuples, n'ayons qu'un cœur et donnons-nous la main

Gloire à Napoléon III.

France, bénis celui dont la ferme sagesse
Attacha tant de gloire à ton noble drapeau ;
Et vous, braves guerriers, au cœur plein de jeunesse,
La paix vous le permet, retournez au hameau !
Allez au sol natal reprendre la charrue,
Et joyeux laboureurs, en semant votre grain,
Répétez tous en chœur : — La paix nous est rendue,
« Marchons vers le bonheur en nous donnant la main.

Le retour au hameau.

Déjà sous chaque toit court l'heureuse nouvelle :
« Bientôt on va revoir les enfants du pays. »
Pour vous, bons villageois, quelle heure solennelle,
« Ce soldat décoré, c'est *lui !* c'est votre fils ! »
En bénissant la paix, si chère à la famille,
Sa mère avec orgueil le presse sur son sein,
Et les yeux attachés sur cette croix qui brille,
Chacun dans la maison veut y porter la main !

Les beaux jours de la France.

Plus belle que jamais de gloire et de puissance,
France, tu vas t'asseoir sur le char du progrès ;
Tes mains le guideront dans cette arène immense
Où le monde entraîné doit te suivre de près !
France, nous te verrons, au tournoi pacifique,
Vaincre comme toujours, car vaincre est ton destin.
Attache un vert laurier à ton glaive héroïque !
— Peuples, chantez la paix et donnez-vous la main !

LÉON DE CHAUMONT, *auteur dramatique.*

S. M. L'EMPEREUR DES FRANÇAIS.

LE

BANQUET DE LA PAIX.

AIR : *Du retour du soldat.*

I.

Salut à toi, messagère charmante,
Qui viens du ciel, l'olivier à la main !
A ton nom seul le monde est dans l'attente,
Car ton sourire est doux au genre humain.
De la Baltique aux flots de la mer Noire
Tous les échos ont redit nos succès.
Heureux Français, buvez à votre gloire,
Peuples, trinquez au retour de la paix !

II.

Quand tu parais, vision gracieuse,
De fleurs chacun veut te faire un bandeau ;
Tu parles et ta voix harmonieuse
Force l'épée à rentrer au fourreau !
Avec orgueil on chante une victoire,
Avec bonheur on te fait des couplets !
Heureux Français, buvez à votre gloire,
Peuples, trinquez au retour de la paix !

III.

N'est-ce pas toi qui rends à sa famille
L'enfant qui sut vaincre sous le canon ;
Sous l'humble toit, vois quel doux espoir brille
Toutes les fois qu'on prononce ton nom !
Au livre d'or de notre grande histoire,
Votre valeur ajouta des feuillets ;
Heureux Français, buvez à votre gloire,
Peuples, trinquez au retour de la paix !

IV.

Qu'à son Elu le peuple se confie !
Napoléon, de ses puissantes mains,
Saura guider le char de la patrie !
Français, ayons donc foi dans nos destins !
Le peuple, Sire, aura bonne mémoire,
Il gardera celle de vos bienfaits ;
Heureux Français, buvez à votre gloire,
A l'Empereur, au retour de la paix !

L. DE CHAUMONT.

LE

FILS DU LABOUREUR

OU

LA CROIX D'HONNEUR ET L'ÉPAULETTE D'OR.

CHANT DE PAIX.

AIR *du Retour du Soldat.*

I.

— Allons ! amis, branle-bas pour la fête !
« Ornons de fleurs les portes du logis,
« A célébrer ce jour que l'on s'apprête :
« Bien loin de nous chassons les noirs soucis !
« Mon fils revient... sur la terre étrangère
« Au champ de gloire il affronta la mort ;
« Et maintenant il rapporte à son père
« La croix d'honneur et l'épaulette d'or !

II.

« Simple soldat il quitte son village
« Et le voilà lieutenant décoré...
« Au régiment témoin de son courage,
« Comme un héros son nom fut célébré...
« De tant de gloire, oh ! que mon âme est fière !!
« Pardonnez-moi d'orgueil un tel transport !
« Mon fils revient : il rapporte à son père
« La croix d'honneur et l'épaulette d'or !

III.

« Voyez nos champs ! la moisson sera bonne,
« A pleines faux tomberont les épis :
« Dans mon cellier j'ai mis plus d'une tonne ;
« En certain lieu dorment mes beaux louis.
« Tous ces biens dont je suis propriétaire,
« Blonde moisson, vieux vin, et coffre-fort,
« C'est pour mon fils qui rapporte à son père
« La croix d'honneur et l'épaulette d'or ! »

IV.

Pour mieux tromper les heures de l'attente,
Ainsi chantait l'honnête laboureur,
Soudain on frappe, et la vieille servante
Ouvre la porte au nouveau visiteur.
C'était l'enfant si cher à la chaumière
Que ses exploits rendent plus cher encor.
Couvert de gloire, il revient vers son père
Avec la croix et l'épaulette d'or.

V.

— Mon fils ! mon fils ! idole de ma vie !
« Je te revois, oh ! reste sur mon cœur.
« Ton sang coula pour la noble patrie :
« De mes cheveux blancs tu seras l'honneur.
« Merci, mon Dieu ! ta bonté tutélaire
« Nous rend la paix et mon fils, mon trésor !! »
Le brave enfant répond : — A vous, mon père
« Ma croix d'honneur, mon épaulette d'or ! »

L. DE CHAUMONT.

LA TOURTERELLE

MESSAGÈRE DE LA PAIX.

Romance nouvelle.

Air : *De mes Vingt ans.*

I.

Il est parti, le fiancé que j'aime,
Les vastes mers me séparent de lui !
Grâce à la paix, oh ! quelle joie extrême,
De le revoir j'ai l'espoir aujourd'hui !
Porte à ton cou, messagère fidèle,
L'heureux billet que lui trace ma main.
Si loin, si loin, ma blanche tourterelle,
Pourras-tu bien trouver le bon chemin ?

II.

Quand il quitta sa mère et sa chaumière,
Je répandais des larmes de douleur,
Mais lui me dit : « Dieu sait que tu m'es chère,
« Mais sur l'amour doit l'emporter l'honneur ;
« Soldat, ma tâche est glorieuse et belle,
« Denise, adieu, je te quitte demain ;
« Garde du moins ma blanche tourterelle. »
Puis à l'aurore il se mit en chemin.

III.

De notre amour, toi qui devins le gage,
Tu dois aimer la main qui t'éleva :
Si tu pouvais lui porter ce message,
Comment, hélas ! arriver jusque-là ?
En ce moment peut-être qu'il t'appelle,
Il ne faut pas qu'il te rappelle en vain ;
Vole vers lui, ma blanche tourterelle,
Puisse l'amour te montrer le chemin !

IV.

Que de dangers vont traverser ta route,
L'espace immense et le sombre océan !
Que d'ennemis encore je redoute !
Dirige bien ton vol intelligent ;
Tu braveras la tempête cruelle
Pour celui qui te nourrit de son pain !
Vole vers lui, ma blanche tourterelle,
Puisse l'amour te montrer le chemin !

MARTIAL VANIN.

Paris. Typographie WALDER, rue Bonaparte, 44.

Paris. — Dépôt, rue de la Harpe, 80.

LA PAIX

CHANT PATRIOTIQUE

AIR : *Partant pour la Syrie.*

Des combats le tonnerre
Ne gronde plus aux cieux ;
Et la paix sur la terre
Montre un front radieux.
Fuyez, jours de souffrance!
Brillez, jours de bonheur!
Paix, amour à la France
Et gloire à l'Empereur!

Du sein de la Patrie
Jusqu'à Sébastopol
L'aigle, ardent, en furie,
S'est lancé dans son vol.
Mais, l'hymne d'espérance
Qui fait battre le cœur
A dit : Paix à la France
Et gloire à l'Empereur!

Ta main! fier Moscovite,
Hier notre Ennemi,
Plus rien qui nous irrite!
Sois un fidèle ami!
D'une sainte alliance
Formons le nœud vainqueur,
Paix, amour à la France
Et gloire à l'Empereur!

Les Peuples ont pu croire
Vingt ans à ton sommeil,
France, mais de ta gloire
Vient le noble réveil.
Soudain, aux cieux s'élance
Le chant sacré d'honneur :
Paix, amour à la France
Et gloire à l'Empereur!

Déjà la terre et l'onde
Ont entendu sa voix,
Tous les échos du monde
Ont redit ses exploits.
Sa foudre, voix immense,
Éclate au champ d'honneur.
Paix, amour à la France
Et gloire à l'Empereur!

Le vent enfle la voile
Pour l'heure du retour,
Et voici qu'une étoile
Brille, rayon d'amour.
Salut, sainte espérance,
Salut, charmante fleur.
Paix, amour à la France
Et gloire à l'Empereur!

La Paix! c'est la Patrie
Repliant des drapeaux;
A la fière industrie
Ouvrant des champs nouveaux;
Le Progrès qui s'avance
Brillant triomphateur.
Paix, amour à la France
Et gloire à l'Empereur!

Jeunes sœurs, pauvres mères,
Ce n'est plus le laurier,
Fuyez, douleurs amères.
Place au bel olivier!
Sa tige se balance
Au souffle du bonheur.
Paix, amour à la France
Et gloire à l'Empereur!

O toi, dont l'âme anime
Ce grand pays des Preux,
O! Prince... magnanime,
Sois fier et sois heureux!
C'est la Reconnaissance
Qui chante à ton honneur :
Paix, amour à la France
Et gloire à l'Empereur!

LÉCOT, rue Constantine, 60, à Plaisance.

1856

Paris. — Typographie de Gaittet et Cie, rue Gît-le-Cœur, 7.

LA PAIX

ou

LE BERCEAU DE NAPOLÉON IV

Paroles de J. MARIE

Air de la *jeune fille a l'écentaille.*

Français, pour nous plus de tristesse,
Ouvrons nos cœurs à l'allégresse!
Sensible à nos plus tendres vœux,
L'aimable Paix descend des cieux.
L'aigle planant, victorieuse,
Sur la France majestueuse,
Rendra cher à la nation } bis.
Le berceau de Napoléon. }

De nos soldats l'ardent courage
Enfin a conjuré l'orage;
La foudre a cessé d'éclater.
Plus de périls à redouter.
De la Concorde le génie,
Qui vient sourire à la patrie,
Rendra cher à la nation
Le berceau de Napoléon.

Quelle triomphante carrière
S'ouvrit à la valeur guerrière!
Assez d'exploits, nobles héros,
Pour vous les lauriers du repos!
La Paix, couronnant la Victoire
De son auréole de gloire,
Rendra cher à la nation
Le berceau de Napoléon.

O Paix en délice féconde!
Reviens pour le bonheur du monde!
Sur tous les climats, désormais,
Verse à pleines mains tes bienfaits!
Et que tes fortunés auspices,
A nos désirs toujours propices,
Rendent chers à la nation
Le berceau de Napoléon.

Dieu puissant, reçois nos prières,
Que les peuples deviennent frères!
Qu'ils reçoivent de ta bonté
La lumière et la liberté!
Et qu'une éternelle alliance,
Objet de leur douce espérance,
Rende cher à la nation
Le berceau de Napoléon!

Paris. — Typ. Beaulé, rue Jacques de Brosse, 10

LE NOUVEAU

CHANSONNIER DE L'EMPIRE

Contenant trois chansons nouvelles composées pour la naissance

DE

NAPOLÉON IV.

LE BERCEAU

DE

NAPOLÉON IV

AIR : *De mes Vingt Ans.*

Pourquoi ces chants d'amour et d'allégresse
D'un peuple qui n'écoute que son cœur ?
C'est qu'un beau jour s'est levé pour Lutèce !
Le ciel accorde un fils à l'Empereur !
Sublime accord de l'élan populaire,
Chacun n'a plus qu'un amour, qu'un drapeau.
Anges du ciel descendus sur la terre,
Oh ! gardez bien ce précieux berceau !!!

Cloches, sonnez, et toi, canon, résonne ;
Que votre voix s'élève jusqu'aux cieux !
L'airain pieux et le bronze qui tonne
Doivent s'unir pour proclamer nos vœux !
De notre France, ô vaillante bannière,
Ouvre tes plis comme un noble manteau !
Pour protéger une tête si chère,
Drapeau français, flotte sur ce berceau !

Jeune enfant, dors sous la garde des anges !
Leur lèvre a mis un baiser sur ton front.
Lorsque les ans auront brisé tes langes,
Va, tu seras digne de ton grand nom !
On te verra clément comme ton père :
La bonté sied si bien sous un bandeau !
Enfant, grandis sous les yeux de ta mère,
Votre trésor, madame, est ce berceau.

Vieux compagnon de nos grandes victoires,
Aigle, toi qui guidas toujours nos preux,
Au jeune prince attentif à nos gloires
Fais de ton aile un rempart belliqueux ;
[illegible] héros que la France révère,
Réveille-toi dans ton vaste tombeau,
Du nouveau-né sois l'ange tutélaire :
Napoléon, veille sur ce berceau !

Sur ton berceau brille une étoile heureuse,
Et tes destins semblent déjà bénis,
Par nos soldats à la main valeureuse,
Que de lauriers viennent d'être cueillis !
La gloire veut te servir de marraine
Et de lauriers elle te fait cadeau.
Pour te bercer de sa main souveraine,
La France est là, veillant sur ton berceau.

L. DE CHAUMONT.

SA MAJESTÉ L'IMPÉRATRICE DES FRANÇAIS.

L'ÉTOILE

DES

NAPOLÉON

Chanson composée pour la naissance de

NAPOLÉON IV.

Air : Du *Retour des chansons.*

Napoléon, ton étoile brillante
De sa clarté nous inonda longtemps,
Dans ces beaux jours ton aigle frémissante
Guida bien loin nos drapeaux triomphants ;
Mais l'aigle, hélas ! un jour ferma son aile
Et nous disions pour tromper nos regrets :
— Espoir ! espoir ! l'étoile est immortelle,
Elle ne peut se voiler à jamais !

Combien le peuple, en sa reconnaissance,
Sur son héros défunt versa de pleurs !
Puis se berçant d'une douce espérance,
Son cœur vola vers des destins meilleurs.
Le peuple dit : — Auréole si belle
Tu nous rendras tes glorieux reflets,
Espoir ! espoir ! l'étoile est immortelle,
Elle ne peut se voiler à jamais !

Ainsi chez nous tous pleuraient ton absence,
Symbole aimé, bel astre souverain !
Le cœur du peuple a bonne souvenance,
C'est un flambeau qui jamais ne s'éteint.
Et l'aigle, enfin, à notre espoir fidèle,
Par son retour, vint combler nos souhaits :
Espoir ! espoir ! l'étoile est immortelle,
Dans notre ciel elle brille à jamais !

Napoléon III monte sur le trône,
La France alors renaît à ses beaux jours,
D'un vif éclat son étoile rayonne
Et dans le ciel elle poursuit son cours.
Nos preux ont eu leur heure solennelle
Et la Crimée a connu leurs hauts faits !
Napoléon, votre étoile immortelle,
Au ciel, Français, doit briller à jamais !

Et maintenant de l'auguste famille,
Un héritier vient de combler les vœux ;
Dans un berceau, jeune étoile qui brille
Tu traceras la route à nos neveux.
L'arbre de gloire ainsi se renouvelle,
C'est qu'il a pris racine au sol français !
Napoléon, votre étoile immortelle
Dans notre ciel doit briller à jamais !

L. DE CHAUMONT.

LA CHANSON

DU

VIEUX SERGENT

COMPOSÉE A PROPOS DE LA NAISSANCE DE

NAPOLÉON IV.

Air : Du *Retour du soldat.*

Mes chers amis, quelle belle journée
Et pour la France et pour Napoléon !
Dieu, bénissant son heureux hyménée,
D'un jeune prince aujourd'hui nous fait don.
Cloches, sonnez, en signe d'allégresse !
Retentissez, vous, canons belliqueux !
J'ai vu ces jours remplis de douce ivresse
Et maintenant je puis mourir heureux !

Oh ! cette nuit, que j'ai fait un beau rêve !
Napoléon quittait son grand tombeau.
Sa main portait la couronne et le glaive ;
J'ai reconnu son glorieux manteau.
Et s'approchant de la couche où repose
Le jeune prince au sourire joyeux,
Avec amour sur son front il dépose
Un doux baiser en disant : sois heureux !

« Oui, sois heureux ! un jour à ta patrie
« Puisse ta main donner gloire et bonheur !
« Pour toi je veux être le bon Génie
« Qui sert de guide au jeune voyageur !
« Du même amour que l'on porte à sa mère
« Aime la France, au cœur si généreux. »
L'ombre à ces mots s'évanouit légère
En répétant : — « Cher enfant, sois heureux ! »

Anges du ciel qui protégez la France
Oh ! veillez bien sur ce jeune berceau !
Pour célébrer cette heureuse naissance,
Mettons des fleurs à notre vieux drapeau.
Oh ! je le sens, l'heure de la retraite
Pour moi s'en va sonner... je suis si vieux !
Dieu m'accorda de voir ces jours de fête,
Et maintenant, je puis mourir heureux.

Des ans passés caressant le mirage,
Ainsi chantait le brave et vieux sergent.
Il se souvient que, bouillant de courage,
Dans la mêlée il fut au premier rang.
Il se souvient qu'aux beaux jours de sa vie
Il vit son nom cité parmi les preux.
Plein d'espoir dans l'avenir, il s'écrie :
— « Oh ! maintenant je puis mourir heureux ? »

NOËL GUILLEMAIN.

BERCEAU IMPÉRIAL

OFFERT

PAR LA VILLE DE PARIS.

Malgré le mauvais temps, une foule immense stationnait, avant neuf heures du matin, aux abords de l'Hôtel-de-Ville.

Paris venait rendre visite au berceau impérial offert à Leurs Majestés.

La coque du berceau est en bois de rose. Sa forme, d'une exquise élégance, est celle d'une nef, par allusion aux armes de l'antique Lutèce. Une grande figure drapée, la tête ceinte de tours, élève au-dessus du chevet une couronne impériale d'où s'échappent des rideaux en satin bleu de ciel, recouvert de point d'Alençon. La grande figure dont nous venons de parler est la ville de Paris. Sa hauteur est d'environ 75 centimètres. A ses côtés sont groupés à droite et à gauche deux petits génies aux ailes déployées, comme deux petits plantons veillant sur le berceau. Un bouclier d'or, aux armes de la ville de Paris, brille d'un magnifique éclat à l'arrière du vaisseau. Deux palmes, formées de branches de laurier et de chêne encadrent ce bouclier; autour des palmes s'enroule une élégante banderole sur laquelle on lit cette devise :

Fluctuat nec mergitur (1).

Une aigle aux ailes déployées supporte la proue du gracieux navire.

Deux médaillons de forme ovale, et qui sortent de la manufacture de Sèvres, sont appliquées sur chaque face de la coque ; ils représentent les figures allégoriques de la *Prudence*, de la *Force*, de la *Vigilance* et de la *Justice*.

Une rampe en bois de rose couronne la partie supérieure du berceau. Au-dessous de cette rampe court une galerie à jour, décorée de créneaux et coupée vers le milieu de chaque face par un riche écusson portant les initiales de Leurs Majestés. De ces écussons s'échappent deux guirlandes de fleurs qui passent au-dessous des médaillons émaillées et vont se rattacher, les unes à la proue, les autres à la poupe du navire. Une large feuille d'acanthe revêt l'angle qui, à la proue, termine le navire ; quant aux angles de la poupe, ils sont décorés de deux sirènes à queues bifurquées.

La coque de ce magnifique berceau est supportée par deux pieds à doubles griffes et à doubles colonnettes ; l'un de ces pieds est placé sous la proue et l'autre à l'arrière ; tous les deux sont réunis par une traverse en bois de rose, portant des arabesques d'or et d'argent. Autour des colonnettes, qui sont également en bois de rose, s'enroulent des épis de blé et des branches d'olivier, comme un symbole de l'abondance et de la paix.

La couronne, les médaillons, les écussons, ainsi que toute l'ornementation sont en or mat bruni. On a conservé la teinte mate de l'argent pour l'aigle, les syrènes, les deux petits génies, ainsi que pour la tête et les bras de la Ville de Paris.

La couverture et l'oreiller du berceau impérial sont recouverts en dentelles ; le fond en est semé de bouquets de violettes et d'abeill[es] avec une guirlande d'impériales, de violettes et d'autres fleurs ; [un] volant, d'une grande richesse, sert de bordure au tout. Cette précie[use] dentelle, entreprise par la maison Lefébure, de Paris, est un v[rai] chef-d'œuvre, autant pour la richesse et la légèreté des dessins, q[ue] pour la perfection du travail.

La maison Froment-Meurice avait été chargée de la partie méta[l]lique, et les plus habiles ouvriers-artistes ont été employés à ce tr[a]vail d'orfèvrerie et de ciselure. L'ébénisterie est due à la mais[on] Grohé frères.

Il ne faut pas oublier que l'architecte de la Ville de Paris, M. Ba[l]tard, avait été chargé de l'ensemble de la composition du berceau im[]périal. M. Simart, de l'Institut, a modelé les figures. Les sculptur[es] pour ornements sont dues à MM. Jacquemart, Gallois et Poignault, [et] du concours de tous ces talents réunis, il est sorti un chef-d'œuv[re] pour la composition duquel l'art et le travail se sont si bien compri[s].

Honneur au conseil municipal de la Ville de Paris, il a été bi[en] inspiré dans sa pensée, et l'exécution en a été parfaite.

Seule la Ville de Paris pouvait offrir un pareil chef-d'œuvre !

(1) Gracieuse allusion au vaisseau de la ville de Paris, et qu'on peut t[ra]duire ainsi :

« Il vogue sur les flots et ne sombre jamais. »

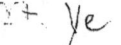

PARIS. — Imp. WALDER, rue Bonaparte, 44.

Paris. — Dépôt, rue de la Harpe, 30.

15 AOUT 1853

LA FÊTE DE LA FRANCE

CHANT NATIONAL

Par M. **LÉON DE CHAUMONT**, auteur dramatique

Eugénie, comtesse de Téba, impératrice des Français.

Air d'un *Rayon de soleil*.

1. — PRIÈRE A LA PATRONNE DE LA FRANCE.

Reine du ciel, aujourd'hui c'est ta fête;
A tes autels, vois fumer notre encens!
Chacun de nous t'apporte sa requête;
Entends nos vœux : les vœux de tes enfants!
Tout reconnaît ta divine influence :
Au ciel, sur terre, on t'honore en tous lieux!
« Ha!
Toi qui toujours as protégé la France,
En ce beau jour, daigne écouter nos vœux!

2. — LA PRIÈRE D'UN OUVRIER DE PARIS.

« Le pain du cœur vaut mieux que la richesse;
« Heureux qui prend pour devise : *aimons-nous!*
« Heureux qui sait la pratiquer sans cesse!
« Remplis nos cœurs de sentiments si doux!
« Par le travail, donne-nous l'abondance,
« Et l'atelier aura des chants joyeux!
« Ha!
« Toi, qui toujours a protégé la France,
« D'un ouvrier daigne écouter les vœux!

3. — LA PRIÈRE D'UN LABOUREUR.

« Le matelot t'invoque dans l'orage,
« Sur son esquif battu par les autans;
« Le laboureur, dans son humble village,
« Avec ardeur t'invoque pour ses champs.
« Le beau froment qui nourrit ma patrie,
« Dans le sillon a mûri sous tes yeux;
« Ha!
« Du haut du ciel, sainte vierge Marie,
« Du laboureur daigne écouter les vœux!

4. — LA PRIÈRE DU VIEUX SOLDAT.

« Pour mon pays, permets que je t'implore;
« Car mon pays, pour moi marche avant tout.
« Son nom est grand; fais qu'il grandisse encore:
« Fais qu'on l'admire et qu'on l'aime partout.
« Napoléon premier, cher à la gloire,
« Nous a quitté pour remonter aux cieux!
« Ha!
« Culte sacré, gardons bien sa mémoire!
« D'un vieux soldat, Vierge, écoute les vœux!

5. — PRIÈRE DE LA MÈRE DE L'OUVRIER.

« Ha! d'un bienfait gardons bien souvenance!
« J'avais un fils, espoir de mes vieux jours.
« Mon fils mourut... j'étais dans l'indigence;
« Un ange vint alors à mon secours!
« Enfants, c'était la bonne impératrice,
« Elle qui fait, chaque jour, des heureux!
« Ha!
« Veille toujours sur notre bienfaitrice!
« Vierge sainte, oh! daigne écouter mes vœux!

Paris. — Chez l'Auteur, rue Sainte-Marguerite-S.-G., 16, et rue du Temple, 94.

1853. — De Soye et Bouchet, imprimeurs, rue de Seine, 36. — Paris.

AUX MANES
de
Mgr L'ARCHEVÊQUE
DE PARIS
Frappé par une main criminelle, le 3 Janvier 1857.

PRIONS POUR LUI
ÉLÉGIAQUE DÉDIÉE
à Monseigneur l'Archevêque de Paris.

Paroles de F.-E. PECQUET.

Air de *Vive Paris*, de *la Lionne*, ou *le Retour des Chansons*.

Un homme, hélas! vient de commettre un crime
Que le chrétien repousse avec horreur.
Il a frappé une sainte victime
Que nous aimions : c'était notre pasteur.
Il nous guidait dans le chemin du sage,
Car il veillait le jour comme la nuit;
Sur terre, hélas! est fini son voyage, } bis.
Prions pour lui, l'archevêque de Paris. }

C'est au milieu du sacré sanctuaire
Qu'il est tombé, priant pour ses brebis.
Mille fois honte au monstre sanguinaire
Qui sut trancher ces jours par Dieu bénis.
Le démon seul a guidé ce faux frère;
Que pour jamais de nous il soit banni,
Car nous perdons l'amitié d'un bon père,
Prions pour lui, l'archevêque de Paris.

Des malheureux il était l'espérance;
L'implorait-il, son noble cœur humain,
Du pauvre honteux il calmait la souffrance,
En lui tendant sa secourable main.
De nos regrets nous lui faisons l'offrande,
Triste moment pour nos cœurs aujourd'hui;
La charité, la foi nous le commande,
Prions pour lui, l'archevêque de Paris.

De ces leçons nous avons souvenance,
Avec bonté à chacun il parlait;
Mais il n'est plus, il repose en silence
Dans le tombeau qu'un lâche préparait.
Son âme pure, dans le séjour céleste,
Va retrouver ceux qu'il a tant chéri;
Nous, ici-bas, son souvenir nous reste,
Prions pour lui, l'archevêque de Paris.

Noble martyr descendu dans la tombe,
Tout comme toi, oui, ton prédécesseur
Portant la paix, on le frappe, il succombe,
Ce jour fatal fut un jour de douleur.
Va reposer près de l'Etre Suprême,
Là-haut, du moins, tu n'as pas d'ennemis.
Entend les vaix de ce troupeau qui t'aime,
Sibour n'est plus, prions, prions pour lui!

Paris, le 4 Janvier 1857.

LE BON PASTEUR ET SON TROUPEAU
OU
La mort de Monseigneur l'Archevêque de Paris.
SOUVENIR DOULOUREUX.

Paroles de F.-E. PECQUET.

Air de *Fualdès*.

Un épouvantable crime
Dans la France a retenti,
L'Archevêque de Paris
Hélas! en fut la victime.
En apprenant ce malheur, } (bis)
Chacun a frémi d'horreur. }

Invoquant, dans sa prière,
La patronne de Paris,
Un exécrable ennemi,
Démon venu sur la terre,
S'approcha de Monseigneur
Et le frappa droit au cœur.

Le Pasteur chancelle et tombe
Dans les bras de ses servants,
Ce sont ses derniers moments,
Et, s'affaisant, il succombe.
Puis il n'a dit devant eux
Ce seul mot : Le malheureux!

De suite chacun s'empresse,
Pour arrêter l'assassin;
On le saisit; dans sa main
Il tient l'arme vengeresse.
Sans résistance, il la rend
Entre les mains de l'agent.

Par sa mauvaise conduite,
Oui, Verger fut interdit,
Et c'est pour cela qu'il dit :
Depuis longtemps je médite,
Dans mon âme, ce forfait :
C'était mon plus grand souhait.

N'a-t-il pas par la menace
Insulté son protecteur,
Qui soulageait son malheur,
Puisqu'il n'avait pas de place.
Sans réfléchir au danger,
Il dit : Je vais me venger.

Il vint loger rue Racine,
Et puis il va, ce bourreau,
Acheter un grand couteau,
Armant sa main assassine,
Puis il se rend au saint lieu
Troubler les enfants de Dieu.

Devant la magistrature
Avec sang-froid il répond :
J'ai bien frappé jusqu'au fond,
Pour que mon coup soit plus sûr;
Ensuite, les larmes aux yeux,
Il s'écrie : Oui, c'est affreux!

On lui dit : Mais quelle haine
Put vous porter à ceci?
Eh bien! messieurs, je l'ai dit,
Une chose me fait peine,
Pour lui je n'en avais pas,
Il me fallait son trépas.

Ce noble martyr, mes frères,
Avait nos cœurs, notre amour,
Son bonheur, hélas! fut court :
A lui toutes nos prières!
Trop peu de temps, mes amis,
Par lui nous fûmes bénis.

MORALE.

Non, jamais l'infâme crime
Ne peut rester impuni;
Retenez bien aujourd'hui,
De nos sages la maxime :
Que le Dieu, bon et clément,
Punit toujours le méchant!

Paris, le 4 Janvier 1857.

Paris. — Imp. de Brou... de Brosse, 10.

LA LYRE DE LA FRANCE

OU

LES BEAUX JOURS DE L'EMPIRE

CHANSONNIER NOUVEAU

CONTENANT TROIS CHANSONS PATRIOTIQUES, POPULAIRES ET NATIONALES

Par DENIS REVILLON, Élève de BÉRANGER

AVERTISSEMENT

(1re *Chanson*). La première chanson est au sujet de l'Empire, dédiée à Sa Majesté l'Empereur;
(2e *Chanson*). La deuxième, est en l'honneur de Béranger, qui fut le plus illustre poëte de la France;
(3e *Chanson*). La troisième, est au sujet du Prince Impérial, fils de l'Empereur.

(Cette chanson est dédiée à la famille Impériale.)

CHANTONS LE PRINTEMPS DE NOS JOURS. — (Poésie).

Je présente ici des chansons
Extraites de mes compositions,
Rien ne met la joie en train,
Comme charme un beau refrain.

Chantons les beaux jours en fleurs.
Qui font renaître les amours,
C'est la gaîté à tous les cœurs:
Chanson se chantera toujours.

D. Révillon.

LE BONHEUR DE LA FRANCE

OU

LE RÈGNE DE NAPOLÉON III

Air : *Laissez les roses aux rosiers.*

PREMIER COUPLET.

Ce grand nom qui fait notre gloire;
Est triomphant comme autrefois
Il embellit toujours l'histoire
Par ses bienfaits, par ses exploits,
Et pour notre belle patrie
L'aigle sut voler au lointain; } *bis.*
Honneur à la France chérie!
Honneur et gloire au Souverain! } *bis.*

DEUXIÈME COUPLET.

Jamais l'on n'a vu pour la France
Un souverain qui fût si bon;
A lui toujours notre confiance,
Dieu protége Napoléon!
Vivent les beaux jours de l'Empire,
La France refleurit soudain; } *bis.*
Chaque Français aime redire:
Honneur et gloire au Souverain! } *bis.*

TROISIÈME COUPLET.

France, pays de ma patrie,
Ton drapeau triomphe encore;
Car tu as sauvé la Turquie:
Honneur au drapeau tricolore!
Nobles guerriers pleins de vaillance,
Partout vainqueurs, le fer en main, } *bis.*
Honneur aux enfants de la France!
Honneur et gloire au Souverain! } *bis.*

QUATRIÈME COUPLET.

Il fait du bien au militaire
Par ses lois de la dotation;
C'est par un décret solidaire
Qu'il améliore sa position;
Car sur la terre et sur l'onde,
Partout l'on chérit ce grand nom; } *bis.*
Il fait du bien à tout le monde:
Vive toujours Napoléon! } *bis.*

VIVE L'EMPIRE!

POÉSIE.

Le Français aspirait depuis longtemps
Le rétablissement de l'Empire;
Ce glorieux règne est le printemps
Qui fleurit la France et sa lyre.
Beau souvenir du deux Décembre,
Ce grand jour de gloire jadis,
Napoléon fit triompher la chambre
En sauvant l'honneur du pays;
Car le beau soleil de l'Empire
Nous fait renaître les plus beaux jours.
Le peuple chante sur la lyre
Que ce beau règne soit toujours,
Si un jour pour la patrie,
Fallait exposer ma vie,
Je suivrais encore mon vieux drapeau
Tant son triomphe serait beau.
Et pour combattre au champ d'honneur,
Je marcherai volontaire.
Faut-il mourir pour l'Empereur?
Je suis prêt, je cours à la guerre.

D. Revillon.

Ex-Voltigeur de la Garde impériale.

LE GRAND POÈTE POPULAIRE

SOUVENIR DE BÉRANGER

Air : *T'en souviens-tu, disait un Capitaine*, ou : *Il faut danser à la voix du canon.*

Dieu nous a pris un célèbre poëte,
Car c'était lui le meilleur chansonnier,
Mais aujourd'hui que sa muse est muette,
Nous chanterons l'honneur de Béranger.
Pendant trente ans, il grandit notre gloire
Par les accents les plus mélodieux;
Nous garderons toujours dans la mémoire
Le souvenir de ses refrains joyeux. (*bis.*)

Gai chansonnier, toi qui chantas Lisette,
Devais-tu donc, par un coup du destin,
Quitter si tôt ton luth et ta musette
Qui nous charmaient dans un joyeux festin?
Tu fus chanté dans toutes ces goguettes,
Où le plaisir fait naître le bonheur.
Nous répétons tes belles chansonnettes,
Honneur à toi, honneur à ta grandeur! (*bis.*)

De Béranger rechantant les ouvrages,
Car ses beaux chants rendent les cœurs joyeux,
A son talent rendons tous des hommages,
Ce chansonnier a fait bien des heureux.
De tout progrès son génie est le temple,
Chaque Français célèbre ses chansons;
A nos enfants il sut donner l'exemple,
Aussi toujours ils suivront ses leçons. (*bis.*)

Lorsqu'il chantait les gloires de la France,
Il illustrait nos célèbres guerriers,
Comme un héros toujours plein de vaillance,
A la patrie il tressa des lauriers.
Oh! non, jamais ne fut plus grand poëte,
Il fut chéri de l'univers entier.
Pendant longtemps nous chanterons Lisette,
En bénissant notre grand chansonnier. (*bis.*)

Repose en paix dans la sombre retraite
Où le destin nous conduit tour à tour,
Car, ici-bas, toujours on te regrette,
Et sur ta tombe nous voyons chaque jour:
Douleur, amour, te tressent une couronne,
Et ton grand nom, vers l'immortalité,
S'est envolé aux accents de Bellone,
Aux chants d'amour, aux chants de liberté. (*bis.*)

HONNEUR A BÉRANGER.

POÉSIE.

Honneur à toi, ô grand poëte,
Qui faisais renaître l'espérance;
Car les beaux chants de ta musette
Ont toujours vu fleurir la France.
Ton grand génie est gravé dans l'histoire
Dont tout Français garde le souvenir.
Ami fidèle au peuple et à la gloire,
A tous les cœurs tu comblais le plaisir;
Nous dédions nos chants en ton honneur,
Amour, gaîté, tout plaît à nos mignonnes,
Nous célébrons ton nom et ta grandeur,
Et sur ta tombe nous tressons des couronnes.
Par ton génie et par ton intelligence,
A tous nos goûts, oui, tu as su chanter,
Et l'on chantera toujours en France
Les beaux refrains de Béranger.

D. Revillon.

L'AVENIR DE LA FRANCE

Air : *Partant pour la Syrie.*

CHANT NATIONAL DE L'EMPIRE FRANÇAIS.

Salut, enfant de France,
Cher fils de l'Empereur,
A toi notre espérance,
Un jour fait le bonheur.
France, toi notre mère,
Digne de ton beau nom,
Possède sur la terre
Toujours Napoléon. (*bis.*)

Ce grand nom de l'histoire
Est gravé dans nos cœurs.
Chantons toujours sa gloire,
Célébrons ses grandeurs.
Vivons dans l'espérance
D'être toujours heureux;
Nous voyons pour la France
L'avenir glorieux. (*bis.*)

Mars est mémorable,
Par une belle journée,
Le seize est favorable,
Un prince nous est né.
Cette grande nouvelle
Fut le jour le plus beau,
Ce dimanche modèle
Étrenna le berceau. (*bis.*)

Le beau soleil se lève
Pour le peuple français,
Et la guerre s'achève;
Le prince naît, la paix.
Enfant de la victoire,
Digne de ton grand nom,
Tu feras notre gloire!
Vive Napoléon! (*bis.*)

Noble enfant de la France,
Tu fleuris la patrie,
Guide notre espérance,
Sois l'honneur du pays.
Oui, la gaîté rayonne
D'un souvenir profond,
Puis un beau jour le trône
Couronnera ton front. (*bis.*)

HOMMAGE AU PRINCE IMPÉRIAL.

POÉSIE.

Fêtons le fils de la plus chère dame,
Que la France salua par le canon;
Car la cathédrale de Notre-Dame
Vient de bénir un nouveau Napoléon.
Cet ange est descendu sur terre,
Au milieu des fleurs et des lauriers,
Que son étoile soit toujours prospère
Car elle brille sur nos guerriers.
Que Dieu protége le riche voile
Du saint jour des Rameaux;
Nous voyons la blanche étoile
Qui vient illustrer nos drapeaux.
Cet enfant si cher à la France
Nous ramène les beaux jours et la paix,
En lui nous avons espérance,
Car il sera digne du nom français;
Désormais la France chérie
Sera toujours fière de son beau nom,
Et pour l'honneur de la patrie,
Elle possédera toujours un Napoléon.

D. Revillon.

NOTICE SUR DENIS REVILLON

Nous voyons avec plaisir augmenter les progrès de M. Révillon. Ce nouveau chansonnier populaire et national est vu et approuvé par nous, éditeurs et auteurs dramatiques. *Signé*: Adolphe JOLY et Léon de CHAUMONT.

Paris. — Imprimerie Walder, rue Bonaparte, 44.

LA

DANSE DES AUTRICHIEN[S]

SUIVIE DE

LA BOTTE ITALIENNE

OU

Réflexions d'un Cordonnier sur la Question italienne

CHANSON A PROPOS DE BOTTES

LA DANSE DES AUTRICHIENS

Air : *Gai, gai, serrons nos rangs*

Chiens, chiens, chiens
D'Autrichiens,
C'est la danse
Qui commence;
Chiens, chiens, chiens
D'Autrichiens,
Nous voilà, tenez-vous bien !

La paix, c'est c' que nous voulions,
Mais puisqu'il faut s'entreprendre,
Par nous, vous allez apprendre
C' qu' c'est qu' d'agacer des lions.

Nous irons d'un si bon train
Au rappel de la victoire,
Qu'on n'aurait jamais pu croire
Qu' Vienne soit aussi près d' Turin.

Jadis le p'tit caporal.
Vous montra notre savoir-faire
Chez nous c'est tel fils tel père,
Vous voyez qu' ça s' présente m

Les bravos des Piémontais,
D' l'Italie et d' toute l'All'magne
Quand nous entrons en campag
Nous sonn'nt la charge du succè

Quand en France nous rentrero
Chaqu' chos' vaut sa récompen
Sachez bien qu'après la danse
Faudra payer les violons.

Au cri qu' l'Italie a j'té,
Pas un grand cœur qui n'répon
Y a toujours d' l'écho dans l' mo
Quand on parl' de lib

Nous allons tambour
Marchez, vrais fils d
Faut qu' l'affair' soit
Et qu' vous y pensie

La Botte italienn[e]

Air de *La petite Margot*.

Sur l'Italie en vain chacun radote
J'dois vous instruire sans qu' vous puissiez nier,
Car l'Italie a la forme d'une BOTTE
J'en puis parler, moi qui suis cordonnier.

Étudiez la carte géographique,
Et comme moi vos yeux vous convaincront
Que l'Italie a la FORME physique
D'un' longue BOTT' dont l'Autriche est l'ÉPERON

De s'agrandir l'Autriche toujours avide.
A ce pays sembla s'intéresser,
Et dévoilant son but liberticide,
Dit : Cette BOTT'! pourrait bien me CHAUSSER

Lors, brisant leurs trompeus's alliances
Les protecteurs se firent conquérants,
Et sans pitié pour les arts, les sciences,
La pauvre BOTTE eut toujours des TYRANS.

Elle se vit flétrie, mutilée,
Pour résister à des desseins pervers
Elle s'arma... mais trop faible, isolée,
Le monde entier put compter ses REVERS.

De ce moment l'Italie eut un maître
Impitoyable, arrogant, fier, altier,
Pour empêcher la lutte de renaître
On proclama qu'on n' ferait pas d' QUARTIER

La stratégie alors fut établie,
Et l'oppresseur pour être toujours fort,
Sur le beau sol de la belle Italie
Sans hésiter bâtit fort CONTRE FORT.

Bientôt ses lois lui furent retirées,
Tous ses endroits de clous furent couverts,
Et pour aider à ces TÊTES CARRÉES
La pauvre BOTTE au talon eut des FERS·

En Italie, où l'art du peintre règne,
Les beaux tableaux charment votre regard,
Ne craignez plus qu'à présent on EN PEIGNE,
En l'opprimant l'Autriche a tué l'art.

Mais aujourd'hui, que la France
De ces débats, ils seront réguli
Qu'les Italiens n' reculent pas d'
Les Autrichiens s'ront danseurs

Sur l'Italie, en vain chacun rad
J' dois vous instruire sans qu' vous p
Car l'Italie a la forme d'une bot
J'en puis parler, moi qui suis c

GUSTAVE

L'AUTRICHIEN MALHEUREUX

Air de *la Rose des champs*.

Mis en sentinelle perdue,
Un Autrichien pensait ainsi :
« Sans cette guerre inattendue
« Je ne m'ennuierais pas ici.
« J'ai fort peu les goûts du caniche,
« J'aim'rais un peu l'Italien
« Et pas du tout l'Empereur d'Autriche,
« Si je n'étais pas Autrichien.

« Notre pays en temps de guerre
« Prend tout l' monde indifféremment,
« De sort' qu'un homme n'ose guère
« S' marier rien qu'un p'tit moment ;

« L'amour n'est point fait pour notre âme,
« J'ai vingt-cinq ans et je sens bien
« Que j'pourrais aimer une p'tite femme
« Si je n'étais pas Autrichien.

« Notre paie est fort peu splendide,
« On ne la fait que rarement,
« J'ai toujours un boyau de vide
« Comme la caiss' du gouvernement,
« J'aime quand je casse une croûte,
« L'chou fermenté, Dieu sait combien !...
« Mais j'ador'rais moins la choucroute
« Si je n'étais pas Autrichien.

« Il nous faut pendant l'exercice
« Être immobil's comme des murs,
« C'est bien qu'un soldat obéisse,
« Mais nos chefs sont si fiers, si durs,
« Que sous leurs regards j'extravague,
« Lorsqu'ils me traitent comme un chien,
« Je pourrais m' passer de la schlague
« Si je n'étais pas Autrichien.

« Je m' souviens qu' mon maître d'école
« Disait le Français très-hardi,
« Pour preuve il nous citait Arcole,
« Puis Fleurus, Fokmüll et Lodi:

« J'vois d'ici le drapeau de la F
« Et sans être fort logicien,
« J'sais qu' je n' recevrais pas
« Si je n'étais pas Autrichien,

GUSTAVE LE

(1) Pour rendre cette chanson plus co
l'interpréter avec un accent allemand tr

DURAND, éditeur, rue Jacques de Brosse, 10.

Paris. — Typ. BEAULÉ, rue Jacques de Brosse,

LA

DANSE DES AUTRICHIENS

PAROLES DE L. M. GUFFROY.

Caporal au 1er régiment de grenadiers.

Air : *C'est à boire, à boire.*

I

Mars donne un bal magnifique,
Composé de preux guerriers,
Le canon, c'est la musique
On dansera les lanciers.
Autriche, Sardaigne et France
Sont près d'en venir aux mains.
Quelle danse, danse, danse
Pour messieurs les Autrichiens!..

II

Sur le Pô le bal se donne.
Les zouaves sont invités.
Mais je crois, Dieu me pardonne,
Que leurs yeux sont irrités.
Pour avancer la besogne
Ils chantent de gais refrains
Que l'on cogne, cogne, cogne
Sur messieurs les Autrichiens.

III

Le dernier bal de Novare
Fut fatal aux Piémontais,
Mais la victoire est avare
Et marchande ses bienfaits.
Pour que nul ne nous échappe,
Employons tous les moyens.
Que l'on tape, tape, tape
Sur messieurs les Autrichiens.

IV

Quelle était leur arrogance,
Espérant nous alarmer!..
Rien n'égalait leur vaillance;
Ils voulaient tout désarmer. —
« Que le sarde se retire
« Et nous livre les chemins » —
Qu'on admire, admire, admire
Le bon sens des Autrichiens.

V

Des Italiens la souffrance
Implorait un prompt secours.
Les soldats de notre France
Sont prêts : ils le sont toujours.
Et voici qu'à leur approche
Se sauvent les plus malins.
Qu'on embroche, embroché, embroche
Ces messieurs les Autrichiens.

VI

Autriche, un amer déboire
Se prépare aux bords du Pô...
As-tu perdu la mémoire
De Wagram, de Marengo?..
Ta vaillance est une charge
Pour les Français nés malins.
Que l'on charge, charge, charge
Sur messieurs les Autrichiens...

VII

Enfin, commence la danse,
La danse au son du canon.
Sans souci de la cadence
Envoyons-leur fer et plomb.
Nous verrons si cette épreuve
Pourra changer leurs desseins.
Qu'il en pleuve, pleuve, pleuve
Sur messieurs les Autrichiens.

FIN.

En vente, chez **LE BAILLY**, *6, rue Cardinale, et rue de l'Abbaye, 2 bis, faub. Saint-Germain.*

Paris. — Imprimerie Walder, rue Bonaparte, 44.

L'ESPOIR DE LA FRANCE

1860

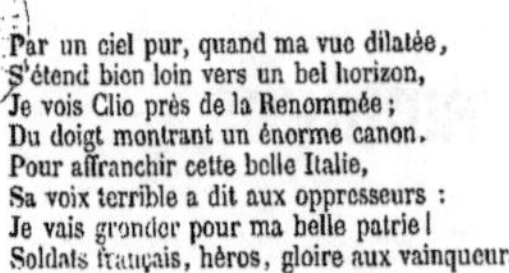

AIR : *Du Retour en France.*

Par un ciel pur, quand ma vue dilatée,
S'étend bien loin vers un bel horizon,
Je vois Clio près de la Renommée ;
Du doigt montrant un énorme canon.
Pour affranchir cette belle Italie,
Sa voix terrible a dit aux oppresseurs :
Je vais gronder pour ma belle patrie !
Soldats français, héros, gloire aux vainqueurs !

Oui, l'Italie nous doit sa délivrance,
Oui, nous avons conquis de beaux lauriers,
Nous sommes bien les soldats de la France :
Rendons hommage au plus grand des guerriers !
En affrontant le plomb et la mitraille,
Il a bien su nous guider aux combats;
Comptant nos morts après une bataille,
Chacun disait : C'est le plus beau trépas !

Et toi ! fils de héros ! enfant candide,
Noble héritier d'un sang plein de valeur !
L'espoir qu'un jour tu seras notre égide,
Avec orgueil, fait battre notre cœur.
De tes aïeux suis la noble carrière,
Et de l'honneur suis toujours le chemin.
Que le génie te donnant sa lumière,
Des maux du peuple chasse le venin.

Oui, noble enfant, c'est toi notre espérance,
Pour toi nos cœurs battent silencieux;
Oui, noble fils du héros de la France!
Nous implorons pour toi le roi des cieux.
Ah ! que l'écho porte notre prière,
Quand nous faisons des vœux pour ton bonheur :
Qu'un jour de toi la nation soit fière :
Vive le fils, le fils de l'Empereur !

O Dieu puissant, qui veilles sur nos armes,
Et seul des peuples connait le destin,
Ah ! fais cesser nos cruelles alarmes !
Et que les peuples, se donnant la main,
Voient succéder à ces balles mortelles,
A tous ces bruits, à la voix du canon,
Le grand génie qui, déployant ses ailes,
Donne la paix, guidée par la raison !

CHANT NATIONAL

AIR : *Vive Paris.*

Peuple, entends-tu cette voix qui te crie :
Ouvre les yeux, au loin porte un regard.
Ah ! qu'il est beau ! salut à la patrie !
Vois, on bénit notre vieil étendard :
Nos preux soldats vont quitter le rivage;
C'est que pour eux l'honneur a tant d'attraits,
Qu'ils vont venger chez un peuple sauvage } (Bis.)
L'outrage fait au drapeau des Français ! }

On se croirait en un beau jour de fête,
A l'air joyeux de ces mâles enfants.
C'est qu'ils vont faire une belle conquête;
Et croirait-on qu'ils quittent amis, parents?
C'est qu'un beau jour, d'une contrée lointaine,
Ils reviendront montrer à la nation,
Inscrits en haut de leur mât de misaine,
La gloire et la civilisation !

Malgré le bruit que font au loin nos armes,
Avec orgueil tu restes à l'atelier;
Tu ne crains rien de ces vaines alarmes,
Que l'on répand dans l'univers entier.
Laisse gronder la voix de l'anarchie :
Sur tes remparts elle va se briser.
Ton calme fait honneur à ton génie,
Quand, pour t'abattre, elle veut tout oser !

Si quelquefois en silence tu souffre,
L'espoir revient comme un levier puissant,
Te ranimer et te fermer un gouffre :
C'est que l'Élu, fier d'un peuple vaillant
Veut du progrès trouver la voie rapide;
Par son génie, ses efforts incessants,
Il veut le bien; marche sous son égide,
Tant en dépit des sots que des méchants !

Oui, cette voix a transporté mon âme,
Je la connais : c'est la voix du Progrès;
Elle me dit : Enfant, ton cœur s'enflamme :
Va, continue, marche, marche au succès !
Devant toi s'ouvre un avenir prospère ;
Suis le chemin qu'ont suivi tes aïeux;
Par cette voie tu chasses la misère :
En la suivant, oui, tu seras heureux !

E. COIFFIER.

En vente, chez BRIÈRE, *carrefour de la Croix-Rouge*, 4, *et chez* CARDINET, *place de la Bastille*, 6.

751 — Paris. Imp. de Édouard Blot, rue Saint-Louis, 46.

AU

DRAPEAU DE LA FRANCE

CANTATE

offerte

A LEURS MAJESTÉS IMPÉRIALES

par les Professeurs

P. GUIDI ET C. PELLEGRINI

CHANTÉE PAR

LES ÉLÈVES DES FRÈRES DES ÉCOLES CHRÉTIENNES.

Première partie. — *Musique de P. Guidi.*

CHŒUR.

O belle Nice, à la riche parure,
Tes flots d'azur et l'encens de tes fleurs,
L'air embaumé de ta douce nature
Offre à la France et nos vœux et nos cœurs.
Sur ce drapeau, belle et riante Nice,
Séjour heureux d'un éternel printemps,
A l'Empereur, à notre Impératrice
Viens donc jurer l'amour de tes enfants.

SOLO ET DUO.

Drapeau chéri, qui pare ce rivage,
Un noble essor imprime parmi nous;
De la valeur tu retraces l'image,
De ton honneur tout français est jaloux.
Venez, venez troupe jeune et fidèle,
Sur ce drapeau fixez tous vos regards;
Si l'Empereur au combat vous appelle
Suivez, suivez ses nobles étendards.

CHŒUR.

Noble drapeau tout rayonnant de gloire
Nous saluons tes brillantes couleurs,
Sous ton égide on court à la victoire,
Toujours, toujours tu nous rendras vainqueurs.
Ah! Si jamais une impudente audace
A notre France osait montrer des fers,
De nos héros nous trouverions la trace
Et nous irions au bout de l'univers.

Seconde partie — *Musique de C. Pellegrini.*

RÉCITATIF.

De nos amis la victoire meurtrière,
Vit de leur sang recouverts nos drapeaux;
Mais aujourd'hui de leur froide poussière,
S'élève enfin un essaim de héros.
Fiers bataillons, que rien ne vous arrête,
Allez, s'il faut, au bout de l'univers;
Oui, de la gloire atteignez jusqu'au faite,
Mille lauriers partout vous sont offerts.

DUO.

Aux enfants de la belle Nice,
Jamais on ne pourra ravir
Ton amour, noble Impératrice;
Ah! plutôt mille fois mourir.
Toi, de la France le génie,
Bel ange, au sourire enchanteur,
Ton noble aspect, chère Eugénie,
En nous inspire la valeur.

CHŒUR FINAL.

Flamme sacrée, amour de la patrie,
Echauffe nous au milieu des combats,
Viens parmi nous, o toi France chérie,
Oui, parmi nous viens choisir tes soldats.
Sous ton drapeau marchera la victoire,
Pour l'Empereur il faut vaincre ou périr,
Pour ton honneur, ta grandeur et ta gloire,
Oui, nous jurons de combattre et mourir.

Imp. Société Typographique.

L'AUVERGNE

A LEURS

MAJESTÉS IMPÉRIALES

LORS DE LEUR SÉJOUR A CLERMONT-FERRAND, LE 8 JUILLET 1862.

Sous l'administration de Mr. de Preissac, Préfet du départt. du Puy-de-Dôme, de Mr. Mège, Maire de la ville de Clermont-Fd, et de Mrs. Fabre, Peghoux & Massis, Adjoints.

SIRE,

Des Auvergnats, en ce beau jour de fête,
Je suis heureux d'être l'humble interprète,
Pour témoigner à votre majesté,
Leur dévouement et leur fidélité,
A vous chanter nos voix en harmonie,
Ont préparé des chants de symphonie,
Dont les refrains diront à votre cœur,
Qu'ici partout on veut votre bonheur.

AUVERGNATS,

N'oublions pas dans nos chants d'allégresse,
Celle qui vient partager le bonheur,
De tout un peuple en ce jour plein d'ivresse,
Qui rend hommage à son digne Empereur;
Elle aussi veut rehausser l'Arvernie,
Par sa présence et par ses doux bienfaits,
Et nous laisser de son brillant génie,
Un souvenir mémorable à jamais....

UN GRAND JOUR EN AUVERGNE

en l'honneur de
Napoléon III, Empereur des Français,
Lors de son passage à Clermont-Fd.

AIR:
Muse des bois,
ou, Dis moi soldat dis moi t'en souviens-tu?

1.

O jour heureux, qui voit dans l'Arvernie,
Napoléon, l'honneur de nos guerriers;
Que sur ses pas, guidés par le génie,
Chacun de nous, lui tresse des lauriers;
Le monde entier est jaloux de sa gloire,
Que nous Français, avons su recueillir;
Tous ses exploits racontés dans l'histoire,
Feront l'honneur de la France avenir.

2.

C'est aujourd'hui, pour l'Auvergne une fête,
Que le canon annonce à nos cités;
Que dans la ville, au village on s'apprête;
Jeunes garçons et vous jeunes beautés;
Venez, venez, aux myrtes de Bellone,
Entrelacer vos lauriers, vos festons.
L'amour sacré de la patrie ordonne,
De célébrer ce jour par nos chansons.

3.

De vos châlets, accourez à la ville,
Preux Auvergnats, les amis de Désaix:

CLERMONT-FERRAND

au nouveau
César Napoléon III.

AIR:
des trois couleurs.

1

Réjouis-toi Clermont lève la tête,
Montre-toi belle, à ton grand Empereur;
Orne ton front et prépare ta fête;
Il vient te voir, il faut lui faire honneur...
Je sens ton sol, treissaillir d'allégresse,
D'être foulé par son pied souverain;
Dans ta mémoire, il faut garder sans cesse,
Ce jour heureux et bénir ton destin.

2

Le monde entier admire sa vaillance,
Des souverains, il est un des plus grands!
Il a des droits à ta reconnaissance;
Grave son nom au cœur de tes enfants;
Espère en lui, tu connais sa sagesse,
A ta grandeur, il donnera la main;
Dans ta mémoire, il faut garder sans cesse,
Ce jour heureux et bénir ton destin.

3

Que de l'Auvergne interprète éclatante,
Ta noble voix, lui dise tous nos vœux

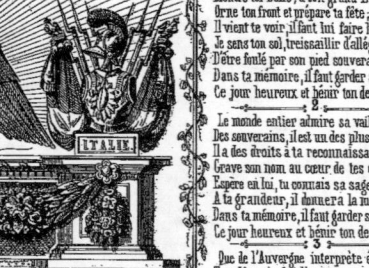

VIVE L'EMPEREUR

DÉSAIX

PASCAL

LE CHANT DES MONTAGNARDS AUVERGNATS,

En l'honneur de Napoléon III, *Empereur des Français*

AIR : *Montagnes des Pyrénées.*

1.

Montagnards de l'Arvernie,
Fêtons notre Empereur,
Le père de la patrie,
L'appui de notre honneur.
Il vient visiter nos campagnes,
Nos beaux sites, et nos montagnes!
(Refr.) O Montagnards (*bis*),
Chantons en chœur (*bis*),
De notre Empereur (*bis*),
La gloire et la grandeur.
Tra la la la la, etc.

2.

Doux échos de nos vallées,
Au loin redit les chants,
Des familles raffolées;
En ce jour plein d'encens;
De la Dore, jusqu'à la Loire,
De l'Empereur chantons la gloire.
O Montagnards, etc.

3.

Que le drapeau tricolore,
Flotte sur nos hameaux,
Qu'ici partout on l'arbore,
Sur nos riants coteaux.
Il est l'emblême de la France,
Du peuple esclave, l'espérance...
O Montagnards, etc.

4.

Gravons dans notre mémoire,
Ainsi que sur l'Airain;
Ce jour de fête et de gloire,
Digne d'un souverain.
Près de Désaix, faisons lui place,
Qu'un monument pour lui se fasse!
O Montagnards, etc

5.

A notre Reine de France,
Offrons aussi nos vœux;
Son amour pour l'indigence,
La rend digne des cieux!
Puisse son fils suivre l'exemple,
De sa mère que Dieu contemple!
O Montagnards, etc.

DUCHIER fecit cantus.

De vos châlets, accourez à la ville,
Preux Auvergnats, les amis de Désaix;
Venez goûter, un bonheur de famille;
De l'Empereur, les généreux bienfaits;
Son cœur est grand et des plus magnanimes,
Et ses exploits dignes d'un grand héros.
Unissons-nous, de transports unanimes,
Pour le fêter et chanter ses travaux!

4.

Nous l'avons vu naguère en Italie,
Parmi nous tous, affronter le danger;
Il nous parlait de la mère patrie,
En ne cessant de nous encourager;
Ne craignez rien, sur vous est mon épée,
Resplendissante et de gloire et d'honneur;
Ne craignez rien, vieux Soldats de Crimée,
Nous disait-il avec âme et grandeur!...

5.

Vous habitants des monts de Gergovie,
Vous le verrez debout sur le plateau;
Qui vit César à deux doigts de sa vie,
Perdre l'éclat de son règne si beau;
Il veut tracer de Vercingétorix,
Toute la gloire et l'intrépidité,
Et de César et d'Eporédorix,
Les grands exploits et leur célébrité.

6.

Que dans ce jour, le même esprit anime,
Notre pays dans ses nobles excès,
Et que doué d'une pensée intime,
Pour l'Empereur il fasse des souhaits.
Jamais, jamais, l'Auvergne eût tant de gloire,
De voir briller l'aigle sur sa cité.
Que nos enfants, gravent dans leur mémoire,
Ce jour si beau plein de félicité!

3

Que de l'Auvergne interprète éclatante,
Ta noble voix, lui dise tous nos vœux;
Avec amour, que ta lyre lui chante,
Sa renommée et son bras glorieux!
Mets une fleur, au diadême que tresse,
Dans l'avenir pour lui le genre humain;
Dans ta mémoire, il faut garder sans cesse,
Ce jour heureux et bénir ton destin.

4

De Magenta, son pied poudreux encore,
Vient reposer, où César a passé;
Gergovia dans son vallon sonore,
Entend Louis, évoquer le passé;
Il voit pleurer d'un plaisir plein d'ivresse;
A cet écho, l'ombre du grand romain!
Dans ta mémoire, il faut garder sans cesse,
Ce jour heureux et bénir ton destin.

5

Sont-ils brillants, ces deux noms qui s'unissent,
Gloire à tous deux, César, Napoléon!..
Les ossements des vieux Romains frémissent;
Dans leurs tombeaux, à l'un ou l'autre nom;
Jules César, notre Empereur te dresse,
En notre langue un monument divin...
Dans ta mémoire, il faut garder sans cesse,
Ce jour heureux et bénir ton destin.

6

Acclame-le, toi, la ville fidèle,
Clermont-Ferrand qui l'aime de tout cœur;
Celui qui fait notre France si belle,
Pensera bien à faire ton bonheur.
A tes progrès sa gloire s'intéresse,
Se fier en lui n'est pas un espoir vain;
Dans ta mémoire, il faut garder sans cesse,
Ce jour heureux et bénir ton destin.

LITHOGR.[IE] BLANZAT. A CLERMONT-F[D]

Se vend chez Duchier libraire, rue St Esprit, 26.

SYMPATHIE UNIVERSELLE

HONNEUR
COURAGE CIVIQUE
BRAVOURE
HUMANITÉ
DÉVOUEMENT
ABNÉGATION

HOMMAGE AU PATRIOTISME

VARÈSE — COME
CASTELNEDOLO
MARSALA
CALATAFIMI
PALERME
LE VOLTURNE

GARIBALDI

CHANT
DÉDIÉ A SES ADMIRATEURS

PAR M. ALEXIS DIOT, COIFFEUR
AUTEUR DE LA *RÉNOVATION ITALIENNE*, ETC.

AIR : *De Charles-Quint* ou de la *Bergère d'Ivry*.

J'avais treize ans, lorsque, pour ma patrie,
Mon cœur battait sans trêve ni repos.
Je l'aimais libre, elle était envahie
Par l'étranger, la haine des héros.
Sublime orgueil! leurs cris de délivrance
M'ont inspiré le vœu de l'affranchir.
En vieillissant j'entrevis l'espérance;
Et je jurai pour elle de mourir!

Un soir, pensif, j'errais à l'aventure,
Interrogeant mon esprit rédempteur,
Quant tout à coup l'écho, dans la nature,
Répète encor : « Guerre à tout oppresseur! »
Je tressaillis : mon pied frappa la terre;
Mes yeux en feu prédirent l'avenir.
O Liberté! si Dieu te fit ma mère,
En noble fils pour toi je dois mourir!

Dès lors ma vie en tous lieux est mystère :
Je suis l'espoir, la joie ou la terreur!
Aux opprimés je tends les mains en frère;
Mais aux méchants j'oppose un bras vainqueur.
J'ai guerroyé sur la terre et sur l'onde;
Mon sang versé fut celui du martyr;
Humanité, pour toi, par tout le monde,
J'ai bien souffert, si je n'ai dû mourir!

Mais un grand jour s'offrit à ma vaillance;
Un feu céleste éclate à l'horizon;
Cloches et chants, s'unissant en cadence,
Vibraient dans l'air aux cent bruits du canon!
Joyeux transport! C'était l'élan suprême
D'un peuple fier et lassé de gémir;
C'était Thémis qui lançait l'anathème.
Dans ce beau jour, oh! je pensai mourir!

Persévérons, dis-je; la cause est sainte!
Un même sang vit d'une même ardeur :
La vérité, d'ailleurs, marche sans crainte
Au champ sacré du droit et de l'honneur.
J'ai triomphé de l'erreur indécise
Qui, sous des murs, pour survivre osa fuir;
Et mon drapeau déployait pour devise :
A l'unité d'Italie ou mourir.

Au souverain j'ai donné ma conquête
Sans nul orgueil, car j'avais fait le bien :
Ma récompense en mon cœur, c'est la fête
De Liberté que veut tout bon chrétien.
Deux sœurs encore à l'antique esclavage,
Sont sans patrie et veulent la servir.
Pour les unir et guider leur courage,
J'avais juré de combattre et mourir.

Mais le destin, ce grand maître du monde,
Qui tient en main l'avenir des mortels,
Trompa mes vœux et ma foi si féconde
En me frappant au mépris des cartels.
Je suis blessé; mais mon âme impassible
Aux seuls méchants laisse le repentir!
Dieu des humains, pour toi tout est visible,
Tu jugeras : je suis prêt à mourir!

PROPRIÉTÉ DE L'AUTEUR, rue de l'Échaudé-Saint-Germain, 6. — Paris, octobre 1862. — PARIS. — IMP. DE SOYE ET BOUCHET, PLACE DU PANTHÉON, 2.

Par Dépêche Télégraphique

PRISE
de la ville de Puebla

Grande Victoire remportée par l'armée Française sur les Mexicains, commandés par le général Ortéga, qui s'est rendu sans condition avec 18,000 hommes, le 17 mai 1863.

CHANT A CE SUJET.

Nos soldats sont dans le Mexique,
Oh! combien ils sont valeureux;
L'ennemi se montre héroïque,
En vain il résiste contre eux;
A Puebla dans ses retraites
On le poursuit avec ardeur.

Sonnez clairons, sonnez trompettes,
Partout le Français est vainqueur.

On a pénétré dans la place.
On a forcé les Mexicains,
Et nos soldats remplis d'audace
Les pousuivaient l'épée aux reins.
Le canon gronde sur leurs têtes,
Rien ne ralentit leur fureur.

Sonnez clairons, sonnez trompettes,
Partout le Français est vainqueur.

A travers les feux, la fumée,
On voit flotter nos étendards;
Quelle gloire pour notre armée!
Le sang coulait de toutes parts.
Ils ont croisé leurs bayonnettes
Au cri de: Vive l'Empereur!

Sonnez clairons, sonnez trompettes,
Partout le Français est vainqueur.

On combattait dans chaque rue,
Mais avec rage, avec courroux;
Enfin la ville s'est rendue,
La voilà prise, elle est à nous.
Nous sommes fiers de vos conquêtes,
Vaillants soldats à vous l'honneur.

Sonnez clairons, sonnez trompettes,
Partout le Français est vainqueur.

Métay. *(Propriété de l'auteur.)*

Valence, imprimerie Chaléat 1863.

LE 16 MARS

CANTATE

En l'honneur de l'Anniversaire de la Naissance

DE S. A. LE PRINCE IMPÉRIAL

DE FRANCE,

PAR M. AVETTE

Chantée par Mlle Servier, le 16 Mars 1865,

SUR LE THÉATRE FRANÇAIS DE NICE

A LA REPRÉSENTATION DONNÉE AU PROFIT DE L'ORPHELINAT DU PRINCE IMPÉRIAL.

1er Couplet.

Ah! que ce jour soit un grand jour de Fête,
Chaque Français bénit son Empereur!
Et pour son fils chacun de nous répète
Ses chants d'Amour partis du fond du cœur.
Pour célébrer son illustre Naissance
Soyons unis auprès de son Berceau:
Et jurons tous à l'Enfant de la France
Fidélité, pour servir son Drapeau.

2me

Dans les Palais, comme au sein des chaumières,
Pour tous Français c'est un jour de bonheur!
Fiers ouvriers déployez vos bannières,
Pour saluer notre jeune Empereur!
Ah! que vos fils aident par leur vaillance
A diriger son pénible vaisseau;
Qu'ils jurent donc à l'Enfant de la France
Fidélité pour servir son drapeau.

3me

Braves Niçois, votre ciel pur rayonne
Tout embaumé du parfum de vos fleurs,
Pour cet Enfant tressez une couronne
De vos Lauriers cueillis aux champs d'honneurs!
Il comblera vos rêves d'espérance
Illustrera votre Pays si beau;
Nouveaux Enfants de notre chère France
Ralliez-vous autour de son Drapeau.

Nice. — Imp. A. Gilletta, Soc. Typ.

A NAPOLEON III

L'ENFANT DU PROGRÈS

Chant national

AIR : *De la Parisienne.*

1er COUPLET.

Lyon, vieille cité romaine,
Rivale de vingt nations ;
L'amour, en étouffant la haine,
Sape tes sanglants bastions.

REFRAIN

Que de la paix les fleurs nouvelles
Unissent nos mains fraternelles.
Sur nos vieux cyprès,
Versons des regrets,
Quand, sous le marteau de l'Enfant du Progrès,
Tombent nos citadelles (*bis*).

2e COUPLET.

Naguère, empoisonnant nos fêtes,
En jonchant le sol de débris,
L'erreur souleva des tempêtes
Contre le progrès incompris.

REFRAIN

Que de la paix les fleurs nouvelles
Unissent nos mains fraternelles.
Sur nos vieux cyprès,
Versons des regrets,
Quand, sous le marteau de l'Enfant du Progrès,
Tombent nos citadelles (*bis*).

3e COUPLET.

Du flot de l'ignorance altière,
L'Empire a forcé les détroits ;
Le droit protége sa bannière,
Hourra pour Napoléon III.

REFRAIN

Que de la paix les fleurs nouvelles,
Unissent nos mains fraternelles,
Sur nos vieux cyprès,
Versons des regrets,
Quand, sous le marteau de l'Enfant du Progrès,
Tombent nos citadelles (*bis*).

4e COUPLET.

Des haines comblons le cratère,
Ne formons plus qu'un seul faisceau ;
Les enfants d'une même mère,
Ne doivent avoir qu'un drapeau.

REFRAIN

Que de la paix les fleurs nouvelles,
Unissent nos mains fraternelles,
Sur nos vieux cyprès,
Versons des regrets,
Quand, sous le marteau de l'Enfant du Progrès,
Tombent nos citadelles (*bis*).

5e COUPLET.

L'orage donnant le vertige,
Ne saurait plus nous désunir ;
Nous protégerons sur sa tige,
La douce fleur de l'avenir.

REFRAIN

Que de la paix les fleurs nouvelles
Unissent nos mains fraternelles,
Sur nos vieux cyprès,
Versons des regrets,
Quand, sous le marteau de l'Enfant du Progrès,
Tombent nos citadelles (*bis*).

NOVÉ-JOSSERAND (du Caveau Lyonnais).

Imp. Labaume, c. Lafayette, 5.

En vente chez Dumas, rue des Martyrs, 45, et chez tous les libraires.

BRISONS L'INIQUITÉ

CHANT NATIONAL.

PRIX : 10 CENTIMES.

AIR *de la Parisienne.*

Ils ne sont plus ces jours d'ignominie
Où de la France on salissait le front;
Front glorieux où brillait le génie,
Fait pour la gloire et jamais pour l'affront.
O jour d'immortelle mémoire,
La France a reconquis sa gloire.

REFRAIN.

Allons, déchirons
Ces maudits chiffons,
Fruits douloureux d'infâmes trahisons;
Couronnons notre gloire. (*bis*).

Dix-huit cent quinze, époque désastreuse,
Nous abhorrons tes odieux traités;
La France est grande et noble et valeureuse
Et ne veut plus de ces indignités.
O jour d'immortelle mémoire,
La France a reconquis sa gloire.

Allons, déchirons, etc.

Durant vingt ans nos triomphantes armes,
Aux potentats donnèrent des leçons;
L'Europe eut peur et se mourant d'alarmes,
Fit fort souvent d'humbles soumissions.
O jour d'immortelle mémoire,
La France a reconquis sa gloire.

Allons, déchirons, etc.

Souvenez-vous des faits de la Crimée
Et d'Italie et tant d'autres divers...
La France est bonne: elle veut être aimée;
Mais déchirons... la page des revers.
O jour d'immortelle mémoire,
La France a reconquis sa gloire.

Allons, déchirons, etc.

Oui, déchirons cette page honteuse,
OEuvre de haine, arrêtant le progrès;
La France veut rendre l'Europe heureuse,
Par l'abondance et l'amour de la paix.
O jour d'immortelle mémoire,
La France a reconquis sa gloire.

Allons, déchirons, etc.

Ne doutez pas, ennemis de la France,
De sa valeur au milieu des combats;
Son sang est riche et coule en abondance;
Elle est puissante... Ah! ne la brusquez pas!
O jour d'immortelle mémoire,
La France a reconquis sa gloire.

REFRAIN.

Allons, déchirons
Ces maudits chiffons:
Fruits douloureux d'infâmes trahisons;
Couronnons notre gloire.

PROST VICTOR.

Lyon. — Impr. de Ve Th. Lépagnez.

10 centimes

LA
COMPLAINTE D'IWANOFF

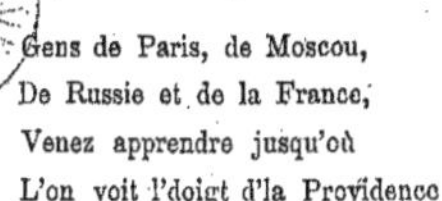

Gens de Paris, de Moscou,
De Russie et de la France,
Venez apprendre jusqu'où
L'on voit l'doigt d'la Providence

Qui préserva le six juin
Le Czar, d'un jeune assassin.
C'est un p'tit Polonais qui
S'appelle Berezowski

Vient d'commettre un attentat.
Sur un noble potentat
Qui sut garder son sang-froid
Quand chacun tremblait d'effroi.

Sans le courageux Raimbeaux
Qui sans crainte de la mort
Osa braver cet assaut,
Quel serait son triste sort?

Or chacun sait qu'Alexandre,
Emp'reur de tout'la Russie
A Paris vient de descendre
Voir le Palais d'l'Industrie.

Depuis quelque temps, ma foi,
Paris reçoit plus d'un roi,
Princes sultans, empereurs
Y viennent en voyageurs.

Le roi de Prusse et Bismark
(Celui-ci de blanc vêtu),
Sont entr'autres gens de marque
Des hôtes assez cossus.

Or, pour voir un'grande revue,
Qui se passait à Longchamps,
Assistèrent en grande tenue
Alexandre et ses enfants

Dans la voiture de l'Empereur
Qui avait la joie au cœur,
Pour voir aussi grande fête,
Les Parisiens n'manquent pas.

La foule était si complète
Que l'on dût marcher au pas.
Aux abords de la cascade
Sort du groupe un scélérat,

Posté comme en embuscade,
Qui soudain étend son bras.
Il tenait un pistolet,
Qu'il dirige vers le Czar.

L'écuyer Raimbaud, tout net,
De son corps sert de rempart
Pour sauver l'hôte qu'il doit
Protéger sous notre toit.

Le coup part : c'est le coursier
De ce glorieux écuyer
Qui reçoit le coup fatal;
Le sang du noble animal

Vient effleurer l'Empereur;
Napoléon n'a pas peur.
Il dit au Czar : Grâce à Dieu,
Ensemble nous avons vu l'feu.

Une pauvre femme, hélas!
Fut, dit-on, blessée là bas,
Quant au cruel assassin
Le ciel le punit soudain,

Et son arme entre ses bras
Éclata avec fracas.
Chacun sur lui se rua
Et sans la sage police

Qui du monstre s'empara,
Le peuple en eut fait justice.
Grâce à la gendarmerie
Berezowski fut sauvé,

Puis à la Conciergerie
Bien escorté, transporté.
Bénissons la Providence,
Qui dans ce jour solennel,

Garda l'hôte de la France
De l'arme d'un criminel;
Et que chacun de nous crie :
Jamais le cœur d'un Français
N'aurait souillé sa patrie!
Honte au traître polonais!

IWANOFF.

Se trouve chez Defaux, 8, rue du Croissant.

Imprimerie G. Towne, 9, rue d'Aboukir, Paris.

LE DESTIN

1868

CHANT PATRIOTIQUE

PAROLES DE M. **ALEXIS DIOT**, COIFFEUR

PREMIÈRE ÉDITION

Air : De la France guerrière.

I

Après seize ans d'attente et d'espérance,
J'entends gémir par toutes les cités.
Quand la Patrie a sa ressource immense,
Pourquoi ces plaintes, ces adversités?
Quand le soleil resplendit à l'aurore;
Quand son ardeur fait croître nos moissons,
O destinée! est-ce toi qui dévore
Tous ces bienfaits, dans toutes les saisons?

Refrain.

De l'avenir perce la voix féconde,
Présage heureux de l'antique gaieté;
Fêtons, amis, sur la terre et sur l'onde,
Ce chant d'amour : Vive la Liberté!

II

En d'autres temps, sous un climat prospère,
Nos cœurs battaient d'un riant avenir.
Mais aujourd'hui, l'on sent trembler la terre ;
On croit toujours qu'un monde va finir.
Plus d'équité, de respect; tout s'agite;
C'est le chaos, les ténèbres toujours!
Humanité, tu tournes dans l'orbite,
Sans retrouver l'éclat de tes beaux jours!

Refrain.

De l'avenir perce la voix féconde,
Présage heureux de l'antique gaieté;
Fêtons, amis, sur la terre et sur l'onde,
Ce chant d'amour : Vive la Liberté!

III

Nobles débris des gloires populaires,
Qui combattez dans le champ du progrès,
Votre drapeau, c'est celui de nos pères.
Là, sont gravés les immortels décrets :
Égalité contre le privilége!
Fraternité, que Dieu créa pour tous!
Qui les enfreint commet un sacrilége!
Qui les défend brave tous les courroux!

Refrain.

De l'avenir perce la voix féconde,
Présage heureux de l'antique gaieté;
Fêtons, amis, sur la terre et sur l'onde,
Ce chant d'amour : Vive la Liberté!

IV

L'homme est-il donc le vaincu dans l'histoire?
Qui fait l'orgueil des grands... (qu'on nomme ainsi)?
La vérité, plus pure que leur gloire,
Elle a son deuil, mais sa splendeur aussi!
A son regard, la terreur fuit dans l'ombre,
Si de son glaive poursuit les méfaits.
Vient l'ouragan, qui, roulant le décombre,
Dans sa fureur renverse les palais.

Refrain.

De l'avenir perce la voix féconde,
Présage heureux de l'antique gaieté;
Fêtons, amis, sur la terre et sur l'onde,
Ce chant d'amour : Vive la Liberté!

PROPRIÉTÉ DE L'AUTEUR, rue de Seine, 40. — *Paris*, 1868 — PARIS, — E. DE SOYE, IMPRIMEUR, 2, PLACE DU PANTHÉON.

NAPOLÉON PREMIER.

1815.

AIR *connu.*

En partant de ce lieu
Pour une île lointaine !
Adieu ! la France, adieu ! !
Adieu l'aigle romaine !
Le secours de mon bras
Vous paraît une offense,
Laissant dans les combats
Le prix de sa vaillance.

Adieu mes bataillons !
Adieu le sort des armes !
Dans les foyers bretons
Je dois verser mes larmes.
En quittant la grandeur,
Qui dans tous lieux raisonne,
A mon divin auteur
Je confie ma couronne.

Quoique dans ce moment
Ma patrie me délaisse,
Et me fasse un tourment
Des jours qu'elle me laisse.
L'Europe a bien compris
L'éclipse d'un Grand Homme,
En soumettant Paris
Comme je soumis Rome.

Vivez en liberté !
Monarques de l'Europe,
Ce fer si redouté,
La rouille l'enveloppe ;
Mais respectez, héros !
Mon ancienne puissance,
En laissant vos drapeaux
Au pouvoir de la France !

(Par Baillit, Ant.)

CENTENAIRE

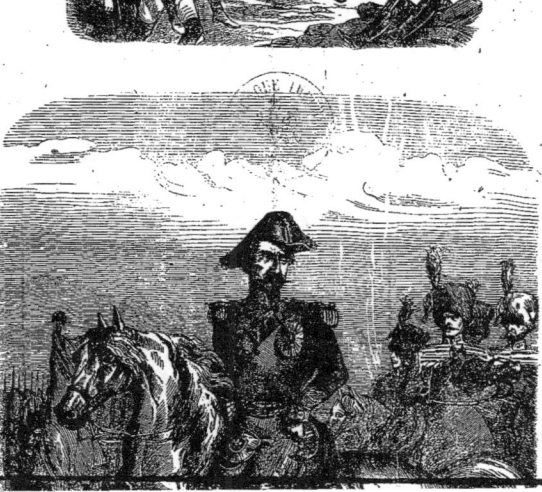

LE

CENTENAIRE

DE

NAPOLÉON Ier

CHANT NATIONAL.

Paroles de Jagny.

Air de *la France guerrière.*

CHOEUR DES SOLDATS.

Il n'est pas mort celui dont la vaillance
Remplit encor l'univers de son nom,
Du haut des cieux il veille sur la France.
Napoléon! Napoléon!...

LA VICTOIRE.

Comme un soleil les feux de son génie,
Versent sur nous ses bienfaisants rayons,
A son nom seul... l'amour de la patrie
S'allume au cœur des jeunes légions.
« Chacun le voit resplendissant de gloire,
» L'épée en main, d'Arcole à Rivoli,
» Nouveau César enchaînant la victoire,
» Sous le drapeau par l'Europe assailli. »
Il n'est pas mort! etc.

LE PEUPLE.

Tant qu'un Français sentira son cœur battre,
Il survivra ce soldat glorieux;
Son souvenir, nul ne pourra l'abattre!
Car l'avenir des héros fait des Dieux!!!
Qui plus que lui peut mériter ce titre?...
Il n'en est pas! cherchez en tous pays;
L'histoire est là qui se fait son arbitre
Et vous répond : les Romains ont pâli.
Il n'est pas mort! ect.

LE VIEUX GROGNARD.

Du sud au nord, partout sa main puissante
A fait flotter nos drapeaux triomphants,
De ses soldats il était l'âme ardente,
Qui met au cœur de sublimes élans,
A ce géant rien n'était impossible,
Si... l'étranger, pour venger tant d'affronts,
Pour l'arrêter dans sa marche invincible,
N'eût eu recours aux lâches trahisons!!!
Il n'est pas mort! etc.

LE SUFFRAGE UNIVERSEL.

Ses descendants grandis par son exemple,
Ont à son culte élevé des autels,
Pour lui la France est comme un vaste temple,
Rajeunissant ses combats immortels.
C'est que du peuple il a servi la cause,
En défendant notre honneur et nos droits,
Aussi! plus tard... sublime apothéose!!!
Nous l'acclamons dans Napoléon trois!...
Il n'est pas mort celui dont la vaillance
Remplit encor l'univers de son nom,
Du haut des cieux il veille sur la France,
Napoléon! Napoléon!...

Chez A. DUCHENNE, Éditeur, 51, rue Charlot, à Paris.

3174. Paris. — Typ. Morris père et fils, 64, rue Amelot.

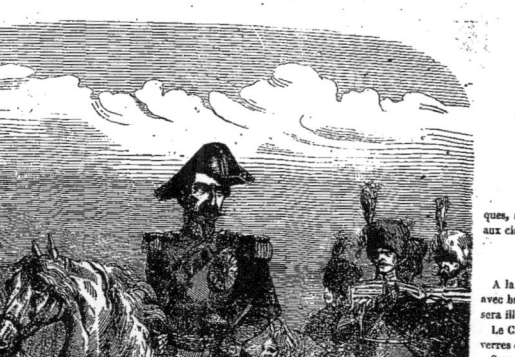

Ministère de la Maison de l'Empereur et des Beaux-Arts.

PROGRAMME DE LA FÊTE NATIONALE

DU 15 AOUT 1869.

Le 15 août, à six heures du matin, des salves d'artillerie tirées par le canon des Invalides annonçant la fête nationale.

Ces salves seront répétées le soir, à six heures.

Le matin, des secours en nature seront distribués aux familles indigentes dans chacun des vingt arrondissements de Paris. Cette distribution sera faite par les soins des maires et des membres des bureaux de bienfaisance.

A une heure, une messe solennelle sera célébrée dans l'église métropolitaine. Des députations des grands corps de l'Etat et des autorités civiles et militaires assisteront à cette messe, qui sera terminée par un *Te Deum*.

Fête de jour.

Au Champs de Mars, qui sera décoré de mâts avec bannières, écussons et trophées, deux grands théâtres de pantomimes militaires et deux théâtres d'acrobates alterneront leurs représentations. Six mâts de cocagne garnis de prix ...

ques, aux théâtres Déjazet, des Foles-Marigny, Beaumarchais et au théâtre de Cluny, aux cirques Napoléon et de l'Impératrice et à l'Hippodrome.

Fête de nuit.

A la nuit, le jardin des Tuileries, décoré de lustres dans les quinconces, de mâts avec bannières et écussons, de girandoles et de guirlandes dans les allées principales, sera illuminé au moyen du gaz et de verres et globes de couleur.

Le Champ de Mars et ses abords seront également illuminés au moyen du gaz et de verres et globes de couleur.

Seront illuminés au gaz: la place de la Condorde, la grande avenue et le rond-point des Champs-Élysées, dont tous les candélabres seront surmontés de vases ornés de bouquets de globes de couleur et reliés par des guirlandes garnies également de globes lumineux.

La place et l'Arc de l'Étoile seront éclairés par la lumière électrique. Pendant la soirée des flammes de Bengale simuleront un embrasement des massifs des Champs-Élysées.

... de Paris, le palais de l'Industrie, la colonne Vendôme ...

Fête de jour.

Au Champs de Mars, qui sera décoré de mâts avec bannières, écussons et trophées, deux grands théâtres de pantomimes militaires et deux théâtres d'acrobates alterneront leurs représentations. Six mâts de cocagne garnis de prix seront livrés aux concurrents. Des marchands forains seront installés dans des boutiques établies spécialement sur le même emplacement.

Sur la Seine, dans le bassin entre le pont des Invalides et la pointe de l'île de Grenelle, des régates auront lieu à deux heures.

A la place du Trône, des pantomimes et des jeux de funambules seront exécutés alternativement sur deux théâtres élevés à droite et à gauche du rond-point. Deux mâts de cocagne garnis de prix seront livrés aux concurrents.

Spectacles gratuits.

A une heure, des représentations gratuites seront données au théâtre impérial de l'Opéra, à la Comédie-Française, au théâtre impérial de l'Opéra-Comique, au théâtre impérial de l'Odéon, au théâtre impérial du Châtelet, aux théâtres du Vaudeville, du Gymnase, des Variétés, du Palais-Royal, de la Gaîté, de l'Ambigu, des Folies-Dramati-

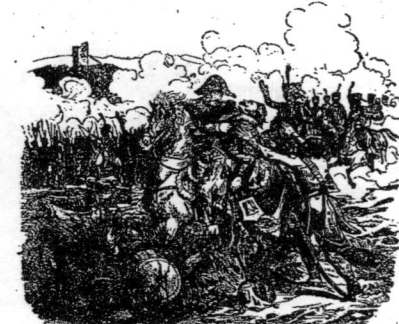

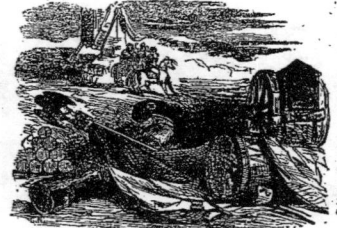

de Paris, le palais de l'Industrie, la colonne Vendôme, la tour Saint-Jacques-la-Boucherie, le palais de Justice, l'église Sainte-Geneviève, les portes Saint-Denis et Saint-Martin, la colonne de Juillet, les Halles centrales et tous les autres édifices publics seront également illuminés, ainsi que la place du Trône et le terre-plein du Pont-Neuf.

A sept heures et demie, de nouvelles représentations seront données sur les grands théâtres de pantomimes et les théâtres d'acrobates du Champ de Mars et de la place du Trône.

A neuf heures, deux feux d'artifice seront tirés, l'un au Trocadéro, l'autre à la Place du Trône.

Le maréchal de France, ministre de la maison de l'Empereur et des beaux-arts, arrête le programme ci-dessus, qui sera publié et affiché dans Paris et la banlieue par les soins de M. le sénateur préfet de la Seine.

Paris, le 6 août 1869.

VAILLANT.

LE CENTENAIRE DE NAPOLÉON Ier

CHANT NATIONAL.

Paroles de JAGNY.

Air de *la France guerrière*.

CHOEUR DES SOLDATS.

Il n'est pas mort celui dont la vaillance
Remplit encor l'univers de son nom,
Du haut des cieux il veille sur la France,
Napoléon! Napoléon!..

LA VICTOIRE.

Comme un soleil les feux de son génie
Versent sur nous ses bienfaisants rayons,
A son nom seul... l'amour de la patrie
S'allume au cœur des jeunes légions.
« Chacun le voit resplendissant de gloire,
» L'épée en main, d'Arcole à Rivoli,
» Nouveau César enchaînant la victoire,
» Sous le drapeau par l'Europe assailli. »
Il n'est pas mort! etc.

LE PEUPLE.

Tant qu'un Français sentira son cœur battre,
Il survivra ce soldat glorieux;
Son souvenir, nul ne pourra l'abattre!
Car l'avenir des héros fait des Dieux!!!
Qui plus que lui peut mériter ce titre?...
Il n'en est pas! cherchez en tous pays;
L'histoire est là qui se fait son arbitre
Et vous répond : les Romains ont pâli.
Il n'est pas mort! etc.

LE VIEUX GROGNARD.

Du sud au nord, partout sa main puissante
A fait flotter nos drapeaux triomphants,
De ses soldats il était l'âme ardente,
Qui met aux cœurs de sublimes élans,
A ce géant rien n'était impossible,
Si... l'étranger pour venger tant d'affronts,
Pour l'arrêter dans sa marche invincible,
N'eût eu recours aux lâches trahisons!!!
Il n'est pas mort! etc.

LE SUFFRAGE UNIVERSEL.

Ses descendants grandis par son exemple,
Ont à son culte élevé des autels,
Pour lui! la France est comme un vaste temple,
Rajeunissant ses combats immortels.
C'est que du peuple il a servi la cause,
En défendant notre honneur et nos droits,
Aussi! plus tard... sublime apothéose!!!
Nous l'acclamons dans Napoléon trois!...
Il n'est pas mort celui dont la vaillance
Remplit encor l'univers de son nom,
Du haut des cieux il veille sur la France,
Napoléon! Napoléon!...

Défense de crier ce Papier dans Paris.

Chez A. DUCHENNE, Éditeur, 51, rue Charlot.

3174 Paris. — Typ. Morris père et fils, 64, rue Amelot.

HONNEUR

ET

PATRIE

VERTUS

ET

COURAGE CIVIQUE

FRANCE

LE RÉVEIL DU PEUPLE

CHANT ÉLECTORAL

Paroles de M. ALEXIS DIOT

1869

NOTA. — Toute personne qui prendra 20 exemplaires, pourra inviter l'auteur à chanter ce poëme à domicile

AIR : *La Guerre* (*de Crimée*)

Loin de nous la paix sans honneur.

I

Peuple Français, alerte, lève-toi!
Voici venir le jour de délivrance
Où par tes vœux, par ta main, par ta foi,
Tu vas montrer de nouveau ta puissance!
Ton Étendard, au blason du labeur,
Dans tous les temps fit la force invincible!
Alors surtout qu'il va flotter paisible,
Fils de Thémis, acclamons le vainqueur!

Refrain :

Au vote! (*Bis.*)
Consacrons nos droits au scrutin.
Plantons notre drapeau : qu'il flotte
A la gloire du genre humain!
Au vote!

II

Oui, lève-toi, Peuple, avec dignité :
D'un long sommeil renaît la vigilance.
Suis de ton cœur la voix de l'équité,
Et tu verras où penche la balance.
Assez de sang fut versé pour tes droits :
Assez d'erreurs font languir tes conquêtes.
Quand du progrès tu célèbres les fêtes,
Sans t'immoler va grandir tes exploits.
Au vote!

III

Pour t'égarer, plus d'un être insensé
Sur ton chemin viendra semer l'ivresse,
Et répéter, ô honte du passé!
Que privé d'or tout meurt dans la détresse!
Toi, libre et fier en ton noble dessein,
Fixant la nue et montrant la lumière,
Tu répondras : La fortune est chimère
Sans le soleil et ce mâle refrain:
Au vote!

IV

As-tu besoin qu'on t'exhorte jamais,
Quand il s'agit d'honneur et de victoire?
On doit te voir, pour gagner des succès,
Toujours jaloux de te couvrir de gloire.
L'heure est sonnée au temple du Destin;
Quand ton étoile à l'horizon se lève,
C'est le devoir! va, ni repos ni trêve!
Marche en héros, combats en citoyen!
Au vote!

V

Pour t'enrichir de nouvelles vertus,
Dit le Tribun, regarde l'édifice,
Oh! tu verras des temples abattus
A relever au prix du sacrifice.
Quand des martyrs à jamais glorieux
Ont de leur sang scellé l'arche première,
Toi qui jures d'honorer leur poussière,
N'entends-tu pas qu'ils t'exhortent des Cieux?
Au vote!

INVOCATION

VI

O vérité, symbole de la foi,
Abreuve-nous de ta divine essence.
Semant le bien que comporte ta loi,
Tu réduiras l'erreur à l'impuissance.
L'iniquité régnant, c'est la terreur!
L'adversité soulève les tempêtes.
Pour détourner ces malheurs de nos têtes,
Dieu de la Paix, sois notre Rédempteur.
Au vote!

Refrain :

Au vote! (*Bis*).
Consacrons nos droits au scrutin.
Plantons notre drapeau : qu'il flotte
A la gloire du genre humain!
Au vote!

PROPRIÉTÉ DE L'AUTEUR, rue de Seine, 40 — *Paris, 1869* — Paris. — Typ. Gaittet, rue du Jardinet, 1.

J' vais t'enl'ver l' Prussien!

REFRAIN DE CIRCONSTANCE

Air final de *la Revue au cinquième étage.*

1

Un gros papa se rendait chez Nadar
Pour le prier d' fair' sa photograhie,
Nadar qui rêv' de ballon tout' sa vie
Lui dit tout bas en l' menant à l'écart :
Attention !
Attention !
En c' moment j' tiens
D' l'hydrogène,
Gaz sans gène.
Décampe ou bien
J' réponds de rien ;
Je vais t'enlever le Prussien !

2

Sur l'omnibus, si fièr'ment vous grimpez
Pour arriver plus vite à la Bastille
Que dites-vous au gros fils de famille
Dont le *bas rein* vous tombe sur le nez;
Attention !
Attention !
La ramp' je tiens
Hiss' ta balle
Qui s' trimbale.
Foi d' parisien
Si t'en fais rien;
Je vais t'enlever le Prussien!

3

Au bord d' la Sein', je m' baigne sans cal'çon
En compagni' du fringant Anatole,
Quand tout-à-coup un drôl' qui sort d' l'école
Et qui distingu' mon trop de sans façon!
Dit : nom d'un nom
Quel gros ballon !
Cré ! biscayen !
Quell' planète
Rondelette;
Dis, nom d'un chien !
Qu'ell' pèse rien,
Je vais t'enlever le Prussien !

4

Comme ils palpaient l'autre soir leurs tonneaux
Les travailleurs de la grande Villette,
Un' locatair', dame par trop distraite,
S'rendit au chos' sans t'nir compt' des travaux
Attention !
Attention!
Les gens de bien
Cri' d' la cave
Un' voix grave ;
Plus de maintien
On te voit bien,
Je vais t'enlever le Prussien!

5

Une jeuness' qui blâma son époux,
La nuit d' ses noc's, c'est la tendre Julie,
Son Casimir qui rêvait d' la Patrie,
Lui tint tout l' temps ces propos des plus doux:
Attention!
Attention!
Je le tiens bien,
Plus d'alarmes,
Prends les armes
Et vise bien,
Ah! mon p'tit chien,
Je vais t'enlever le Prussien !

6

Gloire à la France, à son drapeau divin
Pour la défendre, ah! donnons notre vie
Et, dans huit jours par la télégraphie
Bons citoyens, nous saurons qu'à Berlin
Des brav's Français,
Ivres d' succès,
Plus grands qu' jamais,
Tout' l'armée
Est entrée
En poussant bien
L' cri parisien :
Je vais t'enlever le Prussien!

En vente chez, **MADRE**, rue du Croissant, 20.

11790. — Paris, typ. Alcan-Lévy, rue Lafayette, 61.

La Chanson de Bismark

L'HOMME QUI VEUT MANGER LE DANEMARK!

Chantée au Spectacle-Concert des *Folies-Desnoyez*

AIR : **des Pompiers d' Nanterre**

1

Tu vas savoir, peuple de France,
Comment l'Prussien plein d'défaillance,
Il se bat avec un fusil,
Qui s'trouve être un drôle d'outil,
Cette arme est sans péril ;
On sait dans chaqu'famille
Que l'fusil à... *aiguille*
Ne produit qu'des feux,.. *d'fil!*

REFRAIN.

Quand le fier Prussien,
Il s'en va-t-en guerre,
Il manqu' total'ment de zinc et de chien,
Avec son grand casque à paratonnerre,
Il n'en est pas moins fou...droyé par notr'biscayen ;
Zim laï la, zim laï la,
Drôl's de militaires,
Zim laï la, zim laï la,
Que ces Prussiens-là !
Zim laï la, zim laï la,
C'est toujours derrière,
Zim laï la, zim laï la,
Qu'un Prussien se bat.

Ce n'est pas sous l'ciel *bleu... de Prusse*
Qu'un ministre n'a pas d'astuce,
Demandez à l'ogre Bismark,
Qui voudrait manger le Dan'mark !
Ce Bismark, à l'œil dur
Sur la France aussi louche,
Mais pour lui le *Rhin... s'bouche*,
Pour lui plus de... *Rhin... sûr!*

REFRAIN.

3

Un Prussien vaut qu'on le retienne,
Pour... *cheminée à la prussienne!*
Et d'un Prussien, j'crois facil'ment,
Que tous les bruits ont du... *fond'ment.*
Incapabl' de hauts faits
Guillaume, qui s'abuse,
Nous f'ra plus d'une excuse,
Qui dit : *Prussien*, dit ; *p...aix*!!!

REFRAIN.

4

J'entends déjà nos mitrailleuses
Vomir leurs pilul's fameuses,
Je vois déjà cent mill' Prussiens,
Muselés comm' cent mille chiens !
Nos boulets, faits sur... *lieux*
Vont causer mill' défaites ;
D'nos facteurs les chaussettes
N'asphyxieraient pas mieux !!!

REFRAIN.

5

Malgré ta landwehr, ta marine,
Qui n'nous va pas à la... narine
Bismark, mon vieux, tu s'ras *rhinoé* !
Bismark, tu seras décrassé !
Nous mettrons l'embargo
Sur ton plus grand théâtre ;
Nous allons, est-c'folâtre !
Voir jouer... à *Berlin... Goth*!!!

REFRAIN.

En vente, chez MADRE, rue du Croissant.

11804. — Paris, typ. Alcan Lévy, rue Lafayette, 61.

LES CHANTS PATRIOTIQUES

TROIS CHANSONS NOUVELLES

Dédiées à l'Armée

A L'OCCASION DE LA GUERRE DE PRUSSE EN 1870

PAR DENIS REVILLON (DE SAINT-CYR)

LE SOLDAT VOLONTAIRE

Air : *Laissez les roses aux rosiers.*

PREMIER COUPLET.

Je pars, c'est pour servir la France,
C'est à mon tour d'être soldat.
De vous revoir, j'ai l'espérance,
Après un glorieux combat,
Adieu ma chaumière chérie,
Adieu mes compagnons d'état.
Oui, pour l'honneur de la patrie
Aujourd'hui je me fais soldat. } *bis.*

2e COUPLET.

J'ai vingt ans, je suis militaire,
Je veux défendre mon pays.
Je suis engagé volontaire,
C'est pour chasser les ennemis.
Chacun doit cinq ans de sa vie,
Pour le service de l'Etat.
Oui, pour l'honneur de la patrie
Aujourd'hui je me fais soldat. } *bis.*

3e COUPLET.

Vive la France, notre mère,
Vive son progrès, sa grandeur.
Faisons respecter sa bannière,
Qui nous conduit au champ d'honneur.
Brisant partout la tyrannie
Quand il nous faut livrer combat.
Oui, pour l'honneur de la patrie
Aujourd'hui je me fais soldat } *bis.*

4e COUPLET.

Par mon courage et ma vaillance,
Je veux imiter nos guerriers.
Car, si l'on attaquait la France,
Je cueillerai de frais lauriers.
Protégeons toujours l'industrie
Défendons les droits de l'Etat.
Oui, pour l'honneur de la patrie
Aujourd'hui je me fais soldat. } *bis.*

LE DÉPART DES CONSCRITS

Chant de route

Air : *Bon voyage mon cher Dumolet.*

(Cet air est très-bien cadencé pour le pas accéléré.)

PREMIER COUPLET.

Dès aujourd'hui nous voilà militaires,
Il faut quitter le paisible hameau.
Allons, partons défendre nos frontières.
Braves conscrits suivons notre drapeau.

REFRAIN

En avant, et partons gaiement,
Amis courons défendre la Patrie.
En avant, et partons gaiment,
Allons rejoindre notre régiment.

2e COUPLET.

Disons adieu à nos chères maîtresses,
Et dans leurs bras espérons revenir.
Rappelons-nous de leurs tendres promesses.
De nos amours gardons le souvenir.

REFRAIN : En avant, et partons gaiement, etc.

3e COUPLET.

Partons, partons pour servir la patrie,
Marchons au pas des tambours et clairons.
En détruisant partout la tyrannie,
Bravons le feu, les boulets, les canons.

REFRAIN : En avant, et partons gaiement, etc.

4e COUPLET.

Partons contents, le cœur plein d'espérance,
D'être soldat, c'est le sort le plus beau.
En combattant pour l'honneur de la France.
Faisant partout triompher son Drapeau.

REFRAIN : En avant, et partons gaiement, etc.

5e COUPLET.

Amis, suivons la trompette guerrière,
Qui nous conduit sur le champ de l'honneur.
En défendant notre noble bannière,
Dans les combats, montrons notre valeur.

REFRAIN : En avant, et partons gaiement, etc.

6e COUPLET.

Allons chercher les palmes de la gloire.
Allons combattre tous les agresseurs.
Après l'éclat d'une grande victoire,
Dans nos foyers nous reviendrons vainqueurs.

REFRAIN : En avant, et partons gaiement, etc.

LA MARCHE GUERRIÈRE

Chant de route

Air : *Soyons sans façon, ce soir, encore, je suis garçon.*

(La musique de cet air est très-bien cadencée pour le pas accéléré)

PREMIER COUPLET.

Mes chers amis,
Les ennemis
Nous font la guerre.
Marchons au combat,
Le fer en main, pressons le pas.
Faisant flotter
Et triompher
Notre bannière.
Au feu de nos rangs
Faisons tomber tous les tyrans.

REFRAIN.

Courons aux combats,
Braves soldats,
Foulons la terre,
Au champ de l'honneur
Allons combattre l'oppresseur.
Tressons des lauriers
En vrais guerriers.
Sur la frontière
Défendons gaiement
Le vieux Drapeau du Régiment.

2e COUPLET.

Soldats lurons,
Amis, courons
A la victoire,
Cueillir des lauriers;
C'est la couronne des guerriers
Nous combattrons,
Nous reviendrons
Couverts de gloire,
Car des oppresseurs.
Nous serons partout les vainqueurs.

REFRAIN. Courons, etc.

3e COUPLET.

Dans nos exploits
Pour les bons droits
De notre France,
Bravons les dangers
En combattant les étrangers.
Au feu surtout
Montrons partout
Notre vaillance,
De notre drapeau
Soutenons le renom si beau.

REFRAIN. Courons, etc.

4e COUPLET.

En manœuvrant
Et en brisant
La tyrannie.
Dans tous les combats
Faisons briller nos faits d'éclat.
Marchons, marchons,
Et défendons
Notre patrie.
Au champ de l'honneur.
Notre Drapeau sera vainqueur.

REFRAIN. Courons, etc.

5e COUPLET.

De nos couplets
Ni les boulets,
Ni la mitraille,
N'arrêtent le chant
Du soldat français en marchant.
Ralions-nous,
Dirigeons-nous
Vers la bataille.
Allons, vite en train,
Et répétons notre refrain.

REFRAIN. Courons, etc.

6 COUPLET.

Braves soldats,
Marchons au pas,
Chantons victoire.
Loin de nos remparts,
Allons planter nos étendars
Allons, partons
Et combattons
Au champ de gloire.
Par de beaux succès,
Couronnons le Drapeau français.

REFRAIN. Courons, etc.

DENIS REVILLON (de Saint-Cyr)

Caporal au 29e de ligne (20 ans de service et 6 campagnes). Décoré de la médaille militaire de la main de l'Empereur, car c'est l'Empereur lui-même qui lui attacha cette décoration sur la poitrine le 6 avril 1870, en passant la revue des troupes de la garnison de Paris.

On trouve ces trois nouvelles chansons à Paris, chez Mme Ve ROGER, rue des Ecouffes, 22 — Chez M. MIFLIEZ, passage Vendôme, 10.

Paris. — Typ. Guillet. rue du Jardinet, 1.

L'AIGLE FRANÇAIS

Chant Patriotique

DÉDIÉ A L'ARMÉE FRANÇAISE

***Pour la Guerre de Prusse* 1870**

Par Louis COTTIGNIES

AIR DES MOISSONNEURS

Premier Couplet.

L'aigle bondit et trépigne de rage
Contre ce roi, fléau de l'univers,
Que contre lui a déchaîné l'orage
Que l'on entend murmurer dans les airs;
Et dans ses serres il tient une couronne,
Dont la splendeur éblouit tous les yeux,

De son éclat l'astre des cieux rayonne, } *bis.*
Aigle divin... relève... nos aïeux.

Deuxième Couplet.

Longtemps banni de la terre des braves,
Par des tyrans qui demandaient ta mort;
Car sous leurs yeux tu brises les entraves,
Et tu vogues libre vers notre port.
Là t'attendait une sainte déesse,
Qui te remit ton sceptre glorieux,

Qu'il soit encore une arme vengeresse, } *bis.*
Aigle divin... relève... nos aïeux.

Troisième Couplet.

Oui, on l'a vu sur le champ de bataille
De Magenta et de Montebello,
Bravant le feu, le fer et la mitraille,
Comme il fit aux murs de Mexico.
Patrie, honneur, à lui donc la vaillance,
A ce vainqueur, guerrier victorieux.

Dans les combats Dieu protége la France, } *bis.*
Aigle divin... relève... nos aïeux.

Quatrième Couplet.

Salut, salut, ô toi coursier rapide,
Toi qui jadis sous les murs de Pékin,
Tu t'élança par ton vol intrépide,
Pour écraser ce peuple mandarin.
Le bord du Rhin maintenant te rappelle,
Vole au combat d'un élan courageux,

Et le soldat combattant sous ton aile, } *bis.*
Aigle divin... relève... nos aïeux.

Cinquième Couplet.

En ce moment la Prusse nous menace,
Plus de pitié, au combat sans merci,
Car ne crois pas que la haine s'efface,
De plus en plus son cœur s'est endurci.
Plus que jamais elle en veut à ta vie,
Car ton bonheur a offusqué ses yeux.

Il faut dompter cette vieille ennemie, } *bis.*
Aigle divin... relève... nos aïeux.

Sixième Couplet.

Vois-tu là-bas ce guerrier invincible.
C'est le neveu du grand Napoléon,
A l'oppresseur il se montre insensible,
Quand l'ennemi méprise sa raison.
Contre Bismarck qui rit de sa puissance,
En ce moment il marche valeureux,

Dans les dangers pour notre indépendance, } *bis.*
Aigle divin... relève... nos aïeux.

Septième Couplet.

C'est l'aigle d'or qui défend la patrie,
C'est le drapeau, le guide des combats,
Avec ardeur, chassons la tyrannie,
Au champ d'honneur il conduit nos soldats.
Il brave tous les feux des canonnades,
Son œil ardent d'un éclat radieux.

Fait redoubler nos belles fusillades, } *bis.*
Aigle divin... relève... nos aïeux.

Louis COTTIGNIES.

Lille, imp. F. Lagache, rue Esquermoise, 48.

10 CENTIMES. Numéro 1. **10 CENTIMES.**

Toujours : YA!

AIR : *Ah! qu'il est beau d'être homme d'armes.*

I

LE FRANÇAIS

Mon p'tit mignon, t'est trop aimable
Pour que je veuill'te fair'du mal;
Ecout'mon conseil charitable
Et va te mettre à l'hôpital.
A moins que tu ne veuill's voir faire
Comment s'opère une razzia.
Ah! qu'il est beau (*bis*) d'être à la guerre (*bis*)
Mais il me répond toujours : YA!

II

LE PRUSSIEN

Je ne bouis bas très-bien gombrendre
Ce que ce Vrançais me dit-il,
Mais il a le cup-d'œil pien tendre
Et ne débouel bas son fusil.
Si che condinue à me taire
Il va me brendr' pour un pêta.
Il n'est bas peau (*bis*) d'être à la guerre (*bis*)
Mais je rébondrai tujurs : YA!

III

LE FRANÇAIS

Je m'étais fait des idées fausses
Sur ce qu'on appell'*le prussien* :
Je me figurais voir deux bosses,
Avec d'la barbe, et puis plus rien...
J'avoue que je n'm'attendais guère
A voir un'gueule ouvert'tant qu'ça...
Ah! qu'il est beau (*bis*) d'être à la guerre (*bis*)
Mais il me répond toujours : YA!

— Tu es donc bien décidé à te faire fiche une tripotée?
— Yâ!
— Mais as-tu bien sondé, jeune adolescent, toute la profondeur de l'abîme dans lequel tu vas te plonger?
— Yâ!
— Alors, écris à ta famille, et numérote tes abatis.
— Yâ!

IV

LE PRUSSIEN

Que disait donc mon gapitaine
Que le Vrançais il est chétif?
En foilà un qu'en vaut la beine!
Et je me sens tout maladif...
Quequ' chos' s'écoul' de ma.... gib'cière,
Je crois qu'j'attrapp' le gholéra...
Il n'est pas peau (*bis*) d'être à la guerre! (*bis*)
Mais che rébondrai tujurs : YA!

V

LE FRANÇAIS

Je reconnais ces champs de guerre,
Nos aînés s'y sont illustrés.
Ils firent mordre la poussière
A tous ceux qu'ils ont rencontrés.
Nous réveillerons sous leur pierre
Les preux d'Arcole et d'Iéna...
Ah! qu'il est beau (*bis*) d'être à la guerre! (*bis*)
Mais il me répond toujours : YA!

VI

LE PRUSSIEN

Je fois t'ici mon tendre femme,
Que j'ai laissée en mon bays,
Qui va devenir bolygame
Avec mon droisième commis.
Au lieu d'un seul baratonnerre
Deux sur mon tête elle en blant'ra...
Il n'est pas peau (*bis*) d'être à la guerre! (*bis*)
Mais che rébondrai tujurs : YA!

BELPHÉGOR

1388 — PARIS. — IMPRIMERIE DE ÉDOUARD BLOTRUE, BLEUE, 7.

GUERRE A LA PRUSSE

AIR DE LA MARSEILLAISE

PRIX:
15 Centimes

PRIX:
15 Centimes

CHANT NATIONAL

PAROLES DE E. DARMET

Allons, debout, France aguerrie !
La Prusse nous jette un défi.
Pour vaincre l'armée ennemie,
Le droit nous a toujours suffi (*bis*).
Cette ambitieuse puissance
Veut aussi nous prussifier.....
Mais nous saurons la châtier,
Car rien ne résiste à la France.

REFRAIN

Guerre à mort aux Prussiens ! Pour venger nos affronts,
Courons, courons,
Au bord du Rhin, nous les écraserons !.....

De nos aïeux suivant la trace,
Jurons de vaincre ou de mourir.
Animés de leur noble audace,
Ainsi qu'eux, sachons conquérir (*bis*).
Honneur au brave qui succombe
Sous les balles des ennemis !.....
Heureux qui meurt pour son pays !
Le laurier croîtra sur sa tombe.....

Guerre à mort, etc.

Que les accents de la patrie
Trouvent écho dans tous les cœurs ;
C'est sa voix, soldats, qui nous crie :
« Combattez et soyez vainqueurs » (*bis*).
Que notre invincible bannière
Flotte encor au-delà du Rhin,
Et conduise jusqu'à *Berlin*
Les Français enfants de la guerre.

Guerre à mort, etc.

A notre tour dotons l'histoire
De maints exploits dignes des preux.
Enchaînons aussi la victoire ;
Surpassons ces guerriers fameux (*bis*).
Toi qui guidas la grande armée,
Etoile de *Napoléon*,
Sur nous fais briller un rayon
Du sein de la nue enflammée.

Guerre à mort, etc.

La Prusse, altière et fanfaronne,
Nous nargue depuis *Sadowa*.
Mais la France n'est pas poltronne ;
En tous temps elle le prouva.....
Il faut qu'en pièces on la taille,
Cette cohorte de Prussiens.....
Qu'il ne reste pas un des siens
Vivant sur le champ de bataille.

Guerre à mort, etc.

Avec transport prenons les armes ;
Illustrons-les par nos succès.
Le péril a pour nous des charmes,
Et la gloire est chère aux Français.
Vite en avant !..... le clairon sonne.....
Bientôt, des Prussiens abattus,
Nous verrons les canons fondus
Eriger une autre colonne.

Guerre à mort aux Prussiens ! Pour venger nos affronts,
Courons, courons,
Au bord du Rhin, nous les écraserons.

LYON, le 21 Juillet 1870.

E. DARMET.

RAMBOZ FR^ES PL. TERREAUX. 1 A LYON.

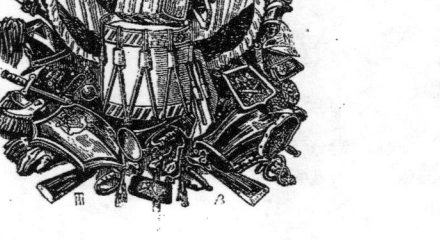

Dépôt
chez Madre
20, rue du Croissant

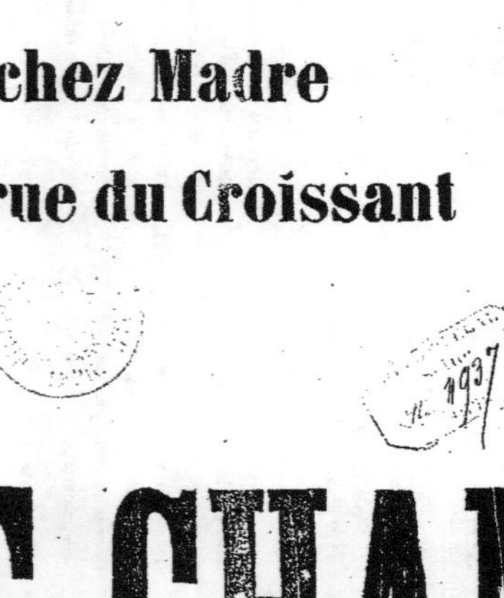

Chez
tous
les Libraires

LE CHANT DU DÉPART

UN DÉPUTÉ [illegible] EUPLE.

La victoire en chantant nous ouvre la barrière,
La liberté guide nos pas;
Et du nord au midi la trompette guerrière
A sonné l'heure des combats.
Tremblez, ennemis de la France,
Tous ivres de sang et d'orgueil,
Le peuple souverain s'avance,
Tombez, descendez au cercueil.

La république nous appelle,
Sachons vaincre ou sachons périr;
Un Français doit vivre pour elle, } *bis.*
Pour elle un Français doit mourir. }

UNE MÈRE DE FAMILLE.

De nos yeux maternels ne craignez pas les larmes:
Loin de nous de lâches douleurs!
Nous devons triompher quand vous prenez les armes:
C'est aux rois à verser des pleurs
Nous vous avons donné la vie,
Guerriers, elle n'est plus à vous;
Tous vos jours sont à la patrie:
Elle est votre mère avant nous.

Chœur des Mères de Famille. — La république, etc.

DEUX VIEILLARDS.

Que le fer paternel arme la main des braves;
Songez à nous au champ de mars;
Consacrez dans le sang des rois et des esclaves
Le fer béni par vos vieillards.
Et, rapportant sous la chaumière
Des blessures et des vertus,
Venez fermer notre paupière
Quand les tyrans ne seront plus.

Chœur des Vieillards. — La république, etc.

UN ENFANT.

De Barra, de Viala, le sort nous fait envie;
Ils sont morts, mais ils ont vaincu.
Le lâche, accablé d'ans, n'a point connu la vie:
Qui meurt pour le peuple a vécu;
Vous êtes vaillants, nous le sommes:
Guidez-nous contre les tyrans;
Les républicains sont des hommes,
Les esclaves sont des enfants.

Chœur des Enfants. — La république, etc.

UNE ÉPOUSE.

Partez, vaillants époux; les combats sont vos fêtes;
Partez, modèles des guerriers;
Nous cueillerons des fleurs pour en ceindre vos têtes:
Nos mains tresseront des lauriers,
Et, si le temple de Mémoire
S'ouvrait à vos mânes vainqueurs,
Nos voix chanteront votre gloire,
Nos flancs porteront vos vengeurs.

Chœur des Épouses. — La république, etc.

UNE JEUNE FILLE.

Et nous, sœurs des héros, nous qui de l'hyménée
Ignorons les aimables nœuds;
Si, pour s'unir un jour à notre destinée,
Les citoyens forment des vœux,
Qu'ils reviennent dans nos murailles
Beaux de gloire et de liberté,
Et que leur sang dans les batailles,
Ait coulé pour l'égalité.

Chœur des jeunes Filles. — La république, etc.

TROIS GUERRIERS.

Sur le fer, devant Dieu, nous jurons à nos pères,
A nos épouses, à nos sœurs,
A nos représentants, à nos fils, à nos mères.
D'anéantir les oppresseurs:
En tous lieux, dans la nuit profonde
Plongeant l'infâme royauté,
Les Français donneront au monde
Et la paix et la liberté.

Chœur général. — La république nous appelle,
Sachons vaincre ou sachons périr;
Un Français doit vivre pour elle, } *bis.*
Pour elle un Français doit mourir. }

Paris. — Typ. Gaittet, rue du Jardinet, 1.

Dépôt

chez Madre

20

rue du Croissant

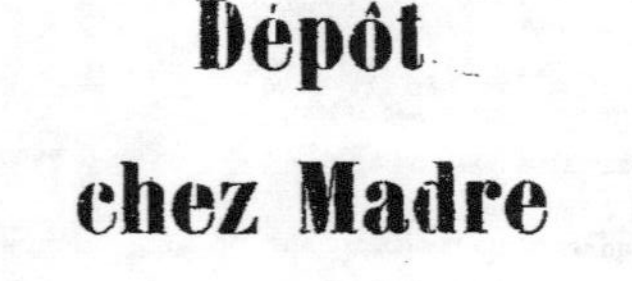

Chez

tous

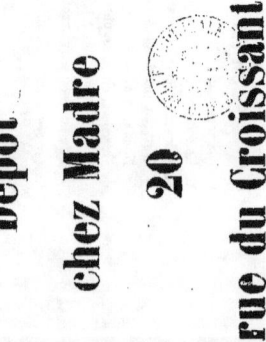

les Libraires

LES GIRONDINS

Par la voix du canon d'alarme,
La France appelle ses enfants ;
Allons, dit le soldat : Aux armes !
C'est ma mère, je la défends.
Mourir pour la patrie ! *(bis)*
C'est le sort le plus beau, le plus digne d'envie. *(bis)*

Nous, amis, qui loin des batailles,
Succombons dans l'obscurité,
Vouons, du moins, nos funérailles,
A la France ! à sa liberté !
Mourir pour la patrie ! *(bis)*
C'est le sort le plus beau, le plus digne d'envie. *(bis)*

Frères pour une cause sainte,
Quand chacun de nous est martyr,
Ne proférons pas une plainte,
La France un jour doit nous bénir.
Mourir pour la patrie ! *(bis)*
C'est le sort le plus beau, le plus digne d'envie. *(bis)*

Du Créateur de la nature,
Bénissons encor la bonté ;
Nous plaindre serait une injure ;
Nous mourons pour la liberté !
Mourir pour la patrie ! *(bis)*
C'est le sort le plus beau, le plus digne d'envie. *(bis)*

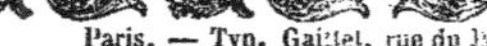
Paris. — Typ. Gaittet, rue du Jardinet, 2.

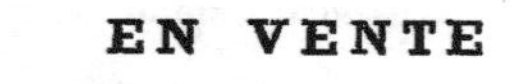

DÉPOT

A LA LIBRAIRIE NAPOLÉONIENNE

E. PICK, LIBRAIRE-ÉDITEUR

5, rue du Pont-de-Lodi

EN VENTE

CHEZ TOUS LES LIBRAIRES

Chant de Guerre

LA MARSEILLAISE

DE 1870

Dédiée à l'ARMÉE DU RHIN

PAR CH. GAUTHEY DE LATOUR

Aux armes, Enfants de la France !...
Fils de l'Atelier et des Champs,
Du Travail et de l'Opulence
Accourez tous grossir nos rangs ! (*bis*)
Puis, en avant jusqu'aux Frontières
Que nous montre le doigt de Dieu !...
Malgré le fer, malgré le feu,
Le Rhin coulera dans nos verres !...

Au Rhin de Charlemagne
Et des Napoléons !
Marchons ! Marchons !
Fleuve des Francs,
Baigne enfin nos sillons !

De la vallée à la montagne,
De nos cités à nos hameaux,
Contre toi, vaillante Allemagne,
Point ne s'élancent nos drapeaux (*bis*)...,
Un despote insolent nous brave...
Il dit : « L'Allemagne c'est *moi!* »
— Non, l'Allemagne n'est point *toi*...
Elle n'est plus que ton esclave!...

Au Rhin de Charlemagne
Et des Napoléons!
Marchons ! Marchons !
Fleuve des Francs,
Baigne enfin nes sillons !

De la guerre un orgueil infâme
Allume le feu dévorant...
Malheur à toi, *Bismark!* sa flamme,
Nous l'éteindrons dans votre sang ! (*bis*).
Ah ! ah ! tu nous cherches bataille...
En avant, Français et Prussiens!
Bientôt aura choisi les siens
Et la victoire et la mitraille !

Au Rhin de Charlemagne
Et des Napoléons!
Marchons! Marchons !
Fleuve des Francs,
Baigne enfin nos sillons !

Quand le tambour bat à la Gloire,
Quand nous appelle le Clairon,
Quand la Poudre chante « *Victoire!* »
Maudit tout Français qui dit « *Non!* » (*bis*)
Ne pleurez pas, Femmes de France,
La Souveraine à vos douleurs
Montre l'exemple : haut les cœurs !
Haut le courage et l'espérance !...

Au Rhin de Charlemagne
Et des Napoléons!
Marchons! Marchons !
Fleuve des Francs,
Baigne enfin nos sillons !

Amour sacré de la Patrie,
Au plus faible de ses enfants
Enseigne à bien donner sa vie
Dès qu'elle a dit : *Tu me défends!* » (*bis*)
Dis-lui de ta grande voix mâle :
« Le bien suprême, c'est l'Honneur !
« Pour la France et pour lui sans peur
« Lutte jusqu'à ton dernier râle ! »

Au Rhin de Charlemagne
Et des Napoléons !
Marchons ! Marchons !
Fleuve des Francs,
Baigne enfin nos sillons !

L'Empire c'est la Paix hautaine,
Qu'après Iéna, dans Berlin,
Signe l'Aigle du Capitaine
De sa serre trempée au Rhin ! (*bis*)
Douter du succès de nos armes,
Ah ! quel outrage à nos soldats!
L'Empereur nous guide aux combats...
Arrière les pâles alarmes !...

Au Rhin de Charlemagne
Et des Napoléons !
Marchons ! Marchons !
Fleuve des Francs,
Baigne enfin nos sillons !

Paris. — Imprimerie de Pillet fils aîné, 5, rue des Grands-Augustins.

Quatrième édition.

(Couplets nouveaux.)

LE CHATIMENT DE CÉSAR LE PETIT

COMPLAINTE SUR L'AIR DE LA *Double Chasse* (BÉRANGER).

Passants, écoutez l'aventure
D'un pauvre César de carton.
Tonton, tonton, tontaine, tonton.
Fort arrogant de sa nature,
Mais qui vient de baisser le ton.
Tonton, tontaine, tonton.

Un jour qu'il s'en allait en guerre.
Suivi d'un chétif marmiton,
Tonton, tonton, tontaine, tonton,
Il prit, au lieu d'un cimeterre,
Certaine chaise de... Plonplon.
Tonton, tontaine, tonton.

Traînant après lui sa vaisselle
Et tous ses habits à galon,
Tonton, tonton, tontaine, tonton,
Il prit aussi son escarcelle,
Qui l'aide à faire le garçon.
Tonton, tontaine, tonton.

Son armée était invincible;
Mais il la commanda, dit-on,
Tonton, tonton, tontaine, tonton,
D'une manière si risible,
Qu'il fit empoigner Mac-Mahon !!
Tonton, tontaine, tonton.

Tremblant et fuyant la bataille,
Redoutant le bruit du canon,
Tonton, tonton, tontaine, tonton.
Juste revers de sa médaille :
Il succomba comme un... poltron.
Tonton, tontaine, tonton.

Surpris dans une forteresse,
Comme dans un piége un raton,
Tonton, tonton, tontaine, tonton,
César, le dernier de l'espèce,
Se rendit à discrétion !
Tonton, tontaine, tonton.

Il alluma sa cigarette,
Pour se donner un air luron.
Tonton, tonton, tontaine, tonton.
Alors, sans tambour ni trompette,
On l'emmena comme un larron.
Tonton, tontaine, tonton.

Dans un castel, en Allemagne,
Il gémit au fond du donjon,
Tonton, tonton, tontaine, tonton.
Où, loin de sa tendre compagne,
César fut mis au violon.
Tonton, tontaine, tonton.

César n'a plus *sa* capitale,
Pas même un tout petit canton.
Tonton, tonton, tontaine, tonton.
Avec le marmot et *sa balle*
On vit filer la benoîton.
Tonton, tontaine, tonton.

Envoyez-le pleurer son sceptre
A Cayenne ou dans l'Albion.
Tonton, tonton, tontaine, tonton.
Que sur lui plane chaque spectre
Des victimes de ce démon.
Tonton, tontaine, tonton.

Morale :

La morale de cette histoire
Se trace d'un coup de crayon ;
Tonton, tonton, tontaine, tonton :
Un tyran cherche en vain la gloire,
Après une traître action.
Tonton, tontaine, tonton.

L^{d} D.

Typ. J. Procureur, rue Saint-Pierre, 9.

BADINGUET
AIR CONNU : Amis du Pouvoir, etc.
REFRAIN
Tel est le portrait
Fidèle et complet
De l'homm' de Décembre
Déchu en Septembre
Bâtard éhonté
A bas ! Majesté !
(1)
CAYENNE
VOLEUR
ASSASSIN
Amis, rappelez-vous l'histoire,
Du forçat ;
Traître, vil, potentat du déboire,
Renégat.
Il régna pour égorger la France
Le Bandit,
Et pour mieux assouvir sa vengeance,
La vendit.
Ce tyran que la patrie abhorre,
De dégoût,
Vrai Fœtus de Sodome ou Gomorrhe
De l'égoût.
(2)
On assure qu'il a pris naissance
A Paris ;
Ce beau fruit de la belle Hortense,
Ah ! j'en ris ;
Jamais on n'a reconnu que son père,
Fut un Roi ;
D'après les amants qu'eut sa mère,
Autrefois…
L'amiral que l'on cite à la ronde ;
Verhuell ;
Le savait… et lui mieux que le monde
(Naturel)
(3)
Dans les mœurs d'une mère impudique,
Il puisa :
Les instincts que sa vie politique
Nous montra.
Pour atteindre les grandeurs, l'opulence
Il fit tout ;
Le clergé n'manqua pas d'indulgence
A son goût.
Pour l'appui d'un parti favorable,
Ce dernier,
Aurait bien vendu Dieu et Diable
Un denier.
(4)
HAM
Parjure, effronté, sans vergogne,
Et proscrit,
Il tenta à Strasbourg à Boulogne
Un conflit,
Croyant escamoter un trône,
Le fainéant,
Qui n'aspirait qu'à la couronne,
A l'argent.
Pour punir ses forfaits, il croupit
En prison ;
D'où plus tard s'échappa sous l'habit
D'un maçon.
(5)
Or, un jour proclamé par sa clique,
Il jura,
D'être fidèle à la République
Qu'il viola ;
Pour partager sa couche sanglante,
Il voulut,
Posséder l'Andalouse impudente,
Qu'l'on connut.
Je l'veux bien lui dit la friponne,
D'un élan ;
Mais, mon chien, y m'faut la couronne
Ou du flan !
(6)
SEDAN
Ici se termine l'histoire.
Du bâtard ;
Qui croyait rivaliser de gloire,
Un César !..!
Son avènement fut le crime,
L'Ambition ;
Et Sedan sa dernière victime
Trahison.
Après s'être vautré dans sa fange
Fut proscrit,
Ce tyran que la vermine mange
En son lit.
Imp. Lemaire & fils, r. de Cléry, 59.
En vente, chez A. BAYLAC, Rue de Cléry, 59.
A. Baylac

PLUS D'EMPIRE !

CHANSONNETTE

PAR **A. GAYEZ**, *EX-SERGENT-FOURRIER AU 33me DE LIGNE*,

DÉDIÉE A LA FRANCE RÉPUBLICAINE

AIR : Ça vous coup' la chique à quinz' pas.

10 C.

CHEZ TOUS LES LIBRAIRES

I.

Parlons-donc un peu de ce fameux César,
Si tous vous voulez bien m'entendre ;
En vendant la France le mauvais lascar,
Pour sauver sa peau sût se rendre ;
Français si tu veux ton bonheur,
Mets sous tes pieds ce maudit empereur ;
Car un être comm' celui-là,
Ça vous coup' la chique à quinz' pas.

II

Pendant vingt années la France a dû souffrir,
De cet empire insupportable ;
Si bien pensionné vivant dans le plaisir,
Le dos au feu, le ventre à table ;
Maintenant qu'il t'a planté là,
Divine France tu t'en souviendras ;
Un souverain comm' celui-là,
Ça vous coup' la chique à quinz' pas

III,

Napoléon III, c'est le plus grand tyran,
Qu'on ait jamais vu sur la terre ;
L'assassin d'Auteuil et celui de Sedan,
Vraiment les deux font bien la paire ;
Français, on t'a frappé au cœur,
Que banni soit ce maudit empereur ;
Car un être comm' celui-là,
Ça vous coup' la chique à quinz' pas.

IV.

Loin d'être guerrier ce pilier de château,
N'a jamais fait d'autre campagne ;
Que Paris, St-Cloud, Compiègne ou Fontainebleau,
Et quelques voyages en Espagne ;
Pour l'apprendre à s' fourrer partout,
Papa Guillaume le fit mettre au clou ;
Vraiment depuis qu'il est là-bas,
Il nous coup' la chique à cent pas.

V.

Bonapart' premier fut un brave guerrier,
Le numéro deux n'eût pas d'chance ;
Le numéro trois n'est plus qu'un prisonnier,
Il n'a fait que trahir la France ;
Le quatrièm' s'il veut rester,
Nos baïonnettes s'auront l'arrêter ;
Car des souverains comm' ceux-là,
Ça vous coup' la chique à quinz' pas.

VI.

L'Aigle Impérial est au fond du tombeau,
Crions : Vive la *RÉPUBLIQUE*
Et vengeons l'honneur que dépeint le drapeau,
De la France. *DÉMOCRATIQUE*
Français pour gouverner chez toi,
Il ne faut plus d'Empereur ni de Roi ;
Car des tyrans comme tous ceux-là,
Ça vous coup' la chique à quinz' pas.

Lille, imp. Wilmot-Courtecuisse.

DIX CENTIMES

LÉGENDE DU SIRE DE PAS-DOUX

TRIOMPHE ÉLECTORAL

Raconté en quinze couplets chantés sur autant d'airs choisis et appropriés pour la circonstance.

Air de : *Fualdès.*

Ecoutez, gens de Pontoise,
De Paris également,
Le pénible événement
Qu'on a vu dans Seine-et-Oise,
Où le sort ne fût pas doux
Pour ce bon monsieur d' *Pas-Doux.*

Air : *A la façon de Barbari.*

Un certain jour qu'il faisait nuit,
Ce brave homme en goguette
Se dit : dans l'mond' j'ferai du bruit
Ou j'y perdrai la tête;
J' s'rai député de mon canton
La faridondaine, la faridondon,
Et d'mon département aussi
Biribi,
A la façon de Barbari,
Mon ami.

Air : *Des Conspirateurs.*

Quand, sous l'empire,
Des électeurs
Voulaient élire
Législateurs;
Chaque dimanche,
On apportait
Soupière blanche
Et l'on votait.

Air : *Du haut en bas.*

Du haut en bas
Qu'on imprime et que l'on affiche,
Du haut en bas
Que commence le branle-bas.
Les radicaux crient, je m'en fiche,
Il s'agit de gagner la fiche
Du haut en bas (*bis*).

Air : *Ni vu ni connu, j't'embrouille.*

Mais d'l'embêtement
V'la commencement,
Pas-Doux lance un' circulaire;
Mais ayant l'préfet
L'caractère mal fait,
Celui-ci s'met en colère.
— J'suis dans mon droit,
De mon endroit
J'suis maire.
— Cris superflus,
Tu ne l'es plus
Compère!
Et voilà comment
Cormeilles-le-Grand
A perdu son père et maire.

Air : *Des Feuilles mortes.*

Mais v'la *Pas-Doux* qui prend sa plume de Tolède
Et va s'plaindre au ministre en ces mots bien sentis:
Un pauvre candidat, 'Xcellence, a besoin d'aide
Ou sans vous dans la lutte il perd ses abattis.
Si j'échouais?... Dame! on voit des choses si fortes
Qu'on n'peut répondr' de rien, jugez de mon émoi.
Quand vous verrez tomber, tomber les feuilles mortes,
Si vous m'avez aimé, vous f'rez voter pour moi (*bis*).

Air : *Où allez-vous, monsieur l'abbé?*

Mais le Ministre a répondu:
Turlututu, chapeau pointu,
J' me mêl' pas d' votre affaire
Mon vieux, allez vous faire.....
Vous m'entendez bien.

Air : *Ah! c'est donc toi, madam' Barras.*

Ah! dit *Pas-Doux*, puis qu' c'est comm' ça,
Faut pas croir' que d' moi l'on s' moqu'ra,
J'en ai vu de plus fortes qu' ça,
Et celui qui vivra verra.
Que quand on a z'été préfet
Du temps de monsieur Badinguet,
Ce qu'on veut faire est toujours fait,
Même à la force du poignet;
J'irai trouver l'*Ordre* et l' *Pays*,
Dont les rédacteurs si polis
Échaufferont mes vrais amis,
Escarbouill'ront mes ennemis;
Et zut! si l'on en glose
Dans le monde, après tout,
Je n' risque pas grand chose (*ter*)
Et même rien du tout.

Air de : *l'Arrivée de Nigaudin à Paris.*

Déjà l'ban,
L'arrière-ban,
L'arrière-arrière ban,
Du clan
Bonapartiste,
Briguant
Un rôle militant,
Se forme en régiment
Dans le département.

Air : *Ah! daignez m'épargner le reste.*

Tel qu'avant de livrer l'assaut
D'une imprenable citadelle,
Un général qui n'est pas sot,
De sa troupe avive le zèle,
Pas-Doux réunit ses soldats,
Et, sans craindre la moindre veste,
Il dit à tous : Faites fracas!
Criez! braillez! et... *cætera!!!*
Ah! daignez m'épargner le reste (*bis*).

Air : *de Gastibelza.*

Enfin, merci mon Dieu! voici dimanche,
Ça va finir,
Je suis perché comm' l'oiseau sur la branche,
Je m' sens mourir,
Chaque électeur est sorti de sa *turne*,
J'en vois partout!
Le vent qui souffle à travers de chaque urne
Me rendra fou.

Air : *Nous quitt'rons-nous sans boire.*

Silence (*ter*),
V'là scrutin qui c'mmence,
Un' voix, deux voix, trois voix, quatr' voix,
Cinq voix, six voix, sept voix, huit voix!!

Air : *La boulangère a des écus.*

Et puis cinquant'neuf mill' comm' ça.
Mais v'là d'une autre histoire,
C'est pour Sénard tout's ces voix-là.
Pas-Doux n'y pouvait croire.
Ah! dit-il, c'est tout d' même vexant,
Cré coquin! quel déboire,
Vraiment,
Cré coquin! quel déboire.

Air : *De Joséphine.*

Mon vieux, tu dérailles,
Tu n' s'ras pas de Versailles
Député (*bis*).
Tu n'as pas mêm' ballotté;
Vrai, tu n'as pas d'veine.
C'était pas la peine
De changer assurément
De gouvernement.

Air : *Alleluia.*

Pour se consoler de c'coup-là,
On dit que *Pas-Doux* s'en ira,
Qu'à Chislehurst il se rendra.
Alleluia!

Hip. Ch.

En vente : 13, rue du Croissant.

Paris.—Imp. Nouv. (assoc. ouvr.), 11, rue des Jeûneurs. — G. Masquin et C

LA FAMILLE INFERNALE

A CHISLEHURST

EN VENTE

CHEZ

GABILLAUD

147

RUE MONTMARTRE

et

RUE DU CROISSANT

21

PARIS

—

ET DANS

TOUTES

LES LIBRAIRIES

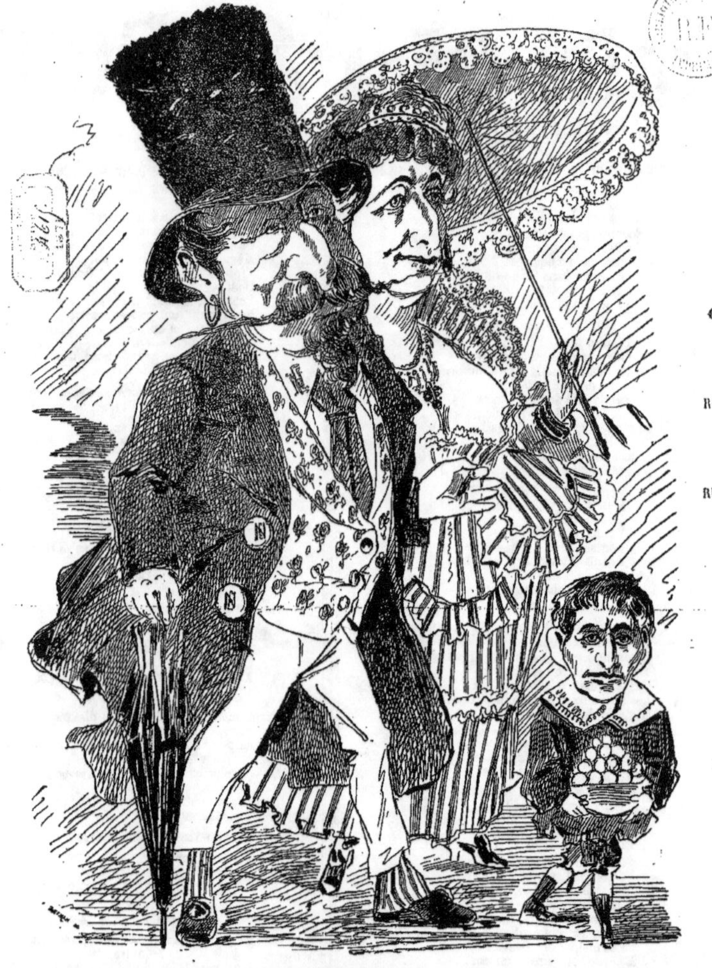

EN VENTE

CHEZ

GABILLAUD

147

RUE MONTMARTRE

et

RUE DU CROISSANT

21

PARIS

—

ET DANS

TOUTES

LES LIBRAIRIES

Air des POMPIERS DE NANTERRE

Quand les Badinguet s'en vont par la ville,
Chaqu' passant s'arrêt' pour les regarder;
Comm' de bons bourgeois, sans se fair' de bile,
Ils vont flânocher
Histoir' de se désennuyer.
Zim laï zon (*bis*),
Quell' drôl' de dégaine,
Zim laï zon (*bis*).
Quell' dégaine ils ont !

Pour qu'ils se prélass'nt de la sorte,
Faut qu' le métier d'emp'reur rapporte;
Paraît qu'ils mang'nt à leurs repas
Chaqu' jour du vermicelle au gras,
Qu'ils boiv'nt du vin cach'té
De l'anné' d' la comète,
Qu' chaqu' soir chez eux c'est fête :
La joli' société !
Quand les Badinguet, etc.

L'matin, quatre heur's après l'aurore,
Comme des *sabots* ils ronfl'nt encore.
Et quand on vient les réveiller,
C'est pour leur donner à *becq'ter*.
Ils prenn'nt leur chocolat
Dans des tass's en porc'laine;
Tant qu' leur *paus'* n'est pas pleine,
Ils s'en fourr'nt jusque-là.
Quand les Badinguet, etc.

Ah ! quelle drôle de famille !
Comme des poupé's on les habille;
Quand ils éprouv'nt certains besoins,
Près d'eux il faut être aux p'tits soins.
Faut m'ner madame aux champs,
L'*gosse* à la bergerie,
Et m'sieur à l'écurie.
Ah ! qu'ils sont exigeants !
Quand les Badinguet, etc.

Pendant qu'*Il* roul' sa cigarette,
Eugénie achèv' sa toilette
Et dans le jardin, le marmot
Ramass' des balls dans son chapeau,
Puis il monte à cheval
Sur son vélocipède,
Mais il faut qu' quelqu'un l'aide,
Car il pourrait s' faire mal.
Quand les Badinguet, etc.

Ils reçoivent mainte dépêche
D'leurs anciens ministres en dèche,
Leur demandant un petit secours
Qui leur est refusé toujours,
Ou de faux courtisans
Qui leur donn'nt l'espérance
D'leur prochain r'tour en France
Dans cinq ou six cents ans.
Quand les Badinguet, etc.

Sans espoir, adieu l'existence,
Celui de r'gouverner la France
Remplit l' cœur des Napoléon,
Si tout' fois ces gredins en ont.
La Républiqu' cett' fois
Se tient bien sur ses gardes,
Ell' défi' les hall'bardes
Des emp'reurs et des rois.
Quand les Badinguet, etc.

En vente chez le même éditeur, les REFRAINS DE LA RUE, série de chansons, sur les airs les plus en vogue.

Envoi en province et à l'Etranger

2769. — Paris. Édouard Blot et Fils aîné, imprimeurs, rue Bleue, 7.

Paris, chez MATT, Éditeur, rue des Deux-Gares, Nº 7, près la Gare de Strasbourg
(MAISON SPÉCIALE POUR LE COLPORTAGE.)

TESTAMENT DE BADINGUET

Air : Y faut r'mercier l'Bon Dieu d'tout.

1

Moi, Bonaparte troisième,
De mon prénom Badinguet,
Sain d'esprit, qu' c'en est un' crème,
Mais d'corps gâteux tout-à-fait.
Je sens qu' l'huil baiss' dans ma lampe.
Ma goutt' remonte affreus'ment.
Or; avant d' lâcher la rampe,
J'veux faire mon testament.

2

Oui je sens qu' c'est fini d'rire,
Et que mes jours sont comptés.
Je prends la plum' pour écrire
Mes d'rnières volontés.
D'abord, je ne veux pas qu' ma cendre
R'pose chez l' peuple français ;
Il serait capable d' la prendre
Et d' s'en servir comme engrais.

3

J'ai vu mes caricaturures,
J' sais c' qu'il pense à mon égard :
Le mépris et les injures,
C'est tout c' que j'attends d' sa part.
Il m'traite ainsi qu'un cloporte,
Comme un galeux, un pelé.
Eh bien ! que l'diable m'emporte,
C'est tout ce que j'nai pas volé.

4

Je n'pense donc pas qu'il suppose,
M'ayant laissé l'dépouiller,
Que j'vais lui léguer que qu' chose :
S'il y compte, il peut s'fouiller.
Mais, à ceux d' mon entourage;
A mes copins d'autrefois
Je daigne laisser un gage,
Un souv'nir de nos exploits.

5

Parmi c'te haut' valetaille,
Les Rouher, Haussmann, Conti,
Monde choisi, mais canaille :
A c'titre m'a bien servi.
J' leur laiss' donc la jouissance
D'leur part de c'que nous avons
Chippé d' milliards à la France,
C'qui leur fait un joli fonds.

6

A mon ex-premier Ministre;
Monsieur Emile Ollivier,
Renégat, doublé de cuistre,
Mangeant à chaqu' ratelier.
A c'garde des sceaux, je donne
Un très-bon conseil, ma foi,
C'est de garder sa personne,
N'est-c' pas remplir son emploi?

7

Quand à Fleury, mon intime,
Pour lui je ne suis pas ingrat ;
Je lui laisse mon estime
Qu'il a depuis l'coup d'Etat.
Je ne dois pas, dans c'te p'tit' fête,
Oublier l'ami Piétri
Je lui lègue un casse-tête,
C'est son joujou favori.

8

A Froissard, Failly, Bazaine,
Pour leurs haut-faits glorieux,
Dans l'Alsace et la Lorraine,
Je fais un legs précieux :
Je leur laisse le panache
Qui couvrait mon noble front
Et m'donnait l'air si Bravache,
Ils se le repasseront.

9

Au Maréchal Bouton de guêtres,
Vulgair'ment nommé Lebœuf,
Je lègue, de mes ancêtres,
Un' *veste* remise à neuf.
Quand j' pens' qu'il fût ma coqu'luche
Et qu' je l'mis à mon niveau,
Faillait-il donc que j'sois cruche,
Car *Lebœuf* n'était qu'un veau.

10

Après tout' cett' pacotille,
Je garde pour le bouquet,
Ma très auguste famille,
Comme aurait dit Bilboquet.
J'en laiss'rai pas mal dans l'ombre,
Et je n' leur léguerai rien
Car on sait que l'plus grand nombre
N' vaut pas les quatr's fers d'un chien,

11

Pourtant, Pierre, c' bandit Corse
Cet hercule spadassin,
Ruffian de première force,
Acquitté, quoique assassin
Comme ennemi d'la *charogne*,
Il m'était utile et cher ;
Pour l'aider dans sa besogne
J' lui laisse un chic révolver.

12

Me trouvant dans l'ex-Royaume
Du pèr' d'un d'mes proch's cousins,
Je songe au fils à Jérôme,
Plon-plon seigneur de Prangins.
Ce n'est certes pas qu'je l'gobe
Entre nous, c'est un sagoin
Mais, j'lui laiss' ma garde-robe
Il en eût souvent besoin,

13

Je passe à son autre Altesse,
La Matilde Demidoff,
J'connais ses goûts, je lui laisse
Un mâle un peu choknosoff.
De Nieuwerkerke est très bel homme,
D'aplomb sur ses abattis,
Mais ell' prétend qu'il s'dégomme.
Et l'poisson est hors de prix.

14

J'ai l'cœur ému, je me mouche,
Un' larme arros' mon piton
Au nom; le seul qui me touche,
De mon digne rejeton,
J' voudrais lui laisser l'épée
Qu' j'ai remise au maître, à Bismarc
Et qui vu notre équipée,
Est aussi pure qu' Jeanne d'Arc,

15

Mais une maison comm' la notre
Ne déchoit jamais d'son rang,
Et j'en ai fait faire une autre
Qu'il aura quand il s'ra grand.
Comme il a tout mon audace,
Mon courage ma valeur,
En tout il suivra ma trace,
Ça lui portera bonheur.

16

Je termine la séquelle
Par sa gracieus' Majesté,
Mon épouse,... très fidèle,
Malgré c' qui m'est raconté
On dit, que depuis mes deveines,
Loin de m' traiter en héros,
Ell' prétend qu' dedans mes veines,
C' qui coul' c'est du jus d' pruneaux.

17

Faut pas qu'ell' s'en fasse accroire
C'te fille Montijo Téba,
Si l'on fouillait son histoire,
Ell' n'est pas si pure qu'ça.
Je n' veux pas r'muer pour cause.
Son passé plus que fangeux.
Mais si j'suis un pas grand'chose,
Nous f'sons la paire à nous deux.

18

Je lui laisse en conséquence
Le titre d' femm' de César,
Et l'espoir de la Régence
En comptant sur le hasard
J' crois que j' suis assez aimable
Aussi j' m'en vais l' cœur content.
Et j' lègue mon âme au Diable :
V'la bien longtemps qu'il l'attend.

Paris, chez MATT, *éditeur, rue des Deux-Gares, nº 7, près la Gare de Strasbourg*. (Maison Spéciale pour le colportage.)

Édouard Vert, Imp., 30, rue N.-D.-de-Nazareth.

PARIS. Chez MATT, Éditeur-Commissionnaire, Rue des Deux-Gares, N° 7 (près la Gare de Strasbourg).

GRANDE COMPLAINTE
DE
RATAPOIL-BADINGUET
HISTOIRE VÉRIDIQUE
De ses Crimes et de ceux de sa Famille, depuis ROMANILLI, mère de BADINGUET Ier jusqu'à nos jours

Air de *FUALDÈS*.

PREMIER COUPLET.

Écoute, peuple de France,
Car je suis bien malheureux ;
S'il est des gredins, des gueux,
Qui méritent la potence,
Je dois, comme aventurier,
Être pendu le premier.

II

Descendant d'une famille
Qui ne fit pas votre bien,
Ma grand'mère, on le sait bien,
Prostitua ses deux filles.
On sut, dans notre maison,
Employer fer et poison.

III

Mon oncle, grand capitaine,
Fils naturel de Marbœuf,
Commença, quoique tout neuf,
A l'école de Brienne
D'empoisonner lâchement
Sa maîtresse et son enfant.

IV

Quant à moi, l'on se demande,
Comment, après mon procès,
Je pus avoir le toupet
De r'venir avec ma bande,
Tous faussaires et gens de rien:
C'est qu' nous voulions votre bien.

V

La deuxième république
Me nomma représentant,
Je fis un discours ronflant;
Mensonges patriotiques,
Je promettais sans rougir,
Sachant bien ne pas tenir.

VI

Mon séjour en Angleterre
M'apprit à bien me servir
Du cass'-tête. Ah! quel plaisir,
Cela fit bien mon affaire;
C'est ce qui fait qu' mes policemen
Sont des collégu's de Troppman

VII

Arrive le deux Décembre,
La vraie Saint Barthélemy,
Avec tous mes bons amis
Je fis dissoudre la Chambre ;
Je tue les républicains;
Fallait-il être coquin.

VIII

J'avais pourtant fait promesse
A la république, un jour,
D'être fidèle toujours.
Mais pour la délicatesse,
Il ne faut pas, nom d'un nom,
Choisir un Napoléon.

XI

Rome voulait être libre,
Et le bon pape Pie neuf
Allait devenir le bœuf,
Car tous les enfants du Tibre
Voulaient le jeter à bas,
Mais j'envoyai mes soldats.

X

Enfin, je fonde l'empire,
Je voulus me marier
Pour avoir un héritier,
Je ne pouvais prendre pire,
Une espagnole éhontée
Par moi vous fut présentée.

XI

Saint-Arnaud meurt en Crimée,
Il possédait mes secrets;
J'avais peur que l'indiscret
Fit tort à ma renommée.
Je n'éprouve aucun remords
D'avoir ordonné sa mort.

XII

Dieu quel beau jour pour la France,
L'empire compte un nouveau-né;
Il a mon menton, mon nez,
Du peuple c'est l'espérance.
On dit qu'il ressemble aussi
A Rouher, Piétri, Morny.

XIII

Le meurtre m'est sympathique,
Sous prétexte de succès,
J'envoie des soldats français
S' faire égorger au Mexique.
Sur les actions vraiment
Je prends le trente pour cent.

XIV

Mon bon compère d'Autriche,
Son frère le gênait fort;
Mais je complotais sa mort
De crimes n'étant pas chiche,
Car je connaissais très-bien
Le sort de Maximilien.

XV

A la crédule Italie,
Je promets merveill's et monts
Pour obtenir le Piémont ;
Après cela je lui crie :
Rome! tu ne l'auras pas,
J'y maintiendrai mes soldats.

XVI

L'exposition amène
Pas mal de gens mécontents,
Car tout marche en augmentant;
Et c'est si le peuple à peine
Peut, tout en bien travaillant,
Manger du pain son comptant.

XVII

Depuis ce temps, dans ma tête,
Germent des projets nouveaux ;
Assassinats, billets faux.
Ma foi, non, rien ne m'arrête.
Car, pour cacher ces méfaits,
Cass'-têtes et chass'pots sont prêts.

XVIII

J'ai mon pauvre cousin Pierre,
L'assassin de Victor Noir,
Ce qui m' fait plaisir à voir,
C'est qu'il tient de père et mère ;
De Lac'naire et Dumolard,
Il professe vraiment l'art.

XIX

J'étais homme de tactique,
Je disais aux gens peureux :
Ce sont tous les partageux,
Qui veulent la république.
Mais je leur cachais, ma foi,
Que je gardais tout pour moi.

XX

Un jour, la reine d'Espagne
Fut chassée de son pays,
Elle vint vite à Paris ;
Son Marfori l'accompagne.
Eugénie, pour l'imiter,
Prend son Émile Ollivier.

XXI

Je tripotais les finances
Car j'étais presque certain.
Qu'un jour il faudrait enfin
Quitter cette pauvre France.
D'Hausmann, connaissant le jeu,
Nous partagions tous les deux.

XXII

Mes ministres de la guerre
En aide me sont venus ;
Je mangeais les revenus
De toute l'armée entière,
C'est c' qui fait qu' nous n'avions rien
Pour combattre les Prussiens.

XXIII

Tous les courtisans me citent
Pour un grand homme d'état ;
C'est pour cette raison là,
Que j' risquai le plébiscite ;
Que ce soit OUI, qu' ce soit NON,
Je m' donnai toujours raison.

XXIV

Enfin je suis donc le maître
Par sept million de jobards
Qui croyent à tous mes canards,
Voilà c' que c'est que d' paraître
Honnête homme, lorsqu'au fonds
Vous n'êtes qu'un vrai fripon.

XXV

Enfin le moment arrive,
L'pôt aux roses va s' découvrir;
Je ne peux pas même choisir
Si j' reste ou bien s'y j' m'esquive
Lorsqu'à la Prusse vraiment
Je cherche un' querell' d'allemand.

XXVI

Bismarck et le roi Guillaume
Ont envie d' Metz et Strasbourg,
Ils me promettent en retour,
(Dans le cœur ça m' met du baume)
Qu' sur mon trône on m' maintiendrait
En dépit d' tout les Français.

XXVII

Voilà la guerr' qui commence,
Pour un million de soldats
J'en ai trois cent mill' l mêm' pas,
C'est c' qui m' donne l'espérance
Qu' les Français seront battus
Mais je serais maintenu.

XXVIII

Nous jouons la comédie,
A Sarbruck avec Louis
Prends c'tte balle-là, que j' lui dis,
Puis j'écris aux Tuileries,
Votre fils n'est pas peureux,
Il a r'çu le baptême du feu.

XXIX

Mais si j'avais laissé faire
Mes trois cent mille soldats,
Les Prussiens n' s'enr'tournaient pas.
Ça n' faisait pas mon affaire,
Des généraux* l' savaient bien
C'est pour çà qu'ils n' faisaient rien.

XXX

A Sedan j' dis à Guillaume
Afin de sauver mes jours,
Emmenez-moi quelques jours
Visiter votre royaume,
Allez bombarder Paris
Car il n'a pas voté OUI.

* Defailly et Frossard.

XXXI

Par saint Pierre et sa relique!!!
On dit qu'on vient d' proclamer
Sans que j'en sois informé,
Qu' la France est en république.
Les Français, j'en ai bien peur,
Ne voudront plus d'empereur.

XXXII

MORALITÉ

Peuple, gardez souvenance
De l'année soixante-dix.
Chantez un *De profundis*
Sur les souverains de France.
Jurez-vous fidélité,
Liberté, fraternité.

Paris, chez MATT, éditeur, rue des Deux-Gares, 7, près la Gare de Strasbourg. (Maison spéciale pour le colportage.)

Paris.—Edouard Vert, imp., 20, rue Y..-de-Mo..reil.

1871

PARIS: Chez MATT, Éditeur-Commissionnaire, Rue des Deux-Gares, N° 7 (près la Gare de Strasbourg).

GRANDE COMPLAINTE
DE
RATAPOIL-BADINGUET

HISTOIRE VÉRIDIQUE

De ses Crimes et de ceux de sa Famille, depuis ROMANILLI, mère de BADINGUET Ier jusqu'à nos jours

Air de *FUALDES*.

PREMIER COUPLET.

Écoute, peuple de France,
Car je suis bien malheureux;
S'il est des gredins, des gueux,
Qui méritent la potence,
Je dois, comme aventurier,
Être pendu le premier.

II

Descendant d'une famille
Qui ne fit pas votre bien,
Ma grand'mère, on le sait bien,
Prostitua ses deux filles.
On sut, dans notre maison,
Employer fer et poison.

III

Mon oncle, grand capitaine,
Fils naturel de Marbœuf,
Commença, quoique tout neuf,
A l'école de Brienne
D'empoisonner lâchement
Sa maîtresse et son enfant.

IV

Quant à moi, l'on se demande,
Comment, après mon procès,
Je pus avoir le toupet
De r'venir avec ma bande,
Tous faussaires et gens de rien.
C'est qu' nous voulions votre bien.

V

La deuxième république
Me nomma représentant,
Je fis un discours ronflant;
Mensonges patriotiques,
Je promettais sans rougir,
Sachant bien ne pas tenir.

VI

Mon séjour en Angleterre
M'apprit à bien me servir
Du cass'-tête. Ah! quel plaisir,
Cela fit bien mon affaire;
C'est ce qui fait qu' mes policemen
Sont des collégu's de Troppmau

VII

Arrive le deux Décembre,
La vraie Saint Barthélemy,
Avec tous mes bons amis
Je fis dissoudre la Chambre;
Je tue les républicains;
Fallait-il être coquin.

VIII

J'avais pourtant fait promesse
A la république, un jour,
D'être fidèle toujours.
Mais pour la délicatesse,
Il ne faut pas, nom d'un nom,
Choisir un Napoléon.

XI

Rome voulait être libre,
Et le bon pape Pie neuf
Allait devenir le bœuf,
Car tous les enfants du Tibre
Voulaient le jeter à bas,
Mais j'envoyai mes soldats.

X

Enfin, je fonde l'empire,
Je voulus me marier
Pour avoir un héritier,
Je ne pouvais prendre pire,
Une espagnole éhontée
Par moi vous fut présentée.

XI

Saint-Arnaud meurt en Crimée,
Il possédait mes secrets;
J'avais peur que l'indiscret
Fit tort à ma renommée.
Je n'éprouve aucun remords
D'avoir ordonné sa mort.

XII

Dieu quel beau jour pour la France,
L'empire compte un nouveau-né;
Il a mon menton, mon nez,
Du peuple c'est l'espérance.
On dit qu'il ressemble aussi
A Rouher, Piétri, Morny.

XIII

Le meurtre m'est sympathique,
Sous prétexte de succès.
J'envoie des soldats français
S' faire égorger au Mexique.
Sur les actions vraiment
Je prends le trente pour cent.

XIV

Mon bon compère d'Autriche,
Son frère le gênait fort;
Mais je complotais sa mort.
De crimes n'étant pas chiche,
Car je connaissais très-bien
Le sort de Maximilien.

XV

A la crédule Italie,
Je promets merveill's et monts
Pour agrandir le Piémont;
Après cela je lui crie:
Rome! tu ne l'auras pas,
J'y maintiendrai mes soldats.

XVI

L'exposition amène
Pas mal de gens mécontents,
Car tout marche en augmentant;
Et c'est si le peuple à peine
Peut, tout en bien travaillant,
Manger du pain son comptant.

XVII

Depuis ce temps, dans ma tête,
Germent des projets nouveaux;
Assassinats, billets faux.
Ma foi, non, rien ne m'arrête,
Car, pour cacher ces méfaits,
Cass'-têtes et chass'pots sont prêts.

XVIII

J'ai mon pauvre cousin Pierre,
L'assassin de Victor Noir,
Ce qui m' fait plaisir à voir,
C'est qu'il tient de père et mère;
De Lac'naire et Dumolard,
Il professe vraiment l'art.

XIX

J'étais homme de tactique,
Je disais aux gens peureux:
Ce sont tous les partageux,
Qui veulent la république.
Mais je leur cachais, ma foi,
Que je gardais tout pour moi.

XX

Un jour, la reine d'Espagne
Fut chassée de son pays,
Elle vint vite à Paris;
Son Marfori l'accompagne.
Eugénie, pour l'imiter,
Prend son Émile Ollivier.

XXI

Je tripotais les finances
Car j'étais presque certain.
Qu'un jour il faudrait enfin
Quitter cette pauvre France.
D'Hausmann, connaissant le jeu,
Nous partagions tous les deux.

XXII

Mes ministres de la guerre
En aide me sont venus;
Je mangeais les revenus
De toute l'armée entière,
C'est c' qui fait qu' nous n'avions rien
Pour combattre les Prussiens.

XXIII

Tous les courtisans me citent
Pour un grand homme d'état;
C'est pour cette raison là,
Que j' risquai le plébiscite;
Que ce soit OUI, qu' ce soit NON,
Je m' donnai toujours raison.

XXIV

Enfin je suis donc le maître
Par sept million de jobards
Qui croyent à tous mes canards,
Voilà c' que c'est que d' paraître
Honnête homme, lorsqu'au fonds
Vous n'êtes qu'un vrai fripon.

XXV

Enfin le moment arrive,
L'pôt aux roses va s' découvrir;
Je ne peux pas même choisir
Si j' reste ou bien s'y j' m'esquive
Lorsqu'a la Prusse vraiment
Je cherche un' querell' d'allemand.

XXVI

Bismarck et le roi Guillaume
Ont envie d' Metz et Strasbourg,
Ils me promettent en retour,
(Dans le cœur ça m' met du baume)
Qu' sur mon trône on m' maintiendrais
En dépit d' tout les Français.

XXVII

Voilà la guerr' qui commence,
Pour un million de soldats
J'en ai trois cent mill'! mêm' pas,
C'est c' qui m' donne l'espérance
Qu' les Français seront battus,
Mais je serais maintenu.

XXVIII

Nous jouons la comédie,
A Saarbruck avec Louis
Prends c'tte balle-là, que j' lui dis,
Puis j'écris aux Tuileries,
Votre fils n'est pas peureux,
Il a r'çu le baptême du feu.

XXIX

Mais si j'avais laissé faire
Mes trois cent mille soldats,
Les Prussiens n' s'enr'tournaient pas.
Ca n' faisait pas mon affaire,
Des généraux* l' savaient bien
C'est pour çà qu'ils n' faisaient rien.

XXX

A Sedan j' dis a Guillaume
Afin de sauver mes jours,
Emmenez-moi quelques jours
Visiter votre royaume,
Allez bombarder Paris
Car il n'a pas voté OUI.

* Defailly et Frossard.

XXXI

Par saint Pierre et sa relique!!!
On dit qu'on vient d' proclamer
Sans que j'en sois informé,
Qu' la France est en république.
Les Français, j'en ai bien peur,
Ne voudront plus d'empereur.

XXXII

MORALITÉ

Peuple, gardez souvenance
De l'année soixante-dix.
Chantez un *De profundis*
Sur les souverains de France.
Jurez-vous fidélité,
Liberté, fraternité.

Paris. En vente chez Matt, Éditeur de Musique et de Librairie, rue des Deux-Gares, 7, (près la gare de Strasbourg)

Paris. — Édouard Vert, imp., rue N.-D.-de-Nazareth, 19.

GRANDE COMPLAINTE

DE

RATAPOIL-BADINGUET

HISTOIRE VÉRIDIQUE

De ses Crimes et de ceux de sa Fami le, depuis ROMANILLI, mère de BADINGUET Ier jusqu'à nos jours

Air de *FUALDÈS.*

PREMIER COUPLET.

Écoute, peuple de France,
Car je suis bien malheureux;
S'il est des gredins, des gueux,
Qui méritent la potence,
Je dois, comme aventurier,
Être pendu le premier.

II

Descendant d'une famille
Qui ne fit pas votre bien,
Ma grand'mère, on le sait bien,
Prostitua ses deux filles.
On sut, dans notre maison,
Employer fer et poison.

III

Mon oncle, grand capitaine,
Fils naturel de Marbœuf,
Commença, quoique tout neuf,
A l'école de Brienne
D'empoisonner lâchement
Sa maîtresse et son enfant.

IV

Quand à moi, l'on se demande,
Comment, après mon procès,
Je pus avoir le toupet
De r'venir avec ma bande,
Tous faussaires et gens de-rien.
C'est qu' nous vouloins votre bien.

V

La deuxième république
Me nomma représentant,
Je fis un discours ronflant;
Mensonges patriotiques,
Je promettais sans rougir,
Sachant bien ne pas tenir.

VI

Mon séjour en Angleterre
M'apprit à bien me servir
Du cass'-tête. Ah! quel plaisir,
Cela fit bien mon affaire;
C'est ce qui fait qu' mes policemen
Sont des collègu's de Troppman

VII

Arrive le deux Décembre,
La vraie Saint Barthélemy,
Avec tous mes bons amis
Je fis dissoudre la Chambre;
Je tue les républicains;
Fallait-il être coquin.

VIII

J'avais pourtant fait promesse
A la république, un jour,
D'être fidèle toujours.
Mais pour la délicatesse,
Il ne faut pas, nom d'un nom,
Choisir un Napoléon.

XI

Rome voulait être libre.
Et le bon pape Pie neuf
Allait devenir le bœuf,
Car tous les enfants du Tibre
Voulaient le jeter à bas,
Mais j'envoyai mes soldats.

X

Enfin, je fonde l'empire,
Je voulus me marier
Pour avoir un héritier,
Je ne pouvais prendre pire,
Une espagnole éhontée
Par moi vous fut présentée.

XI

Saint-Arnaud meurt en Crimée,
Il possédait mes secrets;
J'avais peur que l'indiscret
Fit tort à ma renommée.
Je n'éprouve aucun remords
D'avoir ordonné sa mort.

XII

Dieu quel beau jour pour la France,
L'empire compte un nouveau-né;
Il a mon menton, mon nez,
Du peuple c'est l'espérance.
On dit qu'il ressemble aussi
A Rouher, Piétri, Morny.

XIII

Le meurtre m'est sympathique,
Sous prétexte de succès.
J'envoie des soldats français
S' faire égorger au Mexique
Sur les actions vraiment
Je prends le trente pour cent.

XIV

Mon-bon compère d'Autriche,
Son frère le gênait fort;
Mais je complotais sa mort.
De crimes n'étant pas chiche,
Car je connaissais très-bien
Le sort de Maximilien.

XV

A la crédule Italie,
Je promets merveill's et monts
Pour obtenir le Piémont;
Après cela je lui crie:
Rome! tu ne l'auras pas,
J'y maintiendrai mes soldats.

XVI

L'exposition amène
Pas mal de gens mécontents,
Car tout marche en augmentant;
Et c'est si le peuple à peine
Peut, tout en bien travaillant,
Manger du pain son comptant.

XVII

Depuis ce temps, dans ma tête,
Germent des projets nouveaux;
Assassinats, billets faux.
Ma foi, non, rien ne m'arrête,
Car, pour cacher ces méfaits,
Cass'-têtes et chass'pots sont prêts.

XVIII

J'ai mon pauvre cousin Pierre,
L'assassin de Victor Noir,
Ce qui m' fait plaisir à voir,
C'est qu'il tient de père et mère;
De Lac'naire et Dumolard,
Il professe vraiment l'art.

XIX

J'étais homme de tactique,
Je disais aux gens peureux:
Ce sont tous les partageux,
Qui veulent la république.
Mais je leur cachais, ma foi,
Que je gardais tout pour moi.

XX

Un jour, la reine d'Espagne
Fut chassée de son pays,
Elle vint vite à Paris;
Son Marfori l'accompagne.
Eugénie, pour l'imiter,
Prend son Émile Ollivier.

XXI

Je tripotais les finances
Car j'étais presque certain,
Qu'un jour il faudrait enfin
Quitter cette pauvre France,
D'Hausmann, connaissant le jeu,
Nous partagions tous les deux.

XXII

Mes ministres de la guerre
En aide me sont venus;
Je mangeais les revenus
De toute l'armée entière,
C'est c' qui fait qu' nous n'avions rien
Pour combattre les Prussiens.

XXIII

Tous les courtisans me citent
Pour un grand homme d'état;
C'est pour cette raison là,
Que j' risquai le plébiscite;
Que ce soit OUI, qu' ce soit NON,
Je m' donnai toujours raison.

XXIV.

Enfin je suis donc le maître
Par sept million de jobards
Qui croyent à tous mes canards,
Voilà c' que c'est que d' paraître
Honnête homme, lorsqu'au fonds
Vous n'êtes qu'un vrai fripon.

XXV

Enfin le moment arrive,
L'pôt aux roses va s' découvrir;
Je ne peux pas même choisir
Si j' reste ou bien s'y j' m'esquive
Lorsqu'a la Prusse vraiment
Je cherche un' querell' d'allemand.

XXVI

Bismarck et le roi Guillaume
Ont envie d' Metz et Strasbourg,
Ils me promettent en retour,
(Dans le cœur ça m' met du baume)
Qu' sur mon trône on m' maintiendrais
En dépit d' tout les Français.

XXVII

Voilà la guerr' qui commence,
Pour un million de soldats
J'en ai trois cent mill' ! mêm' pas,
C'est c' qui m' donne l'espérance
Qu' les Français seront battus,
Mais je serais maintenu.

XXVIII

Nous jouons la comédie,
A Saarbruck avec Louis
Prends c'tte balle-là, que j' lui dis,
Puis j'écris aux Tuileries,
Votre fils n'est pas peureux,
Il a r'çu le baptême du feu.

XXIX

Mais si j'avais laissé faire
Mes trois cent mille soldats,
Les Prussiens n' s'enr'tournaient pas.
Ca n' faisait pas mon affaire,
Mes généraux l' savaient bien
C'est pour çà qu'ils n' faisaient rien.

XXX

A Sedan j' dis a Guillaume
Afin de sauver mes jours,
Emmenez-moi quelques jours
Visiter votre royaume,
Allez bombarder Paris
Car il n'a pas voté OUI.

XXXI

Par saint Pierre et sa relique!!!
On dit qu'on vient d' proclamer
Sans que j'en sois informé,
Qu' la France est en république.
Les Français, j'en ai bien peur,
Ne voudront plus d'empereur.

XXXII

MORALITÉ

Peuple, gardez souvenance
De l'année soixante-dix.
Chantez un *De profundis*
Sur les souverains de France.
Jurez-vous fidélité,
Liberté, fraternité.

Paris. En vente chez Matt, Éditeur de Musique et de Librairie, rue des Deux-Gares, 7, (près la gare de Strasbourg)

2835 Paris. — Typ. Morris père et fils, rue Amelot 64.

Grande Complainte sur l'ex-tyran des Français

A TOUS PRÉSENTS ET A VENIR

SALUT A LA RÉPUBLIQUE

Aux Habitants des Campagnes — **Air de FUALDÈS**

Premier couplet

Français! écoutez l'histoire,
Du bandit Napoléon,
Ah! que maudit soit ce nom,
Mais conservons-en mémoire
Qu'au lieu de savoir mourir,
Il a préféré trahir.

2me couplet

Invoquant la république
Pour sortir de sa prison
Et monter au Panthéon,
Fit déporter sans réplique,
Tous les meilleurs citoyens
Les traitant comme des chiens.

3me couplet

Ne parlons pas des promesses
Qu'il fit comme président
Comme un arracheur de dents
Il mentait avec hardiesse :
Ce qu'il fit pour son pouvoir,
Chacun doit bien le savoir.

4me couplet

Il fit mitrailler son peuple
Dans les faubourgs de Paris;
Tous nos soldats compromis
Par obéissance aveugle,
Tiraient sur les habitants :
O Dieu! que c'était navrant.

5me couplet

Par cette force brutale
Il ravit nos libertés,
Puis se fit des députés,
Et se fut chose fatale :
En le nommant empereur,
La France fit son malheur.

6me couplet

Laissons sa conduite infâme
Dans son règne de vingt ans;
Nous ferions peur aux enfants,
Mais que le diable ait son âme,
Pourvu que nous, tous d'accord,
Nous puissions avoir son corps.

7me couplet

Nos frères, de guerre en guerre,
Allaient subir le trépas;
L'or ne lui déplaisait pas,
Il aurait mangé la terre,
Pendant qu'il menait son train,
L'ouvrier mourait de faim.

8me couplet

Quoiqu'on dise, quoiqu'on fasse,
Lequel d'entre nous ne sait
Que l'acrobate valait
Son demi-cent de mélasse;
Qu'il régnait par son aplomb
En nous menaçant du plomb.

couplet

Au seul mot de République
La police et les mouchards,
Sans pitié ni sans égards,
Sans tambour ni sans musique,
Sans entendre une raison,
Nous logeaient tous en prison.

10me couplet

Puis, son personnel, sa clique,
Son sénat, ses députés;
Tous ces mangeurs achetés
Ne valaient pas une chique;
Eux tous et leur souverain,
Formaient la clique à Mandrin.

11me couplet.

Concertés tous à l'avance,
Après tous ces temps d'exploits,
D'or de sang, d'impôts d'octrois,
Tout fit ouvrir l'œil en France :
En voyant tous ces abus,
Le peuple n'en voulut plus.

12me couplet

Alors par un plébiscite
Qu'il soumit aux paysans,
Sachant que les ignorants
Assuraient la réussite
Pour l'ordre et la liberté,
Le Oui fût alors voté.

12me couplet

O campagnards mercenaires!
Vous étiez dans le panier,
Et de la cave au grenier,
Il cherchait des militaires;
Il prenait tous vos enfants,
Pour aller verser leur sang.

14me couplet.

Car la guerre au roi de Prusse,
Lui, venait de déclarer.
Lebœuf sans se préparer,
Et, tous deux, sots comme buse,
Font massacrer nos soldats,
Glorieux dans les combats.

15me couplet

Nos meilleurs soldats du monde
Résolus, ils tiennent bon;
Le brave Mac-Mahon
Tant sa bravoure est profonde
Que ce guerrier-là parvint
A les battre un contre vingt

16me couplet

Digne héros de la victoire,
Fier soldat comme toujours :
La bataille à Wissembourg
Vient de te couvrir de gloire;
La France et tous ses enfants,
Te sont bien reconnaissants.

17me couplet

Tu te retires en bon ordre,
L'ennemi vient grossissant
Badinguet, l'affreux pédant
Est la cause du désordre;
Notre sort est imputé
A son incapacité.

18me couplet

Les bons membres de la gauche
Réclamaient des armements,
Mais les autres chenapans
Savaient que dans la sacoche,
De leur bon gouvernement
En avait passé l'argent.

19me couplet

Je vous en dirais bien d'autres
Plus terribles; mais pourtant,
Il faut parler de Sédan :
C'est là que le triste apôtre
Achève la déception
Par sa capitulation.

20me couplet

Là c'est l'honneur de la France
Qu'il devait sauvegarder,
Le lâche s'en est gardé;
Il craignait trop la souffrance,
Il avait peur de la mort,
Et nous laisse à notre sort.

21me couplet.

C'est alors qu'il capitule
A titre de souverain.
Pouvoir, conditions en mains,
Devant l'honneur, il recule,
Et se donne comme un plat,
Jusqu'à son dernier soldat.

22me couplet

Voilà César, voilà l'homme,
Tout couronné de lauriers;
Voilà l'empereur guerrier,
Le beau parleur, l'économe;
Il nous répond de l'honneur,
Mais signe le déshonneur.

23me couplet

Toutes nos armées attestent,
Nos soldats, jusqu'au dernier,
Qu'ils vont se sacrifier,
Ils crient tous et ils protestent
Contre cette trahison,
Signée Napoléon.

24me couplet

Quand arriva la nouvelle,
Personne n'en fut surpris;
Cet homme avait le mépris,
Sa vie est toute infidèle;
Mais qu'importe, avec notre
Il peut vivre heureux encor.

25me couplet

Indignée, la République
Se lève dans sa fierté.
[illegible] sa souveraineté,
Cette vierge au front pudique,
En prison depuis vingt ans,
Vient mourir pour ses enfants.

26me couplet

Toi, mourir, fille de France,
Oh! non! tu ne mourras pas
Si le pays, au trépas,
Ta pris pour sa délivrance;
Sois sur que pour ton rang,
Il verserait tout son sang.

27me couplet.

La République pardonne
Tous ceux qui ont voté Oui
Et vous donne son appui.
Conservez lui sa couronne;
Unissez-vous sous sa main,
Banissez tout souverain.

28me couplet.

Cette puissante déesse,
Vient toujours pour expier,
De ceux qui savent piller
Le peuple par la promesse,
Les crimes les plus odieux
Que nous ayons sous les yeux.

29me couplet

Vive donc la République!
Le gouvernement de tous,
Rien ne se fera sans vous
Elle est votre politique,
Puisque en guerre elle fait bien,
En paix conservez-la bien.

LAMOUROUX.

(Déposé.)

BORDEAUX. — IMPRIMERIE A. PÉREY
Rue Porte-Dijeaux, 55.

COMPLAINTE DE BADINGUET

Air de *Fualdès*.

I

Puisque mon ami Guillaume
M'accorde quelque loisir,
J'en profite avec plaisir
Pour singer le vieux... Grand-Homme;
Et d'un cœur aussi loyal
J'écris mon Mémorial :

II

Mes parents ne s'aimaient guère,
Néanmoins, je fus toujours
Le doux fruit de leurs amours
De l'avis du Dictionnaire :
Après l'air du *Beau Dunois*
Naquit Napoléon Trois.

III

Doux exilé de naissance,
Dès le biberon j'appris
De quel mal le cœur est pris
Lorsqu'on est loin de la France,
Plus tard, me rappelant ça,
J'ai repeuplé Lambessa.

IV

Les Vallons de l'Helvétie
[illegible]rent jamais d'artilleur
Qui me fut supérieur;
J'en jure par ma vessie!
Et monsieur Krupp le prussien,
Sait que je n'invente rien.

V

Eteindre le Paupérisme
Fut le but de mes écrits :
Sur ça, les plus fiers esprits
Ont admiré mon logisme :
Car fusiller des mineurs
C'est abréger leurs malheurs.

VI

Ambition, chose vile!
A trente ans, c'est par amour
Que j'essayai dans Strasbourg
D'un peu de guerre civile;
J'y prenais un innocent
Intérêt de cent pour sang

VII

Plus tard, nouvelle besogne,
Esclave de mon destin,
L'étoile du cabotin
Me conduisit à Boulogne,
Un aigle, — étrange hasard!
Trouvait sur mes pas, du lard.

VIII

Le tyran Louis-Philippe,
Lorsque j'attendais la mort
Me mit dans un château-fort
Ah! quel homme sans principes!
Pour comble de cruauté,
J'avais du bœuf et du thé.

IX

Un jour un ami fidèle
Père du Petit-Coneau,
Et docteur d'un bon tonneau,
Me dit : captive hirondelle,
O toi dont le nom me plut
J'ai ta planche de salut.

X

Grâce à sa planche bénite,
Je dissimulai mon nez;
Et les soldats étonnés
Disaient, protégeant ma fuite :
Nous l'avons tous vu déjà,
Ce n'est qu'un simple goujat.

XI

Sain et sauf j'atteignis Londres,
De Français, j'y devins Grec,
Et policeman avec
Mais je n'avais rien à tondre!
L'excellente Miss Howard
M'en...bêtait pour un liard.

XII

Lorsque vint la République,
Je pensai : d'honnêtes gens
Ne sont point intelligents,
J'aurai vite leur pratique;
Allons à Paris pour y
Être un peu moins mal nourri.

XIII

Mon calcul était fort juste,
Neveu d'oncle, et décoré
Je fus bientôt vénéré
Pour ma redingote auguste,
D'ailleurs avec trois gourdins
J'effaçai tous les dédains.

XIV

Que l'éloge de ma gloire
Est pénible pour mon cœur,
J'abrège donc par pudeur
Les beaux faits de mon histoire.
Je fus nommé Président
Par un vote... contondant.

XV

Pour persuader la Chambre
Et ses orateurs épais
Que l'Empire, c'est la Paix,
J'inventai le Deux-Décembre,
Quand on veut un bon sénat
Rien ne vaut l'assassinat!

XVI

C'était là mon seul remède;
Mais comme il enrichit, seuls,
Les fabricants de linceuls;
Le moyen fut trouvé raide.
Hugo, nous a chansonné
Pour quelques guillotinés!...

XVII

A peine assis sur le trône
Je me montrai trop clément :
Et j'exilai simplement
Ceux qui biguaient ma personne,
Cayenne, malgré leurs cris,
Devint un petit Paris.

« Je ne désire pas que mes cendres reposent sur les bords de la Seine, au milieu de ce peuple Français que j'ai tant floué! »
(Napoléon 1er corrigé par son neveu.)

XVIII

Faut dorer son existence!
Dans mon palais de garçon
On s'égorgea sans façon.
Belmontet nous fit des stances!
Des dames du meilleur ton
M'appelèrent mon fiston!

XIX

Comme je prenais de l'âge,
L'Archevêque un beau matin
Me dit : Sire, c'est certain,
Faut penser au mariage;
Et ma Majesté tomba
Sur le sein doux de Téba.

XX

Ah! mes amis, quelle noce!
Fleury s'en faisait mourir!
Morny, qui faisait courir,
Me dit : « Ah! ma vieille rosse
Fais-t'on péter l'abdomen,
Mais tu le seras demain.

XXI

Cette union fut heureuse,
Et nous eûmes un enfant
Aussi fort qu'un éléphant
De nature scrofuleuse,
Il n'avait qu'un vice au sang,
Mais moi, j'en avais bien cent!

XXII

Que j'ai fait de grandes choses!
J'ai percé des boulevards;
Et j'ai conduit les bavards
Dans des sentiers pleins de roses.
Rouher, étant de ma cour,
J'ai fait de jolis discours.

XXIII

Sous mon règne, sans reproche,
On a fait beaucoup pour l'art,
Nous avons eu Dumollard,
Ollivier et Rigolboche.
Mes mouchards, ont dépassé
Les Troppmann du temps passé!

XXIV

O Souvenir qui console,
J'aime à me baigner en toi!
Seul, j'ai fait rire la *Loi*,
Comme une petite folle!
Mon Baroche et mon Billault,
Graissaient si bien le billot!

XXV

Pour charmer les militaires,
Qui de gloire aiment rêver,
Je les envoyai crever,
Dans tous les coins de la terre.
Leur mort ne servait à rien,
Mais, le laurier m'allait bien.

XXVI

Malgré de grands sacrifices,
Ce fut par le fondement
Qu'eut lieu le couronnement.
De mon superbe édifice,
La sonde de Nélaton,
Devint alors de bon ton.

XXVII

La France étant avachie,
Et me manquant de respect,
Je voulus fermer le bec,
A l'hydre de l'anarchie,
Je déclarai proprement,
Une guerre aux Allemands.

XXVIII

Mais je n'aime pas la guerre!
Ce n'est pas là mon terrain,
Je l'ai fait voir sur le Rhin,
En me tenant en arrière
Avec mon cousin prudent,
Jusqu'à côté de Sedan.

XXIX

Vaincu par la destinée,
Je répète de nouveau,
Je n'ai pas comme le veau,
Une nature obstinée;
Guillaume m'a dit : rends-toi,
Je me suis rendu ma foi.

XXX

Et d'ailleurs, qu'avais-je à craindre?
Bismarck n'est pas un boulet :
Ce brave homme ne voulait,
Dans ses deux bras, que m'étreindre,
On s'est quitté, bons amis,
Puis en Prusse l'on m'a mis.

XXXI

Dans ma prison pittoresque,
Délice de l'étranger,
Je vois, sans me déranger,
De belle peinture à fresques.
La bonne reine Augusta
Me prépare mon rata.

XXXII

Ils ont une bonne cave;
J'attends donc, sans peur, la mort
Et je m'amuserai fort,
Si, — chose extrêmement grave,
Eugénie avait le soin
De m'oublier dans mon coin.

XXXIII

Mais cette épouse fidèle,
(Je l'apprends par le canal,
De je ne sais quel journal,)
Veut se donner en modèle,
Et me menace, dit-on,
De son amour de carton.

XXXIV

Priez pour moi, bonnes âmes!
Car voici le châtiment :
Eugénie est constamment
La plus rageuse des femmes,
Si j'en dois être embêté,
Qu'on me fiche en liberté!

Paris. — Imprimerie VALLÉE, 16, rue du Croissant

Dépôt pour le colportage, chez MARTINON, 14, rue Jean-Jacques-Rousseau

CONFESSION

DE

LOUIS-NAPOLÉON VERHUELL

Rien que la vérité, toute la vérité.

AIR DE FUALDÈS

I

De Verhuell et d'Hortense
Je suis l' fils, malgré mon nom,
De Louis-Napoléon.
L' divorc' suivit ma naissance;
Puis Flahaut mit dans mon nid
Un frèr' surnommé Morny.

II

Elevé dans l'Helvétie,
Fier du titr' de citoyen,
Du moins, si j'avais peu d' bien,
J' vivais en démocratie
Avec des gens libres, c' qui
Valait c' valet de Walewski.

III

Comme je m'ennuyais en Suisse
Avec des farceurs, un jour
Je voulus prendre Strasbourg :
Mais j' m'y pris comme un novice.
Comme on m' dit : « Va-t-en, pars donc, »
J' partis en d'mandant pardon.

IV

Jurant d' quitter cett' besogne,
A Londr', comme un Englishman,
Je fis l' métier d' policeman.
Puis je voulus prendr' Boulogne,
Me fichant bien d'un serment :
Croyant que qui s'en sert, ment.

V

La Chambr' des Pairs me fit mettre
Pour la vie au fort de Ham :
J'avais atteint un quidam
En plein œil, d'un vrai coup d' maître;
Avec mon aigle pris, on
Flanqu' mes amis en prison.

VI

Ayant là joué mon rôle
Avec la fill' du geôlier,
J' filai couvert de mortier,
Tenant un' planch' sur l'épaule :
C' qui fut ma seule façon
De me montrer franc-maçon.

VII

Lors on m' vit chez les Yankées
Crier : Vive l'Union!
Puis j' vins r'trouver à London
D' Madame Howard les guinées.
Là, que vouliez-vous que j' fiss'?
On sait que j' lui fis deux fils.

VIII

Soudain, on chass' Louis-Ph'lippe;
Moi, pour êtr' fait député,
J' fais d' l'œil à la liberté :
Ma biche anglaise me r'nippe.
J' pars, et Paris et ses arts,
Voient un d' leurs futurs Césars.

IX

Les braves gens du village
Me nomment à caus' du vieux;
Mais, de Brumaire envieux,
J' fais en décembr' mon carnage.
Ceux qui n' sont pas transportés
De bonheur, sont déportés.

X

Après c' coup d'Etat, je m' risque
A filouter Chantilly
Avec le bois du Raincy,
Qu'aux d'Orléans je confisque :
De Neuilly, du parc Monceaux,
L'argent nous vient par monceaux.

XI

J' conduis la France à mon aise,
Et j' mèn' la vie à gogo;
J'épouse la Montijo
Au nez d' mon cousin Borghèse;
Et j' fais ma sécurité
D' la loi d' général' sûr'té.

XII

J'éprouv' le besoin d' combattre
En Crimée avec l'Anglais;
V'là comm' l'Empir' c'est la Paix;
Puis m' vient Napoléon quatre,
Que l'on berc' sur le velours
Des impôts que je veux lourds.

XIII

Rome et votre République
Font deux mort's, mais j'en veux trois;
Or, en c' numéro je crois :
J' veux donc un trône au Mexique :
Hélas! quel genr' de guerr' pir'
Que d'êtr' forcé d' déguerpir!

XIV

Je suis pour et contr' le Pape,
Pour et contr' les Italiens,
Contre et pour les Autrichiens,
Mais enfin, l' Prussien m'attrape :
Sans l'honneur à son rang dû,
Voilà Badinguet rendu.

XV

Pourtant, je suis dans l'aisance,
Ceux qu'il faut plaindre, c'est vous.
De mon dernier piége à loups
Tâchez de tirer la France.
Adieu, j' m'en vais faire un tour,
Mais sans billet de retour.

XVI

Vous avez la République :
Comme les Américains
Gardez-la. Gare aux gredins!
Gare au systèm' monarchique!
Dit's à qui veut vous l'offrir :
Tu nous en ferais mourir!

Pour copie conforme :

CÉSAR BADINGUET.

Paris. — IMPRIMERIE NOUVELLE (Association ouvrière), 14, rue des Jeuneurs. — G. Masquin et Cie.

La Patrie est en danger!

Air des Soldats du Désespoir.

Paroles de Demarche.

Français, voici les Cosaques!
C'est au nom du droit divin,
Qu'ils combinent leurs attaques,
Et veulent rouler l'airain;
Sur le peuple Souverain;
Quand ces hordes étrangères,
Viennent pour nous égorger
Jetons le cri de nos pères
La Patrie est en danger! } ter.

Ce cri forma les armées,
Qui chassèrent autrefois,
Les cohortes animées,
Par la parole des Rois;
Qui venaient brûler nos toits.
Loin de nous la léthargie
Quand le feu va s'engager;
Réveillons notre énergie
La Patrie est en danger! } ter.

Soldats quittez vos casernes,
Quittez quittez! le repos;
Vous chargerez vos gibernes,
Et volerez en héros!
Vaincre ou mourir à propos:
Pour vous la guerre a des charmes,
Quand on vient vous outrager;
Le peuple vous crie aux armes,
La Patrie est en danger! } ter.

Pensant à Quatrevingt douze,
Vite en masse levons-nous;
Sauvons mère, enfants, épouse,
Des injures et des coups.
Des barbares en courroux,
Déjà leur bronze résonne;
Qu'en ville, est chez le berger,
Que partout le tocsin sonne,
La Patrie est en danger! } ter.

Quoi! nous souffririons les hyènes!
Qui nous convoitent encor,
Nous reporterions les chaînes,
Debout faisons un effort!
Nous touchons à l'âge d'or,
Quoi! le foyer des lumières,
Pourrait se voir partager;
Debout! Debout! aux frontières
La Patrie est en danger! } ter.

Un jour par quelques perfides,
Nos pères furent trahis;
Quand leurs colonnes rapides,
Sauvaient encore le pays,
Des mains de ses ennemis.
La caste des anciens maîtres,
A ses chûtes à venger
Ayons les yeux sur les traîtres
La Patrie est en danger! } ter.

L'oppression est extrême,
L'airain fait trembler les airs!
Aux armes! l'heure est suprême,
Faisons voir à l'univers
Comment nous aimons les fers!
Tambours bravant la décharge,
Du canon de l'Étranger,
Entraînez-nous à la charge,
La Patrie est en danger! } ter.

PAR HENRI COLOMB, DE NIMES.

I.

Pendant que l'Empereur rêvassait sous sa tente,
Cachant dans ses deux mains sa face indifférente,
Cette face dont l'œil semble mort à demi,
Que faisiez-vous alors devant votre ennemi?..

II.

Il ne le savait pas, lui, ce Hollando-Corse,
Ce pâle moustachu, sire de par la Force,
Don Quichotte poussif, empereur de hazard,
Qui n'a su mitrailler que sur le boulevard!

III.

Il ne le savait pas non plus, cet autre drôle,
Qui pendant deux cents jours fut la grande auréole
Du ministère qui s'est noyé dans le Rhin.
Il ne le savait pas ce myope crétin!

IV.

Le savait-il aussi, ce maréchal illustre?
Ce dogue impérial, cet homme PRÊT? ce rustre
Moins soldat que boucher;
Ce fameux guerroyeur, ce prévoyant ministre
Conduit à l'abattoir nos soldats, jour sinistre!
Avec le cœur léger!..

V.

Quand votre colonel, devant la canonnade,
Du brave Mac-Mahon eut reçu l'embrassade,
Il se tourna vers vous, l'œil en feu, frémissant,
Et vous dit « en avant cuirassiers! en avant! »

VI.

C'est alors qu'on vous vit à travers la fumée,
Lutter en insensés contre toute une armée,
Arrêter un instant une mer de teutons,
Où devaient s'engloutir vos braves escadrons

VII.

Ils sont morts... un à un, en héros, pleins de gloire
Et nos petits neveux en épelant l'Histoire,
Sauront que le Pays dut son salut un jour,
Aux braves cuirassiers tombés à Wissembourg!

Ces vers ont été composés le 4 Août 1870.

Autographie Mauron, Avignon

Propriété de l'auteur.

S'adresser pour la vente à Mr Henri COLOMB, rue Bonneterie, 74, AVIGNON.

RÉPUBLIQUE FRANÇAISE ! 1870. 4 Septembre !

Cent Mille 1ers Exemplaires à 15 Centimes !..

Paris, Août 1870.

Au bénéfice des Blessés et de leurs familles !!!

15 Centimes, en vente partout !
Au bénéfice des Blessés et de leurs familles !..

Air : Aux Armes !!!
Et Sauvons le Pays avant tout !

Paroles de Jn Plantier, Sténographe,
Auteur de la nouvelle Sténographie universelle
(24, rue du Regard, au 1er).
Musique de Mr. Dauvin.

Nouveau Chant des Peuples !

Dédié à Guillaume, bientôt ex-Roi de Prusse ! à Napoléon III, à ses collègues et à leurs cliques, auteurs de cette sanglante guerre de 1870 !

Traduction Sténographie Plantier

1er Couplet.

Peuples ! soyons *unis* pour notre délivrance,
L'amour de la Patrie vient d'armer notre bras,
Accourez, défenseurs de notre belle France,
Pour chasser le Prussien, hâtons ! hâtons le pas ! (bis).

Refrain.

Français ! que sous nos coups le Prussien succombe,
En avant ! en avant ! mort à tout oppresseur !
Que notre sol souillé lui serve ainsi de tombe !
Par nos armes vengeons et la France et l'honneur ! (bis)

2e Couplet.

Toi ! Sainte Liberté ! protège nos conquêtes,
Afin que nos enfants, dans la postérité,
Se souvenant de nous, en leurs beaux jours de fêtes,
Ignorent qu'un despote ait jamais existé !!! (bis)

3e Couplet.

Liberté ! Liberté ! pour qui l'homme respire,
Ô toi ! qui de nos cœurs règle les sentiments,
Bientôt de l'Univers tu régiras l'empire,
Guide nos cœurs, nos bras, et reçois nos serments ! (bis)

4e Couplet.

Peuples ! restons *unis* ! abolissons les guerres,
Oui, chassons sans retour, souverains orgueilleux !!!
Qu'ils apprennent enfin que nous sommes tous frères,
Que l'or, ni les grandeurs ne nous rendent heureux ! (bis)

5e Couplet.

La Science et la Vertu gouverneront le monde
Honorons-les partout, encourageons les Arts
La Guerre détruit tout ! La Science féconde !
Que tous progrès nouveaux suivent nos étendards ! (bis)

Nota. Vœu de l'auteur pour les blessés et leurs familles ! Chaque personne qui aura un journal reproduisant ce chant est engagée d'honneur à verser 15 centimes pour nos blessés ! N'oubliez pas S.v.p.

La Musique va paraître.

RÉPUBLIQUE FRANÇAISE! 1870 _ 4 Septembre!

Cent Mille 1ers Exemplaires à 15 Centimes!..

Au bénéfice des Blessés et de leurs familles!!!

Traduction Sténographie Plantier.

6e Couplet.

Non! plus de ces combats qui bouleversent la terre,
Tyrans ambitieux, réglez vos intérêts!
Les Peuples victimés ne veulent plus la guerre,
Pour ces duels sanglants, souverains, soyez prêts! (bis).

7e Couplet.

Usez de vos engins, Picrate de Potasse,
Mitrailleuses, Torpilles, Chassepots et Canons,
Détruisez entre vous votre odieuse race!
Les peuples éclairés ne sont plus vos dindons! (bis)

Refrain.

Français! que sous nos coups chaque tyran succombe!
En avant! en avant! et mort à l'oppresseur!
Que notre sol souillé lui serve ainsi de tombe!
(bis) Par nos armes vengeons et la France et l'honneur!!!

Vive la France!

Mort aux Prussiens! vaincre ou mourir!
Vivent les Peuples libres! vivent nos braves soldats!
Rappelons-nous que l'Union fait la force!
Tout pour le peuple et par le peuple souverain!

Conseil utile.

Ayons de l'artillerie légère en masse! et en avant! en avant! feu partout sur les Prussiens; et ne pas oublier ce bon Guillaume, son Bismark et les auteurs de cette triste et sanglante guerre!!!

Signé: Jh Plantier,

âgé de 60 ans, Sténographe, ancien Officier et Marin de l'armée, auteur de divers ouvrages et inventions Btés, etc. ayant ses deux fils au service de la Patrie, Décoré.

(Paris, 24, R. du Regard)

Nota. La Sténographie-Plantier était appelée à rendre de grands services à l'armée du Rhin pour communiquer rapidement à tous les corps d'armée des dépêches secrètes. Mr Plantier avait formé 5 ou 6 Sténographes habiles qu'il aurait placés dans chaque État-Major de l'armée, pour traduire instantanément aux chefs de corps les dépêches secrètes qu'aucun Prussien n'aurait pu lire, etc. Il est fâcheux que les offres de services faites au début de la guerre par Mr Plantier n'aient point été acceptées!

A cet effet, Mr Plantier tient une réponse du Maréchal Canrobert, commandant le 6e Corps, qui, tout en le remerciant de ces offres aussi empressées que généreuses, motive que l'Empereur ne veut admettre personne étranger à l'armée! Hélas! la suite a prouvé combien cette Sténographie, la seule unitaire aurait pu servir aux États-Majors Français!

Vive la République universelle!
Liberté! Ordre! Union! et la France est sauvée et sauvera le monde de la Barbarie.

RÉPUBLIQUE FRANÇAISE 1870. 4 Septembre.

Cent Mille 1ers Exemplaires à 15 Centimes!..

Au bénéfice des Blessés et de leurs familles!!!

Paris Août 1870.

Traduction Sténographie Plantier.

15 Centimes, en vente partout!
Au bénéfice des Blessés et de leurs familles!..

Air: Aux Armes!!!
Et Sauvons le Pays avant tout!

Paroles de Jh Plantier, Sténographe,
Auteur de la nouvelle Sténographie universelle
(24, rue du Regard, au 1er).
Musique de Mr Dauvin.

Nouveau Chant des Peuples!

Dédié à Guillaume, bientôt ex-Roi de Prusse! à Napoléon III, à ses collègues et à leurs cliques, auteurs de cette sanglante guerre de 1870!

1er Couplet.

Peuples! soyons unis pour notre délivrance,
L'amour de la Patrie vient d'armer notre bras.
Accourez, défenseurs de notre belle France,
Pour chasser le Prussien, bâtons! bâtons le pas! (bis).

Refrain.

Français! que sous nos coups le Prussien succombe,
En avant! en avant! mort à tout oppresseur!
Que notre sol souillé lui serve ainsi de tombe!
Par nos armes vengeons et la France et l'honneur! (bis)

2e Couplet.

Toi! Sainte Liberté! protége nos conquêtes,
Afin que nos enfants, dans la postérité,
Se souvenant de nous, en leurs beaux jours de fêtes,
Ignorent qu'un despote ait jamais existé!!! (bis)

3e Couplet.

Liberté! Liberté! pour qui l'homme respire,
Ô toi! qui de nos cœurs règle les sentiments,
Bientôt de l'Univers tu régiras l'empire,
Guide nos cœurs, nos bras, et reçois nos serments! (bis)

4e Couplet.

Peuples! restons unis! abolissons les guerres,
Oui, chassons sans retour, souverains orgueilleux!!!
Qu'ils apprennent enfin que nous sommes tous frères,
Que l'or, ni les grandeurs ne nous rendent heureux! (bis)

5e Couplet.

La Science et la Vertu gouverneront le monde
Honorons-les partout, encourageons les Arts
La Guerre détruit tout! La Science féconde!
Que tous progrès nouveaux suivent nos étendards! (bis)

Nota. Vœu de l'auteur pour les blessés et leurs familles!
Chaque personne qui aura un journal reproduisant ce Chant est engagée d'honneur à verser 15 centimes pour nos blessés!
n'oubliez pas S.V.P. (La Musique va paraître.)

RÉPUBLIQUE FRANÇAISE 1870 _ 4 Septembre.

Cent Mille 1ers Exemplaires à 15 Centimes !..

Au bénéfice des Blessés et de leurs familles!!!

Traduction Sténographie-Plantier.

6e Couplet.

Non ! plus de ces combats qui bouleversent la terre,
Tyrans ambitieux, réglez vos intérêts !
Les Peuples victimés ne veulent plus la guerre,
Pour ces duels sanglants, souverains, soyez prêts ! (bis).

7e Couplet.

Usez de vos engins, Picrate de Potasse,
Mitrailleuses, Torpilles, Chassepots et Canons,
Détruisez entre-vous votre odieuse race !
Les peuples éclairés ne sont plus vos dindons ! (bis)

Refrain.

Français ! que sous nos coups chaque tyran succombe !
En avant ! en avant ! et mort à l'oppresseur !
Que notre sol souillé lui serve ainsi de tombe !
(bis) Par nos armes vengeons et la France et l'honneur !!!

Vive la France !

Mort aux Prussiens ! vaincre ou mourir !
Vivent les Peuples libres ! vivent nos braves soldats !
Rappelons-nous que l'Union fait la force !
Tout pour le peuple et par le peuple souverain !

Conseil utile.

Ayons de l'artillerie légère en masse ! et en avant ! en avant ! feu partout sur les Prussiens, et ne pas oublier ce bon Guillaume, son Bismark et auteurs de cette triste et sanglante guerre !!!

Signé : Jh. Plantier,

âgé de 60 ans, Sténographe, ancien Officier et Marin de l'armée, auteur de divers ouvrages et inventions btés. etc. ayant ses deux fils au service de la Patrie, Décoré.

(Paris, 24, R. du Regard)

Nota. La Sténographie-Plantier était appelée à rendre de grands services à l'armée du Rhin pour communiquer rapidement à tous les corps d'armée des dépêches secrètes. Mr. Plantier avait formé 5 ou 6 Sténographes habiles qu'il aurait placés dans chaque État-Major de l'armée, pour traduire instantanément aux chefs de corps les dépêches secrètes qu'aucun Prussien n'aurait pu lire, etc. Il est fâcheux que les offres de services faites au début de la guerre par Mr. Plantier n'aient point été acceptées !

A cet effet, Mr. Plantier tient une réponse du Maréchal Canrobert, commandant le 6e Corps, qui, tout en le remerciant de ces offres aussi empressées que généreuses, motive que l'Empereur ne veut admettre personne étranger à l'armée ! Hélas ! la suite a prouvé combien cette Sténographie, la seule unitaire aurait pu servir aux États-Majors Français !

Vive la République universelle !

Liberté ! Ordre ! Union ! et la France est sauvée et sauvera le monde de la Barbarie.

RÉPUBLIQUE FRANÇAISE

Lith. Clappié et fils - Rue de Jussieu 13 - Lyon

LA MARSEILLAISE

Allons, enfants de la patrie,
Le jour de gloire est arrivé;
Contre nous de la tyrannie
L'étendard sanglant est levé. (bis).
Entendez-vous dans les campagnes,
Mugir ces féroces soldats!
Ils viennent jusque dans vos bras,
Egorger vos fils, vos compagnes!

Aux armes, citoyens,
Formez vos bataillons,
Marchons, marchons,
Qu'un sang impur,
Abreuve nos sillons!

Que veut cette horde d'esclaves,
De traîtres, de rois conjurés?
Pour qui ces ignobles entraves,
Ces fers dès longtemps préparés? (bis).
Français, pour nous, ah! quel outrage!
Quels transports il doit exciter!
C'est nous qu'on ose méditer
De rendre à l'antique esclavage!
Aux Armes, etc.

Quoi! des cohortes étrangères
Feraient la loi dans nos foyers!
Quoi! ces phalanges mercenaires
Terrasseraient nos fiers guerriers! (bis).
Grand Dieu! par des mains enchaînées,
Nos fronts sous le joug se ploieraient!
De vils despotes deviendraient
Les maîtres de nos destinées!
Aux armes, etc.

Tremblez, tyrans, et vous perfides,
L'opprobre de tous les partis!
Tremblez, vos projets parricides
Vont enfin recevoir leur prix! (bis).
Tout est soldat pour vous combattre;
S'ils tombent nos jeunes héros,
La terre en produit de nouveaux
Contre vous, tout prêts à se battre!
Aux armes, etc.

Français, en guerriers magnanimes
Portez ou retenez vos coups;
Epargnez ces tristes victimes
A regret s'armant contre nous: (bis).
Mais ce despote sanguinaire,
Mais les complices de Bouillé,
Tous ces Tigres qui, sans pitié,
Déchirent le sein de leur mère!..
Aux armes, etc.

AMOUR SACRÉ de la patrie,
Conduis, soutiens nos bras vengeurs:
Liberté, liberté chérie,
Combats avec tes défenseurs; (bis).
Sous nos drapeaux que la victoire
Accoure à tes mâles accents;
Que tes ennemis expirants
Voient ton triomphe et notre gloire!
Aux armes, etc.

Nous entrerons dans la carrière
Quand nos aînés n'y seront plus;
Nous y trouverons leur poussière
Et la trace de leurs vertus! (bis).
Bien moins jaloux de leur survivre
Que de partager leur cercueil,
Nous aurons le sublime orgueil
De les venger, ou de les suivre!

LE CHANT DU DÉPART

Un Député du peuple.

La victoire en chantant nous ouvre la barrière,
La liberté guide nos pas,
Et, du Nord au Midi, la trompette guerrière
A sonné l'heure des combats.
Tremblez, ennemis de la France!
Rois ivres de sang et d'orgueil!
Le peuple souverain s'avance;
Tyrans, descendez au cercueil!
La république nous appelle,
Sachons vaincre ou sachons périr;
Un Français doit vivre pour elle,
Pour elle un Français doit mourir!

Une mère de famille.

De nos yeux maternels ne craignez pas les larmes;
Loin de nous de lâches douleurs!
Nous devons triompher quand vous prenez les armes:
C'est aux rois à verser des pleurs!
Nous vous avons donné la vie,
Guerriers! elle n'est plus à vous;
Tous vos jours sont à la patrie:
Elle est votre mère avant nous!
La république nous appelle,
Sachons vaincre ou sachons périr;
Un français doit vivre pour elle,
Pour elle un Français doit mourir!

Deux Vieillards.

Que le fer paternel arme la main des braves
Songez à nous, au champ de mars;
Consacrez dans le sang des rois et des esclaves
Le fer béni par vos vieillards;
Et, rapportant sous la chaumière
Des blessures et des vertus,
Venez fermer notre paupière
Quand les tyrans ne seront plus!
La république nous appelle,
Sachons vaincre ou sachons périr,
Un Français doit vivre pour elle,
Pour elle un Français doit mourir!

Un enfant.

De Barra, de Viala, le sort nous fait envie,
Ils sont morts, mais ils ont vaincu.
Le lâche accablé d'ans n'a point connu la vie!
Qui meurt pour le peuple a vécu.
Vous êtes vaillants, nous le sommes!
Guidez-nous contre les tyrans;
Les républicains sont des hommes,
Les esclaves sont des enfants!
La république nous appelle,
Sachons vaincre ou sachons périr!
Un Français doit vivre pour elle,
Pour elle un Français doit mourir.

Une épouse.

Partez, vaillants époux, les combats sont vos fêtes,
Partez, modèles des guerriers;
Nous cueillerons des fleurs pour en ceindre vos têtes
Nos mains tresseront vos lauriers!
Et si le temple de mémoire
S'ouvrait à vos mânes vainqueurs,
Nos voix chanteront votre gloire,
Nos flancs porteront vos vengeurs.
La république nous appelle,
Sachons vaincre ou sachons périr;
Un Français doit vivre pour elle,
Pour elle un Français doit mourir!

Une jeune fille.

Et nous, sœurs des héros, nous qui de l'hyménée
Ignorons les aimables nœuds,
Si, pour s'unir un jour à notre destinée,
Les citoyens forment des vœux,
Qu'ils reviennent dans nos murailles,
Beaux de gloire et de liberté,
Et que leur sang dans les batailles
Ait coulé pour l'égalité.
La république nous appelle,
Sachons vaincre ou sachons périr;
Un Français doit vivre pour elle,
Pour elle un Français doit mourir!

Trois Guerriers.

Sur le fer, devant Dieu, nous jurons à nos pères,
A nos Epouses, à nos sœurs,
A nos représentants, à nos fils, à nos mères,
D'anéantir les oppresseurs:
En tous lieux, dans la nuit profonde,
Plongeant l'infâme royauté,
Les Français donneront au monde
Et la paix et la liberté!
La république nous appelle
Sachons vaincre ou sachons périr;
Un Français doit vivre pour elle,
Pour elle un Français doit mourir!

LES GIRONDINS

Par la voix du canon d'alarme,
La France appelle ses enfants:
Allons, dit le soldat, aux armes!
C'est ma mère, je la défends.
Mourir pour la patrie! (bis)
C'est le sort le plus beau, le plus digne d'envie. (bis.)

Nous, amis, qui loin des batailles,
Succombons dans l'obscurité,
Vouons, du moins, nos funérailles
A la France! à sa liberté!
Mourir pour la patrie! (bis.)
C'est le sort le plus beau, le plus digne d'envie. (bis.)

Frères, pour une cause sainte,
Quand chacun de nous est martyr,
Ne proférons pas une plainte,
La France, un jour, doit nous bénir.
Mourir pour la patrie! (bis.)
C'est le sort le plus beau, le plus digne d'envie. (bis.)

Du Créateur de la nature,
Bénissons encor la bonté;
Nous plaindre serait une injure;
Nous mourons pour la liberté!
Mourir pour la patrie! (bis.)
C'est le sort le plus beau, le plus digne d'envie. (bis.)

Brigot

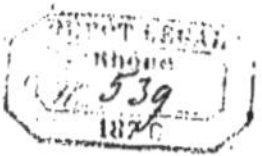

RÉPUBLIQUE FRANÇAISE.

Hommage à la Garde Nationale

Air : *Ah ! si mon Cousin le savait.*

O, France, ô ma noble patrie,
L'Eternel préside à ton sort;
Lorsque les tyrans en furie
Cherchent à te donner la mort.
Par une sentence fatale
Tous leurs projets sont renversés,
Et ta garde nationale
Sauve tes saintes libertés

Salut, belle garde civique,
Dont l'héroïque dévouement
Nous ramène la République
Et son divin gouvernement.
Grâce à sa conduite loyale,
Chacun rayonne de gaîté.
Vive la garde nationale,
Les sauveurs de la liberté.

Plus de traîtres, plus de perfides
Qui veulent nous ravir nos droits!
Non plus de ces rois parricides.
Des peuples ainsi que des lois,
Plus de ruse, plus de cabale,
Lorsqu'on nomme nos députés.
Vive la garde nationale,
Elle a sauvé nos libertés.

Si du nord la triple cohorte
Osait un jour nous envahir,
Oui, plutôt que d'ouvrir nos portes.
Chaque français voudra mourir.
La France n'a pas de rivale,
Malgré tous ses rois révoltés.
Lorsque sa garde nationale
Veut défendre ses libertés.

propriété

LA FRANCE

Peuple français, ton cri vient jusqu'à nous.
Nous combattrons s'il faut les puissances étrangères
En citoyens nous nous dévouons tous;
De ses marchands le monde est tributaire.
Tu sais bien que le peuple est roi
Quand il s'éveille en sa détresse.
Peuple français, relève-toi,
Albion n'est pas ta maîtresse,
Non ta maîtresse.

Ne compte pas sur ton agitateur,
Montre à ses yeux le lit où tu couches
Tes enfants nus, ton impuissant labeur.
Sur tes haillons la dîme encore se touche.
Parle aussi haut que le beffroi
De la misère qui t'oppresse.
Peuple, etc.

De l'Océan la voix parle en ton nom
Elle redit ton immense agonie.
Pour te sauver jette un cri d'union
Et devant toi fuira la tyrannie.
Un peuple entier garde sa foi
Quand le monde à lui s'intéresse.
Peuple, etc.

Brise tes fers, peuple, sois surhumain
Mais fuis l'écueil du traître perfide;
Car le niveau social peut demain
Etre pour tous une immortelle égide;
Ces vampires, dans leur effroi,
Tremblent que ce jour apparaisse.
Peuple, etc.

O citoyen, oui tes droits sont sacrés
La République est la reine du monde;
Ils passeront tes bourreaux abhorrés.
L'égalité dans l'univers se fonde.
Non l'usure n'est pas la loi,
C'est l'étreinte de la tigresse.
Peuple français, relève-toi,
Albion n'est pas ta maîtresse,
Non ta maîtresse.

Une circulaire de M. Jules Favre, en date du 17 septembre, adressée aux représentants de la France à l'étranger, fait ressortir la signification du décret qui avance les élections pour la Constituante :

« La résolution de convoquer le plus tôt possible l'Assemblée résume notre politique tout entière. En acceptant la tâche périlleuse que nous imposait la chute du gouvernement impérial, nous n'avons eu qu'une pensée : défendre notre territoire, sauver notre honneur et remettre à la nation le pouvoir émanant d'elle, qu'elle seule peut exercer.

« Nous aurions voulu que ce grand acte s'accomplit sans transition, mais la première nécessité était de faire face à l'ennemi.

« Nous n'avons pas la prétention de demander le désintéressement de la Prusse. Nous tenons compte des sentiments qu'a fait naître chez elle la grandeur des pertes éprouvées et l'exaltation naturelle de la victoire. Ces sentiments expliquent les violences de la presse allemande, que nous sommes loin de confondre avec les aspirations des hommes d'Etat. Ceux-ci hésiteront à continuer une guerre impie dans laquelle ont déjà succombé plus de 200,000 hommes. Ce serait la continuer forcément que d'imposer à la France des conditions inacceptables.

« On objecte que le gouvernement est sans pouvoirs réguliers pour la représenter. Nous le reconnaissons loyalement. C'est pourquoi nous appelons tout de suite une Assemblée librement élue.

« Nous ne nous attribuons pas d'autres priviléges que ceux de donner à notre pays notre cœur et notre sang, et de nous livrer à son jugement souverain. Ce n'est donc pas notre autorité d'un jour, c'est la France immortelle qui se lève devant la Prusse; la France dégagée du linceul de l'empire, libre, généreuse, prête à s'immoler pour le droit et la liberté, désavouant toute politique de conquête, toute propagande violente, n'ayant pas d'autre ambition que de rester maîtresse d'elle-même, de développer ses forces morales, matérielles, et de travailler fraternellement avec ses voisins au progrès de la civilisation.

« C'est cette France qui, rendue à sa libre action, demande la cessation de la guerre, mais qui en préfère mille fois les désastres au déshonneur.

« Vainement ceux qui ont déchaîné ce redoutable fléau essayent aujourd'hui d'échapper à une responsabilité écrasante en alléguant faussement qu'ils ont cédé au vœu du pays. Cette calomnie peut faire illusion à l'étranger, mais il n'est personne chez nous qui ne la repousse comme une œuvre de révoltante mauvaise foi. Les élections de 1869 eurent pour mot d'ordre : Paix et liberté. Le plébiscite lui-même s'appropria ce programme.

« Il est vrai que la majorité du Corps législatif acclama les déclarations belliqueuses de M. de Gramont; mais quelques semaines auparavant elle avait acclamé aussi les déclarations pacifiques de M. Ollivier. Cette majorité, émanée du pouvoir personnel, se croyait obligée de le suivre docilement, et elle vota de confiance; mais il n'est pas un homme sincère en Europe qui puisse affirmer que la France, librement consultée, eût fait la guerre à la Prusse.

« Je ne conclus pas de ces faits que nous ne sommes pas responsables. Nous avons eu tort. Nous expions cruellement d'avoir toléré un gouvernement qui nous perdait. Maintenant nous reconnaissons notre obligation de réparer, dans la mesure de la justice, le mal qui a été fait.

« Mais si la puissance avec laquelle on nous a si gravement compromis se prévaut de nos malheurs pour nous accabler, nous opposerons une résistance désespérée, et il demeurera bien entendu que c'est la nation régulièrement représentée par l'Assemblée librement élue que cette puissance veut détruire.

« La question ainsi posée, chacun fera son devoir. La fortune nous fut dure. Elle a des retours imprévus. Notre résolution les suscitera.

« L'Europe commence à s'émouvoir. Les sympathies nous reviennent. Les sympathies des cabinets nous consolent, nous honorent. Ils seront vivement frappés de la noble attitude de Paris au milieu de tant de causes redoutables d'excitations. Grave, confiante, prête aux derniers sacrifices, la nation armée descend dans l'arène sans regarder en arrière, ayant devant les yeux ce simple et grand devoir : défense de son foyer et de son indépendance.

« Je vous prie, Monsieur, de développer ces vérités au représentant du gouvernement près lequel vous êtes accrédité; il en saisira l'importance, et se fera ainsi une juste idée des dispositions dans lesquelles nous sommes. »

Paris, chez MATT, Éditeur, rue des Deux-Gares, N° 7, près la Gare de Strasbourg.
(MAISON SPÉCIALE POUR LE COLPORTAGE.)

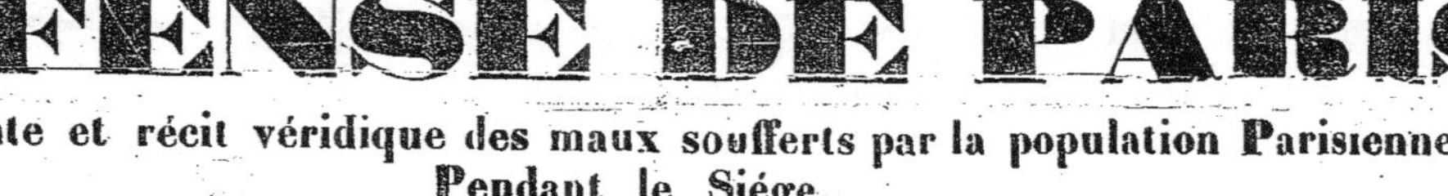

DÉFENSE DE PARIS

Complainte et récit véridique des maux soufferts par la population Parisienne Pendant le Siége.

Air de **FUALDES.**

Non, jamais sur cette terre
On ne vit, en vérité,
Pareille calamité,
Ni plus affreuse misère,
Que celle que l'on subit
Sous le siége de Paris.

Paris! cette ville aimable;
Qui donc ose l'assiéger?
Serait-ce cet étranger,
Qu'avec un accueil affable
Elle admettait dans son sein?
Oui, c'est lui son assassin.

C'est d'accord avec l'infâme
Celui qui livra Sedan :
Bonaparte, ce tyran!
Ce gredin sans cœur, sans âme!
Que la Prusse, avec ardeur,
Accomplit notre malheur.

Lors du fameux plébiscite,
Sans tous ceux qu'ont voté *oui*
On n'aurait pas aujourd'hui
Cette guerre tant maudite :
Paris qui n'y est pour rien
A cette heure en souffre bien.

Que de chagrin, que de peine!
Pour un moment d'abandon;
Si l'on avait voté *non*,
La France Républicaine,
Pour l'instant, ne serait pas
Dans un si triste embarras.

Quand on pense que nous sommes
Privés de relations,
De communications,
Avec le reste des hommes;
Du monde pour nous le bout
Ne va pas même à Saint-Cloud.

Quand le ballon nous emporte
Dans tous les départements.
Des lettres pour nos parents,
Jamais il ne nous rapporte
Les réponses, ce qui fait
Qu'on en est très-inquiet.

Nous n'avons de leurs nouvelles
Qu'au moyen de nos pigeons;
Mais des Prussiens, les faucons
Les chassent à tire-d'ailes :
Sur dix, il en revient deux;
On le voit, c'est très-chanceux.

L'aspect de toutes nos rues
Est lugubre, car, hélas!
On a supprimé le gaz
Même avant une heure indue,
Et les magasins, le soir,
Font vraiment du mal à voir.

D'ailleurs, toutes les boutiques
N'ont plus rien d'étalagé,
A part chez le boulanger,
C'est en vain que les pratiques
Chercheraient, quoi que ce soit;
On n'a plus même de bois.

Car dans cet horrible siége
On est bien privé de tout;
Mais de chauffage surtout,
Et sur nos toits, blancs de neige,
L'hiver, en signe de deuil,
Vient étendre son linceuil.

Un jour une pauvre mère,
Privée de bois, de charbon,
Attend la distribution
Une journée toute entière;
Dans ses bras, cruel effroi!
Son enfant est mort de froid!

On a vu dans les tranchées
Des soldats, de froid périr;
Ils préféreraient mourir
D'une mort plus recherchée,
Vis-à-vis de l'ennemi,
En défendant le pays.

Et nos pauvres ménagères
Attendent en pataugeant,
Souvent trois heures durant,
Pour obtenir d'ordinaire
Un pot-au-feu de cheval
Ce brave et noble animal!

C'est en pleurant qu'on le mange,
Et l'on n'en a pas toujours;
Il arrive bien des jours
Que, par force, l'on s'arrange
D'un plat, qui n'est pas très-gros,
De riz cuit avec de l'eau.

Il est des êtres rapaces!!
J'en rougis; mais des marchands
Exploitent les pauvres gens;
Jugez ou va leur audace,
Ils vendent un mauvais chou
Jusqu'à des six francs dix sous!

On se nourrit d'épluchures,
De chats, de chiens et de rats;
On vend des choses au tas
Que l'on jetait aux ordures;
Mais on s'en repait enfin,
Pour ne pas mourir de faim.

Dans une pauvre mansarde,
Située rue Desnoyers (1)
La femme vient d'expirer,
Et, seul, son mari la garde;
Quand, privé de tous secours,
De faim, il meurt à son tour.

Et le matin quand on rentre
De la garde du rempart.
Des pommes de terre au lard
Feraient tant de bien au ventre;
Mais ce légume est passé;
Du moins, c'est pour les blessés.

Or, toutes les ambulances
Que l'on a fait à grands frais,
Sont pleines, ou à peu près,
Sans compter ceux que la France,
Parmi ses enfants perdus,
Ne reverra jamais plus!

Que de mères en alarmes!
Gémissent en ce moment
Sur le sort de leurs enfants
Qu'a trahi celui des armes;
Mort sous le plomb meurtrier,
Ou tout au moins prisonnier!

MORALITÉ

Eh bien! de tous ces ravages,
Nous souffrons sans murmurer;
Loin de nous désespérer
Ils augmentent nos courages :
On ne vaincra pas Paris,
Tant que nous serons unis!

(1) 20e arrondissement.

Paris, chez MATT, *Editeur, rue des Deux-Gares, N° 7, près la Gare de Strasbourg* (Maison spéciale pour le colportage).

Paris. - Edouard Vert, imp., 29, rue N.-D.-de-Nazareth

LA
Grande et véridique Complainte
DES
PRUSSIENS AUTOUR DE PARIS

Air de *Fualdès*.

Nous touchons la Capitale ;
La verrons-nous, oui-*z*-ou non?
Car, tarteiffle! nom d'un nom!
Faut savoir si elle égale
En beautés au moins Munich,
Ou la foire de Leipsig.

Voilà déjà bien des heures
Qu'on la voit fumer de loin ;
Nous éprouvons le besoin
D'y entrer faire nos beurres,
Afin d'un peu regraisser
Nos bottes pour s'en r'tourner.

L'an passé, le roi Guillaume,
Aujourd'hui l' seul empereur,
Et des Français la terreur,
S'en...nuya dans son royaume,
C'est le pays du houblon,
D'la choucroute et du jambon.

Personne n'eut la colique,
Malgré les affreux festins
Dévorés soirs et matins ;
Le cri Viv' la République!
Leur nourrissait l'estomac.
Le Prussien seul eut le trac!

Colère, plus que d' coutume,
Lui se dit : Mon Augusta
Va me croire un vrai bêta
Qui n'a du roi que l' costume!
En porte je serais f...ichu
Si je revenais battu!

Puisqu'ils ont de la farine,
Du chat, du rat, du cheval,
Ils s'en moqueront pas mal,
Si je les veux par famine;
Il faut les prendre autrement;
Par un fort bombardement.

Un aut' verbe me taquine :
Je fais la queue au boucher,
Tu fais queue au boulanger,
Il fait queue à la cantine.
Ah! si Grœtschen, nom d'un chien!
F'sait la queue à son Prussien!

Mais hélas! pleurez, ô mères!
De pauvres petits enfants
Qui dormaient tout en tétant
Furent brisés comme verres.
Dieu ne pardonnera pas
Aux auteurs d'un tel trépas!

De ce spectacle de crimes,
Détournons nos tristes yeux!
Cela ne rend pas joyeux
De voir autant de victimes;
Il vaut mieux parler un peu
De marmite et d' pot-au-feu.

Enfin, plus de sergents d' ville ;
Mais des gardiens de la paix,
Qu'étaient tout rasés de frais,
Comm' les acteurs du Vaud'ville;
Ils portaient sur leur plastron
Leur cocarde en macaron.

Le servic' télégraphique
Fut fait par de bons pigeons
Qu'on emportait en ballons
Pour le bien d'la République.
Ces facteurs par nous, parfois,
Furent mangés aux p'tits pois.

Malgré d'si grandes misères
Paris montra bien du cœur.
Il disait devant l'vainqueur:
Nous mourrons comme nos pères
Des carrés de Waterloo!
On connaît leur dernier mot!

Il convoqua ses ministres
De Moltke et monsieur Bismark
Qu'a plus d'un' corde à son arc;
Tous deux, tenant leurs registres
Et leur casque sous leur bras,
Arrivèrent pas à pas.

Il leur dit : Prenons la France;
Ell' n'a que mill' bataillons;
Moi j'en ai mill' millions.
Ils s' mirent donc en partance,
Et jubilèrent à Forbach,
Qui fut un nouveau Rosbach.

Par une marche rapide,
Surprenant tout à Sedan
Où Badinguet perd ses dents,
Ils portèrent l'homicide
Depuis Metz jusqu'à Paris;
Là, nos succès fur' finis!

Bismark et son roi vorace,
Par vos marins dépistés,
Trois mois furent arrêtés;
Ne pouvant forcer la place,
Au lieu d' croquer vot' magot
Ils croquèrent le marmot.

Pendant ce temps, la province,
A la voix de Gambetta
Qui n'a qu'un œil, s'enflamma;
Puis vient Chanzy qui nous rince,
Et puis aussi Bourbaki,
Sans compter Garibaldi!

Paris suit la cantinière,
Qu'il fallait voir en avant
Avec les sapeurs devant
Et les grenadiers derrière;
On aurait dit des Vénus
Sauf qu'elles n'étaient pas nus.

Maint portier monta'z en grade;
Se connaissant en cordon
Il attrapa du galon,
Et l'on vit à la parade
Commander maint pipelet,
Qui fumait sa pipe, laid.

Ça fâcha beaucoup le prince
D'avoir de pareils retards;
Il consulta ses renards,
Qui dirent : Faut qu'on les pince,
En les forçant par la faim.
Mais ce plan fut longtemps vain.

[illegible]
Furent lancés sur les toits,
Sans leur dire garde à toi-z,
Ils sifflaient en crocodiles
Et faisaient d'horribles trous,
Partout où frappaient leurs coups.

Cette affreuse canonnade
Fit surtout beaucoup d' dégâts,
Et causa de grands tracas
Dans l' quartier de l'Esplanade;
On y vit plusieurs obus
S' payer place en omnibus.

Il en plut sur la Sorbonne,
Sur le Muséum aussi!
L'ours Martin disait : Merci;
Je ne la trouve pas bonne;
J'ai mangé mon vétéran,
Mais je n'en f'rai pas autant.

L'éléphant fut plus habile :
Prenant au vol les boulets,
Par-dessus les parapets
Il les r'lançait à la file
Sur nos éclaireurs prussiens,
Cachés dans la niche aux daims.

Même au grand fort de Montrouge,
On vit un fait très saillant
Qu'on n'apprit qu'en tressaillant :
Il y vint un boulet rouge
Qui fit partir deux canons
Et nous tua trois escadrons.

C'est du moins c'qu'un gros compère
Raconta dans son journal.
Ça fit un bruit infernal.
La rive gauche en colère
Dépêcha Favre à Bismark
Pour en faire la remarq'!

L' grand avocat publiciste
Ne voulut pas y aller :
Alors, pour nous régaler,
Chaque journal eut sa liste,
Où celui qui souscrivait
Pour un' somme s'incrivait.

Je souscris pour l'ambulance,
Tu souscris pour les canons,
Il souscrit pour les ballons,
Nous souscrivons pour la France;
Voilà comme on conjuguait
Un verbo qui subjuguait.

[illegible]
Vendaient, au lieu de lapins,
Des angolas, des carlins
Qui n'étaient pas morts de rage.
La mèr' Michel, f'sant l'achat
D'un lapin, r'trouva son chat!

Carottes, pommes de terre
Furent si rar's qu'un affamé,
Regrettant c' légume aimé
Dont il ne mangeait plus guère,
Saisit *coram populo*
Le nez des frères Veuillot.

On dit qu'au ciel le caniche
De Saint-Roch n'osa sortir,
Il eut si peur de rôtir
Qu'il resta au fond d' sa niche,
Craignant qu' Nadar, en ballon,
Ne l'enlève à son patron.

Au milieu de cett' famine,
Près du palais des Césars,
L'aveugle du pont des Arts,
Dégoûté de l'osséine,
Exécuta le dessein
De faire cuire son chien.

Après c'te cynophagie,
Il fut sens dessus dessous;
L' chien avait mangé des sous
A l'impériale effigie...
Alors qu'est-c' qui fit son nez?
C' fut l'aveugle empoisonné!

Sans leur faire d'épitaphes,
On occit les éléphants,
Les chameaux et les serpents,
Les singes et les girafes;
On en fit de bons pâtés
Qu' les gourmets ont dégustés.

A la porte des bouch'ries
Que gardent des vétérans,
Les pauv' femmes sur deux rangs
Bravaient les intempéries
De la pluie et du froid sec,
Pour un peu de cheval-stek.

Le pain était plein d'avoine :
On y mit du riz, du son;
L' rat s' rongeait en saucisson.
On n'voit plus d'gras comme un moine
Que Louis Ulbach et Janin
Qu'écrit l' français et l' latin.

Mais Trochu chez son notaire
[illegible]
Malgré tout le bataclan
Il persistait à se taire,
Si bien qu'on n'a jamais su
Quel était ce plan crochu!

Il n' faudrait qu'un brin d' victoire
Pour refaire le moral
De ce peuple sans rival.
Il souffre tout pour la gloire,
Pour l'honneur du nom Français.
Qui peut douter du succès?

Avant d'entrer dans ses rues
Faut réfléchir à deux fois;
Il a chassé tant de rois
Plus facil'ment que des grues
Rien qu'en prenant ses pavés
Pour leur jeter sur le nez.

Y n' faut pas forcer dans l'antre
Le lion par trop blessé;
Si l' Prussien est trop pressé,
Il saurait comme on y entre
Et non pas comme on en sort,
Lors pour nous quel triste sort!

Cependant la Capitale
A pour nous bien de l'attrait,
Comme l'on y bâfrerait!
D'avance, je m'y régale.
Oui, mais si ç'a tournait mal
J' rendrais p't-être mon régal!

Quoique né dessus la Sprée,
Le Prussien est né malin;
Il veut revoir son Berlin
Et Grœtschen sa fiancée;
Chez vous il n'entrera pas
Pour faire son mardi gras.

Faut avoir de la prudence
Et s'rapp'ler le feuilleton
Où s'qu'un loup par trop glouton
S'fit mourir en f'sant bombance,
Avec la corde d'un arc :
C'est un' leçon pour Bismark!

MORALE

Donc retournons en Bavière
Pour manger le saucisson,
La choucroute et le jambon,
Arrosés de bonne bière;
C'est plus sûr et plus certain
Que d' fair' d' Paris un Kremlin.

GROSSFOURTH, *de Kissengen.*

PROUTEAU ET LEVY, RUE ROCHECHOUART, 7. — DEPOT CHEZ HEYMANN, RUE DU CROISSANT, 13.

Éditeurs de la *Lettre du capitaine de Beaurepaire aux Parisiens*, des *Prophéties de Nostradamus*, du *Bouquet de fête au bon roi Guillaume*, etc.

Paris. — Imp. de Dubuisson et Cᵉ, rue Coq-Héron, 5.

Paris, chez MATT, Éditeur, rue des Deux-Gares, 7, près la Gare de Strasbourg.

L'UNION RÉPUBLICAINE

Air de : **La France Guerrière.**

Peuple français, que veut le prolétaire?
La liberté de vivre en travaillant,
Et de nommer le juste mandataire
Dont le cœur pur est honnête et vaillant.
Libre chez nous, sans pouvoir despotique,
Et souriant à la Fraternité,
Voilà nos droits, France démocratique,
Vivre au soleil en pleine liberté.

REFRAIN.

Peuple français, sauvez la République,
Avec ardeur accourez à nos cris :
Néron brûla Rome, la ville antique,
Sauvez Paris! (*Bis.*)

Au son de caisse on vous dit : la Commune
Veut partager votre bien, votre avoir.
Tout ces pamphlets, dictés par la rancune,
En ont menti ; car notre unique espoir
Est de chasser la race tyranique,
Qui, pour de l'or, ont vendu le pays ;
Pour égorger la jeune République,
Ils ont juré d'anéantir Paris.
Peuple français, etc.

Rois, empereurs, n'engendrent que misère,
Par leurs ministres et par leurs courtisans,
Ils sont payés par l'argent du salaire
Des travailleurs et des bons paysans.
Dès le matin, au milieu de la plaine,
Baissant le dos, le front plein de sueur,
L'enfant du peuple succombe à la peine,
Quand, au palais, on rit de sa douleur.
Peuple français, etc.

Lorsque je vois le douce ménagère
Chérir son bien, le fruit de ses amours,
Je songe alors à la vaillante mère
Qui berce un fils et rêve à de beaux jours.
Cet enfant-là sera-t-il fanatique?
Apprenons-lui ses droits de citoyen,
Et qu'il devienne un jour fort héroïque
Pour se défendre en vrai Républicain.
Peuple français, etc.

Rappelez-vous l'Ile d'Elbe et Sainte-Hélène,
La prophétie du grand vainqueur des rois :
« La France un jour sera Républicaine,
« Ou l'étranger lui dictera des lois. »
L'Europe alors que notre marche entraîne,
Va du progrès allumer le flambeau.
L'esclave est libre, il a brisé sa chaîne,
La tyrannie va descendre au tombeau.
Peuple français, etc.

Sauvez Paris enfants de la province,
Entendez-vous le canon retentir.
On nous mitraille, et sous le joug d'un prince
On veut nous mettre ; ah! mieux vaudrait mourir.
Assez de traîtres, assez de leur tactique,
Resserrons-nous par des étroits liens.
Thiers a juré haine à la République,
Haine à Paris, haine à ses citoyens.
Peuple français, etc.

J.-A. Sénéchal.

Paris.– Édouard Vert, imp., 29, rue N.-D.-de-Nazareth

10c. En vente chez GABILLAUD, 147, rue Montmartre, rue du Croissant, et chez tous les Libraires. 10c.

A BAS LES ROIS!

Air de LA MARSEILLAISE.

— 1 —

Debout! debout! et guerre aux traîtres!
Des despotes brisons les lois!
Plus de monarques, plus de maîtres,
Plus d'empereurs et plus de rois (*bis*).
Seule en France la République
Devra nous régir désormais.
Jurons de garder à jamais
Notre noble et sainte relique.

REFRAIN.

Debout, peuple français, fais respecter tes droits!
Debout! debout! sus aux tyrans, à bas, à bas les rois!

— 2 —

Un sang nouveau coule en tes veines,
Le sang pur de la liberté.
Rugis, lion; brise tes chaînes.
Lève le front avec fierté (*bis*)
Pour venger les soldats, les femmes,
Les vieillards, les petits enfants,
Que les barbares triomphants
Ont assassiné, les infâmes!

Debout, etc.

— 3 —

Pappelons-nous quatre-vingt-treize;
Comme nos pères autrefois
En entonnant la *Marseillaise*,
D'effroi faisons pâlir les rois (*bis*).
Plus de doctrines sacriléges,
Plus de noblesse et de galons.
Frères en Dieu, nous vous valons:
Plus de castes, de priviléges!

Debout! etc.

— 4 —

Français, nourrissons-nous de haine,
Et jurons de reprendre un jour
Nôtre Alsace et notre Lorraine
Des serres du tyran-vautour (*bis*).
Après avoir bu goutte à goutte,
Hélas! et la honte et l'affront,
Nos fils de la gloire sauront
Retrouver et suivre la route.

Debout! etc.

— 5 —

La France, vendue et livrée
Par un César, par un Judas,
Est aujourd'hui régénérée.
Notre pays ne mourra pas (*bis*).
Attendons l'heure solennelle
Où tous les peuples s'uniront,
Et pour toujours proclameront
La République universelle!

Debout! etc.

DÉPOSÉ

LES REFRAINS DE LA RUE N° 4.

EN VENTE: N° 1. *La Fiancée de Billou.* — N° 2. *L'entrée triomphale de Badinguet à Paris.* — N° 3. *Les Prussiens en Alsace.*

Pour paraître prochainement: L'ÉVACUATION DES PRUSSIENS.

2611. — Paris. Édouard Blot et Fils aîné, imprimeurs, rue Bleue, 7.

Paris. — **L. VIEILLOT,** Éditeur de Librairie et de Musique, 32, rue Notre-Dame-de-Nazareth. — Paris.

PARIS TANT RAVAGÉ PAR LA HORDE VANDALE,
EST ENCORE AUJOURD'HUI LA GRANDE CAPITALE:
OUI, PARIS EST TOUJOURS, ET MALGRÉ SES REVERS,
LE - desideratum - DE L'IMMENSE UNIVERS!
LE PEUPLE, MAIS LE VRAI, LE PEUPLE QUI TRAVAILLE
AURA VITE EFFACÉ L'ŒUVRE DE LA CANAILLE
ET NOS BRAVES SOLDATS, GARDEZ VOUS D'EN DOUTER,
DÉSORMAIS SAURONT BIEN LE FAIRE RESPECTER.

L. HOUSSOT.

PARIS SERA TOUJOURS PARIS!

AIR : *T'en souviens-tu?*

Que de malheurs, de forfaits et de crimes
Ont accablé notre grande Cité!
Combien de nous pleurent? pauvres victimes!
Et cependant, malgré l'adversité,
Elle est toujours la ville sans seconde,
Malgré ses deuils, ses monuments détruits
PARIS encor est la *Reine du Monde*!
PARIS sera toujours, toujours PARIS!

Oui, ce PARIS que l'Étranger admire,
En enviant ses uniques splendeurs,
Est un séjour qui le séduit, l'attire,
Car il est grand, même dans ses horreurs.
C'est un foyer dont le rayon s'élance,
Jusqu'aux confins des plus lointains pays,
Pour les talents, les arts et la science...
PARIS sera toujours, toujours PARIS!

L'histoire, assez nous redira les dates,
De tant de faits honteux et meurtriers;
Nous, de nos murs, effaçons les stigmates.
A l'œuvre donc! Artistes, ouvriers!
A l'œuvre tous! et que chacun avise,
Pour que bientôt, où n'étaient que débris,
Le voyageur émerveillé, se dise:
PARIS sera toujours, toujours PARIS!

D'un joug fatal, PARIS subit l'outrage;
Mais ce Passé de leçon doit servir.
Le Devoir parle et sa voix dit: Courage!
Que le Présent prépare l'Avenir!
Notre honneur est aujourd'hui mis en cause;
Il faut montrer et prouver à tout prix
Que pour le bien, le beau, le grandiose...
PARIS sera toujours, toujours PARIS!

Le peuple, qui, de l'antique *Lutèce*
Fit un PARIS magique, merveilleux;
Son œuvre à lui, son orgueil, sa riche
Ne peut le voir sous cet aspect hideu
Vite au travail! aux chantiers! aux
Et répétons en chœur, et tous unis,
En relevant PARIS de ses ruines:
PARIS sera toujours le grand PARIS.

Paris. — Imp. CHAUMONT, 6, rue Saint-Spire.

LES GROS BONNETS DU PROVISOIRE

REVUE CRITIQUE ET CHARIVARIQUE

des Quatre-septemBRISEURS... de Républiques

Sur l'air de : CHARLOTTE LA RÉPUBLICAINE.

REFRAIN :

Qui veut connaître le dessous
De mes coiffures drôlatiques?...
Je vends des hommes politiques
En bottes... pour deux sous.

I

A ce Gouvernement,
Pas assez Provisoire,
Et par trop dérisoire,
Consacrons un moment.
De ses membres épars,
Dressons un inventaire
Et, pour eux, sans mystère,
Ayons quelques égards.....
Qui veut, etc.

II

Le gouverneur TROCHU,
Fut généralissime
Et, Paris, la victime,
De ce *faux-Roi* déchu.
Voici comment : — Un soir,
Michel (Dieu le protége) !
Lui mit l'état de siége...
Afin de mieux *l'asseoir*...
Qui veut, etc.

III

Six mois, ce *bretonnant*,
Jetant aux yeux la poudre,
A pu tenir la foudre
En Jupiter tonnant...
S'il n'a pas mérité
Que la SEINE le pleure,
La *Seine*... inférieure
Le prend pour député.
Qui veut, etc.

IV

Jules FAVRE, aujourd'hui,
Est le roi de l'époque;
Si j'avais sa défroque
J'aurais, tout comme lui,
Dix cordes à mon arc,
Et pourrais, à Versailles,
Faire quelques ripailles
Avec THIERS et BISMARCK.
Qui veut, etc.

V

FAVRE, avocat vainqueur,
Est bon époux, *bon père;*
Demandez à MILLIÈRE,
Qui le connaît par cœur...
Ministre des plus gais,
Courageuse Excellence
Qui, pour sauver la France,
Se fait *Juge de PAIX!*
Qui veut, etc.

VI

Le boulanger FERRY,
A peuplé nos hospices,
Grâce à du pain d'épices,
Mieux gâché, que pétri ;
S'il nous a mal nourris,
C'est, qu'on ne peut tout faire :
Etre à la fois le père
Et *Maire de Paris* !
Qui veut, etc.

VII

Ce ventru, c'est PICARD,
Ministre des finances;
Pour faire peu d'avances,
Il se tient à l'écart.
Par lui, quelques flatteurs
Restent en équilibre,
Et, de *l'Electeur libre*,
Sont libres les lecteurs...
Qui veut, etc.

VIII

Maître SIMON est à
L'instruction publique ;
L'école, un livre unique,
Sans doute, l'y porta ;
Mais, veut-il, au Pouvoir,
Forger des mots futiles ?...
Des *bouches inutiles*
Ça n'est pas le *Devoir*.
Qui veut, etc.

IX

L'impôt GARNIER PAGÈS
Des quarant'-cinq centimes,
A fait trop de victimes
Pour qu'il fasse florès.
A Tours, avec BIZOIN,
Dans une autre fabrique,
Il sert la République,
Qui, d'eux n'a pas *bizoin*.
Qui veut, etc.

X

Au pays des pruneaux
Laissons *aller*... les autres;
Pour courriers, ces apôtres
Prendront des pigeonneaux.
A Paris, nous pourrons
Avoir mainte nouvelle,
S'ils nous montrent *leur zèle*
Sous *celles* des pigeons.
Qui veut, etc.

XI

Notre Gouvernement,
Des *Travaux*, veut extraire
Un homme qui sut faire
Son devoir bravement;
Comme poste brillant
On lui donnait la *Guerre*....
LE FLO n'a plus qu'en faire
C'est question DORIAN.
Qui veut, etc.

XII

Monsieur DE KÉRATRY,
Le Préfet de police,
Quitte, pour le service,
Le poste de Piétri ;
Mais le brave garçon
Que la Gloire conseille,
Nous l'a fait à l'oseille
Et... nous avons CRESSON.
Qui veut, etc.

XIII

Le GÉNÉRAL THOMAS
Dit : Pour maintenir l'ordre,
(Ça fait *peur*... à se tordre),
Qu'il ne faiblira pas.
Est-ce bien un serment,
Une froide menace?...
S'il ne fait pas de grâce,
Il n'est donc pas CLÉMENT?
Qui veut, etc.

XIV

Honneur à GAMBETTA !
Il mérite la pomme ;
Cependant, maint Prud'homme
L'appelle *Grand bêta!*
Seul, il a le pouvoir,
Par sa parole aimée,
De *lever* une armée
Comme on *fait* un mouchoir.
Qui veut, etc.

XV

Acclamons ROCHEFORT,
Sans peur et sans reproche ;
S'il n'est pas tout de roche,
Il n'en est pas moins fort ;
Car, voyant sans frayeur,
Chacun prêt à le mordre,
Pour se *faire* au *Mot d'ordre*
Il se met artilleur !
Qui veut, etc.

XVI

MAGNIN, les ARAGO,
Feront ici partie
Du groupe *Modestie*,
Ils en ont à gogo ;
Sur PELLETAN, CRÉMIEUX,
J'en dirai davantage :
Ils sont pleins de courage
Et, n'en valent pas mieux !
Qui veut, etc.

XVII

Enfin, j'arrive au bout
De cette galerie;
Ma verve s'est tarie
Et ne peut dire tout.
Mais, comme elle a bon dos,
Pour vous donner la suite,
Nous bravons la poursuite...
En filant sur Bordeaux.

REFRAIN :

Qui veut connaître le dessous
De ces coiffures drôlatiques,
Prendra mes hommes politiques ;
Ils valent bien... DEUX SOUS !

Jules CHOUX.

N° 4. ALBUM REVOLUTIONNAIRE DE 1871.

EN VENTE : N° 1. Le Plan Trochu. — N° 2. L'Avocat larmoyant. — N° 3. Le grrraud Déménagement de l'Hôtel-de-Ville.

Sous presse : La Proclamation de Louis Philippe II au peuple Français.

En vente chez M. PIGEOL, m^d^ de vins, au coin de la rue Montmartre et de la rue du Croissant.

1758 — PARIS. — EDOUARD BLOT, IMPRIMEUR, RUE BLEUE, 7

Prix : 10 Centimes

LES SCANDALES DU BAS-EMPIRE

Complainte en 32 Couplets sur l'air de Barbari, mon ami.

Écoutez moi, petits et grands,
J'vas vous narrer l'histoire
Qui s'accomplit d'puis plus d' vingt ans
Mais pas à notre gloire,
Grâce à Napoléon,
La faridondaine, la faridondon,
Celui dont le règne a fini,
Biribi,
A la façon de Barbari,
Mon ami.

Français, je suis républicain,
Nous dit-il à la Chambre;
Il l'a prouvé c' vieux mannequin,
Au Coup-d'Etat d' Décembre,
Par la voix du canon,
La faridondaine, la faridondon,
Et le concours de Persigny,
Biribi,
A la façon de Barbari,
Mon ami.

A Bordeaux, dans certain discours,
Il dit : Voulez-vous d' l'Empire?
Et j' vous fich' la paix pour toujours;
C'est un serment de Sire.
Et le peuple gascon,
La faridondaine, la faridondon,
Trouva l' calembour réussi,
Biribi,
A la façon de Barbari,
Mon ami,

Comme il fallait pas mal d'argent
Au digne fils d'Hortense,
Il alla trouver le Régent
De la Banque de France :
L' pistolet sous l' menton,
La faridondaine, la faridondon,
Il prit cent millions... à crédit,
Biribi,
A la façon de Barbari,
Mon ami.

Quand il s' fut fait impérator,
Il prit une cocotte,
Une Andalouse aux cheveux d'or,
Pour faire sa popote.
Théba, c'était son nom,
La faridondaine, la faridondon,
Se chargea d' le coiffer aussi,
Biribi,
A la façon de Barbari,
Mon ami.

Un an après il leur naquit
Un héritier au trône,
Et les curés, pour leur acquit,
En parlèrent au prône;
Puis le petit poupon,
La faridondaine, la faridondon,
Du peupl' devint l'enfant chéri,
Biribi,
A la façon de Barbari,
Mon ami.

On prétend, mais je n'en crois rien,
Que la belle Eugénie,
D'un Cent-Garde épicurien
Remarqua le génie :
Ell' s'en fit un planton,
La faridondaine, la faridondon,
Qui fut d' corvé' toute la nuit,
Biribi,
A la façon de Barbari,
Mon ami.

Alors les dames de la cour
En devinrent jalouses,
C' qui fait qu' les Gardes à leur tour
Pur'nt choisir leurs épouses ..
Ah! le beau rigodon,
La faridondaine, la faridondon,
Cette nuit César a dormi,
Biribi,
A la façon de Barbari,
Mon ami.

Peu satisfait d' son Demidoff,
On dit qu' la gross' cousine
S' fit épouser par un sous-off
Qui gardait la cuisine .
Et chaque marmiton,
La faridondaine, la faridondon,
Acclama le nouveau mari,
Biribi,
A la façon de Barbari,
Mon ami.

Certain jour, dans un cabinet,
Ousqu'était Cornemuse;
Disparut un riche carnet :
Saint Arnaud, si j' ne m'abuse.
Passa pour le larron,
La faridondaine, la faridondon
D'un' tell' noirceur il s' défendit,
Biribi,
A la façon de Barbari,
Mon ami.

Or, il advint que Saint-Arnaud,
Qu'était un' fine lame,
Tira son grand sabr' du fourreau,
Et Corn'muse rendit l'âme.
Un coup d'Jarnac, dit-on,
La faridondaine, la faridondon,
Et c' secret fut anéanti,
Biribi,
A la façon de Barbari,
Mon ami.

Quéqu' temps après on fit venir
Le plus chouett' d' la Clinique,
Car l' maréchal n' pouvait s' tenir
D'une horrible colique.
On força le poison,
La faridondaine, la faridondon,
Et l' malade allait êtr' guéri,
Biribi,
A la façon de Barbari,
Mon ami.

Cré nom! dit-il, maître Orfila,
J' crois qu' je gêne l'Empire;
Goûtez-moi d' cett' tisane-là,
J' sens que mon mal empire.
Et l' célèbre Purgon,
La faridondaine, la faridondon,
Quand il eut bu s' dit : Je suis cuit,
Biribi,
A la façon de Barbari,
Mon ami.

Un héros dont naguèr' je parlais,
C'est le fils à Jérôme,
Qui s'est fait bâtir un palais
Comme on en f'sait à Rome.
Ce p'tiot pas mal capon,
La faridondaine, la faridondon,
A vaincu deux fois l'ennemi,
Biribi,
A la façon de Barbari,
Mon ami.

Serait-c' le choléra-morbus,
A la guerr' de Crimée,
Ou le trac d'un éclat d'obus
Qui l'a fait fuir d' l'armée?
Ce noble foirasson,
La faridondaine, la faridondon,
Partit l' dimanch', r'vint le lundi,
Biribi,
A la façon de Barbari,
Mon ami.

Il n'a pas fait le fainéant
Pour sauver sa grenouille,
Pendant qu' l'Empir', dans le néant,
Retombait en quenouille.
Gras comme un gros cochon,
La faridondaine, la faridondon,
Il s' fait du lard encore aujourd'hui,
Biribi,
A la façon de Barbari,
Mon ami.

Un autr' cousin, celui d'Auteuil,
Dont on gard' la mémoire,
De c'tt' famille était l'orgueil,
A la manière *noire*.
Ce coquin sans façon,
La faridondaine, la faridondon,
Tuait Victor sans plus d' souci,
Biribi,
Qu' n'en ont en Cors' tous les bravi,
Mon ami.

A l'affair' de Villafranca,
Badingu', qu'était pas chiche,
Dit en savourant son moka
A l'empereur d'Autriche :
L' Mexique en a du bon .
La faridondaine, la faridondon,
Faisons la paix, j' suis ton ami.
Biribi,
A la façon de Barbari,
Mon ami.

Celui qui coupa dans le truc
De cette affreus' pommade,
Fut Maximilien l'archiduc,
Surnommé le nomade.
Il s'dit : J'aurai du coton,
La faridondaine, la faridondon,
Tant qu' Juarez n'aura pas déguerpi,
Biribi,
A la façon de Barbari,
Mon ami.

Qui ne connaît le dénoûment
De cette horrible histoire,
Où l'Empir' s' couvrit notamment
De hont' plus que de gloire?
L'Amérique, assur'-t-on,
La faridondaine, la faridondon,
Nous a dit : Fich'-moi l' camp d'ici,
Biribi,
A la façon de Barbari,
Mon ami.

Tournant l' r'gard vers l'Autrichien,
L' roi de toutes les Prusses,
Se dit : Tarteiffe ou nom d'un chien!
J'vas te s'couer les puces...
J' me moqu' de la raison,
La faridondaine, la faridondon,
J' suis approuvé d' Benedetti,
Biribi,
A la façon de Barbari,
Mon ami.

L'homm' qui s'appelle deux fois Mark,
Un coquin qu'est pas bête,
Plus connu sous l' nom de Bismark,
Qui bisqu', Mark, qu'on l'embête,
Nous promit l' Rubicon,
La faridondaine, la faridondon,
Pourvu qu' Sadowa réussit,
Biribi,
A la façon de Barbari,
Mon ami.

Mais au lieu de casquer le Rhin,
Guillaume et son compère,
Se font faire un casque en airain
Avec paratonnerre ;
A ch'val sur un canon,
La faridondaine, la faridondon,
Ils quitt'nt Berlin, ce lieu béni,
Biribi,
A la façon de Barbari,
Mon ami.

Vrai, nous allons minc' rigoler,
Dit Bertrand à Macaire;
Paris n'aim' qu'à batifoler,
Le fond d' son caractère,
C'est la Mèr'-Godichon,
La faridondaine, la faridondon,
A bientôt la dans' de Saint-Guy,
Biribi,
A la façon de Barbari,
Mon ami.

Ils organisèrent partout
Un vil espionnage ,
Passant du palais à l'égout,
De la ville au village,
Cherchant l'occasion,
La faridondaine, la faridondon
D' choucroûtiser l' peupl' de
Biribi,
A la façon de Barbari,
Mon ami

Pendant tous ces préparatifs
Sa majesté Guillaume
Mobilisait nos plumitifs,
Et l'or de son royaume
Soldait la trahison.
La faridondaine, la faridondon
Plus d'un journal en a bi'mi,
Biribi,
A la façon de Barbari,
Mon ami.

Magistrats et législateurs,
Courtisans et ministres,
Race fauve d'adulateurs
A figures sinistres,
Où diable êtes-vous donc?
La faridondaine, la faridondon,
Souteneurs d'un système pourri,
Biribi,
A la façon de Barbari,
Mon ami

On n'oubliera pas dans Paris
Vos exploits, vos conquêtes,
Ni vos Argousins-Réunis
Armés de casse-têtes
Votr' maître eut un bâton,
La faridondaine, la faridondon,
Dont il s' servit comme Piétri,
Biribi,
A la façon de Barbari,
Mon ami.

Sur le mal que vous avez fait,
La cause est entendue.
A Sedan, votr' dernier forfait,
La France était vendue,
Hormis Napoléon,
La faridondaine, la faridondon,
Mais l'histoir' l'a déjà flétri,
Biribi,
A la façon de Barbari,
Mon ami.

Guillaume, qui n'a plus le sou,
Osait nous dir' naguère :
C'est pas au peuple, où j' serais fou,
Que j' veux fair' la guerre
— Gredin! t'as pas d' pognon,
La faridondaine, la faridondon,
C'est ça qu' t'en viens chercher ici,
Biribi,
A la façon de Barbari,
Mon ami.

Adress'-toi porte Clignancourt,
A Mamzell' Joséphine;
C'est une brune faite au tour,
Qui n'aim' pas qu'on badine,
De plus elle a bon ton,
La faridondaine, la faridondon;
Te plains pas si t'es accueilli,
Biribi,
A la façon de Barbari,
Mon ami.

MORALE

Peuples d' l'univers et d'ailleurs,
Qui lirez cett' complainte,
Chassez les rois, les empereurs,
Sans écouter leur plainte.
Si mon avis est bon,
La faridondaine, la faridondon,
La France vous crira : Merci,
Biribi,
A la façon d' Garibaldi,
Notre ami

DÉMOCRITE

DÉPOT ET VENTE : RUE NOTRE-DAME-DE-NAZARETH, 29

CINQ CENTIMES

LE PLAN DE TROCHU DÉVOILÉ

Par METTRE-DUQUOUT

En vente chez CHATELAIN, 13, rue du Croissant

PREMIER COUPLET.

Môsieur Trochu nous a promis,
Juré sa foi de catholique
Qu'il sauverait des ennemis
Notre France et la République.
Riches, Bourgeois ne craignons rien :
Confessons-nous, tout ira bien.

DEUXIÈME COUPLET.

Trochu, plus chrétien que soldat,
Est, sans contredit, un saint homme.
Avant de marcher au combat,
Il prend le mot d'ordre de Rome,
Riches, Bourgeois ne craignons rien :
Confessons-nous, tout ira bien.

TROISIÈME COUPLET.

Môsieur Trochu, du Saint-Esprit,
Prend les conseils, quoi qu'on en dise;
Il préfère, en homme d'esprit,
Aux canons Krupp, ceux de l'Église.
Riches, Bourgeois ne craignons rien :
Confessons-nous, tout ira bien.

QUATRIÈME COUPLET.

Mons Trochu chérit ses Bretons.
Ces bons soldats vont à confesse.
En grippe il a pris nos lurons
Qui traitent Veuillot de Jean-Fesse !
Riches, Bourgeois ne craignons rien :
Confessons-nous, tout ira bien.

CHŒUR DES BADAUDS.

Pour affermir la République,
Ce grand général a son plan.
Plan magnifique !
Hyperbolique !
Mirobolan !
Plan-ra-ta-plan !
Plan fameux pour nous mettre en plan !

CINQUIÈME COUPLET.

Môsieur Trochu, que dites-vous
De ce triple traître Bazaine ?
— Son bonheur fait bien des jaloux.
J'attends du ciel pareille aubaine.
Riches, Bourgeois ne craignez rien :
Confessez-vous, tout ira bien.

SIXIÈME COUPLET.

Môsieur Trochu nos arsenaux
N'ont point de canons, point de vivres !
— Mettons un crêpe à nos drapeaux,
De Voltaire brûlons les livres !
Riches, Bourgeois ne craignez rien :
Confessez-vous, tout ira bien.

SEPTIÈME COUPLET.

Ciel ! Môsieur Trochu, les Prussiens
Vont mettre en feu toute la France?
— Quand ils nous auront pris nos biens,
Il nous restera l'espérance.
Riches, Bourgeois ne craignez rien :
Confessez-vous, tout ira bien.

HUITIÈME COUPLET.

Trochu, savez-vous qu'à Saint-Cloud
Maître Bismarck se fortifie !
— Très-bien ! Cela prouve d'un coup
Qu'à notre prudence il se fie.
Riches, Bourgeois ne craignez rien :
Confessez-vous, tout ira bien.

CHŒUR DES BADAUDS.

Pour affermir la République,
Ce grand général a son plan.
Plan magnifique !
Hyperbolique !
Mirobolan !
Plan-ra-ta-plan !
Plan fameux pour nous mettre en plan !

NEUVIÈME COUPLET.

Môsieur Trochu, dans l'univers
Personne n'a pu vous comprendre.
Rivez-vous, brisez-vous nos fers?
Faut-il vous bénir ou vous pendre?
Riches, Bourgeois ne craignez rien :
Confessez-vous, tout ira bien.

DIXIÈME COUPLET.

Mons Trochu, quand mettrez-vous fin
A nos douleurs, à nos souffrances?
Sur les taudis hurle la faim
Qui dévore nos espérances.
Riches, Bourgeois ne craignez rien :
Confessez-vous, tout ira bien.

ONZIÈME COUPLET.

Mons Trochu ne se rendra pas.
Au vieux Bismarck, qui toujours grogne,
L'ami Vinoy, dit-on tout bas,
Se chargera de la besogne !
Riches, Bourgeois ne craignez rien :
Confessez-vous, tout ira bien.

DOUZIÈME COUPLET.

Monsieur Trochu, voyez, nos toits
Sont broyés sous le poids des bombes.
Lorsque nous défendons nos droits
Votre ami Krupp creuse nos tombes !
Riches, Bourgeois ne craignez rien :
Confessez-vous, tout ira bien.

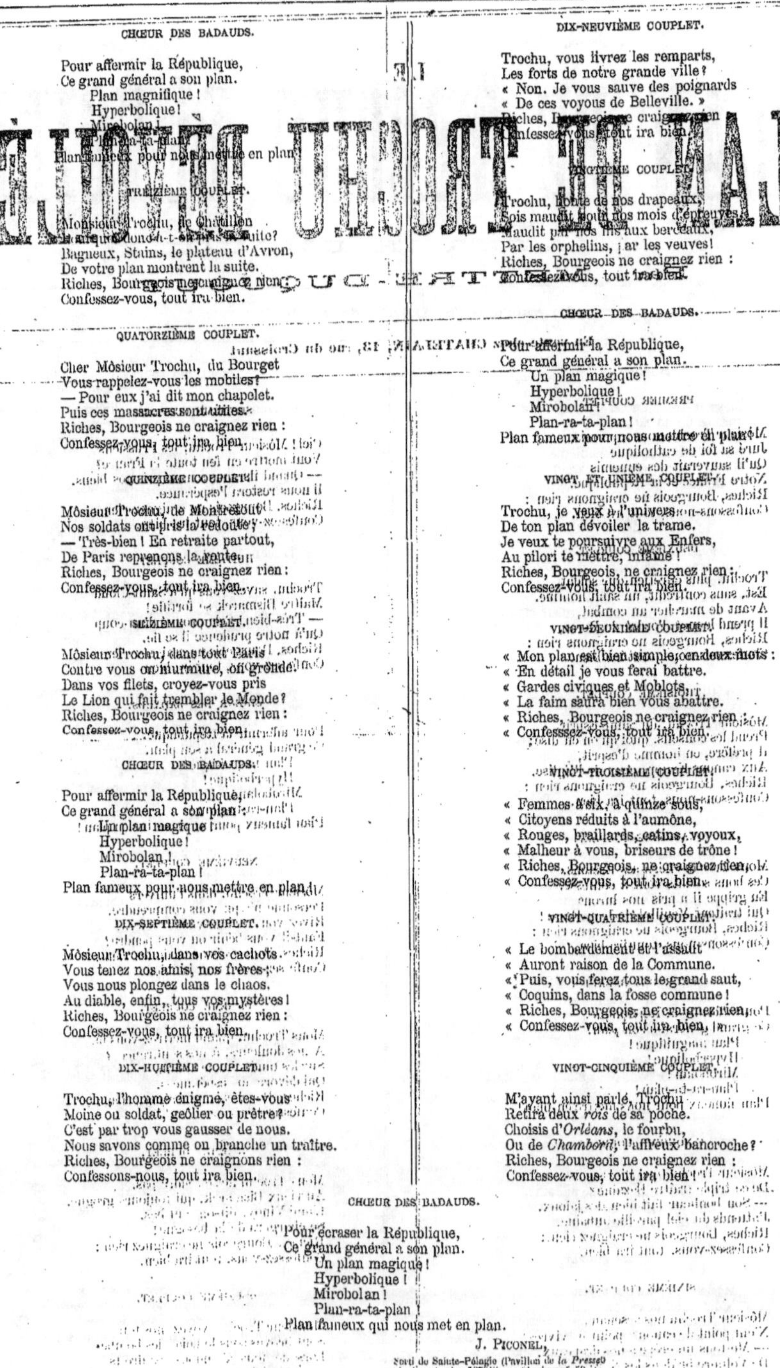

CHŒUR DES BADAUDS.

Pour affermir la République,
Ce grand général a son plan.
Plan magnifique !
Hyperbolique !
Mirobolan !
Plan-ra-ta-plan !
Plan fameux pour nous mettre en plan.

TREIZIÈME COUPLET.

Monsieur Trochu, de Châtillon
[illegible] donc [illegible] la suite?
Bagneux, Stains, le plateau d'Avron,
De votre plan montrent la suite.
Riches, Bourgeois ne craignez rien :
Confessez-vous, tout ira bien.

QUATORZIÈME COUPLET.

Cher Môsieur Trochu, du Bourget
Vous rappelez-vous les mobiles?
— Pour eux j'ai dit mon chapelet.
Puis ces massacres sont utiles.
Riches, Bourgeois ne craignez rien :
Confessez-vous, tout ira bien.

QUINZIÈME COUPLET.

Môsieur Trochu, de Montretout
Nos soldats ont pris la redoute;
— Très-bien ! En retraite partout,
De Paris reprenons la route.
Riches, Bourgeois ne craignez rien :
Confessez-vous, tout ira bien.

SEIZIÈME COUPLET.

Môsieur Trochu, dans tout Paris
Contre vous on murmure, on gronde.
Dans vos filets, croyez-vous pris
Le Lion qui fait trembler le Monde?
Riches, Bourgeois ne craignez rien :
Confessez-vous, tout ira bien.

CHŒUR DES BADAUDS.

Pour affermir la République,
Ce grand général a son plan :
Un plan magique !
Hyperbolique !
Mirobolan !
Plan-ra-ta-plan !
Plan fameux pour nous mettre en plan.

DIX-SEPTIÈME COUPLET.

Môsieur Trochu, dans vos cachots
Vous tenez nos amis, nos frères;
Vous nous plongez dans le chaos.
Au diable, enfin, tous vos mystères !
Riches, Bourgeois ne craignez rien :
Confessez-vous, tout ira bien.

DIX-HUITIÈME COUPLET.

Trochu, l'homme énigme, êtes-vous
Moine ou soldat, geôlier ou prêtre?
C'est par trop vous gausser de nous.
Nous savons comme on branche un traître.
Riches, Bourgeois ne craignons rien :
Confessons-nous, tout ira bien.

DIX-NEUVIÈME COUPLET.

Trochu, vous livrez les remparts,
Les forts de notre grande ville?
« Non. Je vous sauve des poignards
« De ces voyous de Belleville. »
Riches, Bourgeois ne craignez rien
Confessez-vous, tout ira bien.

VINGTIÈME COUPLET.

Trochu, honte de nos drapeaux,
Sois maudit pour nos mois d'épreuves,
Maudit par nos fils aux berceaux,
Par les orphelins, par les veuves!
Riches, Bourgeois ne craignez rien :
Confessez-vous, tout ira bien.

CHŒUR DES BADAUDS.

Pour affermir la République,
Ce grand général a son plan.
Un plan magique !
Hyperbolique !
Mirobolan !
Plan-ra-ta-plan !
Plan fameux pour nous mettre en plan.

VINGT ET UNIÈME COUPLET.

Trochu, je veux à l'univers
De ton plan dévoiler la trame.
Je veux te poursuivre aux Enfers,
Au pilori te mettre, infâme !
Riches, Bourgeois, ne craignez rien :
Confessez-vous, tout ira bien.

VINGT-DEUXIÈME COUPLET.

« Mon plan est bien simple, en deux mots :
« En détail je vous ferai battre.
« Gardes civiques et Moblots,
« La faim saura bien vous abattre.
« Riches, Bourgeois ne craignez rien :
« Confesssez-vous, tout ira bien.

VINGT-TROISIÈME COUPLET.

« Femmes à six, à quinze sous,
« Citoyens réduits à l'aumône,
« Rouges, braillards, catins, voyoux,
« Malheur à vous, briseurs de trône !
« Riches, Bourgeois, ne craignez rien :
« Confessez-vous, tout ira bien.

VINGT-QUATRIÈME COUPLET.

« Le bombardement et l'assaut
« Auront raison de la Commune.
« Puis, vous ferez tous le grand saut,
« Coquins, dans la fosse commune !
« Riches, Bourgeois, ne craignez rien :
« Confessez-vous, tout ira bien.

VINGT-CINQUIÈME COUPLET.

M'ayant ainsi parlé, Trochu
Retira deux *rois* de sa poche.
Choisis d'*Orléans*, le fourbu,
Ou de *Chambord*, l'affreux bancroche?
Riches, Bourgeois ne craignez rien :
Confessez-vous, tout ira bien !

CHŒUR DES BADAUDS.

Pour écraser la République,
Ce grand général a son plan.
Un plan magique !
Hyperbolique !
Mirobolan !
Plan-ra-ta-plan !
Plan fameux qui nous met en plan.

J. PICONEL,

Sorti de Sainte-Pélagie (Pavillon de *la Presse*) le 4 septembre 1870!!! rue Oberkampf, 59.

1089 Paris. — Assoc. générale typogr., Faub.-St-Denis, 19
BERTHELEMY ET Cie.

PRIX 10 centimes

LE PLAN TROCHU

PRIX 10 centimes

COMPLAINTE TRAGI-COMIQUE

AIR DE FUALDÈS

1

Un général de Bretagne,
Qu'on app'lait Trochu tout court,
Conçut, l'matin d'un beau jour,
Un vaste plan de campagne;
Il disait à ses amis :
« Grâce à c'plan j'débloqu' Paris. »

2

Un diplomat' de bonn' mine,
Bismark, qui connaissait c'plan,
Déclara naïvement
Qu'il emploirait la famine.
Ses Prussiens n'étant pas forts
Assez pour prendre nos forts.

3

Alors s'mettant à l'ouvrage,
Ils entourèr'nt la cité;
Tout l'terrain fut culbuté;
Ils nous construisir'nt un' cage,
Où, grâce au plan de Trochu
D'sortir c'était défendu.

4

Les Parisiens *s'émouvèrent*
Mais en vain d'l'inaction
D'leur général de carton;
Beaucoup d'entr'eux inventèrent
Des engins à tout casser;
Mais ils se fir'nt évincer.

5

Trochu dans son antichambre
R'cevait ces industriels
Avec des parol's de miel,
Comm' Monsieur du Deux-Décembre,
Et les r'misait poliment,
En leur disant : « J'ai mon plan!

6

« Vous r'pass'rez l'anné' prochaine
» Ou l'autre, s'il ne pleut pas....
» Ma voitur' m'attend en bas....
» Je suis désolé d'votr' peine....
» J'vous l'jur' sur l'saint-sacrement,
» Parol' d'honneur, j'ai mon plan! »

7

C'était un bien honnête homme,
A c'qu'on assurait partout,
Mais être honnête est-ce tout,
Voyons, répondais-je, en somme?
Moi, je vous dis, en un mot
Qu'on peut être honnête et sot.

8

Bref on trouvait, sans l'connaître,
Le plan de Trochu charmant;
Le peuple est si bon enfant :
Quand même il lui faut un maître,
Du moment qu'il l'a rêvé,
Il croit que c'est arrivé.

9

Mais r'venons à notre histoire :
Au lieu d'penser à la faim,
De tout rationner enfin,
Il fit des songes de gloire :
« L'Prussien veut nous affamer,
Dit-il, il faut nous armer ».

10

Il fit juste le contraire
De c'qu'il fallait pour chasser
De notre sol l'étranger
(Voulût-il jamais le faire?)
J'm'interroge et je m'réponds
Sur ma conscience : Non!

11

Un beau jour, jour mémorable!
Les républicains émus,
Par de bons sentiments mûs,
Contre lui firent le diable :
« A moi, dit-il, mes Bretons;
Chargez-moi ces rogatons! »

12

Puis commandant en personne
Cet effroyable combat
Où plus d'un enn'mi tomba,
Il se tressa la couronne,
La couronne de lauriers
Qui r'vient d'droit aux grands guerriers

13

Cette victoire civile
Fut remporté' l'trente et un
Du mois d'octobre par un
Temps d'pluie, à l'Hotel-de-Ville
Il devait en remporter
Un' plus grande au mois d'janvi[er]

14

Trouvant que rien n'indispose
Comm' l'air et la liberté
Trochu donnait la *Santé*
Aux républicains pas roses
Qu'avait pour chasser l'Prussie[n]
Un autre plan que le sien.

15

C'était un homme de guerre,
Sans jeu d'mots, entendons-nou[s]
Il était toujours à g'noux
Faisant prièr' sur prière;
Escobar auprès de lui
Était tout petit, petit.

16

De ses discours jésuitiques
Paris gardera longtemps
Hélas! le souv'nir cuisant,
Que de parol's hypocrites;
Dans l'un d'entr'eux on lisait :
« Je n'capitul'rai jamais! »

17

Ce s'rait à fair' pâmer d'rire
Si c'n'était triste à pleurer;
Nous n'avions pour nous leure[r]
Pas assez d'messieurs d'l'empi[re]
La Franc' n'avait pas trop chû
Il lui fallait l'plan Trochu!

L

(Propriété de l'Auteu[r])

EN VENTE CHEZ PUJOL, M^d DE VINS, RUE DU CROISSANT, 21

1665 — PARIS. ÉDOUARD BLOT, IMPRIMEUR, RUE BLEUE, 7.

LA FÉDÉRATION  RÉPUBLICAINE

PARIS LIBRE

OU LE PEUPLE ET L'ARMÉE

AIR: De la France guerrière.

REFRAIN.

Vaillants soldats, rappelons-nous nos mères
Avec bonheur guidant nos premiers pas,
On nous appelle à mitrailler nos frères,
Ne tirons pas (*bis*).

Oui, c'est au nom honneur gloire et patrie
Que nous, enfants, on nous livre au combat,
Vendus, livrés ah! l'on nous injurie,
Nos généraux ne sont pas des soldats,
Car chaque nuit la foudre meurtrière
Nous décimaient, hélas! pour se venger
Tous ces tyrans singeant l'âme guerrière
Etaient toujours éloignés du danger.

Vaillants soldats, etc.

Oui, notre cœur était plein d'espérance
Et nous marchions sans trève, sans repos,
Ils ont laissé envahir notre France
Et dans la boue, ont traîné nos drapeaux;
Lorsqu'ils ont vu la France en République
Ils nous ont dit, laissons brûler Paris,
La ville au crimes, au pouvoir tyrannique
Nous marcherons sur ses fumants débris.

Vaillants soldats, etc.

Oui, la retraite était leur cri de guerre
Car nous faisions de nos corps un rempart,
Nos contre-marches ouvraient une barrière
Et l'ennemi avançait sans retard.
Huit mois entiers, oui voilà leur tactique
Et nos soldats mouraient, de faim, de froid
Quand le prussien d'un air fier, héroïque
Nous mitraillaient à l'abri de nos bois.

Vaillanst soldats, etc.

Voilà l'histoire et nos jours de bataille,
Des généraux, la vaillance et l'honneur,
Les volontaires criblés par la mitraille
Ces cœurs français sont morts au champ d'honneur
De toi Paris, on voulait le ravage,
Par la famine on veut te mettre à bout
Mais Paris seul, met à mort l'esclavage
Paris est libre, Paris reste debout.

REFRAIN.

Peuple et soldats déclarons Paris libre
Ralliions-nous au mot d'égalité
Pour ramener la force et l'équilibre
La liberté (*bis*).

J.-A. SÉNÉCHAL.
Propriété de l'Éditeur.

AUX MANES GLORIEUSES DE CHARLES HUGO

Fils de Victor HUGO, Auteur des *Misérables*.

AIR; Liberté Sainte ou Viens Belle Nuit.

Encor un deuil pour notre pauvre France,
A Charles Hugo, ardent Républicain.
Quoi tu n'es plus toi qui fut l'espérance
De ton bon père, notre grand écrivain!
Là, sur la brèche où la démocratie
Avait planté son honneur, son drapeau.
Il combattit partout l'hypocrisie:
Amis jetons (*bis*) des fleurs sur son tombeau.

Il fut bon fils, aimé de son vieux père,
Ah! qu'il survive à ce triste malheur.
Naguère encor sa douleur fut amère,
Car il perdit un ange, un vrai bon cœur.
Ce pauvre Charles délaisse une famille
Qu'il adorait dès l'âge du berceau.
Du haut des cieux son étoile scintille:
Amis jetons (*bis*) des fleurs sur son tombeau

Il était bon et sa verve était franche,
Il protesta la loi sur l'échafaud.
Par son discours les sbires ont, en revanche,
Jeté ce brave dans le fond d'un cachot.
Voilà l'Empire, ses bienfaits et sa gloire.
Ces avocats, si fiers d'être au barreau,
De ce martyr, ah! gardons la mémoire:
Amis jetons (*bis*) des fleurs sur son tombeau.

Des immortels, tressons une couronne.
Il succomba, et sa poitrine en feu
Semblait nous dire: Adieu! La mort moissonne
Un pauvre aimant la famille et son Dieu,
Son dernier mot fut: « Mon père et ma femme,
« Mes chers enfants...» Là s'éteint ce flambeau!
Et sans douleur en sage il rendit l'âme:
Amis jetons (*bis*) des fleurs sur son tombeau.

Propriété de l'Éditeur.

J.-A. SÉNÉCHAL.

Paris, chez MATT, éditeur, rue des Deux-Gares, 7, près la Gare de Strasbourg (Maison spéciale pour le colportage).

Versailles – Édouard Vert, imp., rue N.-D.-de-Nazareth, 20.

EN VENTE, RUE DES PETITS-HOTELS, 25, PARIS.

PARIS N'EST PAS PERDU

CHANT PATRIOTIQUE ET RÉPUBLICAIN

Air de *la Mère Michel.*

C'est le vieux Badinguet qui a quitté Paris,
Qui va crier partout que Paris sera pris;
Ce sont les Parisiens qui lui ont répondu :
« Va donc, mon vieux Badingue, Paris n'est pas perdu! »

Pour lors le vieux Badingue Guillaume s'en fut trouver,
Dit : « J'ai perdu Paris, faites m'y donc rentrer! »
Et le compère Guillaume qui lui a répondu :
« Donnez une récompense, il vous sera rendu! »

Alors le vieux Badingue lui dit : « C'est décidé,
Si vous m' rendez Paris, prenez c' que vous voudrez. »
Lors le compère Guillaume lui dit : C'est entendu,
Si j' vous y fais rentrer, vot' pays m'est vendu! »

Je prendrai donc l'Alsace et Metz avec Strasbourg,
Je garderai Paris avec des forts autour;
De plus, quelques milliards feraient bien mon affaire;
Tout cela vous va-t-il? — Oui, ça me va, mon frère. »

Le compère Guillaume lui répond : « Mon enfant,
C'est que votre Paris n'a pas l'air patient,
Il va tout renverser; il fait la guerre, je crois,
Aux princes, aux empereurs, aux voleurs et aux rois. »

Le vieux père Badinguet fut chez le marchand d' vin
Boire un tout petit coup pour cuver son chagrin;
Et Paris le voyant riait comme un bossu,
En disant : Pour attendre il n'aura rien perdu!

Paris était en train d'arranger son affaire
Lorsque Guillaume vint et lui dit : « Mon vieux frère,
Donnez-vous donc à moi, faites-vous donc Prussien;
Ce que je vous en dis, c'est pour votre grand bien. »

Mais comme Paris était patient comme un ourson,
Au bon vieux roi Guillaume il crêpe le chignon,
En lui disant : « Va-t'en, fiche-ton camp, vieux chien!
Et apprends que Paris ne s'ra jamais Prussien. »

Paris en ce moment avait la liberté,
Chacun était égal avec Fraternité;
La République était ses plus chères amours,
Ce que voyant Guillaume dressait son poil à rebours.

Le compère Guillaume croyait faire un bon coup,
Et convoitant Paris s'avançait à pas d' loup;
Il croyait bien le prendre et répétait tout bas :
Attends, mon vieux Paris, j' vais t' mettre dans mes États!

Mais, sans en avoir l'air, Paris dit au coquin :
Tu vas avoir affaire à moi, mon vieux gredin!
Puis sortant tout à coup vite il le déconfit,
Puis avec politesse il le reconduisit.

Guillaume voyant ça n'en fut pas bien content,
Il dit : J' vou'ais Paris, mais c'était pas l' moment,
Badingue, battu, content, dit : Nous sommes deux vieux fous,
J'te fais cadeau d' mon aigle, fais-le voir pour deux sous. »

1980 Paris. — Imprimerie Morris Père et Fils, rue Amelot, 64.

Prix, Cinq Centimes.

RÉTOUR DU VOYAGE, DES PAYS DES NEUTRES !!!.

(SUR L'AIR, DU PÉTIT HOMME GRIS, DE BÉRANGER.)

1.

Je suis ce pétit homme
Qui ai fortifié Paris
Jadis,
Mais j'veux que l'on m'assomme
Si je sais contre qui
Biribi
Mon pauvre Paris
J'reviens de l'Italie,
On veut t'laisser on veut t'laisser (Bis)
On veut t'laisser mourir.

2.

j'étais en Angletèrre,
J'ai parlé de la paix
A quel prix ?
On m'donne des pommes de terre
A dix francs l'sac, six mois d'crédit,
Ces Marchants sont ainsi,
C'ést tout ce qu'ils m'ont dit
Mon pauv Paris mon pauv Paris (Bis)
J'te lais'rai pas mourir.

3.

Alors j'cour en Autriche,
Dire au pétit François :
Tu le vois
Le gros Guillaume te triche !
Im'répond en pleurant
pleurnichant :
Ton Mossieu de Sédan
Nous a tous mis dedans,
Mon pauv Paris mon pauv Paris (Bis)
J'te lais'rai pas mourir.

4.

Puis j'bondis dans la nèige
Au fond d'la Moscovie
En Russie
J'rencontre Alexandre
Qui m'dit d'un ton piteux :
J'suis le n'veu,
De c'tatroce vieux gueux
Qui veut me faire descendre,
Cours a Paris, leur dire ainsi : (Bis)
que j'en suis tout transi.

5.

Bismarck plein d'artifice
Veut bien laisser nommer
Ses Députés !
Mais quand a l'Armistice,
Il dit : nenni que non
Non non non,
Rendez, Forts et Canons
Et tout vos Bataillons.
Mon pauv Paris mon pauv Paris (Bis)
Qu'allons nous dévénir ?..

6.

Ces Souvenirs en loques
Sont de ce cher Enfant
d'Orléans
Im dit : prend ce vieux Coq
Et ce bon parapluie
Pour la pluie
Grand Père s'en est servi
Je leur en fait présent,
Mon pauv Paris mon pauv Paris
Qu'el bien doux souvenir.

7.

J'ai juré place st. George !
De vous ravitailler,
Jarnigué !
J'ai de grands sacs plein d'Orges,
Des Navets des Carottes des Panés,
De l'Ognon.. et de l'Aïl
Pour farçir vos Volailles !!.
Mon pauv Paris mon pauv Paris (Bis)
J'te lais'rai pas mourir.

8

Que me veut s'te grand'fâme
Avec son grand fusil
Biribi,
J'parirais sur mon âme
Que c'est cette République
Si pudique,
Elle veut me faire la pique,
J'en jure par ma bourrique,
Qu'elle va vous faire qu'elle va vous faire
Qu'elle va vous faire mourir. (Bis)

La République :

Mon pauvre pétit homme,
Ton Voyage m'a surprit
M'a contrit
Je sais comment q'tut'nomme,
Pour qui tu cours ainsi
Biribi ;
Pour ta Diplomatie
Tiens ma plume, la voici !
Vas t'én laisse nous vas t'en laisse nous,
Vas t'en laisse nous mourir.!!! (Bis)

ARMISTICE
1848
RÉPUBLIQUE FRANÇAISE DÉMOCR... 187.
France, de ton Génie, si le flambeau vacille
Au contacte impur des féroces Germains,
Il s'affermira démain.
Le sang de tes Enfants ne sera pas stérile
Pour les Nations du Globe il rendra plus fertile
La République du Genre humain.
Décembre, de l'Année Plébiscitaire du Siège de Paris
1870.
L.C.M.

Imp. Lith. de J. Bechdolff, Faub. du Temple 56.

Dépot, 42, Impasse Tourtille.

Prix : 10 centimes

LA GRRRANDE ET VÉRIDIQUE COMPLAINTE DES MEMBRES DE LA COMMUNE DE PARIS

AIR DE FUALDÈS

I

Frémissez, peuples d'Europe,
D'Afrique et d'Asie aussi,
C'que j'vais vous narrer ici
N'est pas un conte interlope :
C'est l'histoire des bandits
De la Commun' de Paris.

II

Plébéiens de bas étage,
Avides de gouverner,
Ils parvinrent à tromper
Le peuple par leur chantage ;
Pour réussir, ces Caïns
Prir'nt le nom d'Républicains.

III

« On veut tuer la République !
Disaient-ils dans leurs écrits :
En avant, enfants d'Paris,
Pour conserver notr' relique »
Les traîtr's savaient parfait'ment
Qu'ils mentaient effrontément.

IV

Ces êtres indign's du bagne,
Ces homm's à jamais maudits
Rendirent d'affreux édits
Dont rit fort l'Emp'reur d'Allemagne :
Quand la colonne tomba,
Le canon prussien tonna.

V

Pour assouvir leur vengeance,
Ils rasèrent la maison
De l'homm' d'Etat dont le nom
Est acclamé par la France,
Après avoir tout pillé,
Tout volé, tout gaspillé.

VI

Devenus soudain'ment riches
En s'emparant du Trésor,
Les scélérats, de notre or,
Comm' de just', n'étaient pas chiches.
L'décret sur le Mont-d'-Piété
Prouv' leur prodigalité.

VII

Encore un de leurs chef-d'œuvres.
C'est la question des loyers :
« Son terme, à quoi bon l'payer ? »
Disaient entreux ces couleuvres.
N'ayant point d'propriété
Ils eur'nt bientôt décrété.

VIII

Pour marcher contre leurs frères
Ils enrolèr'nt malgré eux
Des milliers de malheureux
Qui redoutaient leurs colères,
Et d'autres milliers enfin
En spéculant sur la faim.

IX

Non, jamais antropophages
N'montrèr'nt pour l'humanité
Plus sanglant' férocité
Que ces barbar's, ces sauvages :
Est-ce qu' les Républicains
Fusill'nt des dominicains ?

X

Ils tenaient dans les Églises
(O les satans ! les damnés !)
Des Clubs d'hommes avinés
Et de femm's publiques grises,
Profanant dans le saint lieu
Le nom sacré du bon Dieu !

XI

A souiller leur uniforme
Il engagèr'nt nos soldats ;
Mais ils ne réussir'nt pas :
Ça leur fit un tort énorme.
Dans les rangs des insurgés
On n'vit qu' les mauvais sujets.

XII

Les gens du parti de l'Ordre,
Par ces vulgair's assassins
Étaient traités de roussins
(Voir le *Vengeur* et l'*Mot d'Ordre*).
Heureus'ment qu' la Vérité
Triompha d'la méchanc'té.

XIII

Quelle honte pour la France,
De se voir entre les mains
D'une poigné' de coquins
Qui voulaient sa décadence !
O France ! ô noble pays !
Ils ne sont plus tes enn'mis !

XIV

C'est notre vaillante armée
Qui te sauva de leurs bras,
Remerci' ces braves soldats,
O notre Patrie aimée.
Sans eux, tu serais maint'nant
Plongé' dans l'affreux néant.

XV

Quand ils vir'nt la résistance
Impossible, les bandits
Incendièr'nt tout Paris :
On frémit quand on y pense.
Tous nos plus beaux monuments
Fur'nt brûlés par ces brigands !

XVI

Troppmann, de triste mémoire,
Eut flétri certainement
Ces crimes heureusement
Sans précédents dans l'histoire.
Jamais les yeux des mortels
N'ont vu de désastres tels.

XVII

Nos souvenirs historiques
Dans les flamm's ont disparu,
Nos fiers soldats n'ont pas pu
Sauver ces chères reliques.
Nos chef-d'œuvres les plus beaux
Ne sont plus que des lambeaux.

XVIII

Par mille on compte leurs crimes ;
L'ARCHEVÊQUE DE PARIS
Et l'bon curé DEGUERRY,
Furent aussi leurs victimes
Et CHAUDEY, l'brave écrivain,
Fut tué par ces assassins.

XIX

Ils arboraient l'drapeau rouge,
Ces buveurs de sang fameux,
Ces pillards, ces partageux ;
La plupart sortis d'un bouge,
Et ces tigres en fureur,
Semaient partout la terreur.

XX

Leur doctrine bien connue,
Était : « Ni famill', ni Dieu ».
Assassiner, mettr' le feu
Sans honte et sans retenue,
Tel était l'but des bandits
Qui détruisirent Paris.

XXI

MORALITÉ

Tôt ou tard, le Dieu d'justice
Qui veille sur les humains
Punit d'mort les assassins
Et les jett' dans l'précipice
Où pleur'nt à perpétuité
Les enn'mis d' l'Humanité.

L. G.

En vente chez M. PIGEOL, m[d] de vin, au coin de la rue Montmartre et de la rue du Croissant.

1914 — Paris. Édouard Blot, imprimeur, rue Bleue, 7.

PARIS, CHEZ MATT, EDITEUR, RUE DES DEUX-GARES, N° 7, PRES LA GARE DE STRASBOURG.
(Maison spéciale pour le colportage.)

A L'ARMÉE, A LA GARDE NATIONALE, AU PEUPLE FRANÇAIS

HONNEUR ET LIBERTÉ

CHANT PATRIOTIQUE.

Air : des *Trois Couleurs*, ou *T'en souviens-tu*.

Paris debout ! oui je t'appelle aux armes.
Songe à Strasbourg, tout ce qu'il a souffert,
N'hésite pas, courage et pas de larmes.
Il faut briser ce grand cercle de fer.
Arrière donc, l'âme dont la faiblesse
Craindrait la mort, pour la captivité.
Combattons tous pour la mâle déesse, } *Bis*
Pour notre honneur, pour notre liberté.

Des quatre coins, amis de la frontière,
Le même élan a surgi de nos cœurs,
Tous, en ce jour, sous la même bannière ;
Nous reviendrons et fidèles et vainqueurs,
Songez français, dans la lutte suprême,
A vos ruines, à la servilité.
La République est là sans diadème } *Bis*
C'est notre honneur et notre liberté.

Allons ! enfants ! c'est notre délivrance,
Je veux marcher en tête du drapeau,
Frères, je mets en vous mon espérance,
Et l'ennemi trouvera le tombeau,
De tous les points de notre territoire
On prend les armes avec gloire et fierté ;
Non loin de nous les enfants de la Loire } *Bis*
Marchent au cri : Honneur et liberté !

Je fais serment aux hommes, à la patrie
Avec honneur d'affronter le danger
Je vengerai cette mère chérie,
Tant qu'elle sera foulée par l'étranger ;
Au champ d'honneur, amis, si je succombe,
Vengez ma mort par l'intrépidité ;
Si comme moi, vous y trouvez la tombe, } *Bis*
On écrira : Mort pour la liberté.

J.-A. SÉNÉCHAL.

LE RAVITAILLEMENT DE PARIS

Dialogue entre madame Pierre-au-Lard et monsieur Cœur-de-Bœuf.

PAR J.-A. S.

AIR de *La Grisette*, ou *Ah ! que j'vas être content*.

ENSEMBLE

On n'va plus fair' la queue,
A la bouch'rie, la charcut'rie,
On n'va plus faire de queue
Pas même à son mari... mon vieux

MADAME PIERRE-AU-LARD.

Pour ravitailler tout Paris,
Je viens de résoudre un problème
Au nez des Prussiens tous surpris
Écoutez, voilà mon système,
On ne va plus fair' la queue... etc.

MONSIEUR CŒUR-DE-BŒUF.

J'ai lu c'matin dans un journal
Qu'on porterait à domicile,
Du chien, du chat, du bœuf, du ch'val.
Ma commèr', ça s'ra plus facile.
On n'va plus fair' de queue... etc.

MADAME PIERRE-AU-LARD.

Avec leur rationnement,
Moi qui pesait cent soixante livres,
A vue d'œil, je maigris vraiment,
Aussi, de chagrin, je m'enivre.
On n'va plus fair' la queue... etc.

MONSIEUR CŒUR-DE-BŒUF.

Tous les trois jours, fallait l' matin,
Factionner des dix heures entières.
Encor vous n'étiez pas certain
D'avoir un pot-au-feu, ma chère.
On n'va plus fair' la queue... etc.

MADAME PIERRE-AU-LARD (*son problème*)

Puisqu'on se sert bien des ballons,
Pour transporter tous les messages,
Je crois qu'on ne s'rait pas plus long,
D'enl'ver bœufs et moutons en cage.
On n'va plus fair' la queue... etc.

MONSIEUR CŒUR-DE-BŒUF.

J'voulais hier faire un peu d'veau,
Pour régaler un vieux compère
Et j'rapporte un rhume de cerveau,
Au lieu d'rapporter d'la bonne chaire.
On n'va plus fair' la queue... etc.

MADAME PIERRE-AU-LARD.

Le beurr', les œufs et le porc frais,
Tout viendrait par la même route;
Et l'on vivrait à peu de frais,
Sur mon sytème, nul ne doute.
On n'va plus fair' la queue... etc.

MONSIEUR CŒUR-DE-BŒUF.

Les maraudeurs de ce coup-là
Ne vendront plus leurs pommes de terr
Huit francs l'boisseau, gare, halte-là.
Vous n'f'rez plus de brillantes affaires.
On n'va plus fair' la queue... etc.

MADAME PIERRE-AU-LARD.

Je trouve le plus sûr moyen,
Pour alimenter tout le monde
Et j'en f'rai la nique aux Prussiens,
Qui veulent notre mort à la ronde.
On n'va plus fair' la queue... etc.

MONSIEUR CŒUR-DE-BŒUF.

On irait, même, jusqu'à Berlin,
Pincer la couronne à Guillaume,
Ah ! lui qui se dit si malin
On y chiperait son royaume
On n'va plus fair' la queue... etc.

MADAME PIERRE-AU-LARD.

Il faut fair' une souscription
Pour former cette mode nouvelle,
Avec une centaine de millions,
On aurait ballons et nacelles.
On n'va plus fair' la queue... etc.

J.-A. SÉNÉCHAL.

LA LEVÉE EN MASSE

DÉDIÉ

AUX CITOYENS DE LA GARDE NATIONALE

AIR *des Volontaires de 1793*.

Aux armes le clairon résonne,
Il nous appelle sans retard.
De tous nos forts le canon tonne.
Vite au rempart. (*bis*).

LE REFUS DE GUILLAUME.

Le roi Guillaume au refus d'armistice,
Veut que Paris se rende ou meure de faim,
Roi sanguinaire, un jour, ton injustice
Retombera sur toi, cœur inhumain,
N'es-tu pas las de tant de crimes !
En souillant ton nom et ton rang.
Vainqueur, vaincu, que de victimes !
A mort le traître, le tyran !
Aux armes,... etc,

UN GARDE NATIONAL.

Tu te distrais de nos tristes alarmes,
Nos mères en pleurs, nos sœurs et nos enfants
Pour les venger chacun prendra les armes,
Frères debout, nous serons triomphants,
Rappelons-nous quatre-vingt-treize,
Nos pères, couverts de haillons,
En entonnant la Marseillaise,
Ont culbuté cent bataillons.
Aux armes.... etc.

UNE PAUVRE MÈRE A SON FILS.

Pars, mon enfant, allons, suis la bannière,
Du cœur français refoulant l'étranger.
Ton père est mort, là-bas, à la frontière,
Venge sa fin, affronte le danger.
Vaincre ou mourir pour notre France,
Cette mère d'humanité !
Courage et garde l'espérance,
Tu combats pour la liberté.
Aux armes,... etc.

UN PASTEUR AUX ENFANTS.

Peuple, je mets à vos pieds ma soutane,
C'est au démon que je livre combat.
Au roi pillard, à Bismark, ce profane,
Au faux tartufe qui ravage l'état.
Qu'il meure sur notre territoire,
Ici, je mets leurs têtes à prix
Et je suis sûr de la victoire,
Frères, marchons, sauvons Paris.

Refrain.

Aux armes ! le clairon résonne,
Il nous appelle sans retard.
De tous nos forts, le canon tonne,
Vite au rempart (*bis*).

J.-A. SÉNÉCHAL
(*Propriété de l'éditeur*).

Paris, chez **MATT**, *éditeur, rue des Deux-Gares, n° 7, près la Gare de Strasbourg.* (Maison spéciale pour le colportage.)

Paris - Edouard Vert, imp., rue N.-D.-de-Nazareth, 25.

Paris, chez **MATT**, Éditeur, rue des Deux-Gares, N° 7, près la gare de Strasbourg.
(Maison spéciale pour le colportage.)

A L'ARMÉE, A LA GARDE NATIONALE, AU PEUPLE FRANÇAIS

Chanson sur les

PROCLAMATIONS

des Généraux TROCHU et DUCROT

Air : des *Trois Couleurs*, ou *T'en souviens-tu.*

Paris debout ! oui je t'appelle aux armes.
Songe à Strasbourg, tout ce qu'il a souffert.
N'hésite pas, courage et pas de larmes.
Il faut briser ce grand cercle de fer.
Arrière donc, l'âme dont la faiblesse
Craindrait la mort, pour la captivité.
Combattons tous pour la mâle déesse, } Bis
Pour notre honneur, pour notre liberté.

Des quatre coins, amis de la frontière,
Le même élan a surgi de nos cœurs,
Tous, en ce jour, sous la même bannière ;
Nous reviendrons et fidèles et vainqueurs,
Songez français, dans la lutte suprême,
A vos ruines, à la servilité.
La République est là sans diadème } Bis
C'est notre honneur et notre liberté.

Allons ! enfants ! c'est notre délivrance,
Je veux marcher en tête du drapeau,
Frères, je mets en vous mon espérance,
Et l'ennemi trouvera le tombeau,
De tous les points de notre territoire
On prend les armes avec gloire et fierté
Non loin de nous les enfants de la Loire } Bis
Marchent au cri : Honneur et liberté !

Je fais serment aux hommes, à la patrie
Avec honneur d'affronter le danger
Je vengerai cette mère chérie,
Tant qu'elle sera foulée par l'étranger ;
Au champ d'honneur, amis, si je succombe,
Vengez ma mort par l'intrépidité ;
Si comme moi, vous y trouvez la tombe, } Bis
On écrira : Mort pour la liberté.

J.-A. SÉNÉCHAL.

LE RAVITAILLEMENT DE PARIS

Dialogue entre madame Pierre-au-Lard et monsieur Cœur-de-Bœuf.

PAR J.-A. B.

Air de *La Grisette*, ou *Ah ! que j'vas être content.*

ENSEMBLE

On n'va plus fair' la queue,
A la bouch'rie, la charcut'rie,
On n'va plus faire de queue
Pas même à son mari... mon vieux

MADAME PIERRE-AU-LARD.

Pour ravitailler tout Paris,
Je viens de résoudre un problème
Au nez des Prussiens tous surpris
Écoutez, voilà mon système,
On ne va plus fair' la queue... etc.

MONSIEUR CŒUR-DE-BŒUF.

J'ai lu c'matin dans un journal
Qu'on porterait à domicile,
Du chien, du chat, du bœuf, du ch'val.
Ma commèr', ça s'ra plus facile.
On n'va plus fair' de queue.., etc.

MADAME PIERRE-AU-LARD.

Avec leur rationnement,
Moi qui pesait cent soixante livres,
A vue d'œil, je maigris vraiment,
Aussi, de chagrain, je m'enivre.
On n'va plus fair' la queue... etc.

MONSIEUR CŒUR-DE-BŒUF.

Tous les trois jours, fallait l' matin,
Factionner des dix heures entières.
Encor vous n'étiez pas certain
D'avoir un pot-au-feu, ma chère.
On n'va plus fair' la queue... etc.

MADAME PIERRE-AU-LARD (*son problème*).

Puisqu'on se sert bien des ballons,
Pour transporter tous les messages,
Je crois qu'on ne s'rai pas plus long,
D'enl'ver bœufs et moutons en cage.
On n'va plus fair' la queue... etc.

MONSIEUR CŒUR-DE-BŒUF.

J'voulais hier faire un peu d'veau,
Pour régaler un vieux compère
Et j'rapporte au rhume de cerveau,
Au lieu d'rapporter d'la bonne chaire.
On n'va plus fair' la queue... etc.

MADAME PIERRE-AU-LARD.

Le beurr', les œufs et le porc frais,
Tout viendrait par la même route;
Et l'on vivrait à peu de frais,
Sur mon sytème, nul ne doute.
On n'va plus fair' la queue... etc.

MONSIEUR CŒUR-DE-BŒUF.

Les maraudeurs de ce coup-là
Ne vendront plus leurs pommes de terre
Huit francs l'boisseau, gas halte-là.
Vous n'f'rez plus de brillantes affaires.
On n'va plus fair' la queue... etc.

MADAME PIERRE-AU-LARD.

Je trouve le plus sûr moyen,
Pour alimenter tout le monde
Et ça f'rai la nique aux Prussiens,
Qui veulent notre mort à la ronde.
On n'va plus fair' la queue... etc.

MONSIEUR CŒUR-DE-BŒUF.

On irai, même, jusqu'à Berlin,
Pincer la couronne à Guillaume,
Ah ! lui qui se dit si malin
On y chiperais son royaume
On n'va plus fair' la queue... etc.

MADAME PIERRE-AU-LARD.

Il faut fair' une souscription
Pour former cette mode nouvelle,
Avec une centaine de millions,
On aurais ballons et nacelles,
On n'va plus fair' la queue... etc.

J.-A. SÉNÉCHAL.

LA LEVÉE EN MASSE

DÉDIÉ

AUX CITOYENS DE LA GARDE NATIONALE

Air *des Volontaires de 1793*,

Aux armes le clairon raisonne,
Il nous appelle sans retard.
De tous nos forts le canon tonne.
Vite au rempart. (*bis*).

LE REFUS DE GUILLAUME.

Le roi Guillaume au refus d'armistice,
Veut que Paris se rende ou meurt de faim,
Roi sanguinaire, un jour, ton injustice
Retombera sur toi, cœur inhumain,
N'est-tu pas las de tant de crimes !
En souillant ton nom et ton rang.
Vainqueur, vaincu, que de victimes !
A mort le traître, le tyran !
Aux armes,... etc,

UN GARDE NATIONAL.

Tu te distrais de nos tristes alarmes,
Nos mères en pleurs, nos sœurs et nos enfants
Pour les venger chacun prendra les armes,
Frères debout, nous serons triomphants,
Rappelons-nous quatre-vingt-treize,
Nos pères, couverts de haillons,
En entonnant la Marseillaise,
Ont culbuté cent bataillons.
Aux armes.... etc.

UNE PAUVRE MÈRE A SON FILS

Part, mon enfant, allons, suit la bannière,
Du cœur français refoulant l'étranger.
Ton père est mort, là-bas, à la frontière
Venge sa fin, affronte le danger.
Vaincre ou mourir pour notre France,
Cette mère d'humanité!
Courage et garde l'espérance,
Tu combats pour la liberté.
Aux armes,.. etc.

UN PASTEUR AUX ENFANTS.

Peuple, je mets à vos pieds ma soutane,
C'est au démon que je livre combat.
Au roi pillard, à Bismark ce profane,
Au faux tartufe qui ravage l'état.
Qu'il meurt sur notre territoire,
Ici, je mets leurs têtes à prix
Et je suis sûr de la victoire,
Frères, marchons, sauvons Paris.

Refrain.

Aux armes ! le clairon raisonne,
Il nous appelle sans retard.
De tous nos forts, le canon tonne,
Vite au rempart (*bis*).

J.-A. SÉNÉCHAL

(*Propriété de l'éditeur*).

Paris, chez **MATT**, *éditeur, rue des Deux-Gares, n° 7, près la Gare de Strasbourg.* (Maison spéciale pour le colportage.)

929 Paris. — Assoc. générale typogr., Faub.-St-Denis, 19
BERTHELEMY ET Cie.

PARIS, CHEZ MATT, ÉDITEUR, RUE DES DEUX-GARES, N° 7, PRÈS LA GARE DE STRASBOURG.
(Maison spéciale pour le colportage.)

A L'ARMÉE, A LA GARDE NATIONALE, AU PEUPLE FRANÇAIS

Chanson sur les

PROCLAMATIONS

des Généraux TROCHU et DUCROT

Air : des *Trois Couleurs*, ou *T'en souviens-tu*.

Paris debout ! oui je t'appelle aux armes.
Songe à Strasbourg, tout ce qu'il a souffert,
N'hésite pas, courage et pas de larmes.
Il faut briser ce grand cercle de fer.
Arrière donc, l'âme dont la faiblesse
Craindrait la mort, pour la captivité.
Combattons tous pour la mâle déesse, } *Bis*
Pour notre honneur, pour notre liberté. }

Des quatre coins, amis de la frontière,
Le même élan a surgi de nos cœurs,
Tous, en ce jour, sous la même bannière ;
Nous reviendrons et fidèles et vainqueurs,
Songez français, dans la lutte suprême,
A vos ruines, à la servilité.
La République est là sans diadême } *Bis*
C'est notre honneur et notre liberté. }

Allons ! enfants ! c'est notre délivrance,
Je veux marcher en tête du drapeau,
Frères, je mets en vous mon espérance,
Et l'ennemi trouvera le tombeau,
De tous les points de notre territoire
On prend les armes avec gloire et fierté ;
Non loin de nous les enfants de la Loire } *Bis*
Marchent au cri : Honneur et liberté ! }

Je fais serment aux hommes, à la patrie
Avec honneur d'affronter le danger
Je vengerai cette mère chérie,
Tant qu'elle sera foulée par l'étranger ;
Au champ d'honneur, amis, si je succombe,
Vengez ma mort par l'intrépidité ;
Si comme moi, vous y trouvez la tombe, } *Bis*
On écrira : Mort pour la liberté. }

J.-A. SÉNÉCHAL.

LE RAVITAILLEMENT DE PARIS

Dialogue entre madame Pierre-au-Lard et monsieur Cœur-de-Bœuf.

PAR J.-A. S.

AIR de *La Grisette*, ou *Ah ! que j'vas être content*.

ENSEMBLE

On n'va plus fair' la queue,
A la bouch'rie, la charcut'rie,
On n'va plus faire de queue
Pas même à son mari... mon vieux

MADAME PIERRE-AU-LARD.

Pour ravitailler tout Paris,
Je viens de résoudre un problème
Au nez des Prussiens tous surpris
Écoutez, voilà mon système,
On ne va plus fair' la queue... etc.

MONSIEUR CŒUR-DE-BŒUF.

J'ai lu c'matin dans un journal
Qu'on porterait à domicile,
Du chien, du chat, du bœuf, du ch'val.
Ma commèr', ça s'ra plus facile.
On n'va plus fair' de queue.., etc.

MADAME PIERRE-AU-LARD.

Avec leur rationnement,
Moi qui pesait cent soixante livres,
A vue d'œil, je maigris vraiment,
Aussi, de chagrin, je m'enivre.
On n'va plus fair' la queue... etc.

MONSIEUR CŒUR-DE-BŒUF.

Tous les trois jours, fallait l' matin,
Factionner des dix heures entières.
Encor vous n'étiez pas certain
D'avoir un pot-au-feu, ma chère.
On n'va plus fair' la queue... etc

MADAME PIERRE-AU-LARD (*son problème*).

Puisqu'on se sert bien des ballons,
Pour transporter tous les messages,
Je crois qu'on ne s'rait pas plus long,
D'enl'ver bœufs et moutons en cage.
On n'va plus fair' la queue... etc.

MONSIEUR CŒUR-DE-BŒUF.

J'voulais hier faire un peu d'veau,
Pour régaler un vieux compère
Et j'rapporte un rhume de cerveau,
Au lieu d'rapporter d'la bonne chaire.
On n'va plus fair' la queue... etc.

MADAME PIERRE-AU-LARD.

Le beurr', les œufs et le porc frais,
Tout viendrait par la même route ;
Et l'on vivrait à peu de frais,
Sur mon sytème, nul ne doute.
On n'va-plus fair' la queue... etc.

MONSIEUR CŒUR-DE-BŒUF.

Les maraudeurs de ce coup-là
Ne vendront plus leurs pommes de terre
Huit francs l'boisseau, gas, halte-là.
Vous n'f'rez plus de brillantes affaires.
On n'va plus fair' la queue... etc.

MADAME PIERRE-AU-LARD.

Je trouve le plus sûr moyen,
Pour alimenter tout le monde
Et ça f'rai la nique aux Prussiens,
Qui veulent notre mort à la ronde.
On n'va plus fair' la queue... etc.

MONSIEUR CŒUR-DE-BŒUF.

On irait, même, jusqu'à Berlin,
Pincer la couronne à Guillaume,
Ah ! lui qui se dit si malin
On y chiperait son royaume
On n'va plus fair' la queue... etc.

MADAME PIERRE-AU-LARD.

Il faut fair' une souscription
Pour former cette mode nouvelle,
Avec une centaine de millions,
On aurait ballons et nacelles.
On n'va plus fair' la queue... etc.

J.-A. SÉNÉCHAL.

LA LEVÉE EN MASSE

DÉDIÉ

AUX CITOYENS DE LA GARDE NATIONALE

AIR *des Volontaires de 1793*,

Aux armes le clairon résonne,
Il nous appelle sans retard.
De tous nos forts le canon tonne,
Vite au rempart. (*bis*).

LE REFUS DE GUILLAUME.

Le roi Guillaume au refus d'armistice,
Veut que Paris se rende ou meure de faim,
Roi sanguinaire, un jour, ton injustice
Retombera sur toi, cœur inhumain,
N'es-tu pas las de tant de crimes !
En souillant ton nom et ton rang.
Vainqueur, vaincu, que de victimes !
A mort le traître, le tyran !
Aux armes,... etc,

UN GARDE NATIONAL.

Tu te distrais de nos tristes alarmes,
Nos mères en pleurs, nos sœurs et nos enfants
Pour les venger chacun prendra les armes,
Frères debout, nous serons triomphants,
Rappelons-nous quatre-vingt-treize,
Nos pères, couverts de haillons,
En entonnant la Marseillaise,
Ont culbuté cent bataillons.
Aux armes.... etc.

UNE PAUVRE MÈRE A SON FILS.

Pars, mon enfant, allons, suis la bannière,
Du cœur français refoulant l'étranger.
Ton père est mort, là-bas, à la frontière,
Venge sa fin, affronte le danger.
Vaincre ou mourir pour notre France,
Cette mère d'humanité !
Courage et garde l'espérance,
Tu combats pour la liberté.
Aux armes,... etc.

UN PASTEUR AUX ENFANTS.

Peuple, je mets à vos pieds ma soutane,
C'est au démon que je livre combat.
Au roi pillard, à Bismark, ce profane,
Au faux tartufe qui ravage l'état.
Qu'il meure sur notre territoire,
Ici, je mets leurs têtes à prix
Et je suis sûr de la victoire,
Frères, marchons, sauvons Paris.

Refrain.

Aux armes ! le clairon résonne,
Il nous appelle sans retard.
De tous nos forts, le canon tonne,
Vite au rempart (*bis*).

J.-A. SÉNÉCHAL

(Propriété de l'éditeur).

Paris, chez **MATT**, *éditeur, rue des Deux-Gares, n° 7, près la Gare de Strasbourg.* (Maison spéciale pour le colportage.)

Paris [illegible] Vert, imp., 19, rue N.-D.-de-Nazareth

1871

LA MARCHE DU BŒUF-GRAS

ET

LA PROMENADE DU ROI GUILLAUME DANS PARIS

5 centimes — AIR de la *complainte de Fualdès.* — **5 centimes**

Bientôt, grâce à l'armistice
(Lisez capitulation),
Dans Paris défileront,
Sir Guillaume et sa milice ;
Cachons vite, il n'est que temps,
Nos pendules, notre argent.

La royale promenade,
Tombe juste au carnaval ;
Le défilé triomphal
Servira de mascarade ;
Pour nous ça remplacera,
Le cortège du bœuf-gras.

Le héros de cette fête,
Guillaume le conquérant,
Paradera flamboyant,
Sceptre en main, le casque en tête ;
A sa vue, plus d'un gamin,
S'écriera : Voilà Mangin !!!

Ce monarque s'imagine,
Qu'il a conquis tous nos forts ;
Il nous tient grâce aux efforts
Du général von-Famine ;
Et voilà comment la *faim*
Justifie les moyens.

Grrrrrande entrée par la porte de Neuilly.

Aux pieds du vaillant Vandale,
L'ex-gouverneur prosterné,
Offre au prussien couronné,
Les clefs de la Capitale ;
Imiter Metz et Sédan,
Voilà quel était son plan.

1re Station. — Place de la Concorde

La justice populaire,
Punit ici les tyrans ;
Il y règne des courants
D'air révolutionnaires ;
Si tu ne veux t'enrhumer,
Ailleurs, vas te promener.

2e Station.—Rue Vaugirard, en face d'une école primaire.

Dans ce charitable asile,
Cinq pauvres petits enfants,
Ont été broyés vivants
Par le même projectile ;
Ce petit accident-là,
Fera bien rire Augusta.

Un corbillard monté par la députation des ensevelisseurs.

Daignez recevoir l'hommage
De l'ensevelissement ;
Grâce à l'investissement,
Nous ne manquons plus d'ouvrage ;
AVE CESAR IMPERATOR,
Protecteur du croque-mort,

Regarde l'Observatoire
Il est tout criblé d'obus ;
Nos savants n'observent plus
Qu'un silence vexatoire ;
« Tant mieux ! » l'empereur répond,
« J' ne veux pas d'observation. »

3e Station. — A Notre-Dame.

Dans l'Eglise Notre-Dame,
Tu fais chanter TE DEUM ;
Mais songe donc, vieux barbon,
Que la tombe te réclame ;
Il faudrait plutôt, mon fils,
Entonner DE PROFUNDIS !!!

Députation des mouchards.

Voici ton armée fidèle,
Le régiment d'espions ;
Tu dois à nos bataillons,
Une fameuse chandelle ;
Nos piéges, nos traquenards,
Ont fait plus que tes soudards.

Remarque cette ambulance,
Vingt obus y sont tombés ;
Massacrant trente blessés,
Remercie la Providence ;
Devrait-on me brûler vif,
Cela me semble *obusif* !!!

Grand César, dans Belleville,
Veux-tu faire un petit tour ?
Non !... tu crains de faire four,
Chez la populace vile ;
Ce faubourg républicain,
Pour les tyrans est malsain.

4e Station.—Au Jardin-des-Plantes

De nos musées, de nos serres,
Les trésors sont fracassés ;
Sans crainte, viens caresser,
Les tigres et les panthères ;
Les animaux furieux,
Ne se mangent pas entr'eux.

5e Station — Un banquet aux Tuileries

Dans ces demeures royales,
Tu plantes ton étendard ;
En moderne Balthazar,
D'un festin tu te régales ;
Crains qu'au dessert n'apparaisse
Le MANÉ, THÉCEL, PHARÈS !!!

6e Station — Au Grand-Opéra

Savoure une peu de musique
Pour faire ta digestion ;
On chante à cette occasion
Un opéra symbolique,
Ça s'appelle VÆ VICTIS.
Crions bravo !!! mais pas bis !

Pour terminer le supplice,
Bismarck nous régalera
D'un beau feu qu'il tirera,
Car il est plein d'artifice ;
Nous paierons ces distractions,
Seulement deux cents millions,

MORALE

Le proverbe dit qu'en France,
Tout finit par des chansons ;
En Prusse, par des rançons,
Tout finit et tout commence ;
Ainsi soit-il !!! financons,
Mais qu' ça nous serve de leçon !

Soldats de la République,
Nous sommes livrés, trahis ;
Qu'importe ! restons unis,
Contre un pouvoir despotique !
Pour vaincre un Guillaume tel,
Il faut des Guillaume-Tell !!!

10 C. En vente chez **GABILLAUD, 147**, rue Montmartre, rue du Croissant **10 C.**
Et chez tous les Libraires.

LES PRUSSIENS EN ALSACE

Air : *NOUS SOMMES SI BIEN CHEZ NOUS.*

I.

De tes bras, ô France chérie,
Ils nous ont arrachés, hélas!
Mais, nous le jurons, ô Patrie,
Notre cœur, ils ne l'auront pas!
Aux mains ils nous ont mis des chaînes;
De sang ils ont rougi nos plaines!
Qui sur nous déchaîna ces loups?
Nous étions si bien chez nous.

II.

Ils ont incendié, les infâmes!
Nos maisons, pillé nos troupeaux,
Fusillé des vieillards, des femmes,
Et des enfants dans leurs berceaux;
Ils ont déshonoré nos filles,
Semé le deuil dans nos familles,
Et volé jusqu'à nos bijoux;
Ils sont les maîtres chez nous!

III.

Ils s'en vont frisant leurs moustaches,
En nous lorgnant avec orgueil,
Et, faisant siffler leurs cravaches,
Ils insultent à notre deuil.
Mais dans nos cœurs germe la haine :
La vengeance sera prochaine,
Et terribles seront nos coups,
Car nous nous battrons chez nous.

IV.

Eh quoi! par la faute d'un traître,
Il faut subir un tel affront?
Mais la Liberté vient de naître,
Et ses enfants nous vengeront.
Oui, bientôt viendra pour la France
Le moment de la délivrance,
Et pas un seul vivant d'eux tous
Ne sortira de chez nous.

LES REFRAINS DE LA RUE — N° 3.
EN VENTE, nos 1 et 2 : **LA FIANCÉE DE BILLOU. — L'ENTRÉE TRIOMPHALE DE BADINGUET A PARIS.**
Pour paraître prochainement, **A BAS LES ROIS!**

2512 — PARIS, ÉDOUARD BLOT ET FILS AINÉ, IMPRIMEURS, RUE BLEUE, 7.

Louis FRANCE à ses Concitoyens

APERÇU
DES
ÉVÈNEMENTS DE 1870-71

COMPLAINTE

Air de : Montebello.

I.

70, mes très-chers frères,
C'est un triste souvenir,
Nous n'avons plus qu'à gémir
De nos peines et de nos misères;
Mais Paris se souviendra
Qu'il fallait en rester là.

II.

71, c'est horrible,
On n'ose pas répéter
Grâce à nous que l'étranger,
Portait atteinte à leur crime;
Ils tramaient destruction,
Par toute la nation.

III.

Ils ont fait la guerre civile,
Tous ces monstres sans pitié,
On en voit le résumé
De ces barbares et ces tigres;
Car voilà bientôt cent ans
Qu'ils vont toujours conspirant.

IV.

1789 a commencé leurs projets,
Ces infâmes bons sujets,
Le sang rouge comme un bœuf,
Et tout comme des enragés,
Ils ont toujours préjugé.

V.

On a vu 93,
Tous ces vils scélérats,
Leurs beaux faits, oh! les voilà,
Rappelons-nous de Louis XVI,
Ah! combien de cruautés
Lui ont-ils fait supporter.

VI.

Toutes ces bêtes féroces,
L'infamie est surmontée
A un bien plus haut degré,
Voyant tous leurs crimes atroces
On apprivoise un lion,
Un tigre, même les serpents.

VII.

Ils ont fait trembler la terre,
Ces coquins, ces scélérats,

Par leurs terribles attentats,
Font sauter les poudrières,
Voulant faire sauter Paris,
Mais ils n'ont pas réussi.

VIII.

Ils ont brûlé les Finances
En un mot le Conseil d'Etat,
Ils ont bien fait pire que cela,
Ont détruit l'histoire de France,
Démembré le Panthéon,
La colonne d' Napoléon.

IX.

Ils ont brûlé les Archives,
Tous les plus beaux monuments,
Ce qu'ils ont fait ces tyrans,
Ont réduit l'Hôtel-de-Ville;
Aux Tuileries ont mis le feu,
Jusqu'au temple du bon Dieu!

X.

C'est sur la place Vendôme,
Qu'on admirait la valeur
Du digne et noble Empereur,
Où l'aigle brillait encore;
Mais la colonne désastrée,
Par ces ignobles insensés.

XI.

Les savants, que vont-ils dire?
Et même nos historiens,
Puisqu'on a vu ces vauriens
Poursuivre tout leur délire,
Leurs projets sont accomplis,
Mais ils sont anéantis!

XII.

Pauvre Paris, quelle misère,
Pour la France quel tourment,
De voir tous ces pauvres enfants
Morts et mordant la poussière;
Mais il nous reste à pleurer,
De ces victimes immolées.

XIII.

Ce qu'il y a de plus infâme,
Je vais le réitérer,
Et même vous le prouver
Paris produisait des femmes,
Mais sans mœurs et sans pitié,
Ont commis des cruautés.

XIV.

C'est une chose terrible,
La femme est comme un serpent,
Qu'on lui donne un aliment
Elle vous lance son reptile;
Mais il y a exception,
Mais non pas beaucoup de bon.

XV.

Leurs beaux discours, mes chers frères,
Vous avaient endoctrinés,
Promettant la liberté;
Mais leurs projets sanguinaires,
Mais je crois qu'ils ont souillé,
Leur régénéralité.

XVI.

Dieu surveillera les traîtres
Qui ont détruit la nation,
Etaient tenté du démon,
Ayant commis un blasphème,
Les ministres de Jésus-Christ
Par les armes ont péri.

XVII.

Pour en finir, mes chers frères,
Ceci est un résumé,
Car par bonheur notre armée,
Cette armée de ce grand maître,
L'honneur de la nation
Fut l' maréchal Mac-Mahon.

LOUIS FRANCE.

Nogent. — Imp. Faverot.

LA RÉPUBLICAINE

CHANT PATRIOTIQUE

DÉDIÉ AUX ENFANTS DE L'ALSACE & DE LA LORRAINE

Par Louis COTTIGNIES

Air : T'en souviens-tu.

Le drapeau blanc souillé par la poussière,
Terni toujours, cette pâle couleur
Comme jadis la balle meurtrière,
De l'étranger, notre vil oppresseur ;
Pauvres tyrans, en temps de République,
Vous qui osez vouloir dicter des lois,
Retirez-vous...., vous êtes de la clique,
Et les Français votent contre les rois.

Du sol français vous êtes le vampire,
Du citoyen vous êtes le cauchemar ;
La trahison toujours vous fit sourire,
Conspirateurs et race de César.
La Liberté apparaît à l'aurore,
Dans sa grandeur elle soutient ses droits ;
Ne croyez plus de resplendir encore,
Car les Français votent contre les rois.

Oui, le Prussien vous a montré la route
Pour revenir abattre le pouvoir,
Et profiter après une déroute
De nos soldats pris par le désespoir.
Dans nos malheurs : DIEU PROTÉGE LA FRANCE !
Oh ! Liberté, écoute donc sa voix ;
C'est le soutien, c'est notre délivrance.
Allons, Français, votons contre les rois.

Si de nouveau la Prusse nous menace,
Plus de pitié, mort aux lâches Prussiens ;
Un jour viendra d'écraser son audace,
Et délivrer nos pauvres citoyens.
Nous reprendrons l'Alsace et la Lorraine,
En imitant nos pères d'autrefois ;
Console-toi, France républicaine,
Tous les Français votent contre les rois.

Le drapeau blanc, ce linceul du crime,
Blason de mort et titre des Bourbons;
Votre valeur ne vaut pas un décime,
Comme débris passé aux vieux chiffons.
Oui, pour toujours fondons la République,
Fiers citoyens, n'oublions pas nos lois,
Il faut chasser la race monarchique,
Et pour la vaincre votons contre les rois.

Louis COTTIGNIES.

Lille, imp. F. Lagache, rue Esquermoise, 48.

Paris, chez MATT, Éditeur, rue des Deux-Gares, 7, près la Gare de Strasbourg.

L'ANGE DE L'AMBULANCE

OU L'INFIRMIÈRE DES GARDES NATIONAUX

SUJET HISTORIQUE

Paroles de J.-A. SÉNECHAL

Air de : **Béranger** ou des : **Trois Couleurs** ou : **Viens Belle Nuit.**

Un bon soldat sur son lit de souffrance,
Disait! mon Dieu quand viendra le moment,
Où nous verrons la paix de notre France,
Et terminer le chagrin, le tourment.
Je fais ici des vœux que la victoire
Soit à jamais aux braves fédérés,
Que l'on écrive un beau jour dans l'histoire,
La France est libre, elle est régénérée.

L'INFIRMIÈRE

L'ange au cœur pur qui pensait sa blessure,
Au doux langage, au sourire gracieux,
Par sa douceur, sa bonté le rassure,
Et le blessé se trouvait beaucoup mieux,
Journal en main, lisant le fait notoire,
De nos succès, le cœur moins ulcéré
Que l'on expose un beau jour dans l'histoire,
La France est libre, elle est régénérée.

LE FORT D'ISSY

OU LE DÉVOUEMENT D'UNE CANTINIÈRE

« On vit dit-elle, la jeune cantinière
« Prendre un fusil d'un malheureux soldat,
« Aux barricades avançant la première,
« Et s'élançant au milieu du combat,
« Oui, l'ennemi s'enfuit du territoire,
« Ce beau haut fait fut partout admiré,
« Que l'on écrive un beau jour dans l'histoire,
« La France est libre, elle est régénérée.

AUX CŒURS DÉVOUÉS

Combien s'expose au milieu des batailles,
D'âme énergique modèle des vainqueurs,
Affrontant tout, remparts, boulets, mitraille
La liberté renaît dans tous les cœurs,
L'amour de l'homme à la fois méritoire,
Pour la défendre, oui plus d'une a juré
Que l'on écrive un beau jour dans l'histoire,
La France est libre, elle est régénérée.

Propriété de l'Editeur.

LES CALOTTINS

Air de : **La Lionne.**

Peuple on t'a dit : Le règne des calottes
Depuis longtemps croula dans le passé.
En *l'an premier*, grâce à nos sans-culottes,
Chacun d'eux fut démitré, décrossé.
Peuple! tu crus trop à ces impostures;
Du fond du cœur tu bénissais le ciel.
Tu te laissas tromper par leurs figures :
Des calottins le règne est éternel.

Car il n'a rien et la vie est si triste,
Qu'a-t-il à faire : A prier, à manger.
Gros et repus, saint et chaste égoïste,
Nous n'osons pas aller le déranger.
Il lui faut bien, alors, pour le distraire,
Que nos secrets soient, par lui, dévoilés.
Pour l'éviter, on sait ce qu'il faut faire,
Car chaque jour on dit : *Mariez-les !*

Tant qu'au logis ils auront une entrée,
Par leurs discours ils tiendront les enfants.
Tant que la femme aimante et pénétrée
Pourra les croire, ils seront triomphants.
Ils chasseront l'amour de la famille,
De l'ouvrier même ils seront jaloux.
Heureux pour lui s'ils respectent sa fille,
A ses enfants s'ils laissent les gros sous.

Mariez-les pour que nos jeunes femmes
Aiment rester à leur foyer chéri;
Mariez-les pour qu'ils laissent leurs âmes
S'ouvrir entières aux yeux francs du mari.
Mais ce regard, bien loin de lui sourire,
Reste glacé par crainte de l'enfer.
Adieu bonheur! plus d'amoureux délire,
Le prêtre vient remplacer Lucifer.

Ils n'oseront demander aux fillettes
Comment un cœur peut s'ouvrir à l'amour,
Et s'éveillant aux ardeurs indiscrètes
Peut battre plus chaque nuit que le jour.
Près d'une femme au cœur plein de tendresse,
Son cœur fermé chaque jour bondirait,
Leur union contiendrait toute ivresse,
Et dans le ciel le Christ leur sourirait.

Quand ils seront eux-mêmes en ménage,
Nous aurons tous franchise et liberté;
Nous ne craindrons plus un trop saint outrage
Commis au nom de la fraternité.
Leurs habits noirs cacheront moins de crimes,
Et nos foyers seront moins désolés.
Pour n'avoir plus d'impudiques victimes,
Marions-les ou, du moins, chassons-les.

GEORGES DANIELLY.

FRATERNISONS

CHANT PACIFIQUE

Dédié à la Société internationale des travailleurs

Air de : **La France guerrière.**

Thésauriseur parvenu millionnaire,
De l'industrie encourage l'élan,
Respecte au moins l'utile mercenaire
Puisque tu vis des fruits de son talent,
L'or corrupteur alimente le vice,
Fier parasite où donc est ton honneur?
L'humble artisan plus que toi rend service,
L'humanité lui doit tout son bonheur!

REFRAIN

Le despotisme en tous pays chancèle,
Peuple opprimé vengeons ses trahisons,
Pour proclamer la paix universelle,
Fraternisons (*bis*).

Fats magistrats nouveau lit de Procuste
Qui prononcez l'exil et le trépas,
D'un ton pédant qu'on pourrait croire Auguste,
Vous condamnez mais vous ne jugez pas,
Impunément, absolvez l'opulence,
Au plus offrant vendez votre équité,
Le droit du peuple est nul dans la balance
Son seul crime est souvent la pauvreté.

Le despotisme, etc.

Honte et mépris aux conquérants féroces
Qui des humains troublent l'heureux repos,
Sans nul remords tous leurs forfaits atroces
Restent masqués derrière leurs drapeaux,
Ogres cruels qui tuez vos semblables,
Par vaine gloire, orgueil, ambition
Pour expier vos maux incalculables
Vous méritez la peine du talion.

Le despotisme, etc.

Semez partout internationale,
Progrès, science, union, Liberté!
Plus d'égoïsme et d'action vénale
Par les bienfaits de la fraternité,
Que l'univers par vous se civilise
Plus de frontières, abattez tout rempart,
Pour qu'un bien-être entre tous s'égalise
Et que chacun puisse en avoir sa part.

Le despotisme, etc.

Soldats Français l'Assemblée est trop vile,
Fuyez Versailles et ses fourbes tyrans
Pour terminer toute guerre civile
Du peuple amis venez grossir les rangs,
Accélerez son triomphe héroïque,
Paris est libre et ne veux plus souffrir,
Pour agrandir la sainte République,
Les Citoyens sauront vaincre ou mourir.

Propriété de l'Éditeur. **Lachaussée.**

Chez MATT, Éditeur, rue des Deux-Gares, 7, près la Gare de Strasbourg (Maison spéciale pour le Colportage)

Paris. — Edouard Vert, imp., rue N.-D.-de-Nazareth, 18.

PARIS, CHEZ **MATT**, EDITEUR, RUE DES DEUX-GARES, N° 7, PRÈS LA GARE DE STRASBOURG.
(Maison spéciale pour le colportage.)

A L'ARMÉE, A LA GARDE NATIONALE, AU PEUPLE FRANÇAIS

Chanson sur les

PROCLAMATIONS

des Généraux TROCHU et DUCROT

Air : des *Trois Couleurs*, ou *T'en souviens-tu*.

Paris debout ! oui je t'appelle aux armes.
Songe à Strasbourg, tout ce qu'il a souffert,
N'hésite pas, courage et pas de larmes.
Il faut briser ce grand cercle de fer.
Arrière donc, l'âme dont la faiblesse
Craindrait la mort, pour la captivité.
Combattons tous pour la mâle déesse, } *Bis*
Pour notre honneur, pour notre liberté.

Des quatre coins, amis de la frontière,
Le même élan a surgi de nos cœurs,
Tous, en ce jour, sous la même bannière ;
Nous reviendrons et fidèles et vainqueurs,
Songez français, dans la lutte suprême,
A vos ruines, à la servilité.
La République est là sans diadème } *Bis*
C'est notre honneur et notre liberté.

Allons ! enfants ! c'est notre délivrance,
Je veux marcher en tête du drapeau,
Frères, je mets en vous mon espérance,
Et l'ennemi trouvera le tombeau,
De tous les points de notre territoire
On prend les armes avec gloire et fierté ;
Non loin de nous les enfants de la Loire } *Bis*
Marchent au cri : Honneur et liberté !

Je fais serment aux hommes, à la patrie
Avec honneur d'affronter le danger
Je vengerai cette mère chérie,
Tant qu'elle sera foulée par l'étranger ;
Au champ d'honneur, amis, si je succombe,
Vengez ma mort par l'intrépidité ;
Si comme moi, vous y trouvez la tombe, } *Bis*
On écrira : Mort pour la liberté.

J.-A. SÉNÉCHAL.

LE RAVITAILLEMENT DE PARIS

Dialogue entre madame Pierre-au-Lard et monsieur Cœur-de-Bœuf.

PAR J.-A. S.

AIR de *La Grisette*, ou *Ah ! que j'vas être content.*

ENSEMBLE

On n'va plus fair' la queue,
A la bouch'rie, la charcut'rie,
On n'va plus faire de queue
Pas même à son mari... mon vieux

MADAME PIERRE-AU-LARD.

Pour ravitailler tout Paris,
Je viens de résoudre un problème
Au nez des Prussiens tous surpris
Écoutez, voilà mon système,
On ne va plus fair' la queue... etc.

MONSIEUR CŒUR-DE-BŒUF.

J'ai lu c'matin dans un journal
Qu'on porterait à domicile,
Du chien, du chat, du bœuf, du ch'val.
Ma commèr', ça s'ra plus facile.
On n'va plus fair' de queue.., etc.

MADAME PIERRE-AU-LARD.

Avec leur rationnement,
Moi qui pesait cent soixante livres,
A vue d'œil, je maigris vraiment,
Aussi, de chagrin, je m'enivre.
On n'va plus fair' la queue... etc.

MONSIEUR CŒUR-DE-BŒUF.

Tous les trois jours, fallait l' matin,
Factionner des dix heures entières.
Encor vous n'étiez pas certain
D'avoir un pot-au-feu, ma chère.
On n'va plus fair' la queue... etc

MADAME PIERRE-AU-LARD (*son problème*).

Puisqu'on se sert bien des ballons,
Pour transporter tous les messages,
Je crois qu'on ne s'rait pas plus long,
D'enl'ver bœufs et moutons en cage.
On n'va plus fair' la queue... etc.

MONSIEUR CŒUR-DE-BŒUF.

J'voulais hier faire un peu d'veau,
Pour régaler un vieux compère
Et j'rapporte un rhume de cerveau,
Au lieu d'rapporter d'la bonne chaire.
On n'va plus fair' la queue... etc.

MADAME PIERRE-AU-LARD.

Le beurr', les œufs et le porc frais,
Tout viendrait par la même route ;
Et l'on vivrait à peu de frais,
Sur mon sytème, nul ne doute.
On n'va-plus fair' la queue... etc.

MONSIEUR CŒUR-DE-BŒUF.

Les maraudeurs de ce coup-là
Ne vendront plus leurs pommes de terre
Huit francs l'boisseau, gas, halte-là.
Vous n'f'rez plus de brillantes affaires.
On n'va plus fair' la queue... etc.

MADAME PIERRE-AU-LARD.

Je trouve le plus sûr moyen,
Pour alimenter tout le monde
Et ça f'rai la nique aux Prussiens,
Qui veulent notre mort à la ronde.
On n'va plus fair' la queue... etc.

MONSIEUR CŒUR-DE-BŒUF.

On irait, même, jusqu'à Berlin,
Pincer la couronne à Guillaume,
Ah ! lui qui se dit si malin
On y chiperait son royaume
On n'va plus fair' la queue... etc.

MADAME PIERRE-AU-LARD.

Il faut fair' une souscription
Pour former cette mode nouvelle,
Avec une centaine de millions,
On aurait ballons et nacelles.
On n'va plus fair' la queue... etc.

J.-A. SÉNÉCHAL.

LA LEVÉE EN MASSE

DÉDIÉ

AUX CITOYENS DE LA GARDE NATIONALE

AIR *des Volontaires de 1793*,

Aux armes le clairon résonne,
Il nous appelle sans retard.
De tous nos forts le canon tonne.
Vite au rempart. (*bis*).

LE REFUS DE GUILLAUME.

Le roi Guillaume au refus d'armistice,
Veut que Paris se rende ou meure de faim,
Roi sanguinaire, un jour, ton injustice
Retombera sur toi, cœur inhumain,
N'es-tu pas las de tant de crimes !
En souillant ton nom et ton rang.
Vainqueur, vaincu, que de victimes !
A mort le traître, le tyran !
Aux armes,... etc,

UN GARDE NATIONAL.

Tu te distrais de nos tristes alarmes,
Nos mères en pleurs, nos sœurs et nos enfants
Pour les venger chacun prendra les armes,
Frères debout, nous serons triomphants,
Rappelons-nous quatre-vingt-treize,
Nos pères, couverts de haillons,
En entonnant la Marseillaise,
Ont culbuté cent bataillons.
Aux armes.... etc.

UNE PAUVRE MÈRE A SON FILS.

Pars, mon enfant, allons, suis la bannière,
Du cœur français refoulant l'étranger.
Ton père est mort, là-bas, à la frontière,
Venge sa fin, affronte le danger.
Vaincre ou mourir pour notre France,
Cette mère d'humanité !
Courage et garde l'espérance,
Tu combats pour la liberté.
Aux armes,... etc.

UN PASTEUR AUX ENFANTS.

Peuple, je mets à vos pieds ma soutane,
C'est au démon que je livre combat.
Au roi pillard, à Bismark, ce profane,
Au faux tartufe qui ravage l'état.
Qu'il meure sur notre territoire,
Ici, je mets leurs têtes à prix
Et je suis sûr de la victoire,
Frères, marchons, sauvons Paris.

Refrain.

Aux armes ! le clairon résonne,
Il nous appelle sans retard.
De tous nos forts, le canon tonne,
Vite au rempart (*bis*).

J.-A. SÉNÉCHAL
(*Propriété de l'éditeur*).

Paris, chez **MATT,** *éditeur, rue des Deux-Gares, n° 7, près la Gare de Strasbourg.* (Maison spéciale pour le colportage.)

Paris [illegible]

1871

PRIX 10 centimes

L'AVOCAT LARMOYANT

PRIX 10 centimes

COMPLAINTE sur l'Air de FUALDÈS.

I

Il était dans l'temps naguère,
Dans la bonn' vill' de Paris
Un avocat à ch'veux gris
Qu'était dev'nu populaire
En prouvant éloquemment
Qu'les voleurs sont d'honnêt's gens.

II

Depuis que le monde est monde,
Depuis que luit le soleil,
On n'avait vu son pareil
Sur notre machine ronde;
Il s'app'lait Jul's, mais je n'sais
S'il était Prusse ou Français.

III

Que'qu' temps après l' deux-décembre
Il se dit en s'prenant l'bras :
« Pourquoi n'essairais-je pas
» De m'faufiler à la Chambre?
» Le titre de député,
» Dans l' mond' chic, c'est bien porté.

IV

» Irais-je m'asseoir au centre
» Ou bien à droite, voyons,
» Consultons nos opinions,
» Ou plutôt, non, notre ventre;
» Si l' public veut m'embaucher,
» Ma foi, je me fais *gaucher*. »

V

Qu'sa cocard' soit rouge ou blanche,
Sous l'Empire, un avocat
Qui connaît bien son état
Peut s' mettr' du pain sur la planche,
Il doit prendre gard' surtout
D' ménager la chèvre et l' chou.

VI

Or, Jul's mit sur ses affiches :
« J'suis démocrat'; nommez-moi;
» Voici ma profession d' foi :
» Jeunes, vieux, pauvres et riches,
» Moi je veux la Liberté
» Pour toute l'humanité.

VII

» Au Peuple je s'rai fidèle
» Jusqu'au delà du tombeau. »
Connaissez-vous rien d' plus beau
Que cett' promess' solennelle?
Mais l' traîtr' prêtait en mêm' temps
A l'Emp'reur le même serment.

VIII

Entr' les deux son cœur balance;
Dites-moi par quel moyen
Servir l'autr' sans trahir l'un :
C'est là que l' gâchis commence;
A mon avis j'crois qu' le mieux
C'est d' les trahir tous les deux

IX

Arriva le quatr' septembre;
Las d'voir la Franc' dans l'pétrin
Le peuple se dit enfin :
« N'faut plus d'l'homm' du deux-décembre;
» D'proclamer pacifiqu'ment
» La Républiqu', v'là l' moment. »

X

Chose dite, chose faite,
Tout Paris ne fit qu'un bond;
Il fut au Palais-Bourbon :
Oh! la magnifique fête!
Et le trône s'écroula
De fond en combl' sans éclat.

XI

Jul's dit : « Voilà mon affaire;
» Un' plac' dans l'gouvernement
» Me siérait énormément; »
— Orgueilleux, veux-tu te taire! —
« Ma foi, l' premier pas est fait,
» Tant pis, j' risque le paquet. »

XII

L'Prussien, à marche forcée
Venait tout droit sur Paris;
Tout, l'mond' jetait les hauts cris
A l'approch' de son armée,
Et l'on faisait le serment
De mourir en combattant,

XIII

Jul's prit sa plum' de Tolède
Et bâcla quelques décrets
Dont s'moquèr'nt les indiscrets :
Aux grands maux les quarts de r'mèdes;
Puis, sa serviett' sous son bars,
A Ferrièr's il port' ses pas.

XIV

Il mit les genoux en terre
D'vant l'auteur de tous nos maux,
Et lui dit ces simples mots :
« — Ah! que la vie est amère! »
« — Et ta sœur, lui répondit
» L'homme, aime-t-ell' les radis? »

XV

Au front d'Jul's la rougeur monte;
Comme il a l'rhum' de cerveau,
Le v'là qu'il pleur' comme un veau;
Il se r'lèv' couvert de honte;
Alors, sortant son mouchoir,
Il dit à l'homme : — « Au revoir! »

XVI

Il pleura tout l'long d'la route,
Il pleura même chez lui,
Il pleura toute la nuit
Il pleure encore sans doute :
Mais des larmes d'avocats
On doit faire peu de cas.

XVII

Il raconta sa visite
A l'univers tout entier;
Chef d'œuvre, aux yeux d' mon portier,
Avait un certain mérite :
« — Ça pourra m'servir demain,
» M'dit-il, pour... Vous sentez bien »

XVIII

« Pas un' pierr' de nos fort'resses,
« Pas un pouc' de notre sol,
» Dit-il en s' poussant du col,
» Et j' tiens toujours mes promesses. »
Ces parol's, fruit d'un plagiat
Eur'nt en Europ' de l' éclat.

XIX

Digne émul' de Robespierre
De Danton et de Marat,
Notre célèbre avocat
Rendit la France prospère...
En mettant des chaîn's aux mains
Des fervents républicains.

XX

Puis c'était un honnête homme,
(A c'qu'assuraient ses copains)
Mais, des documents certains
Ne le prouvent guère, en somme;
La loi punit comme il faut
La bigamie et le faux.

XXI

Pour terminer la complainte
De l'avocat de larmoyant
Qu' vous écoutez en baillant,
Mais sans proférer un' plainte,
Je dois vous dire vraiment,
Qu' c'était bien l'homm' du moment.

XXII

Car depuis l'avèn'ment, d'l'empire
Le peuple pourri, gâté,
Frustré, berné, garotté,
Abruti, n'osant rien dire,
Devait nécessairement
S'laisser rouler carrément.

XXIII

Jul's se chargea de le faire
Et réussit à son grè,
Car c'est un gaillard madré
Qui connaît sa p'tite affaire,
Et s'fait son beurr' fin'ment
En faisant le chien couchant.

XXIV

J'propos' que ces quelques lignes
Soient gravés sur sont tombeau :
« Ci-gît, le corps en lambeau
» D'un homm' qui s'rendit indigne
» En livrant à l'étranger
» La France qu'il jura d'venger! »

(Propriété de l'Auteur.)

L. G.

En vente chez M. PIGEOL, m[d] de vins, au coin de la rue Montmartre et de la rue du Croissant

1711. Paris. Imp. EDOUARD BLOT, rue Bleue, 7.

CHANSONS NOUVELLES

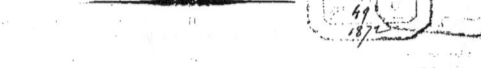

LES DÉFENSEURS DE BELFORT

1er COUPLET.

Un général de Prusse,
Que Belfort il veut prendre
En croyant de faire rendre
Denfer et ses soldats ;
Mais les guerriers intrépides
Chargés de la défense
Sont les fils de la France
Ils ne se rendent pas.

Refrain :

Si l'ennemi a dû se taire
C'est grâce à sa vaillance,
Belfort reste à la France
Et l'honneur reste à Denfert.

2me COUPLET

Le général de Prusse,
D'ordre du roi Guillaume
Lui offrit une somme
S'il veut capituler.
Non répond le bravo !
De l'or pour cette place,
Denfert n'est pas un lâche
Préfère la brûler.
Si l'ennemi, etc.

3me COUPLET.

Le général de Prusse,
Avec colère il crie :
Superbe artillerie
Mettez le feu partout,
Denfert crie : courage !
Artilleurs à vos pièces,
Faites que l'ennemi cesse,
Et tremble devant nous.
Si l'ennemi, etc.

4me COUPLET.

On a écrit à Guillaume
Qui était à Versailles,
De Belfort la mitraille
Détruit tous nos soldats,
Denfert dit à la France :
Belfort est en fumée
Mais grâce à mon armée
Il ne se rendra pas.
Si l'ennemi, etc.

5me COUPLET

Le général de Prusse
Il crie à ses sauvages
Belfort est au pillage,
Il faut monter à l'assaut,
Une sortie heureuse
Denfert avec sa troupe
Mit l'ennemi en déroute
Et sauva son drapeau.
Si l'ennemi, etc.

6me COUPLET

L'ennemi en défaite
Traqué par la mitraille
Laissant au champ de bataille
Des morts en quantité,
Denfert crie ; victoire
Et grâce à sa vaillance,
Belfort reste à la France
Appui de sa liberté.

(Reproduction interdite).

ADIEUX A LA FRANCE

1er COUPLET

C'en est fait ! la victoire
Leur a livré notre pays,
Et deux siècles de gloire
Y sont ensevelis.
Ils ont volé l'Alsace,
L'Alsace, ta fidèle enfant ;
Vil troupeau que l'on chasse,
Courbe-toi devant l'Allemand.

Refrain

Adieu, adieu, ma belle france ;
Adieu, adieu, je t'aimerai toujours ;
Adieu, Adieu, pays de mes amours,
Pour de plus heureux jours, *(bis)*
Je garde l'espérance.

2me COUPLET

Voici notre chaumière :
Mon père autrefois était là
Hélas ! pendant la guerre,
L'ennemi le frappa.
Je vois sur la poussière
Son sang qui rougit le chemin
Et la pauvre chaumière
Appartient à son assassin.

Adieu, adieu, etc.

3me COUPLET

Ils ont, sur leur passage,
Semé la mort, semé le deuil ;
Faut-il que cet outrage
Abatte notre orgueil ?
Par la faute d'un traître,
Chez nous, l'Allemand désormais
Sera notre seul maître,
C'est vrai, mais notre ami, jamais.

Adieu, adieu, etc.

4me COUPLET

Dans nos cœurs, la vengeance
Attend la revanche à venir ;
Tes enfants, ô ma France !
Gardent ton souvenir.
Vienne la délivrance,
Toujours notre bras t'appartient ;
Venge donc ton offense,
Viens donc, viens reprendre ton bien.

Adieu, adieu, etc.

L'ALSACE PLAINTIVE

1er Couplet

Grand Dieu ! quelle horrible souffrance.
Pauvre Alsace, quel malheur !
Se voir séparer de la France
Et sous les fers des oppresseurs.
Sous ces horribles menaces,
Battons plomb, fer, échafaud,
France : pitié pour l'Alsace ;
Délivrez-la de ses bourreaux.

Refrain

France, oui belle France,
Tu vois notre horrible souffrance,
Nous laisse pas longtemps souffrir,
A nous sortir de ce martyr,
Songe avenir ! songe avenir !

2me Couplet

Ici, nos cités, nos campagnes,
Où ne régnait que des bonheurs ;
Les lois des tyrans d'Allemagne
Ont tout changé en tristesse et pleurs,
Nos fils, ces soldats si braves,
Ont combattu parmi les rangs ;
Ils sont aujourd'hui des esclaves,
Soldats, par force des tyrans.
France ,etc.

3me Couplet

Avant, nos musiques harmonieuses
Charmaient nos rues et nos boulevards.
Les airs de nos chansons joyeuses
C'était le bonheur de chaque soir ;
Mais tout est changé : les sauvages
En nous jetant son voile noir.
France, arme-toi avec courage,
Délivre-nous de ces barbares.
France, etc.

4me Couplet

Français, l'Alsace est souffrante
Ses oppresseurs sont vos ennemis.
L'étranger allemand la tourmente
Ces assassins tyrans maudits.
Sortez-nous du joug germanique,
De ces horribles atrocités,
Et donnez-nous la République,
Apportez-nous la liberté.
France, etc.

(*Reproductson interdite*).

Saint-Etienne, Imp. Frédéric Lantz, rue de la Loire

MARGUERITE

1er Couplet

Il fait froid, la nuit est sombre
Et la neige couvre la terre.
Viens m'ouvrir, fait-moi lumière,
Je viens pour te dire à revoir (*bis*)

Refrain :

Marguerite, mon espoir,
O Marguerite, ma douce amie,
Viens m'embrasser, ne me fais plus souffrir.

2me Couplet

Un moment dans ta chambrette,
Avant que le clairon sonne,
Marguerite sois assez bonne,
Viens m'ouvrir car il est tard (*bis*).
Marguerite, etc.

3me Couplet

Oui, rentrez dans ma chambrette,
Ne réveillez pas ma mère.
Tu ne risques rien, ma chère,
Elle sait que je pars ce soir (*bis*).
Marguerite, etc.

4me Couplet

Nous voici tous deux ensemble,
Et personne peut nous entendre,
Ah ! permets-moi de te prendre
Un baiser, après je pars (*bis*).
Marguerite, etc.

5me Couplet

Seras-tu toujours fidèle !
Auras-tu cette tendresse ?
Tiendras-tu ta promesse ?
Avant de partir je veux le savoir (*bis*)
Marguerite, etc.

6me Couplet

Oui j'irai jusqu'à la gare
Pour te faire la conduite,
Reste là, ma Marguerite,
Car dehors il fait trop noir (*bis*).
Marguerite, etc.

7me Couplet

A la gare sonne la cloche,
Le tambour bat l'assemblée,
Adieu belle fiancée !
Voici l'heure du départ (*bis*).
Marguerite, etc.

8me Couplet

Il retourne de la guerre
Et pour prix de son courage
A la mairie du village,
Au même banc ils vont s'asseoir (*bis*).

Marguerite, ma douce amie,
Viens dire *Oui*, ne me fais plus souffrir.

LES TROIS CORTÉGES

AUX MANES

Des Gardes Nationaux tués sous les feux du Mont-Valérien

AIR : *Jetons des Fleurs sur leurs Tombeaux* — **OU AIR :** *De la Lionne de Béranger.*

Les yeux en pleurs, j'ai vu les trois cortéges
De nos amis, tombés au champ d'honneur,
Que de malheurs ici-bas nous assiége,
Que de familles vont trouver la douleur,
Ils s'en allaient chantant la Marseillaise,
Honte aux partis de la servilité,
Ils sont tombés sous les balles Françaises
En s'écriant : Vive la Liberté.

A VERSAILLES.

Fait prisonnier, le frère tue son frère,
Nouveau Caïn tu te couvre de sang;
Plus loin un fils va tirer sur son père,
Car pour de l'or il soutient les tyrans,
Ces généraux, ah ! ne vous en déplaise,
A l'ennemi vendent notre fierté;
Les Parisiens, sous des balles françaises,
Tombent criant : Vive la Liberté !

AUX GENDARMES SANS AMES.

Vous ne pouvez compter aux rangs des hommes,
Vous les soutiens des traitres, des méchants.
Sachez-le bien, dans le cercle où nous sommes
Vos balles aussi mitraillent vos enfants,
Si de Paris, vous faites une fournaise,
Le peuple aura montré sa volonté
En succombant sous vos balles françaises
Il s'écrira : Vive la Liberté.

LE BOMBARDEMENT DU MONT-VALÉRIEN.

Vous invoquez le nom de République,
Et sur Paris vous lancez vos boulets;
Mais on connait vos projets tyranniques,
Pour votre roi vous voulez des sujets;
N'invoquez pas le vieux quatre-vingt-treize,
Paris est libre, et libre il veut rester,
Car ses enfants, sous vos balles françaises,
Meurent en criant : Vive la Liberté !

Le jour de l'enterrement le peuple brûlait deux guillotines sur la place Voltaire, ex-place du Prince-Eugène à la satisfaction de tout le peuple du Faubourg St-Antoine.

Quand on brûlait chez nous la guillotine,
Gendarmes hideux, vous lanciez de vos forts;
La bombe en feu dévorait la chaumine,
Vous écrasiez nos blessés et nos morts,
Un jour viendra, ah ! ne vous en déplaise
Où vos forfaits seront partout cités :
Ils sont tombés sous les balles françaises
En s'écriant : Vive la Liberté.

AUX MANES DES DÉFENSEURS DE LA LIBERTÉ

Hommage à tous, catafalque héroïque,
Restes chéris des vaillants défenseurs,
Que votre sang scelle la République,
Honte aux tyrans, à ses vils oppresseurs.
De la Bastille, on voit le Père-Lachaise,
Champ de repos, c'est là : l'égalité,
Ils sont tombés sous les balles françaises,
Hommage aux frères.... morts pour la Liberté.

J. A. SÉNÉCHAL.

Propriété de l'Editeur.

PARIS LIBRE

OU LE PEUPLE ET L'ARMÉE

AIR: De la France guerrière.

REFRAIN.

Vaillants soldats, rappelons-nous nos mères
Avec bonheur guidant nos premiers pas,
On nous appelle à mitrailler nos frères,
Ne tirons pas (*bis*).

Oui, c'est au nom honneur gloire et patrie
Que nous, Français on appelle au combat,
Vendus, livrés ah! l'on nous injurie,
Nos généraux ne sont pas des soldats,
Oui chaque nuit la foudre meurtrière
Nous décimaient, hélas ! pour se venger
Ces Généraux singeant l'âme guerrière
Etaient toujours éloignés du danger.

Vaillants soldats, etc.

Oui, notre cœur était plein d'espérance
Et nous marchions sans trève, sans repos,
Ils ont laissé envahir notre France
Et dans la boue, ont traîné nos drapeaux ;
Lorsqu'ils ont vu la France en République
Ils nous ont dit, laissons brûler Paris,
La ville au crimes, au pouvoir tyrannique
Nous marcherons sur ses fumants débris.

Vaillants soldats, etc.

Oui, la retraite était leur cri de guerre
Car nous faisions de nos corps un rempart,
Nos contre-marches ouvraient une barrière
Et l'ennemi avançait sans retard.
Huit mois entiers, oui voilà leur tactique
Et nos soldats mouraient, de faim, de froid
Quand le prussien d'un air fier, héroïque
Nous mitraillaient à l'abri de nos bois.

Vaillants soldats, etc.

Voilà l'histoire de nos jours de bataille,
Des généraux, la vaillance et le cœur,
Nos volontaires criblés par la mitraille
Ont succombés sur le champ de l'honneur.
De toi Paris, on voulait le ravage,
Par la famine on crut te mettre à bout
Mais Paris veut abolir l'esclavage
Paris est libre, Paris reste debout.

REFRAIN.

Peuple et soldats déclarons Paris libre
Ralliona-nous au mot fraternité
Pour ramener la force et l'équilibre
Vive à jamais la liberté

J.-A. SÉNÉCHAL.

Propriété de l'Éditeur.

Paris, chez MATT, éditeur, rue des Deux-Gares, 7, près la Gare de Strasbourg (Maison spéciale pour le colportage)

Paris. — Edouard Vert, imp., rue N.-D.-de-Nazareth, 10.

NOS DÉPUTÉS

OU QUARANTE-TROIS DANS UNE CHAMBRE

PARABOLE

Paroles de MAINEBEAU. Air : Ah ! quel nez, vraiment j'en suis étonné !

Député, député
On est toujours embêté,
Vaudrait mieux être amputé,
Que d'êtr' nommé député !

On m' port' candidat, malgré
Que j'ai cent fois refusé.
Mais l' peupl' toujours entêté
Sur sa liste m'a porté... Député, etc.

Dans l' traité d'Paris sur l' plan
On dit qu'un jésuit' pleurant,
Pour fair' voir a nu son plan,
Nous a tourné l' *Dos'Riant*...

Je suis un d'ces bons bourgeois
Qui ne connaiss'ent pas les lois,
Je ne suis pas du vieux bois
Dont on a fait quarante-trois...
Député, etc.

Edmond Adam nous est cher,
C'est un homm' de bronze et d'fer
L' premier, sans en avoir l'air,
Qu'a fait diminuer L' *Sel Cher* !
Député, etc.

Faut dir' viv' la liberté !
Quand l'vent est du bon côté...
Quand la girouette a changé,
Faut dir' viv' la royauté !
Député, etc.

On a nommé *Jul's Ferry*
Qui fut cause à c' que l'on dit
Qu' tout's les femm's à leurs maris,
F'saient la queue... pour deux sous riz !
Député, etc.

Chacun sait qu'on a nommé
Favre, parc'qu'il a pleuré,
Roch'fort parc'qu'il est très-gai.
Hugo parc'qu'il est *Littré!*
Député, etc.

Si l'on a nommé *Cournet*,
Si l'on a nommé *Brunet*,
Si l'on a nommé *Floquet*,
C'est par *Edgard* pour *Quinet!*
Député, etc.

Il faut la paix du pays,
Dis'nt les députés blanchis,
Mais les députés rougis...
Veul'nt la guerr' mêm' sans fusils!
Député, etc.,

Pour frais d'guerre, c'est gênant,
Qu'est c'qui va cracher d' l'argent!
C'est c' pauvre Paris, et pourtant...
Il n'est pas *Farci* d' *Louis Blancs!*
Députés, etc.

Si l'on a nommé *Saisset*,
C'est qu'il a d'un' voix d' fausset,
Dit, quand l' feu du fort *cessait*
Pothuau mourir... que d' *cessait!*...
Député, etc.

La France nous avons beau,
Fair' les sauvag's, les héros,
En fait d' guerre, et de monacos,
Nous s'rons toujours *Clements Sots!*
Député, etc.

On a supprimé l' *Combat*,
Le fameux combat à Pyat,
Mais le *Vengeur*, le vengea,
Avec la Commune à *Pyat!*
Député, etc.

Français, soyons gais, pas fiers,
Nous n' somm's pas seuls dans les fers,
Car pour essuyer nos r'vers...
Il a fallu prendre un Thiers!...
Député, etc.

Si j' suis nommé, je s'rai de fer,
Je combattrai comm' *D'Enfert*.
J'marmott'rai jamais d'*pater*,
Et j' brûlerai les *lâches*... au fer!

Enfin si j' suis nommé
Je vous l' jur' je défendrai,
Le drapeau d' la cité,
La France et la Liberté!!!

Paris, chez **MATT**, éditeur, rue des Deux-Gares, 7, près la Gare de Strasbourg. (Maison spéciale pour le colportage.)

Paris. — Édouard [illegible], imp., rue N.-D.-de-Nazareth, [illegible].

(TROISIÈME ÉDITION)

LA BATAILLE DE SAINT-QUENTIN

Marseillaise du Nord

CHANTÉE SUR LE THÉATRE DE SAINT-QUENTIN, LE DIMANCHE 17 DÉCEMBRE 1871

Avec Chœurs, Musique Militaire, Tambours, Tocsin et Coups de Feu.

Air de la MARSEILLAISE.

Couplets chantés par Mme MARIE FAIGLE ; *accompagnement arrangé par* M. Hte VATIN.

La victoire a trahi la France ;
Et nos foyers sont envahis.
Dans nos âmes quelle souffrance !
Quelle honte pour le pays ! (*bis*)
Alsace, Lorraine et Champagne,
L'ennemi triomphe de vous.
Maintenant, s'approchant de nous,
Ses masses couvrent la campagne !

REFRAIN :

A vous, soldats sans peur ! braves enfants du Nord !
Marchons (*bis*) à notre tour ; la victoire ou la mort !

A Saint-Quentin, la noble ville,
Mobilisés, marins, soldats
De Cambrai, d'Arras et de Lille
Apportent leurs cœurs et leurs bras. (*bis*)
Le succès serait un prodige ;
A tous il reste peu d'espoir ;
Mais on veut faire son devoir
Et c'est Faidherbe qui dirige.

A vous, soldats sans peur ! etc.

Sous cet habile capitaine
On s'avance avec fermeté.
Par lui la victoire incertaine
Penche enfin de notre côté. (*bis*)
Dans cette effroyable bataille
On voit l'intrépide marin
Par toutes les bouches d'airain
Lancer la mort et la mitraille.

A vous, soldats sans peur ! etc.

On sent renaître l'espérance.
Ah ! serions-nous enfin vainqueurs ?
Le désir de la délivrance
Soudain enflamme tous les cœurs. (*bis*)
En nos âmes une voix crie :
Accourons tous à notre rang
Venger le pillage et le sang
De la malheureuse patrie !

REFRAIN :

A vous, soldats sans peur ! braves enfants du Nord !
Marchons (*bis*) à notre tour ; la victoire ou la mort !

Hélas ! le lendemain fut sombre :
Nos soldats tombaient épuisés.
L'ennemi revient en grand nombre ;
Nous faut-il donc être écrasés ? (*bis*)
Ah ! quelle foule redoutable
Vomissent les chemins de fer !
On entend retentir dans l'air
Le bruit de l'armée innombrable.

A vous, soldats sans peur ! etc.

Partout des flots de sang ruissellent :
On voit s'éclaircir tous les rangs
Et sur la plaine s'amoncellent
Les morts, les blessés, les mourants. (*bis*)
De nos fils craignez la vengeance,
Prussiens, en nous voyant tomber !
Et nous, avant de succomber,
Un dernier cri : vive la France !

A vous, soldats sans peur ! etc.

Dormez maintenant sous la terre
Avec nos illustres aïeux !
Sauvant notre honneur militaire,
Votre trépas fut glorieux. (*bis*)
Nous vénérons votre mémoire ;
Ainsi qu'un digne enseignement
Votre exemple de dévouement
Vivra toujours dans notre histoire.

REFRAIN DU DERNIER COUPLET :

Adieu, nobles vaincus ! braves enfants du Nord !
Un jour (*bis*) nous redirons : la victoire ou la mort !

Léon MAGNIER.

Imp. Léon Magnier fils.

10 CENTIMES

LE PROCÈS TROCHU

Complainte (Air de Fualdès)

M. DE VILLEMESSANT

M. TROCHU

M. VITU

I

Ecoutez, peuples de France
Et de la Villette aussi,
Le magnifique récit
D'un procès plein d'importance ;
C'est l'affair' Trochu-Vitu,
L'affaire Vitu-Trochu.

II

Le public de l'audience
Etait un public très chic,
Qui, pour ouïr l'arrêt public,
Etait v'nu depuis Plaisance ;
On y voyait Guilloutet,
Le mur privé d' Badinguet.

III

Là-bas, c'était monsieur Baze,
Puis monsieur Henri Chevreau,
Portant des gants de chevreau
Et solide sur sa base ;
Ici, Clément Duvernois
Qui se donnait l'air Dunois.

IV

Mais bientôt l'on fait silence ;
On se tait sans dire un mot :
Voilà le général Tro
L' général Chu qui s'avance :
Lorsqu'il lui faudra partir,
Comment f'ra-t-il pour sortir ?

V

Tout à coup Rouher s'écrie :
« V'là monchieur Villeméchant,
« Pour lui n' chorez pas méchant,
« Il est de la confrérie,
« Et suivi d'August' Vitu,
« Son collègu', très bien *vitu.* »

VI

On voit au banc d' la défense
Mathieu, Lachaud, Grandperret,
Un nom que mon *grand-pèr' hait*,
Ceci soit dit sans offense.
Non, jamais pour un seul cas
On ne vit tant d'avocats.

VII

En deux mots, voici l'affaire :
Monsieur Trochu dit d'un ton
Beau qu'on l'a blessé dans son
Importance militaire ;
Il prétend que l' *Figaro*
N' respecte pas les-z-héros.

VIII

A ses amis qui lui disent :
« Calmez-vous, mon général,
Méprisez en général
Les gens qui de vous médisent, »
Il répond : « Vous m' canulez ;
Je n' veux pas capituler. »

IX

Devant cette intrigue immense,
Rougis et *pâlis, chaos !*
Le témoin Palikao,
En son âme et conscience,
Jur' de dir' la vérité
Sans hain' ni sévérité,

X

Pour Trochu-le-Magnanime,
Monsieur Magn' vient déposer ;
Il est très bien disposé,
Et la voix de Magne anime
L'attention des jurés
A l'endroit des conjurés.

XI

Puis le brave monsieur Brame
Succède à Busson-Billaud ;
Il n'a pas bu son billot,
Car sa voix résonne et brame :
Enfin, Piétri, l'ex-préfet
Qui jadis nous *piétrifiait.*

XII

Pour affranchir cette affaire
De tout mic-mac, Mac-Mahon
Vient fair' sa déposition
D'une voix limpide et claire,
Puis l' général Changarnier
Qui n' veut affirmer ni nier.

XIII

Ici tout l' monde se pousse
Pour admirer et pour voir
Le fameux Jule-Arrosoir
Qu'on nomme aussi Pas-un-Pouce.
A l'aspect d' maître Pleurard
Chacun ouvre son riflard.

XIV

A côté d' monsieur Fontaine
On aperçoit m'sieur Cresson ;
(Chacun sait que le *cresson*
Va bien avec la *fontaine*).
Ah ! la salade qu'il fit !...
A l'instant la *sall' s'y fit.*

XV

Les dépositions finies,
L' Président dit : « Avocats,
Allons, messieurs, à vos cas !
Déployez tous vos génies !
Afin de plaire à la Cour,
Fait's en sort' de l'être... courts. »

XVI

L'assistance était muette,
Muett' comme un cantaloup ;
Tout se taisait quand Allou,
D'une voix très claire et nette,
Dit qu' le général Trochu
De sa vi' n'avait trop chû.

XVII

Alors l'orateur explique
Qu' Trochu-z-est un bon garçon,
Incapabl' de trahison,
Même envers la République,
Et que ses diffamateurs
Sont des calomniateurs.

XVIII

« Il est aussi blanc que neige,
Et pour l' blanchir comme il faut,
Point n'est besoin de Lachaud ;
Voyez donc son plan du siége !
Trochu, j'admir' ton talent,
Mais hélas ! tu ratas, plan ! »

XIX

Le réquisitoir' commence :
M'sieur Duvignaux-Merveilleux,
Dans un langag' merveilleux,
Expos' devant l'assistance
Les griefs du *Figaro*,
Journal des gens comme il faut.

XX

Il dit que cett' feuille honnête
A scandalisé Paris
Par d'insidieux écrits
Qui sont sortis de la tête
Du sieur Auguste Vitu,
Et qu' ça s'est très bien vendu.

XXI

Puis Trochu prend la parole,
Et s'adressant aux jurés,
Il dit : « Messieurs, j'ai joué
Consciencieusement mon rôle ;
D' la bataill' de Buzenval,
On sait c' qu' les *abus en val'nt.*

XXII

Alors la voix d' Lachaud sûre
Captive les assistants ;
Il dit Vitu-z-innocent
De la tête à la chaussure,
Et Vill'm'ssant qu'a bu du lait
Quand Trochu capitulait.

XXIII

Malgré cette plaidoirie
Eloquente au dernier chef
Le grand rédacteur en chef,
Et Vitu perd'nt la partie ;
Mais en compensation,
Ils gagn'nt un mois de prison.

XXIV

Bref, dans ce procès si grave,
On a pleuré, l'on a ri ;
Mais en somm', dans tout ceci,
N'y a-z-eu qu' Théodor' de Grave,
Reporter du *Figaro*,
Journal des gens comme il faut.

—

MORALE

Ceci prouv' que la Justice
Est un' belle invention
Et qu'y n' faut pas attraper
Les *genses* qu'y-z-ont des places,
Parce que l'on est puni
Par oùsque l'on a péché.

ZUT ET JUD.

Paris. — Typ. Alcan-Lévy, 61, rue Lafayette

En vente chez ARTHUR LÉVY, 16, rue du Croissant

(Prix : 10 centimes.)

BADINGUET

Au Peuple Français !

Histoire véridique de ses crimes et de ceux de sa Famille, depuis Romanilli, mère de BADINGUET 1er, jusqu'à nos jours.

Chanté par MAYET, frères.

Air de *Fualdès*.

1
Écoute, Peuple de France,
Car je suis bien malheureux :
S'il est des gredins, des gueux,
Qui méritent la potence,
Je dois, comme aventurier,
Etre pendu le premier.

2
Descendant d'une famille
Qui ne fit pas votre bien,
Ma grand'mère, on le sait bien,
Prostitua ses deux filles.
On sut dans notre maison
Employer fer et poison.

3
Mon oncle, grand capitaine,
Fils naturel de Marbœuf,
Commença, quoique tout neuf,
A l'école de Brienne,
D'empoisonner lâchement
Sa maîtresse et son enfant.

4
Quant à moi, l'on se demande
Comment, après mon procès,
Je pus avoir le toupet
De revenir avec bande,
Tous faussaires et gens de rien;
C'est qu'nous voulions votre bien.

5
La deuxième République
Me nomma représentant.
Je fis un discours ronflant :
Mensonges patriotiques;
Je promettais sans rougir,
Sachant bien ne pas tenir.

6
Mon séjour en Angleterre
M'apprit à bien me servir.
Du cass' tête, ah ! quel plaisir !
Cela fit bien mon affaire.
C'est ce qui fait qu' mes policeman
Sont des collègu's de Troppmann.

7
Arrive le deux décembre,
La vraie Saint-Barthélemy ;
Avec tous mes bons amis,
Je fis dissoudre la Chambre ;
Je tue les républicains :
Fallait-il être coquin !

8
J'avais pourtant fait promesse
A la République, un jour,
D'être fidèle toujours.
Mais pour la délicatesse,
Il ne faut pas, nom d'un nom,
Choisir un Napoléon !

9
Rome voulait être libre,
Et le bon pape Pie neuf
Allait devenir le bœuf,
Car tous les enfants du Tibre
Voulaient le jeter à bas,
Mais j'envoyai mes soldats.

10
Enfin, je fonde l'empire,
Je voulais me marier,
Pour avoir un héritier,
Je ne pouvais prendre pire :
Une Espagnole éhontée
Par moi vous fut présentée.

11
Saint-Arnaud meurt en Crimée ;
Il possédait mes secrets,
J'avais peur que l'indiscret
Fit tort à ma renommée.
Je n'éprouvai aucun remords
D'avoir ordonné sa mort.

12
Dieu quel beau jour pour la France !
L'empire compte un nouveau-né,
Il a mon menton, mon nez,
Du peuple c'est l'espérance ;
On dit qu'il ressemble aussi
A Rouher, Pietri, Morny.

13
Le meurtre m'est sympathique ;
Sous prétexte de succès,
J'envoie des soldats français
S' faire égorger au Mexique.
Sur les actions, vraiment,
Je prends le trente pour cent.

14
Mon bon compère d'Autriche,
Son frère le gênait fort ;
Mais je complotais sa mort ;
Des crimes n'étant pas chiche,
Car je connaissais très-bien
Le sort de Maximilien.

15
A la crédule Italie
Je promets merveilles et monts
Pour obtenir le Piemont.
Après cela, je lui crie :
Rome ! tu ne l'auras pas.
J'y maintiendrai mes soldats.

16
L'exposition a fait même
Pas mal de gens mécontents ;
Car tout marche en augmentant,
Et c'est si le peuple à peine
Peut, tout en bien travaillant,
Manger du pain son content.

17
Depuis ce temps dans ma tête,
Germent des projets nouveaux :
Assassinats, billets faux.
Ma foi, non, rien ne m'arrête ;
Car, pour cacher ces méfaits,
Cass'têtes et chass'pots sont prêts.

18
J'ai mon pauvre cousin Pierre,
L'assassin de Victor Noir
Ce qui m' fait plaisir à voir,
C'est qu'il tient de père et mère,
De Lacenaire et de Dumolard,
Il professe vraiment l'art.

19
J'étais homme de tactique,
Je disais aux gens peureux :
Ce sont tous des partageux
Qui veulent la République,
Mais je leur cachais, ma foi,
Que je gardais tout pour moi.

20
Un jour, la reine d'Espagne
Fut chassée de son pays ;
Elle vient vite à Paris,
Son Marfori l'accompagne,
Eugénie pour l'imiter,
Prend son Emile Olivier.

21
Je tripotais les finances,
Car j'étais presque certain,
Qu'un jour il faudrait enfin,
Quitter cette pauvre France.
D'Haussmann connaissait le jeu,
Nous partagions tous les deux.

22
Mes ministres de la guerre
En aide me sont venus,
Je mangeais les revenus
De toute l'armée entière.
C'est ce qui fait que nous n'avions rien
Pour combattre les Prussiens.

23
Tous les courtisans me citent
Pour un grand homme d'État ;
C'est pour cette raison là
Que je risquai le plébiscite,
Que ce soit Oui, que ce soit Non,
Je me devais toujours raison.

24
Enfin je suis donc le maître,
Par sept de millions de jobards
Qui croient à tous mes canards,
Voilà ce qu' c'est d' paraître
Honnête homme lorsqu'au fond,
Vous n'êtes qu'un vrai fripon.

25
Enfin, le moment arrive :
L' pôt aux roses va se découvrir,
Je ne peux pas même choisir ;
Si je reste ou bien si je m'esquive,
Lorsqu'à la Prusse vraiment
Je cherche un' querelle d'Allemand.

26
Bismarck et le roi Guillaume
Ont envie de Metz et de Strasbourg,
Ils me promettent en retour,
Dans le cœur ça me met le beaume,
Que sur mon trône on m' maintiendrait,
En dépit de tous les Français.

27
Voilà la guerr' qui commence ;
Pour un million de soldats
J'en ai trois cent mill' mêm' pas.
C'est ce qui m' donne l'espérance
Que les Français seront battus, battus,
Mais je serai maintenu.

28
Nous jouons la comédie
A Sarrebruck avec Louis ;
Prends c'tte balle-là, que je lui dis ;
Puis, j'écris aux Tuileries :
Votre fils n'est pas peureux,
Il a reçu le baptême du feu.

29
Mais si j'avais laissé faire
Mes trois cent mille soldats,
Les Prussiens n' s'en r'tournaient pas.
Ça n' faisait pas mon affaire.
Des généraux (1) l' savaient bien,
C'est pour ça qu'ils n' faisaient rien.

30
A Sedan, j' dis à Guillaume,
Afin de sauver mes jours :
Emmenez moi quelques jours
Visiter votre royaume,
Allez bombarder Paris,
Car il n'a pas voté Oui.

31
Par Saint-Pierre et sa relique,
On dit qu'on vient de proclamer ;
Sans que j'en sois bien informé,
Qu' la France est en République.
Les Français j'en ai bien peur,
Ne voudront plus d'empereur.

32

MORALE.

Peuples gardez souvenance
De l'année soixante-dix :
Chantez un *De profundis*
Sur les souverains de France ;
Jurez-vous fidélité,
Liberté, Fraternité.

(1) *De Failly et Frossard.*

J. BRASSAC fils, imp. typ. et lith. — Cahors.

Paris, chez MATT, Éditeur, rue des Deux-Gares, 7, près la Gare de Strasbourg (Maison spéciale pour le colportage.)

SOUS SON DRAPEAU

Paroles de *J. E. AUBRY.*

PRIX 10 cent.

PRIX 10 cent.

Al de *la France guerrière.*

REFRAIN

Pour soutenir le courage héroïque
Du vieux tribun, qui parle le front haut,
Rangeons-nous donc, fils de la République,
Sous son drapeau ! (*bis*)

I

Elle est encore une fois proclamée
La République, à qui nous donnons tous,
Nos bras, nos cœurs, ô France bien-aimée !
Pour ton bonheur tu peux compter sur nous.
Oui, nous t'aimons comme on aime une mère
Qui, par ses soins et son constant amour,
Sait oublier une douleur amère,
Pour nous montrer l'avenir d'un beau jour.
Pour soutenir, etc.

II

Sous ce Drapeau qui fit le tour du monde,
Rangeons-nous tous, sans haine, sans regrets,
Les habitants de notre Mappe-Monde
Viendront encore admirer nos progrès.
Debout, debout, soldats de l'industrie,
Par nos travaux prouvons à l'univers
Que les Français savent, pour leur patrie,
Par leur travail réparer leurs revers.
Pour soutenir, etc.

III

Assez longtemps, dans les guerres civiles,
Le sang coula pour des ambitieux.
Républicains, et des champs et des villes,
Des jours passés montrons-nous oublieux.
Vivons d'accord. Dans l'époque où nous sommes,
Préparons-nous un superbe avenir.
De nos enfants faisons vite des hommes ;
La liberté les verra tous grandir.
Pour soutenir, etc.

IV

La liberté doit régner sur la France,
Depuis longtemps nous l'implorons en vain ;
Mais aujourd'hui son auréole immense,
D'un peuple libre éclaire le chemin.
Oui, maintenant, notre route est tracée,
Suivons-là donc, marchons avec fierté,
N'ayant toujours qu'une même pensée :
L'amour de tous, de la Fraternité !

REFRAIN

Pour soutenir le courage héroïque
Du vieux tribun, qui parle le front haut,
Rangeons-nous donc, fils de la République,
Sous son drapeau ! (*bis*)

Paris. — Typ. Veuve Édouard Vert, rue Notre-Dame-de-Nazareth, 29.

Prix : 10 c. — Prix : 10 c.

PONET
ou
LA VERTU RÉCOMPENSÉE
Grande Complainte en *scies majeures*

Air de Fualdès.

Venez tous, gones de France,
Et de la Croix-Rousse aussi
Pour appincher ce récit
Qu' fait voir que la Providence
Sait protéger l'innocent
D'vant les juges mêmement.

Mossieu Ponet que l'envie
Persécute, est un garçon
Qui sait très-bien sa leçon
Et que joue la Comédie
Politique! pour protéger
L'ordre et la sociliété.

Faut voir comm' à cett' ovrage
Y travaye dépis un an
Et pour se gagner d'argent
Y montre un fameux corage
A casser de picarlats
Sur ceux là que sont à bas.

Toujours plein de révérence
Y n'honore l'autorité
Et quand l' fameux comité
De salut-public s'avance,
Y s'escanne et tait son bec
Pour pas ly manquer d' respec.

Aussi quand la Republique
N'a paru z'un beau matin
Ponet z'en bon citoyen,
A Panikao que bisque,
N'a plus voulu z'obéir
Ni vers les Prussiens partir.

Donc c'est un mami qu'à d'aime
Quasiment tant qu'à Trevoux,
Pisqu'y sait s' garer des coups
Et qu' quand y fait de relème,
Y trouv' que le coin du feu
Chauffe mieux que les coups d' feu

Son jornal dans les familles
Se r'luque après le sermon
Et si gn'a quèque leçon
D' gognandis' aux jeunes filles,
C'est pour leur montrer par là
Qu' faut craindr' ce babo-là.

Y préch' partout la morale
En blague et en action,
Défend la religion
En battant la générale
Sus le dos de son prochain
Et le traitant de gredin.

Chaqu' dimanche y fait son prône,
Et ce qui est bien plus canant
Y n'y pitrogne attenant
Les sœurs avé les poutrônes,
Les mouchards et les curés
Qu'y s'en trouvent bien honorés.

Sans lui tous les bons principes
Serient fichus de côté
Et l'empereur oblié
Fumerait de vieilles pipes,
Sans qu' ses sujets attendris
Le rappel'nt aux Tuileri's.

Aussi de Perrache à Vaise,
Des Brotteaux au Gorguillon
Et enfin dans tout Lyon
Un chacun est content d'aise
D' lire un journal si chenu
Que parl' tojours de vertu.

Mais voyez voir la malice
Des enn'mis d' l'ordre social,
V'là l' procureur impérial. . .
De la Republiqu' qui glisse
Un papier d'assignation
Pour l'mettre en accusation.

Dès que c'te nouvelle ronfle,
Tout le monde est émué
Et se met tant à baver
Qu' le Rhône en devient tout gonfle,

Et la Saôn' d'indignation
Veut fair' de z'inondations.

Mais le Sauveur de la France,
Napoléon le darnier,
Sans seul'ment se fair' prier,
Ly envoi' pour sa défense
Un d' ses plus fameux braillards
Qu'est monsieur des Épinards.

Qui-là connait la Justice,
Vu qu'y ly a commandé.
Donc après avoir sucé
Un morceau de régalisse
Y n'entonne sans façon
Une chenuse chanson.

Ici, les gones, faut licher un coup, pace que ça change d'air. Fesez pas de bêtises : c'est la musique du temps que nous n'étions si heureux, vous savez?

Air de la Reine Hortense.

Fils d'un fier capitaine,
Au chemin des combats
Ponet suivit sans peine
L'pèr' qui l'avait mis bas.
Sergent presque tout d'suite,
Comme il aimait l'métier,
Il le quitte au plus vite
Pour entrer au *Courrier*. } *bis.*

Il y tint avec gloire
La comptabilité
D'tout accident notoire
Produit dans la cité.
Et certe il peut vous dire,
(Et j'le dis avec lui),
Que jamais sous l'empire
Y'en eut tant qu'aujourd'hui } *bis.*

Sa force au sabre est telle
Que bientôt il devint
Un journalist'modèle,
Un modèl'd'écrivain.
Son pitoresqu'. langage
Attaquait tout sans fard;
D'ailleurs pour le courage,
Il n'est jamais en r'tard. } *bis.*

En effet, vient la guerre :
Rappelé dans l'mois d'août
Comme ancien militaire,
Il n'est pas assez fou
Pour attendre qu'on le prenne;
Il part... sans dire rien,
Au loin cacher sa haine
Contre l'ogre prussien. } *bis.*

Et comm' sa mère est veuve;
Qu'ell' n'a que cet enfant,
Et craint que d'cett' épreuve
Il ne r'vienn' pas vivant,
Bien qu'l'enn'mi nous outrage,
Il a, ô dévouement!
L'incomparable courage
De vivr' pour sa maman. } *bis.*

Mais au devoir fidèle,
Quand il n'voit plus d'danger,
Sans attendr' qu'on l'appelle
Il s'engage, pour changer,
Ex-sergent d'infant'rie,
Amoureux des corps beaux,
Dans un corps d'caval'rie
Qui n'eut jamais d'chevaux. } *bis.*

Pendant ce temps dans la ville,
L' Préfet et ses amis
Volaient, chose facile!
Pour fair' d's économi's.
Ponet eut l'énergie
De s' tair' tant qu'ils fur'nt là
Mais, tout' la bande partie,
Sa feuill' vint mettr' l holà. } *bis.*

Il cingla d' sa satire
La Révolution
Et défendit l'empire
Avec conviction,

Car ainsi qu'. vous il pense
Qu'il n' faut plus d' coup d'Etat,
Parce qu'ils ruinent la France
Sans aucun résultat. } *bis.*

Après celui de Décembre
On n' pouvait pas fair' mieux;
Andrieux fit Septembre,
Il n' faut plus d'Andrieux.
Et si l' ton politique
D' Ponet lui déplait, c'est
La faut' d' la République
Et pas cell' de Ponet. } *bis.*

Ponet c'est l'honnête homme,
Comm' vous, conservateur,
Et plein de corag', comme
Sa Majesté l'Emp'reur.
S'il a dit quelqu' mensonge
Par excès de bonn' foi;
Passez dessus l'éponge,
Voyant son cœur si droit. } *bis.*

Pour Andrieux, je pensé
Que s'il se tir' de là,
Grâce à votre indulgence,
C'est à tort qu'il se plaindra.
Mais, pour lui, je demande
De votre justic' Messieurs,
Au moins un' forte amende
Pour l' rendr' moins pointilleux. } *bis.*

Et avant qu' ça finisse,
Ecrions-nous en chœur :
Vive l'Impératrice,
Et vive l'Empereur.
Faites des vœux pour elle,
Pour lui, pour leur enfant;
Car elle est la plus belle
Et lui le plus vaillant. } *bis.*

Encore un coup de lichage, z'enfants, pour se netoyer le gorgnolon et retrouver le bon air. — Allons, ça gn'est-y ? Une, deusse, troisse, en avant la musique!

Reprise de l'air de Fualdès.

Malgré c'te romanc' touchante,
Andrieux tout en courroux
Se rebiffe encore un coup
Et fait marcher sa toquante,
Aussi l'avocat gén'ral
Qu' pourtant ça ly est bon égal;

Mais msieu Roch' de la Fontaine.
Pas celle des Trois Cornets,
Que présid' plein de respects
Pour la Justice inhumaine,
S' dépond les bras sans bailler
Preuv' qu'y n'est bien ennuyé.

Donc l' jury qui se lamente
Dit *voui* z'en sepannant l'œil
Mais plein d'estoc, y recueill'
C' t' circonstance éternuante
Qu' Ponet n'a jamais t'été
Menteur qu'pour la vérité.

Lors, sigognant sa pillandre
Rouge, et posant son bonnet,
Msieu d' la Roche qu'est pas benêt,
Farfouill', pour son arrêt rendre,
Dans l'grand livre qu' envoya
Tant d' mamis à Lambessa.

Mais voyez-vous la rebrique?
Y n'y trouv' que pour ce chef
On n' va pas à Saint-Joseph
Quand on est en Republique,
Porvu qu'on oye d'argent
Pour payer la Justice à temps.

Mercions donc la providence
Qui, dans ce t'occasion,
Sauvant Ponet d' la prison,
Fait gicler c't' moralisance :
Qu' faut toujours avoir de quoi
Pour êtr' prot'gé par la loi.

Impr. Ve Mancine, Lyon.

ALSACE-LORRAINE

Chant patriotique.

I

France, à bientôt, car la sainte espérance
Emplit nos cœurs en te disant adieu :
En attendant l'heure de la délivrance
Pour l'avenir nous allons prier Dieu.
Nos monuments où flottent nos bannières
Semblent porter le deuil de ton drapeau :
France, entends-tu la dernière prière
De tes enfants couchés dans leur tombeau ?

REFRAIN :

Vous n'aurez pas l'Alsace et la Lorraine,
Et malgré vous nous resterons français,
Vous avez pu germaniser la plaine
Mais notre cœur vous ne l'aurez jamais.

II

Eh quoi ! nos fils quitteraient leur chaumière
Et s'en iraient grossir vos régiments ;
Pour égorger la France notre mère
Vous armeriez le bras de nos enfants ?
Ah ! vous pouvez leur confier des armes
C'est contre vous qu'elles leur serviront
Le jour où las de voir couler nos larmes
Pour nous venger leurs bras se lèveront.

REFRAIN :

Vous n'aurez pas l'Alsace et la Lorraine, etc.

III

Ah ! jusqu'au jour où, drapeau tricolore,
Tu flotteras sur nos murs écroulés,
Frères, étouffons la haine qui dévore
Et fait bondir nos cœurs inconsolés
Mais le grand jour où la France meurtrie
Reformera ses nombreux bataillons,
Au cri sauveur jeté par la patrie
Hommes, femmes, enfants, nous répondrons.

REFRAIN :

Vous n'aurez pas l'Alsace et la Lorraine, etc.

HIEN, JEAN-BAPTISTE,
natif de Phalsbourg.

Prix : 10 centimes.

Clermont, typ. Mont-Louis.

LA CORDE SANGLANTE

OU

C'EST LA FAUTE A BORNIBUS !

(Complainte FICELÉE sur l'air de *Fualdès*).

Deux familiers à *Domange*,
En sortant du *dépotoir*,
Se demandaient l'autre soir :
Par quelle magie étrange
BAZAINE, ce grand forban,
Avait pu *rompre son ban*...

— *Thomas* (dit l'un), une CORDE,
Pour se *cavaler* d'un fort,
Ça me semble par trop fort
De moutarde!... — Je l'accorde !
Répond Thomas; mais, *Vincent*,
D'où donc que sortait le sang?...

— Chut!... n'en dis rien à personne :
C'est un mystère... un secret...
Si BAZAINE... (sois discret!)
Peut aujourd'hui (j'en frissonne!)
Se repayer l'omnibus,
C'est la faute à... BORNIBUS!...

— Bornibus?... ah! tu m'épates!...
— Quand, avant *Querétaro*,
BAZAINE de Mexico,
Jadis, se tirant des pattes,
En tête de nos débris,
Vint triompher à Paris...

Pour visiter la... *poudrette*
Dont *Domange* est fabricant,
A cheval il montait... quand,
Boulevard de la Villette,
Au *numéro soixante*... il
S'écrie : « Ah! c'est pas gentil!...

Qu'un débitant de *moutarde*,
Qui s'appelle BORNIBUS,
Fasse planter... (quel abus!)
A sa porte un corps-de-garde,
Et des tas de médaillons
Sur ses pots de... *cornichons!*...

Sur des *pots*, quoi!... des *médailles!*
Morbleu! pourquoi pas des... croix?...
J'ai les miennes... et je crois,
Moutardier, que tu me railles...
Foi de BAZAINE, mon gas,
D'ici tu déguerpiras!... »

C'en était fait!... mais l'Empire,
Qui *rêvait la paix* pourtant,
En *guerre* toujours partant,
Tout alla de mal en pire...
Pris dans METZ, après SEDAN,
Il lui conserva *sa dent!*...

« Maréchal, sauvez la France!...
Venez débloquer Paris!... »
— « Moi! m'attendrir à vos cris!
Non, perdez cette espérance :
Tant que BORNIBUS *à la*
Villette séjournera... »

Inutile de m'attendre...
D'ailleurs, j'ai donné le mot
Au roi GUILLAUME... Et, plutôt
A Paris que de me *rendre*,
A mon bon PRUSSIEN Steinmetz,
J'aimerais mieux *rendre* METZ!... »

Sans déchirer la cartouche,
Lâchement et sans combats :
Nos drapeaux et nos soldats,
Nos provinces... le *Cartouche*
Rendit tout, du nord à l'est,
Et tout CONSUMMATUM EST!...

Il *livra* tout au *Vandale!!!*...
Tel fut son crime, en effet,
Qu'après un pareil forfait,
Si la *peine capitale*
Avait encore existé,
On l'aurait *décapité!*...

Félon, traître à la Patrie
Et digne du cabanon,
Dégradé!... de Trianon,
Ce chevalier... d'industrie,
Pour *vingt ans*, hué, maudit,
Aux *galères* fut conduit...

Or, dans l'*île Marguerite*
Ce monstre au *masque de fer*
Fut mis... ayant pour *Cerbèr'*
Un planton dans sa guérite
Et cinq ou six argousins,
Qui n'étaient pas ses... cousins...

Mais, pour un *forçat*, en somme,
Il n'était pas mal traité :
Madame pouvait, l'été,
A ses côtés faire un somme...
Sans compter mainte *lady*
Qui... mais ce sont des on-dit...

Aux doux sons de la mandore
Qu'au loin CHARLOTTE *accordait*,
Le condamné répondait :
« Vers l'Anglaise qui m'adore,
Quand pourrai-je, Dieu merci!
Voguer sur cette mer-ci?... »

La Villette! noir fantôme,
Cependant le poursuivait...
Nuit et jour il en rêvait...
« Pour gardien pourquoi cet homme?
Avoir toujours, sort cruel!
Là, VILLETTE en colonel!... »

— « Prenez cette côtelette,
Ex-maréchal,... et dessus,
Etendez de BORNIBUS,
La MOUT... » — « Encor la *Villette!*...
Moi, BAZAINE en avaler :
Je préfère m'en aller!... »

— « Pourtant le *Dictionnaire*
Larousse en fait un grand cas;...
Brisse, Alexandre Dumas
S'en régalaient d'ordinaire...
Depuis qu'ils en ont mangé,
Vos geôliers même ont changé... »

— « Servez-m'en, c'est une idée!
Ça me fera rire un peu...
Et, puisqu'avec son neveu
Ma femme s'est décidée
A me faire... — Hélas! hélas!
Ce *brick* ne viendra donc pas! »

Il dit; prend, découpe et goûte,
L'œil fixé sur l'horizon,
La côtelette au cresson,
Saignante... — Il boit une goutte
D'un vin fort appétissant...
Et puis, on le voit tressant,

Avec *dix* bouts de garcettes,
Une corde, en ajoutant
A chacune un *nœud* coulant
Et deux cordons de sonnettes
Dont il a coupé les glands,
Pour avoir dix NŒUDS SANS GLANDS!...

Et la face rayonnante,
Il... (je vous le donne en cent!...)
Rougit la corde, en pressant
Sa côtelette *saignante*,
Qu'il croque... (en la trempant dans
La *moutarde*) à belles dents...

Passant le pot à la bande :
« Amis, faites comme moi,
Dit-il plein d'un doux émoi...
Qui qu'en veut?... Qui qu'en demande? »
— A peine ont-ils *ungulbus*
Humé ce fin BORNIBUS...

Ah! ahtchi!... quelle décharge
Part soudain de tous les nez!...
Du *brick* cent cris forcenés
Semblent leur répondre, au large :
Dieu vous bénisse!.. — Ah! merci!
Dit *Bazaine*,... ah! ah! atchi!.. »

Ah! atchi!... Riant aux larmes,
Comme des fous,... les geôliers
Cabriolent... — « Gondoliers,
Répète BAZAINE,... aux armes!...
L'air est serein, le temps beau...
Avancez le paquebot!... »

« Atchi!... le diable m'emporte!
Profitons de ce concert
Pour me déguiser en cerf...
Par la corde ou par la porte...
Allumons, c'est le signal,
Cette allumette au fanal! »

Bref! sans tambour ni trompette,
Notre obèse ex-maréchal
File son nœud!... Le mistral
Aie!... éteint son allumette...
Heureusement, par un trou,
Il disparaît dans... l'égout!..

Sorti de là, Dieu sait comme,
En l'embrassant au menton,
A la *pincette*,... à *Menthon* :
« Je ne *lâche* plus mon homme;
Viens (dit sa femme) en barcot
Relâcher à Monaco!.. »

Comme il avait de son... bague
Pris la fuite à l'estragon,...
DON CARLOS lui fit le don
De trois châteaux... en Espagne;
Et,... (*Thomas*, l'eusses-tu cru?)
GUILLAUME, d'un canon *Krup!*...

De ce *piquant* sauvetage
BAZAINE reconnaissant,
Doit (teinte de son *vrai* sang)
Bientôt adresser, pour gage,
A BORNIBUS, quel bonheur!..
Une *ficelle d'honneur!*

— « Heu!... tout ça me paraît vague... »
Reprend *Thomas* en toussant... —
Bah!... lui réplique *Vincent*,
Qu'importe!... de cette *blague*
Nous pouvons déduire, *ici*,
La *morale* que voici.....

MORALITÉ

Quand nous serons aux galères,
Mon vieux *Thomas*, pour pouvoir,
De notre cachot, un soir,
Nous *esbigner*, en galères,...
Tâchons d'avoir du *quibus*,
Et mangeons du... BORNIBUS!...

Paris. — Imp. J. LE CLERE et Cie, rue Cassette, 29. — Spécialité d'impressions de prospectus.

En vente chez tous les Libraires.

Prix : 10 centimes

L'AFFAIRE BAZAINE

COMPLAINTE

Air de *Fualdès.*

1

Citoyens d'Alsac' Lorraine,
Braves Français, couvrez-vous,
Saluez pas, çà qu'est d'vant vous
C'est pas un homm', c'est Bazaine
De l'Empire, maréchal
Qui se conduisit bien mal.

2

« Bazaine, François-Achille,
» De Versailles né natif,
» Quoi! tu portes, grand fautif,
» Jusqu'aux portes de ta ville
» Le grand cordon z'en sautoir!...
» Au cou tu devrais l'avoir.

3

» Fortune, dignités, grades,
» Jamais ne t'ont fait défaut;
» C'est pas assez, il te faut
» (Que l'ambition dégrade!)
» Monter sur l'dos d'ton patron,
» Feu Sedan-Napoléon! »

4

M'en rapporte à la gal'rie,
Pouvant pas citer chaqu'nom,
On s'croirait à Trianon
A la descent' des Tuil'ries,
Tell'ment y a des hommes d'alors
Qui grouill' dans les *collidors.*

5

Le Rapport

Au général de Rivière
On doit un très fort rapport,
Très fort sous tous les rapports :
» Sauvez-vous par la...... Moselle,
» Qu'il dit, au lieu d'crever d'faim,
» Homm's, chevaux, soldats, Messins. »

6

Les Témoins

Favre sans robe ni larmes,
Palikao, Kératry,
Ladmirault, Rouher, Piétri,
Gens de cabinet, gens d'armes,
Porteurs de gants et lorgnons,
Défilent en rang d'oignons.

7

Pour synonyme à Bazaine
Le général Gondrecourt,
Dans un lyrisme trop court,
Donne « *le sage Turenne,* »
Condé n'ayant qu'*la valeur*
De Sabre, c'qu'est pas l'meilleur.

8

Ex-candidat monarchique,
Vous n'êt's pas poli, Stoffel,
Vous engueulez, colonel,
Vot' supérieur hiérarchique!..
Et pas d'mémoir' pour deux sous,
Crédié! c'est fâcheux... pour vous.

9

L'métier (c'est à n'y pas croire)
D'colonel ou d'général,
Comme l'absinthe verte est fatal,
Il fait perdre la mémoire;
Soignez mieux ça dans l'av'nir,
Sirugiens, ça fait frémir!...

10

Après Stoffel, Coffinières,
Ah! c'ui-là, c'est un héros;
Rééditez donc, échos,
Sa réplique cavalière
Au pauv' conseiller Magnin :
« Vous, patriote? oh! j'vous plains! »

11

Les Braves

C'est égal, y en eut des braves,
Scalabrino, Tissabré.
« Dis, en auraient-y sabré,
» Si comm' de vieilles betteraves,
» Tu n'les avaient mis au r'*but.* »
Avec ça qu'on n'voit pas l'tien!

12

Celui-ci mang' sa dépêche,
Encor un brav', ce Flahaut,
Comme elle *l'étouff', là haut,*
Y s'purge et vit' y s'dépêche...
(*bruit caractéristique*)
La v'là, bonne à déchiffrer,
Bazain' veut pas la *fleurer.*

13

Faut pas qu'cette armée périsse,
S'écrie l'intendant Richard,
V'là du biscuit, faut' de lard
Et d'la farin' « Va, père Risse,
» Dir' à Bazain' qu'à Longwy
» Y a pour Metz quinz' jours de vie. »

14

Riss' qu'a plus d'adresse que d'rentes,
Franchit les lignes tout joyeux,
Bazain' lui répond : « Mon vieux,
» J'm'en f... comm' de l'an quarante,
» Enfin pour ton renseignement
» J'suis pas chien, tiens, v'là dix francs. »

15

Quand on a soigné des f.....
Avec madam' Canrobert,
Au Conseil on parle ouvert' —
Ement, avec hardiesse,
Point donc ne s'embarrassa
De septembr' l'ambassa —

16

Deur de la France à Bruxelles,
Le pittoresque Taschard,
Comme tâche il s'attache à r —
Ehabiliter les belles,
Mêm' la femm' de Bourbaki
Qui n'l'est pas, belle, c'est acquis.

17

L'Espion Régnier

Accusé, t'auras beau faire,
C'est pas l'énigme du sphinx,
La photographie d'Hastings
Eclaircit très bien l'affaire
Le Régnier, c'est un mouchard,
Vrai comm' t'es capitulard.

18

Le Billard du Maréchal

L'ESTAFETTE.

« Maréchal, la canonnade.

BAZAINE.

» Qui qui veut fair' un d'mi cent?

L'ESTAFETTE.

» Dépêche pressée...

BAZAINE.

» Pass'-moi l'blanc.
» Hein? quel effet rétrograde! »
Hélas! sa partie d'billard
Nous r'vient à plus d'cinq milliards.

19

Réquisitoire

Rappelant la procédure
Qui punit les grands forfaits,
Pourcet, flétrissant les faits
Prouvés d'puis que l'procès dure,
Conclut qu'les gens qu'a pas d'cœur,
C'est rar' s'ils ont de l'honneur.

20

La Défense

D'abord, la voix d'Lachaux vive
Prend un p'tit air patelin,
Puis voici qu'il fait l'malin,
Clignant son regard déclive,
V'là précisément l'écueil,
C'est qu'il a le mauvais œil.

21

Avocat, tu me m'fais d'la peine,
Fallait dir' : « La garnison
Fut sauvée, sans trahison,
Pour accroît' la race humaine,
F'ront-ils pas beaucoup d'enfants
Cent cinquant'-mill' hommes vivants. »

22

Les Honneurs militaires

Un des honneurs militaires
Consiste à vous tirer d'sus
Vot' tomb' quand vous n'êtes plus.
Son déshonneur militaire
F'ra qu'on tir'ra sur son corps
Queq'z'instants avant sa mort.

23

Le Verdict

(Par dépêche télégraphique.)

Grand-Trianon, huit heures trente,
Unanimité : la mort.
J'ai pas trouvé Lachaud fort,
Et pourtant, chose épatante,
Je crois que cet avocat
Peut pas s'plaind' de son état.

24

Première Moralité

Briguant jadis au Mexique
La plac' de Maximilien.
Puisqu'il d'vait finir si mal,
Il eût mieux fait, pour la France,
De choir à Queretaro
Qu'au plateau de Satory.

25

Deuxième Moralité

Au moment de mett' sous presse,
J'apprends sa commutation
En vingt ans de détention,
Il doit s'connaîtr' en fort'resse;
Puis il n's'ra pas dégradé.
J'trouve qu'il l'est assez comm' ça.

TABARIN.

Paris, imp. Balitout, Questroy et Cᵉ, 7, rue Baillif.

Est-ce la Faute à Crépin?....

C'est-y..... Dieu possible?...

SI BAZAINE...!

EST-CE LA FAUTE A CRÉPIN.?.

(**COMPLAINTE CRÊPÉE Sur l'Air de :** ***Fualdès.***)

Quoiqu'ils fissent bonne garde,
Si **Bazaine,** dans sa tour,
Aux geoliers, fit voir le tour,
En glissant de la *moutarde*
Traîtreusement sur leur pain :
Est-ce la faute à... *Crépin ?*..

Si, quand au Conseil de guerre
La Justice le livrait,
En le fouillant, un **Livret**
D'abonnement fut, naguère,
Trouvé dans son calepin :
Est-ce la faute à... *Crépin ?*..

A cent charges accablantes,
Si, pour l'*accusé* ravi,
Ce **Livret,** (qui lui servit
De preuves atténuantes),
Lui sauva le *Goût du pain* :
Est-ce la faute à... *Crépin ?*..

Si ce **Livret,** qui constate
Un *Homme d'Ordre*, en effet,
A son nom n'était pas fait ;
S'il le tenait... (ça m'épate !)
D'un blessé nommé **Bazain** :
Est-ce la faute à... *Crépin ?*..

Pour s'en faire une réclame
Devant le Conseil, oui-dà !
Au nom du pauvre soldat
Ajoutant un... **E**... l'Infâme,
Change en **Bazaine, Bazain** :
Est-ce la faute à... *Crépin ?*

Ce Bon de Caisse d'*Epargne*,
(Après tout, cela me plaît,)
Fait si bon effet, qu'il est
Epargné, **Lui** qui n'*épargne*
Que les *Ennemis !*.. — Enfin :
Est-ce la faute à... *Crépin ?*..

Si, de guerre nos vieux Foudres,
Quand la Patrie en danger,
Nous dit : Sus à l'Etranger !
Préfèrent aux autres... poudres,
Celle de... *perlimpimpin* :
Est-ce la faute à... *Crépin ?*..

De ce lâche subterfuge
Trop tard on s'est aperçu :
Si d'avance on l'avait su,
Il est certain que le juge
Aurait été moins... bénin :
Est-ce la faute à... *Crépin ?*..

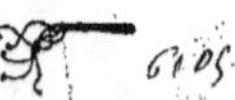

De *Mort* en *Prison* la peine
Fut changée, et pour vingt ans : —
« J'ai soixante-cinq printemps,
En sortant, — se dit **Bazaine,** —
J'en aurais quatre-vingt-cinq ! »
Est-ce la faute à.. *Crépin ?*..

De son cachot il décampe !..
Ailleurs, nous avons narré
Comment il s'en est tiré
En dégringolant la rampe,...
Ou par une *corde* en crin :
Est-ce la faute à... *Crépin ?*..

Il quitta la citadelle
Ne laissant au gouverneur,
Que sa parole d'*honneur*,
Et sa flamberge fidèle
Dont le manche est en sapin :
Est-ce la faute à... *Crépin ?*..

Il s'enfuit, un beau dimanche,
Lui, qu'ennemi du *laurier*
Le pacifique Ollivier
Appelait sa vieille branche !
Nous laissant dans le... *pétrin* :
Est-ce la faute à... *Crépin ?*..

D'un verre d'*Eau de l'Echelle*
Qu'avait pris le fugitif,
L'énergique purgatif
En mer... du haut de l'échelle,
Crac ! l'envoya prendre un bain :
Est-ce la faute à... *Crépin ?*..

Quelle chute !.. mon **Bazaine,**
En mer dès qu'il se sentit,
Nagea comme un apprenti ;...
Mais, pour relâcher à Gêne,
On lui lança le grappin :
Est-ce la faute à... *Crépin ?*..

Lui, qui souilla l'*Oriflamme*
De la France, en nous *rendant*
Le *Sans-Cœur*, (en attendant,
Qu'à Satan il *rende* l'âme,)
Se *rend* lui-même à *Berlin* :
Est-ce la faute à... *Crépin ?*..

France ! France ! pauvre France !
Bazaine à *Tempérament*,
Ta vendue à l'Allemand !..
Et, pour narguer ta souffrance,
Se pavane aux bords du *Rhin !*
Est-ce la faute à... *Crépin ?*..

Sa *Femme* étant Mexicaine,
Et Mexicain, son neveu,
Il se pourrait, avant peu,
Carramba ! que de **Bazaine,**
Don Carlos fit son Copain !
Est-ce la faute à... *Crépin ?*..

Quand sur **Lui** chacun déverse
Son dégoût, criant : haro !
Si l'impudent *Figaro*,
Pour le *garer* de l'averse,
Le couvre de son... *pépin* :
Est-ce la faute à... *Crépin ?*..

Bref !.. si dans la tour opaque,
Enfin le cri du remords
Ou la pogne des recors
Le réintègrent à Pâque,
Ou bien à la saint Crépin :
Est-ce la faute à... *Crépin ?*..

Avant qu'on ne l'appréhende,
En jouant de... l'Encensoir,
Dieu *veuille*... *oh !* que l'*Ecumoir*
De l'*Univers* nous le rende
Blanc comme un *Eliacin !*..
Est-la faute à... *Crépin ?*..

Bazaine, — (de nos dépêches
Si la nouvelle dit vrai,) —
Doit retourner son **Livret,**
Avec un panier de pêches,
Au bon fusiller **Bazain,**
L'Abonné du bon **Crépin.**

MORALITÉ

Ainsi tu vois, mon vieux **Blaise,**
Fût-on noir comme un charbon,
Qu'en certains cas, il est bon
De porter, (ne t'en déplaise)
Au fond de son calepin
Deux ou trois bons **Bons Crépin !**..

L. FLEURY, éditeur. | **En Vente : 10, RUE DU CROISSANT, 10.** | Imp. BERNARD, faub. Poissonnière, 155.

5 centimes 5

COMPLAINTE
FUGITIVE

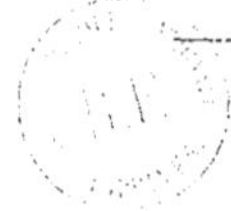

(Air de *Fualdès*)

I

Quel bruit dans la Capitale
Circule et fait converser !
C'est qu'il vient de se passer
Une affaire capitale !
Bazaine, c'est le plus clair,
A pu se pousser de l'air.

II

Nouvelle qui nous irrite !
Bazaine s'est évadé !
Par les gens qui l'ont gardé
A l'île Sainte-Marguerite,
Le célèbre détenu
Bazaine n'est plus tenu.

III

Quels moyens problématiques
Ont secondé son projet?
Sur cet important sujet,
Aux autres bruits politiques
Se font des diversions
Par plus de dix versions.

IV

D'abord, à dire on s'accorde
Que Bazaine mit à profit
La corde à nœuds qu'on lui fit;
Mais, je crois, qu'en fait de corde,
Il n'a que, dans sa poche, eu
De la corde de pendu.

V

Et puis, la chronique ajoute,
Que l'obèse maréchal,
Laissa sur son fil d'archal
De sang mainte et mainte goutte;
Mais, comme le dit plus d'un,
Ce n'est pas du sang commun.

VI

Bravant l'embonpoint de l'âge,
La nuit et l'obscurité,
Bazaine, avec fermeté,
Se dirige vers la plage,
Dont il prend le bon chemin,
Avec la canne à la main.

VII

Bref, il déroute ses gardes,
Comme là-bas Rochefort ;
Mais les employés du fort,
Étaient bien sur leurs gardes
Comme ceux de Trianon ?
L'écho peut répondre : Ah ! non !

VIII

Dans une barque, Bazaine,
Trouve sa femme, ô bonheur !
Avec un jeune rameur
D'origine mexicaine ;
Pour les emmener bientôt
Paraît un plus grand bateau.

IX

Il vogue avec sa compagne,
Mais où se fixera-t-il ?
Utilisant son exil,
On dit qu'il part en Espagne,
Où, grâce à ses capitaux,
Il va bâtir des châteaux.

X

Voilà toute l'épopée !
Que ce drame saisissant
Pendant la nuit se passant
Sur une côte escarpée,
Où souffle l'âpre mistral
Dicte des vers à Mistral !

CONCLUSION :

Ceux que la magistrature
Flétrit avec juste raison
Doivent rester en prison ;
Mais si par quelque ouverture
Ils peuvent se faufiler,
Lequel hésite à filer ?

Paris. — Imprimerie Nouvelle (association ouvrière), 14, rue des Jeûneurs. — G. Masquin et Cie.

En vente, chez PERRINET, 10, rue du Croissant.

15 c. 15 c.

COMPLAINTE
DE L'ÉVADÉ

(Air de *Fualdès.*)

Dedans Paris, près Versaille,
On entend dire partout
Qu'un monsieur qu'était au clou,
Vient d'abandonner sa paille.
Mêm' que le grand *Officiel*
Vous l'annonc' d'un ton formel.

Dans les bell's il's Marguerite
Il était nourri, logé,
Mais il en a délogé,
Tandis que dans sa guérite,
L'factionnaire en brav'garçon
Roupillait de bell'façon.

Sans vouloir causer d'la peine
A ce bon gouvernement
Qui fait les chos' si grand'ment,
Il se dit : « Foi de Bazaine !
« V'la l'moment d'montrer du nerf
« Et de s'déguiser en cerf ! »

Et là-dessus sans vergogne,
Il vous empoign' ses deux draps,
Marqués au chiffr' de l'État,
Et les déchire et les rogne.
Il en fait un'corde à nœuds,
Laquell' comblait tous ses vœux.

Se souvenant de Latude,
Il veut scier ses barreaux,
Avec deux petits couteaux
Qui charmaient sa solitude.
Mais le v'là dans l'embarras,
De barreaux, y en avait pas.

Alors fixant son échelle,
Tout le long, le long du mur,
Il s'dit : « Ç'a n'est pas très-sur,
« Mais en r'vanch' la nuit est belle !
« Allons, voyons, pas d'façons,
« Un', deuss', trois, déguerpissons.

« C'te maudite échell' balance,
« Ça me donn' le mal de mer
« J'aim'rais mieux être en ch'min d'fer
« Ou prendr' la correspondance
« Pour l'vapeur de Chicago ;
« C'est un fort joli paqu'bot ! »

Mais v'là la corde qui casse
Et qu'il va subitement
Boire la tête en avant
Un bouillon dans la grand'tasse,
En s'disant : « Y a trop de mistral ;
« J'aim'rais mieux ceux de Duval ! »

Heureus'ment qu'dans sa gondole,
Malgré qu'il fût un peu tard,
Madam' passait par hasard,
Roucoulant un' barcarolle,
Ell' voulut bien repêcher
Son époux qu'allait s'noyer.

Comme il f'sait un' drol' de mine,
On sortit d'un p'tit panier,
D'quoi l'changer d'la tête aux pieds,
De craint' d'un'fluxion de poitrine.
L'gouverneur veillait toujours
En rêvant à ses amours.

Vogue, vogue la nacelle,
Qui porte le maréchal ;
Mais sous le souffl' du mistral
Il entr'ouve la prunelle :
« C'est bien dur — murmura-t-il,
« D'aller vivre dans l'exil !

« C'est vrai qu'pour charmer la vie,
« J'pourrais r'joindr' Monsieur Roch'fort,
« Un garçon qu'est vraiment fort
« J'lui caus'rai de la Rich'rie
« Et du gouverneur d'mon fort,
« Un homm' qu'entend bien le confort !

« J'écrirai tout' mes'mémoires,
« Je prouv'rai pertinemment,
« Que j'avais un fort beau plan.
« Ça f'ra de beaux traits d'histoire !
« En fait d'sortie, c'est connu,
« J'enfonc' le papa Trochu !

« J'ai toujours fait faire par bottes
« D'bonn's affair's à mon pays.
« J'ai même à mes ennemis
« Vendu deux cent mill'culottes,
« Avec les hommes dedans,
« Lesquels n'étaient pas contents !

« J'vais aller en Amérique,
« Vivre fort honnêtement,
« Des p'tit' rentes qu'adroitement
« J'ai su me faire au Mexique.
« C'est un agréable endroit.
« Mais on y pay'trop pour moi. »

Sur les côtes de l'Espagne,
Le vent l'a porté, dit-on.
Mais notre joyeux luron
Rentrerait bien en campagne,
Avec le seigneur Carlos,
Qui par malheur manque d'os !

MORALITÉ

Ceci, bonnes gens, vous prouve
Ce qu'un homme intelligent
Peut faire avec de l'argent.
S'il n'en a pas, il en trouve.
Mais quand on n'a pas d'moyen,
Faut savoir vivre de rien !

Paris. — Imp. J. Le Clere et Cie, rue Cassette, 29. — Spécialité d'impressions de prospectus à longs tirages.

En vente, chez Perrinet, 10, rue du Croissant.

Prix : 10 Centimes.

Prix : 10 Centimes.

LA RÉPUBLICAINE

Chant Patriotique

I

Qui donc disait, en sa brève insolence :
« Ce peuple est sourd ; il ne répondra rien... » ?
Qui donc voulait nous contraindre au silence,
Nous bâillonner, — pour notre plus grand bien — ?
Qui donc comptait faire porter en terre
Le grand cercueil de notre liberté ?
Les insensés ! la France veille, austère,
Ecoutez-la dicter sa volonté :

Debout ! les fils de la vieille Celtique !
Debout ! Debout ! tous les hommes de cœur !
Sur notre libre sol, libres, chantons en chœur :
Vive la République !

II

III

Que font-ils donc, en quittant leurs usines,
Ces ouvriers qui peuplent nos cités ?
Le cœur ardent qui bat dans leurs poitrines
Bat pour la France et pour ses libertés ;
On n'entend plus les tristes cris de haine ;
Les travailleurs savent se souvenir.....
Calmes et fiers, de leur voix souveraine
Ils chantent haut le chant de l'avenir :

Debout ! les fils de la vieille Celtique !
Debout ! Debout ! tous les hommes de cœur !
Sur notre libre sol, libres, chantons en chœur :
Vive la République !

IV

II

Là-bas, voyez, là-bas, sous les chaumières,
Le paysan qui rêve à son aïeul.....
Son œil humide aperçoit nos frontières :
« Femme, a-t-il dit, laisse-moi songer — seul — »
Et le semeur de blé songe à la France,
Au passé noir, aux serfs émancipés.....
Et de son âme, un chant de délivrance
S'échappe enfin, par mots entrecoupés :

Debout ! les fils de la vieille Celtique !
Debout ! Debout ! tous les hommes de cœur !
Sur notre libre sol, libres, chantons en chœur :
Vive la République !

IV

Femmes de France, aux heures des carnages,
Nous avons tu nos hymnes triomphants :
La mort planait.... Réparez ses outrages,
Femmes des Francs !... faites-nous des enfants !
Plus tard, s'il faut, ils vengeront leurs pères...
O blonds enfants, qui nous rendez meilleurs,
Nous préparons pour vous des jours prospères,
Chantez, chantez comme les travailleurs :

Debout ! les fils de la vieille Celtique !
Debout ! Debout ! tous les hommes de cœur !
Sur notre libre sol, libres, chantons en chœur :
Vive la République !

V

Oh ! regardez : l'orient se colore.....
Notre horizon semble fêter un dieu !
L'heure a sonné : l'ombre fuit et l'aurore,
Rouge et splendide, empourpre le ciel bleu !
Un nouvel astre, en cette aube puissante,
Lentement brille et monte vers les cieux !
C'est ton soleil, liberté renaissante,
Salut ! salut ! soleil de nos aïeux !

Debout ! les fils de la vieille Celtique !
Debout ! Debout ! tous les hommes de cœur !
Sur notre libre sol, libres, chantons en chœur :
Vive la République !

Albéric CARLE.

En vente : 10, rue du Croissant.

Paris. — Imprimerie BERNARD, 9, rue de la Fidélité.

Cinq Centimes

GRANDE VESTE
offerte à ce bon
M. BUFFET
PAR SES ELECTEURS

Air de *La Double-Chasse.*

Naguère en France, un grand ministre,
Place Beauveau, donnait le ton;
Ton ton, ton ton, ton taine, ton ton
Un an, sans plus, notre beau cuistre
Tint le pays sous son bâton
Ton ton, ton taine, tonton.

Hargneux et toujours prêt à mordre
Comme un soldat en faction,
Ton ton, etc.
L'œil ouvert, il veilla sur l'ordre,
De la paix brave champion.
Ton ton, etc.

Un an, cet homme infatigable,
A maint journaliste brouillon,
Ton ton, etc.
Armé d'un zèle trop louable,
Fit avaler plus d'un bouillon.
Ton ton, etc.

Mais la fortune si traîtresse
Qui le choyait comme un mouton,
Ton ton, etc.
Hier, lui r'tirant sa tendresse,
Lui fit voir le tour du bâton.
Ton ton, etc.

Mes bons amis, quelle aventure
Et dire en vers de mirliton!
Ton ton, etc.
Pour l'aventure, il faut, j' l'assure,
Prendre vos mouchoirs de coton.
Ton ton, etc.

C'est le récit bien lamentable
Des malheurs d'un nouveau Caton,
Ton ton, etc.
De Buffet, jadis l'honorable,
Pas même aujourd'hui marmiton.
Ton ton, etc.

Un jour, ce ministre infaillible,
S'était dit : « aux élections,
Ton ton, etc.
« Faut devenir inamovible,
« Pour conserver mes fonctions ».
Ton ton, etc.

Il fut roulé dans l'Assemblée,
Roulé comme un vieux saucisson;
Ton ton, etc.
Puis, cette espérance envolée,
Il s'en consola sans façon.
Ton ton, etc.

S'armant de sa meilleure plume,
A son petit préfet, dit-on.
Ton ton, etc.
(En pareil cas, c'est la coutume).
Il dit : « Fais-moi nommer mon bon.
Ton ton, etc.

« Je récompenserai ton zèle
« Et ton amour pour ton patron :
Ton ton, etc.
« Il est si doux d'être fidèle,
« Et la rosette est de bon ton.
Ton ton, etc.

Dans son pays, nul n'est prophète;
Il faut croire ce vieux dicton,
Ton ton, etc.
Car pour lui ce ne fut pas fête :
Il fut roulé comme un tonton.
Ton ton, etc.

« Du sénat on me clôt la porte,
« Et moi l'ami de la maison!
Ton ton, etc.
« Corbleu! dit-il, la chose est forte,
« Mais faisons-nous une raison.
Ton ton, etc.

« De tous côtés tentons la chance,
« Surtout montrons-nous bon garçon ;
Ton ton, etc.
« Et, ma foi! dans toute la France,
« Je m'en vais jeter l'hameçon.
Ton ton, etc.

« Certes la chose est décidée, »
Disait-il, se cognant le front,
Ton ton, etc.
Et se buttant dans son idée,
Comme un âne devant un pont,
Ton ton, etc.

Dans ce métier, tout n'est pas rose;
Mieux vaudrait être marmiton :
Ton ton, etc.
Pour arriver à quelque chose
Faut s'entêter comme un breton.
Ton ton, etc.

Vains efforts, peines superflues!
Les électeurs de nos cantons,
Ton ton, etc.
Malgré ses prières émues,
Le rendirent à ses moutons.
Ton ton, etc.

Lui, le conservateur unique,
A tout perdu dans son plongeon ;
Ton ton, etc.
Des filets de la politique
Il sort plumé comme un pigeon.
Ton ton, etc.

Mais pourtant il est une chose
Qu'il gardera, c'est le ***veston,***
Ton ton, etc.
Qu'en prime (faut pas qu'on le glose)
Il vient d'avoir dans son canton.
Ton ton, etc.

BAUDET, éditeur, 27, rue Saint-Placide, Paris.
Dépôt : chez TRALIN, 5, rue du Croissant.

Paris. — Imprimerie BERNARD, 9, rue de la Fidélité.

Cinq Centimes

COMPLAINTE LAMENTABLE

Inspirée à un barde patriote (rien de M. Belmontet)
par le CRIME déplorable
perpétré le 20 février 1876 par le sieur Suffrage Universel sur la
personne de

M. BUFFET

Air de *Fualdès*.

Il était un' fois en France
Un ministre sans pareil
Qui présida le Conseil
Dans mainte et mainte occurence!
Il avait pour nom : Buffet.
Les électeurs l'ont défait.

Vertueux, exempt de vices,
Il luttait avec ardeur
Et, malgré son air boudeur,
Rendait beaucoup de services.
Tout le bien qu'il a fait c'est
Imprimé dans le *Français*.

C'est lui qui nommait les maires
Et qui nommait les préfets.
Bonapartistes parfaits
Vous deviez beaucoup l'*aimèr-e*,
S'il ne lisait pas le *Temps*
C'est qu'il n'avait pas le temps.

Pour lui c'était difficile
De lire aussi Savary
Et celui qui s'en a ri
Ça n'était qu'un imbécile
Mais laissons là le Rapport
Car ça n'a pas de rapport.

Sans la moindre impertinence
Et sur son trente-et-un mis
Il se montrait aux commis-
sionnaires de permanence ;
A ce qu'on lui demandait
Quelquefois il répondait.

On savourait ses réponses
Pleines de poivre et de sel
Dans le monde universel.
Un saladier de raiponces
Dont on a le vif désir
Ne fait pas plus de plaisir.

Pour lui le printemps des feuilles,
Je vous le dis sans détour,
Est, à compter de ce jour,
L'automne des portefeuilles...
Quand cet objet plein d'appas
Tombe il ne repousse pas.

Cela rend mélancolique,
Comme on jette un vieux cabas
On le chasse avant qu'à bas
Il n'ait mis la République !..
M. Godefroy de Bouillon
Mourrait d'un pareil bouillon.

Maintenant il est sans place...
C'est bien triste ; car enfin
S'il allait mourir de faim !..
Je sens mon sang qui se glace !
Faut-il que Monsieur Buffet
Danse devant le buffet !

MORALITÉ

Et vous tous dont le suffrage,
Connu le vingt février,
Nous prive d'un ouvrier
Qui fit de la bonne ouvrage,
Vous n'êtes que des ingrats
Indigne de mourir gras.

EN VENTE : chez M. Baudet, éditeur, 27, rue Saint-Placide, à Paris.
Dépôts : rue du Croissant, nos 7, 13 et 20.

Imp. BERNARD, 9, rue de la Fidélité. — Paris

10 c. LA 10 c.

GRRANDE COMPLAINTE du DEUX DÉCEMBRE

(Air de *Fualdès*)

Ecoutez tous, gens de France,
D'Alsace et Lorraine aussi,
Le véridique récit
D'un crime de conséquence
Contre notre beau pays,
Quoiqu'en dise le *Pays*.

On l'appelle le Deux-Décembre,
Un jour où l'on ramassa,
Pour les fourrer à Mazas,
Les r'présentants de la Chambre,
Pas tous, mais au moins un tiers;
Y avait même monsieur Thiers.

On parl' de la femme coupée
En morceaux, c' qui n'est pas bien;
Mais ça n'est encore rien
Près de cette horrible équipée.
On ne voyait que des tas
D'victimes du coup d'Etat.

Napoléon, le funeste,
Ordonna de mitrailler
L' peuple qu'aime à travailler;
On l' craignit comme la peste;
Sous son joug on étouffait,
Il eût tout pris et tout fait.

Ce prince de contrebande
Fit transporter, en bateau,
De l'autre côté de l'eau,
Mille citoyens par bande;
Il fut badin, mais pas gai,
Quoiqu' surnommé Badinguet.

Pour tuer la République
Il se servit de Morny;
Saint-Arnaud et Persigny
Etaient aussi de la clique.
Tous ces noms, bien accouplés,
Souillent jusqu'à ces couplets.

On fusilla, dans la ville,
Pour ses crimes triomphants,
Vieillards, femmes et enfants
Détestant la guerr' civile,
Et même des Auvergnats,
Sauf Rouher que l'Auvergne a.

Pourtant monsieur Bonaparte
Avait prêté (c'est certain)
Un serment républicain;
Mais il fit sauter la carte
Pour voir plus clair dans son jeu
Dont l'empire était l'enjeu.

On n' put mettre entre ce Corse
Et l'oubli de son serment,
Sous peine de serrement,
L' doigt entre l'arbre et l'écorce,
Ça n'était pas un fort fait,
Mais c'était un grand forfait.

D'ailleurs, pour cette entreprise,
Ce n'était pas son coup d'essai;
Tout le monde, en France, sait
Qu'il tenta une surprise
A Boulogne et à Strasbourg,
Mais, les deux fois, il fit four.

Il était v'nu sur la plage
Avec un aigle empaillé;
C'est lui (je l'dis sans railler)
Qu'on aurait dû mettre en cage,
Avec son morceau de lard,
C'était assez pour sa part.

Mais ce n' fut pas la mêm' chose
Au Deux-Décembr', car, hélas!
Pour nous prendre dans ses lacs
Et pour soutenir sa cause,
Il trouva tout' sorte d' gens
Qu'avaient grand besoin d'argent.

Par bonheur que, pour la gloire
Du droit et de l'équité,
On rencontre un député
Célèbre dans notre histoire;
Baudin, lui, fut assez franc
Pour mourir *pour vingt-cinq francs*.

Vingt-cinq francs, c'est vingt-cinq *balles*;
Bien qu' ça ne soit beaucoup
De sa part c'est un beau coup,
Il succomba sous les balles;
Mais, pour nous, il n'est pas mort,
Puisque son nom vit encor.

Dans Paris, quand la mitraille
Qui pleuvait dans les faubourgs,
Aux boul'vards, aux carrefours,
Eut terminé la bataille
L'empereur, qui nous trompait,
Dit: « l'empire, c'est la paix. »

Il aurait dû plutôt dire:
« C'est la paye! » On l'a payé
Assez cher pour essayer
Chez nous ce que vaut l'empire;
C'est l'an pir que tous les maux,
Je n' trouve pas d'autres mots.

On l'a payé d' deux provinces,
En outre de cinq milliards;
C'est plus cher qu'un morceau d'lard;
Mais ce misérable prince
Ne pouvait plus mordre d'dans,
Puisqu'il a perdu Sedan.

MORALE

La morale magnifique
De ces crimes très-sanglants,
C'est qu'il vaut mieux, en tout temps,
Bien garder la République,
Et qu'un emp'reur ne vaut rien
Mort, ni quand il s' porte bien.

UN ANCIEN PROSCRIT

EN VENTE: 10, rue du Croissant

Paris. — Imp. ROBERT et BUHL, 64, rue de la Chaussée-d'Antin.

LA VIE ET LA MORT
DE
MONSIEUR THIERS

COMPLAINTE PATRIOTIQUE

Sur l'air de FUALDÈS

Écoutez, peuple de France,
Le récit d'un grand malheur,
Qui nous met dans la douleur
Et ternit notre espérance.
Quel horrible coup du sort !
Hélas ! Monsieur Thiers est mort !

—o—

Devant sa fosse entr'ouverte,
Pas de mauvais souvenirs ;
Non, car pour notre avenir
C'est une bien grande perte.
Oublions le mal passé,
Par les bienfaits effacé.

—o—

Je veux chanter la mémoire
De ce noble citoyen
Qui libéra du Prussien
Notre pauvre territoire,
Et nous rendit à jamais
La République et la paix.

—o—

Il vint au monde à Marseille,
Et fut d'abord avocat,
Avant d'être homme d'État ;
Puis, voulant faire merveille,
Il vint bientôt à Paris
Faire ses premiers écrits.

—o—

Ses débuts, comme critique,
Au *Constitutionnel*
N'ont jamais manqué de sel
En discutant l'esthétique ;
C'était un esprit malin,
Sévère, mais toujours fin.

—o—

Encore dans sa jeunesse
Il voulut étudier,
Approfondir, publier,
Sans erreur et sans faiblesse,
Les faits pleins d'émotion
De *la Révolution.*

—o—

Ce noble travail l'inspire ;
Il fait connaître, en détail,
Un gigantesque travail :
Le Consulat et l'Empire,
En mesurant au compas
Les marches et les combats.

—o—

Dans l'arène politique
Il entre tranquillement ;
C'est déjà son élément ;
Il en flaire la pratique,
Déployant, sans vanité,
Une fière habileté.

—o—

Contre Thiers Guizot se butte ;
Mais lui s'acharne avec cœur ;
Et son petit air moqueur
Fait qu'avec succès il lutte
Contre la rivalité
D'un vieux ministre entêté.

—o—

Quand survient la République,
En 48, il a l'art
De se tirer à l'écart… ;
En décembre, le cynique
Futur vaincu de Sedan
A fait mettre Thiers dedans.

—o—

Mais, grâce à sa bonhomie,
A son tact, à ses travaux,
Aux aperçus généraux
Qu'il a de diplomatie,
Il est, en *soixante-trois*,
Renommé par beaucoup de voix.

—o—

Il combat contre la guerre
Qui nous coûta tant d'argent ;
En vain il fut éloquent ;
Car nous avons vu naguère
Jusqu'où le France tomba ;
Par bonheur, Thiers était là.

—o—

C'est lui (souvenir sublime !)
Qui fit une ample moisson
D'argent, pour notre rançon ;
Qui nous tira de l'abîme
Avec plus de milliards d'or,
Qu'on n'en exigeait encor.

—o—

Oui, c'est son titre de gloire,
Son mérite incontesté
Près de la postérité :
Libérer le territoire,
Voilà le plus beau succès ;
Ne l'oubliez pas, Français.

—o—

Ne l'oubliez pas, ô veuves,
Orphelins, qui souffriez
Tant, quand vous rencontriez
Après vos rudes épreuves,
Les régiments ennemis
Logés dans notre pays

—o—

Il semblait que la vieillesse
Respectait chez Monsieur Thiers
Le cœur, les sentiments fiers
Dont rayonne la jeunesse ;
Car l'âge n'enlevait rien
A ce vaillant citoyen.

—o—

Hélas ! la mort implacable,
Qui sait se glisser partout
A pénétré tout à coup
Près de l'homme vénérable,
Qui rêvait, pour les Français,
La République et la paix.

MORALITÉ.

Tout nous prouve dans sa vie
Qu'on est toujours regretté,
(Se fût-on parfois trompé)
Quand on aime sa patrie,
L'étude, l'humanité,
Et surtout la Liberté

UN PATRIOT

Paris. — Imp. F. Debons et Cie, 16, rue du Croissant.

Prix : 5 Centimes

TESTAMENT DE M. THIERS

AUX PARISIENS

Par ???

auteur de LA LANTERNE D'UN CITOYEN

Air de : Fualdès

I

Ah ! pleure, peuple de France,
Et sans retard prends le deuil
Devant un nouveau cercueil :
Il contient la perte immense
Qu'on a faite en monsieur Thiers,
Dont nous étions tous si fiers !

II

Quand l'Empire fit la guerre,
Sans voir que les Allemands
Voulaient nous mettre dedans,
Thiers lui dit d'un ton sévère :
« Vous n'êtes pas prêt vraiment
Pour vous battre en ce moment ! »

III

Mais Napoléon-la-Bête,
Cet empereur vermoulu,
De son avis s'est fichu,
Voulant en faire à sa tête ;
Et les journaux du gredin
Traitèrent Thiers de Prussien.

IV

Quand dans plus d'une bataille
Nos infortunés soldats
Furent massacrés en tas,
Sous le feu, sous la mitraille...
On vit par l'invasion
Que Thiers avait trop raison !

V

Et lorsque la République,
Résistant à l'ennemi,
Par un effort inouï
Tenta sa lutte héroïque,
Après de tristes revers
On vit partir Monsieur Thiers.

VI

Et lui, malgré son grand âge,
Pour la France, son amour,
Voyagea la nuit, le jour,
Pour arrêter le carnage.
Près des rois européens
Tous ses efforts furent vains.

VII

La France, toute sanglante,
Était bien près de mourir...
L'Allemand à la meurtrir
Mettait sa fureur puissante.
Lorsqu'on croyait tout perdu,
Thiers député fut élu.

VIII

Bientôt à la Présidence,
Comme il le méritait bien,
Il sut auprès du Prussien
Montrer son expérience,
Et fit décider la paix
Pour le bonheur des Français !

IX

Lorsque à notre République
L'Alsace un traité ravit,
Thiers obtint par son esprit
Vraiment très-patriotique,
Après maint et maint effort,
Qu'il nous resterait Belfort.

X

La Prusse exigeante et dure
Cinq milliards nous demanda.
Thiers répondit : « Les voilà !
Finissez notre torture ! »
Du pays libérateur,
Il sauve aussi notre honneur.

XI

Sachant comment on exerce
En France l'autorité,
Il donna la liberté
Et fit aller le commerce !...
De nos maux le souvenir
Commençait à s'assoupir.

XII

Un jour, destin incroyable,
Lui, le grand homme d'État,
Lâché par plus d'un ingrat,
Prit un parti lamentable :
Aux gens du Vingt-Quatre Mai
Il dit : « Bonsoir ! » sans délai.

XIII

Monsieur Thiers faisait la gloire
Du parti républicain,
Et son nom dans le scrutin
Conduisait à la victoire.
Des trois cent soixante-trois
Il était la fleur des pois !

XIV

Amis de la République,
C'est sans lui dorénavant
Que nous irons combattant,
Sans ce général civique ;
Avec lui nous n'irons plus
Lutter contre les abus.

XV

Mais, ô bons Français, courage !
De l'éminent citoyen
L'exemple nous reste : eh bien !
Méritons cet héritage.
Votons pour la liberté
De Thiers c'est la volonté !

E. MERVAUD, imprimeur, 19, passage de l'Opéra.

PRIX : 10 CENTIMES

Pot-pourri Programme

TITI

A LA FÊTE DU 14 JUILLET

PREMIER COUPLET

AIR : *Aussitôt que la lumière.*

C'matin, dès que la lumière
Vint éclairer mon chevet,
L'clairon, la trompett' guerrière
Commencèrent leur effet.
Puis pour réveiller tout l' monde
Et remplacer les tambours,
Tout à coup le canon gronde,
Tonnant à nous rendre sourds.

AIR : *A boire, à boire !*

Silenc', silenc', silence !
C'est la fête qui commence,
Et j' crois qu'celui qu'en profit'ra
Jamais ne s'en repentira.

AIR : *Mon père était pot.*

Commençons par le commenc'ment,
Comm' ça s'fait d'habitude
D'abord ça m'évit'ra sag'ment
Beaucoup de lassitude.
Mais, que vois-je là?
Quoi ! le Trône aura,
Peuple, c'est ton délice,
Avec des pétards
Pour tous les moutards
Un beau feu d'artifice.

AIR : *Aussitôt que la lumière.*

On tirera des fusées,
De tout's form s, de tout's couleurs,
Qui, quoique bien vite usées,
Brillent comme un bouquet d'fleurs.
On les cont'ra par centaines,
Mais c'qui manqu'ra, c'est certain,
Ce sont les chandell's romaines,
C'est trop peu républicain.

AIR : *Pomme de rainette ou Pomme d'api.*

Pour cette fête
Dans tout Paris,
Quel bruit, quels cris !
Elan que rien n'arrête
Belle conquête,
Gueux et bourgeois,
Chacun s'apprête
A trinquer cette fois.
La liberté,
L'égalité,
L'aménité,
Vont commander en France;
Fraternité,
Sincérité,
Vot' règn' commence,
L'égoïsme est dompté.
Tout l'monde est gai qu'ça fait plaisir,
Et sans grimace
L'on s'embrasse.
Que de gens vont se convertir
C'est l'parfait bonheur pour l'avenir,

AIR : *Aussitôt que la lumière.*

Une chose qui m'étonne
Et dont j'suis incommodé,
C'est d'voir la place du Trône
Garder son nom démodé.
J'vas p't'être dire une bêtise,
Mais j's'rai pas pendu pour ça,
J'demande à c'qu'on la baptise
PLACE LEON GAMBETTA.

AIR : *La Femme à barbe.*

Une affiche s'offre à mes yeux,
C'est le programme qu'elle expose !...
J'sais pas lir', mais j'f'rai de mon mieux
Voyons c'qu'elle dit de la chose.
Tuileri's, Luxembourg, concert
Gratis prodeo, c'est pas cher !
On peut s'régaler d'la musique.
L'Opéra, l'Opéra-Comique
Jou'nt pour rien ! Ah ! c'est unique !
Pour le peuple qu'd'attentions !
Grâce à ses impositions,
On lui permet, chose sublime !
D'rire sans qu'ça lui coûte un centime,
Ça n'coût'ra pas même un centime.

Même air.

Combien d'affich's de tous côtés.
Que dit celle de la mairie?
Citoyens, vous êt's invités,
Pour la fête de la patrie,
Afin d'lui donner plus d'éclat,
Quel que soit vot'rang, votre état,
A nous aider dans la dépense;
Nous n'ferons rien sans qu'on finance
Et comptons sur vot' complaisance.
Si vous donnez beaucoup d'argent,
Le malheureux sera content.
Pour vous éviter tout reproche,
Fouillez bien vite à votre poche.
Allons, du courage à la poche !

AIR : *Cat, le cœur à la danse.*

Cette affich' si j'la comprends bien,
En peu de mots vient nous dire :
L' quatorz' juillet, cher citoyen,
Si t'as bonne envie d'rire,
Lâche-nous tes monnerons,
Puis ensemble nous rirons.
Honni soit qui mal pense...
Peuple en habit noir, en haillons,
Si tu veux que l'on danse,
Paie au moins les violons.

AIR : *Mon père était pot.*

Nos conseillers municipaux,
D'élog's se montrant dignes,
Devaient rendre libre d'impôts
Le doux jus de nos vignes.
On devait à l'œil
Boire l'argenteuil,
Mais les bons patriotes,
Ont d'ordre du jour,
Rayé ce projet pour
Voir le peupl' sans culottes.

AIR : *Allez-vous-en, gens de la noce.*

Moi j'soutiens qu'il était possible,
Surtout en dépensant très peu,
Pour un jour, de rendre accessible
Le plaisir d'un coup de vin bleu;
Avec une chopine par famille
Tout Français pouvait, nom de nom !
Qui donc oserait dire non,
L'jour de la pris' d' la Bastille,
S'offrir le luxe d'un canon.

AIR : *On dit que je suis sans malice.*

On affirmait qu'nos r'présentants,
En l'honneur de cette journée,
Abandonn'raient les appoint'ments
Qu'ils gagnent pendant une année.
En attendant 'e noble abandon,
Car la chose n'est qu'à l'étude
Chez l'caissier du Palais Bourbon,
Comm' toujours ils signent leur nom
Pour n'en pas perdre l'habitude. (*Bis.*)

AIR : *Des chevaliers de la Table ronde.*

Nos Edil's, voulant, malgré tout,
Être util's à la populace,
L'eau d'la Duiss' coulera partout;
A pleine fontaine Walace
En même temps on donne avis;
A ceux qui craignent la pépie,
Qu' les rafraîchiss'ments s'ront gratis,
Si l' temps se met à la pluie,
Mais, faut qu' le temps tourne à la pluie.

AIR : *J'arrive à pied d'ma province*

Fête foraine à la Bourse,
Fête foraine à Monceaux,
Fête foraine au Champ-d' course,
Champ d' foir' faubourg Saint-Marceau,
Pendant quatr' jours pour sans déboire,
D'après c' que j vois là,
Tout Paris aura la foire,
Ou qu'é' qu' chos' comme ça.

AIR : *Vaudeville des deux Edmond.*

Mais achevons cette lecture,
Qui m'intéresse, je vous l'assure,
Grâce au programme que voilà,
Plus qu'un roman de M. Zola.
Plus je lis, plus mon cœur s'éveille;
Cette fêt' promet d'être une merveille.
Puisque l'patron m'envoi' m'prom'ner,
Ah ! j'vas t'y m'en donner ! (*Bis.*)

AIR : *Allez vous-en, gens de la noce.*

Pasdeloup doit, aux Tuileries,
Faire entendre à tous, en plein jour,
Ses ravissantes mélodies,
Pendant qu'Colonne, au Luxembourg,
A l'étudiant qui bourmille,
Jet'ra ses accords les plus doux...
Pour moi, j'eusse mis, entre nous,
L'concert Colonne à la Bastille.
Ai-je raison, qu'en pensez-vous?...

AIR : *Bouton de rose.*

Mais je m'attarde
Il ne faut pas, si j'voux tout voir,
Que je m'amuse à la moutarde
Et flânant le long du trottoir
Que je m'attarde
A la moutarde.

AIR : *Oh ! hé ! les p'tits agneaux*

Bon v'la z'un régiment,
Qui s'rend à la fête,
Dépêchons-nous viv'ment,
D'rattraper la tête
Pour voir les drapeaux,
L'défilé, la p'tit' guerre.
Ça fait mon affaire !
Suivons nos héros...

AIR : *Trois fantassins.*

Nos fantassins à l'allure guerrière,
Et rantanplan, *bis*
Allant chercher leur nouvelle bannière
Marchent gaîment,
Le cœur content.
En voyant la troupe héroïque,
Arriver au pas gymnastique,
Chacun dit : troupiers, mes lurons,
Nous comptons sur vos baïonnettes,
Sur vos bras et vos mousquetons;
Sonnez trompettes !
Sonnez trompettes et clairons *bis*

AIR : *Au Galop, au Galop !*

Au Galop, au Galop,
Au pas, même au trot,
Nous gagnons le bois de Boulogne
Les lignards en schako
Armés du Chassepot,
Et les cuirassiers au galop;
L'air brave, noble et fier
Et tous bardés de fer
Vont prompt comme l'éclair
Levant moi fendre l'air
D'y penser quel bonheur !
Je sens battre mon cœur.
Et je vous avou'sans vergogne
Que j'suis sûr de pleurer en voyant ces gaillards
Embrasser leurs beaux étendards.

AIR : *Ah ! qu'il est doux de vendanger.*

Un'chos' que je n'trouve'pas très bien
C'est l'nouveau casqu'prussien
Autant il valait, nom d'un chien !
Nous coiffer d'la capsuce
J'préfér'c'casque chrétien
A celui de la Prusse.

AIR : *A la façon de Barbari,*

L'Pap' devait bénir nos drapeaux,
C'qui n'est pas nécessaire,
Mais les jésuites ces suppôts
Se mêlant à l'affaire,
Dirent : les bénir ! allons donc !
La faridondaine,
La faridondon,
Pas d'eau bénite et c'bon Ferry
S'ra puni;
A la façon de Barbari
Mon ami.

AIR : *Nous nous marirons dimanche.*

Oui, c'est ell', c'est la
Tribun' de gala
Parmi tout's ces fortes têtes,
J'vois le Président,
Qui d'un œil ardent
Examine les aigrettes.
Quels beaux plumets !
Ces gros bonnets,
L'front blême
S'dis'nt, sourions
Et gambadons
Quand même.
Il faut ici bas
Souffrir c'qu'on n'aim' pas,
Quand on n'a pas ce qu'on aime.

AIR : *Des pompiers de Nanterre.*

V'la les beaux pompiers
Sur le pied de guerre,
J'envi' leurs lauriers,
Les jolis troupiers !
Le chemin qu'ici,
On vient d'leur fair' faire
Prouve qu'aujourd'hui !
On n'épargne rien Dieu merci,
Zim laï la *bis.*
Et qu'c'est avec pompe,
Zim laï la *bis.*
Qu'la fêt finira.

Ah ! que c'est beau tout' cett' manœuvre
Ça march' que c'es, un vrai chef-d'œuvre.
Ah ! que c'est beau les généraux
Galopant dessus leurs chevaux,
Uniform' rouge ou bleu
Et torse fait au moule
Passent comme la houle
On n'y voit que du feu.

AIR : *Du Bataillon d'Afrique.*

A ces fronts couleur jus d'chique
Je reconnais nos turcos,
Nos braves turcos d'Afrique
Ah ! les charmants arbicots !
Ils défendront crânement
L'drapeau de la République.
Vivent les turcos d'Afrique !
Et leur gentil régiment.

AIR : *Du Vaisseau le Vengeur.*

Délurés et de bonne mine
Quels sont donc ces nouveaux venus !
Ce sont nos marins si connus,
C'est elle, c'est notre marine !
Sa devise est : patrie, honneur.
Sous le ciel bleu de l'Atlantique
Des marins de la République
Montaient le vaisseau le Vengeur *bis.*

AIR : *de Pandore.*

Ah ! voici la gendarmerie,
La gard' républicaine aussi :
Qu'ell' tenu' ! quelle crânerie !
Y'a pas d' ! plus beaux soldats qu'ceux-ci.
Protégeant l'palais, la chaumière
Ils veillent en toute saison.
D'ces soldats si la France est fière
Ah ! morbleu ! la France a raison. *bis.*

AIR : *du Chant du Départ.*

Tous les ambassadeurs des nations voisines
Voyant défiler nos soldats
Ont l'air de fair'leur nez; ils ont de tristes mines
On dirait que ça n'leur va pas.
Dam, nos soldats c'est l'espérance
Et malgré nos derniers revers
La France restera la France
PREMIER PAYS DE L'UNIVERS

Mais ailleurs le plaisir m'appelle
Bientôt l'défilé va finir.
Pour voir cette fête si belle !
Sans retard il me faut partir.

AIR : *A coups d'pieds, à coups d'poings.*

Gagnons d'abord la Port'Maillot;
De là, je gagnerai Chaillot,
Et les Champs-Elysées.
La Concord' la ru' Rivoli,
La Bastill' ça n'f'ra pas un pli
Ah ! qu'c'est joli
J'n'ai jamais, moi Titi,
Vu tant d'monde à tout's les croisées.

AIR : *Bonjour mon ami Vincent.*

Prenons plutôt les boul'vards
D'la Bastille à la Mad'leine
Et j'réponds que mes regards
Seront satisfaits sans peine.
Si cléricaux et badingouins
Osent là montrer leurs grouins
J'leur chant'rai jusqu'à perdre haleine,
Les suivant de près, leur emboîtant l'pas :
Ça vous va-t-il bien, ça n'vous bless'-t-il pas? *bis.*

AIR : *de Satarello.*

Est-c' possible ! sur tout's les places
Je vois des tréteaux se monter,
Si c'est la fête des paillasses,
Que d'mond' va se la souhaiter.

Nos bons voisins de l'Angleterre
Vont nous lâcher leurs pick-pockets,
Qui, dès qu'une montre est à faire,
Sont plus forts là qu'aux bilboquets.

Fête forain', bal où l'on danse
Sont ouverts, et maint employé
Profitant de la circonstance
Lèvera caisse et le pied.

Partout orphéon et fanfare,
Ensemble et sans le moindre effort,
Savent nous prouver, chose rare,
Qu'même en chantant ils sont d'accord.

Narguant la loi sur l'ivrognerie,
Qu'on voudrait appliquer en vain,
Le pochard à trogne fleurie,
Ne mettra pas d'eau dans son vin,

Pître, j'admire ta parade;
Tu m'offres bien plus de gaîté
Que ton illustre camarade
Qui se fit nommer député.

L'initiative privée,
Du fait personne n'est surpris,
D'puis longtemps s'était réservée
Pour faire d'Paris un paradis.

AIR : *Vous comprenez la chose.*

Y'aura des verr's roug's, bleus et blancs,
Des flammes de Bengale,
Des bouquets d'gaz et des ballons
Dans tous les coins d'la ville,
Dans la rue Soufflot,
Le quartier Mouff'tard,
A la grande Villette,
Même aux abattoirs,
La Halle aux poissons,
Vous comprenez la chose !

AIR : *Bouton de rose.*

Sans en rabattre,
Quatr' feux d'artific' s'ront tirés,
Y' en aura mêm' jusqu'à Montmartre,
Au programme ils sont insérés.
Y en aura quatre,
Sans en rabattre.

AIR : *Ah ! le bel oiseau.*

Les lions du Château-d'Eau,
Changeant d' place,
Sont en disgrâce.
Les lions du Château d'Eau
Sont au bout de leur rouleau.

Allons, conv'nez, mes p'tits vieux,
Que sur cette place publique
Un' chos' qui f'ra beaucoup mieux
C'est d'y voir la République.

REFRAIN.

Beaux lions du Château-d'Eau,
On vous chasse,
Quelle disgrâce !
Beaux lions du Château-d'Eau,
J' vous vois, pour vous quel fléau,
Presque au bout d' votre rouleau.

Même air.

Un ingénieur civil
(Souriez à sa pensée)
Dit qu' dans l'av'nue Daumesnil
Votr' plac' n' s'ra pas déplacée.

REFRAIN

Beaux lions du Château-d'Eau,
D'un' place,
On vous fait la grâce,
Que d'gens qui, le bec dans l'eau,
Ne retrouvent pas leur niveau.

AIR : *Chico, Chicocandeau.*

Chico, Chicocandeau !
L'étranger par ribambelles,
Chico, Chicocandeau,
Trouv' le coup-d'œil rigolo.

Cett' nuit, j'en ai l'assurance
Quoi qu'en disent les calotins,
Dans neuf mois dotera la France
De nombreux p'tits républicains.

REFRAIN :

Chico, Chicocandeau !
Qu'ils naissent par ribambelles,
Chico, Chicocandeau !
Nous serons fiers du cadeau.

AIR : *Oh ! dis-nous ton histoire.*

Ah ! ah ! qu'on verse à boire !
Et plus d'inimitiés.
Pour finir, je me fais gloire
De boire à tous les amnistiés.
Buvons ! buvons aux amnistiés !

AIR : *De la France guerrière.*

Flots bouillonnants des discordes civiles,
Ce sang humain abreuvant nos sillons,
Disparaissez, plus de frères hostiles,
Que le travail seul ait des bataillons.
A l'avenir plus de sang, plus d'injures;
D'un voile épais recouvrons le passé.
Fraternité, referme nos blessures ;
Embrassons-nous, que tout soit effacé !

REFRAIN :

Oui, dans ce jour dont la date est si chère,
Pour que nos fils en parlent dans cent ans,
Portons un toast et vidons notre verre
A nos absents ! *bis*

Même air.

La France enfin a relevé la tête,
Et, déchirant ses insignes de deuil,
Elle a, vers ceux accourus à sa fête,
Ouvert ses bras sans haine, sans orgueil,
Sous les arceaux de ces vertes coupoles,
Notre Paris, en ce jour solennel,
Voudrait vous voir, ô peuples des deux pôles,
Vous prodiguant le baiser fraternel.

REFRAIN :

Oui, dans ce jour dont la date est si chère,
Peuples qu'encore retiennent les tyrans,
Je bois à vous ! et je vide mon verre
A vos enfants ! *bis.*

F. VERGERON.

5 juillet 1880.

Paris, imp. WILHEM, rue du Croissant, 12.

PRIX: 10 CENTIMES

LA FÊTE DE LA FRANCE

14 JUILLET

CHANT PATRIOTIQUE

Paroles de PÉACHY

Air de : *Tout est Soldat*.

I

Voyez partout le peuple qui se presse,
C'est aujourd'hui le *Quatorze Juillet*.
De tous côtés, ton image se dresse,
O République, et la France renaît ;
Toi, *Liberté,* sonne la délivrance
En proclamant pour tous l'*Egalité*.
Le cœur joyeux, dans chaque rue on danse,
C'est le grand jour de la *Fraternité*.

Refrain

Allons ! pour tous, que la fête commence !
Chantez, dansez et donnez-vous la main.
C'est aujourd'hui la fête de la France,
Le peuple est souverain.

II

Par le canon, Bastille redoutable
Tu succombas le Quatorze Juillet;
Pour te fêter, ô date mémorable,
Au premier rang chacun de nous est prêt.
L'histoire est là, le peuple est ma famille;
Quatre-vingt-neuf, de toi je me souviens.
En s'écroulant, les murs de la Bastille
Ont fait de nous de libres citoyens !

III

Le peuple est roi, France, et ton équipage,
Pour te sauver, se tient prêt à mourir.
Le peuple-roi, te garde du naufrage,
Tu peux gaîment voguer vers l'avenir,
Pour te guider, France républicaine,
Le peuple uni conduit le gouvernail.
On t'a donné le *Droit* pour *capitaine*,
Et, pour *marins*, la *Paix* et le *Travail* !

Dépôt chez M. LEROY, 2, boulevard St-Martin.

Paris, Imprimerie Georges BERTRAND et Cie, 17, rue de l'Echiquier. — 6742

10 c. — Paris. — TRALIN, *éditeur*, 5, rue du Croissant. — Paris — 10 c.

ON A DEMOLI LA BASTILLE...

REVUE SATIRICO-POLITICO-SOCIALE EN COUPLETS

PAR

ETIENNE DUCRET

Air : *Les Anguilles, les jeunes Filles*

Au *Quatorze Juillet*, morguenne !
En *Dix-sept-cent-quatre-vingt-neuf*,
La France essaya, non sans peine,
De remettre [illegible] linge à neuf.
De cette importante vétille
Elle est loin de venir à bout :
On a démoli la Bastille,
Les Abus sont encor debout !... } *bis.*

La Bastille avait la torture,
Ses bourreaux, ses masques de fer ;
Sous des rois, dam ! c'était nature,
Mais en République, mon cher,
Dieu sait comme l'on vous étrille,
De la Roquette à Nouméa !
On a démoli la Bastille,
Et l'on passe encore au *tabac* ! } *bis.*

Nos bons policiers, en patrouille,
Saisissant volés et voleurs,
Par crainte de rentrer bredouille,
Mettent en carte, au nom des mœurs,
La catin et l'honnête fille ;
Mais, chut !... Modérons nos discours :
On a démoli la Bastille,
Et les *mouches* volent toujours... } *bis.*

Quoi ! gourdins et préfets à *pogne*,
Des Césars cyniques amis,
Couvrent leur inique besogne
Du manteau sacré de Thémis !
En attendant qu'on échenille
Nos hautes et nos basses cours,
On a démoli la Bastille,
Et Brid'oison juge toujours... } *bis.*

Au risque d'ébranler la France,
La *bande noire* et ses bedeaux,
Avec notre or, a l'espérance
De ravoir ses biens féodaux ;
Mais tout en chargeant la torpille
Prête pour son fatal projet...
On a démoli la Bastille,
Et Tartufe émarge au budget... } *bis.*

Après avoir joué sa vie,
Pour nous défendre, à Buzenval,
Qu'un brave homme, égaré, s'écrie :
« Vive le drapeau communal ! »
Vite au bagne ! qu'on le fusille !
Mais le traître qui nous vendit...
On a démoli la Bastille,
Et Bazaine reste impuni... } *bis.*

Des nobles *Chevaliers du Temple*
Le prestige a baissé depuis
Qu'ils ne nous montrent, comme exemple,
Que des *Marets*, des *Germinys*...
Ces purs soutiens de la famille
Fleurdelysent les Pompadours ;
On a démoli la Bastille,
Messaline règne toujours !... } *bis.*

Amis [illegible]tre l'arbre et l'écorce
Imprudent qui fourre ses doigts !
On nous promet sur le *Divorce*
D'[illegible] très sages lois ;
[illegible]u'on les apostille,
[illegible]eur carcan de fer...,
[illegible] Bastille,
Que [illegible]poux, sur terre, ont l'Enfer !... } *bis.*

Aux ignorants que la Soutane
Offre, en *payant*, son rituel,
Tandis que le *Syllabus* damne
Nos Penseurs,... le Père Eternel
Nous dit : « Sans peur que je vous grille,
Aimez-vous, aidez-vous, mes fils :
Quand on démolit la Bastille,
On entre au Paradis gratis ! » } *bis.*

Ma *Tante* s'est faite *usurière* !
Le Coquin, devenu bretteur,
En embrochant son adversaire,
Croit ressusciter son honneur.
Pour dépouiller un pauvre drille,
L'Huissier fait de tristes exploits...
On a démoli la Bastille,
Et l'Epicier vend à faux poids... } *bis.*

Pour soulager le Prolétaire,
Un *Impôt sur le Capital*,
Supprimant l'Octroi qui l'onère,
Est seul équitable et normal ;
Le *Monopole* en pacotille
Change tout, même nos vertus :
On a démoli la Bastille,
Et l'Allumette ne prend plus... } *bis.*

Adieu, Mécène !... Au Mont-Parnasse,
Le succès sourit au plus fin...
Réduits à porter la besace,
Que d'artistes meurent de faim !
Narguant le Génie en guenille,
Quand des *Groûles* sont hors concours,
On a démoli la Bastille,
Le Talent végète toujours... } *bis.*

Le vrai Peuple gaîment sait vivre,
Mais, pour voir clair à l'horizon,
Au lieu d'un *litre* il prend un *livre* :
Sa force, à lui, c'est la Raison !
Il croit à l'Etoile qui brille,
A l'immortelle Humanité...
On a démoli la Bastille,
Et saint *Labre* est encor fêté. } *bis.*

L'honnête citoyen travaille,
Il connaît ses *droits*, son *devoir* ;
Quand la Crapule, la Canaille
Vit au bastringue, à l'assommoir ;
Gommeux, gueuse en riche mantille,
Pochards et fainéants, le soir,
De Saint-Lazare à la Bastille,
Tout ça grouille sur le trottoir... } *bis.*

Si l'Habit méprise la Blouse,
En lui prêchant l'*Egalité*,
De l'Habit la Blouse est jalouse,
En chantant la *Fraternité* !...
Qu'on s'assemble !... on vous éparpille,
A moins d'être un Cercle cagot...
On a démoli la Bastille,
Et la *Liberté* n'est qu'un mot ! } *bis.*

O Français ! prenons patience :
Tout ne se fait pas en un jour...
Serrons-nous, avec confiance,
Et chaque abus aura son tour.
Pour rendre à la grande Famille
Ses Droits, ses Libertés partout,
On a démoli la Bastille,
Et la RÉPUBLIQUE est debout !... } *bis.*

14 JUILLET 1880

SOUVENIR DU QUATRE-VINGT-ONZIÈME ANNIVERSAIRE

DE LA

PRISE DE LA BASTILLE

Paris. — Imp. RUDRAUF ET Cie, rue Tiquetonne, 55.

LE QUATORZE JUILLET

CHANT RÉPUBLICAIN

En l'honneur de l'Anniversaire de la Prise de la Bastille

Paroles et Musique de F. Monteux (I. David-Jacob-Ben)

Refrain :

O Quatorze Juillet, ton soleil radieux
A vu s'effondrer la Bastille !
Honneur à nos vaillants aïeux !
Républicain, ce jour si glorieux,
Grave-le dans le cœur de ton fils, de ta fille !
Il faut tous le fêter en public, en famille ! (Bis)

PREMIER COUPLET

Vaillant Peuple Français, tu souffrais le martyre ;
Depuis plus de mille ans, la rage dans le cœur !
Esclave des tyrans, tu souffrais sans mot dire :
La prison et l'exil, les bûchers ; quelle horreur !
Tu courbais sous le joug ton beau front héroïque !
Mais tu disais : bientôt la coupe versera
De larmes toute pleine ; un jour la République
Pour tous les opprimés viendra, se lèvera ! (Bis)

2me COUPLET

Le quatorze Juillet sombra la tyrannie
Avec sa forteresse et malgré ses canons !
La sainte Liberté chassa la monarchie,
Rien qu'avec des marteaux, des piques, des bâtons !
Ah ! c'est que le bon droit est plus fort que la force !
Le juste ne craint rien, lève son bras d'airain,
Part plus prompt que l'éclair, comme au feu de l'amorce
La poudre; tout fuit, tremble et croule sous sa main ! (Bis

3me COUPLET

Salut, grands Citoyens, ô pléiade héroïque :
Camille Desmoulins, fier Danton, Mirabeau !
Ce jour-là, vous avez fondé la République !
Vos noms sont immortels, en dépit du tombeau !
De l'audace toujours, oui, toujours de l'audace !
En avant pour le bien, l'honneur, l'humanité !
De la sorte jamais ne s'éteindra la race
De tous ceux qui du Peuple aiment la Liberté ! (Bis)

Tarascon, le 14 Juillet 1879.

F. MONTEUX

I. DAVID-JACOB-BEN

Avignon. — Imp. Maillet.

LE

QUATORZE JUILLET

CHANT RÉPUBLICAIN

EN L'HONNEUR DE L'ANNIVERSAIRE DE LA PRISE DE LA BASTILLE

PAROLES & MUSIQUE

DE F. MONTEUX (I. DAVID-JACOB-BEN)

Avocat-Jurisconsulte, licencié en droit de la Faculté de Paris.

EN VENTE :

CHEZ L'AUTEUR : Rue du Bras-d'Or, n° 2, à TARASCON (Bouches-du-Rhône); Quai de la Banquette du Rhône, à BEAUCAIRE (Gard); et chez tous les Principaux Éditeurs de Musique de France et de l'Étranger.

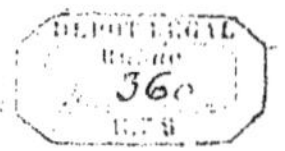

Prix : **10** Centimes

OREILLARD IV EN PAYS DES ZOULOUS

Sur l'Air de

Malborough s'en va-t-en guerre !

Lyon, 21 juin 1879.

1er Couplet

Badingue s'en va-t-en guerre,
Mironton, mironton, mirontaine,
Badingue s'en va-t-en guerre,
Dans l' pays des Zoulous. (*bis*).

2e Couplet

Pour l' compte de l'Angleterre,
Mironton, etc.
Pour l' compte de l'Angleterre,
Il doit les manger tous. (*bis*).

3e Couplet

Dans une reconnaissance,
Mironton, etc.
Dans une reconnaissance,
A ce que l'on nous dit. (*bis*).

4e couplet.

Il perdit contenance
Mironton, etc.
Il perdit contenance
Et finalement fut pris. (*bis*).

5e couplet.

De dix-sept coups de zagaie
Mironton, etc.
De dix-sept coups de zagaie
Il subit le trépas. (*bis*).

6e couplet.

Une chose qui n'est pas gaie
Mironton, etc.
Une chose qui n'est pas gaie
C'est qu'il perdit ses dents. (*bis*).

7e couplet

Voici qu'on l' déshabille,
Mironton, etc.
Voici qu'on l' déshabille,
Et qu'on le met tout nu. (*bis*).

8e couplet

A l'ombre son corps brille,
Mironton, etc.
A l'ombre son corps brille,
Comme celui de Vénus. (*bis*).

9e couplet

Au cou un scapulaire,
Mironton, etc.
Au cou un scapulaire,
Que le zoulou laissa. (*bis*).

10e couplet

Une croix et autre affaire,
Mironton, etc.
Une croix et autre affaire,
Pas plus ne le tenta. (*bis*).

11e couplet

On lui coupe une oreille,
Mironton, etc.
On lui coupe une oreille,
Pour l'enseigne d'un barbier. (*bis*).

12e couplet

Zoulou prend l'autre oreille,
Mironton, etc.
Zoulou prend l'autre oreille,
Pour son grand bouclier. (*bis*).

13e Couplet

Le télégraphe apporte
Mironton, etc.
Le télégraphe apporte
La nouvelle du trépas. (*bis*).

14e Couplet

Stanley frappe à la porte
Mironton, etc.
Stanley frappe à la porte
Et aussitôt entra. (*bis*).

15e Couplet

Eugénie tout émue
Mironton, etc.
Eugénie tout émue :
Quelle nouvelle apportez ? (*bis*)

16e Couplet

Majesté, j'vous salue
Mironton, etc.
Majesté, j'vous salue
Vos beaux yeux vont pleurer (*bis*).

17e Couplet.

Oh ! malheureuse nouvelle
Mironton, etc.
Oh ! malheureuse nouvelle
Oreillard IV n'est plus. (*bis*)

18e Couplet.

Qu'on me donne ses oreilles
Mironton, etc.
Qu'on me donne ses oreilles
Hélas ! il n'en a plus. (*bis*).

19e Couplet.

Alors en grande pompe
Mironton, etc.
Alors, en grande pompe
Au cimetière on se rendit. (*bis*).

20e Couplet.

Et au bord de la tombe
Mironton, etc.
Et au bord de la tombe
En larmes-z-on fondit. (*bis*).

21e Couplet.

Sur les quatre coins d'la fossé,
Mironton, etc.
Sur les quatre coins d'la fosse
Des violettes on planta (*bis*.)

22e Couplet

L'évêque pencha sa crosse
Mironton, etc.
L'évêque pencha sa crosse
Et Ratapoil pleura. (*bis*).

23e Couplet

N'ayant plus d'espérance
Mironton, etc.
N'ayant plus d'espérance
Madame Badingue s'enfuit. (*bis*).

24e Couplet

Et on peut dire qu'en France
Mironton, etc.
Et on peut dire qu'en France
Tout son parti la suit. (*bis*).

Lyon, Imp. H. Albert, 8, rue de l'Hôpital, 8.

COMPLAINTE HISTORIQUE
DU
PRINCE LOUIS

SUR L'AIR NATIONAL ZOULOU :
T'EN SOUVIENS-TU, ETC.

I

Il est donc mort sur la terre africaine,
Le petit Princ', le fils de l'Empereur!
Il a z'évu la joie, dedans sa peine,
De s'voir tomber sur le champ de l'honneur.
Né sur les march's du trône de l'Empire,
Pour la fortune, la gloire et la grandeur,
Il a péri comm' périt un martyre : } *Bis.*
Soyons donc fiers de not' jeune Empereur! }

II

Le monde entier gémit dessus sa tombe
Qui s'ra bientôt creusée à Chil-sel-hist,
Et la nouvell' de sa mort, comme un' bombe,
A éclaté sur l' camp bonapartist.
Telle la foudr' dans un ciel sans nuage
La catastrophe soudain a éclaté!
Plaignez, plaignez l'Empir' qui fait naufrage, } *Bis.*
Et soyons fiers de not' Prince expiré. }

III

Quand il partit pour l' Cap d' Bonne-Espérance
Plein de valeurs dans ses poches et son cœur,
Il s'en alla tout plein de confiance,
Croyant alors rentrer en Empereur.
Tu l'as perdu, vaillante et grande France,
Ton noble Fils qui t' promettait l' bonheur;
Tu l' regrett'ras, car ta douce espérance } *Bis.*
S'est envolée avec l' jeune Empereur. }

IV

Le « *Ténédos* » chargé de sa dépouille
Sur l'Océan, entre la terre et l'eau,
Revient en deuil au pays de la houille,
D'chez les Zoulous, pays de Cey Hawo.
Il arriv'ra bientôt z'en Angleterre,
Où nous lui f'ront les obsèques d'un roi.
Il retrouv'ra en mettant pied z'à terre } *Bis.*
Rouher, Mitchell, Amigues et Duvernoy. }

V

L'Impératrice, que le sort implacable
Frappe depuis dix-huit cent soixante-dix,
Expie chaqu'jour, par ce fait lamentable,
La guerr' qu'ell'fit d'un Français contre six!
Nous avons, hélas! trop connu la guerre
Qui lors se rua sur not' pauvre pays!
Pourtant encore au pays d'Angleterre, } *Bis.*
France, tu donnes le premier de tes fils. }

VI

(gaiement)

Tous deux sont morts sur la terre d'exile,
Le Grand Vainqueur et le jeune héros;
L'un était né en Corse, dans une île,
L'autre à Paris, tout près de Longjumeau.
Ils sont nés, car pour mourir il faut vivre,
Et tous les deux, en vrais Napoléons,
Sont morts en laissant notre France libre: } *Bis.*
Honneur et gloire aux deux Napoléons! }

VII

AU P'TIT PRINCE

Quand Cassagnac, le prophèt' de ta cause,
Mont'ra su l'trôn' que ton Règne illustra
Et prendra le sceptre que Gérôme n'ose
Prendre en ses mains, et que tu lui laissas,
Nous irons tous bien loin de nos frontières,
Au Zoulouland, venger un tel forfait,
Et porterons, inscrits sur nos bannières, } *Bis.*
Viv' Cassagnac! Vive l'Empir' français! }

VIII

Assez d'éloges pompeux et magnifiques;
Il s'est conduit comme un vaillant Français.
Mais tout Français est vaillant, c'est logique;
N'en parlons pus, qu'il puisse dormir en paix.
Se laisser tuer, quand on est sans défense,
Est d'un héros la conduite, c'est certain!
Pleurons, pleurons, pleurons l'Enfant de France } *Bis*
Victime, hélas! d'un si cruel destin! }

IX

Les patriot's fidèles à la mémoire
Du pèr' Bading' qui fit son Coup d'État,
Pour leur donner l' logis, l' manger z'et l' boire,
A Lambessa, Cayenne *et cœtera*,
A M'sieur son fils voulant payer une dette
En oubliant de son pèr' les forfaits,
Ils le proclam'nt sans tambour ni trompette } *Bis*
Ni mitrailleus', l' dernier d's Emp'reurs français }

X

Assez de deuil, de gémis'ments, de larmes!
Huit jours les pleurs ont arrosé nos yeux,
Il n'en faut pus! Rejetons les alarmes,
Et revenons au culte des aïeux.
Liberté sainte! à toi notre espérance,
Nos pieux hommages, notre amour, nos souhaits!
La Républiq' règne : en elle, confiance! } *Bis.*
C'est là le cri du citoyen français. }

Dépôt chez E. ROQUETTE. 21, rue du Croissant, Paris

Imp. Richard et Cie, 18 19, pass. de l'Opéra.

SOUVENIRS DU PEUPLE

LA PRISE DE LA BASTILLE

14 juillet 1789

Paroles de M. Ferdinand LEMAINGRE

AIR DE LA MARSEILLAISE

1er Couplet

D'un peuple qui était esclave,
Dont l' despotisme étouffait les cris,
Brisant devant lui toute entrave,
Le canon grondait dans Paris, (*bis*)
Sapant la Royauté qui vacille,
Voulant reconquérir ses droits,
Et, fier de ses premiers exploits,
Le peuple criait : Sus à la Bastille !

REFRAIN :

Nos aïeux héroïques
Marchaient avec fierté,
Aux cris de viv' la République !
Vive la Liberté !

2me Couplet

A la voix du canon d'alarme,
Citoyens, soldats accouraient tous,
Ils arrivaient là tous en armes,
La Bastille était le rendez-vous; (*bis*)
On y voyait et femmes et filles,
Car, elles aussi, en ce beau jour,
Marchaient au rappel du tambour,
Le peuple criait : Sus à la Bastille.

REFRAIN :

Nos aïeux héroïques.
Marchaient avec fierté,
Aux cris de viv' la République !
Vive la Liberté !

3me Couplet

On voit les batteries qui se dressent
Contre les remparts de chaque tour,
Canons et mousquets qui s'abaissent
En se répondant tour à tour; (*bis*)
Boulets et mitraille scintille...
Brisant tout de leurs fouets sanglants,
Eteignant la voix des mourants,
Qui criaient encor : Sus à la Bastille !

REFRAIN :

Nos aïeux héroïques,
Marchaient avec fierté,
Aux cris de viv' la République !
Vive la Liberté !

4me Couplet

Enfin la muraille s'écroule,
Malgré les feux de chaque tour,
Quand le pont-levis se déroule,
On pénètre au bruit du tambour, (*bis*)
Que d' prisonniers hâves, en guenille,
Ne croyant jamais revoir le jour,
Eurent la liberté en ce beau jour,
Victoire, au peuple, il a pris la Bastille !

Nos aïeux, etc., etc.

5me Couplet

Riches et pauvres chacun s'embrasse,
On applaudit des mains et des voix,
Chacun veut effacer la trace,
De la tyrannie d'autrefois, (*bis*)
Et la liberté, sainte et noble fille,
Sortant de ces honteux débris,
Plane maintenant où fut jadis,
Jadis la place de la Bastille !

Nos aïeux, etc., etc.

En vente : rue du Croissant. — Et chez l'Auteur, à Chavenay, par Villepreux (Seine-et-Oise).

Paris. — Typ. Collombon et Brûlé, rue de l'Abbaye, 22.

Prix : 10 c. Prix : 10 c.

NOUVEAU CHANT PATRIOTIQUE

à l'occasion de la Fête nationale du 14 Juillet 1880

Par Adolphe MARTIN

Air de *La Marseillaise*

Anniversaire patriotique,
Salut, ô quatorze Juillet;
Tu nous trouves en République,
Quand tu vins, le Peuple se réveillait. *(bis)*
Il fit entendre sa voix sonore
Et fit trembler la royauté,
Pour conquérir la Liberté.
Il était à son aurore

REFRAIN :

Chantons, vive la France,
Berceau de nos amours;
Vivons, vivons, dans l'espérance
De la défendre toujours.

Il fit tomber la Bastille,
Géante de la Féodalité;
Dans son élan irrésistible,
Il voulut fonder l'Egalité. *(bis)*
Peuple français, peuple de braves,
Ce jour-là tu fus admiré
Car tu fis la fraternité,
De tous les peuples esclaves.

Chantons, vive la France,
Etc., etc.

Français, dans ce jour mémorable,
Unissons-nous, fraternisons en chœur;
En chantant assis à notre table,
Pour fêter tous notre bonheur. *(bis)*
Au souvenir de notre délivrance,
Rendons hommage à nos aïeux,
Un destin des plus glorieux.
Fut donné par eux à la France.

Chantons, vive la France,
Etc., etc.

Salut ô drapeau tricolore,
Abhorré de tous les tyrans;
Ce jour-là on te vit éclore,
Et tu nous fis serrer nos rangs. *(bis)*
Pour combattre les despotes,
Pour chasser les oppresseurs;
Et comme un trophée d'honneur,
Tous les régiments te portent.

Chantons, vive la France,
Etc., etc.

Si un jour à la frontière,
Il faut repousser l'étranger,
On verra la nation entière,
Sous les armes, au moment du danger. *(bis)*
Avec un zèle patriotique,
De bravoure et d'abnégation,
Ils courent au son du canon
Les enfants de la République.

Chantons, vive la France,
Etc., etc.

France, ô notre noble patrie,
De te défendre nous jurons;
Nous te sacrifions notre vie
Et tout ce que nous possédons. *(bis)*
Dans ce jour si solennel,
Oui! nous faisons le serment
Jusqu'à notre dernier moment.
De te rester toujours fidèles

Chantons, vive la France,
Berceau de nos amours;
Vivons, vivons, dans l'espérance
De la défendre toujours.

FIN

Rouen. — Imp. Léon Deshays, rue des Carmes, 58.

RETOUR

A LA

CHAMBRE

AIR : *La Chasse*

I

Allons, chasseur, plions bagage,
Gibecière bredouille ou non,
Ton ton tontaine ton ton.
Pour Lutèce et le bavardage,
Il faut déguerpir du canton,
Ton ton tontaine ton ton.

II

Laissant les lapins dans leur gîte,
Duhamel, dis à ton patron,
Ton ton tontaine ton ton,
Qu'il faut revenir au plus vite
Pour nous garantir de LEON.
Ton ton tontaine ton ton.

III

Car, ô malheur ! quittant la Crête
Où la veuve Adam tient salon,
Ton ton tontaine ton ton,
Sans tambour, mais non sans TROMPETTE,
Il rentre en son Palais Bourbon.
Ton ton tontaine ton ton.

IV

De son IMMANENTE prouesse
Viens modérer l'ébullition.
Ton ton tontaine ton ton.
Nous somm' frits si, pour la Grèce,
LEON tire un coup de canon.
Ton ton tontaine ton ton.

V

Et que, durant ta présidence.
Une fois devant ton guidon,
Ton ton tontaine ton ton,
Du haut de son omnipotence,
Il amène son pavillon.
Ton ton tontaine ton ton.

VI

Tout ici jusqu'à la commère
Te tient pour manquer d'éperon,
Ton ton tontaine ton ton.
Fais-nous-en donc voir une paire
Valant bien la paire à LEON.
Ton ton tontaine ton ton.

VII

Viens lui dire, pour sa gouverne,
A propos de poudre à canon,
Ton ton tontaine ton ton,
Que c'est bien assez qu'il nous berne
De sa poudre à niais, le GASCON.
Ton ton tontaine ton ton.

VIII

Pendant que tu cours la garenne
Pour prendre un peu de venaison,
Ton ton tontaine ton ton,
En masse, et tout à fait sans gêne,
Le gros GÊNOIS prend du galon.
Ton ton tontaine ton ton.

IX

Pour lui, rallumant la lanterne
Qui s'éteignit sous MAC-MAHON,
Son ton tontaine ton ton,
GRÉVY règne et LÉON gouverne ;
A lui la chose, à toi le nom.
Ton ton tontaine ton ton.

X

A propos de cette ingérence,
Si jeunesse savait, dit-on,
Ton ton tontaine ton ton,
Tu n'eus pas, sur la présidence,
Fait ta fameuse motion.
Ton ton tontaine ton ton.

XI

Si, troquant vos sièges, bon père,
Tu gardais son diapason,
Ton ton tontaine ton ton,
Dieu ! de quelle voix de tonnerre
Il te ferait baisser le ton.
Ton ton tontaine ton ton.

XII

Cependant, malgré son audace,
Qui n'est qu'une audace de pion,
Ton ton tontaine ton ton,
Si tu le regardais en face,
Tu verrais bientôt son croupion.
Ton ton tontaine ton ton.

XIII

Non de trois cents copains quand-même,
Mais de toute la nation,
Ton ton tontaine ton ton,
S'il tenait le pouvoir suprême !...
Je ne te dis que ça, mon bon.
Ton ton tontaine ton ton.

XIV

Alors... Margue à tous les prammes,
Tout PAR LÉON, tout POUR LÉON,
Ton ton tontaine ton ton,
Chez nous plus ni hommes ni femmes,
Rien plus que des GREVY-TONTON,
Ton ton tontaine ton ton.

XV

Et pour avoir tout sous sa botte
Jusque par delà l'horizon,
Ton ton tontaine ton ton,
Il vient de compléter sa note
Au carrefour de l'Odéon,
Ton ton tontaine ton ton.

XVI

Nous subissons de par Procope
Tous les produits de sa façon.
Ton ton tontaine ton ton.
Mais pour le respect de l'Europe,
Mets ton veto sur certain nom,
Ton ton tontaine ton ton.

XVII

Car s'il soulevait son suaire,
Que dirait le fier Palmerston,
Ton ton tontaine ton ton,
De voir... nom d'une Jarretière !
LACOUR à la cour de London,
Ton ton tontaine ton ton.

XVIII

D'ailleurs, sans parler du Jésuite,
Qui n'est après tout qu'un mouton,
Ton ton tontaine ton ton,
LUÇAY, MARET, PYAT et sa suite
Vont te dévider du coton,
Ton ton tontaine ton ton.

XIX

Bref, aux yeux de JACQUES BONHOMME,
Il faut avoir quelque raison,
Ton ton tontaine ton ton,
Pour la popotte... et l'Économe,
D'émarger son petit million.
Ton ton tontaine ton ton.

XX

J'oubliais que, durant la peste,
Le Municipe a fait faux bon,
Ton ton tontaine ton ton.
De Mont-sous-Vaudrey, sous ta veste,
Apporte du contre-poison,
Ton ton tontaine ton ton.

J. M. (du Cantal).

En VENTE chez Louis ROTIER, rue du Croissant, 8.

Paroles de G. Sarris

ADIEU LES ROIS

Musique de B. Gros

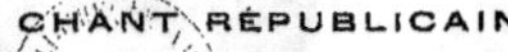

CHANT RÉPUBLICAIN

Dédié au Cercle des Amis de la Liberté

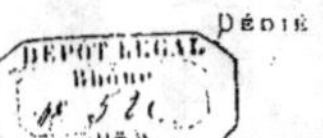

10c

I

Inspire-moi, muse de notre histoire,
Fait que le chant que va dicter ta voix,
Soit pour nous tous comme un chant de victoire,
Comme un défi retombant sur les rois.
Pays sacré pour le culte druidique,
Peuple gaulois que l'on a tant vanté,
Tu fis jadis trembler le monde antique
Par ta devise : Et Gloire et Liberté !

II

A l'homme échut la vigueur en partage,
Mais Jeanne d'Arc, une femme, a prouvé
Que c'est au cœur que se tient le courage,
Car le pays par elle fut sauvé.
De nos héros, au Temple de la Gloire,
Mettons les noms pour la Postérité ;
Et quand l'honneur illustre notre histoire,
Peuples chantons : Honneur et Liberté !

III

Les rois, ligués contre la République,
Et réunis comme un triple faisceau,
Firent du sein de la vieille Celtique
Soudain sortir Kléber, Hoche et Marceau.
Vive à jamais le grand Quatre-Vingt-Treize !
L'on vit alors, haute moralité :
Un peuple entier chantant la *Marseillaise*,
Chasser les rois aux cris de Liberté !

IV

Depuis ce temps, hélas ! souvent l'orage
Sur notre Gaule a semé la terreur.
Oui ! l'on a vu... j'en frémis de l'outrage,
Régner sur nous un bandit empereur.
Mais aujourd'hui que le vieux monde croule,
Et sur les rois et sur la royauté,
Peuples, debout ! Laissons passer leur foule !
Adieu les rois !... Vive la Liberté !

Gabriel Sarris

Imp. Cros Rue Belfort x Rousse.

Gloire et Patrie
ou la Présidence de M. Grévy.

Air : Vive le roi qui ne vent pas de moi

1er Couplet.

Grévy qu'ici nous chantons
Bien plus qu'héroïque
Surpasse les Washingtons
Législateurs d'Amérique.
L'orateur républicain
Que notre France révère,
Sera, pour le genre humain,
Un vrai protecteur, un père.

Refrain.

Peuple roi, sois ravi,
Car la République vit,
Notre Président Grévy
Veut que tu sois servi.

2e Couplet.

Le grand Marceau ne vit plus,
Lui qui ont tracer la route ;
Et Grévy l'un des élus.
Quand vertu, rien ne lui coûte
Prêtons tous notre concours,
Au soutien démocratique,
Qui saura, par son secours,
Appuyer la République.

3e Couplet.

Thiers, petit républicain,
Sans principe, ni courage,
Nous mit sur un faux chemin ;
Grévy change son ouvrage.
Les autres qui nous ont trahis
Oublions en la mémoire.
Jules, sauve son pays,
Tout en se couvrant de gloire.

4e Couplet.

Rome s'est vu des Caton,
Des Brutus, pleins de courage.
Nous avons nos Cicéron,
Grand héros du Moyen-Age.
Le peuple, s'est vu trompé,
Les Césars ont pris la fuite.
Gloire au courage indompté,
Grévy court à leur poursuite.

5e Couplet.

Pour terminer sagement,
Ce chant presque dogmatique,
Jules en est l'ornement,
En servant la République.
En France la liberté,
Est ce que chacun souhaite,
Grévy, plein d'autorité
N'a plus qu'à finir le reste.

Grosperrin

CE QUE DISENT LES JÉSUITES!

AIR : *Les Anguilles, les Jeunes Filles,* ou les *Deux Gendarmes,* ou *la Manière de s'en servir.*

I

Dans un palais qu'on voit à Rome,
Abriter bien des éteignoirs,
Un général de triste arome,
Disait à tous ses hommes noirs :
« Amis, quel lugubre cortège!
Nous touch ns à notre trépas!
Si l'Esprit du mal nous protège, } bis.
Non, Dieu ne nous protège pas!

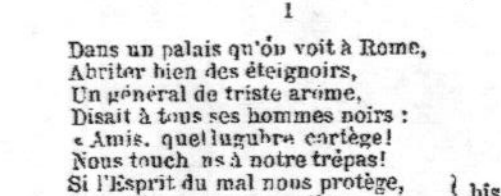

II

Il faut bien avouer qu'en somme,
Nous avons fort piètre soutien :
C'est Saint-Genest qui nousassomme,
Dans son journal quand on le tient;
Puis, c'est Veuillot, vieille écumoire,

V

En fait de chances déshonnêtes,
Nous comptions tout dernièrement
Sur *Simon* lisant les sornettes,
Du grand pétionnement;
Mais, hélas! cet Iscariote,
Ce politique à la Bosco,
Ce faux et louche patriote, } bis.
N'a fait qu'un immense fiasco!

VI

Nous avions bien deux cents comparses,
Parmi les magistrats debout;
Mais ces phalanges sont éparses;
Ils ont tous lâché le bon bout;
Si vous voyez sur votre route,
Des types de vieux sacristains,

IX

Vous demandez frère Pancrace,
Pourquoi tant de sincérité?
La bêtise humaine est si crasse,
Autant dire la vérité!
Cette confession complète,
N'a rien qui doive inquiéter;
D'ailleurs, si c'est une boniette, } bis.
On n'en est plus à les compter!

X

Vraiment, c'est à pouffer de rire,
Lorsqu'on lit dans certain journal,
La blague des pince-sans-rire,
Dite : Clergé national!
Mais, quadruples sots que vous êtes,
Quand l'Église est à nos genoux,

XIII

Tant que sur le budget des cultes,
Vous donnerez vos millions,
A tant de goupillons incultes,
Vous ne ferez que des brouillons;
Tous ces gaillards concordataires,
Palpent, en vous riant au nez,
La vache à lait des ministères, } bis.
Qui les rend gras et fortunés!

XVI

Vous venez nous la bailler belle :
Les codes? mais qu'est-ce que ça!
Notre honneur est d'être rebelle,
Partout, en Chine et au deçà!
Le rapt et le saint brigandage,
Le plus souvent sont notre lot;

III

En cherchant bien, peut-être, dame !
On pourrait trouver quelques ducs,
Trois barons flanqués d'un vidame,
Et quelques ratapoils caducs ;
Tous de la bande protectrice,
Crocodiles versant des pleurs,
Sur l'Union conservatrice, } bis.
Si célèbre par ses malheurs !

IV

[illegible]s-là, mes che[illegible]s,
[illegible]dehus m[illegible]

VII

On ne croit plus aux momeries,
Que nous fesions pour les badauds ;
On se moque des singeries,
Qui fesaient pâmer les lourdauds ;
Enfin, l'on ne croit plus au diable,
Que nous prions matin et soir,
Et, ce qui devient pitoyable, } bis.
Le bon Dieu nous envoie asseoir !

VIII

Depuis qu'ils ont la Marseillaise,
Que l'on entend chanter partout,
Leur patriotisme est à l'aise,
Et nous n'y sommes pas du tout ;
Par chaque note qui nous pique,
Où l'amour d[illegible] est peint,
[illegible] poème épique,
Nous donne le coup du lapin ! } bis.

XI

De ça nous avons mille preuves,
Ceci soit dit sans boniment :
Monsignor nous lit les épreuves,
Pour corriger son mandement ;
Curés, bedeaux, à l'ordinaire,
C'est nous qui dirigeons tout ça ;
Ce n'est pas extraordinaire, } bis.
Toujours ainsi ça se passa !

XII

Puis, l'on dit, bourde sans pareille,
Que Gambetta, ce grand roublard,
Cherche à se ménager l'oreille,
De tous ces curés gras à lard ;
Allons donc ! Gambetta — j'enrage !
Fin politique et beau lutteur,
Tient à se garder le suffrage, } bis.
De son souverain l'électeur !

XV

Plus d'un, qui croit à l'impossible,
Espère en l'Allemagne, ici ;
Bismarck est très fort, c'est possible,
Mais Bismarck est prudent aussi ;
Compter sur lui pour quelque brisque,
C'est un bien mauvais aléa !
Il est trop fin pour mettre en risque, } bis
La gloire que l'Allemand a !

XVI

Bref, pour finir, sans nul mystère,
Moi, j'y veux aller carrément :
Camarades, sur cette terre,
Nous passons un mauvais moment ;
Quand le peuple est sage, tout cloche
Chez nous, avec juste raison,
De Loyola, sonnons la cloche ! } bis.
Le torchon brûle à la maison ! »

LE GÉNÉRAL.

Pour copie conforme :
JULIEN FAUQUE.

EN VENTE chez Louis [illegible]OTIER, 8, rue du Croissant

LES
VOILA TOUS SOLDATS
Ou l'Artillerie de la Pièce humide

Le projet Labuze
S'est réalisé
Plus d'un, c'qui m'amuse,
S'est scandalisé,
Sans qu'aucun raisonne,
Faut porter le sac,
Jusque chez les nonnes,
Ils ont tous le trac.

REFRAIN.

Le clyso sur le dos,
Oh! oh! oh!
Les voila tous soldats,
Ah! ah! ah!
L'état de militaire
Ne fait pas leur affaire;
Fait's mes vieux,
Vos adieux
A tous les frigolets,
Prémontrés, récolets.

Pourquoi qu'on enrôle,
Au deuxième rang,
Cette armée si drôle,
Au regard peu franc,
C'est un tour de force
Qui me paraît beau,
D'fair' brûler l'amorce
A chaque corbeau.

Le clyso, etc.

On remplac' les nonnes
Dans les hôpitaux,
Par d'autres personnes
Noir's comm' des corbeaux.
Des combats l'bastringue
Est un triste bal,
Vive la seringue,
On a moins de mal,

Le clyso, etc.

Avant peu peut-être,
J'ose l'espérer,
De notre fenêtre
Nous verrons passer
Ces hommes de race,
Pas du tout contents,
Laisser là leur place,
Pour faire trois ans.

Le clyso, etc.

Pour la République,
Ça fait leur bonheur,
Que dit cette clique,
Au langag' menteur,
Ils parlent de guerre,
Et puis de combats,
Chacun d'eux préfère,
Soutan' et rabat.

Le clyso, etc.

La mesure est bonne,
D'un bon résultat,
Mais Dieu me pardonne,
Pourquoi le soldat,
Est-il sous les armes,
Dans un temps de paix,
Pendant que des carmes
Ne s'y trouv' jamais.

Le clyso, etc.

Voilà comm' je pense,
Mes chers citoyens,
Et j'ai l'assurance,
Que tout ira bien.
Mais qu'un' lutt' suprême,
Nous force à partir,
Armons-nous quand même,
Pour vaincre ou mourir.

Le clyso sur le dos,
Oh! oh! oh!
Les voilà tous soldats,
Ah! ah! ah!
L'état de militaire
Ne fait pas leur affaire,
Fait's mes vieux,
Vos adieux,
A tous les frigolets,
Prémontrés, récolets.

Typ. A. PARENT, — DAVY, Succ.

DÉPOT : RUE DOMAT, 20. — PARIS.

Joseph F.

COMPLAINTE

SUR

Les Jésuites

Sur l'air de la Fille de Mme Angot. — Air de : **Jadis les rois race proscrite.**

Connaissez-vous la noire clique
Des gens tout confits d'Oremus.
Ennemis de la République :
C'est la Société de Jésus
Ce vautour se glissant dans l'ombre
A l'abri de la religion
C'est le Jésuite au regard sombre
A l'affut du moindre million.

Qu'on foute à la porte, etc.

Toute cette sainte canaille
Lorgnant toujours le bien d'autrui
Avec notre argent fait ripaille
Mais ça va finir aujourd'hui.
Ces ventrus qui ne se nourrissent
Que du fruit de nos durs labeurs
Il faudra bien qu'ils déguerpissent
Et portent leur astuce ailleurs.

Qu'on foute à la porte, etc.

Voulez-vous connaître l'histoire
De ces doux fils de Loyola?
Elle est encor bien plus qu'eux noire
En ces quelques vers la voila :
Par des moyens de toute sorte
S'introduisant dans les foyers
La traitre Compagnie emporte
L'argent des pauvres ouvriers.

Qu'on foute à la porte, etc.

Loyola ce suppôt du diable
Voulant exploiter les dévots
Par une ruse abominable
Fit augmenter tous les impôts
Dans sa poche toujours béante
Glissant l'argent des mobiliers
Il fit encor payer patente
A tous les petits boutiquiers.

Qu'on foute à la porte, etc.

Fondant sa noire compagnie
Pour exploiter le genre humain
Il mit tout son mauvais génie
A tout réunir dans sa main
Il n'est pas d'oiseau plus rapace
Aigle, corbeau, hibou, vautour,
Comparable à la triste race
A laquelle il donna le jour.

Qu'on foute à la porte, etc.

Ne reculant devant nul crime
Pour en arriver à leurs fins,
Et pour dépouiller leur victime
Ils prennent tous des airs bénins.
Leurs yeux sont doux comme du sucre,
Leur parole a le goût du miel,
Quand ils sentent l'odeur du lucre,
Tout de suite ils parlent du ciel.

Qu'on foute à la porte, etc.

Et sous le couvert de l'église,
En nous parlant du paradis,
Ils extirpent à la sottise
Jusqu'au dernier maravédis.
Qu'on soit bourgeois, monarque ou pape,
Qu'on ait de l'or, beaucoup ou peu,
Personne, hélas! ne leur échappe,
Et pour eux cela n'est qu'un jeu.

Qu'on foute à la porte, etc.

Il nous suffit d'ouvrir l'histoire
Pour connaître tous leurs forfaits,
Il faudrait un trop long mémoire
Pour publier tous leurs méfaits.
Clément quatorze, pape antique,
Qui ne voulut pas leur céder,
Mourut un soir de la colique,
Alors qu'il venait de manger.

Qu'on foute à la porte, etc.

Sous le soleil brûlant d'Espagne
Ils fondèrent l'Inquisition,
Et des enfants de Charlemagne
Firent rôtir plus d'un million.
Cette maudite et triste engeance.
De plus encore s'est permis
De venir égorger la France
Le jour de saint Barthélemy.

Qu'on foute à la porte, etc.

En séduisant les gouvernantes
De Louis quatorze, roi Soleil
On révoqua l'Edit de Nantes.
Les protestants à leur réveil
Durent quitter avec vitesse
Leurs parents, leurs biens, leurs enfants
Forcés de se rendre à confesse
S'ils demeuraient un seul instant.

Qu'on foute à la porte, etc.

Sous la première République
On les chassa comme des chiens
Mais ils ne craignent pas la trique
Ils revinrent tous ces vauriens.
Charles dix, le roi débonnaire
S'aperçut après quelque temps
Qu'ils n'étaient bons que pour mal faire
Et les chassa subitement.

Qu'on foute à la porte, etc.

Napoléon le triste sire,
Qui nous donna vingt ans de maux
Avec son détestable empire
Les engraissa comme des veaux
Mais notre nouveau ministère
Par la sagesse de Ferry
Débarassera notre terre
De ce monde noir tout pourri.

Qu'on foute à la porte, etc.

X...

REFRAIN

Qu'on foute à la porte (bis)
Foute à la porte carrément
Cette bande de fainéants.

[illegible] Saint-Ferréol, 27.

Air du Chant du Départ.

I IV

Prix : 10 Centimes

Air du Chant du Départ.

I

LE GÉNÉRAL DES JÉSUITES

La défaite en hurlant nous montre la barrière,
Leur fier mépris poursuit nos pas.
Et du nord au midi la France tout entière,
D'la Compagnie a sonné ce trépas;
Fuyons fuyons en diligence.
Si nous voulons rester entiers,
J'vois un gendarme qui s'avance,
Et sens déjà le parfum de ses pieds.

REFRAIN

Jésuites jésuites aux frontières,
Déguerpissons d'un pas pressé;
Leurs bottes menacent nos derrières, } bis
Pour ces gens là rien n'est sacré. }

II

UN JÉSUITE DÉVOYÉ

Hélas! sans rémission, il faut plier bagages,
Abandonner tant de douceurs,
Sans pouvoir échanger les derniers témoignages.
De l'amour qui remplit nos cœurs.
Jeunes amis, je vous conjure
De continuer entre vous
Ce jeu charmant de la nature
Quelquefois en songeant à nous.
REFRAIN : Jésuites jésuites, etc.

III

UN JÉSUITE VIGOUREUX

Hypocrites, menteurs, nous avons tous les vices.
Surtout celui le plus charmant.
Si notre morale est fort chargée en épices :
C'est pour notre tempérament.
Sous la pudique robe noire,
S'agite un volcan tout en feu.
Un père a dit — il faut le croire :
C'est la colère du bon Dieu.
REFRAIN : Jésuites jésuites, etc.

IV

UN VIEUX JÉSUITE

Si nous nous déguisions en vieilles courtisanes
Avec un peu d'poudre de riz :
Pour servir de jupons nous avons nos soutanes,
Pour éventails, nos parapluies,
Nous pourrions séduire et corrompre,
En faisant des yeux d'merles frits.
C'pendant je crois qu'il vaut mieux rompre;
Si nous n'voulons pas être pris.
REFRAIN : Jésuites, jésuites, etc.

V

UN JEUNE JÉSUITE

Adieu donc belle vie et chères pénitentes,
Qui nous racontiez en secret,
A genoux à nos pieds, des choses délirantes
Qui mettaient l'esprit en arrêt.
Adieu doux tendrons, jeunes filles,
Qui grâce à nous, toujours en sain-
Tes, répandiez dans vos familles
Du Dieu d'amour le culte saint.
REFRAIN : Jésuites, jésuites, etc.

VI

UN JÉSUITE EN COLÈRE

Je voudrais écraser cet ennemi féroce,
Le démocrate, ce vaurien,
Sur son crâne odieux pulvériser ma crosse,
Mon goupillon, mon sacristain,
Sur sa maudite République,
River le pouvoir absolu.
Aïe ! Aïe ! Il m'a fait la réplique,
En me fichant son pied au c...

REFRAIN

Jésuites, Jésuites, aux frontières,
Déguerpissons d'un pas pressé,
Leurs bottes menacent nos derrières, } bis
Pour ces gens là, rien n'est sacré. }

414. — Imp. A. WALTENER et Cie, 14, rue Belle-Cordière. Lyon.

Prix : 10 Centimes

10 cent. **10 cent.**

Les Décrets du 29 Mars

OU LA CHASSE AUX JÉSUITES

ACTUALITÉ

PAROLES DE ***M. Paul Bignon.*** — AIR DE ***L'Amant d'Amanda.***

REFRAIN.

Voyez donc ce Jésuit'-là,
Quelle mine il a *(bis).*
Mais voyez donc ce Jésuit'-là,
Quelle mine il a déjà !

I

Il était toujours joyeux,
Il avait large bedaine ;
Sa panse était toujours pleine
Aux dépens des malheureux.
Mais aujourd'hui, Dieu merci,
Tout ça change de tournure ;
Voyez déjà celui-ci,
Comme il fait triste figure !

Voyez donc ce Jésuit'-là, etc.

II

Ils ne seront plus si gras
De l'argent du pauvre diable.
Et s'ils n'ont plus bonne table,
Ils nous traiteront d'ingrats.
D'ici voyez ce cafard,
Ses yeux nous lancent la foudre ;
A nous quitter sans retard,
Il ne peut pas se résoudre.

Voyez donc ce Jésuit'là, etc.

III

Déguerpissez, c'est la loi,
Pour vous elle est implacable ;
Partout elle est applicable,
C'est notre article de foi.
Celui-ci crie au martyr,
Et celui-là se désole,
Cet autre, avant de partir,
Regrette sa chère école...

Voyez-donc ce Jésuit'-là, etc.

IV.

Nous connaissons les exploits
De tous ces suppôts du diable ;
D'un orgueil insatiable,
Ils voulaient tous les emplois.
L'un veut être cardinal,
L'autre veut être ministre,
Mais celui-ci, moins brutal,
Ne sera jamais qu'un cuistre !

Voyez donc ce Jésuit'-là, etc.

V.

Révérends IGNORAMUS,
Vous n'êtes pas sur la paille ;
Vous pouvez faire ripaille,
En chantant vos OREMUS.
Si les bigots et les sots
Fournissent votre pitance,
Du moins vos sales tripots
Ne souilleront plus l'enfance.

Voyez donc ce Jésuit-là, etc.

VI.

Les décrets du vingt-neuf Mars
Font que le Jésuite braille ;
S'il osait livrer bataille,
Il braverait le dieu Mars.
S'il se croyait assez fort,
Si la chose était possible,
Il pourrait braver la mort,
Car il servirait de cible !

(Parlé) On tirerait dans le noir...

REFRAIN.

Voyez donc ce Jésuit'-là,
Quelle mine il a *(bis).*
Mais voyez donc ce Jésuit'-là
Quelle mine il a déjà !

(Propriété de l'Éditeur).

Édité à la *LIBRAIRIE POPULAIRE*, rue Lafayette, 106, et rue Pavée, 32, à Rouen

DÉPOSÉ. Sotteville.—Imp. Lecourt et Mallais.

10 cent. # N, i, ni, c'est fini ! **10 cent.**

OU

L'EXPULSION des JÉSUITES

JÉRÉMIADE

PAROLES DE M. **Paul Bignon.** — AIR DE **Nicolas.**

REFRAIN.

(Chœur des vieilles Bigottes.)

N, i, ni, c'est fini !
(Pleurant) Hi ! hi ! hi !
Le Jésuite est banni,
(Pleurant) Hi ! hi ! hi !
N, i, ni, c'est fini !
(Pleurant) Hi ! hi ! hi !
Jul's Ferry l'a banni,
(Pleurant) Hi ! hi ! hi !

I.

Enfin, sainte clique,
Fuyez loin de nous ;
Notre République
Ne veut plus de vous.
Trop ignoble race,
En crimes féconds,
Voilez votre face,
Vendez votre fonds.

N, i, ni, c'est fini ! etc.

II.

Votre marchandise
Ne tentera pas ;
Cette friandise
N'offre plus d'appas.
Nous touchons au terme
De l'iniquité,
C'que veut l'homme ferme
C'est la liberté !

N, i, ni, c'est fini ! etc.

III.

Pour lancer les foudres,
Vous êtes profonds ;
Vous brûlez vos poudres
Dans vos SAINTS CANONS.
Ça ne tu' personne,
Mais vous n'savez pas
Que l'heure qui sonne
Marque vot' trépas !

N, i, ni, c'est fini ! etc.

IV.

Ah ! pauvre jeunesse,
Tu vas donc grandir,
Sans peur, sans faiblesse,
Sans jamais rougir.
Ces maîtres infâmes
Qui te corrompaient,
Par d'affreuses trames
Toujours te trompaient.

N, i, ni, c'est fini ! etc.

V.

Nos filles, nos femmes,
Nos jeunes garçons,
Excitaient les flammes
De ces polissons.
Et sur l'autel même,
L'hostie à la main,
Du Dieu que l'on aime
Ils souillaient le pain !

N, i, ni, c'est fini ! etc.

VI.

Votre ignoble règne
Est enfin fini,
Et la loi s'imprègne
Sur chaque banni.
Dès longtemps sur terre
Vous fûtes maudits ;
De Dieu la colère
Frappe les bandits !

REFRAIN.

(Chœur des vieilles Bigottes.)

N, i, ni, c'est fini !
(Pleurant) Hi ! hi ! hi !
Le Jésuite est banni,
(Pleurant) Hi ! hi ! hi !
N, i, ni, c'est fini !
(Pleurant) Hi ! hi ! hi !
Jul's Ferry l'a banni,
(Pleurant) Hi ! hi ! hi !

Edité à la *LIBRAIRIE POPULAIRE*, rue Lafayette, 106, et rue Pavée, 32, à Rouen

DÉPOSÉ.

Imp. Lecourt et Miollais

BON VOYAGE !!!

5 c.

5 c.

Air : Bon voyage, cher Dumollet

REFRAIN

Bon voyage,
Moines, frocards,
La République opère un balayage
Bon voyage,
Moines, frocards,
La République expulse les cafards

Allez porter ailleurs votre paresse,
Moines venteux, car depuis trop longtemps
De son travail le peuple vous engraisse.
Vite, dehors, mendiants fainéants!
Bon voyage etc...

Et vous, les noirs professeurs de morale,
Vous qui fessiez les beaux petits garçons,
Cagots menteurs, à mine sépulcrale,
On ne veut plus de vos tristes leçons.
Bon voyage etc...

Vous qui changiez, ô marchands de prières,
En un comptoir la nappe de l'autel,
Sous l'éteignoir étouffant les lumières,
Glorifiant Ravaillac, Jean Châtel,
Bon voyage etc....

Enfin, il vous faut nettoyer la place,
On vous souhaite un bon voyage ; mais,
O fins renards, bons disciples d'Ignace,
Espérant bien ne vous revoir jamais !
Bon voyage etc...

IMPRIMERIE VACHER, RUE CHANTIER, 1.

LES

CORBEAUX CONCIERGES

Scie anti-Jésuitique

paroles d'un mercenaire

AIR : *LE VOILA, NICOLAS, AH! AH! AH!*

Puisqu'on nous déloge,
Y'a d'autres métiers;
Cherchons une loge,
Mettons-nous portiers.
Y'aura un' sonnette,
Pour nous égayer;
Y'aura la clochette,
Comme dans le clocher.

Le venin, calotin, voit sa fin,
Le venin, calotin, voit sa fin,
Couac! couac! couac! (*bis*)
Couac! couac! couac! (*bis*)

Être piplettaire,
Est un bon métier,
Le propriétaire
Paiera le loyer.
Ça fera comprendre
Que l' gouvernement
Fait, voulant nous prendre
Four complètement. *Refrain.*

Nous pourrons intrure
Quelque pipelet,
A la profecture
Ç'a fera d' l'effet
Non, sous l'belvédère
Qu'ell' nous fournissait
Ni l' calorifère,
N' bois qui l' chauffait. *Refrain.*

Cette République,
Fait de ses exploits,
Vient avec sa trique
Nous poser des lois.
Nous avons l'église
Qui nous aime bien,
Prenons notre prise
Et ne craignons rien. *Refrain*

On n' veut plus d' messe,
Qu' feront les enfants,
Plus de mère-abbesse,
Et plus de couvents :
Plus de conférence
Du père Loyola,
On dit qu' ça sent l' rance
Nous verrons cela *Refrain.*

Tout coup de sonnette
Nous fait rappeler,
Que quelque cornette,
Vient nous visiter;
Savoir de nouvelles
D' nos situations,
Préparons pour elles
D'autr' locations

Le venin, calotin, voit sa fin,
Le venin, calotin, voit sa fin,
Couac! couac! couac! (*bis*)
Couac! couac! couac! (*bis*)

Le denier d' Saint-Pierre
Qu'a du vert-de-gris,
S'dérouilllera, cher-frère,
Grâce à tous nos cris
Le sou des dévotes.
Nous voulons encor
Pour fair' des ribotes
Combler le trésor. *Refrain.*

C'est dur tout de même,
N'aurions jamais dit
Que not' chef suprême
Nous laisserait blotit
Dans la log' humide
Des derniers humains,
Nous l'esprit candide
Inventeurs des saints. *Refrain.*

Chœur des Républicains

Chantons n'en déplaise
A tous les corbeaux,
Vive la Marseillaise !
A bas les cagots !
Viv' la République !
Entonnons gaiement :
Expulsons la clique
Qui vend l' Firmament.

Le venin, calotin, voit sa fin
Le venin, calotin, voit sa fin
Couac! couac! couac! (*bis*)
[illegible] (*bis*)

DÉPOT RUE DOMAT, 20 — PARIS

Paris. — Typ. A. PARENT, r. M.-le-Prince, 29-31.

LA MARSEILLAISE ANTI-CLÉRICALE

DISTRIBUTION *GRATUITE* POUR **Propagande**

CHANT DES ÉLECTEURS

PAR

LÉO TAXIL

DISTRIBUTION *GRATUITE* POUR **Propagande**

I

Allons ! fils de la République,
Le jour du vote est arrivé !
Contre nous de la noire clique
L'oriflamme ignoble est levé. *(bis)*
Entendez-vous tous ces infâmes
Croasser leurs stupides chants ?
Ils voudraient encor, les brigands,
Salir nos enfants et nos femmes !

REFRAIN

Aux urnes, citoyens, contre les cléricaux !
Votons *(bis)* et que nos voix dispersent les corbeaux !

II

Que veut cette maudite engeance,
Cette canaille à jupon noir ?
Elle veut étouffer la France
Sous la calotte et l'éteignoir ! *(bis)*
Mais de nos bulletins de vote
Nous accablerons ces gredins,
Et les voix de tous nos scrutins
Leur crieront : A bas la calotte !

REFRAIN

Aux urnes, citoyens, contre les cléricaux !
Votons *(bis)* et que nos voix dispersent les corbeaux !

III

Quoi ! ces curés et leurs vicaires
Feraient la loi dans nos foyers !
Quoi ! ces assassins de nos pères
Seraient un jour nos meurtriers ! *(bis)*
Car ces cafards, de vile race,
Sont nés pour être inquisiteurs...
A la porte, les imposteurs !
Place à la République ! place !

REFRAIN

Aux urnes, citoyens, contre les cléricaux !
Votons *(bis)* et que nos voix dispersent les corbeaux !

IV

Tremblez, coquins ! cachez-vous, traîtres !
Disparaissez loin de nos yeux !
Le Peuple ne veut plus de prêtres ;
Patrie et Loi, voilà ses dieux. *(bis)*
Assez de vos pratiques niaises ;
Les vices sont vos qualités.
Vous réclamez des libertés ?...
Il n'en est pas pour les punaises !

REFRAIN

Aux urnes, citoyens, contre les cléricaux !
Votons *(bis)* et que nos voix dispersent les corbeaux !

V

Citoyens, punissons les crimes
De ces immondes calotins ;
N'ayons pitié que des victimes
Que la foi transforme en crétins ; *(bis)*
Mais les voleurs, les hypocrites,
Mais les gros moines fainéants,
Mais les escrocs, les charlatans...
Pas de pitié pour ces jésuites !

REFRAIN

Aux urnes, citoyens, contre les cléricaux !
Votons *(bis)* et que nos voix dispersent les corbeaux !

VI

Que la haine de l'imposture
Inspire nos votes vengeurs !
Expulsons l'horrible tonsure ;
Hors de France, les malfaiteurs ! *(bis)*
Formons l'union radicale ;
Allons au scrutin le front haut :
Pour sauver le pays, il faut
Une Chambre anti-cléricale !

REFRAIN

Aux urnes, citoyens, contre les cléricaux !
Votons *(bis)* et que nos voix dispersent les corbeaux !

Édité par la LIBRAIRIE POPULA 169, rue du Temple, Paris.
Imprimerie Nouvelle (association ouvrière), 11, rue Cadet. — G. Masquin, directeur

LA MARSEILLAISE ANTI-CLÉRICALE

CHANT DES ÉLECTEURS

PRIX CINQ Centimes

PAR

LÉO TAXIL

(Dédié à la Société Chorale républicaine LA JEUNE FRANCE, de Saint-Etienne)

I

Allons ! fils de la République,
Le jour du vote est arrivé !
Contre nous de la noire clique
L'oriflamme ignoble est levé (*bis*).
Entendez-vous tous ces infâmes
Croasser leurs stupides chants ?
Ils voudraient encor, les brigands,
Salir nos enfants et nos femmes ?

REFRAIN

Aux urnes, citoyens, contre les cléricaux !
Votons (*bis*) et que nos voix dispersent les corbeaux !

II

Que veut cette maudite engeance,
Cette canaille à jupon noir ?
Elle veut étouffer la France
Sous la calotte et l'éteignoir ! (*bis*)
Mais de nos bulletins de vote
Nous accablerons ces gredins,
Et les voix de tous nos scrutins
Leur crieront : A bas la calotte !

REFRAIN

Aux urnes, citoyens, contre les cléricaux !
Votons (*bis*) et que nos voix dispersent les corbeaux !

III

Quoi ! ces curés et leurs vicaires
Feraient la loi dans nos foyers !
Quoi ! ces assassins de nos pères
Seraient un jour nos meurtriers ! (*bis*)
Car ces cafards, de vile race,
Sont nés pour être inquisiteurs...
A la porte, les imposteurs !
Place à la République ! place !

REFRAIN

Aux urnes, contre les cléricaux !
Votons (*bis*) et que nos voix dispersent les corbeaux !

IV

Tremblez, coquins ! cachez-vous, traîtres !
Disparaissez loin de nos yeux !
Le Peuple ne veut plus de prêtres ;
Patrie et Loi, voilà ses dieux. (*bis*)
Assez de vos pratiques niaises !
Les vices sont vos qualités.
Vous réclamez des libertés !...
Il n'en est pas pour les punaises !

REFRAIN

Aux armes, citoyens, contre les cléricaux !
Votons (*bis*) et que nos voix dispersent les corbeaux !

V

Citoyens, punissons les crimes
De ces immondes calotins ;
N'ayons pitié que des victimes
Que la foi transforme en crétins ; (*bis*)
Mais les voleurs, les hypocrites,
Mais les gros moines fainéants,
Mais les escrocs, les charlatans...
Pas de pitié pour ces jésuites !

REFRAIN

Aux urnes, citoyens, contre les cléricaux !
Votons (*bis*) et que nos voix dispersent les corbeaux

VI

Que la haine de l'imposture
Inspire nos votes vengeurs !
Expulsons l'horrible tonsure ;
Hors de France, les malfaiteurs ! (*bis*)
Formons l'union radicale ;
Allons au scrutin le front haut :
Pour sauver le pays, il faut
Une Chambre anti-cléricale !

REFRAIN

Aux urnes, citoyens, contre les cléricaux !
Votons (*bis*) et que nos voix dispersent les corbeaux !

Lyon. — Imp. H. ALBERT, quai de la Guillotière, 6

LA GAMBETTANE

(1)

AIR : *Dis-moi, Fanfan, dis-moi, t'en souviens-tu?*

I

, Léon, je revois Belleville,
s dix ans de fer à Nouméa,
ie vois rien de nouveau par la Ville,
è n'est pis que ce qu'on remplaça,
s ce concert, où tu fis ta partie,
aspirais, maintenant je le vois,
régenter notre démocratie.
pas pour ça que j't'ai donné ma voix.
dominer sur toute la curie,
pas pour ça que j't'ai donné ma voix.

IV

Lorsqu'à la fin d'un long mois de batailles,
On nous saigna, d'ordre de Fontriquet,
Saint-Sébastien te ravit à Versailles,
Et tu laissas faire ton Galliffet.
Sans t'opposér à ces ordres immondes,
Pour arrêter tout ce sang, ô génois !
Tu fus là-bas te jouer dans les ondes.
C'est pas pour ça que j'tai donné ma voix.
Nous dans le sang et Léon dans les ondes
C'est pas pour ça que j't'ai donné ma voix.

VII

Tu te souviens, dis-tu, que la cannelle,
Paya tes frais de nourrice à Cahors,
Et que surtout tu dois une chandelle
A tous ceux qui t'ont gobé jusqu'alors.
Oui nous savons que, ne dans la melasse,
Tu t'en sortis comme pas un matois ;
Mais ne vas pas nous y mettre à ta place.
C'est pas pour ça que j't'ai donné ma voix.
Tu sors souvent de ton rang, de ta place.
C'est pas pour ça que j't'ai donné ma voix.

X

Un philosophe a dit que le génie,
Au maxima de la sublimité,
Etait voisin de l'humaine folie.
Le sage dit : « Tout n'est que vanité.
Va pour ceci. Mais, malgré son estime,
Si l'on en croit certain petit bourgeois,
On serait fou sans atteindre au sublime.
C'est pas pour ça que j't'ai donné ma voix.
Nous connaissons le prix de ta sublime !
C'est pas pour ça que j't'ai donné ma voix.

II

Je crus d'abord à ton semblant de zèle
Pour le rappel de ton ex-électeur,
Mais, depuis lors, j'ai trop vu la ficelle,
Et, de ce chef, j'en ai gros sur le cœur.
La chose, enfin, te parut opportune.
Mais seulement quand tout fut aux abois,
Ton seul mobile est toujours ta fortune;
C'est pas pour ça que j't'ai donné ma voix.
Tu ne sers que ce qui sert ta fortune.
C'est pas pour ça que j't'ai donné ma voix.

III

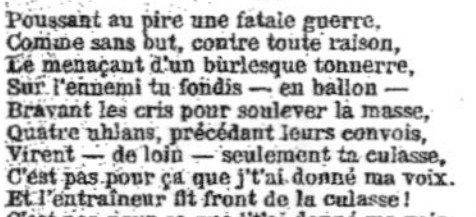

Poussant au pire une fatale guerre,
Comme sans but, contre toute raison,
Le menaçant d'un burlesque tonnerre,
Sur l'ennemi tu fondis — en ballon —
Bravant les cris pour soulever la masse,
Quatre uhlans, précédant leurs convois,
Virent — de loin — seulement ta culasse,
C'est pas pour ça que j't'ai donné ma voix.
Et l'entraîneur fit front de la culasse!
C'est pas pour ça que j't'ai donné ma voix.

V

O toi de qui nous viens l'opportunisme,
Sans t'offenser — et sans comparaison —
Au nom de quoi viser au despotisme?
En vain Léon rime à Napoléon.
Certes, pour toi, vouloir n'est pas tout comme
Par de grands faits se hisser au pavois,
Mais c'est déjà trop de nous singer l'homme.
C'est pas pour ça que j't'ai donné ma voix.
Toi! retaper le chapeau de cet homme!
C'est pas pour ça que j't'ai donné ma voix.

VI

Au Parlement, champ de foire aux javottes,
Où tu tonnas contre l'autorité,
Ta main trop prompte à river les parlottes,
S'inscrit en faux contre la liberté.
Contre les tiens, voulant rompre une lance,
A certains preux tu barres les tournois;
Tu fais en tout abus d'omnipotence.
C'est pas pour ça que je t'ai donné ma voix.
Pour un democ c'est trop d'omnipotence!
C'est pas pour ça que j't'ai donné ma voix.

VIII

Est-ce à bidet, en fourgon, en berline,
Que tu voudrais, Don Cesar de Léon,
En brandissant le sabre ou la badine,
Crinière au vent franchir le Rubicon?
Seul ou suivi, avec ou sans armure,
Et par tunnel, pont de pierre ou de bois,
Garde-toi bien de tenter l'aventure!
C'est pas pour ça que j't'ai donné ma voix.
Epargne-nous les frais de l'aventure.
C'est pas pour ça que j't'ai donné ma voix.

IX

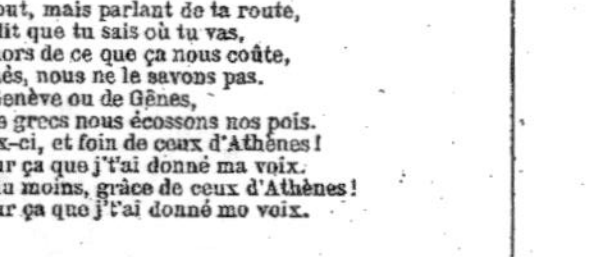

Non de ton but, mais parlant de ta route,
Tu nous as dit que tu sais où tu vas,
Mais, en dehors de ce que ça nous coûte,
Foi d'écorchés, nous ne le savons pas.
Ici déjà de Genève ou de Gênes,
Pour trop de grecs nous écossons nos pois.
Prou de ceux-ci, et foin de ceux d'Athènes!
C'est pas pour ça que j't'ai donné ma voix.
Fais-nous, du moins, grâce de ceux d'Athènes!
C'est pas pour ça que j't'ai donné mo voix.

XI

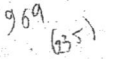

Puis, lorsqu'au bout d'une longue semaine,
Courbatures par de rudes labeurs,
Nous saturons ou la Marne ou la Seine
De crasse noire et d'infectes sueurs;
Toi, déguindé de ton linge d'Altesses
Dans les bassins des Morny d'autrefois,
De hauts parfums tu satures tes fesses.
C'est pas pour ça que j't'ai donné ma voix.
De doux parfums du oints tes larges fesses.
C'est pas pour ça que j't'ai donné ma voix.

XII

Finalement — et nobobstant la tienne —
Ma blague, hélas! mon unique regal,
N'a pas encore, à l'heure quotidienne,
Son contingent de pauvre caporal.
Et que m'importe, à moi, la renommée
De tes fourneaux, tes cigares de choix,
Si ton copain n'en a que la fumée!
C'est pas pour ça que j't'ai donné ma voix.
A toi le rôt, aux copains la fumée!
C'est pas pour ça que j't'ai donné ma voix.

J. M. (du Cantal).

(¹) **Voir l'original, place de la République**

969 (235)

En vente chez Louis ROTIER, 8, rue du Croissant, 8, Paris.

Paris. — Imp. Wilhem, 12, rue du Croissant.

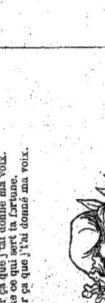

PRIX : 15 CENTIMES

VOILA GAMBETTA! AH! AH! AH!

DIS-MOI, LÉON, T'EN SOUVIENS-TU?

AIR : Dis-moi, t'en souviens-tu?

I

Permets, Léon, permets qu'un camarade
Qui te connut au vieux quartier Latin,
Qui te connut maigre et dans la pommade,
Rappelle [illegible] un temps oublié, c'est certain.
Nous vivions deux dans la même chambrette;
Frisette alors, en jouant la vertu.
Nous adorait tous les deux en cachette,
Dis-moi, Léon, dis-moi, t'en souviens-tu?
Frisette alors nous aimait en cachette,
Dis-moi, Leon, dis-moi, t'en souviens-tu?

IV

Tu n'avais pas, en orateur habile,
Cherchant un coin pour y faire du bruit,
Fais tes amis de gens qu'à Belleville
Tu voudrais bien oublier aujourd'hui.
Loin de songer à remuer les masses,
Pour ton vieux père, ô grand cœur ingénu,
Tu consultais le cours de nos mélasses,
Dis-moi Léon, dis-moi t'en souviens-tu?
Tu ne savais que le cours des mélasses,
Dis-moi. Léon, dis-moi, t'en souviens-tu?

VII

Du petit Thiers comprenant la tactique,
Vous nous av[illegible] comme de bons copains,
Adroitement fait une République
Où ne manquait que des républicains.
Vos électeurs, hélas! comme on oublie,
Ne voulant pas d'un pouvoir absolu,
Furent par vous mis en Calédonie;
Dis-moi, Léon, dis-moi. t'en souviens-tu?
Des électeurs mis en Calédonie,
Dis moi, Léon, dis-moi, t'en souviens-tu?

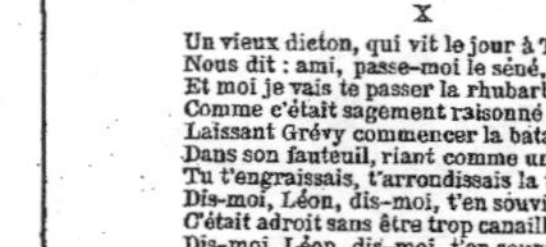

X

Un vieux dicton, qui vit le jour à Tarbe,
Nous dit : ami, passe-moi le séné,
Et moi je vais te passer la rhubarbe...
Comme c'était sagement raisonné;
Laissant Grévy commencer la bataille,
Dans son fauteuil, riant comme un bossu,
Tu t'engraissais, t'arrondissais la taille,
Dis-moi, Léon, dis-moi, t'en souviens-tu?
C'était adroit sans être trop canaille...
Dis-moi, Léon, dis-moi, t'en souviens-tu?

II

Etudiant, ton entraînant délire,
Quand tu dansais au bal de Pilodo,
Te fit vingt fois, par le père Lahire,
Appréhender et chasser *illico*.
Faire du bruit étant ton seul délice,
Comme un gascon, tapageur et têtu...
En la narguant, tu rossais la police,
Dis-moi, Léon, dis-moi, t'en souviens-tu ?
Tu t'amusais à rosser la police?
Dis-moi, Léon, dis-moi, t'en souviens-tu?

III

T'en souviens-tu ? Nous traversions la Seine
Toujours à jeûn, toujours le ventre creux!
Cherchant partout un moderne Mécène
Qui nous offrit un repas plantureux.
N'en trouvant pas, la poche peu garnie,
Malgré tes goûts, ton appétit goulu,
Nous déjeunions avec deux sous de brie,
Dis-moi, Léon, dis-moi, t'en souviens-tu?
Le radis noir, le cervelas, le brie,
Dis-moi, Léon, dis-moi, t'en souviens-tu?

V

Avant ces temps, de janvier à décembre
Te remuant et faisant les cent coups,
On te voyait à la septième chambre,
Prêtant ton verbe à d'ignobles filous.
Tous ces filous, lorsque vint la Commune,
De ton bon cœur s'étant ressouvenu,
T'ont de leurs bras hissé sur la tribune,
Dis-moi, Léon, dis moi, t'en souviens-tu ?
Oui, tu leur dois tes succès, ta fortune,
Dis-moi, Léon, dis-moi, t'en souviens-tu?

VI

Te révélant audacieux, superbe,
Quand Badinguet sombra honteusement,
On put te voir, fier dictateur en herbe,
Organiser le grand chambardement.
De ton pays rêvant la délivrance,
Toi qui la veille empruntais un écu,
Tu devins riche en défendant la France,
Dis-moi, Léon, dis-moi, t'en souviens-tu ?
Tu fus le chef de la guerre à outrance...
Dis-moi. Léon, dis-moi, t'en souviens-tu ?

VIII

Pour un civet il faut, dit-on, un lièvre;
Or, devinant ton magique ascendant,
L'ambition te rongeant de sa fièvre,
Tu t'étais dit : pour être président,
Plaçons d'abord toutes nos créatures;
Le truc est bon, quoique vieux et connu. .
Ta main peupla toutes nos préfectures!...
Dis-moi, Léon, dis-moi, t'en souviens-tu ?
Tristes préfets! drôles de préfectures!...
Dis-moi, Léon, dis-moi, t'en souviens-tu?

XIX

Quand Mac-Mahon vint à lâcher les guides
Que le devoir met au char de l'Etat;
Quand tu le vis prendre ses invalides,
Et que chacun acclamait Gambetta,
En vrai roublard, en malin funambule,
Trouvant le fruit pas assez bien venu,
Tu t'écriais : donnez la pomme à Jule!
Dis-moi, Léon, dis-moi, t'en souviens-tu!
Craignant l'échec, tu laissas passer Jule
Dis-moi, Léon, dis-moi, t'en souviens-tu ?

XI

Une fois là, complotant les poursuites
Qu'on pourrait bien diriger contre Dieu,
Tu détachas Ferry sur les Jésuites
Pour qu'il tirât tous les marrons du feu.
Puis, défiant l'adroite calomnie,
On t'entendit, vieux thème rebattu,
Pour les forçats demander l'amnistie.
Dis-moi, Léon, dis-moi, t'en souviens-tu?
C'est grâce à toi qu'on vota l'amnistie,
Dis-moi, Léon, dis-moi, t'en souviens-tu?

XII

A trop tirer souvent la corde casse...
(C'est en ami que je te parle ici.)
Tout s'use, passe, enfin, même tout lasse...
A Belleville aussi bien qu'à Bercy;
Chacun sachant ton truc et tes ficelles,
A ton vieux père, épicier méconnu,
Te renverra pour vendre des chandelles.
Dis-moi, Léon, dis-moi, t'en souviens-tu!
S'il te fallait vendre encor des chandelles,
Dis-moi, Léon, dis, t'en souviendrais-tu?

VAS-Y-VOIR.

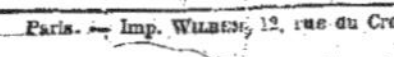

Paris. — Imp. Wilhem, 12, rue du Croissant.

NOUVELLES CHANSONS

PATRIOTIQUES & GUERRIÈRES

Par HILARION GAUGIER

Election Générale et Législative

LA DÉLIVRANCE

DE LA JUSTICE DES PEUPLES

Par Hilarion GAUGIER, de Solliès-Pont (Var), cultivateur, élu pour récompense honorifique et victime des erreurs judiciaires.

Poésie dédiée à l'élite de l'extrême gauche

AUX ÉLECTEURS DU 21 AOUT 1881

Vous qui pouvez enfin faire en vraie et morale,
Un vote en élection, toute générale ;
Le peuple attend de vous, l'honneur et le devoir
Afin qu'il ne soit plus de lèse en son pouvoir.
Vous avez tous chez vous des vieillards et des frères,
Des braves travailleurs, des enfants et des mères,
Ils attendent de vous, du travail et du pain,
Que vous tenez intact en votre bulletin,
De plus, ce bulletin, comprend bien autre chose,
Il a, pour revenir, à notre bonne cause,
Dont nous avons encor, de nos rapatriés,
Qui, sans votre essor, ne seraient amnistiés ;
Outre tous ces bienfaits, il faut autres réformes,
Il faut nous revêtir, nos arbrisseaux, nos ormes,
Le prêtre, le guerrier, l'homme des tribunaux,
Ils doivent s'installer sans aggraver nos maux ;
Vous avez sous vos yeux, ô ! bien d'autres misères,
Que rêvent d'effacer nos écrits populaires.
La nature ne ment, ce temps vient de passer.
Le peuple souverain, force pour s'opposer.
Si quelqu'un parmi vous, nous faisait fausse route,
Défriserait Sédan, Frosdhorff, et autre croûte ;
Car on pourrait mieux dire, il me faut à jamais
Renoncer au pays et au nom de Français
Lorsque, en ces rimes là, je vous fais réprimande,
L'honneur et l'intérêt de vous tous le commande.
Voyez, oh ! non bien loin, qu'un Seize Mai mesquin,
Voulait nous supprimer le se ,s républicain,
Il parcourait partout, les villes, les villages,
Tout en vous faisant voir ses vils peureux trillages ;
Car en voyant cela, le peuple tout calmant,
Ne put se couronner un tel Gouvernement.
Dont vous avez pu voir, par un Quatorze Octobre,
Qu'un vote Universel contre eux ne fut qu'un sobre.
Maintenant c'est à vous, vous tous seuls électeurs,
D'accomplir vos devoirs sur ces agitateurs.
Vous pouvez, vous ferez, par la grande devise,
Un vote solennel pour le droit, la justice,
Car toute la Patrie, et tout le genre humain,
Pourront vous tous fêter et vous tendre la main.

HILARION GAUGIER, *cultivateur.*

UN POÈTE OBSCUR A VICTOR HUGO

En 1880

Dans vos quatre-vingts-ans, ô lisez grand Poète,
L'œuvre d'un homme obscur, et d'une faible tête,
Là vous y trouverez, ce que cherchent en vain,
Jusqu'ici l'orateur, et même l'écrivain.
Dès l'âge de douze ans, je rêvais cette affaire,
Mon père étant dupe, ou erreur judiciaire.
J'étais tout jeune alors, et quoique tout enfant,
Je compris, je maudis, je pris cœur d'éléphant,
Pour me pouvoir venger, la dupe de mon père,
De mes frères et sœurs, et même de ma mère
J'attendais bien le jour, quand apparut Barbès,
Le Dru-rollin, Raspail, Victor Hugo, Cabès ;
Et mon cœur tressaillit d'une grande espérance,
Car en ses grands amis, j'avais toute confiance,
Le peuple ayant repris, ses pouvoirs souverains,
A vous, à vos amis, lui confiait leurs mains.
Lorsque en Quarante-neuf, Raspail à la tribune,
Pour délivrer nos droits, n'avait nulle rancune,
Parla de supprimer, les juges tout en grands,
Et même les cinq codes en faveur des tyrans ;
Quand je m'attendais voir, par un autre système
Nous appliquer nos lois, pour la Justice même.
Mais étant envahis, par les caïns d'Adam,
Au lieu d'avoir ceci, nous eûmes un Sedan ;
Là, vient bientôt mon tour et en belle conduite,
Je fus comme mon Père, dupe au même suite.
Des juges m'opposaient, contre moi des pisteurs,
Des autres criminels et calomniateurs,
Pour me ravir mon bien, même une autre chose,
Qu'en ce, moment d'ici, de le dire je n'ose.
Et puis j'ai même vu, que Joye l'empoissonneur,
N'aurait eu pour ami, pas même un procureur,
Autrement ne serait pas été au bagne !
Et ses justes témoins n'auraient fait perte en lagne,
Si je parle de Joye, j'ai une pièce en mains
Qu'en barreaux s'est commis, des abus inhumains.
Ces messieurs s'arrogeant, des titres de noblesses,
Tiennent l'impunité, pour leurs viles bassesses,
L'inamovibilité, pour leur fonction,
N'est qu'une lâcheté en toute nation.
O ! Maître, vous savez, tout ce que je puis dire,
Sur un juge infernal, sur un juge à faux rire,
Mais qu'importe ceci, moi petit et vous grand,
Il faut nous voir cesser le crime le plus grand,
Il ne faut plus enfin, qu'au nom de la justice,
L'on applique nos loi, par l'élément du vice ;
Déjà et depuis une réforme à ce ton là
Se trouvent à la Chambre et même dans le Sénat ;
Sans y pouvoir jaillir, la Justice sensée,
Je crois à ce devoir vous donner ma pensée,
Publiée en mon livre la lyre aux travailleurs,
Dont vous en êtes un de ses grands défenseurs

HILARION GAUGIER, *cultivateur.*

La Réforme Judiciaire

Pour nous tenir hélas ! la Justice captive,
Un roi par ses valets, seul marche en défensive,
Au détriment des grands, et du peuple ouvrier,
Lorsque la France en grand, commence à s'écrier,
A bientôt à bientôt, le droit la vraie Justice,
S'aura bien s'installer, dans son tout grand comice,
Car il faut que nos faits, puissent être jugés,
Même aux frais de l'Etat, quelqu'en soit nos procès,
Là les intéressés, ayant le droit de vivre,
Toucheront nourriture, et frais pour fin poursuivre,
Ayant ses deux prises, plus d'abus d'assassin,
La tyrannie aura ses vils faits à leur fin.
De plus nos tribunaux, toutes nos cours d'assises,
Auront pour personnel, le peuple en ses devises ;
Commis et avoué, seront tous remplacés,
D'un simple transformés, de soldats hauts classés,
Nos juges remplacés, de gens du voisinage,
Sera le vrai moyen, d'avoir jugement sage,
Ainsi l'on trouvera, de tous ses chers facteurs
Conseillers et soldats, hommes libérateurs
Citoyens à profits, la noble Poésie
Nombreuse expérience, nous fera telle vie.

HILARION GAUGIER, *cultivateur.*

L'HYMNE DE LA FÊTE NATIONALE

DU

Quatorze Juillet

Paroles de HILARION GAUGIER, cultivateur

Air : *De l'Hymne du 14 Juillet 1881*

PREMIER COUPLET.

La Nation en Juillet se lève et se hâte
Pour fêter un grand jour, en son tout grand sentier,
Car en quatre-vingt-neuf, une brillante date
Nous sut délivrer l'Univers tout entier.

REFRAIN.

O vous que vous fêtez
Un grand jour de mémoire,
Une auguste victoire,
Du Quatorze Juillet.
Vos amis les Dantons
Vous montrent leur bannière,
Peuple à cette lumière
Veillez en vos fêtons.

2me COUPLET.

Le village et le hameau, même la grande ville.
Célèbrent ce festin de gaîté et de cœur.
Connaissant les hauts faits qu'à produit la Bastille :
Donnent pour cet éclat, sa plus belle splendeur.
O vous que vous fêtez, etc.

3me COUPLET.

Quarante-huit n'avait oublié le passge
De nos grands devanciers, de nos tous grands aïeux.
Quand pour avoir rendu, le premier cet hommage,
L'exil et puis Sédan, ont mieux ouvert vos yeux.
O vous que vous fêtez, etc.

4me COUPLET.

Par cette fête-là, notre auguste Marianne,
Ne verra jamais plus, de nos récents malheurs
Le peuple aura compris le superbe miasme,
Que lui fait jusqu'ici, l'emblême aux trois couleurs.

O vous que vous fêtez,
Un grand jour de mémoire.
Une auguste victoire
Du Quatorze Juillet.
Vos amis les Dantons
Vous montrent leur bannière
Peuple à cette lumière,
Veillez en vos fêtons.

Jusqu'ici inédit, le 5 Août 1881. — Propriété exclusive de l'auteur.

HILARION GAUGIER, cultivateur.

Improvisé à Marseille, le 18 Juillet 1881.

Interdiction sans l'autorisation préalable de l'Auteur.

AVIS. — Cette trouvaille étant d'un immense intérêt populaire, j'en publierai toute sa forme quand mes moyens me le permettront.

Propriété exclusive de l'Auteur HILARION GAUGIER.

Marseille. — Imp. Générale J. Doucet, rue Chevalier-Rose, 1 et 3.

ÉLECTIONS LÉGISLATIVES DU 21 AOUT & DU 4 SEPTEMBRE 1881

LA FOIRE AUX CANDIDATS

Nouvelle Revue départementale en 24 couplets

Beaucoup d'appelés, peu d'élus

Vox populi, vox Dei

PRIX :

15 CENTIMES

EN VENTE A TROYES

A LA LIBRAIRIE PERDERIZET

Complainte des Refusés.

Sur l'air de FUALDÈS

1.

Troyens voulez-vous entendre
Les vers que j'ai composés
Surtout pour les refusés
V'la vot' cœur qui va se fendre.
N'vous j'tez pas dans l'désespoir
Prenez plutôt vot' mouchoir.

2.

Ne bâillez pas aux corneilles
Quand vous lirez tout cela
Vous allez crier holà la !
Peut-on des choses pareilles.
Eh bien ma foi qu'voulez vous,
J'vous l'ai dit j'suis un vieux fou.

3.

9.

Ah ! j'oubliais de vous dire,
Car je suis très en retard,
Qu'un certain Badingouinard
A Croncels nous fit bien rire,
Albert Maurin ton *Courrier*
Nous sert à tout essuyer.

10.

Saussier veut aussi prétendre
Qu'il doit nous représenter,
Il veut être Député
Mais sa couleur est trop tendre,
Il nous est bien plus utile
Dans le Conseil de la Ville.

11.

V'là quatre sous de Marolles
Et pour deux sous de pain bis,
Une botte de radis,
Le tout est sur ma parole.

Liste des Admis.

A changer d'air.

18.

Stanislas Baltet s'avance
Comme un chevalier sans peur,
Il m'a dit : Cher électeur,
D'être élu j'ai l'assurance,
Je quitte scies et rabots,
Ma casquette et mes sabots.

19.

Un disciple d'Hippocrate,
Bacquias dit : Voilà pourquoi
Je ne voudrais pas d'un Roi,
C'est que je suis Démocrate.
Les Electeurs ont dit : Bon,
Va donc au Palais-Bourbon.

20.

Je rêvions d'Arcis sur Aube

Peut-on des choses pareilles.
Eh bien ma foi qu'voulez vous,
J'vous l'ai dit j'suis un vieux fou.

3.

V'là Boullier l'adjoint du Maire,
Il vient pour se présenter,
Il veut être Député.
Çà fera bien son affaire,
Mon cher ami Chicaneau
Tu fais bien mieux au barreau.

4.

De l'*Avenir* un journaliste,
Qui se croit Pierre Leroux,
Mon ami Auguste Roux,
Je t'ai rayé de ma liste :
Tu serais là-bas trop mal,
Reste à faire ton journal.

5.

Napias, comme la comète
Qu'on voyait au firmament,
Il disparut promptement
En laissant la place nette.
Mais qu'est-il donc devenu ?
Ma foi, ni vu, ni connu.

6.

Encore un fils d'Hippocrate,
C'est le docteur Martinet,
Il vient tout droit de Piney,
Nous dire qu'il est Démocrate.
C'est possible, répond-on :
Retourne dans ton canton.

7.

Chabert, un collectiviste,
Un de nos intransigeants,
Il est comme bien des gens,
Il croit tous les Utopistes.
Eh bien, mon brave ouvrier,
Reste dans ton atelier.

8.

Que vois-je ici sur ma liste,
On dit c'est un homme à *poil*,
Disciple de Ratapoil
Du parti bonapartiste,
Prosper Lorré, voyez-vous,
Nous avons bien mieux que vous.

V'là quatre sous de Marolles
Et pour deux sous de pain bis,
Une botte de radis,
Le tout est, sur ma parole,
Béni par le Droit divin
Qu'on n'invoque pas en vain.

12.

Comment ! encore un Badingue,
C'est Piot qui revient sur l'eau ;
Mais pour vider son bateau
Il faudrait une seringue.
Etant trop lourd pour nager
On l'a renvoyé plonger.

13.

Voilà Ferlet dit Bourbonne,
Bonaparteux rendurci ;
Il dit qu'il veut l'être aussi ;
Mais vous nous la faites bonne,
Votre parti est coulé,
Car on vous a blackboulé.

14.

Il y a du bruit dans Bar-sur-Seine
Mais qu'est-il donc arrivé ?
C'est le futur Député
Qu'on a jeté dans la Seine.
Mais, comment l'appelle-t-on ?
C'est Rabel un Ricelon.

15.

J'étais à Nogent-sur-Seine
Pour voir l'autre candidat,
Voilà qu'on m'a dit qu'il a
Fait un plongeon dans la Seine ;
Ma foi t'aurais fait bien mieux
D'aller te Peigné-Crémieux.

16.

V'là tous les réactionnaires
Qui sont tombés dans un trou
Jamais ils ne pourront trou-
ver à reprendre l'affaire,
Badinguets et Cléricaux,
Royalistes et Radicaux.

17.

Il étaient tous bien habiles,
Courraient par monts et par vaux
Arrêtant tous les travaux :
Dans les campagnes et les villes,
Ils peuvent tous dire : n i ni,
Rentrons chez nous, c'est fini.

Les Electeurs ont dit : Bon,
Va donc au Palais-Bourbon.

20.

Je reviens d'Arcis-sur-Aube,
Ils ont un seul candidat.
Ah mais celui-là, ouida !
Ne le jetez pas dans l'Aube,
Tézenas avec orgueil
Va reprendre son fauteuil.

21.

La ville la plus royaliste
Ici que je vais citer,
Conservant son Député
N'a pas eu besoin de liste
Car Bar-sur-Aube, je crois,
Crie toujours : Vive de Roys.

22.

Comme dans Nogent-sur-Seine
Les Electeurs ont voté
Pour le jeune Député.
Né sur les bords de la Seine,
Casimir-Perier dit-on,
Est parrain des cloches de Pont.

23.

Qui nous arrive d'Essoyes ?
C'est Michou le bon Docteur,
Vélocipède sans peur.
Bar-sur-Seine est dans la joie,
Les cantons l'ont bombardé
Du mandat de Député.

Conclusion-Bouquet

24.

Avez-vous eu le courage
De lire ça jusqu'au bout,
Déchirez-en donc un bout
Pour vous servir à l'usage
Qu'on pratique bien souvent,
Plutôt derrière que devant.

VASYVOIR.

LES APOTRES POISSARDS

I.

Ainsi donc, ô bâtards d'Ignace et de Nonotte !
Proxénètes des royautés,
Dont l'œil au chaud soleil républicain clignotte !
Vendeurs de dogmes frelatés !
Ainsi donc, vous avez des journaux qui nous raillent,
Pour tant, par mois, tous les matins,
Vos apôtres poissards en public se débraillent ;
Et vos onctueux libertins
Griffonnent par métier dans leurs bauges profondes,
Comme assassinent les brigands.
Votre encre est un venin ; et vos pamphlets immondes,
Ne se lisent qu'avec des gants,
Le soir, quand Paris est drapé d'un voile morne,
Vous gagnez les quartiers boueux
Et vous rôdez, flairant du museau chaque borne
Pour y trouver un mot véreux.
Votre eau bénite est faite avec l'eau du cloaque ;
Le goupillon, dans votre poing,
Prend des airs d'assommoir ; votre encens sent la caque ;
Vous êtes venus à ce point
Que, lorsqu'il fut pressé jadis d'être parjure,
Quand on marchandait ses drapeaux,
Cambronne eût pu cracher aux Anglais, comme injure,
Le moins sale de vos propos.
Entre vous, en secret, vous compulsez des listes
De gens qui sentent le fagot ;
Pour commenter la Bible, aux vieux évangélistes,
Vous ajoutez la mère Angot.
Prêtres du Syllabus ! charlatans sans vergogne,
Dont le nom souillerait mes vers !
Votre style, ô maraude ! est pareil à l'ivrogne
Qui trébuche et va de travers.
Qui le visage pourpre et la langue épaissie,
Maugréant et battant les murs,
Dans les vapeurs du vin, à la bouche farcie
De jurons et de chants impurs.

II.

O carnaval hideux ! l'Eglise c'est l'auberge
Où chacun de ses compagnons.
A plein ventre, gaiement se saoûle et se goberge ;
C'est la foire où ces maquignons
Du trône et de l'autel, ces faiseurs de miracles,
Ces maîtres fourbes, ces jongleurs,
Font prédire et parler leurs modernes oracles,
Ainsi que des gascons hâbleurs,
Ces garnements bénits qui changent là leur toque
Contre de sacrés oripeaux,
En sortant vont traîner leur pieuse défroque
De la sacristie aux tripots,
Puis ils viennent coller au front blanc des madones
Leur bouche avec des airs contrits,
Tandis qu'ils ont encor, sur leurs lèvres bouffonnes,
Un reste de poudre de riz
Qu'ils prirent en baisant le menton de Javotte.

Troyes. Librairie Perderizet

NOS MUNICIPAUX

NOUVELLE REVUE LOCALE EN 30 TABLEAUX OU COUPLETS

Pouvant se chanter sur l'air de : Cadet-Rousselle a 3 habits

INTRODUCTION

Un vieux toqué de notre ville,
Un cerveau creux, un inutile,
S'imagina de rimailler
Un mot sur chaque conseiller.
D'ici je vous vois tous sourire,
Après je vous entendrai dire,
Du premier mot jusqu'au dernier,
Tout ça c'est bon pour le panier.

1er COUPLET

STANISLAS BALTET, nous dit-on,
Est républicain de renom,
On dit que c'est un homme habile,
C'est le *Maire* de notre ville,
Très-actif et très-vigilant,
On n'dira pas c'est un maire lent.

2e COUPLET

Le premier adjoint lit la loi,
Et nous fait jurer notre foi
Que nous serons toujours fidèles
Comme le chien de Cadet-Rousselle.
Ne riez pas en ce moment,
BOULLIER lit sérieusement

3e COUPLET

Le second adjoint, plein d'esprit,
Nous vient comme le Saint-Esprit,
Quand il descendit sur la terre,
Pour y répandre sa lumière
C'est un PIGEON certainement
Qui vient aussi du firmament.

4e COUPLET

Le troisième est un citoyen
Sincèrement républicain.
Il voudrait voir sur sa boutique
Un beau temple à la république;
Il faudrait pour monter, vraiment
Mettre *des marches* au monument.

5e COUPLET

CHARLES BALTET, horticulteur,

12e COUPLET

Nous vous présentons FESTUOT
« *et cum spiritu tuo* ».
Son attelle perfectionnée
Se mont'rait toute la journée.
Il voudrait bien pour le moment
L'atteler au gouvernement.

13e COUPLET

Depuis que nous avons GACHER,
Il dit qu'il ne veut pas gacher
Les finances de notre ville,
Ni gacher ce qui est utile.
Gacher par ci, gacher par la,
Il n'entend pas ce gachis-là.

14e COUPLET

Je ne vois dans nos conseillers
Que lui parmi nos chemisiers,
Dire aux dames bien ou mal mises,
Qui viennent pour voir ses chemises,
Voyez, mesdames, et retournez,
C'est propre et bien confectionné.

15e COUPLET

Voulez-vous un bon coup de main,
N'hésitez pas, prenez GUILLEMIN.
On le dit un sculpteur habile ;
Veut au cimetière de la ville
Pouvoir graver sur les tombeaux,
Ci-gîtent les derniers cléricaux.

16e COUPLET

Quelqu'un me demandait tantôt
Si je connaissais GUYOTTOT.
C'est un ancien maître d'école
Disant un jour dans son école
A son curé : « A B C D »
Mais l'abbé n'a jamais cédé.

17e COUPLET

Un jour le meunier de Pétal,
Voyait sortir de l'hôpital

24e COUPLET

Nous avons su par Grandidier
Tout ce que veut PETITDIDIER.
Il veut que dans la république,
Tout marche comme en sa boutique
Il règle bien, entendez-vous,
Ses pendules et ses coucous.

25e COUPLET

ROBERT le Diable a essayé,
Et dans son eau veut nous noyer.
Mais nous n'aimons pas ce liquide,
Il est trop froid et trop humide,
Moi je vous le dis carrément
Le vin vaut mieux assurément,

26e COUPLET

Au cabaret de Lustucru
On y boit du bon vin du crû ;
Mais on n'a pas toujours la veine
D'entrer pour boire chez PILLAVEINE,
Une fois entré, on en boit tant
Qu'on est vraiment gai en sortant.

27e COUPLET

ROBIN des bois t'en souviens-tu,
Quand tu chantais turlututu :
Comme tu faisais bien la roue ;
Aujourd'hui ne fais pas la moue,
Puisque te voilà conseiller,
Continue de nous égayer.

28e COUPLET

Dans une pharmacie, je crois,
J'entends qu'on dit, « vive le ROY » ;
J'entre de suite et je m'écrie,
Mais voyons, c'est une infamie.
Il dit, acceptez un calmant,
Ou bien prenez un lavement.

29e COUPLET

Celui qui vient l'avant-dernier,
Devrait bien être le premier.
J'ai suivi l'ordre alphabétique
Et dis que dans la république
Si vous n'aviez pas pris SAUSSIER,
Eh bien ! vous pouviez vous fouiller.

5e COUPLET

CHARLES BALTET, horticulteur,
Serait un très-bon professeur ;
Sa pépinière est une école ;
La société horticole
Voulut un jour en se fondant
Qu'il fût son PREMIER PRÉSIDENT.

6e COUPLET

Par des chemins bons et mauvais
Qui nous conduisent chez BEAUVAIS,
Vous le voyez aux Tuileries,
Non pas celles des monarchies,
Manipuler avec ses doigts
Les tuiles pour couvrir nos toits.

7e COUPLET

D'ou vient donc BENOIT, nous dit-on,
Il ne vient pas des Benoitons ;
On nous dit : c'est un démocrate,
Pourtant comme un aristocrate,
Prétend tout régler d'un seul jet
A la commission du budget.

8e COUPLET

Un jour BODIÉ, de St-Martin,
S'étant levé de grand matin
Pour cultiver ses betteraves,
Disait : si des affaires graves
Venaient quand je ne suis pas là,
Mon Dieu maman, mais me voilà.

9e COUPLET

Un conseiller de par là bas
Tous les jours est dans le tabac ;
En république, en monarchie,
On est pincé par la régie ;
Fraudez à pied comme à cheval,
Faut toujours payer CHAMPEVAL.

10e COUPLET

Le beau-père était chambellan
De notre COLLOT-CHAMBELLAN ;
C'est avec de très-bon laitage
Qu'il faisait d'excellent fromage,
Il n'aimait pas voir ses locaux
Envahis par les asticots.

11e COUPLET

Pour conseiller un négociant
N'allez pas dire que c'est sciant.
Nous voulons sous la république,
Si peu qu'elle soit démocratique
Voir s'il est bien ou mal taillé
Notre baron DEPONTAILLIER.

17e COUPLET

Un jour le meunier de Pétal,
Voyait sortir de l'hôpital
Un gros architecte, il l'assure,
Avec une large figure.
Mais on lui dit, c'est LÉDANTÉ,
Pas vrai, il n'est pas édenté.

18e COUPLET

Rendons grâces au grand St-Crépin
De ce qu'un marchand de crépins
Soit au scrutin de ballottage
Sorti trentième du pointage.
J'entends dire qu'il est heureux,
Partout on l'appelle LHEUREUX.

19e COUPLET

Voulez-vous avoir un beau nid ?
Prenez l'architecte MONY.
Il veut tout changer dans la ville
La Halle au blé, l'Hôtel-de-Ville,
Du musée l'agrandissement,
Pour chaque place un monument.

20e COUPLET

Voilà MUNIÉ du Vauluisant ;
On dit qu'il n'est pas médisant,
Modèle des propriétaires
Il est avec ses locataires
Gracieux quand on vient lui payer
Tous les trimestres, le loyer.

21e COUPLET

Mon oncle un jour me dit : « NEVEU,
Ecoute bien ce que je veux :
T'occupes pas de politique,
Laisse-moi là ta république,
Arrose tes tulipes et oignons,
Et laisse pousser tes cornichons. »

22e COUPLET

Pour avoir un bon conseiller
Nous avons pris un teinturier.
Il met au bleu la monarchie,
Au rouge la démocratie,
Si nous n'avions pas pris PERRY,
La république aurait péri.

23e COUPLET

Un conseiller qu'on nous dit bien
Bon constructeur mécanicien
Voyez ses lettres de roture,
Il ne faisait que la serrure ;
Malgré qu'il se soit agrandi,
Il restera toujours PETIT.

J'ai suivi l'ordre alphabétique
Et dis que dans la république
Si vous n'aviez pas pris SAUSSIER,
Eh bien ! vous pouviez vous fouiller.

30e COUPLET

N'écoutez pas le boniment
De ce gacheur de ciment,
Il veut au Conseil de la ville,
Qu'on démolisse l'Hôtel-de-Ville,
C'est un maçon, ça se comprend
Écoutera-t-on ce TISSERAND.

CONCLUSION

(Toujours sur le même air)

Vous voyez que nos conseillers
Sont pris parmi les chapeliers ;
Faut-il aussi que je le dise
Parmi les faiseurs de chemises,
Les menuisiers, les cabaretiers,
Les teinturiers et les rentiers.

—

On y voit des agriculteurs,
Des architectes et des sculpteurs,
Des avocats, des locataires,
Des tuiliers, des propriétaires,
Des charrons, des mécaniciens,
Des maçons et des pharmaciens.

—

Dans toute cette liste enfin
On ne voit pas de médecin.
Pourquoi prendre des médecines,
Laissons-les dans les officines,
Et puis, voyez-vous pour l'instant,
Tout not' conseil est bien portant.

VASYVOIR.

PRIX 15 CENTIMES

Troyes. — Librairie PERDERIZET.

COMPLAINTE
DE
L'APOTHÉOSE D'HUGO

ÉCRITE A L'OCCASION DU 78e ANNIVERSAIRE DE SA FÊTE

Sur l'air de la complainte de FUALDÈS

Accourez, peuples de France
Et de Bois-Colombes aussi,
Accourez jusqu'à Passy
Où vous aurez l'espérance
D'admirer à votre gré
Un écrivain distingué.

Rome avait remplacé Sparte
Et ce siècle avait deux ans
Quand il lui poussait des dents,
L'enfant contre Bonaparte
Devait à certains moments
Ecrire les châtiments.

Il naquit avec l'aurore
Dans une vieille maison
Située à Besançon,
Où l'on peut la voir encore
Même qu'une plaque d'étain
Atteste ce fait certain.

Bien avant qu'on pense à l'ithsme
De Suez ou d'Panama,
Le grand poète inventa
C'qu'on appell' le romantisme,
Un truc des plus merveilleux
Que Zola trouve trop vieux.

Il traça la grand'figure
De *Cromwell* le puritain,
Qui raccourcit son souverain
Pour piger la dictature,
Mais toujours les dictateurs
Sont d'vulgaires malfaiteurs.

Durant son adolescence
Alors qu'il n'avait pas l'sac,
Il chantait dans son hamac
Sarah belle d'indolence,
Cette Sarah, un peu plus tard
D'vait s'app'ler Sarah Bernhardt.

La preuv' qu's'a force est énorme,
C'est qu'avec facilité
Il r'fit un' virginité
A mam'sell' Marion Delorme,
S'il avait vendu son secret
Quell' fortune il aurait fait.

Hugo consulta sa muse
Qui lui dit mon vieux copain
Pour fair' quelqu'chose de rupin
Faut rimer *le Roi s'amuse*,
Il fit donc cette pièce-là
Qui vous r'mu je n'vous dis qu'ça.

Un vieillard en trois coups d'trompe

Il fit un superbe ouvrage
Notre-Dame de Paris,
Où l'on voit un prêtre épris
D'une femme au beau visage.
Dans cette œuvre Victor Hugo
Inventa Quasimodo.

Il s'est mis d' l'académie
Et c'est pas c'qu'il a fait d'mieux,
Mince alors! S'y doit s'fair' vieux
Dans c'te collection d'momies!
C'est un' tach'; mais non d'un chien,

Un jour c'forçat devint maire,
Abandonnant ses haillons
Il gagna des picaillons.
Mais hélas, douleur amère,
Un mouchard le reconnut
Et son av'nir fut perdu.

Cet ouvrage dramatique
Ob'tint un réel succès,
Et fut très souvent l'objet
D'une sévère critique.
Car c'est l'éloge des gueux
Fait dans un style pompeux

Il fit l'immortel chef-d'œuvre
Où l'on voit le beau Gilliati,
Un descendant de Goliath
Se battre avec une pieuvre.
De cet ouvrage empoignant
Le style est bien surprenant.

Jusqu'à c'que l'public en grogne,
Il annonça dans le temps
Pendant des dix, des vingt ans
Son roman : la *Quinquengrogne*.
Espérons qu'il paraîtra
Et qu'il nous épatera.

Hugo possède une plume
Comme on n'en n'a jamais vu,
Du reste, il est parvenu
A fair' plus d'soixante volumes.
Si j'avais fait autant d'vers
J'aurais la tête à l'envers.

Il sait à fond la langu'verte
L'hébreu, l'latin, l'iroquois,
L'espagnol et le chinois.
L'on a fait la découverte
Qu'il connaissait le sanscrit
Sans l'avoir jamais appris.

Lorsqu'il s'en va par la ville
Il prend souvent l'omnibus.
Il monte toujours dessus
Et d'une façon fort civile,
Donn' trois sous au conducteur
Qu'est ému d'un tel honneur.

En c'bas monde y n'y a personne
Qui soit plus qu'Hugo cité
Pour la générosité,
S'il a mill' francs : il les donne!
Afin que l'pauvre malheureux
Puisse l'hiver avoir du feu.

Y'a quelqu's temps, régal extrême

Un vieillard en trois coups d'trompe
Dans le drame d'*Hernani*,
Empoisonne sans merci
Un jeune homme qui le trompe.
Au s'cond acte Charles-Quint
Pendant une heur' fait l'malin.

Mary Tudor à la scène
Captiva les spectateurs,
Par son amour, ses fureurs.
Cette généreuse reine
Fit présent à son bourreau
D'la tête de Fabiano.

Dans une pièce admirable
Il montra des *Borgia*
Le poison célèbre et la
Scélératesse incroyable.
Ils valaient ces cléricaux
Les endormeurs de Bordeaux.

D'un valet il fit l'histoire
C'était un nommé *Ruy Blas*,
Qui d'vint ministr' mais hélas!
Ne jouit pas longtemps d'sa gloire.
Il avait un trop grand cœur
Et ça lui porta malheur.

Cet infime ver de terre
D'une étoil' du firmament.
S'amouracha subit'ment
Et l'étoil' se laissa faire.
Pour la sauver l'pauv' ladin
S'donna le coup du lapin.

Il écrivit les *Burgraves*
Un drame excessiv'ment long,
Où sont des vieillards très bons
Mais en même temps très graves.
Ils ont des barb's et des cils
Qui leur vont jusqu'au nombril.

C'est un [illegible]; mais non d'un chien,
[illegible] en a bien.

Un jour de la République
L'président Napoléon,
Voulut justifier son nom
Car c'était une vrai' clique.
Pour s'emparer du pouvoir
Il s'écarta du devoir.

Sur le boulevard Montmartre
Et dans les autres quartiers,
Il fusillait sans quartier
Ceux qui voulaient le combattre
Après mille et un tracas
Hugo put fuir le trépas.

Il devait, sombres journées,
Manger le pain dur d'exil
Sans pour ça perdre le fil
De ses nombreuses idées.
Il fut s'installer sans bruit
A Gersey loin de Paris.

Des siècl's disant la légende,
C'est p'tetr' là qu'il fut l'plus beau
Il y fit pour le crapaud
Une honnête propagande.
Et chanta les pauvres gens
En vers fort attendrissants!

Puis il fit les *Misérables*
C'est l'histoire d'un forçat,
Un homme très délicat
Aux penchants fort secourables.
C'était un bon citoyen
Qu'aimait à fair' le bien.

Y'a quelqu's temps, régal extrême
Pour celui qu'est amateur,
Chez un illustre éditeur
Parut la *Pitié suprême.*
Ce livre est un monument
Comme on en voit rarement.

Il a tout d'même un fier crâne
Et quequ'chos' de chouett' dedans.
Agé d'soixant'-dix-neuf-ans
Faut voir comme il a fait l'*Ane!*
Malgré ce que dit Zola
C'est bien plus bât que Nana.

Sous peu chacun voudra lire
Ceux qui sav'nt pas f'ront semblant,
Le poème épistouflant
Qu'il intitul' : *Tout' La Lyre!*
Et m'est avis qu'y faudra
Tirer l'échelle après ça!

Célébrons la belle fête
L'anniversaire d'Hugo.
Gloire au grand ami du Beau
Gloire à l'immortel poète
Le quel, quoique sénateur,
Est vraiment un bon auteur.

De ce flambeau de la France
N'a-t-on pas fait qué malheur!
Un vulgaire sénateur :
C'est ça qu'est un' belle avance!
C'est pas amusant cré non!
D'êtr' confrèr' de Jul's Simon.

Tout ici bas se détraque
Et dans un siècle prochain,
Hugo, claqu'ra c'est certain
Parce qu'il faut toujours qu'on claque.
Mais il peu compter sûr'ment
Sur un bel enterrement.

PROGRAMME DE LA FÊTE

L'ORDRE ET LA MARCHE DE LA JOURNÉE

LA MATINÉE

PLACE D'EYLAU

A 10 h. 1/2, Rendez-vous des enfants des écoles qui défileront, musique et bannières en tête. Dans des kiosques bleus et roses, on distribuera des palmes et des lauriers.

Une médaille commémorative, en bronze, sera vendue au profit des pauvres

LA JOURNÉE

ARC-DE-TRIOMPHE

Rendez-vous général, 69 fanfares, 222 orphéons marcheront derrière la foule.

TROCADÉRO

A 2 h., Grande représentation avec le concours des artistes de la Comédie-Française, de l'Opéra, et de l'Opéra-Comique. 2,000 places gratuites.

LA SOIRÉE

Au Tribunal de Commerce : Concert-Bal.

A **LA COMÉDIE-FRANÇAISE** : Hommages à l'illustre et vénéré poète.

A **LA GAITÉ** : LUCRÈCE BORGIA, avec Mlle Favart, MM. Dumaine et Volny.

Dans tous les théâtres, des poésies seront dites en l'honneur du maître.

Imp. [illegible], rue du Croissant, Paris.

En vente chez ROCHÉ et DELATTRE, rue du Croissant.

Complainte

Sur L'EX-UNION RÉPUBLICAINE

(Air : Adieou paouré Carnavas!)

Adieu, mon pauvre Ramagni,
Pauvre maire de Carton,
Retourne chez les Valéry,
Refaire des additions!

Car ta déroute est complète,
L'on te lâche et l'on fait bien ;
Si tu perds un jour la tête,
Cartoux t'ouvrira son sein !

Ce n'est pas pour rien sans doute
Que tu l'as nommé là-bas.
Il comptait sur ta déroute,
Pour t'étouffer dans ses bras!

L'*Union Républicaine*
A cela de fort commun,
Avec certains lieux qu'à peine,
On nomme des lieux communs !

Elle est morte des coliques
Que tu lui inoculas ;
Cette peste est sans réplique,
Quand elle vient de tes bas !

Avec toi s'en vont bien d'autres,
O mon pauvre Ramagni !
Tu tombes sans être apôtre,
Avec Sauze et Hugueny ;

Et Moulin conduit Fontaine,
Qui resiste, mais en vain,
Le moulin fuit la fontaine,
O dieux ! quel triste destin !

Et Penther, *lou pantaïaré*,
Plus vieux que Juif Errant,
Te crie : — *O moun bouen compaïré,*
Mi voou faïré capélan!

Montricher gagne la porte
Bondissant comme un cheval
Il gémit pleure et s'emporte
Et va s' jeter au Canal!

Rouffio à Delatouché,
Dit, en lui clignant de l'œil ;
— Touche là, que je t' la touche
Delatouche porte le deuil !

Et Rossat que dans les halles,
On appelle : — rosse-à-lard,
A Carcassonne, tout pâle,
Dit : — Carcasse, voilà l'art,

Voilà l'art de ne pas faire
L'affaire des électeurs,
Ramagni dans cette affaire,
Joue un rôle plein d'horreur,

Barbaroux a dans sa barbe
Des poils blancs et même roux,
Il sent monter la rhubarbe,
Dans sa barbe, Barbaroux !

Et Cartoux crie et tempête,
Car il est bien seul, Cartoux ;
Car tous la pierre lui jettent,
Jusqu'à Pierre Paul, Cartoux !

Cougit, Rabaud, Julien, Caire,
Tous farceurs de plus belle eau,
Vont se faire au fond du Caire,
Marchands d'anguilles en peau !

Germondy s'fait cénobite,
Et Lautal curé de Toulon ;
Vassal grattera l'orbite
Du chien de M. Viton !

Un chien qui, dans sa sebile,
A plus de savoir, ma foi !
Que tous les 36 édiles
Qui nous gouvernaient en rois !

Raymond partira-t-en guerre !
Ayant Gay pour lieutenant
Contre les puc's, ô ma mère,
Qui dévorent l'Orient !

Et Sellier Aubin et Merle,
Apprendront par celui-ci,
A chanter faux, car ce merle,
N'a jamais chanté qu'ainsi !

Y a tant d'églises à l'heure
Qui manquent de basses en chœur
Qu'ils pourront voir leur demeure
Au cœur sacré du sacré Cœur !

Quant à Monteux, Disson. Viale
Je n'en dis pas un traître mot ;
Ils iront *remouquer* la gale
Qui règne dans les hopitaux !

Et pour cette mission *divino*
Rambaud, Rigault, à l'avenant
S'entendront avec Ramognino
Pour guérir-e du mal de dents !

Et dans ce travail de veille
Gras, Gariel Schlœssing, Garnier,
Pour nous la refair' à l'oseille,
Ne seront pas les derniers !..

Pendant c' temps le vieux Ramagni
En attendant d'être maire d'Eu,
— Ou maire d'ailleurs — chez les Valéry
Reprendra son emploi. De deux !

Et les marchandes d'avelanes,
De salade *féro* et d'oursins,
Pourront faire leurs promenades
En l'absence de cet ours, ceint

D'une écharpe longue, si longue
Que de l'Hôtel-de-Ville, sûr
Elle aurait atteint Canelongue
En passant par dessus les murs.

MORALE

Electeurs à bonne mine
De cette complainte v' là le bon,
Elle pleut d'aplomb sur l'*esquine*
De la Républicaine Union.

Adieu, mon pauvre Ramagni
Pauvre maire de carton
Retourne chez les Valéry
Refaire des additions !

L'UNION.

Imp. Ad. MICHEL boul. de la Corderie, 3.

A ROCHEFORT

10 c. **T'en Repens-tu?** 10 c.

(CHANSON)

Henri, jadis on te vit dans la lice
Jeter le gant au Maître de Piétri;
Un peuple entier, approuvant ce caprice,
Dit : Vaincra-t-il comme Montgommery?
Tu t'élanças armé de la lumière,
Et d'un bon coup l'empereur, abattu,
Les pieds en l'air roula dans la poussière.
De cet exploit, dis-moi, t'en repens-tu?
Et l'empereur roula dans la poussière.
O Rochefort, dis-moi, t'en repens-tu?

Mons Foutriquet, jaloux de ta victoire,
Met tout en jeu pour te l'escamoter,
Puis, ô douleur! tout rayonnant de gloire
Comme un brigand il te fait garrotter.
Par ce bourgeois — épicier en retraite —
Toi, le vainqueur, tu te trouves battu...
De tes exploits, voyant comme on te traite,
O Rochefort, dis-moi, t'en repens-tu?
De tes exploits, voyant comme on te traite,
O Rochefort! dis-moi, t'en repens-tu?

Caïn alors au pinacle se carre;
Pour souteneurs il choisit des pervers,
Et l'ouvrier, des mains de ce barbare,
Comme autrefois se voit charger de fers.
En constatant ce dénoûment étrange
Et les soufflets donnés à la vertu,
D'avoir rempli le rôle de l'Archange,
O Rochefort! dis-moi, t'en repens-tu?
D'avoir rempli le rôle de l'Archange,
O Rochefort! dis-moi, t'en repens-tu?

Lorsque le diable emporta le bonhomme,
Tous les proscrits se mirent à... pleurer;
Mais les enfants de l'illustre Prudhomme
Dans leur douleur faillirent expirer.
Ils héritaient pourtant d'Iscariote :
Il leur léguait un superbe ventru...
Sans toi, jamais on n'eût eu ce pilote;
O Rochefort! dis-moi, t'en repens-tu?
Sans toi, jamais on n'eût eu ce pilote;
O Rochefort! dis-moi, t'en repens-tu?

L'Illusion, fille de l'Espérance,
Aidait là-bas à braver le Destin;
Las! ils croyaient toujours que vers la France
On les ferait voguer un beau matin.
Mais l'amnistie était une chimère;
Pour l'octroyer dix ans on fut têtu...
Que de Français n'ont pas revu leur mère!
O Rochefort! dis-moi, t'en repens-tu?
Que de Français n'ont pas revu leur mère!
O Rochefort! dis-moi, t'en repens-tu?

Sous ce régime enfin, tout est prospère;
Notre drapeau flotte jusqu'à **Tunis**,
Et **Gambetta**, voulant passer pour père,
Traite **Roustan** comme son propre fils.
Le peuple... hébreu devant lui se prosterne,
Ecce Homo, dit-il, vive l'Écu!
En contemplant **Celui** qui nous gouverne,
De tes exploits, dis-moi, t'en repens-tu?
En contemplant l'**Oiseau** qui nous gouverne,
O **Rochefort**, dis-moi, t'en repens-tu?

BARCA

CINQ CENTIMES

ON VA LUI COUPER LA TÊTE

LA REVANCHE DES CONVICTS

Joyeux amis de la chansonnette, nous avons jugé convenable de démasquer certains visages qui s'abritaient sous un masque que vous vous êtes chargés de qualifier ; il faut que les noms compris dans la chansonnette suivante, deviennent légendaires, que les électeurs des 2me et 3me Circonscriptions de Lyon ne les oublient pas.

Rien n'est tel pour celà qu'une gaie chanson ! ! !

Allons-y donc gaiement et entonnons en chœur, sur un air connu, les couplets suivants : En avant la grosse Caisse.

La REVANCHE des CONVICTS

Air : *Jadis les rois* (Mme Angot)

I

Monsieur CRESTIN est fort austère
Très solennel et très tétu,
Grave à porter le diable en terre,
Aussi pointilleux que pointu.
Quant à la tribune il s'installe,
Pour fuir ses discours filandreux
Les plus malins quittent la salle
Les plus polis causent entr'eux.

Parlant de sa veste certaine
Ce n' s'rait pas la peine (*bis*)
Non pas la peine en vérité } *bis*
D'élire un pareil député }

II

Quant à M. THIERS il se flatte
D'enlever son élection
[illegible]
Des électeurs, la compagnie,
Qui lui répond très carrément :

Oh ! là, là, mon beau capitaine
Ce n's'rait pas la peine (*bis*)
Non pas la peine en vérité } *bis*
D'élire un pareil député }

III

BARTHENS voulait être leur père,
Il nous le dit dans son *Courrier* ;
Aujourd'hui sa feuille éphémère
N'est plus qu'un vieux calendrier.
BARTHENS est mort, et son journal,
Je vous le dis, en vérité,
N'aurait pu se trouver plus mal
Qu'en soutenant le Comité...

CHAMBARD est mort, mort à la peine,
C' n'était pas la peine, (*bis*)
Non pas la peine, mill' vérités, } *bis*
[illegible]nposer d' pareils [illegible]putés, }

IV

[illegible]VAND se préten[illegible]
[illegible] leur [illegible]

CHAMBARD était élu Grand-Prêtre,
On lui répétait à foison,
Que ce rôle était un peu traître,
Il l'exécuta sans façon.

Allez donc, Messieurs d'la prêtraille,
Fallait pas qu'y aille, (*bis*)
Non pas qu'y aille, mill' vérités, } *bis*
En faveur d'pareils députés. }

V

Dans Lyon, notre République
Allait s'endormir, disait on ;
Voilà qu'une mouche la pique :
Lève-toi, peuple de Lyon !...
Dès-lors la victoire s'avance,
Elle se fixe à tout jamais,
Et si nous avons cette chance
C'est grâce au RÉVEIL LYONNAIS !

Il a détruit, qu'on s'en souvienne,
Et sans trop de peine, (*bis*)
[illegible]détruit, en vérité, } *bis*
[illegible]BARD et tou[illegible] son Comité. }

DERNIÈRES NOUVELLES

sur

La Mort du Czar

Prix 10 Cent

Prix 10 Cent.

Complainte (Air de Fualdès)

Écoutez, gens du Caucase,
Et de la Pologne aussi,
Le lamentable récit
D'un événement cocasse.
Par un imprévu hasard,
On vient d'supprimer le czar.

Il revenait du manége.
Pour rentrer dans son palais,
Une escorte de valets
Le suivait parmi la neige.
Mais voilà que - sort cruel -
Il déboucha place Michel.

Un escadron de Tcherkesses
Et de Cosaques du Don
Trottaient avec leur bidon
Qui leur battait sur les fesses.
Le chef disait : « Il est tard.
Pressons-nous, nom d'un pétard ! »

Mais soudain, l'pétard éclate,
Et de la voiture deux roues
S'échappent de leurs écrous
Le czar dit : « Je m'carapate. »
Il s'élance sur le champ :
Le fiacre était sur le flanc.

Voilà la s'conde bombe qu'arrive

Il le frotte avec de l'huile,
Avec du vinaigre aussi,
Du cerfeuil et du persil,
Assaisonnement inutile !
Puis, dernière consommation,
Il lui donne la communion.

Son épouse morganatique
La princesse Dolgorouka
Vient examiner le cas
D'son mari, qu'est très-critique,
En disant son oraison,
Elle tombe en pamoison.

« Entrez-là » dit Alexandre-
-Trois - qu'est encore Czarewitch -
Après tout, ça, moi j'm'en fiche.
J'aime pas les gens qu'a l'cœur tendre,
J'ai bien d'autres cord's à mon arc,
A présent que j'suis monarque.

N'ayant plus sa connaissance
Romanoff s'évanouit,
Et dans la suprême nuit,
Il perdit son existence
Expirant finalement
Dans les plus affreux tourments...

1946.

Le fiacre était sur le flanc.

Voilà la s'conde bombe qu'arrive.
C'était une bombe Orsini !
« N-i-ni, tout est fini »
Dit le Czar, d'une voix plaintive,
« Je crois qu'j'ai perdu du coup
« Les deux jambes, la tête et l'cou. »

Il exagérait, c'bon père.
Tout n'était pas emporté !
Car la tête était restée
Avec un morceau d'derrière.
On ramasse tous ces débris
Pour les porter au logis.

Un sergent de la marine
Qui se trouvait sur les lieux
Voit les bibelots précieux
Qu'l'autr'portait sur sa poitrine.
Il les ramasse et les rend
Au premier aide de camp.

Pendant qu'au palais on l'porte
Suivi de son sacristain
Le pope métropolitain
S'en vient cogner à la porte
Disant : « Ouvrez, nom de Dieu !
« Je vous apporte l'Bon Dieu. »

Alors toute la famille,
Accompagnée des parents,
Des soldats, des aides-de-camp,
Ainsi que des jeunes filles,
Plus l'grand duc Constantin
S'inclinèrent devant l'homme saint.

Dans les plus affreux tourments...

Quels sont donc les misérables
Qu'a commis cet attentat
Contre le grand potentat.
C'est un crime épouvantable !
On dit qu'c'est les nihilisses
C'est des gens qu'a tous les vices.

On en a-z-arrêté quatre
Pour sûr y en avait bien plus.
On n'a pas mis la main dessus.
Sur ces quatre, il faut s'rabattre.
Quand on n'arrête pas c'qu'on veut
On arrête ce que l'on peut.

Au moment de s'mettre à table
De Moscou et de Nidji-
-Novogorod à Paris,
Sur ce crime abominable
Arrivent des renseignements
Transmis au gouvernement.

On s'dit : « Ça n'est pas possible. »
On va chez l'ambassadeur ;
« De ces tigres en fureur
« Quoi ! le czar serait la cible. »
L'ambassadeur attristé
Répond : « C'est la vérité. »

Si l'Empereur de Russie
Eut écouté son cocher
Il fut allé se coucher,
Tranquille et sans avarie.
Mais il ne l'écouta pas,
Cela causa son trépas.

Moralité

De cet ac[illegible]
Faut qu'les [illegible] profit
S'y veulent [illegible]
Sans être atte[illegible]
Pour ne pas [illegible]
Faut écouter [illegible]

www.ingramcontent.com/pod-product-compliance
Lightning Source LLC
Chambersburg PA
CBHW071855020726
47502CB00003B/762

* 9 7 8 2 0 1 3 5 3 3 4 4 7 *